以厚積薄发四字篆印一方

赠高等教育出版社

厚積薄发

李嵐清

二〇〇七年初秋

生也有涯
学無止境

任繼愈

教育部
哲学社会科学研究
后期资助项目

清空：宋代词学的创作风格

Qingkong: Songdai Cixue de Chuangzuo Fengge

郭锋 著

高等教育出版社·北京

图书在版编目（CIP）数据

清空：宋代词学的创作风格 / 郭锋著. --北京：
高等教育出版社，2015.12
ISBN 978-7-04-044042-3

Ⅰ. ①清… Ⅱ. ①郭… Ⅲ. ①宋词-诗词研究 Ⅳ.
①I207.23

中国版本图书馆CIP数据核字(2015)第247127号

策划编辑 孙 璐　　责任编辑 孙 璐　　封面设计 张申申　　版式设计 马 云
责任校对 高 歌　　责任印制 韩 刚

出版发行 高等教育出版社
社　　址 北京市西城区德外大街4号
邮政编码 100120
印　　刷 北京汇林印务有限公司
开　　本 787 mm×1092 mm 1/16
印　　张 24.75
字　　数 390千字
插　　页 2
购书热线 010-58581118
咨询电话 400-810-0598
网　　址 http://www.hep.edu.cn
　　　　 http://www.hep.com.cn
网上订购 http://www.landraco.com
　　　　 http://www.landraco.com.cn
版　　次 2015年12月第1版
印　　次 2015年12月第1次印刷
定　　价 88.00元

物 料 号 44042-00

总　序

哲学社会科学是探索人类社会和精神世界奥秘、揭示其发展规律的科学，是我们认识世界、改造世界的有力武器。哲学社会科学的发展水平，体现着一个国家和民族的思维能力、精神状态和文明素质，其研究能力和科研成果是综合国力的重要组成部分。没有繁荣发展的哲学社会科学，就没有文化的影响力和凝聚力，就没有真正强大的国家。

党中央高度重视哲学社会科学事业。改革开放以来，特别是党的十六大以来，以胡锦涛同志为总书记的党中央就繁荣发展哲学社会科学作出了一系列重大决策，党的十七大报告明确提出："繁荣发展哲学社会科学，推进学科体系、学术观点、科研方法创新，鼓励哲学社会科学界为党和人民事业发挥思想库作用，推动我国哲学社会科学优秀成果和优秀人才走向世界。"党中央在新时期对繁荣发展哲学社会科学提出的新任务、新要求，为哲学社会科学的进一步繁荣发展指明了方向，开辟了广阔前景。在全面建设小康社会的关键时期，进一步繁荣发展哲学社会科学，大力提高哲学社会科学研究质量，努力构建以马克思主义为指导，具有中国特色、中国风格、中国气派的哲学社会科学，推动社会主义文化大发展大繁荣，具有十分重大的意义。

高等学校哲学社会科学人才密集，力量雄厚，学科齐全，是我国哲学社会科学事业的主力军。长期以来，广大高校哲学社会科学工作者献身科学，甘于寂寞，刻苦钻研，无私奉献，开拓创新，为推进马克思主义中国化，为服务党和政府的决策，为弘扬优秀传统文化、培育民族精神，为培养社会主义合格建设者和可靠接班人做出了重要贡献。本世纪头20年，是我国经济社会发展的重要战略机遇期，高校哲学社会科学面临着难得的发展机遇。我们要以高度的责任感和使命感、强烈的忧患意识和宽广的世界眼光，深入学习贯彻党的十七大精神，始终坚持马克思主义在哲学社会科学的指导地位，认清形势，明确任务，振奋精神，锐意创新，为全面建设小康社会、构建社会主义和谐社会发挥思想库作用，进一步推进高校哲学社会科学全面协调可持续发展。

哲学社会科学研究是一项光荣而神圣的社会事业，是一种繁重而复杂的创造性劳动。精品源于艰辛，质量在于创新。高质量的学术成果离不开严谨的科学态度，离不开辛勤的劳动，离不开创新。树立严谨而不保守，活跃而不轻浮，锐意创新而不哗众取宠，追求真理而不追名逐利的良好学风，是繁荣发展高校哲学社会科学的重要保障。建设具有中国特色的哲学社会科学，必须营造有利于学者潜心学问、勇于创新的学术氛围，必须树立良好的学风。为此，自2006年始，教育部实施了高校哲学社会科学研究后期资助项目计划，旨在鼓励高校教师潜心学术，厚积薄发，勇于理论创新，推出精品力作。原中央政治局常委、国务院副总理李岚清同志欣然为后期资助项目题字“厚积薄发”，并篆刻同名印章一枚，国家图书馆名誉馆长任继愈先生亦为此题字“生也有涯，学无止境”，此举充分体现了他们对繁荣发展高校哲学社会科学事业的高度重视、深切勉励和由衷期望。

展望未来，夺取全面建设小康社会新胜利、谱写人民美好生活新篇章的宏伟目标和崇高使命，呼唤着每一位高校哲学社会科学工作者的热情和智慧。让我们坚持以马克思主义为指导，深入贯彻落实科学发展观，求真务实，与时俱进，以优异成绩开创哲学社会科学繁荣发展的新局面。

教育部社会科学司

序　言

郭锋博士的《清空：宋代词学的创作风格》是研究宋代词学的理论著作。这是在他的博士后出站报告的基础上进一步加工完成的，同时也是教育部哲学社会科学研究后期资助项目的成果。这部三十多万字的书稿，采用由大到小、由远及近、由外到内的写作方式，首先说明清空是我国古代早已有之的一种创作倾向，接着从唐宋诗学的体系方面，论证清空成为宋代词学创作风格的必然性，最后又从“清空”表现的三个方面——创作风格、词法和理论体系，具体阐述宋词清空的特点及其适用范围。通观全书，思路清晰、观点新颖、论证严密，堪称是一部研究词学理论的上乘之作。

《清空：宋代词学的创作风格》一书的理论创新，主要表现在以下三个方面：

第一，研究思路的突破。目前已出版的研究唐宋词学的著作很多，但研究宋词创作风格的论著则较少，即使是研究古代文学创作风格的论著也不多见。迄今这方面的研究专著只有南京师范大学吴调公先生的《神韵论》（人民文学出版社1991年版），因此可以说，这应该是研究古代文学创作风格领域的第二部专著。研究古代文学创作风格难度较大，如果不精通中国古代文论，就很难从理论上准确地表述古代文学的历史嬗变；而没有认真钻研作品和慧心感悟的功夫，其理论往往又站不住脚。从选题即可看出，作者在研究思路上力求有所突破。在具体的研究对象上，古代文学很大程度上是在继承中发展，一种新的创作方法与前代的文学创作往往有着密切的联系。以“清空”为例，作为词学术语，它仅出现在宋元之际的词话中。如果把它放在古代文学的背景下来观察，就会发现清空其实就是化解文学创作中人力工夫的一些基本方法。而人力工夫在古代文学中俯拾即是，且每个时代表现形式各不相同。如典故的虚化，在先秦时期就普遍存在并广泛运用。《庄子》《孟子》《荀子》《韩非子》《吕氏春秋》等典籍中有很多典故都是杜撰的，但作者所要说明的事理却很符合生活实际。虚拟典故同苏轼、姜夔清空词的本事及翻新典故的本意，在实质上都是一致的。有虚就必有实，适当虚化某些因素，为的是突出另外一些因素。“清空”所突出的就是词中的自然情感或冲淡意趣。钟嵘《诗品》提出“寓言写物”的创作方法，赋予传统“赋”以新的含义。苏轼、姜夔的“清空”也是借鉴钟嵘“寓言写物”的创作手法。“寓言写物”就是把作者所要抒发的情感通过读者的阅读展现出来，借读者之心体会出作者创作的深意。“清空”中的“意趣”也是这样。作者抒发什么样的情感并不重要，重要的是读者如何去感受。钟嵘《诗品》胪列了五言诗歌的三大流派，分别出自“风”“雅”“骚”三大源头，其中以主盟诗坛的曹植、陆机、谢灵运所在的“风”系为正派。与此相同的是，宋元之际的方回总结了江西诗派的发展历程，把宋诗与杜甫联系起来，构建了唐宋诗学的正派体系。张炎又模仿方回的“一祖三宗”说，建构了宋代词学的体系，并且把南宋本色典雅词接轨在周邦彦的门下，进而把南宋与北宋本色典雅词连成一体。宋词借鉴了唐宋诗歌的雅化方法，汲取各个时代优秀词人的菁华，使词在雅化的过程中不失其活力，而且还能继续歌唱。本书中的许多观点都具有开拓意义。如一个流派内部同时存在着两种以上的创作风格，苏轼对南宋本色典雅词派（江湖词派）的影响，清空与质实的关系，清空与骚雅的关系等，都是前人尚未系统研究过的理论问题，这也是唐宋词学深入研究中不可忽略的问题，作者在书中都进行了有意义的探讨。

第二，研究方法的创新。作者采用了文学思想的研究方法，书中有不少创见，已经获得学术界的认可。如郭锋在做博士后研究期间撰写的《张炎北游考》一文，获江苏省博士后二十年学术会议的优秀论文奖。当时参评的有江苏省二十年内所有专业的博士后论文数百篇，其中评为第二名的就是这篇论文。该文具体考察张炎北游的整个过程，认为他心系故国、人品骚雅，宁可困厄江湖也不屈膝新朝，始终没有向异族统治者献媚乞怜、谋取仕进的不当举措，所以他的遗民身份是不容置疑的。其结论与前辈学者差别不大，该文的主要价值在于它搜集的材料更广泛，在全文中补充的新材料就有十多条，并对与此相关的重要问题进行了深入思考，因此结论更为确实可靠。而为撰写此文，作者仅搜集材料就花费了多半年的工夫，先把有关张炎的文献资料分门别类，汇为一集，然后认真比对各种文献与张炎作品的关系，并注意对各种异说进行分析思考。词学界一般认为张炎北游是被逼而行的，但苦于没有找到相关的文献证据。郭锋在元代郑介夫的《太平策》中找到文献根据，同时又用张炎的词作《阮郎归·有怀北游》否定了这个观点。然后提出一个发人深省的问题：既然张炎是被迫而来，这件事情严重违背了他的意愿，按照常理他不仅要嫉恨写经之役，甚至还应该嫉恨北游才是。但事实上，张炎很怀念北游这段经历。这种情感是怎样产生的？郭锋从张炎北游的目的和结果入手，对此展开具体深入的探讨，从而得出比较确切的结论。

有些学者在考证史实时，往往只择取对自己有用的材料，而对对自己不利的材料则视而不见。用这种态度从事学术研究，所得的结论自然很难成立。文学思想重视作者心态研究，认为心态比史料更为可信。考察作家的生平事迹，只有通过全面阅读和深入体味作品，深入作者的内心世界，才能较为准确地把握其创作心态。目前对于文学思想史的研究仍以阐述理论为主，而用文学思想来考证作家生平事迹则较少。郭锋在研究过程中能够结合具体实际，拓广或改进现有研究方法，使其更适合于新的研究领域。这是独立思考的结果，同时也是一种创新。

第三，学术观点的创新。作为研究者，我们应当承认别人的优点，有时也应容忍别人的失误。郭锋就是在这种心态下，首先对现有各种观点进行分析比较，从中提炼出普遍性的问题，然后针对这些问题来确立自己的论证目标和研究思路。郭锋的文章，中正平和，观点新颖。在《清空：宋代词学的创作风格》一书中，大到词学理论体系的构建，小到一条注释材料的说明，不仅很少重复前人相同的观点，而且提出的不少观点都是言之有据的新见解。宋词理论中有一种普遍现象，传授词法者往往借名家以自重，很少像严羽《沧浪诗话》那样声称所有观点都“是自家实证实悟者，是自家闭门凿破此片田地，即非傍人篱壁、拾人涕唾得来者”（郭绍虞：《沧浪诗话校释》附录）。创作离不开故实，著书立说又岂能无据？李清照《词论》实际上是苏门论词的菁华，张炎《词源》借南宋后期词坛名宿杨缵“论词五要”以自重，那么，沈义父、陆辅之这些并不精通词学之人，凭什么撰写词话、传授词法，甚而能够号令词坛呢？究其原因，本书认为沈义父《乐府指迷》实为吴文英的词话，陆辅之《词旨》为张炎词学的晚年定论。这些观点，对于宋词研究无疑有着十分重要的意义。宋代词人吴文英有词法传世，陆辅之因为站在大家的肩上，所以才有超逸绝尘的词学思想。郭锋发现这个问题，并提出自己的观点，只是基于一个常识性的判断：不精通词的人是不可能做出词法的。其观点往往出人意料之外，仔细推敲，却又在情理之中。

郭锋为学勤奋笃实，有一种坚忍不拔之气，令人敬佩。近年来，郭锋在生活上经历了多次变故。求学、工作、调动，辗转于三四个大学之间，因此耗费了不少精力和时间。闲谈时，他多次说想做一点实事，但生活中总是充满了太多的无奈。现在终于有了比较好的工作环境，祝愿他在相关研究领域不断取得新的成果，把更多更好的学术精品贡献给唐宋词学研究界和读者。

王志鹏

2015年10月20日

目　录

绪　论

一

文学作品的内容和形式，一直是古代文论关注的中心问题之一。从根本上说这个问题很少变化，因为不论什么时候谈到文学作品，都离不开内容和形式。但在具体的文体中却经常变化。在不同时代、不同文化背景下，它们以不同的名称出现在不同性情、不同创作风格的作家作品中。名称不同，内容和形式也随之发生变化。而这些新变往往就是文学理论最精微之处，也是我们着重要研究的问题之一。“清空”与唐宋时期其他文学概念大同而小异。所谓大同，是指它具备了这个时期文学理论的一些共同特点，如创作题材的才学化、创作风格的人工化、作品情感的意趣化、文学理论的体系化等；所谓的小异，是指它所独有的一些内在规定性。这些内在的规定性是其他创作风格所不具备或不完全具备的。具体来说，唐宋诗词的共同趋向是清空。皎然《诗式》所谓的“真于情性，尚于作用”，姜夔《白石诗说》的“自然高妙”、“清潭见底”，赵汝回《瓜庐集序》的“神悟意到，自然清空”，严羽《沧浪诗话》的“透彻之悟”等，都是一个从才学到清空的问题。张炎《词源》就是在上述理论的基础上谈论“清空”的，因此它们的发展趋势是一致的。但从小异方面来看，“清空”是一个源于诗学的概念，它对唐宋诗学的影响并不大，反而对宋代词学起着十分重要的作用。它从诗学到词学，必然濡染了诸多的词学特征，这就是“清空”与上述诗论的不同之处。在“清空”的诸多特点中，以本色雅正较为突出。这也是唐宋诗学基本上没有的一个特点。因为唐宋诗歌一般不需要配乐歌唱，所以就无所谓本色或不本色。诗歌为唐宋文学之正体，也不存在雅正或不雅正的问题。只有唐宋词始终没有脱离音乐，无朱唇皓齿无以表现其要眇宜修的特性，于是就有了本色歌唱与破体为词两种不同的创作趋向；词从茶坊酒肆歌楼妓院到文人雅集抒怀写意，介于雅俗之间，即用通俗的形式体现雅正的情感，于是就有了混迹于流俗与趋向于雅正两种高下不同的审美感受。根据张炎《词源》卷下的阐述，“清空”表现为两种不同的创作风格：一是苏轼的“清空”，二是姜夔的“清空”。二者的相同点在于它们都具有野云孤飞、去留无迹的特点，抒发一种空灵模糊的意趣；不同点在于创作心态上，一个是无意为词，一个是有意为词。无意为词当然就不会注重词体的特征和法度，表现出天才化、个性化的特质；而有意为词，则比较注重词体的特质和内在的法度，且以人力工夫见长。凡此种种，可以看出“清空”丰富的内涵。

研究一个复杂的问题，需要一种从容不迫的心态和科学得体的方法。《庄子》讲了一个有趣的故事：

黄帝游乎赤水之北，登乎昆仑之丘而南望，还归，遗其玄珠。使知索之而不得，使离朱索之而不得，使吃诟索之而不得也。乃使象罔。象罔得之。黄帝曰：“异哉，象罔乃可以得之乎？”

林希逸注曰：

此段言求道不在于聪明，不在于言语，即佛经所谓“以有思惟心求大圆觉，如以萤火烧须弥山”。却妆出一段说话如此，玄珠，道也。知，知觉也。离朱，明也。吃诟，言辩也。象罔，无心也。知觉、聪明、言辩，皆不可以得，道必无心而后得之。此等譬喻，也自奇绝。[①]

这个寓言故事对我们的研究工作有一定的启发意义。有意去寻找，无论是凭借哪种手段，如知觉、聪明、言辩，都无法接近事实的真相；而无意去探寻，不亟亟于揭示谜底，深入“清空”背后深厚的学术积淀中去，在唐宋文学思潮中掌

① 林希逸：《庄子鬳斋口义》，卷4，北京：中华书局1997年版，第189页。

握其动态，在词学创作中分析其流变，在诗学背景下研究其理论体系，反倒更可能掌握其真谛。既然如此，我们为什么不能学习黄帝求取玄珠的方法呢？摒弃知觉、聪明、言辩，改用象罔，用无心去求索。无心就是无成心，抛弃主观偏见，顺应词学发展的规律，无为而无不为。在古代文学的海洋中探寻我们的目标，在唐宋诗学的波涛中获取清空的玄珠。

二

“清空”既是一种创作风格，也是一种词法，还是一个词学流派，它具有多重的含义。新中国成立以后，前辈学者运用各种方法，从各个角度诠释清空的现象，探究清空的本质，取得了丰硕的成果。21世纪以来，有关清空的研究出现了繁花似锦的局面，成果数量繁夥，方法日趋科学，观念也日趋完善。我们以时间为线索，把近六十年以来词学界在这个论题上有创意、有新见的成果，分两期略做评述，期望为词学研究提供一个清晰的认识和思想方法上的帮助。

（一）

新中国成立以后到2000年的50年间，前辈学者对“清空”做过一些研究。首开风气的是词坛名宿夏承焘和唐圭璋。夏老穷其一生研治唐宋词学，涉及“清空”的论文有《论姜白石的词风》（作者自注为：1956年9月初稿，1960年1月重改于杭州西溪）[①]和《读张炎〈词源〉》（《光明日报·文学遗产》，1960年2月7日）。夏老论述姜夔词风是从其诗风说起的。这是因为诗学对词学创作有一定的影响作用。夏老认为：姜夔用晚唐的凝练精工的诗风来改造江西诗派末流的槎桠干枯，而词则是用江西诗派的瘦硬来改造晚唐以来的软媚。从诗学背景来探索词风的演变是夏老的一个创见，然而他没有从唐宋诗学中寻绎出“清空”存在发展的必然性，认为“清空”是张炎为了反对吴文英的“质实”而提出的一个观点，是张炎自己作词的标准，并不能够概括姜夔的全部词风。夏老对“清空”的阐释仅停留在字面上，没有深入探赜它丰富的内涵。由于对“清空”贬斥过甚，夏老在评价姜夔词时借用了清代常州词派的一个词学概念“清刚”，他说姜夔在婉约、豪放之外，另树“清刚”一帜云云。而这个所谓的“清刚”，只是张炎“清空”的冰

① 夏承焘：《姜白石词编年笺注》，代序，上海：上海古籍出版社1981年版，第1~15页。

山一角。它所包含的意蕴“清空”都有，而“清空”产生发展的必然趋势它基本没有。唐圭璋、潘君昭《论姜白石及其词》(《南京师院学报》1962年第3期）一文，具有唐老言简意赅、质朴平实的一贯风格。该文通过对姜夔身世遭遇、交游品格和创作特色分析，认为张炎《词源》中评姜夔词为“清空”，吴文英为“质实”，就他们二人词风的倾向来说，也是符合客观实际的①。

20世纪80年代以后，随着政治思想上的拨乱反正，学术风气与词学观念也发生了相应的变化。有关“清空”的研究，也呈现出新的态势。邓乔彬《论姜夔词的清空》(《文学遗产》1982年第1期)、《论姜夔词的骚雅》(《文学评论丛刊》二十二辑，中国社会科学出版社1984年版)，吴调公《说“清空”》(《文史知识》1984年第1期)、缪钺《论姜夔词》(《四川大学学报》1984年第4期)、王达津《张炎词主清空说及其创作实践》(《中国古典文学论丛》第三辑，人民文学出版社1985年版)、张惠民《魏晋风度与姜白石的审美理想》(《汕头大学学报》1987年第4期)、陈晓芬《张炎清空说的美学意义》(《古代文学理论研究丛刊》第十三辑，上海古籍出版社1988年版)、邓承奇《张炎词源新论》(《齐鲁学刊》1989年第3期)、杨佐义《张炎词源论词标准初探》(《东北师大学报》1989年第6期）等论文观点新颖，思辨深刻。缪钺、叶嘉莹《灵溪词说》(上海古籍出版社1987年版)，吴熊和《唐宋词通论》(浙江古籍出版社1989年版)，以及杨海明《张炎词研究》(齐鲁书社1989年版）等脍炙人口的词学著作，也或多或少地谈到了“清空”。对后来词学研究影响较大的是邓乔彬和吴调公的有关论文。邓乔彬《论姜夔词的清空》一文认为姜夔词的清空，是词意境的清空。意境的清空体现在意“清”和境“空”两个方面。意清是由姜夔涓洁清高的处世态度决定的，是他的思想感情和人格精神的体现。境空则是由他处理词作情感松而不散的方法体现的。达到清空的途径是入乎其内、出乎其外的创作心态。这是第一篇从正面论述“清空”的论文，在词学史上具有开创意义。但他把词意的“清空”分解为意清和境空，然后从字面上探寻各自的特征。字面意义和概念内涵是不对等的，有把复杂的问题简单化的趋向。吴调公认为清空“主要是指一种经过艺术陶冶，在题材概括上淘尽渣滓，从而表现为澄净精纯，在意境铸造上突出诗人的冲淡襟怀，从而表

① 唐圭璋、潘君昭:《唐宋词学论集》，上海：上海古籍出版社1985年版，第172页。

现为朴素自然的艺术特色。它说明作家立足之高和构思之深，也说明画面的余味和脉络的婉转、谐和。但最最主要的，恐怕还是含蓄与自然的交织、峭拔与流转的交织。”[①]这个观点基本上符合张炎对王安石、苏轼、姜夔词“清空”的评价——“清空中有意趣，无笔力者未易到”。吴调公把清空作为一种创作风格，也是符合词学实际的。这篇论文充溢着灵活生动之气，本身就具有“清空”的一些特点。

20世纪90年代以后，有关“清空”的研究取得了更多的成果，涌现了大量有影响、有见解的好文章，如邱世友《张炎论词的清空》(《文学评论》1990年第1期)、刘庆云和谢国荣《试论张炎词源对后世词论的影响》(《湘潭大学学报》1990年第3期)、孙立《张炎词学理论的美学意义》(《南京师大学报》1992年第2期)、韩国学者元钟礼的《试论中国诗论中的清空类美意识》(《中国韵文学刊》1994年第1期)、张思齐《词的文质及理论探微——从〈词论〉到〈词源〉》(《海南大学学报》1995年第1期)、何土林《诗学清空与佛学空宗》(《广西教育学院学报》1995年第2期)、韩经太《“清空”词学观与宋人诗文化心理》(《江海学刊》1995年第5期)、邓乔彬和李康化《清雅：白石词之美学风度》(《学术月刊》1996年第2期)、李康化《从清旷到清空——苏轼、姜夔词学审美理想的历史考察》(《文学评论》1997年第6期)、孙维诚《“晋宋人物”与姜夔其人其词——兼论封建后期士大夫的文化人格》(《文学遗产》1999年第2期)等。张惠民《宋代词学审美理想》(人民文学出版社1995年版)、刘少雄《南宋姜吴典雅词派相关词学论题之探讨》(台湾大学出版委员会1995年版)等著作设立专章讨论“清空”。J.Z.爱门森《清空的浑厚——姜夔文艺思想纵横》(上海文艺出版社1997年版)，把姜夔的“清空”作为一个专题来研究，这在词学史上尚属首次。

我们仅选择影响较大的几家，略作阐述。张惠民把“清空”作为一种审美理想来研究，他的思路是：“自张炎以来，研究白石的‘清空’，多主要着眼于他的诗境词境，就艺术客体进行分析，我们现在换取另一角度，从主体的高蹈精神、孤高人格和洒落的情趣看清空，似乎更能把握住它的本质。”[②]这个思路有其合理的一面。因为我国古代常常体用不分，作为创作风格的“清空”和词人的人

① 吴调公：《说“清空”》，《文史知识》1984年第1期。

② 张惠民：《宋代词学审美理想》，北京：人民文学出版社1995年版，第214页。

格精神密切相联，张炎也把姜夔的“清空”称为“白石骚雅句法”或“姜白石的骚雅”。然而，“清空”和“骚雅”毕竟分属两个不同的范畴，“清空”是一种创作风格，“骚雅”是一种审美理想，把“清空”作为“主体的高蹈精神、孤高人格和洒落的情趣”，可以揭示它的一些特征，但又忽略了它另外一些独特性。张惠民把苏轼和姜夔并列为清空的典范，为后来的清空研究开辟了一条新的途径。2003年宋代文学宁夏银川会议、2006年宋代词学江西南昌会议，笔者有幸两次见到张惠民先生，并向他请教为什么把苏轼、姜夔并列为宋词清空的创作典范。张先生说原因有二：一是张炎《词源》卷下就是如此记载的，二是自己读书时的感受如此。张惠民先生博学多通，先事编辑，后事管理，对文学的感悟实非常人所及，可谓抓住了宋代文学的本质。刘少雄把有关“清空”的问题讨论，放在南宋姜吴典雅词派中，他所看到的“清空”是一个不断发展变化、具有丰富内涵的动态的词学思想，不再是一个孤零零的概念，这是符合南宋中后期的词学实际和张炎论词的本意的。刘少雄还认为苏轼和姜夔词的“清空”都是“以诗为词”的产物，然后从唐宋诗学的背景中寻绎“清空”存在的必然性，指出“清空”就是宋代诗学的讲求精思、活用虚字、重意而尚韵、好奇而贵清。这些观点都具有开创意义。美中不足的是他虽然多次批驳前人的不足，却没有透过这些现象，发现其中隐含的必然规律，也没有发掘出“清空”和“质实”两种创作风格的必然联系，可谓是百虑之一失。J.Z.爱门森博士是一位多才多艺的学者，也是笔者的老师。1985年她曾经给笔者讲授过唐宋文学课。其人兰心蕙质，精通琵琶、古筝等中国民族乐器，能弹唱唐宋遗曲，也能吟诗填词。由她来研究多才多艺、具有学者气质的词人姜夔是再合适不过的了。她对姜夔的诗词、音乐、书法、理论、人品，多有会心之处。J.Z.爱门森从各个方面讨论了姜夔“清空”的艺术形式和“浑厚”的审美理想之间的有机联系，认为二者在字面上稍有龃龉之处，但实质上是完全融合的，“清空与浑厚审美范畴复合重叠为清空的浑厚，浑厚的清空”[①]。其《清空的浑厚——姜白石文艺思想纵横》一书旁征博引，功力深厚。由于脱离了张炎论述“清空”的具体语境，她所谈论的就不一定是张炎“清空”的精微之处，也不完全符合姜夔词作的实际。该书一个明显的错误在其题目上，“清空”

① J.Z.爱门森：《清空的浑厚——姜白石文艺思想纵横》，上海：上海文艺出版社1997年版，第373页。

与“浑厚”是相互矛盾、不能搭配使用的。J.Z.爱门森的本意是想说姜夔用清空的形式表达浑厚的思想，但“清”与“浑”都是指作品的外在形式，让人看了分不清姜夔的词到底是“清”还是“浑”？如果把题目改成“清空的醇厚”，则更符合作者的原意，也更符合宋代词学的实际。唐诗之清像水，表里如一，清澈见底；宋诗之清如酒，外清内醇，包蕴无穷。张炎所谓“清空中有意趣”，所指就是宋词由才学到清空，外清而内醇的特点。韩经太的《“清空”词学观与宋人诗文化心理》一文，认为过去诗词研究各自划域，相互隔膜，严重地影响了我们对文学理论的深入探讨。张炎标举的“清空”以及南宋词坛姜张词派的词学观念，如果脱离当时的诗坛风气来考察，就会始终不得要领。一旦把诗词理论沟通，从诗歌审美心理与文化精神去解读“清空”，才能掌握其中的真谛，“我们才可能真正深入而透彻地了解南宋后期文人所以崇尚‘清空’词美的主客观原因，才能准确地把握‘清空’词美的艺术特性，才能高屋建瓴地发现这一词学观念深广的文学史意义”①。在韩经太之前，已经有不少学者用唐宋诗学理论来阐释词学的“清空”，但没有人像他这样指出从诗学入手研究词学理论的迫切性和重要性。这个思路却是弥足珍贵的。李康化《从清旷到清空——苏轼、姜夔词学审美理想的历史考察》一文从词学审美心理与文人精神建构的角度，勾画出词学从苏轼到姜夔较为完整的嬗变过程和演进轨迹，紬绎出苏轼与姜夔之间相关联的美学意旨，认为姜夔的“清空”来自苏轼的“清旷”。姜夔实传苏轼的衣钵。从论文的题目可知，李康化也是把“清空”作为一种审美理想来理解的。由于他没有深入“清空”形成的历史环境中去考察它的“嬗变过程和词学演进轨迹”，离开了宋代词学理论体系而勾勒的演进轨迹，因此显得有点牵强。

在漫长的发轫期里，研究者多从自己的主观感悟出发，研究有关宋代词学的“清空”。他们往往是在研究姜夔的文艺思想，或者张炎的词学理论时，才偶尔涉猎这个问题的。即使一些专题研究，也没有从理论原典出发，遵循词学的基本规律，而是采用了字面阐释，甚至割裂取舍的方法来自圆其说。由于理论准备不足，因此对这一问题的研究还比较肤浅。这些文章虽然能够揭示“清空”的某些特点，却不能把握“清空”的根本特性。加之，在研究问题的思路和方法上有较

① 韩经太：《“清空”词学观与宋人诗文化心理》，《江海学刊》1995年第5期。

大的随意性，很难得出令人信服的结论。前辈学人的这些研究成果，为后人理性的研究分析打下了扎实的基础。

（二）

进入21世纪以后的七八年，词学界对“清空”研究的水平又有了显著的提高。论文数量比以往更多，据不完全统计，相关论文约有30余篇，影响较大的有颜翔林《论〈词源〉的词学思想》（《学海》2000年第2期）、王修华《论姜白石“清空”词风的成因》（《燕山大学学报》2000年第5期）、邱丽梅《论姜夔词的“骚雅”与“清空”》（《大连民族学院学报》2001年第2期）、颜翔林《张炎〈词源〉词学思想三论》（《西南师范大学学报》2002年第1期）、陈志斌《野云孤飞，去留无迹——论姜夔词的清空特征》（《南华大学学报》2002年第6期）、许兴宝《张炎以禅论词简论》（《词学》第十四辑，华东师范大学出版社2003年版）等；专著有赵维江《金元词论稿》（中国社会科学出版社2000年版）、丁放《金元明清诗词理论史》（安徽大学出版社2000年版）、陶然《金元词通论》（上海古籍出版社2001年版）、刘锋焘《金元词论稿》（中国社会科学出版社2002年版）、丁放《金元词学研究》（中国社会科学出版社2002年版）、邱世友《词论史论稿》（人民文学出版社2002年版）、谢桃坊《中国词学史》（巴蜀书社2002年版）、颜翔林《宋代词话的美学研究》（湖南师范大学出版社2003年版）、朱崇才《词话史》（中华书局2006年版）、牛海蓉《元初宋金遗民词人研究》（中国社会科学出版社2007年版）等。词学界已经把“清空”作为一个理论专题，并从正面来进行研究。研究成果呈现出系列化、专门化的趋势，且达到了前所未有的高度。赵晓岚的姜夔研究系列包括：博士论文1部，《姜夔与南宋文化》（学苑出版社2001年版）；系列论文5篇，《也谈“晋宋人物”“文化人格”与姜夔》（《文学遗产》2000年第3期）、《论姜夔的“中和之美”及其〈歌曲〉》（《文学评论》2000年第3期）、《白石道人诗说与江西诗派之关系》（《文艺理论研究》2002年第1期）、《白石道人诗说与白石诗歌艺术》（《中国文学研究》2002年第2期）、《论姜夔续书谱的书法美学批评思想》（《唐都学刊》2003年第3期）等。赵晓岚没有把姜夔作为一个孤立的文化现象来观察，而是把他置身于南宋的时代氛围中，通过姜夔与南宋的学术思潮，如江西诗派、书法理论、理学思想、音乐思想、禅宗道教、江湖文化等因素对比，来确定他的特殊意义。知其然而知其所以然，这些成果都是探本之论，不仅纠正了以往研究中的偏颇，还发现了许多新的问题。如赵晓岚与孙维诚就姜夔“晋宋人物”的评价问题进行商榷，相比之下，赵晓岚的观点更有说服力。在姜夔的性格中不仅有“晋宋人物”率性任真、自由潇脱的一面，还有“精于礼乐”、积极用世的一面。姜夔和“晋宋人物”都追求“解衣盘礴”的精神自由，但是他们达到这个境界的途径完全不同。从江湖文化看姜夔的人格精神，这是前人很少涉及的问题。宋代科举取士，向学读书之风甚盛，然而能够读书做官的只是极少的一部分，绝大多数读书人则被无情地抛洒在江湖之上，陷入进退失据的尴尬境地。养家糊口，始终是困扰他们的一个迫切问题。身份地位的下滑，也导致了士人精神理想的下滑，江湖游士往往以干谒请托作为谋生手段。姜夔虽然沦落江湖，但他人在江湖身能由己。这是因为他具有“晋宋雅士”的情怀以及“骚雅”的品格。在对姜夔词“清空”的研究上，赵晓岚继承其师邓乔彬教授的一些观点，但又赋予了一些新的内涵。赵晓岚认为“清空”是姜夔对词坛传统的柔美与刚美两种风格由“通”而“变”所创立的第三种风格①。她对“清空”的阐释是：“‘清’当指意象之清雅，而清雅的意象又与人的胸襟气度有关；‘空’当指境界之空灵，而空灵的境界又与意象的组合方式有关。张炎用‘野云孤飞、去留无迹’作为‘清空’一语的形象解说，凸现了漂泊无依的江湖落拓者的形象，与无所作为者不同，这是一种寂寞无人问的高洁，实际上是一个找不到安定的精神家园的漂泊灵魂的象征。”②赵晓岚的《姜夔与南宋文化》是一部研究姜夔文艺思想的力作，举凡宋代理学、诗学、书法、江湖文化都能溯源探本，得出不同于前人的结论。但是在文学史中姜夔还是以词人的身份名垂青史的，姜夔词的“清空”应该是该书研究的重中之重，也是最出彩的地方。遗憾的是赵晓岚对清空的新意却不多，只是转述邓乔彬教授的观点。这与读者的期待还有一定的差距。

笔者的清空研究系列包括：专著1部，《南宋江湖词派研究》(巴蜀书社2004年版)；系列论文9篇，《论江湖词派的词学理论》(《新疆大学学报》2004年第2期)、《论宋代词学“清空”》(《西北师范大学学报》2004年第3期)、《论宋代词学的“骚雅”》(《济南大学学报》2005年第3期)、《论南宋江湖词派的清空骚雅》

① 赵晓岚：《姜夔与南宋文化》，北京：学苑出版社2001年版，第277页。
② 赵晓岚：《姜夔与南宋文化》，北京：学苑出版社2001年版，第282页。

(《光明日报·文学遗产》2005年10月14日)、《论姜夔词的"清空"》(《贵州社会科学》2006年第5期)、《论南宋江湖词派的词社》(《云南社会科学》2006年第1期)、《唐宋诗学对词学的影响》(《光明日报·文学遗产》2007年7月6日)、《词中关键：论姜夔在宋代词学史上的地位》(《宁夏大学学报》2007年第6期)和《张炎〈词源〉卷下新解》(《学术论坛》2008年第9期)。这些论著广泛继承了前辈学人的研究成果，实践了韩经太、刘少雄从唐宋诗学入手研究词学的设想，扩大了传统词学研究的领域；把夏承焘关于姜夔以江西诗瘦硬笔法挽救周邦彦一派软媚的观点发扬光大，认为姜夔师从江西诗派，强调诗歌的法度，同时也在探索词的法度，把词的创作纳入法度之中，最后超越法度达到自然高妙的境界。

在研究方法上，笔者汲取了刘少雄词学流派、动态观察的方法，赵晓岚江湖文化的方法，把南宋后期词人的创作看作一个动态的变化，依据词学理论和创作风格的传承变化，把它当作一个典型的词学流派来研究，并根据词学流派的生存方式命名为南宋江湖词派。缪钺、张惠民、李康化都曾指出宋代词学的"清空"并不局限于姜夔一家，苏轼词的创作风格也是趋向清空的。笔者从唐宋诗学发展史上，揭示出"清空"的必然趋势，并且认为宋代词学实际上存在着两种"清空"，二者虽然名称相同，但所代表的词学途径并不相同。苏轼放纵天才、突破各种法度的"清空"，为宋代词学树立了一个创作上的典范，姜夔的"清空"脱胎于苏轼，不过他更强调人力工夫，由法度森严趋向自然而然。所有这些，无不是汲取前人精华，后出转精的新观点。

笔者还把文学思想的方法，引入传统的词学研究领域。第一，竭泽而渔式地搜集材料，达到较为准确的历史还原。笔者广泛搜集词学资料，对于江湖词派词人其人其事进行过认真的考证，除了上述理论系列以外，还有一些考辨性的论文，如《吴文英仓台幕僚考》(《西北师范大学学报》2003年第2期)、《梦窗情词本事考索》(《南阳师范学院学报》2003年第10期)、《从张炎北游论其遗民心态》(《南京师大学报》2006年第3期)、《杨缵卒年新证》(《文学遗产》2006年第4期)、《卢祖皋与"白石"交游考辨》(《南阳师范学院》2007年第4期)、《姜夔师事单丙文考辨》(《古籍整理研究学刊》2007年第6期)等，用实证材料说明词人的思想趋向、生活方式和交游状况，使笔者的观点建立在扎实可信的基础上。第二，理论批评与创作实践的相互参照的研究方法。而宋代诗话(词话)所讨论的多是一些具体的法度，如字面、句法、章法等，往往采用要点阐释、举例示隅的论述方法，如果忽略了这些细碎烦琐的创作实例，就无法理解词学理论的真谛，当然也无法把握它所蕴含的逻辑关系。宋代词人往往创作多而理论少，或者只有词作而没有理论；即使那些既有理论又有创作的词人，创作仍不失为理解其理论思想的不二法门。笔者研究江湖词人从创作入手，用理论来印证，所谈论的问题细节经得起推敲，大处有理有据。第三，把词学研究的重心落实在士人心态上，因为心态的真实往往超越行为的本身，这一点在遗民词人中表现很突出。张炎在宋亡以后，被迫北上抄写金字藏经；王沂孙、仇远等人先后出仕新朝，即使隐居不仕的周密，也并不拒绝和新朝官员来往。如果按照传统的观念，他们就算不上遗民，至少在行为出处上白璧微瑕。然而在当时恶劣的政治环境下，这些遗民为了生存，常常有言不由衷、身不由己的时候，但他们的内心情感往往是固定的。只要抓住了他们真实的心态，其他行为都比较容易理解了。也正是在这一点上，笔者对遗民词人的唱和词集《乐府补题》有了新的认识。第四，回归文学本位的研究方法。笔者研究南宋词学流派，研究范围比前代学者更为广阔，大凡这一时期的政治、军事、历史、文化，尤其是理学、诗学、禅宗、书法、绘画、音乐，以及江湖词派内部诸多要素，如词人、词乐、词作、词论、词社、词选，无一遗漏地都涉及了。但是笔者的工作围绕着一个中心展开，这个中心就是对唐宋词学创作风格的研究。笔者运用文献资料研究文学问题，而不是运用文学资料为别的学科“打工”。笔者的研究重心始终落实在文学上，落实在对作家作品心态的分析上。笔者对于清空的研究，不仅是对唐宋词学研究的深化，也是对文学思想研究方法的改进。

通过对“清空”研究现状的梳理，笔者发现研究的对象越来越清晰，结论越来越深入，方法也越来越科学。由早期感悟式的批评，发展到近期的专门性研究，这本身就是一个很大的进步。研究思路上的突破，研究方法上的创新，研究对象的深化，是取得这些成果的必然原因。但这些研究还存在着一些共同问题：第一，阅读原典的功夫欠缺，没有正确理解张炎“清空”的思想，而是借助其词学概念，赋予它新的内容，甚至割裂取舍，主观臆断。尽管研究成果汗牛充栋，却很难达成思想上的共识，真正做到以理服人。第二，没有从词学发展的基本规律出发研究词学的问题，由于出发点和目标点的不确定，经常出现文不对题的现象。如对宋代词学的才学化认识模糊，分析词作时常常陷入典故堆中无以自拔，往往用一两个典故解释全篇而曲解了词意；对张炎《词源》的体例缺乏认识，喜欢采用清人论词的二手资料，所引用的材料不足以说明问题；有时东拉西拽，胡乱比附，造成语言上的错位。第三，词学研究是一门博大精深的学问，研究者如果缺乏必要的文化、道德修养，就无法进入词人的思想境界中去。只有不断加强自我修养以及学术方法的训练，才能对古人词学思想做到同情的理解和合理的阐释。第四，清空与骚雅相连，骚雅的词法或许可以探知一二，但骚雅的人品是一个实实在在的践行功夫。一个人的人品达到什么样的高度，他对骚雅词品的理解就达到什么样的水平。实事求是地说，某些研究者在这个方面的欠缺还是比较大的，需要我们用一生的努力去实践这个目标。由此可见，词学研究任重而道远。在本书中，笔者愿意在上述方面做一些努力，以期给唐宋词学研究注入新的思想和活力。

三

本书是一本对宋代词学中的一种创作风格进行专题研究的理论著作。笔者在古代文学中探索清空的渊源，在唐宋诗学中观察清空的发展，在宋代词学中把握清空的新变，在江湖词派中感受清空的理论体系，在质实骚雅中分析清空的基本特性。笔者采用了从大到小、从远到近、由外到内的思路，采用文学思想的研究方法，逐步揭示清空的发展趋势和基本规律，试图对作为宋代词学创作风格的清空有个清晰而准确的认识。笔者的观点是：

才学化是古代文学发展的一个基本趋向。在先秦的典籍中，各种典故被广泛地运用。魏晋六朝，文学进入自觉时代以后，运用故实已成为一个普遍的事实。唐人创作中的才学化更加突出，据说杜诗韩文中的每一个字都有出处，每一句话都有来历！这话或许有些夸张，但也有一定的道理。唐代以及唐代以前的文学家，在创作中大量地运用才学，但在理论中又对才学化提出非议。可以说在宋代以前的诗歌理论中，几乎没有赞同运用才学的。而入宋以后，诗歌的社会功能由美刺教化变成游戏娱乐，蜕变成文人雅集相互酬唱的工具，某些诗作主题平淡雅正，缺乏激情，渐趋千篇一律，而创作方法上的才学化、技巧化得到了过分的重视。在一定的程度上运用才学手法的高低，就是衡量诗歌艺术水准的标准。苏黄代表了宋诗两种不同的创作风格，他们共同点都是以学问为诗，不同点体现在运用才学的方法上。苏轼喜欢运用才学，但不守法度，意到笔随，尽兴率意；黄庭坚悉心总结运用才学的法度，提出了“点铁成金”、“换骨夺胎”等观点，追求一种瘦硬奇崛、异乎寻常的新奇诗风。江西诗派对于宋诗法度的贡献并不大。因为诗歌法度早在齐梁以及唐代已经建立起来了，江西诗派的贡献在于它引导了宋诗才学化的趋势，指出宋诗由人力工夫到自然而然的方向。江西诗论的发展也有一个由浅而深、从具体到抽象、从死法到活法的过程。在这个过程中，后代江西诗人对前代诗人的诗法提出强烈的批评，甚至连自己的创作也予以否定。杨万里、姜夔曾经把自己早年学江西诗派的诗歌付之一炬，表明与江西诗派断绝关系。由于宋诗才学化的特性没有发生变化，这就形成了他们反对前人，结果又被后人看作是新的江西诗人的诗坛奇观！他们反对的只是前人某种具体的法度，而没有从根本上否定才学化，在理论上与前代诗人还是一致的。经过五六代江西诗人从正反两个方面的补充发展，江西诗论逐步完善，形成了唐宋诗学中的一个正派体系。

张炎《词源》是一部集大成的词学理论著作，在宋代词学史上具有经典的地位。根据张炎的描述，宋代词学实际存在着两种清空：一种是苏轼词的清空，另一种是姜夔词的清空。二者的共同之处在于以才学入词，“清空中有意趣”，并都具有“野云孤飞，去留无迹”的特点；区别仅在于运用才学心态上，一个是无意的，一个是有意的，就像苏轼与黄庭坚的诗歌创作一样。两种清空代表了两种不同的词学途径，苏轼开启了一种个性化、天才化的清空，姜夔则把这种尽兴率意的创作方法纳入一定的法度之中，使它变成一种可以通过法度来实现的创作风格。姜夔《白石诗说》出入于江西诗论之中，首先提出“清潭见底”、“自然高妙”的理论，这是南宋江湖词派对“清空”特性的首次界定。尽管姜夔的界定还停留在诗歌的层面，姜夔的词学理论很少，也不成体系，但他用自己的创作实绩弥补了这个缺憾。他把诗学理论运用到宋词的创作中去，给江湖词派留下了一些可以遵循的法度和可资借鉴的创作方法。

南宋江湖词派“清空”理论的发展历程，可以划分为前后相连的四个阶段：

其一，吴文英、沈义父的《乐府指迷》，是南宋江湖词派内部的一种“质实”词法，它以本色雅正为宗旨，把词法分为三个层面：字法、句法和章法。在这部词话里，吴文英、沈义父首先树立了周邦彦的典范地位，并总括了清真词的基本法度。《乐府指迷》所记录的是吴文英中年时期的词法，再加上沈义父的一些阐释，但它与吴文英词的创作实绩并不完全吻合。由于是给初学者指示门径，他们所谈论的都是比较浅显的创作规则，有关吴文英词学思想的精华并没有完全展现出来。

其二，杨缵的《作词五要》，是张炎《词源》的理论来源和南宋后期临安词社的应社准则。杨缵出身于南宋中后期的一个外戚世家，一生远避权势，尽享清闲之福。他和门下的琴客花费十多年时间，全面整理古今琴曲。杨缵把浙派古琴平淡清越的风格引入宋词创作，使宋词在雍容华贵之中别具清雅之气。杨缵还和张枢、周密等人结成临安词社，详细讨论词乐契合的法度。杨缵主盟临安词社，成员每一聚首，必要分题赋曲，把词的创作纳入各种法度之中，这对于形成一个词学流派的共同风格起到了很大的作用，但由于过分地讲求形式，远离危机四伏的社会现实，使词的创作走上了为艺术而艺术的道路。尽管这一段在南宋江湖词派创作中属于低谷时期，但在艺术形式的研练上却又是最严格的阶段。

其三，张炎的《词源》是我国文学史上第一部具有明显理论体系的词学著作。《词源》分为两卷，上卷谈论词乐，下卷谈论词法。上卷张炎从古代音乐理论上为词乐争取了一个合法的身份。他认为从理论渊源上讲，词乐和古代雅乐属于同一个系统，用古代雅乐的理论完全可以解释词乐中的技术问题。只要克服了“软媚”和“意趣低下”的弊病，词曲就能够达到古代雅乐的雅正境界。下卷词法部分，大部分和沈义父的《乐府指迷》相同，只是一些具体的法度。所不同的是张炎进一步提出了清空骚雅的创作风格和审美理想，这是对沈义父词学思想的完善和升华。

其四，陆辅之的《词旨》是一部强调张炎论词之旨的词话。它突出了张炎论词的理论体系性，修订了张炎论词的某些偏颇之处，参照方回《瀛奎律髓》江西诗派“一祖三宗”的说法，提出了南宋江湖词派的“一祖三宗”，从理论上融通了南宋江湖词派内部实际存在的“质实”和“清空”两种创作风格。陆辅之是张炎的弟子，《词旨》所记的内容来自张炎，是张炎晚年词学思想的真实记录，可以弥补《词源》理论的某些缺陷，是一部非常有价值的词话。

上述理论，四个阶段及其代表性的理论著作，在词学思想上是前后相承、薪火相传的。前代词法往往紧承主流词派而来，后代词人在继承前代词人思想时，往往遗貌取神，不求形似但求神似，就使这一派的词法丰富多彩而总体风格又很相近。有关江湖词派词法授受的情况、词社的聚会方式，都是很值得研究和回味的话题。

清空和质实骚雅是南宋江湖词派理论中的几个重要概念。这些概念与唐宋诗学有密切的关系，尤其与江西诗派有很深的渊源。但词学在发展的过程中还努力保持着自己的特质，形成了自己独有的创作风格。这就是源于诗学但又不被诗学所重视的“清空”。为什么“清空”会成为宋词的创作风格？因为宋词既讲才学，又追求自然；而清空又正好是一种化解才学达到自然的创作方法。质实是与清空相对的一种创作风格，它们在运用才学的方法上有着必然的联系，可以看作是一个词学流派内部两种相反相成、相互补充的创作风格，或者两种高低不同、前后相承的词法。质实是一些使事用典的浅易法度，清空则是建立在质实之上的一种活法。“清空”和“骚雅”也经常联结在一起，但二者分属于两个不同的理论范畴。“清空”是一种创作风格，“骚雅”是一种审美理想。宋代词学中有两种不同的清空，也有两种不同的骚雅：一种是辛弃疾式的“以诗为词”的“骚雅”，它是无意为词、借助汉魏古诗途径所达到的“骚雅”；另一种是姜夔式的“以词为诗”的“骚雅”，它是发挥词体特质所达到的骚雅。南宋江湖词派结社赋词、编纂词选、分席传灯、传授词法的目的就是要普及这种词风。这些词法对于后世创作有明显的引导作用，这也是江湖词派词学理论命名为指迷、词源、词旨的原因所在。

笔者采用文学思想的方法来研究清空。传统的文学思想多用来研究一个时代文学理论和士人心态，而且多以理论阐述为主。这是一种比较科学和实用的研究方法。笔者根据唐宋诗学的实际情况，对这种方法进行了一些改进，研究对象以词学为主，并且兼顾词人事迹、文献资料的考证。考证词人的交游及其心态，目的是为了更好地支持本书的观点。对于考证的精华部分，直接列入正文，并使其适合阐释义理的需要。针对词学这个比较特殊的研究对象，笔者选择了切近词体特质的研究方法，一般不采用文化观照、数理分析之类比较外围的研究方法。所有的资料不可能都是本书首次发现的新资料，但所有的结论都是扎实可靠、水到渠成的新观点。这些观点不仅言之有据，而且经得起检验。

本书的研究重点是宋诗的才学化、唐宋词学的法度和江湖词派的理论体系等问题。这些问题又都交集在清空这一点上。清空不仅表现为一种词法、一种理论和一种创作风格，有时还表现为一种人生态度或审美理想，它与唐宋时代的各种艺术形式有着广泛而密切的联系，尤其与唐宋词乐有着深厚的渊源。词乐的内容形式、流传范围、社会效用，往往决定着词品的高雅或低俗。现在流传下来的唐宋词乐文献不少，如姜夔词的旁缀词谱、姜夔琴曲的工尺谱、张炎《词源》上卷所论述的词乐、《宋史·乐志》中关于词乐的一些记载，都涉及古典音乐方面的知识。有些已经被当代学者成功破解，还有许多仍是不解之谜。由于缺乏清晰的理论传承和确凿无误的专业阐释，很多研究成果还属于一家之言，没有取得词学研究界的普遍认可。在本书中，凡牵涉到唐宋词乐的知识，一般只从总体上把握，而不作具体的分析。本书所论述的每一个问题都牵涉到深厚的学术背景，与当时历史、哲学、宗教、风俗、文学等因素有深厚的渊源关系，在很短的时间内很难融会贯通。加之，南宋江湖词派的词人姜夔、史达祖、吴文英、沈义父、杨缵、张枢、周密、张炎、王沂孙、陆辅之等，或为江湖清客，或为斗筲小吏，或为前朝遗民，或为朝廷外戚，多是一些偏离士大夫主流群体以外的文人群体，关于他们的史料并不多且真伪混杂。有些出自道听途说，有些属于曲意回护，有些属于恶意攻讦，还有些属于时人误记，时间地点人物事件的前因后果并不十分准确，往往与事实不相符合。对这些资料分析鉴别实为不易。另外，笔者对这个课题做了二十多年的研究，喜爱之余，难免羼杂一些个人的主观情绪，入乎其里而不能出乎其外，很难做到客观公正、通达透彻的了解，某些观点的确够不上“清空”，难免有“质实”之弊。

《清空：宋代词学的创作风格》是对一种词学创作风格的研究，还是一个全新的研究领域。无论是本书所采用的研究方法，还是所得出的结论，都是一种尝试性的探索。笔者认为，本书的创新点体现在三个方面：其一，在古代文学、唐宋诗学等博大恢弘的背景下研究清空的趋向，从宋诗的才学化切入，在江西诗论背景下还原清空的理论体系；在江湖词派内部词法里，把握清空的基本特点。这样的研究思路是一个首创，因此与别的词学理论著作有所不同。其二，分析比较两种清空和骚雅的异同，并指出它们所代表的词学途径和相互联系；在清空与骚雅的关系上，笔者认为骚雅首先是一种人品，其次才是词学的审美理想。像这样的研究，目前还未见到有系统、深入的分析，本书的研究对象及结论都有一定的开创意义。其三，对南宋江湖词派诗词理论，如姜夔《白石诗说》、沈义父《乐府指迷》、张炎《词源》、陆辅之《词旨》作系统的研究，从理论上阐释才学—法度—清空之间的必然联系和发展趋势，这也是前贤时彦很少关注的问题。笔者希望通过对这些问题的研究，把词学研究提升到一个新的高度！

第一章　清空与古代文学

清空是宋代词学中的一个概念，但对于我国古代文学也具有普遍意义，也就是说，我国古代文学都是朝着清空这个方向发展的。因为在古代文学中一直存在才学化的问题，即以五言诗歌为例，从六朝至晚唐，它一方面不断地引入才学化的各种因素，另一方面又不断追求自然的诗风。在这种矛盾的心态下，宋以前的诗论家只承认对诗歌情感自然抒发有帮助的那些要素，而对于妨碍诗意自然的要素则予以抵制。随着社会文明程度的提高，社会成员的文化水平普遍提高，对诗歌才学化的期待也越来越高，于是有更多的人力工夫被融入诗歌创作。作诗的材料由先天的才情变成后天的学问，诗歌的情感由真情实感变成了人为的平淡雅正，抒情方式也由言志缘情变成了议论和写意，而且诗意越来越抽象、越来越不易理解，因此有必要对这些妨碍诗意自然抒发的因素进行化解。本书所涉及的人力工夫诸要素包括音韵对仗、苦思运意、锤炼字句、使事用典，这些要素是不同时期诗学理论探讨的主要问题，也是中国文学史上各个时期的闪光点之一。在具体论述时，才学化有时仅指“使事用典”一项。因为它是人力工夫中最后被诗学理论所接受的一个要素，直到宋代才被诗歌创作和理论共同认可，是宋代诗学理论的重点和难点问题之一。宋代诗学中的法度，大多是使事用典的规范，清空就是建立在这种浅易规则之上的一种活法。简而言之，清空就是用来化解因编排事类、堆砌典故而造成的词意晦涩、思路暗昧等弊病的一种创作方法。本章从古代文学中的才学化因素入手，对清空做一次溯流探源的梳理工作。

第一节　古代文学创作的清空

古代文学创作离不开才学，但当才学累积到了一定程度，就会妨碍诗意的自然抒发。于是就有了一种清理才学的方法，使诗歌创作在运用才学之后依然能达到诗意的自然抒发。这种清理才学的方法就是清空。所以，谈论清空必须得从才学说起。才学在古代文学创作中是普遍存在的。从《尚书》《诗经》《论语》到先秦诸子，它们大量运用前代的事典语典、历史故事和神话传说。援引经典不仅增强了文章的文采，还突出了作者所要表达的事理。从运用典故的方法上看，有些是同类相比、举一反三，其目的是启发读者思维；有些是借古喻今，强调论说的权威性；有些是一成不变沿用典故的本意，有些则是断章取义借题发挥；有些出自抒情说理的需要，有些是为了卖弄才学炫人眼目。汉魏六朝以后，文学从政教的笼罩下挣脱出来，诗缘情而绮靡，审美抒情成为诗歌创作的主要目的。这时，才学化的因素更为突出。到齐梁之际，后世诗歌创作所涉及的才学化诸因素已全部出现在五言诗歌之中。苦思运意、音律搭配、对仗用典、诗意玄化成为诗歌创作的主流。诗歌主题千篇一律，用诗意来证实玄理，用典繁密殆同书抄。所有这些使我们感受到，宋诗的才学化特点在古代文学中是普遍存在的，只不过前后时代的诗人对待这些才学的态度不同罢了。

一、唐前文学的清空

（一）

《尚书》是上古政令文书的汇辑，其中以天子对臣下的训话为主。在古代法律制度不甚健全的情况下，执政者的这些训令往往引述前代典章制度、历史故事作为自己施政的根据。因此，引经据典、驱使故实成为书写政令文书的必然选择。《商书·盘庚》追记了商王盘庚三次训话。盘庚多次用上天、先王、鬼神、祸福、刑罚来劝诱、恐吓百姓，使其服从自己的意志。他引用迟任的话“人惟求旧，器非求旧，惟新”[①]，说明迁都的重要意义。其中一些典故的运用，十分切合盘庚的身份。上古时代，帝王既是世俗社会的王者，又是精神世界的领袖。商人重鬼神，好祭祀，商王同时还兼具大巫师的职责，负有沟通天地鬼神、阴阳二界的重责。盘庚随时拿出祖宗、神灵、天命等精神武器来控制他的臣民。《周书·无逸》是周公劝诫成王的话。当时成王已经长大成人，周公即将卸去摄政的重任。他谆谆教导后王要勤政爱民。周公先从正面枚举殷商历代贤王忧勤国事，敬畏天命得以延年益寿，再从反面举殷商后王不知稼穑艰难，不闻小人劳苦，惟耽淫乐，不仅没有享受到多少清闲，甚至连性命都不长久的事实，要求成王要像周代先王那样勤于政事，广开言路[②]。这篇训诫用典不少，却浅显易懂。

《诗经》中用典的情况也很普遍。在文人创作的雅颂中，才学化的成分更突出一些。《商颂·玄鸟》是殷商子孙祭祀他们先祖武丁的诗歌，其中运用了神话传说和历史故实。诗云：“天命玄鸟，降而生商，宅殷土芒芒。古帝命武汤，正域彼四方。方命厥后，奄有九有。商之先后，受命不殆。在武丁孙子。武丁孙子，武王靡不胜。龙旂十乘，大糦是承。邦畿千里，维民所止。肇域彼四海。四海来假，来假祈祈。景员维河。殷受命咸宜，百禄是何？”[③]关于玄鸟生商，朱熹注曰：“玄鸟，鳦也。春分玄鸟降。高辛氏之妃有娀氏女简狄祈于郊禖，鳦遗卵，简狄吞之而生契。其后世遂为有商氏，以有天下。”[④]这首诗歌记载了殷商始祖契诞生的奇异故事以及武丁王朝的强盛状况。《大雅》中还有一组记录周民族发祥的史诗《生民》《公刘》《皇矣》《绵》《大明》，也涉及了不少神话故事和历史事件。《生民》篇云：“厥初生民，时维姜嫄。生民如何？克禋克祀，以弗无子。履帝武敏歆，攸介攸止。载震载夙，载生载育，时维后稷。诞弥厥月，先生如达。不坼不副，无菑无害，以赫厥灵。上帝不宁，不康禋祀，居然生子。诞寘之隘巷，牛羊腓字之；诞寘之平林，会伐平林；诞寘之寒冰，鸟覆翼之；鸟乃去矣，

---

① 孔安国：《尚书注疏》，卷9，李学勤：《十三经注疏》，北京：北京大学出版社1999年版，第232页。

② 孔安国：《尚书注疏》，卷16，李学勤：《十三经注疏》，北京：北京大学出版社1999年版，第429~438页。

③ 毛亨：《毛诗正义》，卷20，李学勤：《十三经注疏》，北京：北京大学出版社1999年版，第1444~1445页。

④ 朱熹：《诗集传》，卷20，朱熹：《朱子全书》，合肥：安徽教育出版社、上海：上海古籍出版社2010年版，第1册第2879页。

后稷呱矣。”[①]后稷诞生的神话，与殷商始祖契的故事同源而异流。姜嫄踩踏上帝大拇脚印感生后稷，是从殷商祭祀郊禖习俗的演化而来的。至于后稷的其他种种神异，有些来自神话，有些来自传说。《诗经》中还有许多历史题材的诗歌，是以历史事件作为用典背景的。周文王、武王数说商纣王的种种罪恶，冬雷阵阵，洪水泛滥，旱涝失调，地震瘟疫频现，这与周厉王、幽王时期的天灾人祸完全相同，所用的典故也大体一致。但诗人给同样的历史事件以不同的阐释，殷商王朝的灾荒是苍天示警，意味着天怒人怨，他将彻底地失去天命；而西周王朝只是人祸而非天命。只要调节好人事，革新朝政，还是能够挽回天意的。天命永远眷顾着西周王朝，可见诗人用心忠厚之至。在《诗经》中，有些典故还是诗歌情感的载体，如果不了解典故所蕴含的思想，也就无法读懂诗歌中的情感。《周南·麟之趾》云：“麟之趾，振振公子。于嗟麟兮！麟之定，振振公姓。于嗟麟兮！麟之角，振振公族。于嗟麟兮！”[②]朱熹以为这首诗是歌颂文王后妃仁厚之德，所生子孙皆化于善。他说：“文王后妃德修于身，而子孙宗族皆化于善，故诗人以麟之趾兴公之子言。麟性仁厚，故其趾亦仁厚。文王后妃仁厚，故其子亦仁厚。然言之不足，故又嗟叹之。”[③]清人方玉润也认为这首诗歌是“美公族龙种尽非常人也”[④]。这两种解释都脱离了文本，有些言不切题。这首诗歌采用了重章叠句的形式，反复突出一个主题“于嗟麟兮！”毫无疑问，这是一种强烈的嗟叹之情。如果文王后妃有仁厚之德，子孙宗族皆化于善，这是应该赞美而不应该嗟叹的情感。文王子孙都是“龙种”而非“常人”，也是可喜可贺的美事，为什么诗人还要反复嗟叹呢？可见，历代解诗者没有抓住这首诗歌的要害。这就需要考核典故的出处、诗歌的本事，正本清源，理清思路。笔者认为，麟既然是一种珍奇稀有动物，属于祥瑞之兽，有出必载，那么，我们不妨从记录麟的历史资料去发现新的线索。《孔丛子》记录了一则孔子叹麟的故事：“叔孙氏之车子钼商樵于野而获

---

① 毛亨：《毛诗正义》，卷17，李学勤：《十三经注疏》，北京：北京大学出版社1999年版，第1055~1065页。

② 毛亨：《毛诗正义》，卷1，李学勤：《十三经注疏》，北京：北京大学出版社1999年版，第59~62页。

③ 朱熹：《诗集传》，卷1，朱熹：《朱子全书》，合肥：安徽教育出版社、上海：上海古籍出版社2010年版，第1册第410页。

④ 方玉润：《诗经原始》，北京：中华书局1986年版，第90页。

麟焉。众莫之识，以为不祥，弃之五父之衢。冉有告曰：'麇身而肉角，岂天之妖乎？'夫子曰：'吾将往观焉。'遂泣曰：'予之于人，犹麟也。麟仁兽出而死，吾道穷矣。歌曰：'唐虞世兮麟凤游，今非其时来何求？麟兮麟兮我心忧！'"[①]鲁国获麟一事，对孔子内心的震撼极大。孔子作《春秋》，绝笔于获麟。杜预注曰："麟者，仁兽，圣王之嘉瑞也。时无明王，出而遇获。仲尼伤周道之不兴，感嘉瑞之无应，故因《鲁春秋》而修中兴之教，'绝笔于获麟'之一句，所感而作，固所以为终也。"[②]孔子《获麟歌》与《周南·麟之趾》的情感相同。司马迁说孔子曾经正乐删诗，《麟之趾》有可能经过孔子的润色。"于嗟麟兮"所嗟叹的是给国家、公室带来吉祥的瑞兽被杀害了，从此天下太平无望了。孔子感到吾道穷矣，因而有理想破灭、心绪激昂的反复嗟叹！

《论语》是孔子及其弟子相互辩难的语录。在圣贤的对话录中，也常常能用到各种典故。有些是转述上古圣王的语言，如《尧曰篇》引用尧舜禹一脉相传的治国之道"允执其中"，以及商汤王的祷告辞、周武王的誓辞等[③]。还有引用前人的话语，作为议论的根据，如《季氏将伐颛臾篇》引用周任的话"陈力就列，不能者止"[④]。有些则是改换前人的话语，如季康子问政于孔子曰："如杀无道，以就有道，何如？"孔子对曰："子为政，焉用杀？子欲善，而民善矣。君子之德风，小人之德草。草上之风，必偃。"[⑤]这句话中的"风草"论，即出自《尚书·周书·君陈》篇"尔惟风，下民惟草"[⑥]。至于历代的圣君贤相、苦心正节之士，更是孔门师徒谈论的核心话题。像孔子这样渊博的学者，经常谈论上古的圣贤是很正常的，而绝口不谈历史人物才是不正常的。

（二）

上面所说的是一些运用真实典故的情况。由于典故本身是真实的，能经得起

---

① 孔鲋：《孔丛子》，卷2，上海：上海古籍出版社1990年版，第16~17页。

② 左丘明：《春秋左传正义》，卷59，李学勤：《十三经注疏》，北京：北京大学出版社1999年版，第1444~1445页。

③ 何晏：《论语注疏》，卷20，李学勤：《十三经注疏》，北京：北京大学出版社1999年版，第265~266页。

④ 何晏：《论语注疏》，卷16，李学勤：《十三经注疏》，北京：北京大学出版社1999年版，第221页。

⑤ 何晏：《论语注疏》，卷12，李学勤：《十三经注疏》，北京：北京大学出版社1999年版，第166页。

⑥ 孔安国：《尚书注疏》，卷18，李学勤：《十三经注疏》，北京：北京大学出版社1999年版，第492页。

推敲，因而所发表的感慨、抒发的情感也经得起推敲。我们在阅读先秦诸子时，常常会遇到一些作者杜撰的典故。这些典故，有些是作者随意编造的故事，有些是经过加工改造过的历史事件。尽管枝节本末经不住推敲，但从作者发表议论、抒发情感的角度来说，还是很有意义的。

《庄子》是一部神奇诡异的哲理著作，他把自然之道和奇思异想完美地融会起来。天地万物，皆有思想。庄子自称其书“寓言十九”①。在这些寓言里，有动物故事，如鲲鹏蜕化、蜩与学鸠、蛮触相争、纪渻子养斗鸡；还有一些改造过的历史人物故事，如帝尧与得道之士、孔老问道、孔颜畅谈玄理、孔子盗跖、列子御风、庄惠辩论、曹商舔痔等。即便是一个血淋淋的解牛场面，庄子也能从中感悟出顺从自然之道来②。

与庄子同时代的孟子，也是一位编故事的高手。《孟子》中的寓言比比皆是，如五十步笑百步、齐人日攘其邻之鸡、齐人有一妻一妾等。上古的帝王圣贤也是孟子谈论的中心话题。孟子强调圣贤之士，不待帝王也能崛起，于是他精心塑造了几个贤士的典范，如大舜、伊尹、孔子等。他对这些人物的评论与历史记述不相吻合，体现了孟子强调个人奋斗和大丈夫人格力量的思想。读《孟子》使人觉得浩然之气磅礴流行，大丈夫精神弥塞天地之间。屈原的《离骚》是一首充满神话色彩的叙事长诗，包括南方楚民族的神话、历史、风俗、民情等独特的地方文化。王逸说：“夫《离骚》之文，依托五经以立义焉。‘帝高阳之苗裔’，则《诗》‘厥初生民，时惟姜嫄’也。‘纫秋兰以为佩’，则‘将翱将翔，佩玉琼琚’也。‘夕揽洲之宿莽’，则《易》‘潜龙勿用’也。‘驷玉虬而乘鹥’，则《易》‘时乘六龙以御天’也。‘就重华而陈词’则《尚书》《咎繇》之谋谟也。‘登昆仑而涉流沙’，则《禹贡》之敷土也。故智弥盛者其言博，才益劭者其识远。屈原之词，诚博远矣。”③庄子、孟子和屈子所用典故，有些出于虚构；有时为了表现自己的观点，不惜将真实的事件变成假的。这种方法同样也能被人接受。我们读《孟子》时，很少推敲那个偷鸡贼如何每天能从邻居家偷一只鸡，那个在坟墓之间乞

① 郭庆藩：《庄子集释》，卷9，北京：中华书局1961年版，第947页。
② 郭庆藩：《庄子集释》，卷9，北京：中华书局1961年版，第117~119页。
③ 洪兴祖：《楚辞补注》，卷1，北京：中华书局1983年版，第49页。

讨的人如何能养得起一妻一妾，也不会推敲逃跑五十步的人是否有可能去讥笑逃跑一百步的人，更没有人去考证《庄子》中那些聚在一起、畅谈玄理的人前后相差几百年，为什么所有的动物都会说话，更没有人去考究《离骚》中的求婚与现实中屈原爱情的关系，责备鸩鸟为媒的荒唐性。我们更多注意的是作者的情感，而不是他表述情感所用的方法。就像九方皋相马一样，只关注它是否神骏，至于其毛色、雌雄可以忽略不计。

典故虽有真实、杜撰之别，但并不影响表情达意的效果。正因为这些典故的不真实，反而更能说明问题。比如在《孟子·梁惠王章句下》篇，孟子连用朋友有失托妻之义则“绝之”，士师不能治狱则“弃之”的典故来类比，接下来，话锋一转，直逼齐宣王，“四境之内不治，则如之何”使“王顾左右而言他”①。如果这些典故是真实的，那么这段话的论说效果就要大打折扣。引经据典、锱铢必究，仿佛秀才背书，不失之迂腐呆板，就失之于微观具体，很难达到轻松自如、犀利无比的论辩效果。杜撰典故灵活自然、切近情理，非常适合于辨析事理。这就给我们提出一个重要的思路：典故只是表情达意的工具，只要能达到目的，可以选用多种方式。我们在阅读作品时，要超越这些表面的现象，领悟它的精神实质，去粗取精，遗貌取神。如果陷进故纸堆中出不来，常常会因小失大，误解作者的本意。

（三）

先秦典籍中的典故虽有真假，但只要明白了典故的含义，就可以了解作者的意旨。在先秦典籍中还有一种普遍情况，就是对典故的曲解。曲解典故也分几种情况。比较常见的是因为学识浅陋，不能准确理解前人用典的意义而强作解人。我国历史悠久，文化昌盛，就连孔子也不可能完全理解每一个典故的本意。《韩非子》卷9记录了一条孔子与学生讨论殷商刑法的故事，云：“殷之法刑弃灰于街者，子贡以为重，问之仲尼。仲尼曰：‘知治之道也。夫弃灰于街必掩人，掩人人必怒，怒则斗，斗必三族相残也。此残三族之道也。虽刑之可也。且夫重罚者，人之所恶也，而无弃灰，人之所易也。使人行之所易，而无离所恶，此治之道。’一曰：殷之法弃灰于公道者断其手。子贡曰：“弃灰之罪轻，断手之罚重。古人何太毅也？”曰：“无弃灰所易也，断手所恶也。行所易不关所恶，古人以

① 赵岐：《孟子注疏》，卷2下，李学勤：《十三经注疏》，北京：北京大学出版社1999年版，第50页。

为易，故行之。”[1]孔子对扬灰的解释就是臆度之辞了。在唐尧时代，我国城市已经出现。考古发现唐尧故都下水设施完备，证明当时的城市已有相当的规模。城市是人口高密地区，因而对于那些危害公共利益且屡教不改的违法行为打击力度较大。对弃灰于街者，或者“黥之”，或者“断其手”。这不是因为它可能引起某种严重的后果，而是它在事实上已经危害了公众利益，是一种法律禁止的行为。至于刑责过重，那是因为统治者对这种犯罪行为特别厌恶，有意加大了打击的力度。法律惩治犯罪，只能依据它对社会危害的实际后果量刑定罪，而不能把某些不属于他所犯的过错强加给他，或者因为这种犯罪行为可能引起某种后果而给他定罪。孔子是礼学专家，但不是法学专家。孔子说“听讼，吾犹人也”，可见他对法律不很精通，有些阐释就不够精确。礼与法都是维护社会秩序的重要手段，但二者还是有区别的。礼劝善于前，法惩治于后。孔子以礼的方法来阐释法律的条文，因此他的阐释是不准确的。还有，受某种学术思想、方法的影响，也会引起人们对一个问题的曲解。汉儒解经，字字比附，因为他们要寻求所谓的“微言大旨”。思想方法上的错误，导致了对某些诗词理解的错误，在古代文学研究中时时出现。还有一种曲解，就是在文本的基础上引申发挥，以期达到一种慧心独悟的审美境界。《论语》中孔子与弟子谈论《诗经》，体现了这一特色：

子贡曰：“贫而无谄，富而无骄，何如？”子曰：“可也。未若贫而乐，富而好礼者也。”子贡曰：“诗云：‘如切如磋，如琢如磨。’其斯之谓与？”子曰：“赐也，始可与言诗已矣！告诸往而知来者。”[2]

子夏问曰：“‘巧笑倩兮，美目盼兮，’素以为绚兮，何谓也？”子曰：“绘事后素。”曰：“礼后乎？”子曰：“起予者商也！始可与言诗已矣。”[3]

子贡、子夏对《诗经》诗句的阐释，都不是《诗经》的本意，而是在本意之上的发挥引申。按：“如切如磋，如琢如磨”，出自《诗经·卫风·淇奥》，这首诗歌

---

① 陈奇猷：《韩非子新校注》，上海：上海古籍出版社2000年版，第585~586页。
② 何晏：《论语注疏》，卷1，李学勤：《十三经注疏》，北京：北京大学出版社1999年版，第12页。
③ 何晏：《论语注疏》，卷1，李学勤：《十三经注疏》，北京：北京大学出版社1999年版，第32~33页。

是赞美卫武公的美德[①]。切磋、琢磨，是指卫武公修身学道的方法。何晏注云："道其学而成也。听其规谏以自修，如玉石之见琢磨也。"[②]"巧笑倩兮，美目盼兮"出自《诗经·卫风·硕人》，写齐姜夫人高贵的身世和美丽的外貌。这些诗句人们都能理解，但对孔子与其弟子所谈论的话题人们就未必能理解。本书试做如下解释：

子贡的话题是由修身养性谈起的。他说：贫无谄容，富无骄横如何？孔子说：行，但不如安贫乐道，富贵而守礼仪。子贡借题发挥，说卫武公修身有道，持之以恒，大概就是如此吧？孔子对这个解释很满意，说可以与子贡谈论诗歌啊。他能由此及彼，悟性很高啊！

孔子与子夏谈论的是一个体用问题。子夏说诗写齐姜的美貌，她的笑容令人陶醉，眼睛能勾人魂魄，如果把她画出来多好啊。孔子说：绘画，先有素板，然后才有美好的图画。子夏又问：礼和诚敬的关系也是如此吧？孔子对此很满意，他赞叹道：子夏能够启发我的思考，可以和他一起讨论诗歌了。

孔子论诗主张"思无邪"，即《诗经》可以引发人丰富的联想。这些联想必须合乎社会规范。子贡、子夏是孔门高足，并以言语、文学而名列十哲之中。他们悟性高，善于用由此及彼、举一反三的联想方式思考问题。子贡由某人贫而无谄、富而不骄的个人行为，很快联想到君子的修身标准，要像卫武公一样年过九十仍好学不倦。子夏则由绘画先有画板再有图画，想到礼仪和诚敬的关系。先有诚敬，然后才有各种礼仪。礼仪是诚敬的表现，诚敬是礼仪的根本。没有诚敬的礼仪只是走过场，而没有礼仪，诚敬则无法表达。孔门师徒是通过对一两句诗句的分析来阐释这种深刻道理的。一般说来，分析具体的诗句是比较容易的，而讲明白一种道理是困难的。这不仅需要渊博的学识，还需要对社会问题有透彻的了解，以及超出常人的感悟力，因此能达到这个境界的人是很有限的。孔子及其弟子谈论《诗经》采用了断章取义、借题发挥的方法。这种方法在孔门后学的著作中得到了尽情的发挥。《大学》《中庸》《孟子》《荀子》引用前人的事典、语典，《诗经》中的用典数量很多，甚至通过分门别类的引用来阐释事理。这些引用往往离开了典故的本意，信手拿来任我挥洒为吾所用。孟子还提出了一种理解

---

① 毛亨：《毛诗正义》，卷3，李学勤：《十三经注疏》，北京：北京大学出版社1999年版，第214页。
② 毛亨：《毛诗正义》，卷3，李学勤：《十三经注疏》，北京：北京大学出版社1999年版，第216页。

古人作品的方法：

咸丘蒙曰：“《诗》云：‘普天之下，莫非王土。率土之滨，莫非王臣。’而舜既为天子矣，敢问瞽瞍之非臣如何？”［孟子］曰：“是诗也，非是之谓也。劳于王事，而不得养父母也。曰：‘此莫非王事，我独贤劳也。’故说诗者不以文害辞，不以辞害志。以意逆志，是为得之，如以辞而已矣，《云汉》之诗曰：‘周余黎民，靡有孑遗。’信斯言也，是周无遗民也。[①]

一乡之善士，斯友一乡之善士。一国之善士，斯友一国之善士。天下之善士，斯友天下之善士。以友天下之善士为未足，又尚论古之人。颂其诗，读其书，不知其人可乎？是以论其世也，是尚友也。[②]

关于“以意逆志”，孙奭疏曰：“故说诗者不以文而害逆其辞，又不可以其辞而害逆其诗人之志，以己之心意而逆求知诗人之志，是为得诗人之辞旨。人如说诗者，但以歌咏之辞为然，而不以己之意而求诗人志之所在，而为得诗人之旨而已矣，则《云汉》之篇，有云‘周余黎民，靡有孑遗’，信此言也，是周无遗民矣。殊不知此《云汉》之诗，其诗人之志盖在忧旱灾，以其多有死亡者矣，今其余民无有单孑得遗脱不遭旱灾者，非谓无民也。”[③]在具体的语境下，结合上下文意，用读者所感受到的“意”来反推作者创作诗歌时的“志”，就可以理解诗人作诗时所要抒发的情感了。《孟子》对于他所引用《诗经》《尚书》等古代文献中的典故，都采用了“以意逆志”的方法，因此这些诗句还是比较容易理解的。“知人论世”就是深入古人所处的时代、所面临的问题去理解他的思想，读懂他们的作品。孟子生逢乱世，强调自我奋斗，非常推崇上古的圣贤虞舜和伊尹。这些圣贤匹夫崛起，位至帝王师相。在谈到有关帝舜和伊尹的典故时，孟子融入了自己的个性特征，这使人物形象更具有典型性和说服力。

① 赵岐：《孟子注疏》，卷2下，李学勤：《十三经注疏》，北京：北京大学出版社1999年版，第253页。
② 赵岐：《孟子注疏》，卷2下，李学勤：《十三经注疏》，北京：北京大学出版社1999年版，第291页。
③ 赵岐：《孟子注疏》，卷2下，李学勤：《十三经注疏》，北京：北京大学出版社1999年版，第253页。

“以意逆志”和“知人论世”是对“断章取义”手法的补充和完善，对于我们掌握古代文献资料、准确理解作者的思想提供了一种新的方法和途径。

在孔子的时代，《诗经》已经渗透到人们生活的各个方面。当时行人辞令，就是通过赋诗言志来完成的。借助诗意的模糊性、歧义性，把一些不便言明说的内容表述出来，收到投石问路的效果。班固《汉书·艺文志》云：“古者诸侯卿大夫交接邻国，以微言相感，当揖让之时，必称《诗》以谕其志，盖以别贤不肖而观盛衰焉。”①聘问歌咏、宴飨赋诗能体现出一个贵族的知识修养，反映出一个国家的兴衰。我们分析了《左传》《国语》引诗、赋诗的情况，认为行人赋诗，不求艰深，只比试灵活机敏的反应能力和博闻强志的学术素养。孔子对此提出专门的要求，说：“诵诗三百，授之以政，不达；使于四方，不能专对；虽多，亦奚以为？”②诵诗三百，可以增强一个政治家处理政事的能力。在内能够正确处理国政，在外能够“专对”。如果达不到这个目标，即使掌握再多的诗歌也没意义。“专对”得体，会给国家、个人带来荣耀。《左传》（鲁）襄公二十七年楚国薳罢如晋莅盟，晋侯享之。宴会结束时他赋《既醉》。因为这首诗歌有“既醉以酒，既饱以德。君子万年，介尔景福”一句，把晋侯比为太平君子，晋国君臣很满意，认为薳罢的后代必将兴旺于楚，楚国的大政一定归属于他③。“专对”不好，轻则自己脸面无光，如鲁襄公二十七年齐国庆封来鲁，叔孙豹赋《相鼠》讥讽他不知礼仪，何不去死④；重则使国家蒙受耻辱，鲁襄公十六年诸侯宴于温，晋侯使诸大夫舞，要求“歌诗必类”。齐国高厚赋诗不合规范，中途逃席而归，致使齐国未能参与诸侯结盟⑤。聘问歌咏，有时只有一两句诗歌；有时你来我往，反复咏唱。鲁僖公二十三年晋文公流亡秦国时，秦晋君臣之间就有一次比较复杂的赋诗活动，双方赋诗竟有五次之多。《国语》不但记录了当时所赋诗歌的篇名，而且

① 班固：《汉书》，卷30，北京：中华书局1962年版，第1755~1756页。

② 何晏：《论语注疏》，卷13，李学勤：《十三经注疏》，北京：北京大学出版社1999年版，第173页。

③ 左丘明：《春秋左传正义》，卷38，李学勤：《十三经注疏》，北京：北京大学出版社1999年版，第1068页。

④ 左丘明：《春秋左传正义》，卷38，李学勤：《十三经注疏》，北京：北京大学出版社1999年版，第1054页。

⑤ 左丘明：《春秋左传正义》，卷33，李学勤：《十三经注疏》，北京：北京大学出版社1999年版，第939页。

还提到所取诗句的特殊含义：

他日，秦伯将享公子，公子使子犯从。子犯曰："吾不如衰之文也，请使衰从。"乃使子馀从。秦伯享公子如享国君之礼，子馀相如宾。卒事，秦伯谓其大夫曰："为礼而不终，耻也；中不胜貌，耻也；华而不实，耻也；不度而施，耻也；施而不济，耻也；耻门不闭，不可以封。非此用师则无所矣。二三子敬乎！"

明日宴，秦伯赋《采菽》，子馀使公子降拜。秦伯降辞。子馀曰："君以天子之命服命重耳，重耳敢有安志，敢不降拜？"成拜卒登，子馀使公子赋《黍苗》。子馀曰："重耳之仰君也，若黍苗之仰阴雨也。若君实庇荫膏泽之，使能成嘉谷，荐在宗庙，君之力也。君若昭先君之荣，东行济河，整师以复疆周室，重耳之望也。重耳若获集德而归载，使主晋民，成封国，其何实不从。君若恣志以用重耳，四方诸侯其谁不惕惕以从君命！"秦伯叹曰："是子将有焉，岂专在寡人乎！"秦伯赋《鸠飞》，公子赋《河水》。秦伯赋《六月》，子馀使公子降拜。秦伯降辞。子馀曰："君称所以佐天子匡王国者以命重耳，重耳敢有惰心，敢不从德？"①

这是一次非常重要的外交活动。公子重耳能否回国执政，取决于秦国支持的力度。重耳集团做了周密的安排，子犯以为自己不如赵衰有文采，推荐赵衰作傧相。赵衰博学多才、反应机敏，出色地完成了这次外交使命。秦伯对晋国君臣的赋诗很满意，表示不遗余力支持重耳复国，说"非此用师则无所矣"。那么，赵衰是怎么赋诗的呢？秦穆公赋《采菽》。这首诗记载西周王朝强盛时，诸侯来朝加以锡命之事。秦穆公取其第三章"赤芾在股，邪幅在下。彼交匪纾，天子所予。乐只君子，天子命之。乐只君子，福禄申之"。这就是赵衰所理解的"君以天子之命服命重耳，重耳敢有安志，敢不降拜？"赵衰让重耳赋《黍苗》，取其首句"芃芃黍苗，阴雨膏之"之意，表达"重耳之仰君也，若黍苗之仰阴雨也"的情感。赵衰进一步申明重耳回国执政，不仅对晋国有利，也对秦国有利，可以成就秦国的霸业。秦穆公赋《鸠飞》，这是《诗经·小雅·小宛》中首句"宛彼鸣鸠，翰飞戾天"的缩略。说明重耳做晋国国君，完全是由他的仁德所致，功劳

① 左丘明：《国语》，卷10，上海：上海古籍出版社1998年版，第359~360页。

不全在秦穆公本人。重耳再赋《河水》，杜预注曰："义取河水朝宗于海，海喻秦。"[①]秦穆公再赋《六月》，取"王于出征，以佐天子"意，赞美重耳归国，必能佐天子匡正天下。于是赵衰让重耳降拜，穆公也降阶答礼。赵衰说明重耳降拜的理由："君称所以佐天子匡王国者以命重耳，重耳敢有惰心，敢不从德？"

《左传》文公十三年郑鲁宴于棐。郑大夫子家赋《鸿雁》，取侯伯哀恤鳏寡，有征行之劳。是说郑国寡弱，希望鲁侯返还晋国为其求情。鲁国大夫季文子说："我们也是弱小国家，处境相同，感受一样。"赋《四月》，取君子行役逾时，思归祭祀之意，表示不愿为郑国返还晋国。子家赋《载驰》第四章，意为小国有急，希望大国救助。文子赋《采薇》第四章，取其"岂敢定居？一月三捷"之意，答应为郑国安危返还晋国求情[②]。这是把自己要说的话通过诗句表述出来。

《左传》襄公二十七年晋国大夫赵武与郑国七子赋诗。赵武通过赋诗言志，考察郑国大夫的人品。子展赋《草虫》，取"未见君子，忧心忡忡，亦既见止，亦既觏止，我心则降"，比赵武为君子。赵武说："善哉！在上不忘降下，故可以主民。只是我不足以当君子的美名。"伯有赋《鹑之贲贲》。这是《诗经·鄘风》中的诗篇。卫人讽刺其君淫乱，像鹑鹊一样，其中有"人之无良，我以为兄，我以为君"一句。伯有以此表明他对郑国君臣的不满。赵武提出委婉的批评，说："闺房里面的话，不出门槛。怎么能到处乱讲？这不是我们做使臣的人想听的。"子西赋《黍苗》之四章："肃肃谢功，召伯营之。列列征师，召伯成之。"把赵武比作西周贤臣召穆公。赵武推辞道："我们国家有君主，一切皆在君主的掌握之中。我又能起到什么作用呢？"这是把好处推给国君。子产赋《隰桑》，有"既见君子，其乐如何"，意为思见君子，当尽心事之。赵武说："我虽然不敢当君子之名，但我愿意接受这首诗歌的最后一章。"这首诗最后一章是"心乎爱矣，遐不谓矣，中心藏之，何日忘之"。赵武希望得到子产的教诲。子大叔赋《野有蔓草》，取"邂逅相遇，适我原兮"，意为不期而遇，满足了我的思念。赵武也谦恭地回答"能见到你，也是你的恩惠"。印段赋《蟋蟀》，有"无以大康，职思其

---

① 左丘明：《春秋左传正义》，卷15，李学勤：《十三经注疏》，北京：北京大学出版社1999年版，第413页。

② 左丘明：《春秋左传正义》，卷19下，李学勤：《十三经注疏》，北京：北京大学出版社1999年版，第547页。

居。好乐无荒，良士瞿瞿”句，意为小心戒惧，顾念礼仪。赵武很满意，认为他能谨慎处世，能够保全家室。公孙段赋《桑扈》，取君子有礼有文，承受上天所赐之福。赵武说：“能做到这一点，即使想不要福禄，也是不可能的啊。”宴会结束后，赵武告诉叔向：“伯有将要死于非命！诗以言志。他不满郑国的君臣，还到处发牢骚，甚至把它作为取悦客人的手段。他能长久吗？能多活一天，也是他的侥幸啊！”叔向曰：“确实如此，也太过分了！所谓不及五年必出事故，说的就是他。”赵武说：“其他人都可以延续数代的富贵。其中子展的福禄最长，他在上位不忘谦恭。印段其次，乐而不荒。自己快乐，也能使百姓安居；做事适中，百姓容易接受。他福禄绵延，不是很合适的吗？”①

赋诗言志是一种典型的使用才学的方法，属于运用前人语典的范畴。引用前人诗句，赋予其全新的意义。这种新意并不是《诗经》的原义，而是根据谈话的场景，结合所赋诗歌中字面意义，引申出来的。所谓“赋诗断章，余取所求焉”②。赋诗者所取只是他自己需要的那一部分，并不顾及《诗经》的全篇以及它原先固有的意义。这就脱离了语典原来的语境，削足适履，改头换面，使它符合上下文的需要，与黄庭坚诗歌用典的方法相近。

战国后期出现了一种新的文体，它把传统的平铺直叙缺乏文采的赋，变成了登高能赋的赋。赋是一种新兴的士大夫文学，要求作者具有渊博的学识和高超的驾驭文字能力。它以分门别类、敛集故实为特征，流风所至，以致有“繁华损枝，膏腴害骨”③之弊。这种宏伟壮观、汪洋恣肆的文风与西汉王朝的国势紧密相连，于是开创了煌煌的汉大赋时代。两汉文学的其他体式也逐渐濡染上了才学化的特征，即使来自民间、作为倡优俳谐文学的五言诗歌，也由朴拙刚劲变得华丽典雅。魏晋之后，诗歌抒情方式由言志转向缘情，由经国之伟业降为抒发士大夫胸中的情感，它必然要选择一种适合士大夫习惯的表情达意的方式。于是，驱使典故就成了首要的选择。两汉诗歌已开始用典，至泰始、大明年间，诗歌殆同

① 左丘明：《春秋左传正义》，卷38，李学勤：《十三经注疏》，北京：北京大学出版社1999年版，第1063~1065页。
② 左丘明：《春秋左传正义》，卷38，李学勤：《十三经注疏》，北京：北京大学出版社1999年版，第1077~1078页。
③ 詹锳：《文心雕龙义证》，北京：中华书局2010年版，第307页。

书抄。感悟玄理、说老谈庄盛极一时，以至于“诗必柱下之旨归，赋乃漆园之义疏”①。魏晋南北朝的文学始终笼罩在浓郁的谈玄说道氛围下，就连谢灵运的山水诗、陶渊明的田园诗也不例外。这时期文学家有一个共同的特点——天资颖悟、勤奋好学，如曹植才高八斗，“年十岁余，诵读诗、论及辞赋数十万言，善属文”②。阮籍才气超逸，博览群籍，尤好《庄》《老》。陆机才高词赡，举体华美，“退居旧里，闭门勤学，积有十年。”③陶渊明率性任真，博学善文。谢灵运幼年颖悟，少年好学，博览群书，文章之美，江左莫逮。沈约“笃志好学，昼夜不倦。母恐其以劳生疾，常遣减油灭火。而昼之所读，夜辄诵之，遂博通群籍，能属文”④。庾信“少而聪敏，绮年而播华誉，龆岁而有俊名。孝性自然，仁心独秀，忠为令德，言及文词。穿壁未勤，映萤愈甚。若乃德、圣两《礼》，韩、鲁四《诗》，九流七略之文，万卷百家之说，名山海上，金匮玉版之书，鲁壁魏坟，缥帙缃囊之记，莫不穷其枝叶，诵其篇简。岂止仲任一见之敏，世叔五行之速。强记独绝，博物不群”⑤。天资颖悟属于诗人的天性，而学问渊博则是诗人后天学到的知识。但它也像天性中的某些因素一样，对于诗歌创作起着重要的作用。这就是学者型的诗人喜欢把学问也看作天性的一部分，融会到创作中去的一个重要原因。

二、唐诗的清空

初盛唐时期政治清明国力强大，贞观永徽之治、开元天宝盛世是历史上少有的太平盛世。从高祖太宗时修史注书，在朝廷设立修史馆、宏文馆、文学馆、崇文馆等储备人才的机构。《唐会要》卷64云：“太宗初即位，大阐文教。于宏文殿聚四部群书二十余万卷，于殿侧置宏文馆，精选天下贤良文学之士。虞世南、褚亮、姚思廉、欧阳询、蔡允恭、萧德言等，以本官兼学士。令更宿直，听朝之隙，引入内殿，讲论文义，商量政事，或至夜分方罢。”⑥“武德四年十月，秦王

---

① 詹锳：《文心雕龙义证》，北京：中华书局2010年版，第1710页。
② 陈寿：《三国志》，卷19，北京：中华书局1974年版，第557页。
③ 房玄龄：《晋书》，卷54，北京：中华书局1974年版，第1467页。
④ 姚思廉：《梁书》，卷13，北京：中华书局1973年版，第233页。
⑤ 倪璠：《庾子山集注》，北京：中华书局1980年版，第53页。
⑥ 王溥：《唐会要》，卷64，京都：中文出版社1978年版，第1114页。

既平天下，乃锐意经籍。于宫城之西。开文学馆，以待四方之士。于是以僚属大行台司勋郎中杜如晦、记室考功郎中房玄龄，及于志宁、军谘祭酒苏世长、安策府记室薛收、文学褚亮、姚思廉、太学博士陆德明、孔颖达、主簿李元道、天策仓曹李守素、记室参军虞世南、参军事蔡允恭、颜相时、著作佐郎摄天策记室许敬宗、薛元敬、太学助教盖文达、军谘典签苏勖等，并以本官兼文学馆学士。及薛收卒，征东虞州录事参军刘孝孙入馆。令库直阎立本图其状，具题其爵里，命褚亮为文赞。号曰十八学士。写真图藏之书府。用彰礼贤之重也。诸学士食五品珍膳，分为三番，更直宿阁下，每日引见，讨论文典。得入馆者，时人谓之登瀛洲。”①其时政治禁忌少，思想呈现多元化的趋向。儒家思想对初盛唐的边塞诗、政治抒情诗影响甚巨，道家思想对山水田园诗、禅宗思想对诗歌创作的思维方式影响很大。诗赋取士、台阁赓和促进了五七言律诗标准的确立，诗法、诗式、诗格、诗律之类的书籍应运而生。唐人比前代人读书更多，学识更渊博。前人行万里路、读万卷书的愿望，已经成为一种现实。胡明教授指出初唐时期编纂的各种类书，对于唐诗才学化有特殊的意义。他说：“类书，是介乎文学与学术之间的（或者说是混合了两者的）一种做文做诗的参考书。体制上以语词、文句、典故、事实、妙语镌策汇编为主，所谓‘英词丽句，以类相从’，所谓‘事类联属，便于采撷’。这种类书有唐一代名目繁多尤以初唐产品为夥：《文思博要》《累璧》《瑶山玉彩》《三教珠英》《芳林要览》《事类》《文府》《碧玉芳林》《玉藻琼林》《笔海》等等。如今存世名声最大则有《北堂书钞》《艺文类聚》《初学记》和白氏《六帖》（大部分都亡佚了）。闻一多在《类书与诗》（《唐诗杂论》）中说它是‘太像文学的学术和太像学术的文学’，‘不过是《兔园册子》的后身，充其量也不过是规模较大品质较高的《兔园册子》’。这一类文学参考书或者做诗实用手册，从中央编的大部头巨型类书到民间比如敦煌发现的《珠玉钞》《随身宝》之类的微型‘兔园策’，在一个相当广泛层面上凝聚了一支自觉的诗人创作队伍，因而在实践上大大推动了诗歌创作的繁荣兴旺。难怪闻一多嘲笑说：唐初是个‘大规模征集词藻的时期’。‘词藻’，——英词丽句的巨量镶嵌——也便成了一个时期诗歌创作的主要内容与形式特征。病态的文藻与浮华不仅给初唐的诗坛带来

① 王溥：《唐会要》，卷64，京都：中文出版社1978年版，第1117页。

了畸形的繁荣，而且为有唐一代的诗歌创作的世俗化普及大开了方便之门，尤其为那些天分不高、才气不足且被一个时代的做诗潮浪卷了进去，拼命努力要做出成就的大量中下等诗歌作者鼓足了做诗的信心。——唐诗研究者有的已经发现了这种‘兔园册子’深刻地影响到较高层次文人的创作（后来的李商隐还精心自制‘兔园策’，如《金钥》《杂纂》《蜀尔雅》等，为自己做诗时随心调用故典镌策而预为之备），而且不自觉中规范与牢笼了一批诗人的词语选择与表达形式，为诗歌创作唱酬、联句、应对、测试的机械化、公式化、标准化铺设了便道，不管这种类书‘指导’诗歌的理论意义如何，它已是唐诗学术的一种，对唐诗的创作发生了独特的影响。”①

唐诗的才学化是自上而下普及开来的，由朝堂上错金镂采的上官体到沈宋的新体诗，都充满了才学化的因素。唐人广泛汲取前代诗人的诗篇，沉浸醲郁，含英咀华，用来丰富自己的诗歌创作。他们对前代诗人进行过全面深入的研究，熟悉其风格特点，常常以此评价、指导现实中的诗人诗作，确立其在文坛上的地位。杜甫评价孟浩然：“赋诗何必多？往往凌鲍谢”，评价李白“清新庾开府，俊逸鲍参军”，“李侯有佳句，往往似阴铿”，“何刘沈谢力未工，才兼鲍照愁绝倒”。杜甫自称“赋料扬雄敌，诗将子建亲”，“李陵苏武是吾师，孟子论文更不疑”，“孰知二谢将能事，颇学阴何苦用心”。韩愈也自称“久钦江总文才妙”、“文章蔑曹谢”。即使在日常生活游戏中，唐人也充满了才学化的倾向。白居易“闲征雅令穷经史，醉听清吟胜管弦”②，韩愈“令征前事为，觞咏新诗送”③，刘禹锡“令征古事欢生雅，客唤闲人兴任狂”④，就是以才学的多少作为赏罚的标准。只有广泛继承前代的精华，才能成为后人学习的楷模。元稹评价杜诗，就是从杜诗与前代诗歌的渊源关系着眼的。他说：“至于子美，盖所谓上薄《风》、《骚》，下该沈、宋，言夺苏、李，气吞曹、刘，掩颜、谢之孤高，杂徐、庾之流丽，尽得古今之体势，而兼人人之所独专矣！”⑤苏轼进而又称杜甫为前代诗歌的集大成

① 胡明：《关于唐诗》，《文学评论》1999年第2期。
② 谢思炜：《白居易诗集校注》，北京：中华书局2006年版，第2604页。
③ 钱仲联：《韩昌黎诗系年集释》，卷9，上海：上海古籍出版社1984年版，第959页。
④ 卞孝萱：《刘禹锡集》，卷34，北京：中华书局1990年版，第494页。
⑤ 冀勤：《元稹集》，卷15，北京：中华书局1982年版，第601页。

者[①]。杜诗集前代诗歌的大成，形成了典型的唐诗风格；杜诗还开启了后世诗歌的先河，成为宋人学习的楷模。在唐宋诗学史上，杜甫是唐宋诗歌转变的一个关键。杜甫作诗离不开才学，诸如学问“读书破万卷，下笔如有神”、苦思“为人性僻耽佳句，语不惊人死不休”、诗律“晚节渐于诗律细”等，杜甫所抒发的是一种具体的情感，还不是宋诗常见的那种模糊的意趣。也就是说，杜诗是缘情而非写意的。杜诗虽然熔铸了不少的才学因素，但它还属于唐诗而不是宋调。元好问《杜诗学引》云：“窃尝谓子美之妙，释氏所谓学至于无学者耳。今观其诗，如元气淋漓，随物赋形，如三江五湖，合而为海，浩浩瀚瀚，无有涯涘；如祥光庆云，千变万化，不可名状，固学者之所以动心而骇目。及读之熟，求之深，含咀之久，则九经百氏，古人之精华，所以膏润其笔端者，犹可仿佛其余韵也。夫金屑、丹砂、芝术、参桂，识者例能指名之，至于今而为剂，其君臣佐使之互用，甘苦酸醎之相入，有不可复以金屑、丹砂、芝参、术桂而名之者矣。故谓杜诗为无一字无来处，亦可也。谓不从古人中来，亦可也。前人论子美用故事，有著盐水中之喻，固善矣。但未知九方皋之相马，得天机于灭没存亡之间，物色牝牡，人所共知者，为可略耳。”[②]元好问指出了杜诗的两大特征：其一，杜甫诗歌用真情实感驾驭才学，把才学用到了像没有才学一样。说杜诗无一字没来历也可，说杜诗全部出自胸臆也可。其二，杜诗把才学融汇到诗歌中去，正如他自己所谓的如盐著水溶化无痕。用典对杜诗来说只是一种手段，而抒情达意才是其真正目的。

杜甫是运用才学的典范，中晚唐诗人继承杜甫的精神，并在各个方面都做了一些有意义的尝试。孙仅说：“公之诗，支而为六家：孟郊得其气焰，张籍得其简丽，姚合得其清雅，贾岛得其奇僻，杜牧、薛能得其豪健，陆龟蒙得其赡博，皆出公之奇偏尔，尚轩然自号一家，赫世煊俗。后人师拟不暇，矧合之乎！风雅而下，唐而上，一人而已。是知唐之言诗，公之余波及尔。”[③]孙仅所指出的这种现象确实值得注意。中晚唐诗歌基本上出于杜甫，才高者得其大体，才低者得其小体。不过他所列举的多是中晚唐的小家，多是小体。而中晚唐的大家得杜诗沾溉更多，韩愈、李

① 陈师道：《后山诗话》，卷23，何文焕：《历代诗话》，北京：中华书局1981年版，第304页。
② 仇兆鳌：《杜诗详注》，北京：中华书局1979年版，第2252~2253页。
③ 仇兆鳌：《杜诗详注》，北京：中华书局1979年版，第2238页。

贺把尚奇尚怪的审美情趣引入诗歌的创作，务去陈言，不屑使用前人用过的语言。叶燮说："韩诗无一字犹人，如太华削成，不可攀跻。"[①]元白诗风平实浅易，其中蕴含了许多才学成分，如反复唱和、长篇排律等，都是很需要学问功力的。以李商隐为代表的晚唐诗人务求多使事、多用典，表现一种惝恍迷离、模糊不清的意趣。从唐人运用才学的方法上，可以清晰地看出唐宋诗歌才学化发展的线索和趋势。

（一）

韩愈继承了杜甫以才学为诗的特点，破体为诗，把散文的一些手法引入诗歌创作，这就是陈师道所说的"以文为诗"。与盛唐诗坛上的李杜、中唐诗坛上的元白等人相比，韩愈诗歌确实不够本色[②]，更像是有韵的散文或骈文。他之所以改变诗歌的体式，就是为了便于运用才学。在韩愈以前，诗歌创作以言志、缘情为目的，通过具体情景的描写抒发一种具体的情感，触发读者的丰富的联想，不需要摆事实、讲道理、用典故。韩愈把散文化的特点引入诗歌创作，于是诗歌创作就发生了变化。诗歌不但可以运用才学，而且还可以用人力工夫取代天然风韵。韩诗典故密集，一句一典，甚至每一个字都有出处。韩愈《县斋有怀》写诗人早年的理想抱负和入仕以后的坎坷遭际。诗歌的情感线索是比较明显的，但表现手法却相当烦琐。首先是句句对偶；其次句句用典，并对典故改头换面，以适应诗歌的需要，"如今便可耳，何用毕婚嫁"，用向平男女婚嫁毕，恣意游五岳事，韩愈反其意而用之，这是反用典故，可谓是旧事翻新、化臭腐为神奇。韩愈最喜欢用一些生僻的典故，如《嘲鼾睡》其一用到佛教的典故，"有如阿鼻尸"、"铁佛闻皱眉"等。宋人周紫芝、葛立方认为这与韩愈一贯辟佛的宗旨不合。笔者以为韩愈辟佛，不等于他不懂佛。事实上，只有了解佛教才能对其做出深刻的批判。韩愈不拒绝与僧人来往，常常通过与僧人的交游劝他们弃佛而信儒。对于澄观，欲"收敛加冠巾"；对于惠师，"吾疾游惰者，怜子愚且淳"；对于灵师，"方将敛

① 叶燮：《原诗》，北京：人民文学出版社1979年版，第51页。

② 韩愈诗歌艰涩难读，但有些也是可以歌唱的。元稹《见人咏韩舍人新律诗，因有戏赠》云："喜闻韩古调，兼爱近诗篇。玉磬声声彻，金铃个个圆。高疏明月下，细腻早春前。花态繁于绮，闺情软似绵。轻新便妓唱，凝妙入僧禅。欲得人人伏，能教面面全。延之苦拘检，摩诘好因缘。七字排居敬，千词敌乐天。殷勤闲太祝，好去老通川。莫漫裁章句，须饶紫禁仙。"（冀勤：《元稹集》，卷12，北京：中华书局1982年版，第134页）这种"轻新便妓唱"的诗歌，在韩愈三百多首诗歌中并不占主流。

之道，且欲冠其颠”；对于文畅，则草序排讦。韩愈成功说服无本（贾岛）弃僧服而举进士。这些说明韩愈是熟悉佛教典籍的。只有了解佛教的基本教意，才能辨析其中的利害。韩愈还精通道家典籍，《嘲鼾睡》其二用《庄子·应帝王篇》中的典故，《赠崔立之》全用《庄子》典故。韩愈用得最多的还是儒家经典中的典故。由于所在多有，俯拾即是，这里不再一一枚举了。运用经典中的生僻典故，一方面表现了作者知识渊博，学殖丰富，另一方面避免了与人雷同。这是由韩愈喜欢标新立异、好奇尚怪的性格决定的。

韩愈是中唐诗坛上的领袖，门下会聚着一群优秀的作家和诗人。韩愈经常与他们唱和。唐人唱和的方式有多种，韩愈喜欢联句。《昌黎文集》收录联句诗一卷。南宋王伯大认为联句诗创自韩愈。这个说法虽被后人否定，但韩愈喜欢联句却是不争的事实。韩愈在《石鼎联句诗序》中记述了元和七年十二月四日的一次联句过程，把诗人争奇斗险、比试才学的心态揭示无遗。联句先要确立一个题目，然后由在场的诗人集体创作。诗人往往依次作诗，每人每次一韵或数韵，作不出来就被淘汰，能坚持到最后的就是优胜者。由于有诗题、诗意、押韵、用典等方面的限制，还要照顾上句传下来的诗脉。前面诗人有意用窄韵、险韵，逼得后面的诗人无路可走。与个人独自创作相比，联句难度无疑更大。联句，就是一种创作竞赛，比试的是参与者才思机敏的程度、实际运用才学的水平，以及对诗体的熟练程度。这种因难而见巧的创作方法很符合韩愈喜欢展示才学的创作心态，所以他乐此不疲。与韩愈经常联句的诗人有孟郊。二人趣尚略同，工力悉敌，联句时字字争胜，不肯稍让，而且以篇幅宏大而著称，《征蜀联句》一百韵，《城南联句》一千五六百字。自古联句，未有如此之长者。联句本身就是一种文字游戏，与发乎情止乎礼的诗歌创作宗旨不同，艺术成就往往都不高。韩愈还喜欢用别人诗歌的原韵唱和，《陆浑山火和皇甫湜用其韵》就是用皇甫湜《陆浑山火》韵创作的诗歌。刘攽《中山诗话》解释“用韵”即“用彼之韵，不必次之”[①]，即用别人诗歌的原题原韵，但不需要依次押韵。这样难度也比较大，诗人的性情受到主题和音韵的双重限制。然而受到的限制越大，越能显示出作者才学来。今天读韩愈的《陆浑山火和皇甫湜用其韵》，很难看出它所受到的种种束缚，即使原作也不过如此。

---

① 刘攽：《中山诗话》，何文焕：《历代诗话》，北京：中华书局1981年版，第289页。

韩愈还把杜诗苦思演化为好奇。从创作心态上看，杜甫是才思所到偶尔为之，因此表现出雍容典雅、大气磅礴的风格。韩愈则以奇取胜，于是形成一种瘦硬奇崛的风格。赵翼《瓯北诗话》卷3列举了韩愈奇险的句法并分析其优缺点，他说："昌黎诗如《题炭谷湫》云：'巨灵高其捧，保此一掬悭。'谓湫不在平地，而在山上也。'吁无吹毛刃，血此牛蹄殷。'谓时俗祭赛此湫龙神，而己未具牲牢也。《送无本师》云：'鲲鹏相摩窣，两举快一啖。'形容其诗力之豪健也。《月蚀诗》：'帝箸下腹尝其皤。'谓烹此食月之虾蟆，以享天帝也。思语俱奇，真未经人道。至如《苦寒行》云：'啾啾窗间雀，所愿晷刻淹。不如弹射死，却得亲炰焊。'谓雀受冻难堪，翻愿就炰炙之热也。《竹簟》云：'倒身甘寝百疾愈，却愿天日恒炎曦。'谓因竹簟可爱，转愿天不退暑，而长卧此也。此已不免过火，然思力所至，宁过毋不及，所谓矢在弦上，不得不发也。"[①]在韩愈的长诗中，充分体现了好奇尚怪的特点。《南山诗》共一百余韵，始叙四时之变，次叙南山连亘所止，末叙经历所见。诗歌并不难理解，但表现方式却很繁杂。押险韵，且层叠不穷；用赋体，状山景，诗中连用五十一个或字，真可谓前无古人后无来者。黄庭坚认为这首诗歌工巧超过了杜甫的《北征》，但从诗歌表情达意、感人至深的社会效果来看，《北征》不可或缺，而《南山诗》虽不作未害道也[②]。这首诗歌的缺点也是很明显的，形式上的奇诡导致了内容上的晦涩，如"突起莫间篴"、"诋讦陷乾窦"、"仰喜呀不仆"、"堛塞生怐愗"、"达枿壮复奏"等诗句，聱牙辖舌，实无意义。韩愈的《陆浑山火和皇甫湜用其韵》始言火势强盛，次言祝融御火，再言水火相克[③]，表现形式上也很艰涩，令人无法卒读。韩愈还自创一些奇警的句法，如《路旁堠》"千以高山遮，万以远水隔"，就是这方面的典型。在七言诗中，韩愈把常见的上四下三字句变成上三下四句，如《送区弘》"落以斧引以缧徽"、"子去矣时若发机"，《陆浑山火》"溺厥邑囚之昆仑"等，读且不通，还有什么诗意可言？赵翼指出："盘空硬语，须有精思结撰，若徒捋撦奇字，诘曲其词，务为不可读以骇人耳目，此非真警策也。"[④]即针砭韩诗好奇尚怪之失。

① 赵翼：《瓯北诗话》，卷3，北京：人民文学出版社1963年版，第29~30页。
② 范温：《潜溪诗眼》，郭绍虞：《宋诗话辑佚》，北京：中华书局1980年版，第327页。
③ 钱仲联：《韩昌黎诗系年集释》，卷6，上海：上海古籍出版社1984年版，第698页。
④ 赵翼：《瓯北诗话》，卷3，北京：人民文学出版社1963年版，第29页。

韩愈还把文无定法、形散而神不散的散文化结构引入诗歌创作中来，如《南山诗》内铺列春夏秋冬四时之景，《月蚀诗》内铺列东西南北四方之神，就是借鉴了战国纵横之士的说辞，以及汉赋的写法。元和十三年所写的《谴疟鬼》与元和六年的《送穷文》在写作手法上相近。所谓的“穷鬼”、“疟鬼”，并不是作者凭空杜撰出来的，而是神话传说中的人物。“穷鬼”出自《文宗备问》，曰：“颛顼高辛时，宫中生一子，不著完衣，宫中号为‘穷子’。其后正月晦死，宫中葬之，相谓曰：‘今日送却穷子。’自尔相承送之。”《四时宝鉴》云：“高阳氏子，好衣弊食糜，正月晦巷死。世作糜弃破衣，是日祝于巷，曰除贫也。”“疟鬼”的传说出自《汉旧仪》，曰：“颛顼氏有三子，生而亡去为疫鬼。一居江水，一为疟鬼。”运用这些古已有之而别人很少注意的典故，体现了诗人学问的赅博。比起作者随意杜撰的典故，也更令人信服一些。诗歌在具体写法上借鉴了汉赋铺张扬厉、排列故实的写法，如治疗疟疾时，“医师加百毒，熏灌无停机。灸师施艾炷，酷若猎火围。诅师毒口牙，舌作霹雳飞。符师弄刀笔，丹墨交横挥”，把医师、灸师、诅师和符师并列。“咨汝之胄出，门户何巍巍？祖轩而父顼，未沫于前徽。不修其操行，贱薄似汝稀。岂不忝厥祖，腼然不知归。湛湛江水清，归居安汝妃。清波为裳衣，白石为门畿。呼吸明月光，手掉芙蓉旗。降集随九歌，饮芳而食菲。赠汝以好辞，出汝去莫违”，模仿楚辞的风格。《谒衡岳庙遂宿岳寺题门楼》打破了唐诗前段叙事，后段抒情的惯例，就像一篇山水游记，夹叙夹议，摇曳多姿，还特别刻画了诗人淡泊宁静的品格，实为古诗中少见的现象。程学恂曰：“七古中此为第一。……‘潜心默祷若有应，岂非正直能感通。’曰‘若有应’，则不必真有应也。我公至大至刚，浩然之气，忽于游嬉中无心现露。‘庙令老人识神意’数语，纯是谐谑得妙。末云‘侯王将相望久绝，神纵欲福难为功’，我公富贵不能移，威武不能屈之节操，忽于嬉笑中无心现露。公志在传道，上接孟子，即《原道》及此诗可证也。文与诗意自各别，故公于《原道》《原性》诸作，皆正言之以垂教也。而于诗中多谐言之以写情也。即如此诗，于阴云暂开，则曰此独非吾正直之所感乎？所感仅此，则平日之不能感者多矣。于庙祝忘祷，则曰我已无志，神安能福我乎？神且不能强我，则平日之不能转移于人可明矣。然前则讬之开云，后则以谢庙祝，皆跌宕游戏之词，非正言也。假如作言志诗，云我之正直，可感天地，世之勋名，我所不屑，则肤阔而无味矣。读韩诗与韩文迥别，试按之然否？”①

韩愈散文以说理见长，诗歌也善发议论，《君子法天运》就是谈论如何修身养性的，曰：“君子法天运，四时可前知。小人惟所遇，寒暑不可期。利害有常势，取舍无定姿。焉能使我心，皎皎远忧疑。”②汉魏以后，文章从“经国之大业，不朽之盛事”的崇高地位，降为诗人内心“绮靡”的情感。这种触景生情、自然而细腻的情感更切合诗人的身份特点，因而更适合展现诗人的个性色彩。韩愈是一位饱学之士，他常常用诗歌谈论自己读书时的感受：“读书患不多，思义患不明。患足已不学，既学患不行。”③评论诗歌创作：“李杜文章在，光焰万丈长。不知群儿愚，那用故谤伤。蚍蜉撼大树，可笑不自量。伊我生其后，举颈遥相望。夜梦多见之，昼思反微茫。徒观斧凿痕，不瞩治水航。想当施手时，巨刃磨天扬。垠崖划崩豁，乾坤摆雷硠。惟此两夫子，家居率荒凉。帝欲长吟哦，故遣起且僵。翦翎送笼中，使看百鸟翔。平生千万篇，金薤垂琳琅。仙官敕六丁，雷电下取将。流落人间者，太山一豪芒。”④总结中唐以前的诗歌发展历史：“周《诗》三百篇，雅丽理训诰。曾经圣人手，议论安敢到。五言出汉时，苏李首更号。东都渐弥漫，派别百川导。建安能者七，卓荦变风操。逶迤抵晋宋，气象日凋耗。中间数鲍谢，比近最清奥。齐梁及陈隋，众作等蝉噪，搜春摘花卉，沿袭伤剽盗。国朝盛文章，子昂始高蹈。勃兴得李杜，万类困陵暴。后来相继生，亦各臻阃奥。”⑤评论音乐感人至深的艺术魅力：“昵昵儿女语，恩怨相尔汝。划然变轩昂，勇士赴敌场。浮云柳絮无根蒂，天地阔远随飞扬。喧啾百鸟群，忽见孤凤凰。跻攀分寸不可上，失势一落千丈强。嗟余有两耳，未省听丝篁。自闻颖师弹，起坐在一旁。推手遽止之，湿衣泪滂滂。颖乎尔诚能，无以冰炭置我肠。”⑥韩愈诗歌中所谈论的理，与散文中的大道理不同，一般都是现实生活中的小理，娓娓而谈，如诉家常。《示儿》诗自言辛勤三十年，始有此屋，而备述屋宇之垲

① 钱仲联：《韩昌黎诗系年集释》，卷3，上海：上海古籍出版社1984年版，第283页。
② 钱仲联：《韩昌黎诗系年集释》，卷2，上海：上海古籍出版社1984年版，第238页。
③ 钱仲联：《韩昌黎诗系年集释》，卷11，上海：上海古籍出版社1984年版，第1130页。
④ 钱仲联：《韩昌黎诗系年集释》，卷9，上海：上海古籍出版社1984年版，第989页。
⑤ 钱仲联：《韩昌黎诗系年集释》，卷5，上海：上海古籍出版社1984年版，第527~528页。
⑥ 钱仲联：《韩昌黎诗系年集释》，卷9，上海：上海古籍出版社1984年版，第1005页。

爽，妻受诰封，所往还无非公卿大夫，以劝其勤学。《符读书城南》以两家生子，提孩时朝夕相同；及长而一龙一猪，或为公相，势位赫奕，或为马卒，日受鞭笞，皆由学与不学之故。这些道理切实易行，体现了长者对后辈的循循诱导之意和谆谆劝告之情。黄庭坚尝抄写这首诗歌，跋曰："韩公之言，其于劝奖之功，异趋而同归也。"①

韩愈评论自己诗歌的特点时说："险语破鬼胆，高词媲皇坟。"②即用惊人的"险语"表现"皇坟"的精神。"险语"体现在他把杜甫"语不惊人死不休"变成了"破鬼胆"，他更加注重诗歌创作中的人力要素，押险韵，做拗体，讲求用典，无一字无出处，无一字与人相同。"皇坟"体现在韩诗情感与六经相表里，与儒家经典的精神是一致的。韩愈三百多首诗歌中没有一首艳情诗，也没有一首干谒诗，这些诗歌多是有为而作。韩愈与杜甫的创作观念是相近的，只是他过分强调才学诸因素，破坏了诗歌整体上的自然美和谐美，甚至因为形式的艰涩妨碍了诗意的抒发，常常把简单的诗歌也写得难以卒读。尽管如此，韩愈对于诗歌体式，尤其是对于运用才学方法的种种尝试，还是有积极意义的，而且对宋诗的才学化影响深远。苏轼以文为诗，黄庭坚瘦硬奇崛的诗风，都能在韩诗中找到源头。

（二）

元白诗派继承了杜诗平易朴实的特点，并把它发扬光大，形成了自己的风格。赵翼比较了中唐诗坛这两大诗派的创作风格，他说："中唐诗以韩孟、元白为最。韩、孟尚奇警，务言人所不敢言；元、白尚坦易，务言人所共欲言。试平心论之，诗本性情，当以性情为主。奇警者，犹第在词句间争难斗险，使人荡心骇目，不敢逼视，而意味或少焉。坦易者，多触景生情，因事起意，眼前景，口头语，自能沁人心脾，耐人咀嚼。此元、白较胜于韩、孟。"③与"尚奇警"韩孟诗派相比，"尚坦易"的元白诗派需要更多的人力工夫。因为韩诗文辞艰涩、典故生僻，但诗意比较直白。有关韩愈诗歌的主题，很少能够引起学术界的争议。而元白用通俗易懂的文字表现深刻的诗理，一首诗歌主题，往往千年以来迄无定

① 刘琳：《黄庭坚全集》，补遗卷9《题所书韩退之符读书城南诗后》，成都：四川大学出版社2001年版，第2305页。

② 钱仲联：《韩昌黎诗系年集释》，卷4，上海：上海古籍出版社1984年版，第391页。

③ 赵翼：《瓯北诗话》，卷4，北京：人民文学出版社1963年版，第36页。

论。元白诗派在坦易中见深刻，平实中显功夫。我们从运用才学方面，探讨白居易诗歌的主要特色，以期对元白诗派的创作风格有一个新的理解。

白居易诗歌充满了书卷气，喜欢在诗歌中发表议论。这些议论，有些是《诗经》美刺精神的遗绪，有些则表现诗人独立的文学见解。《读谢灵运诗》认为谢灵运诗歌是作者精神世界的体现，谢诗之所以好，是因为他“往往即事中，未能忘兴谕”[①]。《读张籍古乐府》从知人论世的角度，补察时政的观点，肯定了张籍乐府诗歌高超的艺术价值[②]。白居易还用诗歌评论历史，《读汉书》云：“禾黍与稂莠，雨来同日滋。桃李与荆棘，霜降同夜萎。草木既区别，荣枯那等夷。茫茫天地意，无乃太无私。小人与君子，用置各有宜。奈何西汉末，忠邪并信之。不然尽信忠，早绝邪臣窥。不然尽信邪，早使忠臣知。优游两不断，盛业日已衰。痛矣萧京辈，终令陷祸机。每读元成纪，愤愤令人悲。寄言为国者，不得学天时。寄言为臣者，可以鉴于斯。”[③]西汉后期政治斗争激烈，结局是忠臣被排挤出朝廷奸臣得势，西汉王朝随之灭亡。这种情形与白居易所处的中唐时期很相似，我们可以深刻领会诗人为何而慨叹！《读史五首》悲叹历史上贤达的结局，其中屈原和贾谊的命运有特殊意义。“楚怀放灵均，国政亦荒淫。彷徨未忍决，绕泽行悲吟。汉文疑贾生，谪置湘之阴。是时刑方措，此去难为心。士生一代间，谁不有浮沉。良时真可惜，乱世何足钦。乃知汨罗恨，未抵长沙深。”[④]屈原忠而被谤，怨怼沉江，千古以来令仁人志士扼腕叹息。白居易认为贾谊的命运比屈原更为悲惨，因为屈原生逢乱世，遭遇昏君，被贬谪流放乃是情理之中的事情；贾生生于清平之时，遭际汉文帝这样的明君，也被贬而死，实为不应该有的事情。至于历史上小人得势、奸臣得道的事情，从古到今，不胜枚举。像《叹鲁二首》所说的季桓子财富超过鲁侯，陪臣阳货执掌鲁国大政，“由来富与权，不系才与贤。所托得其地，虽愚亦获安。彘肥因粪壤，鼠稳依社坛。虫兽尚如是，岂谓无因缘。”由展禽直道被黜，颜回才高命短得出“命为时所屈”的结论[⑤]。类似的情况，在任

① 谢思炜：《白居易诗集校注》，卷7，北京：中华书局2006年版，第603页。
② 谢思炜：《白居易诗集校注》，卷1，北京：中华书局2006年版，第8页。
③ 谢思炜：《白居易诗集校注》，卷1，北京：中华书局2006年版，第52页。
④ 谢思炜：《白居易诗集校注》，卷2，北京：中华书局2006年版，第202页。
⑤ 谢思炜：《白居易诗集校注》，卷2，北京：中华书局2006年版，第257页。

何时代都很普遍。

白居易还用诗歌评论当时人物。史称唐衢善哭："唐衢者，应进士，久而不第。能为歌诗，意多感发。见人文章有所伤叹者，读讫必哭，涕泗不能已。每与人言论，既相别，发声一号，音辞哀切，闻之者莫不凄然泣下。尝客游太原，属戎帅军宴，衢得预会。酒酣言事，抗音而哭，一席不乐，为之罢会。"[①]白居易与唐衢相交甚深，他揭示了唐衢哭泣的深层原因。唐衢多情善感，但他不是哭自己的不幸遭际，而是哭当时每况愈下的国事。也正是在这个意义上，白居易认为唐衢与历史上贾谊、阮籍哭泣有共同之处。他说："贾谊哭时事，阮籍哭路岐。唐生今亦哭，异代同其悲。唐生者何人，五十寒且饥。不悲口无食，不悲身无衣。所悲忠与义，悲甚则哭之。太尉击贼日，尚书叱盗时。大夫死凶寇，谏议谪蛮夷。每见如此事，声发涕辄随。往往闻其风，俗士犹或非。怜君头半白，其志竟不衰。"接着，话题一转，由唐衢说到自己："我亦君之徒，郁郁何所为。不能发声哭，转作乐府诗。篇篇无空文，句句必尽规。功高虞人箴，痛甚骚人辞。非求宫律高，不务文字奇。惟歌生民病，愿得天子知。未得天子知，甘受时人嗤。药良气味苦，琴澹音声稀。不惧权豪怒，亦任亲朋讥。人竟无奈何，呼作狂男儿。每逢群盗息，或遇云雾披。但自高声歌，庶几天听卑。歌哭虽异名，所感则同归。"[②]白居易的新乐府与唐衢的善哭是一样的，是一种忧国忧民意识的体现。《伤唐衢二首》之二："忆昨元和初，忝备谏官位。是时兵革后，生民正憔悴。但伤民病痛，不识时忌讳。遂作秦中吟，一吟悲一事。贵人皆怪怒，闲人亦非訾。天高未及闻，荆棘生满地。惟有唐衢见，知我平生志。一读兴叹嗟，再吟垂涕泗。因和三十韵，手题远缄寄。致吾陈杜间，赏爱非常意。此人无复见，此诗犹可贵。今日开箧看，蠹鱼损文字。不知何处葬，欲问先歔欷。终去哭坟前，还君一掬泪。"[③]诗歌中谈到与唐衢的交往，白居易作《秦中吟》十首，受到社会各方面的非议，唯有唐衢能理解白居易的良苦用心。可惜不久唐衢就死掉了。《伤唐衢二首》包含着知音难遇、人生无常的双重悲怨。这些观点与白居易早年的文学思

① 刘昫：《旧唐书》，卷160，北京：中华书局1975年版，第4205页。
② 谢思炜：《白居易诗集校注》，卷1，北京：中华书局2006年版，第78页。
③ 谢思炜：《白居易诗集校注》，卷1，北京：中华书局2006年版，第83页。

想完全相同。

白居易诗歌形式平易，其中包含不少的人力工夫。白居易说他和元稹律诗“工夫虽共到”[①]，“工夫”就是元白诗派的共同特征之一。这种“工夫”是通过诗人内在的“气力”呈现出来的。白居易诗歌中包含了各种各样的人力工夫，有唐人常讲的“苦思”“偷格”“运意”“练字”，还有宋人的“理趣”“情境”“境界”。就连宋诗中的瘦硬句法，在白诗中也比比皆是：“所须者/衣食，不过/饱与温”[②]，“所禀/有巧拙，不可改者/性。所赋/有厚薄，不可移者/命。……慕贵/而厌贱，乐富/而恶贫。同此天地间，我岂/异于/人。”[③]上述诗句，打破了五言诗常用的停顿规律，读起来尚且艰涩，更毋论其他。唐宋诗歌区别在于作诗所用的材料不同。唐人用真情实感写诗，白居易早期的《乐府诗》《秦中吟》是其中典型的代表。白居易早年主张“文章合为时而著，歌诗合为事而作”，“为君、为臣、为民、为物、为事而作，不为文而作”，用诗歌直接为现实政治服务。诗歌中的时间地点、人物事件、起因结果一般都是真实的，“其事核而实，使采之者传信也”[④]。白居易入朝为谏官时，把诗歌当作谏稿使用。他说：“是时皇帝初即位，宰府有正人，屡降玺书，访人急病。仆当此日，擢在翰林，身是谏官，月请谏纸，启奏之外，有可以救济人病，裨补时阙，而难于指言者，辄咏歌之，欲稍稍递进闻于上，上以广宸聪、副忧勤，次以酬恩奖、塞言责，下以复吾平生之志。”[⑤]诗歌与谏稿唯一的区别是，谏稿是直接呈给皇帝御览的，诗歌则是间接呈给皇帝欣赏的。要求诗歌诸要素必须是真实可靠、绝对真实的。而白居易其他类型的诗歌，没有明显的政治目的，抒发的仅仅是个人的思想情感，就不必苛求诸要素真实无误了。白居易《夜闻歌者》与《琵琶行》叙述的事件相同，但繁简程度区别很大。宋人洪迈首先对《琵琶行》本事提出质疑，他说：“白乐天《琵琶行》一篇，读者但羡其风致，敬其词章，至形于乐府，咏歌之不足，遂以谓真为长安故倡所作。予窃疑之。唐世法网虽于此为宽，然乐天尝居禁密，且谪官未

---

① 谢思炜：《白居易诗集校注》，卷17，北京：中华书局2006年版，第1339页。
② 谢思炜：《白居易诗集校注》，卷1，北京：中华书局2006年版，第75页。
③ 谢思炜：《白居易诗集校注》，卷6，北京：中华书局2006年版，第552页。
④ 顾学颉：《白居易集》，卷3，北京：中华书局1979年版，第52页。
⑤ 顾学颉：《白居易集》，卷45，北京：中华书局1979年版，第962页。

久，必不肯乘夜入独处妇人船中，相从饮酒，至于极弹丝之乐，中夕方去，岂不虞商人者他日议其后乎？乐天之意，直欲摅写天涯沦落之恨尔。”[①]从情理上说，洪迈提出的这些问题是有道理的，其中包含着许多不可逾越的社会障碍、心理鸿沟。白居易想通过琵琶女的经历，抒发自己含冤去国、沦落天涯之情。这种通过虚构事件抒发情感的方式，在宋诗中很普遍。宋人用才学写诗，在诗歌中堆砌典故，从中细绎出一种思理，不论是谈感受还是发议论，都比较抽象模糊。

白居易诗歌充满了哲理思辨色彩，体现了诗歌在运意方面所达到的艺术高度。白居易“外服儒风，内宗梵行”[②]，“外以儒行修其身，中以释教治其心”[③]，涉猎儒佛道三家，但不主一家，而且在不同时期、不同历史环境下还各有侧重。白居易把儒者的兼济天下、道家的率性任真和佛家的优游自得三种不同的人生态度完美地绾合起来，中隐就是这种心态的真实体现。中隐即是在仕途的“穷通”和物质的“丰约”之间，寻求心灵的平衡。由于受南宗禅的影响，白居易把世事看得很透。任何事情都能拿得起放得下，一生没有什么挂碍，唯一不变的嗜好是吟诗。他自嘲有“章句癖”，曰：“人各有一癖，我癖在章句。万缘皆已消，此病独未去。每逢美风景，或对好亲故。高声咏一篇，怳若与神遇。自为江上客，半在山中住。有时新诗成，独上东岩路。身倚白石崖，手攀青桂树。狂吟惊林壑，猿鸟皆窥觑。恐为世所嗤，故就无人处。”[④]自称心有“诗魔”：“自从苦学空门法，销尽平生种种心。唯有诗魔降未得，每逢风月一闲吟。”[⑤]白居易把禅学的思维方式引入诗歌创作，诗中充满了诗情禅理。他说：“早年诗思苦，晚岁道情深。夜学禅多坐，秋牵兴暂吟。悠然两事外，无处更留心。”[⑥]白诗所追求的诗境，往往是通过才学展现的。刘禹锡读白居易赠诗百首后评论道：“吟君遗我百篇诗，使我独坐形神驰。玉琴清夜人不语，琪树春朝风正吹。郢人斤斫无痕迹，仙人衣裳弃刀尺。世人方内欲相寻，行尽四维无处觅。”[⑦]白居易诗歌擅长写意而且手法高

---

① 洪迈：《容斋随笔》，卷7，北京：中华书局2005年版，第911页。
② 谢思炜：《白居易诗集校注》，卷14，北京：中华书局2006年版，第1130页。
③ 顾学颉：《白居易集》，卷71，北京：中华书局1979年版，第1504页。
④ 谢思炜：《白居易诗集校注》，卷7，北京：中华书局2006年版，第647页。
⑤ 谢思炜：《白居易诗集校注》，卷16，北京：中华书局2006年版，第1333页。
⑥ 谢思炜：《白居易诗集校注》，卷25，北京：中华书局2006年版，第1961页。
⑦ 卞孝萱：《刘禹锡集》，卷46，北京：中华书局1990年版，第417页。

妙，心与境合，情与理通，二者运用得出神入化，这种方法就是凭借“方外”之道（禅宗）得到的。白居易喜欢用形式自由、收放自如的古诗抒写胸臆。赵翼说他“惟意所之，辨才无碍。且其笔快如并剪，锐如昆刀，无不达之隐，无稍晦之词；工夫又锻炼至洁，看是平易，其实精纯”①。白诗在于平淡之中，尽显工夫。

白居易对中唐诗坛影响较大的不是新乐府、讽喻诗，而是感伤、闲适和杂律，尤其是长篇律诗。流风所及，在当时还形成一种仿效其风格特色的“元和体”。

关于“元和体”，从中唐时起即有三种说法。广义上的“元和体”是指唐宪宗元和以来各种新体诗文。李肇《唐国史补》卷下云：“元和已后，为文笔则学奇诡于韩愈，学苦涩于樊宗师；歌行则学流荡于张籍。诗章则学矫激于孟郊，学浅切于白居易，学淫靡于元稹。俱名为‘元和体’。大抵天宝之风尚党，大历之风尚浮，贞元之风尚荡，元和之风尚怪。”②李肇的“元和体”包括韩孟和元白两派的文学创作，并不局限于诗歌之内，而且还多含贬义。他把“元和之风”定位为“尚怪”，显然是以韩孟一派为元和文坛主流的。狭义上的“元和体”仅指元稹、白居易的诗歌。五代（后晋）刘昫《旧唐书·元稹传》云：“稹聪警绝人，年少有才名，与太原白居易友善。工为诗，善状咏风态物色。当时言诗者，称元、白焉。自衣冠士子，至闾阎下俚，悉传讽之，号为‘元和体’。”③宋代严羽《沧浪诗话》“以时而论”的诗体下有“元和体”，作者自注：“元白诸公。”④“以人而论”的诗体下有“白乐天体”、“元白体”。在“元白体”下作者自注：“微之、乐天，其体一也。”⑤这种说法不含褒贬。但从宋人“艳其各有体也”的态度来看，严羽对这些自成一体的创作风格还是肯定的。上述广义、狭义的二分法虽有一定的道理，但还不够精确。因为元白一生创作诗歌很多，前后诗风也不一致，很难把它们归到一种诗体之下。第三种说法是从唐宪宗元和五年三月元稹由御史贬为江州士曹参军，至元和十四年十月，元稹自虢州长史征还，为膳部员外郎，向宰

① 赵翼：《瓯北诗话》，卷4，北京：人民文学出版社1963年版，第38页。
② 李肇：《唐国史补》，卷下，《唐五代笔记小说大观》，上海：上海古籍出版社2000年版，第194页。
③ 刘昫：《旧唐书》，卷166，北京：中华书局1975年版，第4331页。
④ 郭绍虞：《沧浪诗话校释》，北京：人民文学出版社1961年版，第53页。
⑤ 郭绍虞：《沧浪诗话校释》，北京：人民文学出版社1961年版，第59页。

相令狐楚献文陈情。其中谈到流落巴蜀江楚十年间与白居易唱和的排律、杂诗，被“巴蜀江楚间洎长安中少年”、“江湖间新进小生”普遍效仿。这些效仿之作文辞“支离褊浅”、思想缺乏深意，当时人把它们看作是“元和体”。元稹曾多次谈到这种情况。《白氏长庆集序》云：“予始与乐天同校秘书之名，多以诗章相赠答。会予谴掾江陵，乐天犹在翰林，寄予百韵律诗及杂体，前后数十章。是后，各佐江、通，复相酬寄。巴蜀江楚间洎长安中少年，递相仿效，竞作新词，自谓为‘元和诗’。”[①]《上令狐相公诗启》云：“稹自御史府谪官，于今十余年矣。闲诞无事，遂专力于诗章。日益月滋，有诗句千余首。其间感物寓意，可备矇瞽之风者有之。辞直气粗，罪尤是惧，固不敢陈露于人。唯杯酒光景间，屡为小碎篇章，以自吟畅。然以为律体卑痹，格力不扬，苟无姿态，则陷流俗。常欲得思深语近，韵律调新，属对无差，而风情宛然，而病未能也。江湖间多新进小生，不知天下文有宗主，妄相放效，而又从而失之，遂至于支离褊浅之辞，皆目为元和诗体。稹与同门生白居易友善。居易雅能诗，就中爱驱驾文字，穷极声韵，或为千言，或五百言律诗，以相投寄。小生自审不能过之，往往戏排旧韵，别创新辞，名为次韵相酬，盖欲以难相挑。自尔江湖间为诗者，复相放效，力或不足，则至于颠倒语言，重复首尾，韵同意等，不异前篇，亦目为元和诗体。”[②]元稹所谈到的“元和体”主要指后人仿效他们这一时段唱和之作，对此也持贬斥的态度。这些仿效之作很少流传下来，我们也无法分析其如何地粗制滥造。我们所说的“元和体”，是指元白在这一时段的唱和之作。这些诗歌在当时能够被人普遍效仿，流行十余年，说明其自有风格特色。

白居易自小就有作诗的天才，出仕以后，历任翰林学士、中书舍人、知制诰等职，使其成为元和诗坛上的天然主盟者。白居易喜欢与人酬唱。朋友间的唱和与个人创作不同。个人创作有感而发，需要一定的情感积淀，也就是《毛诗大序》所谓的“情动于中而形于言”。朋友唱和不需要太多的情感，但它也有一些特殊的要求：第一，唱和者必须有共同的兴趣和爱好，才有可能聚在一起吟诗作诗；第二，唱和作诗属于集体聚会，一般不涉及敏感话题，也不批评时政，避

---

① 刘昫：《旧唐书》，卷166，北京：中华书局1975年版，第4333页。

② 刘昫：《旧唐书》，卷166，北京：中华书局1975年版，第4332~4333页。

免一些不必要的麻烦，即白居易所说的“牛僧孺之戒”；第三，唱和的时间、地点，吟诗的方式，甚至连诗歌的主题、形式、押韵、用典等，都是事先确定的，参与唱和者只需按照既定的程式去做就可以了；第四，唱和是一种文人雅趣，由于受到各方面的限制，比试的只能是一种创作的技巧。白居易子嗣凋零、中年遭贬、老年赋闲，大半辈子过着独善其身、优游岁月的清闲生活。他与朋友们聚会唱和，往往选择形式严格、较显工夫的律诗。白居易对律诗的格式精熟，且运用得出神入化。他评价自己的诗歌：“一篇长恨有风情，十首秦吟近正声。每被老元偷格律，苦教短李伏歌行。世间富贵应无分，身后文章合有名。莫怪气粗言语大，新排十五卷诗成。”①其中，在“每被老元偷格律”后自注：“元九向江陵日，尝以拙诗一轴赠行，自后格变。”“苦教短李伏歌行”自注：“李二十常自负歌行，近见予乐府五十首，默然心伏。”唱和是一种文字游戏，在一定的条件下让对手心服口服，进而促进诗艺的提高。

元稹、刘禹锡是白居易的诗友与劲敌。元稹记录了当年他们几次唱和的盛况：“因思顷年城南醉归，马上递唱艳曲，十余里不绝。长庆初，俱以制诰侍宿南郊斋宫，夜后偶吟数十篇，两掖诸公，洎翰林学士三十余人惊起就听，逮至卒吏，莫不众观。”②白居易也记录了一次唱酬的情景：“今年春游城南时，与足下马上相戏，因各诵新艳小律，不杂他篇，自皇子陂归昭国里，迭吟递唱，不绝声者二十里余，樊李在傍，无所措口。”③唱和诗比试的就是才学的渊博和机敏，双方出奇斗巧，用冷僻的典故、窄险的诗韵，把对方逼到无路可走、俯首称臣的地步。白居易说：“微之又以近作二十三首寄来，命仆继和。其间瘀絮四百字、车斜二十篇者流，皆韵剧辞殚，环奇怪谲。又题云：‘奉烦只此一度，乞不见辞。’若欲定霸取威，置仆于穷地耳。”④有时双方相互挑战，就像战场上对阵一样。正式比试之前，先要较量一番气势和斗志。白居易云：“去年微之取予《长庆集》中诗未对答者五十七首追和之，合一百一十四首寄来，题为《因继集》卷之一。今年，予复以近诗五十首寄去，微之不逾月依韵尽和一百首又寄来，题为《因继

① 谢思炜：《白居易诗集校注》，卷16，北京：中华书局2006年版，第1334页。
② 冀勤：《元稹集》，卷22，北京：中华书局1982年版，第252页。
③ 顾学颉：《白居易集》，卷45，北京：中华书局1979年版，第965页。
④ 谢思炜：《白居易诗集校注》，卷22，北京：中华书局2006年版，第1721页。

集》卷之二，卷末批云：‘更拣好者寄来。’盖示余勇，磨砺以须我耳。予不敢退舍，即日又收拾新作格律共五十首寄去，虽不得好，且以供命。夫文犹战也，一鼓作气，再而衰，三而竭。微之转战，迨兹三矣，即不知百胜之术，多多益办耶？抑又不知鼓衰气竭，自此为迁延之役耶？进退唯命。微之微之，走与足下和答之多，从古未有。足下虽少我六七年，然俱已白头矣，竟不能舍章句，抛笔砚，何癖习如此之甚欤？而又未忘少年时心，每因唱酬，或相侮谑，忽忽自哂，况他人乎？《因继集》卷且止于三可也。忽恐足下懒发，不能成就至三，前言戏之者，殆为巾帼之挑耳。然此一战后，师亦老矣，宜櫜弓匣刃，彼此与心休息乎？”①在与刘禹锡唱和诗序中，挑战的意味要和缓得多，白居易说：“彭城刘梦得，诗豪者也，其锋森然，少敢当者。予不量力，往往犯之。夫合应者声同，交争者力敌，一往一复，欲罢不能。由是每制一篇，先相视草，视竟则兴作，兴作则文成。一二年来，日寻笔砚，同和赠答，不觉滋多。”②对于刘禹锡诗歌的妙处，白居易予以高度的赞扬：“梦得梦得，文之神妙，莫先于诗。若妙与神，则吾岂敢？如梦得‘雪里高山头白早，海中仙果子生迟’、‘沉舟侧畔千帆过，病树前头万木春’之句之类，真谓神妙，在在处处，应当有灵物护之，岂唯两家子侄秘藏而已。”③白居易与元稹、刘禹锡情感深厚，唱和较多，用他的话说属于“文友诗敌”关系。他们在情感上是朋友，在创作上又是对手，相互砥砺，促进诗歌创作水平的提高。

唱和的形式很多，有同题唱和、同韵唱和等，难度较高的是次韵诗。次韵是元稹发明的一种新诗体，关于次韵他是这样说的：“居易雅能为诗，就中爱驱驾文字，穷极声韵，或为千言，或为五百言律诗，以相投寄。小生自审不能有以过之，往往戏排旧韵，别创新词，名为次韵相酬，盖欲以难相挑耳。”④次韵的规则是不能改动原唱诗歌的押韵次序，必须按照原作的样式去唱和。唐代进士府试考诗歌。府试以五言律诗为主，指定题目，限定韵脚，在八韵之中选押六韵，其他两韵可以用读音相近的字代替。由于要在规定的时间内里完成，因此创作的难

---

① 顾学颉：《白居易集》，卷69，北京：中华书局1979年版，第1451页。
② 顾学颉：《白居易集》，卷69，北京：中华书局1979年版，第1452页。
③ 顾学颉：《白居易集》，卷69，北京：中华书局1979年版，第1452~1453页。
④ 冀勤：《元稹集》，卷60，北京：中华书局1982年版，第633页。

度也很大，以致士人视进士科为畏途，有“五十少进士”之说。元白次韵比府试诗歌难度还大，不但限定题目、韵脚，还限定韵脚次序。押原唱诗歌的韵，还不能用原唱的现成的词语，也不能用相近的韵脚来替代。因此限定越多，难度就越大。元白就是在这方面大显身手的。长篇累幅，多至百韵，少亦数十韵。一往一来，彼此角胜。白居易也说过：“大凡依次用韵，韵同而意殊。约体为文，文成而理胜。”[①]元白次韵诗因难而见巧，双方争奇斗胜，各种奇思妙想层出不穷。我们以白居易、元稹两首次韵诗为例，分析其特点：

白居易《余思未尽，加为六韵，重寄微之》

海内声华并在身，箧中文字绝无伦。遥知独对封章草，忽忆同为献纳臣。走笔往来盈卷轴，除官递互掌丝纶。制从长庆辞高古，诗到元和体变新。各有文姬才稚齿，俱无通子继余尘。琴书何必求王粲，与女犹胜与外人。[②]

元稹《酬乐天余思不尽，加为六韵之作》

律吕同声我尔身，文章君是一伶伦。众推贾谊为才子，帝喜相如作侍臣。次韵千言曾报答，直词三道共经纶。元诗驳杂真难辨，白朴流传用转新。蔡女图书虽在口，于公门户岂生尘。商瞿未老犹希冀，莫把籯金便付人。[③]

这两首七言排律，是元稹、白居易在越州、杭州唱和之作，白居易诗歌“作于长庆三年（823）”[④]。周相录《元稹年谱新编》谈到这一组诗歌的写作次第：“白居易接到元稹《郡务稍简》一诗而作《酬微之》（满帙填箱唱和诗），‘余思未尽’，又作诗以寄元稹，元稹复酬和之。”[⑤]这两首诗歌内容浅显。元稹到越州后郡务稍简，得空整理自己文集，感叹岁月流逝，理想破灭，年老无子，文集不知传与谁人。白居易次韵唱和，情感相同。酬唱完毕，白居易觉得“余思未尽”，把这首七律

① 谢思炜：《白居易诗集校注》，卷22，北京：中华书局2006年版，第1721页。
② 谢思炜：《白居易诗集校注》，卷23，北京：中华书局2006年版，第1801页。
③ 冀勤：《元稹集》，卷22，北京：中华书局1982年版，第247~248页。
④ 谢思炜：《白居易诗集校注》，卷23，北京：中华书局2006年版，第1802页。
⑤ 周相录：《元稹年谱新编》，上海：上海古籍出版社2004年版，第234页。

加为六韵排律，除了高度评价元稹的文学价值，还说把文集传给女儿胜于传给外人。元稹酬诗态度更为积极，他说："商瞿未老犹希冀，莫把籯金便付人。"商瞿典出《史记·仲尼弟子列传》："瞿年长无子，其母为取室。孔子使之齐。瞿母请之，孔子曰：'无忧，瞿年四十后，当有五丈夫子。'已而累然。"[①]意思是说还有机会生儿子，不要把文集传给外人。从音韵上讲，这两诗歌平仄合乎规范，对仗工整，无论是上下句对、还是隔句对都很出色。句中包含许多典故，有些出自前代经史，有些属于当时事典，作者已经在诗句下面一一做了注释。从诗歌立意上看，这些诗歌本身就是一种文字游戏，内容浅显，但形式要求严格。这组唱和诗是依次押韵、两次唱和后的诗歌，我们读后，觉得其意脉流畅，新意迭现，克服了"韵同意殊"的弊病，达到了"文成理胜"的目的，也合乎"声势沿顺，属对稳切"[②]的标准。

韩孟诗派把才学化引入诗歌创作，追求一种瘦硬奇崛的诗风。他们的雅化是以破坏诗体为代价的。诗歌中才学化的成分增添了，但诗歌一唱三叹、兴发感动的特色也消失殆尽。许多诗歌读起来尚且不通，更不用说歌唱了。元白诗派也注重运用才学，他们的诗歌却是本色当行合乎规范的。首先，他们的诗歌是可以歌唱的。元稹"尝为《长庆宫辞》数十百篇，京师竞相传唱"[③]。白居易的诗歌流传更广，有"童子解吟长恨曲，胡儿能唱琵琶篇"[④]之称。其次，白居易等人的诗歌用才学很多，仅以用典而言，他们都编纂过专门的类书。白居易"著《事类集要》三十部，合一千一百三十门，时人目为《白氏六帖》，行于世"[⑤]。程大昌《演繁露》卷2、卷16对这部书命名、作用做过专门考证，认为这是一部为科举考试服务的书籍。元稹也编过《类集》300卷。由于他们在运用故实方面下过专门工夫，用典使事准确而恰当。元稹评论白居易各类诗体的特色，他说："夫讽谕之诗长于激，闲适之诗长于遣，感伤之诗长于切，五字律诗百言而上长于赡，五字、七字百言而下长于情，赋、赞、箴、戒之类长于当，碑、记、叙、事、制诰

① 司马迁：《史记》，卷67，北京：中华书局1959年版，第2216页。
② 冀勤：《元稹集》，卷30，北京：中华书局1982年版，第353页。
③ 刘昫：《旧唐书》，卷166，北京：中华书局1975年版，第4333页。
④ 唐宣宗：《吊白居易》，曹寅：《全唐诗》，上海：上海古籍出版社1986年版，第31页。
⑤ 顾学颉：《白居易集》，卷71，北京：中华书局1979年版，第1504页。

长于实，启、奏、表、状长于直，书、檄、词、策、剖判长于尽。总而言之，不亦多乎哉！”[①]所谓的“赡”，就是完备、丰盛的意思。白居易学殖丰富，用典繁密，议论透彻。白居易也说他们诗歌有“尽”的缺点，云：“顷者，在科试间，尝与足下同笔砚，每下笔时，辄相顾，共患其意太切而理太周，故理太周则辞繁，意太切则言激。然与足下为文，所长在于此，所病亦在于此。足下来序，果有辞犯文繁之说。今仆所和者，犹前病也。”[②]在诗体上，喜欢用长篇巨制，动辄上百韵。赵翼说：“五言排律，长篇亦莫有如香山之多者。《渭村退居一百韵》；谪江州有《东南行》一百韵；微之以《梦游春七十韵》见寄，广为一百韵报之；又《代书诗寄微之一百韵》；《赴忠州舟中示弟行简五十韵》；《和微之投简阳明洞五十韵》；《想东游五十韵》；《逢萧彻话长安旧游五十韵》；《叙德书情上宣歙崔中丞四十韵》；《新昌新居四十韵》；此外如三十、二十韵者，更不可胜计。此亦古来所未有也。”[③]诗歌篇幅越长，内容越丰富，所用才学就越多。

从运用才学的方法以及所取得效果来讲，元白诗派堪称为元和诗坛的主流。他们不仅继承了前辈诗人运用才学的精华，而且形成了自己的特色。薛雪《一瓢诗话》说：“元白诗言浅而思深，意微而词显，风人之能事也。至于属对精警，使事严切，章法变化，条理井然，其俚俗处而雅在其中。”[④]从唐宋诗学史上看，这种诗风对后世产生了深远的影响，具体体现在三个方面：第一，把才学融入诗歌，诗歌由缘情转向写意，情感由具体转向抽象，这是其他诗派无法替代的。第二，用真情驾驭才学，诗中所用才学虽多，但都能服从诗歌创作的需要，以至于把才学运用到了像没有才学的地步。宋代苏轼，无论是在个性性格、生活方式、文学创作等方面，都受白居易的影响，形成了随遇而安、守道待时的思想性格和天才化、个性化的创作风格。苏轼那种自然而然、不刻意雕琢的诗风、词风，成为宋诗、宋词刻意模仿的对象。本书中的“清空”，就是来自苏轼词的创作风格，而这种风格又与元白诗派何其相似乃尔！第三，白居易开辟了唐宋诗学中一条本色雅化的道路，对宋代词学影响深远。尤其是南宋词学雅化以后，依然保持入乐

---

① 冀勤：《元稹集》，卷51，北京：中华书局1982年版，第555页。
② 谢思炜：《白居易诗集校注》，卷2，北京：中华书局2006年版，第212页。
③ 赵翼：《瓯北诗话》，卷4，北京：人民文学出版社1963年版，第39页。
④ 薛雪：《一瓢诗话》，北京：人民文学出版社1979年版，第110页。

歌唱的特色，堪称唐宋文学史上的双璧。

中唐诗坛孟郊、贾岛等苦吟诗人属于另一种情况。从写作类型上看，他们也属于以才学为诗的范畴，但他们的诗歌用典确实不多。这与他们生活环境、仕途阅历、经济条件、读书多寡等因素有密切的关系。他们瓢箪屡空，困于生计，终生也未能出入内廷，执掌诰命，这些外部环境限制了他们诗歌创作的趋向。他们肯定不会朝着以学问为诗的方向发展。于是，他们另辟蹊径，在锤炼字句方面下功夫。他们的才学化表现在锤炼字句上，用寻常的言语表现出不同寻常的情感，通过对字词的千锤百炼，追求瘦硬奇崛的冷僻诗风。这就是皎然所谓的炼格炼意。这种诗风对宋代江西诗派影响也很大。江西诗派三宗之中就有苦吟一宗，陈师道就是其中的代表人物。不过，同样是锤炼字句，江西诗派却是在才学充盈、学有余力的基础上进行的。这也是唐宋诗学之间的一些细微差别。

（三）

元白中晚年以后的诗歌，基本上脱离重大的社会题材，表现士大夫闲适自得、优游岁月的生活。这类诗歌实际上已经蜕变成一种文字游戏。由于数量众多、内容单一，后人讥之为元轻白俗。晚唐李商隐力图矫正元白的轻俗，追求一种典雅含蓄的诗风。李商隐诗歌也出自杜甫，继承了杜甫诗律严谨、对仗工整的特点，立意谋篇含蓄深婉，诗歌抒发的不是一种具体的情感，而是一种抽象的难以言说的意绪。这种意绪由诗歌中众多的典故构成，由于使事用典太多，而且不分主次，以致有“獭祭”之讥。不过这种创作风格更适合宋代士大夫的嗜好，因而被宋人广泛接受，宋初的西昆体，元祐诗坛的王安石、苏轼、黄庭坚、陈师道都是学习李商隐的。李商隐诗歌不仅对宋诗产生影响，而且对宋词也有深远的影响。南宋后期吴文英的质实词风，就与李商隐诗歌如出一辙。我们仅就李商隐诗歌才学化问题略做分析。

李商隐诗歌关注现实，像古诗一样具有讽谏精神。张戒《岁寒堂诗话》卷上云：“‘地险悠悠天险长，金陵王气应瑶光。休夸此地分天下，只得徐妃半面妆。’李义山此诗，非夸徐妃，乃讥湘中也。义山诗佳处，大抵类此，咏物似琐屑，用事似僻，而意则甚远，世但见其诗喜说妇人，而不知为世鉴戒。‘玉桃偷得怜方朔，金屋妆成贮阿娇。谁料苏卿老归国，茂陵松柏雨萧萧。’此诗非夸王母玉桃，阿娇金屋，乃讥汉武也。‘景阳宫井剩堪悲，不尽龙鸾誓死期。肠断吴王宫外水，浊泥犹得葬西施。’此诗非痛恨张丽华，乃讥陈后主也。其为世鉴戒，岂不至深至切。‘内殿张弦管，中原绝鼓鼙。舞成青海马，斗杀汝南鸡。不睹华胥梦，空闻下蔡迷。宸襟他日泪，薄暮望贤西。’夫鸡至于斗杀，马至于舞成，其穷欢极乐不待言而可知也；‘不睹华胥梦，空闻下蔡迷’，志欲神仙而反为所惑乱也。其言近而旨远，其称名也小，其取类也大。杜牧之《华清宫三十韵》，铿锵飞动，极叙事之工，然意则不及此也。‘卜肆至今多寂寞，酒垆从古擅风流。浣花笺纸桃花色，好好题诗咏玉钩。’此诗送入蜀人，虽似夸文君酒垆，而其意乃是讥蜀人多粗鄙少贤才尔。义山诗句，其精妙处大抵类此。”[①]张戒从李商隐诗歌用典上，说明李商隐这些诗歌确实内含讥刺，是有为而作。

许顗《彦周诗话》对李商隐诗风也是推崇备至的。他说：“李义山诗，字字锻炼，用事婉约，仍多近体。”[②]许顗认为熟读李商隐与黄庭坚诗歌而深思之，可以祛除作者内心的浅易鄙陋之气[③]。讲求活法的江西诗人吕本中说江西诗派也是学习李商隐的。他指出：“义山《雨诗》‘摵摵度瓜园，依依傍水轩’，此不待说雨，自然知是雨也。后来［鲁直］无已诸人，多用此体，［作］咏物［诗］不待［分］明说尽，只仿佛形容，便见妙处。如鲁直《酴醾诗》云：‘露湿何郎试汤饼，日烘荀令炷炉香。’”[④]李商隐诗歌重视才学，适和宋代士大夫资书以为诗的创作风气。宋代学习李商隐的，多是一些饱学之士或台阁诗人。至于那些读书较少、身份地位不高的江湖诗人，以及曳裾权门、逐人眉眼高低的帮闲诗人是很少学习李商隐的。也就是说品行、才学达不到一定的层次，是很难接受这种高雅诗风的。

李商隐诗歌已经具备了宋诗的一些特点，如运用才学作诗，诗境惝恍迷离。正是因此，他的许多诗歌往往不被后人所理解。《锦瑟》就是其中的一个典型个案。元好问《论诗三十首》第十二首云：“望帝春心托杜鹃，佳人锦瑟怨华年。诗家总爱西昆好，独恨无人作郑笺。”[⑤]王士祯《戏仿元遗山论诗绝句三十二首》

① 张戒：《岁寒堂诗话》，丁福保：《历代诗话续编》，北京：中华书局1983年版，第461页。
② 许顗：《彦周诗话》，何文焕：《历代诗话》，北京：中华书局1981年版，第391页。
③ 许顗：《彦周诗话》，何文焕：《历代诗话》，北京：中华书局1981年版，第401~402页。
④ 吕本中：《童蒙诗训》，郭绍虞：《宋诗话辑佚》，北京：中华书局1980年版，第590~591页。
⑤ 狄宝心：《元好问诗编年校注》，北京：中华书局2011年版，第56页。

云："獭祭曾惊博奥殚，一篇锦瑟解人难。千年毛郑功臣在，犹有弥天释道安。"[①]从古到今都认为这首诗歌很难理解。笔者以为难解不等于无解，只要掌握了其中的规律，这首诗歌的意蕴还是可以理解的。同样是以才学为诗的苏轼，曾对这首诗歌发表过精辟的见解。《缃素杂记》云："李义山锦瑟诗云：'锦瑟无端五十弦，一弦一柱思华年。庄生晓梦迷蝴蝶，望帝春心托杜鹃。沧海月明珠有泪，蓝田日暖玉生烟。此情可待成追忆，只是当时已惘然。'山谷道人读此诗，殊不晓其意。以后问东坡，东坡云：'此出《古今乐志》，云锦瑟之为器也，其弦五十，其柱如之，其声也适怨清和。案李诗"庄生晓梦迷蝴蝶"，适也；"望帝春心托杜鹃"，怨也；"沧海月明珠有泪"，清也；"蓝田日暖玉生烟"，和也。'一篇之中曲尽其意，史称其瑰迈奇古，信然。"[②]按照苏轼的理解，这首诗歌打破了律诗前四句写景叙事、后四句抒情写意的基本套路。它的前六句都在咏物，写锦瑟的形状，写锦瑟的情感。据说锦瑟原先有五十弦，因声音悲切，泰帝命破其瑟，斫减其半，只留下二十五弦。锦瑟五十弦，似乎每一根弦都与诗人的生命历程紧密相连。接下来四句写锦瑟弹奏的乐曲，呈现出四种情感，即"适怨清和"。其中"庄生"、"望帝"，既是用典，又是古瑟曲名。后两句通过今昔对比，抒发沦落失意、幽怨迷离之情。这种情感由很多牢骚失意之情构成，当初奏乐之时已内心迷乱，无法一一指出各种情感；到了今日，岁月流逝，剩下来的只有无尽的感伤。清人钱谦益、何义门深得其中三昧，云："此义山有托而咏也。首言锦瑟之制，其弦五十，其柱如之，以人之华年而移于其数。乐随时去，事与境迁，故于是乎可思耳。若乃华年所历，适如庄生之晓梦，怨如望帝之春心，清而为沧海之珠泪，和而为蓝田之玉烟。不特锦瑟之音有此四者之情已。夫以如此情绪，事往悲生，不堪回首，固不可待之他日而成追忆也。然而流光荏苒，韶华不再，遥溯当时，则已惘然矣。此情终何极哉！"[③]由一个乐器升华到对自己人生历程的反思，感今伤昔，拨动了读者内心的情弦。这也是这首诗歌大家都喜欢但又都说不清为什么喜欢的缘由。

---

① 李毓芙：《渔洋精华录集释》，卷2，上海：上海古籍出版社1999年版，第335页。
② 魏庆之：《诗人玉屑》，卷6，北京：中华书局2007年版，第175~176页。
③ 韩成武：《唐诗鼓吹评注》，保定：河北大学出版社2000年版，第347页。

正如《锦瑟》句句用典一样，李商隐诗歌用典繁密。黄彻《䂬溪诗话》卷10云："李商隐诗好积故实，如《喜雪》云：'班扇慵裁素，曹衣讵比麻。鹅归逸少宅，鹤满令威家。'又'洛水妃虚妒，姑山客谩夸'；'联辞虽许谢，和曲本惭巴'。一篇中用事者十七八。尝观临川《咏枣》止数韵：'余甘入邻家，尚得馋妇逐。贽享古已然，《豳诗》自宜录。'用'女贽枣修'，'八月剥枣'。'谁云食之昏'，用范晔'枣膏昏蒙'。'愿比赤心投，皇明傥予烛'，用萧琛'陛下投臣以赤心，臣敢不报以战栗'。以是知凡作者，须饱材料。"[①]黄彻说的情况在宋诗中很普遍。诗歌意境是否流畅，与运用才学有关，但关系并不大。真正有才之人无论用多少典故，诗意照样流畅；无才学之人即使不用典故，诗意也照样不会流畅。王安石谈到诗歌用事法，他说："诗家病使事太多，盖皆取其与题合者类之，如此乃是编事，虽工何益？若能自出已意，借事以相发明，情态毕出，则用事虽多，亦何所妨。"[②]范晞文《对床夜语》卷4举李商隐诗歌为例，如《人日》《隋宫》《筹笔驿》等诗，得出一个结论："则融化斡旋如自己出，精粗顿异也。"[③]王安石"晚年亦喜义山诗，以为唐人学老杜而得其藩篱，惟义山一人而已。……义山诗合处信有过人，若其用事深僻，语工而意不及，自是其短。世人反以为奇而效之，故昆体之弊，适重其失，义山本不至是云"[④]。王安石很少称赞别人，晚年诗律尤严，他欣赏李商隐的律诗，这说明李商隐诗歌在使事用典、格律对仗方面确有过人之处。李商隐诗歌在使事用典时还存在着一些问题：一是用事僻涩。释惠洪《冷斋夜话》卷4云："诗到李义山，谓之文章一厄。以其用事僻涩，时称西昆体。"[⑤]这个评价应该是中肯的，李商隐使事用典确实有僻涩之处，后人学习李商隐，又把这个缺点夸大了，于是才有了种种弊病。这就是王安石说的"义山本不至是"。二是某些诗句斧凿之痕明显，如有意集古人名，错金镂秀，排比成句等问题。葛立方《韵语阳秋》卷2云："李商隐《柳诗》云：'动春何限叶，撼晓几

---

① 黄彻：《䂬溪诗话》，卷10，北京：人民文学出版社1986年版，第182~183页。
② 蔡启：《蔡宽夫诗话》，郭绍虞：《宋诗话辑佚》，北京：中华书局1990年版，第347页。
③ 范晞文：《对床夜语》，卷4，丁福保：《历代诗话续编》，北京：中华书局1983年版，第437页。
④ 魏庆之：《诗人玉屑》，卷17，北京：中华书局2007年版，第520页。
⑤ 释惠洪：《冷斋夜话》，卷4，张伯伟：《稀见本宋人诗话四种》，南京：江苏古籍出版社2002年版，第38页。

多枝。’恨其有斧凿痕也。”[①]范晞文《对床夜语》卷3指出李商隐诗歌用事太多，人名太多，往往被用事所使。“诗用古人名，前辈谓之点鬼簿，盖恶其为事所使也。……李商隐集中半是古人名，不过因事造对，何益于诗？至有一篇而叠用者，如《茂陵》云：‘玉桃偷得怜方朔，金屋修成贮阿娇。谁料苏卿老归国，茂陵松柏雨萧萧。’此犹有微意。《牡丹》诗云：‘锦帏初见卫夫人，绣被犹堆越鄂君。石崇蜡烛何曾翦，荀令香炉可待熏。’不切甚矣。”[②]有时错金镂秀，排比成句，如“斗鸡回玉勒，融麝暖金釭。玳瑁明珠阁，琉璃冰酒缸”。七言云：“不收金弹抛林外，却惜银床在井头。采树转灯珠错落，绣檀回枕玉雕锼。”[③]李商隐用典与韩愈不同，韩愈喜欢用生僻的典故，不喜欢与他人相同；也与元白的质朴自然、因事用典不同，他有意求全求多，几乎句句用典，所以才有“獭祭”之称。在诗歌创作中，每个典故都有二义，一是典故出处的本意，二是诗人赋予的新意。如果不把这两者的关系处理好，往往导致诗多歧义，诗意晦涩不明，这些都严重地影响了读者对诗意的理解。

孟郊、贾岛等苦吟诗人也是运用才学作诗的。不过他们不以运用典故的多少取胜，也不以奇僻取胜，而是擅长锤炼诗歌的意境，讲究用寻常言语表现不寻常的情感，这就是宋诗所谓的炼字炼句。而这对王安石以及江西诗派中苦吟诗人陈师道有一定的影响。

从唐到宋，诗人逐渐地远离政治中心。这不仅体现在诗人社会地位下降，也体现在他们的心态上。诗人不是作为士大夫，而是作为一个个文人生存于世的。诗歌情感由重大社会题材转向内心牢骚幽怨、悠游自得。盛唐诗人李白、杜甫已经开启了这种风气，他们所作的闲文字远远超过有关政治题材的诗篇。中唐诗人大都经历一个由积极仕进到明哲保身的过程，以至于那些身居高位的诗人也有意疏离政治，至少不再用诗歌抨击时政。诗歌由言志转向缘情，由缘情再转向写意。中晚唐诗人正处在这个转折点上。他们的这些尝试，对宋人有一定的影响。宋诗的基本特征就是学习模仿。从学习中晚唐诗人开始，到学习杜甫结束。其间

---

① 葛立方：《韵语阳秋》，卷3，上海：上海古籍出版社1984年版，第37~38页。
② 范晞文：《对床夜语》，卷3，丁福保：《历代诗话续编》，北京：中华书局1983年版，第427~428页。
③ 范晞文：《对床夜语》，卷5，丁福保：《历代诗话续编》，北京：中华书局1983年版，第442页。

最大的收获是继承唐诗的传统，开创了一种迥异于唐音的宋调，构建了一个完整的唐宋诗学思想体系。唐宋诗歌极工极变，但在内在的思理上却是一致的和连续的。

第二节 古代文学理论的清空

古代文学创作中的清空化是通过才学来体现的。古代文学在创作中大量运用才学，在理论上也经常探讨才学问题。魏文帝《典论自序》谈到学问与创作的关系。陆机《文赋》把阅读古代典籍作为文学创作的一个源泉。刘勰《文心雕龙》中的许多篇目都与才学有关，其中牵涉到深思运意、结构布局、遣词造句、属对声律、化用才学等问题。《事类》篇研究了引用前人事典语典的方法问题。刘勰先讲了事类在文学创作的作用，然后列举两汉文人引用古书的例证，说明才与学“表里相资”的关系，进而论述博见、博学的必要性，然后枚举前代作家用典之误，提出用事引文必须准确无误的原则。刘勰“用人若已”、“以才御学”的观点，对唐宋诗学影响深远，已经成为唐宋诗词使事用典的准则。一般说来篇幅较长、表现形式灵活的文体如散文、赋的理论（文论、赋论）对才学包容度比较大。而篇幅短小、形式严谨的文体如诗歌的理论（诗论），对才学的包容度相对小一些。齐梁钟嵘的《诗品》、中唐皎然的《诗式》，都是反对用事用典的。二者相比，皎然比钟嵘要宽容一些。钟嵘几乎反对一切人力工夫，而在皎然的《诗式》中已经包容了诗律对仗、苦思运意、炼格炼意等人力工夫因素，他只反对用事一条，因为用事往往导致诗意的晦涩暗昧。从齐梁到中唐诗学观念不断变化，为宋诗从理论上承认使事用典的合法性铺平了道路。

一、古代文论的清空

古代文论对于才学一般是比较宽容的，只有在才学给文学创作带来负面影响时，才会出现反对才学化的情形，而且它所反对的只是才学中的某一因素而非才学化本身。以才学为文是古代文学发展的基本趋势，很少有人反对这个趋势，但也会就这个趋势中存在的某些问题提出一些质疑和批评。曹丕《典论自序》谈到读书与创作的关系，甚至认为有些文体必须依赖读书才能完成。陆机《文赋》把阅读古代的典籍作为创作的源泉和方法，突出了才学在文学创作中的地位和作用。沈约文学史观体现在《宋书·谢灵运》传论上，他从文学发展的角度阐述了在文学创作中融入人力工夫是大势所趋，对声律、用典都持积极的态度，而对诗歌情感的玄学化则予以反对。刘勰的《文心雕龙》体大思深，对文学创作中所涉及的问题都进行了深入系统的研究。尤其是《事类》一篇，专门讨论文学创作中的用事问题，提出了许多重要的原则，对于唐宋诗学和宋词的清空理论都有一定的启示意义。裴子野《雕虫论》以宋明帝时文学创作虚假繁荣为例，说明才学在当时兴盛不是来自文学自身的规律，而是为了迎合时势，因此表现出许多的弊病。萧子显从文学作品的情感上对才学化提出质疑，他认为不同时代、不同体式的文学作品各有特色，不必强求一律。他还指出在齐代文学创作有三种趋向，都反映了人工过盛而自然不足。北齐颜之推把文学作品看成一个生命体，提出如何涵养文学生命的方法，即情感真实、方法讲究、限制才学等，开唐宋诗学活法理论之先河。在齐梁时期经常见到以才学为诗的情况，由于帝王的提倡，有时对文学创作的才学化起着重要的作用。

（一）

曹丕（187—226）《典论·自序》云："上雅好诗书文籍，虽在军旅，手不释卷。每每定省，从容常言：'人少好学则思专，长则善忘。长大而能勤学者，唯吾与袁伯业耳。'余是以少诵诗论，及长而备历五经、四部、史汉、诸子百家之言，靡不毕览。"①曹丕谈到的"上"是曹操。曹操喜好读书，少年时好诗论，成人后于书无所不览。曹丕把读书与创作联系起来，虽没有明言读书是创作的源泉，但其中的观点已十分相近。他在《答卞兰教》云："赋者，言事类之所附也。"②明确指出赋就是对于事类的分门编次。这说明有些文体的创作，已经离不开才学了。

（二）

陆机（261—313）《文赋》云："伫中区以玄览，颐情志于典坟。遵四时以叹

① 魏宏灿：《曹丕集校注》，合肥：安徽大学出版社2009年版，第302页。
② 陈寿：《三国志》，卷5，北京：中华书局1971年版，第158页。

逝，瞻万物而思纷。悲落叶于劲秋，喜柔条于芳春。心懔懔以怀霜，志渺渺而临云。咏世德之骏烈，诵先人之清芬。游文章之林府，嘉丽藻之彬彬。慨投篇而援笔，聊宣之乎斯文。”①张少康的解释是：“这是《文赋》的第一段，主要讲创作前的准备，着重论述了思想情感的酝酿净化和学习前人著作增加知识学问的重要性。首二句是总括这一段的内容，以下十句则分别就上述两方面作进一步的发挥和阐说。这是针对小序中提出的‘意不称物，文不逮意’而来的。‘伫中区以玄览’，即是强调创作中必须有备的道家那种‘虚静’的境界，不受外物和各种杂念干扰，能够统观全局，烛照万物，思虑清明，心神专一。正如苏轼在《送参寥师》中所说‘欲令诗语妙，无厌空且静。静故了群动，空故纳万境’。‘空且静’即是“虚静”，亦即‘玄览’之意。陆机认为，必须有‘玄览’的精神境界，而后方能真正做到‘意’能‘称物’。”②对于“颐情志于典坟”，张少康教授的解释也很精彩，他说：“‘颐情志于典坟’，则是要求作家广泛学习前人文章和著作，吸取其丰富的创作经验。这里的‘典坟’是借儒家传统的‘三坟五典’来泛指各种有价值的优秀文章与著作，与下文‘游文章之林府，嘉丽藻之彬彬’是一个意思。陆机这里着重讲的是书本知识，而没有涉及从现实生活中丰富知识学问的问题，但是书本知识和前人创作经验，确是提高自己写作能力的极重要方面。这正是针对‘文不逮意’而提出来的。有了这两方面的准备之后，构思活动就能够顺利地展开。”③

陆机把文学创作的准备工作集中到两点上：第一，创作方法上借鉴道家的“虚静说”，即在作品构思时不要有任何的先入之见和一己之私心，用虚静之心直接感悟无所不在的道；第二，有渊博的知识积累，而知识来自读书。只有广泛涉猎先贤和时彦的作品，才能接受他们的知识和思想。文学作品的情感往往来自客观现实，而且多是有感而发的。能够触发作者内心情感的无非是自然界四时代谢，还有人世间的悲欢离合、生离死别以及沧海桑田的变化。要把这些情感真实地记录下来，需要作者敏锐的感悟能力和深厚的文字表达功夫。知识上的积累不

① 张少康：《文赋集释》，北京：人民文学出版社2002年版，第20页。
② 张少康：《文赋集释》，北京：人民文学出版社2002年版，第33页。
③ 张少康：《中国文学理论批评史》上，北京：北京大学出版社1999年版，第163页。

仅表现在作品的情感上，也表现在作品的创作方法上。陆机谈到各种文体的创作特点，如“诗缘情而绮靡，赋体物而浏亮，碑披文以相质，诔缠绵而凄怆，铭博约而温润，箴顿挫而清壮，颂优游以彬蔚，论精微而朗畅，奏平彻以闲雅，说炜烨而谲诳，虽区分之在兹，亦禁邪而制放。要辞达而理举，故无取乎冗长”[①]等。像“绮靡”、“浏亮”等表达方法，如果没有一定的知识积累是无法达到的。至于下文所说的“禁邪而制放”、“辞达而理举”，不仅需要一定的知识积累，而且还需要作者具有很高的道德涵养。道德涵养也是一个知识积累和升华的过程。

（三）

沈约（441—513）在《宋书·谢灵运》传论中发表了他的文学史观。首先，他对文学做了一个界定。文学抒发一种情感，这种情感虽然“禀天地之灵”，但也“含五常之德”。在这种基调下他对文学发展史做了一个简要的梳理，从诗歌起源到风骚，从汉赋到五言诗，其中既有“清辞丽曲”，也不乏“芜音累气”。历代文学继承了风骚精神、汉魏传统不断地向前推进。其次，他谈到诗歌创作中的两种才学化。一是东晋以后，文学创作从有感而发的自然情感向表现老庄思想的玄言诗发展，这种情况在东晋时期尤为突出。他说：“有晋中兴，玄风独振，为学穷于柱下，博物止乎七篇，驰骋文辞，义单乎此。自建武暨乎义熙，历载将百，虽缀响联辞，波属云委，莫不寄言上德，托意玄珠，遒丽之辞，无闻焉尔。”[②]二是由自然声韵向人工声韵过渡，这就是当时流行的声律说。他说：“夫五色相宣，八音协畅，由乎玄黄律吕，各适物宜。欲使宫羽相变，低昂互节，若前有浮声，则后须切响。一简之内，音韵尽殊；两句之中，轻重悉异。妙达此旨，始可言文。至于先士茂制，讽高历赏，子建‘函京’之作，仲宣‘霸岸’之篇，子荆‘零雨’之章，正长‘朔风’之句，并直举胸情，非傍诗史，正以音律调韵，取高前式。自骚人以来，而此秘未睹。至于高言妙句，音韵天成，皆暗与理合，匪由思至。张、蔡、曹、王，曾无先觉，潘、陆、谢、颜，去之弥远。世之知音者，有以得之，知此言之非谬。”[③]

---

① 张少康：《文赋集释》，北京：人民文学出版社2002年版，第99页。
② 沈约：《宋书》，卷67，北京：中华书局1974年版，第1778页。
③ 沈约：《宋书》，卷67，北京：中华书局1974年版，第1779页。

沈约对于东晋以前各种创作风格都能够接受和理解，认为这些变化是符合文学发展规律的。因为五言诗在南朝还属于一种“倡优俳谐”使用的“流调”，从根子上带有许多世俗化的特性。于是在雅化过程中，从外观到本质都进行了一系列的雅化：语言上由口语向典雅的书面语过渡，由叙事向抒情转化；情感上由有感而发向流行的“玄言”过渡；音律上从“音韵天成”的自然音律向人工声律转变。对于五言诗的雅化，沈约赞同声律的雅化，对那些讲求人工声律的作家作品予以高度的赞扬。但沈约对于诗歌情感的“玄言”化予以批评，认为这些诗歌以诗意证玄理，“遒丽之辞，无闻焉尔”。沈约对才学是很宽容的，甚至对于诗歌用典也是支持的。《颜氏家训》卷第4引用了沈约做文章的“三易说”[①]，解决了在诗歌中用事而诗意不晦涩的弊病，这在古代文学史上还不多见，对于唐宋诗学用典方法也有一定的启迪作用。

（四）

刘勰（465？—520）也很重视诗歌的才学化问题。他在《神思》篇中说：“积学以储宝。”[②]又曰：“若学浅而空迟，才疏而徒速，以斯成器，未之前闻。”[③]刘勰认为后天学养对于文学创作很重要，他把学与才并列，学是后天获得的知识或技能，才是天生的禀赋和能力，但与人的后天历练也有一定的关系。在《才略》篇中他谈到汉人运用才学的状况：“然自卿渊已前，多俊才而不课学；雄向已后，颇引书以助文：此取与之大际，其分不可乱者也。”[④]从时间上，把汉代的才学化分为两个阶段：汉宣帝以前的作家司马相如、王褒多放纵天才而不是有意运用才学；元帝以后，扬雄、刘向则是有意加入才学成分，“颇引书以助文”。在《明诗》篇中谈到晋宋之间诗风的转变：晋人轻绮，因才学而“采缛”；因溺于玄风而多引老庄；庄老告退之后，山水田园诗才兴盛起来；此后，因为才学泛滥，诗歌陷入过度追求形式的境地。刘勰说：“晋世群才，稍入轻绮。张潘左陆，比肩诗衢，采缛于正始，力柔于建安。或析文以为妙，或流靡以自妍，此其大略也。江左篇制，溺乎玄风，嗤笑徇务之志，崇盛忘机之谈，袁、孙已下，虽各有雕

① 王利器：《颜氏家训集解》，卷4，北京：中华书局1993年版，第272页。
② 詹锳：《文心雕龙义证》，北京：中华书局2010年版，第980页。
③ 詹锳：《文心雕龙义证》，北京：中华书局2010年版，第997页。
④ 詹锳：《文心雕龙义证》，北京：中华书局2010年版，第1796页。

采，而辞趣一揆，莫与争雄，所以景纯《仙篇》，挺拔而为隽矣。宋初文咏，体有因革。庄老告退，而山水方滋；俪采百字之偶，争价一句之奇，情必极貌以写物，辞必穷力而追新，此近世之所竞也。”①

在《事类》篇中，刘勰探讨了如何用事的问题。所谓的事类就是按照一定的标准分门别类编纂的事实，以备作诗时采用。古人很早就有编纂事类的传统，《后汉书·陈宠传》云：“宠为司徒鲍昱撰《辞讼比》七卷，决事科条，皆以事类相从。”②王充《论衡·别通》篇云：“人不博览者，不闻古今，不见事类，不知然否。”③挚虞《文章流别论》云：“古诗之赋以情义为主，以事类为佐。”④编纂事类对于人们处理公务、增长见闻和文学创作都有所帮助。刘勰给“事类”下了一个定义：“事类者，盖文章之外，据事以类义，援古以证今者也。”詹瑛解释说：“这句是说在文章的主体以外，又根据类似的事例，来说明意义，引用古典来以古证今。”⑤引用外来的资料，证明自己的观点。刘勰认为引用前人事类助成己说是圣人留下来的方法，也是经籍的通规。谈到化用典故的方法，他认为屈宋只引古事，还不曾引用古人的言语；贾谊在《鹏鸟赋》中采用了鹖冠子的言语，司马相如《上林赋》化用李斯《谏逐客书》中的成句。扬雄《百官箴》采用《诗》《书》等经典中的语句，阐述自己的条理；刘歆《遂初赋》，根据《左传》的叙事方法在行纪中发表感慨。从此以后，用典越来越多，方法也趋于多样化。后汉的崔骃、班固、张衡、蔡邕捃摭经史，文采与情理相辅相成，因为引用古书而盛名益张，成为后人学习的楷模。

刘勰还讲了才学的关系：第一，才是一个人的天生的秉性，学是后天努力得到的才能。在写作时要突出天性的部分，用后天的知识为先天的才性服务，这就是所谓的“才为盟主，学为辅佐；主佐合德，文采必霸，才学褊狭，虽美少功”⑥。有些人在创作时喧宾夺主，因用事用典过多而搅乱了作品的情理，非但无益，而

① 詹锳：《文心雕龙义证》，北京：中华书局2010年版，第202~208页。
② 范晔：《后汉书》，卷46，北京：中华书局1965年版，第1548~1549页。
③ 王充：《论衡》，卷13，北京：中华书局1990年版，第591页。
④ 挚虞：《挚太常集》，张溥：《汉魏六朝一百三家集》，卷42，南京：扫叶山房1925年版，第20册第12页。
⑤ 詹锳：《文心雕龙义证》，北京：中华书局2010年版，第1407页。
⑥ 詹锳：《文心雕龙义证》，北京：中华书局2010年版，第1421页。

且有害。第二，学识越富越好，用事越少越好。用事是为说明事理表达情感，要做到寸辖制轮、尺枢运关，把典故放置在关键的位置。如果一篇文章处处用典，堆砌典故，就发挥不了用事用典的作用，就像用金翠装饰足胫，把粉黛涂抹在胸臆上一样。第三，用典要合乎上下文中的语境，从外面植入的典故要与前后文意相适应，引用别人的事迹或者言语就像从自己口中出来一样。刘勰还批评古人用错典故的现象，说明用典是一项认真细致、非常严肃的工作。

刘勰《事类》篇是我国文学史上第一篇专门讨论使事用典的文章，指出了用典的重要意义，总结了用典的方法，以及用典应该注意的问题。这些观点平实易用，对唐宋诗学的才学化有一定的影响。刘勰所讨论的毕竟只是一些简单的使事用典问题，其中有些被唐宋诗论家所继承，成为唐宋诗学用典的原则；有些被唐宋诗学改造成为新的理论和方法，成为唐宋诗学中最闪光的部分。刘勰在《事类》篇中所说的“援古证今”、“捃摭经史”、“华实布濩”、“文章由学，能在天资。才为盟主，学为辅佐；主佐合德，文采必霸，才学褊狭，虽美少功”、“表里相资”、“综学在博，取事贵约”、“寸辖制轮，尺枢运关”、“缀金翠于足胫，靓粉黛于胸臆”、“用旧合机”、“用人若己”等观点，已经成为文学史上的共识，对古人使事用典发挥着积极的作用。

（五）

裴子野（469—530）《雕虫论》谈到刘宋时期以才学为诗的状况。宋明帝喜好文章，才思敏捷，每有祯祥及宫廷燕集，辄陈诗展义，且命朝臣一起作诗。那些戎士武夫作不出来就请人代笔，甚至不惜花钱买诗来充数。自此以后，藻饰雕虫之艺大行。有鉴于此，裴子野认为：第一，从创作动机上说，古今之文不同。古人是有感而发，且不得不发；今人是应付差遣、卖弄才学。古人著文以劝美惩恶为目的，王化本焉；今人以雕虫小艺相衒卖，俳优不如。第二，从创作心态上讲，古人把文章看作经国之大业、不朽之盛事，为文必本实用、必本教化；今人急功近利、趋炎附势，在一种浮躁心态下为文而文。数量虽多，成就普遍不高。大明以后的文风实乃亡国之音，乱代之征。第三，对于才学化的批评。裴子野认为从刘宋初年迄于元嘉（424—453）30年间，文章质朴实用，尚有经史之遗风。到宋明帝时期（466—472），由于皇帝个人的偏嗜，天下纷纷向风，于是出现了一种无病呻吟的诗歌，内容一无所取，只是在形式上争奇斗妍，其特征是“以博依为急务，谓章句为专鲁。淫文破典，斐尔为功。无被于管弦，非止乎礼义”[①]。诗歌创作充其量只是一种吟风弄月、流连光景、废话连篇的文字游戏。裴子野上述观点是针对宋明帝泰始年间（465—471）的文风而发的，有一定的现实意义，但也不免有夸大之辞。裴子野对古代诗歌除了《诗经》以外，一概贬斥，而且评价标准只有一个，即本之教化、本之实用。这种观点在两汉时期尚可，但与魏晋文学自觉以后，思想的多元化、文学情感个性化、表现方式丰富多彩的实际不适应，难免有刻舟求剑、以偏概全之嫌。

（六）

萧子显（487—537）《南齐书·文学传论》认为文学创作是一件极自然的工作，反对在创作中夹杂人工因素，主要体现在三个方面：

第一，对人精神作用的重视。萧子显给文章下了一个定义：“文章者，盖情性之风标，神明之律吕也。”[②]从这个定义可以看出他对作者在文学创作中主观能动性的重视。但与后代诗论家谈起主观能动性必然要向苦思运意、炼格炼意倾斜不同，他没有朝着艰涩的人力工夫方向引导，而是向着自然简易过渡。他认为文学是客观事物在作者头脑中的反映，作者不必对此进行加工处理，直接按照外界事物原先的情状把它反映出来就可以了。如果掺杂了作者的个人情绪，就很难反映出客观事物的本来面目。他说：“蕴思含毫，游心内运，放言落纸，气韵天成，莫不禀以生灵，迁乎爱嗜，机见殊门，赏悟纷杂。”[③]如果把作者的爱嗜掺杂进来，这样就会见仁见智，莫衷一是。正因为强调自然而然，他对曹丕以下的评论家不以为然，认为他们各任怀抱，共为权衡，所得出的结论只是一家之见，不具备共同性和权威性。文学评论如此，文学创作也是如此。他说：“属文之道，事出神思，感召无象，变化不穷。俱五声之音响，而出言异句；等万物之情状，而下笔殊形”[④]。写作出自作者的神思，灵感来源各自不同，同样的题材在不同的作者笔下，往往呈现出不同的风格特色。文学创作是一种个人化的行为，没有必要强求一致。

第二，评价作家作品，突出新变。萧子显认为不同文体、不同时代、不同

① 裴子野：《雕虫论》，杜佑：《通典》，卷16，北京：中华书局1988年版，第389页。
② 萧子显：《南齐书》，卷52，北京：中华书局1972年版，第907页。
③ 萧子显：《南齐书》，卷52，北京：中华书局1972年版，第907页。
④ 萧子显：《南齐书》，卷52，北京：中华书局1972年版，第907页。

作家、不同风格的出现，正是文学创作的魅力所在，四言有四言之美，五言有五言之骨，七言有七言特色，不能用一个模式去规范。萧子显列举五言诗来说明这个问题，这是因为“五言之制，独秀众品”[①]，而且是齐梁时期诗歌的主流，但是它前后各有变化。建安诗歌有三曹七子，且各不相同。西晋诗坛潘、陆齐名，但潘、陆风格迥异。东晋以后盛行玄言诗，也是在总的风格下各自不同。他说：“郭璞举其灵变；许询极其名理；仲文玄气，犹不尽除；谢混情新，得名未盛。颜、谢并起，乃各擅奇，休、鲍后出，咸亦标世。朱蓝共妍，不相祖述。”[②]萧子显根据诗体变化的规律，并结合不同的流派、风格的差异，得出“若无新变，不能代雄”的结论。

第三，对“今之文章”的批评。萧子显所谓的“今之文章”是指梁代文风。梁代初期政局稳定、社会经济平稳发展，其时文学呈现出三个特色：一是写景抒情、状物咏怀之类诗歌，文辞华美、情感淡薄，与社会题材没有关联，往往成为一种游戏文字，这类诗歌出自晋宋之际的谢灵运。二是缉事比类、堆砌辞藻的诗歌，这些诗歌以卖弄才学为特征，缺乏真情实感。三是发高论、押险韵的诗歌，这是才学化的一种极端表现，把简单的情感复杂化，把平易诗情奇险化，以致别人望而却步，作者以难取胜、以险取胜。这类诗歌出自刘宋时的鲍照（约415—470）。在这三体之外，他还对一些文学现象提出了批评，一是文憎过意，二是雅诗中杂以俗语，三是文士见识不周，谈士理胜其辞。

萧子显提倡自然清新文风，他说文学创作应该是“若夫委自天机，参之史传，应思悱来，忽先构聚”[③]。文学作品中的情感应来自作者真实感受，要有感而发，不能无病呻吟。在创作过程中可以参考史传，根据诗歌的需要进行构思，但不能先有构思，再围绕构思寻找诗材。从诗意的自然抒发出发，萧子显对才学化诸因素持否定态度。但他也承认创作中作者的思维活动，这是一个了不起的进步。

（七）

《颜氏家训》是一部颜之推为教育子孙后代而编写的大型家训，具有道德说

---

① 萧子显：《南齐书》，卷52，北京：中华书局1972年版，第908页。
② 萧子显：《南齐书》，卷52，北京：中华书局1972年版，第908页。
③ 萧子显：《南齐书》，卷52，北京：中华书局1972年版，第908页。

教和明哲保身的特色。颜之推认为文章起源于五经，但是越往后文体越多，新生的文体不一定都是本着经传精神而产生的。有些文体往往以审美为目的，具有怡悦性情的功能。有些文体具有娱乐性质，娱宾遣兴即为其目的。颜之推以道德说教来论文，除了经籍之外，对其他作家皆摘其短，如评价屈原“露才扬己，显暴君过”①，在他所罗列的历代文人中，有人是为正义事业而死的，有些是在朝廷内乱中丧生的。颜之推把他们列为一类，证明他们在道德涵养或个性气质上存在着某种缺陷，因而招致了各种灾祸。这种说法良莠不分，泯灭是非，但对教育子弟却有其现实意义。他说：“自子游、子夏、荀况、孟轲、枚乘、贾谊、苏武、张衡、左思之俦，有盛名而免过患者，时复闻之，但其损败居多耳。每尝思之，原其所积，文章之体，标举兴会，发引性灵，使人矜伐，故忽于持操，果于进取。今世文士，此患弥切，一事惬当，一句清巧，神厉九霄，志凌千载，自吟自赏，不觉更有傍人。加以砂砾所伤，惨于矛戟，讽刺之祸，速乎风尘，深宜防虑，以保元吉。”②诚如颜之推所说的，自古以来有盛名而免于祸患的作者不多，究其原因，与文学本身的性质有关。社会需要循规守距的人，而文学强调个性张扬。文学家多是一些个性突出、不守规矩的人。颜之推教育后代子孙先器识而后文艺，明哲保身远远超过立言立功。自汉代以来，扬雄一直是传承儒家道统、文统的人物，颜之推却对扬雄提出质疑，并从扬雄的文学观点的偏执，以及扬雄所作所为的不合情理，证实其学术毫无价值。

颜之推把文章看作一个生命体，他说：“文章当以理致为心肾，气调为筋骨，事义为皮肤，华丽为冠冕。今世相承，趋本弃末，率多浮艳。辞与理竞，辞胜而理伏；事与才争，事繁而才损。放逸者流宕而忘归，穿凿者补缀而不足。时俗如此，安能独违？但务去泰去甚耳。必有盛才重誉，改革体裁者，实吾所希。”③在颜之推看来，今文不及古文的原因，在于今人没有文章的整体概念，用一种浮躁心态为文，以致主次不分，以辞害理。用事多而用才少，事繁而才损。颜之推所谓的事，是指写作中的使事用典才是作者的天性。作者在创作中，即使对于天性

① 王利器：《颜氏家训集解》，北京：中华书局1993年版，第237~238页。
② 王利器：《颜氏家训集解》，北京：中华书局1993年版，第238页。
③ 王利器：《颜氏家训集解》，北京：中华书局1993年版，第267页。

也要适当地予以限制，更遑论用事呢？他说："凡为文章，犹人乘骐骥，虽有逸气，当以衔勒制之，勿使流乱轨躅，放意填坑岸也。"[①]限制才学防止其冲淡文章的主题。颜之推对沈约用事的方法很钦佩，他说："沈隐侯曰：'文章当从三易：易见事，一也；易识字，二也；易读诵，三也。'邢子才常曰：'沈侯文章，用事不使人觉，若胸臆语也。'深以此服之。祖孝征亦尝谓吾曰：'沈诗云：崖倾护石髓。此岂似用事邪？'"[②]沈约不用僻事，不用僻字，易于读诵，用事而不被人觉，把事用得像没有事一样。颜之推引用当时大才子邢子才、宰相祖孝征的话，对此表示赞同。颜之推认为好的文章应该是内容与形式二者兼善的。"齐世有席毗者，清干之士，官至行台尚书，嗤鄙文学，嘲刘逖云：'君辈辞藻，譬若荣华，须臾之玩，非宏才也；岂比吾徒千丈松树，常有风霜，不可凋悴矣！'刘应之曰：'既有寒木，又发春华，何如也？'席笑曰：'可哉！'"[③]席毗认为文章当讲求实用，反对雕饰；刘逖认为二者兼善，岂不更好？颜之推赞同刘逖的看法。而这就是孔子文质彬彬的另一种说法。齐梁之际的钟嵘也持这种观点。颜之推还强调文章不厌多改，因为指出别人文章的缺点而得罪人，他告诫自己的子孙不要轻议别人文章的长短。尽管如此，修改自己文章还是必要的。修改文章的方法是发挥古今之所长，他说："古人之文，宏材逸气，体度风格，去今实远；但缉缀疏朴，未为密致耳。今世音律谐靡，章句偶对，讳避精详，贤于往昔多矣。宜以古之制裁为本，今之辞调为末，并须两存，不可偏弃也。"[④]虽说驽马十驾，功在不舍，做文章毕竟是一项高智商的工作，并不适合所有的人。他说："吾见世人，至无才思，自谓清华，流布丑拙，亦以众矣，江南号为詅痴符。近在并州，有一士族，好为可笑诗赋，誂撇邢、魏诸公，众共嘲弄，虚相赞说，便击牛酾酒，招延声誉。其妻，明鉴妇人也，泣而谏之。此人叹曰：'才华不为妻子所容，何况行路！'至死不觉。自见之谓明，此诚难也。"[⑤]

颜之推谈到写文章用错典故的情况。用错典故，常常是因为读书不认真，或

---

① 王利器：《颜氏家训集解》，北京：中华书局1993年版，第266页。
② 王利器：《颜氏家训集解》，北京：中华书局1993年版，第272页。
③ 王利器：《颜氏家训集解》，北京：中华书局1993年版，第265页。
④ 王利器：《颜氏家训集解》，北京：中华书局1993年版，第268~269页。
⑤ 王利器：《颜氏家训集解》，北京：中华书局1993年版，第254页。

者对典故含义不懂。慎用、少用典故，搞清楚典故本意和出处，就可以避免类似的错误。

颜之推还谈到对诗人的评价，“何逊诗实为清巧，多形似之言；扬都论者，恨其每病苦辛，饶贫寒气，不及刘孝绰之雍容也。虽然，刘甚忌之，平生诵何诗，常云：‘蘧车响北阙’，懂懂不道车。又撰《诗苑》，止取何两篇，时人讥其不广。刘孝绰当时既有重名，无所与让；唯服谢朓，常以谢诗置几案间，动静辄讽味。简文爱陶渊明文，亦复如此。江南语曰：‘梁有三何，子朗最多。’三何者，逊及思澄、子朗也。子朗信饶清巧。思澄游庐山，每有佳篇，亦为冠绝。”①阅读文学作品是一种审美活动，不同的阅读者对不同的作家有所偏嗜是正常的。有些评价往往还带有一些别的因素，“邢子才、魏收俱有重名，时俗准的，以为师匠。邢赏服沈约而轻任昉，魏爱慕任昉而毁沈约，每于谈燕，辞色以之。邺下纷纭，各有朋党。祖孝征尝谓吾曰：‘任、沈之是非，乃邢、魏之优劣也。’”②通过对别人的评论，可以展现评论者自身的品性。

颜之推文论中的许多观点与唐宋诗学相近或相同，如对作者道德涵养的要求，把作品看成一个完整的生命体，对诗歌才学化的限制，对错用典故的批评等，都是唐宋诗学中经常讨论的问题。唐宋诗学在有些方面青出于蓝，比颜之推解决得更好一些；有些就是颜之推观点的延续，从中可以看出古代文论的传承性和体系性。

（八）

在齐梁的历史文献中，经常可以看到谈论才学化资料。萧纲（503—551）《与湘东王绎书》云：“比见京师文体，懦钝殊常，竞学浮疏，争事阐缓。玄冬修夜，思所不得。既殊比兴，正背风骚。若夫六典三礼，所施则有地，吉凶嘉宾，用之则有所。未闻吟咏情性，反拟《内则》之篇；操笔写志，更模《酒诰》之作。迟迟春日，翻学《归藏》；湛湛江水，遂同《大传》。”③这是梁简文帝所批评的梁代京师文坛风气。其时，创作已经失去生动活泼的生命力，专一模仿古

---

① 王利器：《颜氏家训集解》，北京：中华书局1993年版，第298~299页。
② 王利器：《颜氏家训集解》，北京：中华书局1993年版，第273页。
③ 姚思廉：《梁书》，卷49，北京：中华书局1973年版，第690页。

人。文人闲谈，也以较试才学为能事。《梁书·沈约传》云：“先此，约尝侍宴，值豫州献栗，径寸半，帝奇之，问曰：‘栗事多少？’与约各疏所忆，少帝三事。出谓人曰：‘此公护前，不让即羞死。’帝以其言不逊，欲抵其罪，徐勉固谏乃止。”[①]沈约知道梁武帝好面子，有意少说三事让皇帝赢了一次；但是他把这件事说出来，又把皇帝的面子给剥去了。梁武帝恼羞成怒要治其罪，经人劝阻才作罢。梁武帝喜好作诗，经常在宫廷里与文人学士赋诗。《梁书·文学上》云：“高祖聪明文思，光宅区宇，旁求儒雅，诏采异人，文章之盛，焕乎俱集。每所御幸，辄命群臣赋诗，其文善者，赐以金帛，诣阙庭而献赋颂者，或引见焉。其在位者，则沈约、江淹、任昉，并以文采妙绝当时。至若彭城到沆、吴兴丘迟、东海王僧孺、吴郡张率等，或入直文德，通宴寿光，皆后来之选也。”[②]在这种环境影响下，以用事多寡作为评价诗艺的标准。《梁书·王僧孺传》云：“僧孺好坟籍，聚书至万余卷，率多异本，与沈约、任昉家书相埒。少笃志精力，于书无所不睹。其文丽逸，多用新事，人所未见者，世重其富。”[③]《南史》卷59云：“（任昉）既以文才见知，时人云‘任笔沈诗’。昉闻甚以为病。晚节转好著诗，欲以倾沈，用事过多，属辞不得流便，自尔都下士子慕之，转为穿凿，于是有才尽之谈矣。博学，于书无所不见，家虽贫，聚书至万余卷，率多异本。”[④]因作诗用典而蓄积书目，为了与别人不同又多收集异本。由此可见当时上流社会诗歌创作的风气。

二、古代诗论的清空

相对而言，古代文论对于才学的态度比较宽容，而诗论则相对苛刻一些。北宋以前的诗论基本上是反对才学的，至少比同时期的文论或历史学家的文学观点要狭隘一些。这是因为诗歌篇幅短小，某些诗体还要配乐歌唱，所以在形式上要尽量符合歌唱的需要，情感要明晰一些，让人一听就能懂。无论言志还是缘情，它都不以才学擅场。下文，我们以钟嵘的《诗品》和皎然的《诗式》这两部具有

① 姚思廉：《梁书》，卷13，北京：中华书局1973年版，第243页。
② 姚思廉：《梁书》，卷49，北京：中华书局1973年版，第685~686页。
③ 姚思廉：《梁书》，卷33，北京：中华书局1973年版，第474页。
④ 李延寿：《南史》，卷59，北京：中华书局1975年版，第1455页。

一定理论体系的诗论为例，分析古代诗论对于才学化的态度。

（一）

钟嵘《诗品》是我国古代第一部具有理论体系的诗学论著。他以当时的“流调”五言诗为研究对象，并在《诗经》六义之下构建了五言诗歌的“三义”。钟嵘对五言诗歌的三义“赋比兴”的阐释，与汉儒有很大的差别。这种阐释并非随意为之，而是来自他的诗学体系。钟嵘的诗学体系包括多个方面，集中体现在他的宗派意识中。他把五言诗分为三大流派，即出自风、骚、小雅三个源头的诗人群体。每个群体都有其清晰的传承轨迹，如某人出自某系，受前代某人的影响，呈现出什么样新的特色等。把钟嵘所说的传承关系连贯起来，就可以清晰地看出三大派别嬗变的轨迹。钟嵘指出在五言诗歌中存在着一个正派体系，该派代表性诗人体现了五言诗歌在各个时期的最高成就，如建安之杰曹植、太康之英陆机和元嘉之雄谢灵运。他们诗风前后相承，各领风骚。钟嵘还把五六百年间的五言诗歌分为上中下三品，上品多汉魏古人，下品多齐梁近人，从中可以看出钟嵘其实对他所处时代的诗风并不满意。这种不满，源于钟嵘所设计的雅化途径与当时诗歌的发展状况不相吻合。因为齐梁诗歌在雅化过程中，汲取了太多的人力工夫的因素，这是钟嵘所不满意的。相对于当时的诗歌创作实际，钟嵘的诗学理论相对要保守一些。

钟嵘《诗品》以五言诗为研究的主体。五言诗来自倡优俳谐，与传统的四言雅体相比称为流调，明显地带有下层社会、娱乐环境的显著标记。在雅化的过程中，对于诗歌的基本要素：音乐、情感、语言和声韵进行了全方位的革新。其一，由于俗乐无法表现文人士大夫的雅正情感，五言诗歌的雅化就直接去掉音乐，仅从文本上雅化诗体。对此，钟嵘是赞同的。他说：“今既不被管弦，亦何取于声律邪？”[①]五言诗脱离音乐以后，在表情达意上取得了长足的进步，可以表达一些更为深刻的思想内容。其二，五言诗歌的情感与时俱进，且与各个时代的社会思潮联系密切。汉人主张讽谏，用诗歌干预现实政治。魏晋以后玄学流行，玄言诗兴盛二百余年，魏晋诗歌多表现玄理。钟嵘对汉诗评价很高，把汉代古诗、李陵、班姬列入上品。钟嵘反对当时长盛不衰的玄言诗。因为玄言诗所抒发

① 曹旭：《诗品笺注》，北京：人民文学出版社2009年版，第203页。

的不是一种自然的情感，而是一种抽象的玄理，难免“理过其辞，淡乎寡味”①，把汉魏古诗一唱三叹、自然感发的情感抹杀殆尽。其三，五言诗在创作上有才学化泛滥的倾向，语言骈俪，典故堆砌，甚至还多次出现抄书以为诗的现象。钟嵘对此提出了批评，认为“观古今胜语，多非补假，皆由直寻”②。其四，齐梁时期，在五言诗创作中流行一种新的声韵。这就是相对于自然声韵的人工声韵。钟嵘认为给诗歌套上这种“闾里已具”的人工声韵，“使文多拘忌，伤其真美”③。五言诗在从大俗到大雅的转化过程中，难免有矫枉过正之处；而钟嵘对五言诗雅化否定多于肯定，同样也有矫枉过正之嫌。

钟嵘论诗的宗旨是“自然英旨”。“自然英旨”来自我国古代的自然诗学观。自然诗学观又出自自然的世界观。我国古代的哲学思想把自然作为最高的境界。儒家主张法先王，以尧舜为典范，效仿其清静无为的治国理念。孔子说“唯天为大，唯尧则之”④，“无为而治者，其舜也与？夫何为哉？恭己正南面而已矣”⑤。道家也有“人法地，地法天，天法道，道法自然”⑥的观点。先秦哲学中的自然，一般不包含任何人为的因素，即道家学派所谓的“自化”，后世诗论词论家所谓的“自然而然”。钟嵘虽然采用“自然”这个概念，但与先秦的自然并不相同。在钟嵘的“自然英旨”中，就包含了许多人为因素。钟嵘论诗以“风力”与“丹采”并重，“骨气”与“词采”并举。所谓的“丹采”“词采”，都属于人力工夫的范畴。钟嵘说刘祯诗歌“雕润恨少”，把没有人力工夫的“雕润”当作一个缺点来批评。因为在钟嵘看来诗歌创作需要自然，更需要人力。只有把二者结合起来，才能达到一种理想的创作模式。钟嵘实现“自然英旨”的途径有二：一是“直寻”，二是“寓言写物”。下面试分别论述之：

1. 直寻

钟嵘主张直寻，反对以才学为诗。在这一点上，他与刘勰是一致的。因为

① 曹旭：《诗品笺注》，北京：人民文学出版社2009年版，第15页。
② 曹旭：《诗品笺注》，北京：人民文学出版社2009年版，第98页。
③ 曹旭：《诗品笺注》，北京：人民文学出版社2009年版，第208页。
④ 何晏：《论语注疏》，李学勤：《十三经注疏》，北京：北京大学出版社1999年版，第106页。
⑤ 何晏：《论语注疏》，李学勤：《十三经注疏》，北京：北京大学出版社1999年版，第208页。
⑥ 朱谦之：《老子校释》，北京：中华书局1984年版，第103页。

他们所处于的时代、面临的问题、批评的对象相同，所以他们对许多问题的看法是相同或相近的。他们都对玄言诗表示不满。钟嵘批评玄言诗说："永嘉时，贵黄、老，稍尚虚谈。于时篇什，理过其辞，淡乎寡味。爰及江表，微波尚传，孙绰、许询、桓、庾诸公诗，皆平典似《道德论》，建安风力尽矣。"[①]作为一种文学思潮，玄言诗的存在发展有其必然的原因。从东汉中期开始，党锢之祸、宦官专权，直到曹魏篡汉、司马篡魏，士大夫逐渐从大一统的中央王朝中疏离出来，思想也由独尊儒术转向多元。他们释老达庄、用道家的观点注释儒家的著作，或者皈依新兴的佛教，在儒家思想之外寻找精神的归属。玄学思想就这样流行了起来。五言诗发展适逢其时，于是他们把诗歌变成了证道的工具。钟嵘对玄言诗坚决反对，甚至把它看作诗坛上的一股逆流。关于这一点，我们在钟嵘的《诗品》中很容易就能找到证据，除了上文所引的诗品序中评论两晋诗风[②]，还有卷3论述下品诗人"晋骠骑王济诗、晋征南将军杜预诗、晋廷尉孙绰诗、晋徵士许询诗"的"永嘉以来，清虚在俗。王武子辈诗，贵道家之言。爰洎江表，玄风尚备。真长、仲祖、桓、庾诸公犹相袭。世称孙、许，弥善恬淡之词"[③]。最有意思的是能够挤入中品的郭璞，偏偏是"辞多慷慨，乖远玄宗"、"坎禀咏怀，非列仙之趣也"[④]。此外，钟嵘还对诗歌的用典极为不满。他说："夫属词比事，乃为通谈。若乃经国文符，应资博古，撰德驳奏，宜穷往烈。至乎吟咏情性，亦何贵于用事？'思君如流水'，既是即目。'高台多悲风'，亦惟所见。'清晨登陇首'，羌无故实。'明月照积雪'，讵出经史？观古今胜语，多非补假，皆由直寻。颜延、谢庄，尤为繁密，于时化之。故大明、泰始中，文章殆同书抄。近任昉、王元长等，词不贵奇，竞须新事，尔来作者，浸以成俗。遂乃句无虚语，语无虚字，拘挛补衲，蠹文已甚。但自然英旨，罕值其人。词既失高，则宜加事义。虽谢天才，且表学问，亦一理乎！"[⑤]钟嵘认为"属词比事，乃为通谈"，在一般的文章中适当地运用才学是可以的，为了把事理说得透彻一些，旁征博引也是可以

① 曹旭：《诗品笺注》，北京：人民文学出版社2009年版，第15页。
② 曹旭：《诗品笺注》，北京：人民文学出版社2009年版，第15页。
③ 曹旭：《诗品笺注》，北京：人民文学出版社2009年版，第239页。
④ 曹旭：《诗品笺注》，北京：人民文学出版社2009年版，第145页。
⑤ 曹旭：《诗品笺注》，北京：人民文学出版社2009年版，第98~101页。

的。但诗歌以抒发情感为主，应该看到什么，就写什么，直截了当。如果堆砌典故、引用故实，诗歌创作就如同抄书。才学越多，情感越薄。齐梁以来诗人竞相用事，以至于句无虚语，语无虚字，拘挛补衲，蠹文已甚，完全丧失了诗歌的自然英旨。钟嵘提出了一个新的创作方法，他说："观古今胜语，多非补假，皆由直寻。"那么，什么是"直寻"呢？

罗宗强说："'直寻'，便是但写所见，情有所感，眼有所见，辄可成诗。'直寻'在写法上当亦包括着写实的意思。他在评论诗人时提到的'直致之奇'，即此意；'巧构形似之言'，'尚巧似'也是此意。在《诗品》中，'巧似'不是作为贬语出现，而是作为写实的一种表现形态出现的。"罗宗强还指出，钟嵘的"直寻"与"自然英旨"之间存在着必然的联系，"由'直寻'而提出'自然英旨'，是从表现方法的写实而提升到审美趣味的重自然。'自然英旨'，就是自然精美，也就是他在后面所说的'真美'。他主张自然精美，不仅反对用事，反对寻摘经史，而且反对人工声律。"[①]齐效斌认为钟嵘出于诗歌抒情必然性的需要，提出了"直寻"这一新概念，并赋予传统的"比兴"新的定义。他说："直寻的本质含义是什么？依照钟嵘的本意，那就是说，诗歌是吟咏性情的，不能以用事用典的形式来表达，只能以一定的感悟力去表现。即在触景生情、景与物冥的诗化过程中，形成一唱三叹的美妙意境。这种意境并非由苦苦思索、潜心推敲而来，而是'寓目辄书'的结果。近人陈廷杰为直寻做这样的注释：'钟意盖谓诗重在兴趣，在由作者得之于心，而不贵用事。'（《诗品注》）许文雨的解释也许更为到位：'直寻之义，在即景会心，自然寻妙，即禅家所谓'现量'是也。'（《钟嵘诗品讲疏》）现在看来，直寻与比兴不仅是两种不同的表现技巧，也是长期以来在认识论上所形成的不同的思维方式或方法。直寻就是诗歌创造中的直觉思维。它接近于现象学的直观方法。"[②]

钟嵘的直寻就是寓目辄书，把自己看到的第一印象记载下来，不需要太多的人力工夫。与"直寻"相近的一个概念叫"直置"（也写作"直致"），钟嵘批评陆机诗歌时用了这个词语。在钟嵘看来，陆机的诗歌是不够"直致"的，因为他

① 罗宗强：《魏晋南北朝文学思想史》，北京：中华书局1996年版，第400页。
② 齐效斌：《"直寻"新解》，《光明日报》2005年10月14日。

“尚规矩”，抒情不够直截了当。“直寻”、“直致”的相同点在于“直”，从表现手法上说就是开门见山，不需要什么中间环节。区别在于一个突出创作前的观察，一个强调创作后的表达效果。

钟嵘认为诗歌的情感应该是自然的、直接的，因而是感人至深的。在表现这种情感时，要做到寓目直书，把自己眼睛看到的现象记录下来，不需要在比兴、才学等外在因素上绕来绕去，因为这些因素毕竟与自然隔了一层。由眼中景、心中情组成的第一印象便是自然英旨。据此，我们就明白了一个问题，为什么在《诗经》创作方法中，汉儒强调比兴，而钟嵘特别重视赋。因为在五言诗的“三义”中，只有赋符合“直寻”、“直致”的创作手法。但是，传统的“赋”是直抒胸臆的，很难达到“文质彬彬”的效果。于是钟嵘又对“赋”做了一番加工改造，使其适合五言诗雅化的需要。

2. 寓言写物

考察“赋”这个概念的演变，就会发现历代经学家和诗学家对赋特性的认识各有偏重。经学家把赋阐释为“直陈其事”，强调其“直陈”的特性；而诗学家则有意或无意淡化“直”而强调其“敷陈”的特性。其实，“敷陈”既可以是直接的，也可以是间接的，而间接往往还多于直接。钟嵘与他以前的诗学家一样，仍然沿用“赋比兴”来概括五言诗歌的创作方法。但他也明显意识到五言诗歌与《诗经》有很大的不同，于是他尝试着改造赋比兴的内涵，并为之增添了一些新的特色，使它适合五言诗歌缘情而绮靡的需要。

钟嵘给赋所增加的特性，不是凭空杜撰，而是从赋体早期的创作方法化用过来的。寓言就是从早期辞赋的创作方法隐语、寄言概括提炼而来的。《荀子·赋篇》是现存最早的赋作之一，其创作方法是隐语，即“用捉迷藏的游戏态度，把一件事物先隐藏起，只露出一些线索来，让人可以猜中所隐藏的是什么”[①]。这种隐语类似我们今天的谜语。谜语分为谜体和谜底两部分。荀子的谜体和先王依荀子谜底制作的新谜，把自己要揭示的答案通过别人之口说出来。宋玉《风》《钓》二赋也是早期的赋篇[②]。它们采用了寄言的手法。寄言通过言在此而义在彼的方法

① 朱光潜：《诗论》，北京：北京出版社2005年版，第39页。
② 詹锳：《文心雕龙义证》，北京：中华书局2010年版，第277页。

展现作者内心的情愫。隐语和寄言都有“遁辞以隐意，谲譬以指事”[①]的特点，借别人之口说出自己想说的话。这与《庄子》的“寓言”很相似。“寓言”的特征是“藉外论之”，《庄子》列举一个典型事例：“亲父不为其子媒。亲父誉之，不若非其父者也。”[②]按理说父亲最了解自己的儿子，但父亲却不能给儿子做媒，因为父亲赞美儿子的话别人不相信。可是同样的话，如果换成第三者来讲，就容易令人信服。庄子认为这里有一个特殊的心理现象：“与己同则应，不与己同则反；同于己为是之，异于己为非之。”[③]也就是说人们在接受一种新观念时，总喜欢接受与自己一致的观点，而不喜欢接受与自己不同的意见。这种习惯根深蒂固难以改变，我们只能顺应它，并利用它来为我们服务。既然我们说话是给别人听的，就必须得考虑别人的接受习惯。说话前先把自己要说的与别人可能接受的观点比较一番，求同而存异。对别人不易接受的观点，要改变一下表达方式，把它们通过第三方表述出来，或者直接从对方口中说出来。其实，在与别人谈话时我们经常也是这样做的，在诗歌创作中应该如此去做。同样的情感，直抒胸臆远不如从别人口里说出来的效果好；写在纸面上的文字，远不如读者感悟到的真切。

历代治《诗经》者把赋解释为“铺陈”、“直陈”，认作一种纯粹主观抒情的方式。如果从诗歌欣赏的角度来说并没有什么不妥，但从诗歌创作角度看就有一定的局限性。因为纯粹主观抒情在诗歌创作中并不多见，绝大多数诗歌采用了间接抒情的方式，或者融情入景，借景抒情；或者铺张描写，客体抒情。所谓客体抒情就是通过第三者的角度、用间接的手法来抒发感慨。虽然不如直抒胸臆那样简洁明快，生动传神，但可以超越时间、地点、环境、氛围等因素的限制，创造出传神阿堵、流芳千古的文学形象，或抒发出含蓄隽永、意味无穷的思想情感。汉乐府《陌上桑》在塑造秦罗敷形象时就运用了大段客体抒情的手法，先交代罗敷的基本情况，接着正面描写罗敷的梳妆打扮，然后从侧面烘托罗敷妆扮后的动人效果，使每一个见到罗敷的人都被她的美丽所征服，那么下文她和使君之间故事也就成为一种必然。尽管作者描摹详尽，但罗敷到底长什么样还是没有交代清

---

① 詹锳：《文心雕龙义证》，北京：中华书局2010年版，第539页。
② 郭庆藩：《庄子集释》，北京：中华书局1961年版，第948页。
③ 郭庆藩：《庄子集释》，北京：中华书局1961年版，第948页。

楚，给读者留下了丰富的想象的空间。每位读者都可以根据自己的审美习惯创造出自己心目中的“罗敷”来。在这首诗歌里，作者把自己要抒发的情感或描述的对象，成功地通过读者的阅读展现出来。虽说诗歌不以描绘人物、叙述故事为能事，但在五言诗歌的发轫阶段，形象性还是评价诗歌艺术水平的一项重要内容。感于哀乐、缘事而发的乐府古诗，清新质朴、气骨刚健的建安诗歌，一般都具有鲜明的人物形象或相对完整的故事情节。塑造艺术形象、叙述故事情节当然离不开客体抒情。也正是在这一点上，客体抒情彰显出强大的生命力和广阔的发展空间。

与《诗经》研究者不同，历代诗论家很早就注意到了“赋”客体抒情的特点。个中缘由，再明白不过。研究者面对的是被尊奉为儒家的经典《诗经》，这些作品只需要阅读而不需要创作。汉魏以后盛行的五言诗歌则没有《诗经》的权威性，不仅可以阅读批评，而且还需要不断地创作。有时创作比阅读更重要。我国古代诗歌理论多是总结前人创作经验、指导后人创作而撰写的实用诗法。在这些实用诗法中多次言及赋客观抒情的特点，挚虞说赋“假象尽辞，敷陈其志”①，刘勰说赋“铺采摛文，体物写志”②。这些观点与钟嵘的“寓言写物”已很相近。钟嵘所言赋“直书其事”、“寓言写物”两个特性，都有“开门见山”、“敷陈其事”的特点，但二者的区别也是十分明显的。“直书其事”强调诗人的主观抒情，这种情感不假外物，喷薄而出。“寓言写物”则强调情感的客观性，这种情感含蓄委婉，耐人寻味。抒情方式不同，但也不是完全对立的。两种抒情方式，在诗歌创作中往往还是交替使用的。曹植那些“情兼雅怨，体被文质”的五言古诗，就是借助寓言写物和直书其事的手法，抒发了胸中抑郁不平之气，奠定了他在五言诗歌史上的典范地位。尤其那首《七步诗》，两种手法交互运用，倾诉了骨肉相残、令人痛惜的情感，千百年后还让人感同身受，嘘唏不已！

既然古代诗论家都注意到了赋客体抒情特点，为什么只有钟嵘才明确提出“寓言写物”的观点呢？笔者认为这与钟嵘的所处的时代以及他的诗学思想有

---

① 挚虞：《挚太常集》，张溥：《汉魏六朝一百三家集》，卷42，南京：扫叶山房1925年版，第20册第12页。

② 詹锳：《文心雕龙义证》，北京：中华书局2010年版，第270页。

关。我国古代士大夫文化是趋向高雅的，五言诗也不例外。但五言诗来自俳谐倡乐，属于两汉时期流行的俚俗歌曲。它的雅化是从俚俗娱乐起步的，带有下层社会、娱乐环境的烙印。构成诗歌的基本要素，如音乐、情感、言辞、音律等都是由俗入雅的，经常从一个极端走向另一个极端。世俗的音乐不能适应五言诗歌雅化后的情感，所以它就舍弃了音乐仅从文本方面进行雅化；五言诗歌在情感方面朝着士大夫主流意识靠拢，并与当时流行的玄学思潮相呼应，几乎成了“柱下之旨归、漆园之义疏”[①]，玄言诗因而盛行一时；五言诗歌在语言上摒弃了口语俗语叙事性的语言，朝着驱事用典、注重文采的方向发展，化用典故、抄书为诗一度成为流行的创作方法；五言诗在音节上从自然音节向人工化的音节过渡，由此形成了许多的声病，“四声八病”、“蜂腰鹤膝”就是当时应用甚广的病忌规范，而且这种病忌越往后越多，由八病而十六病，进而三十二、六十四，直至二百多条目。一般来讲，钟嵘对五言诗雅化的趋势是认同的，但他对于那些妨碍诗意自然的因素进行了尖锐的批评。钟嵘论诗皈依自然，但他的“自然”与老庄不同，其中包含了许多人为的、不自然的因素，比如“丹采”、“词采”、“雕润”等人力工夫。从诗歌发展趋势来看，这无疑是一种进步。钟嵘毕竟还处于五言诗歌雅化的初期阶段，他所提倡的人力工夫还是很直观、很有限的。他对于那些妨碍诗意自然的人力工夫，如限制诗歌情感自然抒发的玄言诗、改变诗歌自然音韵的四声八病说、限制诗歌构思堆砌辞藻、殆同书抄的齐梁诗风等都不能接受。对于诗歌才学化尤为不满，但是在《诗经》三义之中比、兴都与才学有关。无论是以此喻彼，还是由此及彼，始终绕不开驱使典故、獭祭故实的路子。只有赋不用典故，这就是钟嵘特别重视赋的根本原因。但赋也有一个缺点，它随口而出，浅显直白，缺乏文采，导致诗歌立意不深，质木无文，即钟嵘所谓的“意浮而文散”。钟嵘认为只要对赋进行一番改造，突出其客体抒情的特点，下大气力沟通作者、读者的内心情感，把诗人所要抒发的这种情感变成读者所期待的那种情感，就可以解决这个问题。钟嵘论诗的标准是“自然英旨”，自然就是诗歌情感来自客观现实，要做到有感而发；“英旨”则是对诗歌情感的限制，这种情感必须是通过直寻、直致等第一印象获得的真情实感。事实证明主客体抒情交替使用，再加上

① 詹锳：《文心雕龙义证》，北京：中华书局2010年版，第1710页。

赋铺张排比、反复渲染等表现手法，确实能够增强诗歌的自然感发力量，弥补其立意肤浅文采不足的缺陷。

钟嵘继承了汉代经学的传统，用赋比兴来概括五言诗歌的创作方法。与纷繁复杂的创作实际相比，这种方法明显落伍了。于是钟嵘给它增添了一些新的内涵，“寓言写物”就是其中之一。钟嵘修订了五言诗歌在抒情方式以及叙事状物方面文采不足的缺陷，用不自然的手段达到自然的目的。这对唐宋诗学影响深远，从钟嵘《诗品》的“自然英旨”，到中唐皎然《诗式》的“自然神诣”、晚唐司空图《二十四诗品》的“自然含蓄”、南宋姜夔《白石诗说》的“自然高妙”、宋元之际张炎《词源》的“自然而然”，整个一部唐宋诗（词）学史都是沿着“自然”的轨迹向前发展的，而且方法思路也与钟嵘如出一辙，在自然的名义下，包含了许多不自然的因素。相比之下，钟嵘毕竟还处于诗歌雅化的初期阶段，他所主张的人力工夫还是很有限的，而他所反对的人力工夫诸因素，如音韵对偶、苦思运意和化用典故等，先后被引入诗歌创作，成为唐宋诗学理论和创作实践中一个个新的亮点。钟嵘把诗人后天学到的知识和通过训练掌握的技能也看作诗人天性的一部分，解决了困扰唐宋诗学几百年的一个难题，对于唐宋诗学理论的发展起到了特殊的作用。

（二）

唐人在诗歌创作中用典与宋人无异，但在理论上却是抵制用典的，其中以皎然《诗式》最为典型。皎然承认苦思运意、炼格炼意对诗歌创作的重要意义，但他反对用事，因为用事破坏了诗意的自然抒发。皎然也以自然论诗，他所谓的“自然”与钟嵘不同。钟嵘排斥了太多的人力工夫，什么“四声八病”、“蜂腰鹤膝”、“玄言诗”、“使事用典”等均在摈斥之列。而皎然的“自然神诣”则包容了许多不自然的因素，他所推崇的典范诗人谢灵运就以善于用典而著称。皎然的《诗式》与宋人诗论，其间仅一纸之隔。然而，这层纸始终没有捅破。

皎然论诗主张自然神诣。自然是指诗歌情感的自然感发，而神诣则是一种通过人力工夫才能达到的境界。皎然论诗以谢灵运为典范。谢灵运的诗歌把自然和人力结合起来，并发挥到了极致，这就是皎然所说的“发皆造极”。谢灵运与颜延之诗歌的铺锦列绣，雕缋满眼相比，确实有“初发芙蓉，自然可爱”之誉，但是谢诗确实也很雕琢，充满了人力工夫。如果把谢灵运诗歌与汉魏古诗以及同时代的陶渊明相比，发现谢诗也是很讲求运思、喜欢用事的。无论皎然如何否认谢灵运诗歌的用事，但谢诗用事却是一个不争的事实。选择谢灵运作为典范，反映了皎然特殊的诗歌观念。诗歌既要有人力工夫，但又不能用事太多；诗歌可以才学化，但不能堆砌辞藻。皎然诗论的关键是如何运用才学来实现诗意的自然神诣。

皎然在诗论中给了自然以很高的地位，他说："《古诗》以讽兴为宗，直而不俗，丽而不朽，格高而词温，语近而意远，情浮于语，偶象则发，不以力制，故皆合于语而生自然。建安三祖、七子，五言始盛，风裁爽朗，莫与之京，然终伤用气使才。违于天真，虽忘松容，而露造迹。"①《古诗十九首》是自然的典范，建安以后诗歌不如《古诗十九首》直接明白，在于它"用气使才"，有违天真。皎然在评论《邺中集》时说："邺中七子，陈王最高。……语与兴驱，势逐情起，不由作意，气格自高。"②曹植的诗歌"不由作意"，自然而然，所以"气格自高"。没有经过人力工夫的诗歌是第一流的。皎然师法自然，反对一些人为的规则，如声律，"律家之流，拘而多忌，失于自然，吾常所病也"③。他与钟嵘《诗品》中的"直寻"、"直致"、"自然英旨"是很相近的。正当我们把他作为崇尚自然而然的诗论家时，才发现他对人力工夫诸要素并不全部反对。在论《李少卿并古诗十九首》时他说："李陵苏武二子，天与其性，发言自高，未有作用。十九首辞精义炳，婉而成章，始见作用之功。"④苏李五言诗歌和《古诗十九首》都是好诗，好的标准不在"作用"或"不作用"，而在于是否抒发了作者内心的真实情感。再看他列为典范的诗人谢灵运，其特点是"真于情性，尚于作用"⑤。皎然谈到《诗有四深》时说："气象氤氲，由深于体势；意度盘礴，由深于作用；用律不滞，由深于声对；用事不直，由深于义类。"⑥皎然是非常重视"作用"的，至少在皎然看来自然神诣和人力工夫之间并无矛盾。不假修饰的诗歌是好诗，而经过修饰

① 李壮鹰：《诗式校注》，北京：人民文学出版社2003年版，第373页。
② 李壮鹰：《诗式校注》，北京：人民文学出版社2003年版，第110页。
③ 李壮鹰：《诗式校注》，北京：人民文学出版社2003年版，第374页。
④ 李壮鹰：《诗式校注》，北京：人民文学出版社2003年版，第102~103页。
⑤ 李壮鹰：《诗式校注》，北京：人民文学出版社2003年版，第118页。
⑥ 李壮鹰：《诗式校注》，北京：人民文学出版社2003年版，第18页。

达到自然神诣的诗歌也是好诗。他说："或曰：诗不要苦思，苦思则丧于天真。此甚不然。固须绎履于险中，采奇于象外，状飞动之句，写冥奥之思。夫稀世之珠，必出于骊龙之颔，况通幽含变之［文］哉？但贵成章以后，有其易貌，若不思而得也。'行行重行行，与君生别离'，此似易而难到之例也。"[①]甚至，他还认为修饰总比不修饰好，在《取境》篇中说："诗不假修饰，任其丑朴，但风韵正、天真全，即名上等。予曰：'不然，无盐阙容而有德，曷若文王太姒有容而有德乎？'又云：'不要苦思，苦思则丧自然之质。'此亦不然，夫不入虎穴，焉得虎子？取境之时，须至难至险，始见奇句。成篇之后，观其气貌，有似等闲不思而得，此高手也。有时意静神王，佳句纵横，若不可遏，宛若神助。不然，盖由先积精思，因神王而得乎？"[②]皎然认为诗歌也具有要眇宜修的特点，只有经过修饰的才是真正好的诗歌。诗歌的"奇"，全部来自人力工夫。没有取境时的"至难至险"，何以会有诗歌的奇句奇景？但是奇只是一种作诗的手段，不能把它表现在诗歌的情感之中。诗歌的意境，要似等闲不思而得，由奇异达到平坦，是皎然作诗的基本思路。明白了这一点，就可以把握皎然《诗式》的实质问题了。

皎然并不反对人力工夫，因为它虽然不像有感而发、直抒胸臆那样直截了当，但也是达到自然的一条途径。他主张作诗要苦思，要在"作用"上下功夫。《诗式》一开始，讨论的就是《明势》和《明作用》。什么是"势"？"势"就是诗歌呈现出来的"气度"和"气势"。皎然说："高手述作，如登荆巫觌三湘，鄢郢之盛，萦回盘礴，千变万态；（文体开阖、作用之势。）或极天高峙，崒焉不群，气胜势飞，合沓相属；（奇势在工。）或修江耿耿，万里无波，欻出高深，重复之状，（奇势雅发。）古今逸格，皆造其极矣。"[③]什么是"作用"呢？作用就是作者对诗材、诗体以及如何布局、谋篇的处理方法，皎然也称其为"措意"。他说："作者措意，虽有声律，不妨作用。如壶公瓢中自有天地日月，时时抛针掷线，似断而复续。此为诗中之仙，拘忌之徒，非可企及矣。"[④]在谈到诗歌的作法时，他说的较多的还是如何运意，把别人诗歌中好句子"偷"过来。所谓的

---

① 李壮鹰：《诗式校注》，北京：人民文学出版社2003年版，第376页。
② 李壮鹰：《诗式校注》，北京：人民文学出版社2003年版，第39页。
③ 李壮鹰：《诗式校注》，北京：人民文学出版社2003年版，第11页。
④ 李壮鹰：《诗式校注》，北京：人民文学出版社2003年版，第13页。

“偷”，就是化用别人的诗句。按照所偷的内容，划为三个档次。他说：“偷语最为钝贼，如汉定律令，厥罪必书，不应为。酂侯务在匡佐，不暇采诗，致使弱手芜才公行劫㨰，若评质以道，片言可折，此辈无处逃刑。其次偷意，事虽可罔，情不可原。若欲一例平反，诗教何设？其次偷势，才巧意精，若无朕迹。盖诗人偷狐白裘于阃域中之手。吾亦赏俊，从其漏网。”[①]然后又列举了《偷语诗例》《偷意诗例》《偷势诗例》等具体例证，用典型的案例说明如何去化用前人的诗意。

在“作用”的各种方法中，皎然认为妨碍诗歌自然神诣的因素是用事。偶尔用事是不妨诗意的自然，用事太多就是堆砌典故，就与诗意自然感发相矛盾。皎然按照用事的方法，把诗歌的艺术价值分为五等：“不用事第一，作用事第二，（其有不用事而措意不高者，黜入第二格。）直用事第三，（其中亦有不用事而格稍下，贬居第三。）有事无事第四，（此于第三格中稍下，故入第四。）有事无事，情格俱下第五。（情格俱下，有事无事可知也。）”[②]这种划分等级存在着许多问题。有些诗歌用了不少典故，说它编排事类，獭祭故实也不为过，但仍然是众所公认的好诗。为了弥补这种划分方法带来的不足，皎然在《诗式》中反复对“用事”和“不用事”进行界定，如：“时人皆以征古为用事，不必尽然也。今且于六义之中，略论比兴：取象曰比，取义曰兴，义即象下之意。凡禽鱼、草木、人物名数，万象之中，义类同者，尽入比兴，《关雎》即其义也。如陶公以孤云比贫士，鲍照以直比朱弦，以清比玉壶，时久呼比为用事。呼用事为比，如陆机《齐讴行》：‘鄙哉牛山叹，未及至人情。爽鸠苟已徂，吾子安得停？’此规谏之忠，是用事非比也。如康乐公《还旧园作》：‘偶与张邴合，久欲归东山。’此叙志之忠，是比非用事也。详味可知。（用事）”[③]他还说：“此二门未始有之，而弱手不能知也。如康乐公‘彭薛才知耻，贡公未遗荣。或可优贪竟，岂足称达生。’此申商榷三贤，虽许其退身，不免遗议。盖康乐欲借此成我诗，非用事也。如《古诗》‘仙人王子乔，难可与等期。’曹植《赠白马王彪》‘虚无求列仙，松子久吾欺。’又《古诗》‘师涓久不奏，谁能宣我心。’上句言仙道不可偕，次句让一作诮求之

① 李壮鹰：《诗式校注》，北京：人民文学出版社2003年版，第59页。
② 李壮鹰：《诗式校注》，北京：人民文学出版社2003年版，第30页。
③ 李壮鹰：《诗式校注》，北京：人民文学出版社2003年版，第31页。

无效，下句略似指人。如魏武呼杜康为酒，盖作者存其毛粉，不欲委曲伤乎天真，并非用事也。（此二门，指语似用事和义非用事。）”[①]“凡诗者，虽以敌古为上，不以写古为能。立意于众人之先，放词于群才之表，独创虽取，使耳目不接，终患于依傍之手。或引全章，或插一句，以古人相黏二字、三字为力，厕丽玉于瓦石，植芳芷于败兰，纵善，亦他人之眉目，非己之功也，况不善乎？时人赋孤竹则云‘冉冉’，咏杨柳则云‘依依’，此语未有之前，何人曾道？谢诗云：‘江蒋亦依依’，故知不必以‘冉冉’系竹，‘依依’在杨。常手傍之，以为有味，此亦强作幽想耳。且引灵均为证，文谲气贞，本于六经，而制体创词，自我独致，故历代作者师之。此所谓势不同，而无模拟之能也。若比君于尧、舜，况臣于稷、卨，绮里之高逸，于陵之幽贞，褒贬古贤，成当时文意，虽写全章，非用事也。古诗：‘胡马依北风，越鸟巢南枝’；‘南登灞陵岸，回首望长安’；‘彭薛才知耻，贡公不遗荣，或可优贪競，岂足称达生’。此三例，非用事也。”[②]

上述引文所枚举的诗例，究竟是不是“用事”，读者是一目了然的。这是一个很简单的问题，不需做反复说明。我们从皎然遮遮掩掩的态度中明白了一个道理：用事的诗歌其实也是可以达到自然神诣的，最典型的事例就是谢灵运。皎然以谢灵运诗歌为典范，反过来证明了他不想看到的结论。这并不等于说皎然的诗学理论是错误的，或者他标榜谢灵运只是徇私情而不是出于公义。这种矛盾的心态，正是皎然诗论的价值所在。在对待才学化的问题上，皎然比钟嵘更宽容，但比宋代江西诗派的诗人黄庭坚、陈师道、姜夔等人要狭隘一些。正因为有诸多的扞格不通，他的诗学观点就显得粗糙，甚至于前后矛盾，自乱章法。但就皎然所处的时代来分析他的诗论，皎然对待才学的态度是通达的。他承认才学中的各种因素，只排斥了用事一项。对谢灵运诗歌中的各种非自然因素，他也是能够欣赏的。谢诗的瑕疵在于好用事，只要能把这点解释清楚了，谢诗也就完美无缺了。

《诗式》中集中谈论谢灵运诗歌风格的是《文章宗旨》。所谓宗旨，就是皎然论诗的根本目的。由此可以看出释皎然对乃祖谢灵运的揄扬之意，他说：“康乐公早岁能文，性颖神彻，及通内典，心地更精，故所作诗，发皆造极，得非空

① 李壮鹰：《诗式校注》，北京：人民文学出版社2003年版，第35~36页。
② 李壮鹰：《诗式校注》，北京：人民文学出版社2003年版，第375~376页。

王之道助耶？夫文章天下之公器，安敢私焉？曩者尝与诸公论康乐为文，真于情性，尚于作用，不顾词彩，而风流自然。彼清景当中，天地秋色，诗之量也；庆（一作卿）云从风，舒卷万状，诗之变也；不然何以得其格高，其气正，其体贞，其貌古，其词深，其才婉，其德宏，其调逸，其声谐哉？至如《述祖德》一章，拟《邺中八首》《经庐陵王墓》《临池上楼》，识度高明，盖诗中之日月也，安可攀援哉？惠休所评‘谢诗如芙蓉出水’，斯言颇近矣。故能上蹑风骚，下超魏晋、建安制作，其椎轮乎？”[①]至于皎然是否把文章作为天下的公器，丝毫不敢羼杂自己的私心，客观而公正的评论乃祖诗歌的价值呢？笔者认为是未必。因为谢灵运的诗风与皎然理想的诗歌标准还存在着较大的差异。而这几句话又确实把谢灵运诗歌推扬到了极致，其中确实包含了不少的个人情感因素。皎然说谢灵运诗歌“风流自然”的原因，有三点值得我们注意：其一早岁能文，颖悟神彻；其二精通内典，心地更精，得到了佛教典籍之助；其三尚于作用，通过人力工夫达到了自然神诣的境界。翻阅《谢灵运集》，可以发现谢诗用典繁密，词义晦涩。许学夷说谢灵运诗歌雕刻已极，自然者十之一，雕刻者十之九[②]。谢灵运还特别喜欢用一些生僻的典故，清人陈仅指出：“经语入诗，始于谢康乐。”[③]为了达到出奇的效果，谢灵运甚至不顾及诗歌的句法。汪师韩说：“余尝取其全集读之，不但首尾不辨也，其中不成句法者，殆亦不胜指摘。”[④]刘克庄也说谢诗用功已极，一字百炼乃出冶[⑤]。皎然也指出谢灵运善于在众多的典故之外，遗貌取神，汲取其文外之旨。谢灵运诗歌由于用了许多典故，往往一句诗歌会出现几种不同的意义，这在五言诗初起时期还不多见的。对这种多重意象的诗句，皎然给予很高的评价。他说：“两重意以上，皆文外之旨。若遇高手，如康乐公，览而察之，但见性情，不睹文字，盖诣道之极也。向使此道，尊之于儒，则冠六经之首。贵之于道，则居众妙之门。精之于释，则彻空王之奥。”[⑥]谢灵运善于处理用事和达意的关系，

---

① 李壮鹰：《诗式校注》，北京：人民文学出版社2003年版，第118页。
② 许学夷：《诗源辨体》，卷7，北京：人民文学出版社1987年版，第109页。
③ 陈仅：《竹林答问》，郭绍虞：《清诗话续编》，上海：上海古籍出版社1983年版，第2226页。
④ 汪师韩：《诗学纂闻》，丁福保：《清诗话》，上海：上海古籍出版社1999年版，第454~456页。
⑤ 刘克庄：《江西诗派小序》，丁福保：《历代诗话续编》，北京：中华书局1983年版，第481页。
⑥ 李壮鹰：《诗式校注》，北京：人民文学出版社2003年版，第42页。

达到了皎然所谓的自然神诣的标准，“但见性情，不睹文字，盖诣道之极也。”皎然用儒、佛、道三教的最高境界来形容它，足见这种方法艺术价值之高。这说明谢灵运诗歌虽然用事繁密，但还是达到了很高的艺术境界。尤其在“两重以上意中，寻求文外之旨”这点上，与司空图的味外之味、严羽的不落言筌一致。用佛教的思维方式来处理诗歌的素材，对宋人“以禅喻诗”的方式有深刻的影响。皎然说过“虽用经史，而离书生”①，也不完全反对引用前人经典中的典故，只是要对这些典故加以改造，使其适合诗歌表情达意的需要，不能像书生卖弄学问那样编排故实，破坏了诗歌的完整意境。需要说明的是，在皎然看来“用事”和“引用”是两个概念。“用事”是他反对的一种方法，而“引用”不是。在宋代诗学理论中，才把这两点融为一体，统称为用典。区分二者，对于皎然来说很重要。

皎然论诗重视自然神诣，对与自然相对的人力工夫，他的心态是矛盾的。有些东西经过苦思冥想，能够达到自然，这是他可以接受的；有些东西经过苦思冥想，还是达不到自然，于是他就予以反对。这样一来，他就不得不面对一个事实：那些在他看来不可能达到自然的东西，别人又确实达到了，而且这个人还是他所推重的人。于是他就曲意解释，百般回护。透过这种矛盾心态，我们明白了一个道理：无论诗论家是否承认运用才学，但运用才学确实是可以达到自然神诣的。典故不是妨碍诗意自然的障碍，如何化用这些典故达到自然神诣才是诗歌运思的关键。皎然已经触摸到了“清空”的边缘，但由于他反对用事，没有从诗歌创作层面去探讨使事用典的规律，甚至对于盛唐诗人李白、杜甫、中唐诗人韩愈、白居易的诗歌成就也没有关注，难免偏离了诗歌发展的主流，所探讨的问题没有广泛的适应性，因而错失了发现由才学通向清空的机会。

在才学入诗的问题上，唐人的心态是矛盾的。皎然是这一矛盾的代表人物。在诗歌创作中可以大量地运用才学，但在诗学理论上又徘徊在“用事”与“不用事”之间。白居易也有同样的观点，他说：“若古文用事，又伤浮艳；不用事，又不精华。”②释齐己《风骚旨格》“诗有三格”，把“用事”直接列入下格③。北宋

① 李壮鹰：《诗式校注》，北京：人民文学出版社2003年版，第22页。
② 白居易：《文苑诗格》，张伯伟：《全唐五代诗格汇考》，南京：江苏古籍出版社2002年版，第366页。
③ 释齐己：《风骚旨格》，丁福保：《历代诗话续编》，北京：中华书局1983年版，第112页。

以前的诗论家大多是反对才学入诗的，但他们在实际的诗歌创作、评论中，或多或少地探索出了一些由才学到自然，由才学到清空的方法途径。而这个途径，竟然都是沿着自然这个特殊的渠道向前推进的，如钟嵘的“自然英旨”、皎然的“自然神诣”、司空图的“自然含蓄”、姜夔的“自然高妙”等，对唐宋词学清空的创作风格有着深刻的影响，是张炎“自然而然”的清空词论的先河。

本章从创作和理论两方面考察了宋代以前古代文学的才学化情况，发现以才学为文（诗、词）是我国古代文学的一个主流。由于诗歌篇幅短小，某些诗体还要适合歌唱，因而古代诗论对于才学基本上是反对的。再从古代诗论发展演变过程来看，它所反对的只是才学中的某些因素，而不是才学化本身。而且越到后来，对才学包容越多，这样就使更多的才学化因素进入诗歌创作领域。这为宋代诗论最后承认才学做了铺垫，为宋诗的活法、宋词的清空导夫先路。

第二章　清空与宋代诗学

宋代编撰、出版各类图书的风气很盛，宋人因而有机会阅读大量的图书典籍，知识摄取量大大超过了前代。而科举取士又促进了文化教育的普及，读书向学之风在两宋时期长盛不衰。与前代文人士大夫相比，宋人知识面宽，学问更精深。宋诗就是典型的学人之诗，具有以才学为诗、以议论为诗、以文字为诗的特点。西园雅集、诗酒风流的创作环境，使才学以及运用才学的技巧成为衡量诗歌水平高低的标准。与唐诗相比，宋诗重形式重技巧，抒发的不是一种具体的情感而是含蓄而空泛的意趣。与这种意趣相伴随的，就是清空的创作风格。尽管宋人很少用“清空”这个术语，但与之相近的概念却不少。苏轼的“空且静”、江西诗派的“妙悟”、姜夔的“清潭见底”、严羽的“透彻之悟”等，讲的就是从才学到清空的方法；而江西诗派的活法理论、姜夔的自然高妙、薛景石的自然清空等，就是从法度到清空的一些具体途径。上述问题，说明宋诗紧承唐诗而来，突出了唐诗的才学化因素，从才学到妙悟，从死法到活法，确实是趋向于“清空”的。本章从才学化入手，阐明宋诗走向清空也是一种必然选择。

第一节　宋诗的清空

宋诗中的清空也是通过才学化来体现的，才学化又表现为在创作中广泛地使用才学和理论上探讨运用才学的法度。宋诗承唐诗而来，在创作风格上一直模仿唐人，从引用前人故实、化用前人诗句到模仿唐人的字法、句法和章法。在创作中出现两种情况，一是照搬前人驱事用典的方法或句法，这就是所谓的参死句；二是用前人之意而不用其方法，这叫参活句。如果把参活句意识扩大并延伸，就是宋诗中的活法。活法是宋诗创作中的高级法度。在化用才学的过程中，宋人逐步发现今人与古人作诗所用的材料不同：唐人用真情实感作诗，宋人用才学典故作诗；唐人在抒发情感时没有中间环节，而宋人在创作动机、表达方式和抒发情感的过程中，有好几次转化。化实为虚，提炼概括，使宋诗形式更为晦涩，情感更加抽象模糊。苏轼、黄庭坚等人已经认识到这一点，他们晚期诗歌逐渐改变争奇斗妍、瘦硬奇崛的创作风格，追求自然平淡的诗风。第二代江西诗人吕本中引苏济黄，提出了活法理论；第三代江西诗人姜夔提出了自然高妙的主张。至此，宋诗克服了因作诗材料、抒情方式不同所带来的困惑。运用才学，虚化情感，也照样能抒发动人的意趣，写出自然清新的意境。本节从学问与清空、才学与清空两个方面，分析宋诗才学化的基本特征。

一、学问与清空

刘克庄谈到宋诗特色时说："迨本朝则文人多，诗人少。三百年间，虽人各有集，集各有诗，诗各自为体，或尚理致，或负材力，或逞辨博，少者千篇，多至万首，要皆经义策论之有韵者尔，非诗也。"①刘克庄宋诗"非诗"的观点并非偏执之辞，因为宋诗确实与前代诗歌有较大的差异。刘克庄进而分析宋诗"非诗"的成因，说："古诗出于情性，发必善；今诗出于记问，博而已。自杜子美未免此病，于是张籍、王建辈稍束起书袋，刬去繁缛，趋于切近。世喜其简便，竞起效颦，遂为晚唐。体益下，去古益远。岂非资书以为诗失之腐，捐书以为诗失之野欤！"②看来，宋诗确实有自己的特性，无论资书或捐书都与传统诗歌不一样。这里从宋诗特色、化用才学的心态和方法三个方面论述宋诗的特点。

（一）

钱锺书对宋诗作过尖锐的批评。他认为宋诗把继承前人的创作风格作为诗歌

---

① 王蓉贵：《后村先生大全集》，卷94，成都：巴蜀书社2008年版，第2438~2439页。
② 王蓉贵：《后村先生大全集》，卷96，成都：巴蜀书社2008年版，第2472~2473页。

创新的源泉，远离社会现实，有“偏重形式的古典主义”[①]的症状。在论述杨万里诗歌“活法”时，他又一次批评了宋诗“以流为源”，脱离现实的弊病[②]。钱先生研治宋诗多年，为选注宋诗，花费了两年时间沉浸于各种宋人文集里，博学多通，他对宋诗的批评是十分精辟的。王国维《人间词话》批评姜夔以及南宋词写景状物如“雾里看花，终隔一层”[③]，正好与钱先生的观点相发明。尽管笔者与钱先生对待才学化的态度不同，但也承认他所揭示的问题是有根据的。钱先生把宋诗的才学化倾向溯源到六朝，给我们以深刻的启示。在我们这个历史悠久的国度里，大到前朝的政治格局、施政方针，小到文人的诗词创作、逸闻趣事，甚至一些不伤大雅的小毛病，都能成为后人诗歌创作的素材。博学才能多才，复古才能创新。只有广泛继承前人的优秀成果，才可能有新的发明创造。才学化是我国古代文学发展的一条主流，是唐宋诗学的共同点。掌握历史文化知识越多，就越有可能与传统接轨。从这个角度来看，宋诗的才学化不光是使事用典，化用前人诗词成句，为诗歌创作增添话题，同时在诗歌思想体系的传承和建构上也有一定的积极意义。

宋人资书以为诗，在创作上呈现出才学化、议论化和文字化趋向。在运用才学的方法上形成了两派：一是只用才学不讲法度的苏轼一派；二是运用才学，并注意总结法度的江西诗派。从苏诗后继寥寥，江西诗派代代相传且香火不断的盛况来看，江西诗派无疑是宋诗的主流。江西诗派把使事用典变成了一门学问，诗歌创作从无法到有法，从死法到活法，从妙悟到自然。这与苏轼诗风殊途同归。经过几代江西诗人的努力，终于建立起一个较为完备的诗学体系。江西诗派的诗法以及传授诗法的方法，对宋代词学的清空提供了一个可资借鉴的方法和途径。

再从情感上来看，宋诗抒发的多是一种空泛的意趣。这种意趣经过诗人的精心构思、巧妙布局、反复琢磨、悉心推敲，变成了一种普遍适应的抽象化的情感。这就是宋人诗论中所体现的“理”。能否把这个“理”阐释清楚，与才学高下有直接关系。宋诗的创作环境决定了它的风格特色，它缺乏对现实政治的干预

---

① 钱锺书：《宋诗选注》，北京：人民文学出版社1997年版，第19页。
② 钱锺书：《宋诗选注》，北京：人民文学出版社1997年版，第161~162页。
③ 王国维：《人间词话》，北京：人民文学出版社1999年版，第210页。

精神，只能成为一种学人之诗。黄庭坚给诗下了一个新的定义："诗者，人之情性也。非强谏争于廷，怨忿诟于道，怒邻骂座之为也。其人忠信笃敬，抱道而居，与时乖逢，遇物悲喜，同床而不察，并世而不同，情之所不能堪，因发于呻吟调笑之声，胸次释然，而闻者亦有所劝勉；比律吕而可歌，列干羽而可舞，是诗之美也。其发为讪谤侵陵，引颈以承戈，披襟而受矢，以快一时之忿者，人皆以为诗之祸；是失诗之旨，非诗之过也。"[①]黄庭坚这些话是有感而发的。他拒绝把诗歌作为党争的武器、攻讦政敌的手段，从而也否定了诗歌与社会现实的广泛联系，使诗歌走上了才学化的道路。与黄庭坚观点相同的还有许多诗坛名流，其中也包括号称贤相的后西昆诗人晏殊。《孔溪谈苑》记载了一则晏殊与欧阳修聚会唱和的故事："庆历中，西师未解，晏元献公为枢密使，会大雪，置酒西园。欧阳永叔赋诗云：'须怜铁甲冷彻骨，四十余万屯边兵。'晏曰：'昔韩愈亦能作言语，赴裴度会但云：'园林穷胜事，钟鼓乐清时。'不会如此合闹。"[②]当时西夏时叛时服，边陲用兵，举国嚷嚷，而身为枢密使的晏殊却置酒西园，追求风流雅事，甚至认为赋诗言边事就是很煞风景，"合闹"！一个时代的贤者尚且如此，其不屑者更不用说了。宋诗远离社会现实，变成纯粹的技艺之学。苏轼早年诗歌还保持着传统的讽谏精神，因而受到黄庭坚、陈师道等"苏门学士"一致批评。黄庭坚说东坡文章妙天下，其短处在于好骂，慎勿袭其轨也[③]。理学家从情感尺度上对苏轼提出了非议，杨时云："作诗不知风雅之意，不可以作诗。诗尚谲谏，唯言之者无罪，闻之者足以戒，乃为有补；而涉于毁谤，闻者怒之，何补之有！观东坡诗只是讥诮朝廷，殊无温柔崇厚之气，以此人故得而罪之。"[④]宋代几次文字狱都与诗歌有关，其中以乌台诗案最为典型。在案发生前，一些征兆是很明显的。文同曾经提醒苏轼注意言辞，不要招惹祸端。叶梦得《石林诗话》云："文同，字与可，蜀人，与苏子瞻为中表兄弟，相厚。为人靖深，超然不撄世故。善画墨竹，作诗骚亦过人。熙宁初，时论既不一，士大夫好恶纷然，同在馆阁，未尝有所向背。时子瞻数上书论天下事，退而与宾客亦言，多以时事为讥诮，同极

---

① 刘琳：《黄庭坚全集》，正集卷25，成都：四川大学出版社2001年版，第666页。
② 魏庆之：《诗人玉屑》，卷9，北京：中华书局2007年版，第277~278页。
③ 刘琳：《黄庭坚全集》，正集卷18，成都：四川大学出版社2001年版，第474页。
④ 阮阅：《诗话总龟》，后集卷37，北京：人民文学出版社1982年版，第237页。

以为不然，每苦口力戒之，子瞻不能听也。出为杭州通判，同送行诗有‘北客若来休问事，西湖虽好莫吟诗’之句。及黄州之谪，正坐杭州诗语，人以为知言。”①宋代号称皇帝与士大夫共治天下，但坐销岁月、无所作为的祖宗家法，又使士大夫无所事事。加之朋党迭起，相互倾轧，朝廷对士大夫的思想控制又逐步加强，迫使宋诗偏离了美刺传统，变成了文人集会的一种雅趣。这种雅趣自有其内在的规范和要求。文人结社唱和，诗歌主题是早已确定了的，作诗方法也是早已确定的，甚至连咏什么物品、押什么韵，中间不能出现什么字都是约好了的。诗歌创作不需要在立意构思上出奇夺巧，也不需要投入太多的思想情感。应社就是一场文字游戏，比试的是运用才学的能力、化用典故的技巧，以及押韵的奇险程度。宋诗已经成为一种技艺之学，而且宋人还是非常重视这门技艺之学的。

宋诗在创作风格上也是趋于清空的，清空对我国古代文学具有普遍意义。这种化实为虚的方法也是早已有之，并且非常普遍的。《庄子》中的“心斋”、“坐忘”，《荀子》中的“虚一而静”、“大清明”等都与“清空”相近。刘勰《文心雕龙》中把这种认识方法称之为“虚静”，他说：“是以陶钧文思，贵在虚静，疏瀹五藏，澡雪精神。积学以储宝，酌理以富才，研阅以穷照，驯致以怿辞，然后使元解之宰，寻声律而定墨；独照之匠，窥意象而运斤：此盖驭文之首术，谋篇之大端。”②陆机《文赋》中的“玄览”也借鉴了道家的“虚静说”，在作品构思时不要有任何的先入之见，用虚静之心感悟无所不在的道。宋诗承前代文学而来，在创作风格上也是趋向于“清空”的。苏轼的“空且静”、姜夔的“清澈见底”、严羽的“透彻之悟”等就是典型的事例。张侃《客有诵唐诗者，又有诵江西诗者，因再用斜川九日韵》云：“泛观近人诗，机巧由心生。镂冰与铸木，未免求虚名。岂知制作妙，浑然同水清。埃尘数张纸，亦足传佳声。群趋不知守，辛勤到莫龄。奈何口耳间，一见意已倾。投身到诗社，被褐生光荣。党同伐异说，初非出本情。我愿剖藩篱，学力随所成。”③张侃不满意南宋中后期（近人）的雕琢诗风，认为理想的诗风是“浑然同水清”。“浑然同水清”就是清空。唐诗就是这样的风

① 叶梦得：《石林诗话》，何文焕：《历代诗话》，北京：中华书局1981年版，第417页。
② 詹锳：《文心雕龙义证》，北京：中华书局2010年版，第975~981页。
③ 张侃：《张氏拙轩集》，栾贵明：《四库辑本别集拾遗》，北京：中华书局1983年版，第458页。

格。不过张侃的“浑然同水清”是通过“学力”来展现的。赵汝回为《瓜庐集》作序说：“永嘉徐照、翁卷、徐玑、赵师秀，乃始以开元、元和作者自命，冶择平炼，字字玉响，杂之姚贾中，人不能辨也。水心先生既啧啧叹赏之，于是四灵之名，天下莫不闻。而瓜庐翁薛景石每与聚吟，独主古淡，融狭为广，夷缕为素，神悟意到，自然清空。如秋天迥洁，风过而成声，云出而成文。”[①]薛景石是一位隐士，诗风与四灵不同，是趋向自然清空的。周密《浩然斋雅谈》卷中云：“水心翁以抉云汉分天章之才，未尝轻可一世，乃于四灵若自以为不及者何耶？此即昌黎之于东野，六一之于宛陵也。惟其富赡雄伟，欲为清空而不可得，一旦见之，若厌膏粱而甘藜藿，故不觉有契于心耳。昔吴中有老糜丈，多学博记，每见吴仲孚小诗，辄惊羡云：‘老夫才落笔，即为尧舜、周孔、汉高祖、唐太宗追逐不置。君何为能脱洒如此哉？’即水心取四灵之意也。”[②]周密分析了叶适推尊四灵的原因。南宋中后期，因受江西诗派的影响，下笔用典亹亹不休，而四灵学习晚唐不用典故，叶适从诗意清空上对四灵大加赞赏。周密又引老糜丈评吴仲孚小诗，说他自己一写诗就会不自觉地套用典故，而吴仲孚的诗歌不用典故自然清新，故使老糜丈叹服不已。上述事例说明在南宋诗坛上无论是资书以为诗的江西诗派，还是捐书以为诗的晚唐诗派，或者主张“古淡”的其他诗派都是趋向自然清空的。这些都是张炎论词“清空”基础。这些理论基本上来自道家或禅宗，他们所谓的“清”是从上到下清澈见底的清，一泓清泉，不含一丝杂质。而张炎所说的“清”如酒之清，其中蕴含了太多的人力工夫，由醇厚到清澈，其中有一个提炼过滤升华的思维过程。二者名同而实异，有较大的差异。

（二）

唐宋诗歌都是以才学为诗的，但化用才学的心态不同。唐人把才学作为诗歌构思的工具或写作的素材，所以运用才学尽兴尽意，且各具特色。李白有李白的风格，杜甫有杜甫的特色，到了中晚唐元白、韩孟、姚贾、小李杜，因为个性气质不同，运用才学的方法千变万化。这种情况直到北宋前中期也没有多少改观。宋初诗坛上的三体诗都是唐诗的延续。在三体诗中，西昆体最为流行。《西昆酬

① 赵汝回：《瓜庐集序》，祝尚书：《宋集序跋汇编》，北京：中华书局2010年版，第1929页。

② 周密：《浩然斋雅谈》，卷上，北京：中华书局2010年版，第10页。

唱集》诗人群体同题同韵赋和，在诗歌构思、立意方面比较相近，但化用典故也是各尽其意，看不出其间有什么共同的趋向。元祐诗坛运用才学也各不相同，王安石、苏轼经常被人称作“野狐精”，也就是说他们化用才学也是各尽其兴的，虽然达到了很高的层次，但还不符合一定的法度，即黄庭坚所谓的“正眼藏”。换句话说，就是按照自己的性情随意发挥，其间没有多少规则可以遵循。后人常说的苏轼诗风“清旷”。所谓的“清旷”，其实只是一种人生态度，而不是创作风格。苏轼在《与王定国书》中云：“惟道怀清旷，必有以解烦释懑者。”[①]这种清旷的道怀往往与无意为文、不烦绳削的创作风度互为表里。吾师张毅先生指出苏轼的创作风度是“天才超群，学识出众，于是乎超越法轨，运斤成风，纵横放肆，皆清新神逸，有自然脱俗之高致，本不必刻意求之”[②]。这种风度表现在创作心态上就是突破文法的束缚，追求空灵模糊而又难以言说的意趣。元祐诗坛后期的诗歌也主张运用才学，但把诗歌创作纳入一定的法度。于是，争奇斗妍的风格特色没有了，代之而起的是千篇一律的法度。宋诗的特色体现在以下三个方面：

第一，唐宋诗歌的共同点是以才学入诗，相比而言宋人比唐人读书更多，知识面更广阔。但无论运用才学的方法，还是所体现的士人精神，宋诗都缺乏鲜明的特色。其中的原因何在呢？笔者认为这与宋人对诗歌创作诸多因素的限制有关。首先，宋诗去掉了最容易兴发感动的情感因素。唐宋诗歌的作者绝大多数是文人士大夫，文人士大夫最关心的莫过于政治和功名。初盛唐诗歌多写朝廷政治、个人命运之类的题材，抒发一种跌宕起伏、大起大落的忠君爱国之情。连向来与主流意识相对的侠义精神，也是以渴望建功立业的姿态出现的。这种情感往往呈现为一种社会化的情感，诗人只是时代的传声筒，替时代呼喊，无论从哪个诗人口中喊出来情感都差不多。而宋诗正好缺少了这种社会责任感，从文化心态上说是一种内敛文化，进取不足，守成有余，诗歌题材以文人士大夫狭小的书斋生活为主。不可否认宋人比唐人更讲品味，更为高雅。这些优雅的情感偶尔接触还很有趣，但读多了就会发现千篇一律，琐细而无聊。其次，去掉了人性中最有特色的情感色彩。中唐以后，诗人从理想转向现实，诗歌创作由讽谏逐渐变成了

① 孔凡礼：《苏轼文集》，卷52，北京：中华书局1986年版，第1519页。
② 张毅：《宋代文学思想史》，北京：中华书局1995年版，第110页。

娱乐消闲，情感由激烈趋于平淡。元白、韩孟都经历了一个从抗颜直谏到明哲保身的转变过程，中年以后的诗歌逐渐失去了早年的锋芒，即便是消闲遣兴之作，也极富情趣引人入胜。欧阳修评韩愈诗歌：“退之笔力，无施不可，而尝以诗为文章末事，故其诗曰：‘多情怀酒伴，余事作诗人’也。然其资谈笑，助谐谑，叙人情，状物态，一寓于诗，而曲尽其妙。此在雄文大手，固不足论，而余独爱其工于用韵也。盖其得韵宽，则波澜横溢，泛入傍韵，乍还乍离，出入回合，殆不可拘以常格，如《此日足可惜》之类是也。得韵窄，则不复傍出，而因难见巧，愈险愈奇，如《病中赠张十八》之类是也。余尝与圣俞论此，以谓譬如善驭良马者，通衢广陌，纵横驰逐，惟意所之。至于水曲蚁封，疾徐中节，而不少蹉跌，乃天下之至工也。”[①]欧阳修所看到的是韩愈思想情感已经退守到了最狭小的那一部分，除了游戏娱乐、人情世故，再没有任何新的东西了。尽管如此，仍然充满个性化的色彩。这就是欧阳修所谓的“然其资谈笑，助谐谑，叙人情，状物态，一寓于诗，而曲尽其妙”。宋诗就连这样一些人情趣味也不多见，抒发的是一种空泛的理或者含糊不清的意。甚至连男女之情、羁旅愁思，都转移到曲子词中去了。再次，去掉了诗歌讽谏的传统。从诗骚以来，中国古代诗歌即以讽谏为传统。黄庭坚把讽谏精神从诗歌创作中剔除出去，黄彻对此提出异议：“山谷云：‘诗者，人之性情也，非强谏争于庭，怨詈于道，怒邻骂坐之所为也。’余谓怒邻骂坐固非诗本指，若《小弁》亲亲，未尝无怨，《何人斯》‘取彼谮人，投畀豺虎’，未尝不愤。谓不可谏争，则又甚矣，箴规刺诲，何为而作！古者帝王尚许百工各执艺事以谏，诗独不得与工技等哉！故谲谏而不斥者，惟《风》为然。如《雅》云：‘匪面命之，言提其耳。’‘彼童而角，实讧小子。’‘忧心惨惨，念国之为虐。’‘乱匪降自天，生自妇人’。忠臣义士，欲正君定国，惟恐所陈不激切，岂尽优柔婉晦乎？故乐天《寄唐生》诗云：‘篇篇无空文，句句必尽规。’”[②]从严格意义上说，黄彻所批评的现象与黄庭坚的诗歌主张不是一回事。黄彻主张诗歌的讽谏精神，黄庭坚强调诗歌情感的平淡化。二者是可以并行不悖的，讽谏不必剑拔弩张，抒发情感更需要一种平和的心态。但北宋中叶以后朋党倾轧，文网日

---

① 欧阳修：《六一诗话》，何文焕：《历代诗话》，北京：中华书局1981年版，第272页。
② 黄彻：《䂬溪诗话》，北京：人民文学出版社1986年版，第167页。

密，文人士大夫处于其间动辄得咎，于是只能远离政治斗争。北宋中后期诗歌已经疏离了朝廷政治，不再作为一种干预现实政治的工具。宋诗由诗人之诗变成了学人之诗，甚至蜕变成一种技艺之学。南宋江湖诗人就是把诗歌当作一种曳裾权门、谋取稻粱的技艺。宋诗失去了“言志”的辉煌、“美刺”的重任，成为文人士大夫展现才学的一种游戏手段。

谈到宋诗，必称苏黄。二者相比，黄庭坚更能体现宋诗的风格，其理论也最符合宋诗的特点。黄庭坚诗论的核心是以才学为诗。他说词意高深要从学问来，苏轼词是作者气识学问和涵养的体现。在答秦少章的信札中，他认为秦少章所赠诗卷“工在遣辞，病在骨气”，究其原因是学养不够。学养不够是因为只读书而没有认真思考，没有做到知识与事理的融会贯通，只是在书本中寻找作诗的材料，总想走捷径①。在其他几封信中，也谈到类似的情况。如第二封信云：“作文字不必多，每作一篇，要商榷精尽，检阅不厌勤耳。举场中下笔迟涩，盖是平时读书不贯穿也。”第四封云：“学问之本，以自见其性为难。诚见其性，坐则伏于几，立则垂于绅，饮则列于樽彝，食则形于笾豆，升车则鸾和，与之言，奏乐则钟鼓为之说。故见已者，无适而不当。至于世俗之事，随人有工拙者，君子虽欲尽心。夫有所不暇，相见乃尽之。”第五封云：“辱简记承学问不怠为慰。前得所惠书，展读颇有家法。此事要须从治心养性中来，济以学古之功。三月聚粮，可至千里。如足下才性之美，何患不及古人？但勿欲速成耳。”②黄庭坚认为读书不仅仅是寻找诗料，翻拣冷僻的典故，还在于增进学问，改善自身的气质，与古人在情感上相通。黄庭坚还说：“学者不见古人用意处，但得其皮毛，所以去之更远。如‘风吹柳花满店香’，若人复能为此句，亦未是太白。至于‘吴姬压酒劝客尝’，‘压酒’字他人亦难及。‘金陵弟子来相送，欲饮不饮各尽觞’益不同。‘请君试问东流水，别意与之谁短长？’至此乃真太白妙处，当潜心焉。故学者先以识为主。禅家所谓正法眼，直须具此眼目，方可入道。”③学习唐人的诗句，不仅仅模仿其句法，而是增进自己的知识，学会正确的判断。知道什么是好，什

① 刘琳：《黄庭坚全集》，别集卷18，成都：四川大学出版社2001年版，第1867页。
② 刘琳：《黄庭坚全集》，别集卷18，成都：四川大学出版社2001年版，第1865~1866页。
③ 范温：《潜溪诗眼》，郭绍虞：《宋诗话辑佚》，北京：中华书局1980年版，第317页。

么是坏，作诗从什么地方起步，达到什么目标。黄庭坚对唐代杜甫、韩偓评价很高，他说："老杜虽在流落颠沛，未尝一日不在本朝，故善陈时事，句律精深，超古作者，忠义之气，感发而然。韩偓贬逐，后依王审知，其集中所载：'手风慵展八行书，眼暗休寻九局图。窗里日光飞野鸟，案头筠管长蒲芦。谋身拙为安蛇足，报国危曾捋虎须。满世可能无默识，未知谁拟试齐竽。'其词凄楚，切而不迫，〔亦〕不忘其君〔者〕也。"[①]黄庭坚对杜诗的评价和王安石、苏轼相近，不过他受杜诗的影响要比王安石、苏轼深一些。自苏黄以后，江西诗派流行。宋诗才学化越来越突出，个性特色却越来越少。诗歌创作朝着一个相对集中的方向发展，因而没有出现唐人那种千差万别的风格特色。

第二，宋诗与唐诗相比，学习前代诗歌的时间要长许多。唐诗在初唐时期学习齐梁，融合南北文风，到了盛唐就显示出了自己独有的风格。殷璠《河岳英灵集》叙中所说的"开元十五年后，声律风骨始备矣"[②]。声律风骨就是唐诗最显著的特色。唐代诗坛大家，无不具备这个特点。而宋诗从宋初三体、江西诗派、江湖诗派到晚唐派，始终处于一个学习模仿的过程中，宋人推崇的典范有陶渊明、李白、杜甫、韩愈、白居易、姚合、贾岛、李商隐等，其中以杜甫对宋诗影响最大。宋诗的代表人物苏轼、黄庭坚都出于杜诗。晦斋《简斋诗集引》云："诗至老杜极矣。东坡苏公、山谷黄公奋乎数世之下，复出力振之，而诗之正统不坠。然东坡赋才也大，故解纵绳墨之外，而用之不穷；山谷措意也深，故游泳玩味之余，而索之益远。大抵同出老杜，而自成一家，如李广、程不识之治军，龙伯高、杜季良之行已，不可一概语也。"[③]苏黄都对杜诗下过一番苦功夫。其中黄庭坚与杜诗渊源更深一些，陈师道云："唐人不学杜诗，惟唐彦谦与今黄亚夫庶、谢师厚景初学之。鲁直，黄之子、谢之婿也。其于二父，犹子美之于审言也。"[④]由于家学的渊源，黄庭坚很早接触到杜诗。王直方曾与黄庭坚交游，听到有关黄庭坚的一段轶事："山谷对余言，谢师厚七言绝类老杜，〔但人少知之耳。〕如'倒着衣裳迎户外，尽呼儿女拜灯前'，编之杜集无愧也。〔师厚方为其女择对，

① 潘淳：《潘子真诗话》，郭绍虞：《宋诗话辑佚》，北京：中华书局1980年版，第310页。
② 王克让：《河岳英灵集注》，成都：巴蜀书社2006年版，第1页。
③ 陈与义：《陈与义集》，原引，北京：中华书局1982年版，第4页。
④ 陈师道：《后山诗话》，何文焕：《历代诗话》，北京：中华书局1981年版，第307页。

见庭坚诗，乃云吾得婿如是足矣。庭坚因往求之。然庭坚之诗竟从谢公得句法。故尝有诗曰：‘自往见谢公，论诗得濠梁。’]”[①]黄庭坚早年即模仿杜诗，到了中晚年与杜诗还相差甚远。方回《瀛奎律髓》有“山谷学老杜而不为”的观点，他说：“老杜诗所以妙者，全在阖辟顿挫耳。平易之中有艰苦。若但学其平易，而不从艰苦求之，则轻率下笔，不过如元白之宽耳。”[②]这个说法有一定的道理，但不能完全解释杜诗与黄诗之间存在的差异。黄庭坚学习杜甫是有所选择的。为了避免元白诗派的平易，他有意从杜诗的奇涩处用功。把杜诗平易朴实、讽时谏世的内容去掉了，剩下的多是一些抒发日常生活的感慨，情感中正平和缺乏特色。张戒《岁寒堂诗话》卷上说“鲁直学子美，但得其格律耳”[③]，可谓是一语中的。黄庭坚在诗歌技法上得杜诗的真传，有时比杜诗有过之而无不及，比如在好奇这一点上，黄诗有意而求奇[④]，杜诗是自然而奇。二者的差别，正好体现了人力和天然的不同。这也正是唐宋诗歌主要差别。

第三，把诗歌创作诸因素全部纳入法度之中。黄庭坚曾经对诗歌的立意提出要求，说“文章最忌随人后。又云：自成一家始逼真”[⑤]。黄庭坚强调学习杜甫，但他也注重创造，自成一家才是他的目的。对于诗歌的具体写法，他也有自已的观点。有些是谈论诗歌布局的，如“山谷论诗文不可凿空强作，待境而生便自工耳。每作一篇先立大意，长篇须曲折三致意乃成章耳”[⑥]。“作诗正如作杂剧，初时布置，临了须打诨，方是出场。盖是读秦少章诗，恶其终篇无所归也。”[⑦]陈师道论诗词讲究本色、讲求法度，学习杜甫就是因为杜诗蕴含着法度。关于运用典故，黄庭坚提出了点铁成金和换骨夺胎的方法。陈师道对于驱使典故，也有很多的记载：“子瞻谓孟浩然之诗，韵高而才短，如造内法酒手而无材料尔。”[⑧]“内法酒”是宫廷酿造的酒，供皇帝饮用，或用于祭祀。苏轼借此典故批评孟浩然诗歌

---

① 王直方：《王直方诗话》，郭绍虞：《宋诗话辑佚》，北京：中华书局1980年版，第16页。
② 李庆甲：《瀛奎律髓汇评》，卷10，上海：上海古籍出版社2005年版，第324页。
③ 张戒：《岁寒堂诗话》，卷上，丁福保：《历代诗话续编》，北京：中华书局1983年版，第451页。
④ 陈师道：《后山诗话》，何文焕：《历代诗话》，北京：中华书局1981年版，第307页。
⑤ 王直方：《王直方诗话》，郭绍虞：《宋诗话辑佚》，北京：中华书局1980年版，第52页。
⑥ 王直方：《王直方诗话》，郭绍虞：《宋诗话辑佚》，北京：中华书局1980年版，第4页。
⑦ 王直方：《王直方诗话》，郭绍虞：《宋诗话辑佚》，北京：中华书局1980年版，第14页。
⑧ 陈师道：《后山诗话》，何文焕：《历代诗话》，北京：中华书局1981年版，第308页。

格调虽高但无才学，如果缺少酿酒的材料（粮食），宫廷酿酒高手也造不出好酒，这就是俗话所说的巧妇难为无米之炊。葛立方记述了陈与义的诗法："唐人皆苦思作诗，所谓'吟安一个字，捻断数茎须'，'句向夜深得，心从天外归'，'蟾蜍影里清吟苦，舴艋舟中白发生'之类者是也。故造语皆工，得句皆奇，但韵格不高，故不能参少陵之逸步。后之学诗者，傥能取唐人语而掇入少陵绳墨步骤中，此速肖之术也。"[①]用杜诗句法熔铸唐人的诗句，是实现格调高雅的方便之门。黄庭坚批评当时人不认真阅读儒家经典和史书，"乃纵酒以助诗，故诗人致远则泥"[②]。这种缺乏思想根基，仅凭酒后面热耳酣抒发的豪情壮志，解决不了现实中的任何问题。对于杜诗点化前人诗句，陈师道佩服之至，他说："余登多景楼，南望丹徒，有大白鸟飞近青林，而得句云：'白鸟过林分外明。'谢朓亦云：'黄鸟度青枝'，语巧而弱。老杜云：'白鸟去边明'，语少而意广。余每还里，而每觉老，复得句云'坐下渐人多'，而杜云'坐深乡里敬'，而语益工。乃知杜诗无不有也。"[③]陈与义平生得意句也是化用前人的，龚颐正《芥隐笔记》云："陈去非尝语先君云：'吾平生得意十字云：开门知有雨，老树半身湿。'……后读《河岳英灵集》阎访诗'荒庭人何许，老树半空腹。'殷璠谓'皎然可佳'，殆亦有所祖云。"[④]

宋人把个性化的创作纳入法度。正因为有这样的创作实践，到了南宋中期姜夔把诗歌定义为"守法度"。这个定义可谓是前无古人后无来者，非常之独特，但在宋代却有其特殊的意义。姜夔说诗歌创作要"波澜开阖，如在江湖中，一波未平，一波已作。如兵家之阵，方以为正，又复是奇；方以为奇，忽复是正。出入变化，不可纪极，而法度不可乱"[⑤]。在诗歌创作过程中，一切都是可以变化的，唯一不变的就是法度。那么，什么样的法度，才能够经得起这样的惊涛骇浪呢？

（三）

宋诗有许多的主流派别。这些派别在创作和理论上也是千差万别的，但有一

---

① 葛立方：《韵语阳秋》，卷2，上海：上海古籍出版社1984年版，第20~21页。
② 刘琳：《黄庭坚全集》，补遗卷第8，成都：四川大学出版社2001年版，第2278页。
③ 陈师道：《后山诗话》，何文焕：《历代诗话》，北京：中华书局1981年版，第315页。
④ 陈与义：《陈与义集》，北京：中华书局1982年版，第565页。
⑤ 姜夔：《白石诗说》，北京：人民文学出版社1962年版，第31~32页。

点是共同的，这就是它们都是以才学为诗的，并且在创作实践中悉心探索使事用典的法度，这个法度也是从简单到复杂，从死法到活法，并且形成了唐宋诗学的理论体系。

宋人认为作诗始于读书，这与刘勰、钟嵘等强调诗歌有感而发、且不得不发的观点不同。宋人把读书作为诗歌创作的一个源头。吕本中强调作文不能强为，必须遇事而作，无论抒发的情感还是表现的学问都要发于既溢之余，流于已足之后，情感应该从学问中产生。许颛记述他17岁时在金陵听其父与李之仪、高秀实谈论元稹的诗歌。高秀实对元诗的引事出处、屈曲隐奥了如指掌，“因思古人读书多，出语皆有来处，前辈亦读书多，能知之也”①。宋诗是一种有待的文体，它对作者、读者都有很高的要求。用才学写成的诗歌，也只有有才学的读者才能读懂。反之亦然。宋人批评晚唐诗歌才学不够、胸无楮墨，因而诗歌气量狭小、风格单调，缺乏创新精神。

宋诗才学化还体现在它的理论上。关于这一点，我们通过宋人对一个诗学概念态度的转变就能看出其端倪。钟嵘的“自然英旨”是通过“直寻”、“直致”得到的，唐五代人对“直致”也是普遍认同的。初唐李峤“诗有十体”之一即是“直置”，并为它做了界定“谓直书可置于句也”②。晚唐司空图《与李生论诗书》也提到直致，说：“诗贯六义，则讽谕、抑扬、渟蓄、温雅，皆在其间矣。然直致所得，以格自奇，前辈编集，亦不专工于此，矧其下者耶？”③五代文彧“诗有五种破题”就有“直致”，他给“直致”下的定义是：“就题中通变其事以为首句是也。”④作为一种创作手法，直致在唐五代被普遍采用，但到了宋代直置（直致）却成作诗十诫之一。浩然子《吟窗杂录序》云：“一戒乎生硬，二戒乎烂熟，三戒乎差错，四戒乎直置，五戒乎妄诞，六戒乎绮靡，七戒乎蹈袭，八戒乎浊秽，九戒乎砌合，十戒乎俳谐。”⑤从与“直致”并列的这些条目，就可以看出它在宋人心目中的地位。从这个概念的变化中，我们也看到了宋诗才学化的趋向。

---

① 许颛：《彦周诗话》，何文焕：《历代诗话》，北京：中华书局1981年版，第389页。
② 陈应行：《吟窗杂录》，卷6，北京：中华书局1997年版，第256页。
③ 司空图：《司空表圣文集》，卷2，民国嘉业堂本。
④ 陈应行：《吟窗杂录》，卷12，北京：中华书局1997年版，第396页。
⑤ 陈应行：《吟窗杂录》，序，北京：中华书局1997年版，第6页。

才学化的一种表现方式就是要求写入诗歌中的每一个字都有出处，不能随意杜撰。黄庭坚曾说杜诗字字有出处。朱弁《风月堂诗话》考察了诗歌用典的起因，并对此提出质疑："客或谓予曰：'篇章以故实相夸，起于何时？'予曰：'江左自颜谢以来，乃始有之。可以表学问，而非诗之至也。观古今胜语，皆自肺腑中流出，初无缀缉工夫。故钟嵘云："经国文符，应资博古；撰德驳奏，宜穷往烈。至于吟咏性情，亦何贵于用事？'思君如流水'，既是即目；'高台多悲风'，亦唯所见；'清晨登陇首'，羌无故实；'明月照积雪'，讵出经史？"其所论为有渊源矣。'客又曰：'仆见世之爱老杜者尝谓人曰："此老出语绝人，无一字无来处。"审如此言，则词必有据，字必援古，所由来远有不可已者。'予曰：'论事当考源流。今言诗不究其源，而踵其末流，以为标准。不知《国风》、《雅》、《颂》，祖述何人？此老句法妙处，浑然天成，如虫蚀木，不待刻雕，自成文理。其鼓铸镕泻，殆不用世间橐钥。近古以还，无出其右，真诗人之冠冕也。如近体格，俯同今作，则词不遗奇，杂以事实，掇英撷华，妥帖平稳。殆以文为滑稽，特诗中之一事耳，岂见其大全者耶！予每窃有所恨，故乐以嵘之言告人。吾子诚嗜诗，试以嵘言于爱杜者求之，则得矣。'"[①]朱弁认为用典是六朝遗俗，真正的好诗是不用典的，杜诗也是不用典故的。至于近体诗，只是一种游戏文字，混同流俗多用典故，不能代表杜诗的整体水平。朱弁这话并不符合杜诗的实际，因为杜甫众体皆备，且以近体成就最高，宋人孜孜以求者也是近体。以才学为诗，在诗歌中运用典故为宋诗的主流。而宋人为此做了大量的准备工作。晏殊曾编纂过一部大型类书，曾巩说："公于是时为学者宗，天下慕其声名，人见公应于外者之不穷，而不知公之得于内者深也。及得公所为《类要》上中下秩，总七十四篇，凡若干门，皆公所手抄，乃知公于六艺太史百家之言，骚人墨客之文章，至于地志族谱佛老方伎之众说，旁及九州之外蛮夷荒，忽诡变奇迹之序录，皆披寻紬绎，而于三才万物，变化情伪，是非兴坏之理，显隐细巨之委曲，莫不究尽。公之得于内者在此也。"[②]刘埙《隐居通议》卷7记录了一本苏轼编纂

---

① 朱弁：《风月堂诗话》，卷下，吴文治：《宋诗话全编》，南京：江苏古籍出版社1998年版，第2959页。

② 陈杏珍：《曾巩集》，卷13，北京：中华书局1984年版，第210页。

的《东坡老杜诗史事实》[①]。葛立方认为出于假托："近时有妄人假东坡名，作《老杜事实》一编，无一事有据。"[②]这部书是否为苏东坡所编固然重要，即使它不是苏东坡所编而出于"妄人"假托，也说明使事用典确实成为宋诗创作上的主流，正因为有需要才会有人假托。黄庭坚的《杜诗笺》是对杜诗典故出处的笺释。像这样为写诗而编纂类书或者笺注唐宋人诗集词集的情况在宋代很普遍，一些较好的笺注已成为通行版本，一直流传至今。

宋人在创作中大量地运用典故，在理论上总结用典的法度。许顗《彦周诗话》解释韩愈《荐士》颂扬孟郊诗风的两句话，说："'横空盘硬语，妥帖力排奡。'盖能杀缚事实，与意义合，最难能之，知其难则可与论诗矣，此所以称孟东野也。"[③]"杀缚事实"就是改造典故，使其符合诗歌的需要。宋人用典的要求有以下五点：

第一，用事自然、浑成。蔡絛《西清诗话》卷上云："杜少陵云：'作诗用事，要如释氏语：水中着盐，饮水乃知盐味。'此说诗家密藏也。"[④]杜甫论诗的资料不多，而这一条谈到诗歌的创作方法更是弥足珍贵。杜甫说诗中用典要自然恰切，符合上下文语境和意脉，如盐著水，溶化无迹。蔡絛以杜诗为例，说明杜甫把典故运用到了出神入化的地步，如"五更鼓角声悲壮，三峡星河影动摇"。人们徒见凌轹造化之气，不知其用事。这句诗歌用了两个典故，上句出自《祢衡传》："挝渔阳掺，声悲壮。"下句出自《汉武故事》："星辰影动摇，东方朔谓民劳之应。"蔡絛说："作诗妙处在以故事叙实事，王文公尤高胜。熙宁中，华山圮，冰木稼。不久，韩魏公薨。公作诗：'木稼尝闻达官怕，山颓果见哲人萎。'用孔子语'太山其颓乎'。《旧唐史》：宁王卧疾，引谚语曰：'木稼达官怕。'必大臣当之，吾其死矣。已而果然。此故事叙实事也。"[⑤]王安石诗歌的高妙之处在于它所用典故完全符合当时的实际情况，以古喻今、同类事件相比才更有说服

① 刘埙：《隐居通议》，王云五：《丛书集成初编》，北京：商务印书馆1985年版，第69~70页。

② 葛立方：《韵语阳秋》，卷16，上海：上海古籍出版社1984年版，第207页。

③ 许顗：《彦周诗话》，何文焕：《历代诗话》，北京：中华书局1981年版，第399页。

④ 蔡絛：《西清诗话》，卷上，张伯伟：《稀见本宋人诗话四种》，南京：江苏古籍出版社2002年版，第187页。

⑤ 蔡絛：《西清诗话》，卷上，张伯伟：《稀见本宋人诗话四种》，南京：江苏古籍出版社2002年版，第178页。

力。典故的真实精确，为诗歌增色不少，就像盐能够给水提味一样。《漫叟诗话》说用典要自然亲切，并列举了东坡的诗例："东坡《和李公择诗》云：'敝裘羸马占河滨，野阔天低掺玉尘。自笑餐毡典属国，来看换酒嫡仙人。'盖为苏、李也。用事亲切如此，他人不及。"[①]苏轼用汉代苏武、李陵的典故，说明今日苏轼、李公择两人的深厚关系。苏轼还善于陶冶典故，用典有时比原典还要精彩。《漫叟诗话》说："东坡最善用事，既显而易读，又切当。若《招持服人游湖不赴》云：'却忆呼卢袁彦道，难邀骂坐灌将军。'《柳氏求字答》云：'君家自有元和脚，莫厌家鸡更问人。'天然奇作。《贺人洗儿词》云：'犀钱玉果，利市平分沾四座，深愧无功，此事如何到得侬。'南唐时宫中尝赐洗儿果，有近臣谢表云：'猥蒙宠数，深愧无功。'李主曰：'此事卿安得有功？'尤为亲切。"[②]上述用典，契合作诗的目的、酬赠的对象、唱和的环境，即使读者不知典故的出处，也不影响对诗意的理解；而熟悉典故的出处，更能深刻体察作者用功之妙处。

典故毕竟是外来词汇，运用典故入诗一定要注意上下文意，要浑然天成。《蔡宽夫诗话》："杜子美《收京诗》以樱桃对杕杜，荐樱桃事，初若不类，及其云'赏因歌杕杜，归及荐樱桃'，则浑然天成，略不见牵强之迹，如此乃为工耳。"[③]这是杜甫《收京诗》四首中的第三首，原文是："汗马收宫阙，春城铲贼壕。赏应歌杕杜，归及荐樱桃。杂虏横戈数，功臣甲第高。万方频送喜，无乃圣躬劳。"仇兆鳌说："此当是至德二载十月在鄜州时作。诗云'生意甘衰白，天涯正寂寥。忽闻哀痛诏，又下圣明朝。'此明是在家闻诏，按肃宗于至德元年七月十三日甲子即位灵武，制书大赦。二年十月十九日帝还京。十月二十八日壬申御丹凤楼下制，前后两次闻诏，故云又下也。是时公尚在鄜州，其至京当在十一月。"[④]在唐军收复长安前后，杜甫忧虑国家前途而作这组诗歌。"赏应歌杕杜，归及荐樱桃"一联承前句而来，谓朝廷能体谅征战之苦，遣散诗人与家人团

---

① 不著撰人：《漫叟诗话》，郭绍虞：《宋诗话辑佚》，北京：中华书局1980年版，第370页。此处引文，讹误甚多。苏轼《至济南李公择以诗相迎次其韵二首》其一前四句原文是："敝裘羸马古河滨，野阔天低糁玉尘。自笑餐毡典属国，来看换酒谪仙人。"（冯应榴：《苏轼诗集合注》，卷15，上海：上海古籍出版社2001年版，第683页）

② 不著撰人：《漫叟诗话》，郭绍虞：《宋诗话辑佚》，北京：中华书局1980年版，第363页。

③ 蔡启：《蔡宽夫诗话》，郭绍虞：《宋诗话辑佚》，北京：中华书局1980年版，第390页。

④ 仇兆鳌：《杜诗详注》，卷5，北京：中华书局1979年版，第423页。

聚，明年赏功荐庙正好赶上樱桃成熟时节。该联对仗工整，用事恰切，在叙事之中用典，把典故和诗意融合一起，毫无牵强附会之迹。宋人也有这类作品，用事如己出。刘攽《中山诗话》云："江邻几善为诗，清淡有古风。苏子美坐进奏院事谪官，后死吴中。江作诗云：'郡邸狱冤谁与辩？皋桥客死世同悲。'用事甚精当。尝有古诗云：'五十践衰境，加我在明年。'论者谓莫不用事，能令事如己出，天然浑厚，乃可言诗，江得之矣。"①江邻几其人气质淳雅，性情接近陶渊明。前两句诗歌用典概括了苏舜钦坎坷一生，性情豪迈、才气超群，因进奏院案下狱流放苏州，最后客死皋桥。后二句"五十践衰境，加我在明年"感慨一个普遍的规律。人生五十步入衰老之境，我明年即将步入衰老之境。由于选用典故契合诗中情境，我们往往感觉不到诗人是在化用才学，以为是脱口而出、直抒胸臆的。当我们仔细推敲时，才发现其中蕴含着典故，而且手法非常高妙。张镃《诗学规范》云："用故事当如己出，如杜甫《寄人诗》云：'径欲依刘表，还疑厌祢衡。'此是用王粲依刘并曹公厌祢衡事，却点化只做杜甫欲去依他人恐他厌之语，此便是如己出也。"②用典与诗境融合的另一个途径是事词合一，叶梦得《石林诗话》卷上云："诗之用事，不可牵强，必至于不得不用而后用之，则事词为一，莫见其安排斗凑之迹。苏子瞻尝为人作挽诗云：'岂意日斜庚子后，忽惊岁在己辰年。'此乃天生作对，不假人力。"③叶梦得所枚举的诗句出自苏轼的《孔长源挽词二首》其二。孔长源名延之，曾与苏轼在杭州唱和。苏轼诗云："小堰门头柳系船，吴山堂上月侵筵。潮声半夜千岩响，诗句明朝万口传。岂意日斜庚子后，忽惊岁在巳辰年。佳城一闭无穷事，南望题诗泪洒浅。"前面谈到两人唱和，接下来连用两典写孔长源之死。"日斜庚子"典出贾谊《鹏鸟赋》："单阏之岁，四

① 刘攽：《中山诗话》，何文焕：《历代诗话》，北京：中华书局1981年版，第298~299页。

② 张镃：《诗学规范》，卷39，吴文治：《宋诗话全编》，南京：江苏古籍出版社1998年版，第7册第7525页。

③ 叶梦得：《石林诗话》，卷上，何文焕：《历代诗话》，北京：中华书局1981年版，第413页。"己辰"应为"巳辰"，苏轼《孔长源挽词二首》其二原文为"岂意日斜庚子后，忽惊岁在巳辰年"。（冯应榴：《苏轼诗集合注》，卷13，上海：上海古籍出版社2001年版，第612页）按："巳辰年"典出《后汉书·郑玄传》："五年春，梦孔子告之曰：'起，起，今年岁在辰，来年岁在巳。'既寤，以谶合之，知命当终，有顷寝疾。时袁绍与曹操相拒于官度，令其子谭遣使逼玄随军，不得已，载病到元城县，疾笃不进，其年六月卒，年七十四。"（范晔：《后汉书》，卷35，北京：中华书局1965年版，第1211页）清人冯应榴已对这个典故做了详尽的阐释。

月孟夏，庚子日斜，鵩集于舍。”王逸注曰：“《服赋》者，贾谊之所作也。谊在长沙三年，有服飞入谊舍，止于坐隅。服似鸮，不祥鸟也。谊以长沙卑湿，自恐寿不得长，故为赋以自广。”①“岁在巳辰”典出《汉书·郑玄传》：“五年春，梦孔子告之曰：‘起，起。今年岁在辰，来年岁在巳。’既寤，以谶合之，知命当终。”关于“岁在辰巳”唐李贤注曰：“北齐刘昼《高才不遇传》论玄曰：‘辰为龙，巳为蛇，岁至龙蛇贤人嗟。玄以谶合之’，盖谓此也。”②苏轼在这首诗里连用两个贤者怀才不遇、性命将终的故实，哀悼孔长源一生怀才不遇，坎坷而终。诗中情感与典故本意完全重合，因而是很恰切的。

化用典故要使事在语中而人不知。周紫芝《竹坡诗话》云：“凡诗人作语，要令事在语中而人不知。余读太史公《天官书》：‘天一、枪、棓、矛、盾动摇，角大，兵起。’杜少陵诗云：‘五更鼓角声悲壮，三峡星河影动摇’，盖暗用迁语，而语中乃有用兵之意。诗至于此，可以为工也。”③这两句出自杜甫《阁夜》，诗云“岁暮阴阳催短景，天涯霜雪霁寒宵。五更鼓角声悲壮，三峡星河影动摇。野哭千家闻战伐，夷歌几处起渔樵。卧龙跃马终黄土，人事音书漫寂寥。”《阁夜》即西阁，仇兆鳌注曰：“此当是大历元年冬作。[黄]鹤注：诗云‘闻战伐’，时崔旰之乱未息也。”④这首诗前四句是阁夜景象，后四句是阁夜抒情。这两句写阁夜所见，蕴含兵象。通过典故出之，既符合夜中景象，又便于引起下文。这个典故，如果不是注者特别拈出还不易发现。

用典要恰切自然，不能用工太过，太过就不自然。《蔡宽夫诗话》云：“诗语大忌用工太过，盖炼句胜则意必不足。〔语工而意不足，则格力必弱，此自然之理也。〕‘红稻啄余鹦鹉粒，碧梧栖老凤凰枝’，可谓精切，而在其集中，本非佳处；不若‘暂止飞鸟将数子，频来语燕定新巢’为天然自在。其用事若‘宓子弹琴邑宰日，终军弃繻英妙年’，虽字字皆本出处，然比‘今日朝廷须汲黯，中原将帅忆廉颇’，虽无出处一字，而语意自到。故知造语用事虽同出一人之手，而

---

① 朱熹：《楚辞集注》，卷8，上海：上海古籍出版社、合肥：安徽教育出版社2001年版，第154页。
② 范晔：《后汉书》，卷35，北京：中华书局1965年版，第1211页。
③ 周紫芝：《竹坡诗话》，何文焕：《历代诗话》，北京：中华书局1981年版，第346页。
④ 杜甫：《杜诗详注》，卷18，北京：中华书局1979年版，第1561页。

优劣自异，信乎诗之难也。”[①]用典还忌用生字。范晞文《对床夜语》卷5云：“诗用生字，自是一病。苟欲用之，要使一句之意，尽于此字上见工，方为稳帖。如唐人‘走月逆行云’，‘芙蓉抱香死’，‘笠卸晚峰阴’，‘秋雨慢琴弦’，‘松凉夏健人’，‘逆’字‘抱’字‘卸’字‘慢’字‘健’字，皆生字也，自下得不觉。”[②]这几个字虽然常见，但在所处诗句中显得生僻。这与行云流水、舒卷自然的诗意不相匹配。

第二，用事得当精确。典故不是为诗歌特意设置的，典故与诗歌本身也没有必然的联系，作者用典时，一要注意发掘二者之间的必然联系，二要根据诗歌表情达意的需要，对典故进行剪裁，使其适用诗歌的需要。《藜藿野人诗话》记载：“东坡自扬州召还，郊礼后有次韵蒋颖叔、钱穆甫从驾景灵宫二诗。一云：‘归来病鹤记城闉，旧踏松枝雨露新。半白不羞垂领雪，软红犹恋属车尘。雨收九陌丰登后，日丽三元下降辰。粗识君王为民意，不才何以助精禋。’王仲至和之，末云：‘谁知第七车中客，天遣归来助庆禋。’坡称叹久之。盖汉倪宽川人，自扬州太守召来；坡亦川人，自扬州太守召来。汉武帝郊礼回，至渭桥上，见一妇人洗乳于渭水上，帝遣问之，妇人曰：‘第七车中客知我也’。上使使问，是倪宽。宽奏曰：‘天上长乳星，祭祀不洁即见。’帝愯然。坡时为尚书，亦乘车在驾前。”[③]王仲至所用典故，完全符合苏轼的身份地位和仕宦阅历。《王直方诗话》云：“荆公送吴仲庶待制守潭诗云：‘自古楚有材，醽醁多美酒。不知樽前客，更得贾生否！’贾谊初为吴公召置门下，后谪死长沙。其用事之精，可以为法。”[④]王安石因为吴仲庶姓氏、仕宦与汉代吴公相近。希望他任职潭州能够发现举荐像贾谊这样的人才。

与用事精确相对的就是用事不准确。《西清诗话》云：“唐人以诗为专门之学，虽名世善用故事者，或未免小误。如王摩诘诗：‘卫青不败由天幸，李广无功缘数奇。’‘不败由天幸’，乃霍去病，非卫青也；去病传云：‘其军尝先大将军，军亦有天幸，未尝困绝。’意有‘大将军’字，误指去病作卫青耳。李太白

① 蔡启：《蔡宽夫诗话》，郭绍虞：《宋诗话辑佚》，北京：中华书局1980年版，第385~386页。
② 范晞文：《对床夜语》，卷5，丁福保：《历代诗话续编》，北京：中华书局1983年版，第444~445页。
③ 魏庆之：《诗人玉屑》，卷7，北京：中华书局2007年版，第210~211页。
④ 魏庆之：《诗人玉屑》，卷7，北京：中华书局2007年版，第212~213页。

'山阴道士如相访，为写黄庭换白鹅。'乃《道德经》，非《黄庭》也。逸少尝写《黄庭经》与王修，故二事相紊。杜牧之尤不胜数。前辈每云：用事虽了在心目间，亦当就时讨阅，则记牢而不误。端名言也。"[①]还有用典不合事实，如骊山为唐代皇帝冬宫，杜牧《华清宫》诗云："长安回望绣成堆，山顶千门次第开。一骑红尘妃子笑，无人知是荔枝来。"然荔枝盛暑方熟，词意虽美而事失实。王安石《桃源行》云："望夷宫中鹿为马，秦人半死长城下。"指鹿为马乃二世事，而长城之役，乃始皇也。又指鹿事不在望夷宫中。还有用事经不住推敲，明明是美事，却用了不美的典故。《西斋话纪》云："古人作诗，引用故实，或不原其美恶，但以一时中的而已，如李端于郭暧席上赋诗，其警句云：'新开金埒教调马，旧赐铜山许铸钱。'乃比邓通耳。既非令人，又非美事，何足算哉！凡用故事，多以事浅语熟，更不思究，率尔用之，往往有误。"[②]类似这样的典故，仅就字面意思而言尚可，若加以推敲问题很大，往往使人搞不清楚诗人是在赞美还是讥讽。

第三，借事发明，能出己意。典故有两层含义，一是本意，二是引申意。二者之间有一定的联系，但不是必然的联系。宋以前诗歌用典数量不多，一首诗歌中仅用一两个典故，从本意到引申意都比较简单。宋代诗词用典繁密，一首诗词用典多达一二十个，要让每一个典故都体现出作者所需要的引申意义，难度增大了许多。于是就有人把同类典故编在一起，这样引申意义大体相同。王安石曾对此提出批评，说："诗家病使事太多，盖皆取其与题合者类之，如此乃是编事，虽工何益？若能自出己意，借事以相发明，情态毕出，则用事虽多，亦何所妨。"王安石诗歌如"董生只为公羊惑，岂肯捐书一语真"，"桔槔俯仰何妨事？抱瓮区区老此身"之类，皆意与本题不类，此真所谓使事也[③]。王安石认为把同类事情编排在一起，很难体现出每一个典故的新意。他在用典时，往往采取一些与诗歌没有关系的典故，这样反倒容易表现出作者的新意。

宋诗扩大了用典的范畴，往往熔铸经史而出以己意。但经史典籍数量众多，

① 蔡絛：《西清诗话》，卷上，张伯伟：《稀见本宋人诗话四种》，南京：江苏古籍出版社2002年版，第189页。

② 魏庆之：《诗人玉屑》，卷7，北京：中华书局2007年版，第221页。

③ 蔡启：《蔡宽夫诗话》，郭绍虞：《宋诗话辑佚》，北京：中华书局1980年版，第419页。

卷帙浩繁，它本身又属于散文，用经史入诗历来都有限制。唐宋诗人在创作中引经史入诗，为笺释者增添了难度。只有非常博学的人，才能指出所含的典故及其意义。徐锴“常欲注李商隐《樊南集》，悉知其用事所出。有《代王茂元檄刘稹书》云：‘丧见跻陵，飞走之期既绝；投戈散地，灰钉之望斯穷。’独恨不知灰钉事，及观后汉杜笃《入都赋》云：‘荧康居，灰珍奇，椎鸣镝，钉鹿蠡。’商隐之雕篆如此。又《艺苑雌黄》云：‘予考之《南史·陈本纪》云：‘袄酋震慑，遽请灰钉。’此语又在商隐之前矣”[①]。用经传全句相对，杨万里《诚斋诗话》，云：“诗句固难用经语，然善用者，不胜其韵。李师中云：‘夜如何其斗欲落，岁云暮矣天无情。’又：‘山如仁者寿，风似圣之清。’又：‘诗成白也知无敌，花落虞兮可奈何。’”又“诗有实字而善用之者，以实为虚。杜云：‘弟子贫原宪，诸生老伏虔。’‘老’字盖用‘赵充国请行，上老之’。”[②]另外，用经史语还要注意自作语与经史语的搭配问题，差别不能太明显。《漫斋语录》云：“大率诗语出入经史，自然有力；然须是看多做多，使自家机杼风骨先立，然后使得经史中全语作一体也。如是自出语弱，却使经史中全语，则头尾不相勾副，如两村夫舁一枝画梁，自觉经史中语在人眼中，不入看也。”[③]王安石赋梅花诗云：“肌冰绰约如姑射，肤雪参差是玉真。”用《庄子》“藐姑射之山，有神人居焉：肌肤若冰雪，绰约若处子”和白居易《长恨歌》“中有一人字玉真，雪肤花貌参差是”，对仗工整，形容梅花的清香和神韵。

用字要有来历。潘淳《潘子真诗话》详列杜诗出处，证明杜甫作诗极有学问[④]。《苕溪渔隐丛话》记载宋郊、宋祁在安州作《落花诗》，“夏文庄守安州，莒公兄弟尚在布衣，文庄异待之。命作《落花诗》，莒公一联云：‘汉皋佩冷临江失，金谷楼危倒地香。’子京一联云：‘将飞更作回风舞，已落犹成半面妆。’余观南史：宋元帝妃徐氏无容质不见礼，以帝眇一目，知帝将至，必为半面妆以似。此‘半面妆’所从出也。若‘回风舞’无出处，则对偶偏枯，不为佳句，殊不知乃出李贺诗云：‘花台欲暮春辞去，落花起作回风舞。’前辈用事，必有来

① 胡仔：《苕溪渔隐丛话后集》，卷14，北京：人民文学出版社1962年版，第103页。
② 杨万里：《诚斋诗话》，丁福保：《历代诗话续编》，北京：中华书局1983年8月版，第147页。
③ 魏庆之：《诗人玉屑》，卷7，北京：中华书局2007年版，第214页。
④ 潘淳：《潘子真诗话》，郭绍虞：《宋诗话辑佚》，北京：中华书局1980年版，第300~301页。

处；又精确如此，诚可为法也。”[1]诗中典故“半面妆”、“回风舞”对仗工整，而且皆有出处，尤其“回风舞”比较偏僻，是一般读者所不知道的。《西清诗话》记述王安石诗歌每一个字都有出处，云：“熙宁初，张掞以二府初成，作诗贺荆公，公和曰：‘功落萧规惭汉第，恩从隗始诧燕台。’以示陆农师，农师曰：萧规曹随，高帝论功，萧何第一，皆摭故实；而请从隗始，初无‘恩’字。公笑曰：‘子善问也，韩退之斗鸡联句：‘感恩惭隗始’，若无据，岂当对‘功’字也。乃知前人以用事一字偏枯，为倒置眉目，反易巾裳，盖谨之如此。”[2]这句里“恩”字，尤显功夫。可见宋人用典，一字也不苟且。

第四，用真情实感驾驭才学，用事而不为事所使。宋人以才学为诗，但并不是用典越多越好。相反，宋人在诗歌中尽可能避免用典，直到非用不可之时才用。徐度《却扫编》云：“天下书，虽不可不读，然谨不可有意于用事。”[3]用事仅仅是作诗的一种手段，或者作诗的材料，“使事而不为事使”才是用事的基本准则。《蔡宽夫诗话》云：“安禄山之乱，哥舒翰与贼将崔乾佑战潼关，见黄旗军数百队，官军以为贼，贼以为官军，相持久之，忽不知所在。是日，昭陵奏陵内前石马皆汗流。子美诗所谓‘玉衣晨自举，铁马汗常趋。’盖记此事也。李晟平朱泚，李义山作诗，复引用之云：‘天教李令心如日，可待昭陵石马来。’此虽一等用事，然义山但知推美西平，不知于昭陵，似不当耳。乃知诗家使事难，若子美，所谓不为事使者也。”[4]蔡启比较了杜甫与李商隐运用同一个典故，所抒发的情感不同。杜甫记述这件奇异的事情，诗歌落足到昭陵。太宗皇帝很关切潼关之战，遣黄旗石马显灵这才有了石马流汗一事；而李商隐则把重心落在赞美李晟的忠心上，因而没有抒写出这个奇异事件应有的情感。这就是用事却被事所驱使。韩驹也说过：“使事要事自我使，不可反为事使。”[5]从这些观点可以看出南宋时期江西诗派诗论家已经从故纸堆里、从典故堆中解脱出来，作诗并不是为了编排故

---

① “半面妆”典出《南史》卷12《后妃传下》，为梁元帝徐妃事。胡仔误记成宋元帝。胡仔：《苕溪渔隐丛话后集》，卷20，北京：人民文学出版社1962年版，第141~142页。

② 蔡絛：《西清诗话》，卷上，张伯伟：《稀见本宋人诗话四种》，南京：江苏古籍出版社2002年版，第174页。

③ 徐度：《却扫编》，卷中，《宋元笔记小说大观》，上海：上海古籍出版社2007年版，第4500页。

④ 蔡启：《蔡宽夫诗话》，郭绍虞：《宋诗话辑佚》，北京：中华书局1980年版，第382页。

⑤ 魏庆之：《诗人玉屑》，卷7，北京：中华书局2007年版，第218页。

实，卖弄才学，而是要抒发情感。这就需要突破典故的本意，发挥出诗歌情感所需要的引申意义。

第五，以故为新，化俗为雅。宋人以才学为诗，强调化用典故，其中蕴含着“自作语最难”的观点。因为自作语太难，这才需要借用别人的语言。但用典与自作语一样都是要写出新意的。如何写出新意呢？宋人主张以故为新、化俗为雅。梅尧臣批评闽士不用陈语常谈“未能以故为新、以俗为雅尔”[①]，苏轼也说“诗须要有为而后作，用事当以故为新，以俗为雅”[②]，黄庭坚也说过“谓以俗为雅，以故为新，百战百胜，如孙吴之兵”[③]。宋人化用典故的方法之一是反其意而用之，《艺苑雌黄》云：“文人用故事，有直用其事者，有反其意而用之者。李义山诗：‘可怜半夜虚前席，不问苍生问鬼神。’虽说贾谊，然反其意而用之矣。林和靖诗：‘茂陵他日求遗稿，犹喜曾无封禅书。’虽说相如，亦反其意而用之矣。直用其事，人皆能之，反其意而用之者，非学业高人，超越寻常拘挛之见，不规规然蹈袭前人陈迹者，何以臻此！”[④]翻案法也是反其意而用之的一种形式，宋人用翻案法的诗例有：“放翁仕于蜀，海棠诗最多。其间一绝尤精妙，云：‘蜀地名花擅古今，一枝气可压千林。讥评更到无香处，当恨人言太刻深。’此前辈所谓翻案法，盖反其意而用之也。”[⑤]陆游这首诗歌是针对“海棠无香”这个结论所作的翻案诗。海棠无香为宋人通识，陆游用这个典故发表自己看法，也是一种创新。用其事而隐其语也是一种化用才学的方法。“萧文奂能书善画，于扇上图山水，咫尺之内，便觉万里为遥。老杜戏题山水图云：‘尤工远势古莫比，咫尺应须论万里。’乍读似非用事。如‘男儿既介胄，长揖别上官’用‘介胄之士不拜’，‘妇人在军中，兵气恐不扬’用‘军中岂有女子乎’，皆用其事而隐其语。”[⑥]用典故时稍作变通，用其意而不用其字面，这也是一种创新的方法，如：“有意用事，有语用事，李义山‘海外徒闻更九州’，其意则用杨妃在蓬莱山，其语则

① 陈师道：《后山诗话》，何文焕：《历代诗话》，北京：中华书局1981年版，第314页。
② 孔凡礼：《苏轼文集》，苏轼佚文汇编卷5，北京：中华书局1986年版，第2668页。
③ 张镃：《诗学规范》，吴文治：《宋诗话全编》，南京：江苏古籍出版社1998年版，第7册第7530页。
④ 严有翼：《艺苑雌黄》，郭绍虞：《宋诗话辑佚》，北京：中华书局1980年版，第566~567页。
⑤ 魏庆之：《诗人玉屑》，卷7，北京：中华书局2007年版，第148页。
⑥ 魏庆之：《诗人玉屑》，卷7，北京：中华书局2007年版，第205页。

用邹子云‘九州之外，更有九州’。如此然后深稳健丽。”①不拘故常，也是一种创新的方法，《黄常明诗话》云：“韦应物诗云：‘心同野鹤与尘远，诗似冰壶彻底清。’又送人诗：‘冰壶见底未为清，少年如玉有诗名。’此可谓用事之法，盖不拘故常也。”②言其用不言其名，也是一种创新的方法。释惠洪《冷斋夜话》云：“用事琢句，妙在言其用，不言其名耳。此法唯荆公、东坡、山谷三老知之。荆公曰：‘含风鸭绿粼粼起，弄日鹅黄袅袅垂。’此言水柳之用，而不言水柳之名也。东坡《别子由》诗：‘犹胜相逢不相识，形容变尽语音存。’此用事而不言其名也。”③用古人语而不用其意，也是一种创新的方法。杨万里《诚斋诗话》云：“诗家用古人语，而不用其意，最为妙法。如山谷《猩猩毛笔》是也。猩猩喜著屐，故用阮孚事。其毛作笔，用之钞书，故用惠施事。二事皆借人事以咏物，初非猩猩毛笔事也。”④

宋诗以说理为特色。黄庭坚云：“但当以理为主，理得而辞顺，文章自然出群拔萃。观杜子美到夔州后诗，韩退之自潮州还朝后文章，皆不烦绳削而自合矣。”⑤姜夔诗歌四种高妙之一就是“理高妙”，严羽谈论宋诗三大特征其一就是“以议论为诗”，这表明宋诗以说理为其特色。表现理的文字可以是典雅的，也可以是俚俗的。一般说来用俚俗之语表现的理更容易被人接受。于是在宋诗雅化过程中出现了一种奇观，即在语言上追求俚俗。苏轼用法律名词入诗。杨万里说：“有用法家吏文语为诗句者，所谓以俗为雅。坡云：‘避谤诗寻医，畏病酒入务。’”⑥所举诗句出自苏轼《七月五日二首》其一，诗歌原文是：“避谤诗寻医，畏病酒入务。萧条北窗下，长日谁与度？今年苦炎热，草木困薰煮。况我早衰人，幽居气如缕。秋来有佳兴，秫稻已含露。还复此微吟，往和糟床注。”宋人施元之注曰：“法令所载，‘寻医’为去官，‘入务’乃住理。诗中所用，盖出

---

① 胡仔：《苕溪渔隐丛话前集》，卷10，北京：人民文学出版社1962年版，第64页。
② 魏庆之：《诗人玉屑》，卷7，北京：中华书局2007年版，第209页。
③ 释惠洪：《冷斋夜话》，卷4，张伯伟：《稀见本宋人诗话四种》，南京：江苏古籍出版社2002年版，第43页。
④ 释惠洪：《冷斋夜话》，卷4，张伯伟：《稀见本宋人诗话四种》，南京：江苏古籍出版社2002年版，第42页。
⑤ 刘琳：《黄庭坚全集》，正集卷18，成都：四川大学出版社2001年版，第470页。
⑥ 辛更儒：《杨万里集校笺》，卷114，北京：中华书局2007年版，第4373页。

此。”在“避谤诗寻医，畏病酒入务”句后又引王［十朋］注师［尹］曰：‘诗寻医，谓不作诗也。酒入务，谓止酒不饮也。’”[①]这首诗意思很简单：因避谤而不作诗，畏病而不饮酒。没有诗酒相伴，这么漫长的日子该怎么度过？今夏炎热干旱，像我这样生命力衰弱之人更觉难熬。入秋以后天气凉爽，庄稼即将成熟，忍不住又想作诗饮酒了。这首诗由于运用法令典故给人以滑稽感。一些俗语，经过苏轼点化后顿成大雅。《西清诗话》谈论“点石化金”，即以此诗为例。诗中用方言，也是化俗为雅的一个途径。释惠洪《冷斋夜话》云：“句法欲老健有英气，当间用方俗言为妙。如奇男子行人群中，自然有颖脱不可干之韵。老杜《八仙诗》，序李太白曰‘天子呼来不上船’，‘船’，方俗言也，所谓襟纽是也。‘家家养乌鬼，顿顿食黄鱼’，川峡路人家多供事乌蛮鬼，以临江故顿顿食黄鱼耳。俗人不解，便作养畜字读，遂使沈存中自差乌鬼为鸬鹚也。”[②]《冷斋夜话》卷1云：“诗人多用方言，南人谓象牙为白暗，犀角为黑暗，故老杜诗曰：‘黑暗通蛮货。’又谓睡美为黑甜，谓饮酒为软饱，故东坡诗曰：‘三杯软饱罢，一枕黑甜余。’”[③]以方言入诗，具有地域特色，避免与人雷同，运用恰当，给诗歌增色不少。

魏庆之《诗人玉屑》卷7有“用事”一类，讨论诗歌用事的各种情况。典故、故实，前人事语、诗词成句，毕竟是一种外来的、陈腐的语言。宋人曾经因用典而失去了诗歌的特性，陷入故纸堆中不能自拔。后来他们逐渐明白了才学仅仅是作诗的材料，抒情写意才是诗歌真正的目的。他们以才学为诗，间接地抒发情感，使诗歌创作与诗人内在学养联系更加紧密。两宋时期优秀的诗人，往往是学识渊博、品质高尚的人。诗如其人，人如其诗。黄庭坚多次说“诗词高深要从学问中来”，“胸中有万卷书，笔下无一点俗气”。罗大经《鹤林玉露》丙编卷6云：“凡作文章，须要胸中有万卷书为之根柢，自然雄浑有筋骨，精明有气魄，深醇有意味，可以追古作者。”[④]《李希声诗话》也说：“有道之士胸中过人，落笔便造

---

① 冯应榴：《苏轼诗集合注》，卷14，上海：上海古籍出版社2001年版，第663页。

② 释惠洪：《冷斋夜话》，卷4，张伯伟：《稀见本宋人诗话四种》，南京：江苏古籍出版社2002年版，第44页。

③ 释惠洪：《冷斋夜话》，卷1，张伯伟：《稀见本宋人诗话四种》，南京：江苏古籍出版社2002年版，第18页。

④ 罗大经：《鹤林玉露》，丙编卷6，北京：中华书局1983年版，第332~333页。

妙处。彼浅陋之人，雕琢肺肝，不过仅然嘲风弄月而已。”[①]宋人学习前代诗歌，首先继承了前人高雅不俗的品格，其次才是他们的诗法句法。宋诗与前代诗歌传统是一致的。资书以为诗，对作者提出了更高的要求，不仅要善于观察事物，体察民情，而且还要善于表述。与唐诗相比，宋诗才学化风气更盛，宋诗存在着不易读也不易懂的弊病。但是宋诗在另外一些方面超过了唐诗，那就是诗歌的意境提高了。宋诗比唐诗含蓄蕴藉，更耐咀嚼玩味，有百读而不厌、常读而常新的特点。这也正是宋诗魅力之所在，也是才学化的关键之所在。

二、才学与清空

按照才学自身的发展规律，从才学到清空也是一种必然趋势。这种趋势体现在多个途径上：从词法上看，从无法到有法，从死法到活法，从活法到清空是实现清空的一个途径；从抒情方式上看，从真情实感到虚化的意趣，也是实现清空的一条途径；从创作风格来看，达到清空的途径有两条：运用才学不讲法度，直接表达抽象模糊、空灵飞动的意趣，是实现清空的一个途径；运用才学讲求法度，从法度森严走向自然而然，也是实现清空的一个途径。姜夔词的清空就是从法度森严走向自然而然的，其中包含了许多人力工夫，如词乐的雅化、词乐的契合、作品的本事、词体的结构、使事用典、情感虚化等，对这些因素进行处理，去掉杂质，留下精粹，突出其中的意趣，还给读者留下了驰骋想象的余地。在宋代诗词中，读者所感受到的意趣远比作者所要抒发的情感重要。下面从“意”和“韵”的角度，分析由才学到清空的另一条新途径。

（一）

我国古代诗歌的抒情方式经历了多次转化：一是言志，二是缘情，三是写意。写意虽是宋诗的特点，但不是宋人创造的新概念。“意”由来已久，在我国古代诗论中经过了漫长的发展过程。宋人在继承这个传统概念时，汲取了其中合理的成分，又根据唐宋诗学的创作实际，给它增添了许多新的内涵。

古代文论经常谈到“意”，在不同时代不同理论家的文论中其间的差别还是比较大的。首先，先秦《孟子》提出“以意逆志”的文学思想。“意”和“志”

---

① 李錞：《李希声诗话》，郭绍虞：《宋诗话辑佚》，北京：中华书局1980年版，第478页。

都是诗歌的情感，但二者却分属于不同的群体。“意”是读者阅读诗歌时的感受，“志”是作者创作诗歌时的内心情感。其次，魏文帝有“文以意为主，以气为辅，以词为卫”[①]之说；还有“文以气为主，气之清浊有体，不可力强而致，譬诸音乐曲度虽均，节奏同检，至于引气不齐，巧拙有素，虽在父兄，不能以遗子弟”[②]的观点。那么，文到底以什么为主？以意，还是以气？比较魏文帝的两种观点，发现意和气的区别并不大。在“文以意为主，以气为辅，以词为卫”中，意和气都属于作者一人，是作者内在的情感。差别仅在于意是作者内心的情感，相当于心意，即古人所谓的在心为志的志；气是意的表现形式，也就是作者的精神状态，或者文学思想中所说的心态。词即文辞，是体现这种情感的文字形式。“文以气为主”中的“气”包含了上述观念中意和气两个部分，也就是说内在的心意和外在的心态结合起来，即一个人（作者）的品性。气之清浊就是一个作者品行的好坏。范晔《狱中与诸甥侄书》也云：“常谓情志所托，故当以意为主，以文传意。以意为主，则其旨必见；以文传意，则其词不流。然后抽其芬芳，振其金石耳。此中情性旨趣，千条百品，屈曲有成理。自谓颇识其数，尝为人言，多不能赏，意或异故也。”[③]范晔所谓的意就是作者内心的情志，也就是魏文帝《典论·论文》中“文以气为主”的“气”。此后，皎然《诗式》诗有三偷，即偷语偷意偷势[④]；齐已《风骚旨格》诗有三格，上格用意中格用气下格用事[⑤]；以及杜牧《答庄充书》：“凡为文以意为主，以气为辅，以辞彩章句为之兵卫，未有主强盛而辅不飘逸者，兵卫不华赫而庄整者。四者高下，圆折步骤，随主所指，如鸟随凤，鱼随龙，师众随汤武，腾天潜泉，横裂天下，无不如意。苟意不先立，止以文彩辞句，绕前捧后，是言愈多而理愈乱，如入阛阓，纷然莫知其谁，暮散而已。是以意全胜者，辞愈朴而文愈高，意不胜者，辞愈华而文愈鄙。是意能遣辞，辞不能成意，大抵为文之旨如此”[⑥]等。在上述观点中，“意”的所指各不相同，重要性

---

① 陈师道：《后山诗话》，何文焕：《历代诗话》，北京：中华书局1981年版，第311页。
② 魏宏灿：《曹丕集校注》，合肥：安徽大学出版社2009年版，第313页。
③ 范晔：《后汉书》，附录，北京：中华书局1965年版，第1~2页。
④ 李壮鹰：《诗式校注》，北京：人民文学出版社2003年版，第59~60页。
⑤ 释齐己：《风骚旨格》，丁福保：《历代诗话续编》，北京：中华书局1983年版，第112页。
⑥ 杜牧：《樊川文集》，卷13，上海：上海古籍出版社2007年版，第194~195页。

也不一样，或列入中等，或列入上格，但都属于作者个人的内心情感，与读者阅读作品时的感受无关。北宋刘攽《中山诗话》云："诗以意为主，文词次之，或意深义高，虽文词平易，自是奇作。世效古人平易句，而不得其意义，翻成鄙野可笑。"[①]这里的"意"、"义"并举，是指作品的内在情感和外在内容。《全唐诗》中有几首以"写意"为题的诗歌，如牟融的《写意二首》，与同时代其他诗人所作的《写怀》《写情》《无题》并没有什么差别。唐人所谓的意，就是诗歌所要抒发的情感。相对而言，李商隐《写意》很有特点。诗歌原文如下："燕雁迢迢隔上林，高秋望断正长吟。人间路有潼江险，天外山惟玉垒深。日向花间留返照，云从城上结层阴。三年已制思乡泪，更入新年恐不禁。"这首诗歌句句用典，情感惝恍迷离。刘学锴、余恕诚注曰："借客观景物述怀，意在言外，情寓景中，故特题为'写意'。起结虽写思乡之情，然全篇内容则远不止此，举凡羁滞迟暮之痛、世路崎岖之慨、时势阴霾之悲，均见于言外。思乡特上述情感之结穴耳。作于大中七年。"[②]诗人通过具体景物来抒写思乡之情，但读者所感受到的情感并不局限在具体的思乡之中，它还适应于"举凡羁滞迟暮之痛、世路崎岖之慨、时势阴霾之悲"等一切相同的情感，而且这些情感还"均见于言外"。综上所述，我们可以得出结论：意是情的一种表现形式，二者有相同之处，但也有明显的区别。一般说来情直接而具体，意隐晦而抽象；情体现在字里行间，比如诗歌中的叙事状物写景抒怀等；而意往往见于言外，比如只可意会难以言传的诗中意境，只可感受无法确指的审美感受等；情是真实可感的，而意抽象模糊又无所不包的。这就是诗歌抒情和写意的大致区别。写意在唐诗中并不多见，但在宋诗中却相当普遍，尤其在南宋典雅词中可谓是俯拾即是、不胜枚举。宋人在继承这个概念的过程中，汲取了古代文学理论和创作实践的精华，比较重视读者的审美感受，把传统诗歌中作者直抒胸臆变成读者的审美感受，而且读者所感受到的情感才是最主要的。它还突出意无所定指但又无所不包的特点，可以多方面、全方位地作用于读者内心感受，激发起读者丰富的联想。这是唐宋诗词走上才学化道路以后，不得不面对的问题之一。

---

① 刘攽：《中山诗话》，何文焕：《历代诗话》，北京：中华书局1981年版，第285页。
② 刘学锴、余恕诚：《李商隐诗歌集解》，北京：中华书局2004年版，第1339页。

宋人以才学为诗（词），抒发的多是一种抽象模糊的意。这种意往往表现为一种模糊的意味或趣向，就像书法、绘画、音乐等非语言艺术带给我们的那种审美感受那样，因而宋人称之为“意趣”。我们知道情感有大有小，意趣也有高有低。有些作品感人至深，有些过目即忘，抒发具体的情感尚且如此，那么，抒写模糊而抽象的意趣更是等而下之。怎样才能使抽象而模糊的意趣，也能给读者留下深刻的印象呢？这就是“韵”所要解决的问题了。

（二）

宋诗除了写意，还讲求“韵”，二者之间的关系如何呢？

有关韵的论述，以范温《潜溪诗眼》最为典型[①]。范温的观点来自苏轼、黄庭坚。张海明教授指出：“苏轼也不曾直接论韵，但他对吴道子、陶渊明的评价，却对范温有着直接的影响。”[②]除苏轼以外，对范温影响大的还有黄庭坚。黄庭坚论书画常常谈到韵。《题摹燕郭尚父图》云：“凡书画当观韵。往时李伯时为余作李广夺胡儿马，挟儿南驰，取胡儿弓，引满以拟追骑，观箭锋所直（指），发之，人马皆应弦也。伯时笑曰：‘使俗子为之，当作中箭追骑矣。’余因此深悟画格，此与文章同一关纽，但难得人入神会耳。”[③]《跋绛本法帖》云：“论人物，要是韵胜，为尤难得。蓄书者，能以韵观之，当得仿佛。”[④]《题北斋校书图后》评价王晋卿收购的书画，说：“往时在都下，驸马都尉王晋卿时时送书画来作题品，辄贬剥令一钱不直。晋卿以为过。某曰：‘书画以韵为主，足下囊中物无不以千金购取，所病者韵耳。’”[⑤]王诜能书善画，精于鉴赏，在家筑“宝绘堂”收藏历代法书名画。对这样一位鉴赏名家送来题品的书画，黄庭坚竟认为“一钱不直”，因为它没有韵。王偁论书画，常诵黄庭坚“书画以韵为主”。但究竟什么是“韵”，他

---

① 范温《潜溪诗眼》论韵（原作《王偁诗》收录于解缙：《永乐大典》，卷807，“诗”字下，中华书局1986年版，第232~233页），然该段文字长期湮没，钱锺书《管锥编》首为拈出，并以其深刻的见解、详备的论述见重于世。但对原文有删节，惜非完璧。（见钱锺书：《管锥编》，189，北京：中华书局1986年版，第1361~1363页）郭绍虞《宋诗话辑佚》收录了范温论韵全文。（见范温：《潜溪诗眼》，郭绍虞：《宋诗话辑佚》，北京：中华书局1980年版，第372~375页）本文所引用文字，即出自郭绍虞辑录本《潜溪诗话》。

② 张海明：《范温〈潜溪诗眼〉论韵》，《北京师范大学学报》（社会科学版）1994年第3期。

③ 刘琳：《黄庭坚全集》，正集卷27，成都：四川大学出版社2001年版，第729页。

④ 刘琳：《黄庭坚全集》，正集卷28，成都：四川大学出版社2001年版，第750页。

⑤ 刘琳：《黄庭坚全集》，别集卷6，成都：四川大学出版社2001年版，第1581页。

却说不上来。范温通过与王偁的对话，否定了魏晋至唐宋有关韵的一些流行说法，如“不俗”、“潇洒”、“气韵生动”、“简而穷理”等，提出“有余意之谓韵”的观点。有三点值得注意：

第一，韵是宋诗中的一个新特点。韵是一个古老而年轻的概念，先秦人常常说到韵。其时，韵与声音相连，指乐声中余音袅袅、不绝如缕的情状。晋人舍声音而论韵致，开始用韵来评价人物。唐人用韵来评论书画，宋人把它推广到了一切领域。尽管如此，宋人对韵缺乏清晰的认识。韵还是一个内涵和外延相当模糊的概念。宋人所谓的韵承晋宋而来，与晋宋人物品评一脉相连。苏轼在南海写给苏辙的信中说：“吾于诗人，无所甚好，独好渊明之诗。渊明作诗不多，然其诗质而实绮，癯而实腴。自曹、刘、鲍、谢、李、杜诸人皆莫及也。”①苏轼从陶渊明的人品，谈到其诗品，并把他推到千古一人的地位。早于渊明的曹植、刘桢，以及晚于他的李白、杜甫皆不及渊明。陶渊明诗歌在内容和形式上是相对的，用质朴来表现绮丽，用清癯表现丰腴，用散缓表现新奇。在相对之中，留有余地。与苏轼一样，范温也是很服膺陶渊明的，不过他给陶渊明增添了新的特色：“陶彭泽体兼众妙，不露锋芒，故曰：质而实绮，癯而实腴，初若散缓不收，反复观之，乃得其奇处；夫绮而腴、与其奇处，韵之所从生，行乎质与癯，而又若散缓不收者，韵于是乎成。”②“体兼众妙”是范温给陶渊明新加的特点。陶诗“体兼众妙”与杜甫的“集大成”相似，于是它就具有了韵的一个主要特征“众美毕集”。陶诗众美毕集，众美包括雄伟、奇丽、典富、深稳、清新、古雅等多种特点。如果缺少其中的某一种就没有韵；即使众美兼善，若一味呈才使气，如元白诗歌“意太切而理太周”，太尽太露，不留余地，也没有韵。这样一来，韵又是具备了另一个特点。韵其实也是一种欠缺之美，范温说：“备众善而自韬晦，行于简易闲澹之中，而有深远无穷之味，观于世俗，若出寻常。”③事实上，众善兼美是很难做到的。作家作品只要突出其中的某种风格，即可流传后世。范温也承认这一点，他说：“其次一长有余，亦足以为韵。”④于是巧丽者发于平澹，奇伟者行之简

① 陈宏天、高秀芳：《苏辙集》，北京：中华书局1990年版，第1110页。
② 范温：《潜溪诗眼》，郭绍虞：《宋诗话辑佚》，北京：中华书局1980年版，第373页。
③ 范温：《潜溪诗眼》，郭绍虞：《宋诗话辑佚》，北京：中华书局1980年版，第373页。
④ 范温：《潜溪诗眼》，郭绍虞：《宋诗话辑佚》，北京：中华书局1980年版，第373页。

易就是韵。《漫斋语录》说："诗文要含蓄不露，便是好处。古人说雄深雅健，此便是含蓄不露也。用意十分，下语三分，可几风雅；下语六分，可追李杜；下语十分，晚唐之作也。用意要精深，下语要平易，此诗人之难。"①用意要足，下语要少，留下空白越多，艺术价值越高。

第二，韵与法度。韵出自法度，但仅有法度还不是韵，只有超出法度才会有韵。司空图《与李生论诗书》评唐代王维、韦应物诗歌时说："王右丞、韦苏州澄澹精致，格在其中，岂妨于遒举哉？贾浪仙诚有警句，视其全篇，意思殊馁，大抵附于寒涩，方可致才，亦为体之不备也。矧其下者哉！噫，近而不浮，远而不尽，然后可以言韵外之致耳。"②王、韦诗歌具有法度，"格在其中"，并不影响其"遒举"；贾岛只有警句而没有法度，他的诗意往往通过寒涩来体现，诗体不备因而没有余韵。只有做到"近而不浮，远而不尽"，才可以言韵外之致。宋代李廌通过玉工治玉、梓人建屋，说明各种文体皆有法度。他说："凡文章之不可无者有四：一曰体，二曰志，三曰气，四曰韵。"他对"韵"的解释是："如金石之有声，而玉之声清越；如草木之有华，而兰之臭芬芗；如鸡鹜之间而有鹤，清而不群；犬羊之间而有麟，仁而不猛；如登培塿之丘，以观崇山峻岭之秀色；涉潢污之泽，以观寒溪澄潭之清流；如朱弦之有余音，太羹之有遗味者，韵也。"韵就是同类事物中最好的一种。他还说："文章之无韵，譬之壮夫，其躯干枵然，骨强气盛，而神色昏瞢，言动凡浊，则庸俗鄙人而已。"③韵能使人成为高雅之士，使文成为有韵之文。上述观点，是范温之前对与韵比较系统的论述。李廌是苏门六君子之一，与苏轼、黄庭坚、秦观等人交往密切。范温是范祖禹之子，秦观之婿，曾从黄庭坚学诗。李廌观点对范温有一定的影响。

范温说文章书法，布置开阖，皆有法度。他也是把韵放在法度下来谈论的。在谈韵与法度的关系时是以书法为例的，因为书法是最讲法度的艺术形式之一。范温论书独尊二王，并以苏轼为宋代书法艺术水平的代表者。范温赞同苏轼"出

① 魏庆之：《诗人玉屑》，卷10，北京：中华书局2007年版，第289~290页。
② 司空图：《司空表圣文集》，卷2，民国嘉业堂本。
③ 王正德：《馀师录》，卷4《李方叔》，吴文治：《宋诗话全编》，南京：江苏古籍出版社1998年版，第7册第6198页。

新意于法度之中，寄妙理于豪放之外，所谓游刃余地，运斤成风”[①]的观点。他评论颜真卿、杨庭式书法“惟曲尽法度，而妙在法度之外，其韵自远”[②]。这两人遵守法度但不为法度所拘，没有沾惹尘俗之气，书法造诣很高。范温的观点与孔子的“随心所欲而不逾矩”相同，在法度之内臻于妙境。苏轼的观点再往前推一步就是破弃法度，这从苏轼对王维、吴道子绘画的评价就能体现出来。苏轼赞美吴道子是“古今一人”，但王维又比吴道子更高明。王维的绘画得之于象外，心中根本没有法度，因而就不受法度的束缚。范温显然还没有走到这一步，他受黄庭坚影响很深，主张在法度之内寻求创造。范温评论古今书法家，唯有黄庭坚是个例外。黄庭坚书法的“气骨法度皆有可议，惟偏得兰亭之韵”，与前人“韵生于有余”的标准不同。尽管黄庭坚在某些方面有所欠缺，但他又“偏得兰亭之韵”，在“韵”这一点上得天独厚，这就是范温所说的“释氏所谓一超直入如来地者”。黄庭坚“识见有余”，故无往而不韵。从“识见”方面来看，黄庭坚还是做到了“有余意谓之韵”。

第三，韵广泛的适用性。范温指出韵并不局限在诗文、书法、音乐等艺术范畴之内，可以推广到现实社会中的一切人和事，如孔子的德业、颜渊的学问、汉高祖的功业、张良的智谋、谢安的器度，皆是超乎其类、拔乎其萃的，而且游刃有余，所以这些人都有其韵。范温所说的韵，就是作者人品和气度的体现。人品是韵的先决条件，有韵之人必有其品；但人品很好的人不一定有韵。韵与气度相近。有韵之人必有气度，有气度的人也有其韵。以宋词为例，辛弃疾的词骚雅但未必有韵，姜夔的词有韵也一定骚雅。

意和韵本来没有必然的联系，二者都属于人的精神状态，但因为都出自清空词风的创始者苏轼，于是，二者就有了一定的联系。宋诗以写意为主，如何让意也带上韵的色彩，从而提高“意趣”的品格，姜夔对这些问题作了深入的思考。他说：“学有余而约以用之，善用事者也；意有余而约以尽之，善措辞者也。乍叙事而间以理言，得活法者也。”[③]姜夔对诗歌才学、意趣、抒情方式都有所限制，

① 孔凡礼：《苏轼文集》，卷70，北京：中华书局1986年版，第2210页。
② 范温：《潜溪诗眼》，郭绍虞：《宋诗话辑佚》，北京：中华书局1980年版，第374页。
③ 姜夔：《白石诗说》，北京：人民文学出版社1962年版，第29页。

并且把意韵与活法联系起来。有意韵即有活法，没意韵就没有活法。姜夔还说：“语贵含蓄。东坡云：言有尽而意无穷者，天下之至言也。山谷尤谨于此。清庙之瑟，一唱三叹，远矣哉！后之学诗者可不务乎？若句中无余字，篇中无长语，非善之善者也。句中有余味，篇中有余意，善之善者也。”[①]这和范温对“韵”的解释完全契合。姜夔从含蓄蕴藉、诗中有韵来赞美宋代诗坛上的双雄苏轼、黄庭坚。姜夔还给诗歌下了一个定义：“守法度曰诗。”诗歌就是要在法度内进行创作，无论是诗歌的立意布局、驱事用典，还是抒发情感、追求意韵，都要按照法度来运行。宋诗是用才学堆砌而成的，诗歌做成后要把那些人力工夫诸因素过滤掉，剩下天然的因素，这样就可与汉魏古诗、盛唐诗歌接轨，达到诗意的自然而然。受姜夔诗学理论和词法影响的江湖词派，把这种诗学理论应用到词学创作上，为宋代词学的清空骚雅赋予了新的内容。

第二节　江西诗派的清空

江西诗派的诗人黄庭坚、陈师道出自苏轼门下，但他们与苏轼天马行空、来去无踪的创作方法不同。他们作诗讲求法度。黄庭坚早年喜好杜诗，中年提出了“换骨夺胎”说，晚年强调诗歌自然圆融。为了克服因运用才学而形成的诗意晦涩、不够自然的弊病，吕本中引苏济黄，提出了宋诗的“活法”说。此后，杨万里、姜夔、刘克庄等对江西诗派的一些具体诗法不满，甚至把自己早年学习江西诗派的诗作付之一炬，表明与江西诗派的决裂，但到了晚年，他们又自觉地回归到江西诗派。他们不满的只是江西诗派的某种诗法，但在以才学为诗的大趋势上与江西诗派是一致的，无论怎么挣脱，也逃不出江西诗派的划域。这正好说明江西诗派存在的合理性，以及它占据诗坛主流地位的必然性。本节我们从法度、典故和体系三个方面，探讨江西诗派诗论与清空的关系。

---

① 姜夔：《白石诗说》，北京：人民文学出版社1962年版，第30页。

一、法度与清空

唐宋诗学中有各种各样的诗法。一般而言，唐代的诗法多是一些诗格、诗律、诗式之类比较具体的规范，而宋代诗法则具有一定的活法意识。江西诗派具有典型的宋诗特征，但该派前后绵延时间较长，前后诗法差别较大。早期黄庭坚的换骨夺胎、点铁成金法，既有具体的规定性，又有一定的变通意识；南宋初期的第二代江西诗人吕本中引苏济黄，讲求活法。第三代江西诗人姜夔的诗学理论完全成为活法。江西诗派的诗学理论与禅宗有密切的关系，但它强调的不是顿悟而是工夫。下面，我们分别论述这些问题：

第一，唐宋诗法中一些法度，本来是一些具体的规范。这些规范是在长期的创作实践中形成的，一般不能随意更改。魏庆之《诗人玉屑》卷2诗体下、卷3句法、卷4风骚句法、卷5口诀等都属于这类比较严格的法度。经过几百年的创作实践，到了宋代江西诗派盛行时，很少再有这种一成不变的诗法了。《蔡宽夫诗话》谈到几种诗法，如协声、造句等，在唐代发生了一些改变。要么弃之不用，要么对其进行改造，使它适合写景抒情的需要。如造句，“晋、宋间诗人造语虽秀拔，然大抵上下句多出一意。如‘鱼戏新荷动，鸟散余花落’，‘蝉噪林愈静，鸟鸣山更幽’之类，非不工矣，终不免此病。其甚乃有一人名而分用之者，如刘越石‘宣尼悲获麟，西狩泣孔丘’，谢惠连‘虽好相如达，不同长卿慢’等语，若非前后相映带，殆不可读，然要非全美也。唐初余风犹未殄，陶冶至杜子美，始净尽矣。”[①]晋宋人对偶上下句往往是一个意思，而且是以动对动，以静对静，形式呆板，缺少变化。宋人则把它变成动静相对，正反相对，虚实相对和情景相对，通过鲜明的对比来增加诗歌的表现力。王安石的集句诗全用前人旧句形成对仗，精彩之处往往超过原作。至于分拆人名的对仗方法，在宋代诗词创作中几乎摒弃不用。即使用不同的人名形成对仗，因上下两句缺乏变化也被宋人予以否定。吴文英、沈义父《乐府指迷》云：“词中用事使人姓名，须委曲得不用出最好。清真词多要两人名对使，亦不可学也。如《宴清都》云：‘庾信愁多，江淹恨极。’《西平乐》云：‘东陵晦迹，彭泽归来。’《大酺》云：‘兰成憔悴，卫玠

① 蔡启：《蔡宽夫诗话》，郭绍虞：《宋诗话辑佚》，北京：中华书局1980年版，第379页。

清羸。’《过秦楼》云：‘才减江淹，情伤荀倩。’之类是也。”[①]此外，宋人还总结了一些新的诗法。周弼《三体唐诗》是根据唐人七言绝句、五七言律诗总结的一部简易诗法。其中关于七言绝句的“实接”、“虚接”、“用事”、“前对”、“后对”、“拗体”、“侧体”，以及五七言律诗的“四实”、“四虚”、“前虚后实”、“前实后虚”、“结句”等，都很有现实意义。范晞文《对床夜语》卷2云：“周伯弜选唐人家法，以四实为第一格，四虚次之，虚实相半又次之。其说‘四实’，谓中四句皆景物而实也。于华丽典重之间有雍容宽厚之态，此其妙也。昧者为之，则堆积窒塞，而寡于意味矣。是编一出，不为无补后学，有识高见卓不为时习熏染者，往往于此解悟。间有过于实而句未飞健者，得以起或者窒塞之讥。然刻鹄不成尚类鹜，岂不胜于空疏轻薄之为，使稍加探讨，何患不古人之我同也。‘四虚’序云：不以虚为虚，而以实为虚，化景物为情思，从首至尾声，自然如行云流水，此其难也。否则偏于枯瘠，流于轻俗，而不足采矣。姑举其所选一二云：‘岭猿同旦暮，江柳共风烟。’又：‘猿声知后夜，花发见流年。’若猿，若柳，若花，若旦暮，若风烟，若夜，若年，皆景物也。化而虚之者一字耳，此所以次于四实也。”[②]周伯弜谈论的是唐诗句法，所说的都是宋诗中的问题，因而该诗话具有明显的宋诗特色，如“以实为虚，化景物为情思”，在宋代诗词创作中经常使用，成为“清空”的常用的创作手法之一。“用事”条“诗中用事，易于窒塞，况二十八字之间，尤难堆叠。必融事为意，乃为灵动。若失之轻率，则又邻于里谣巷歌，可击筑而讴矣”，成为宋词用事的法则。张炎《词源》特设立“用事”条，其“用事不为事所使”，“词之难于令曲，如诗之难于绝句”等观点，与周弼的诗法非常相近。

江西诗人亲承黄庭坚教诲，记录了一些黄庭坚平日所传授的诗法。黄庭坚告诉潘子真的“作诗须要开广，如老杜‘日月笼中鸟，乾坤水上萍’之类”[③]，黄庭坚告诉吕本中的“诗文不强作应先立大意”、告诉徐俯的“山谷诗格”、告诉范温的“句法”等，对于我们了解黄庭坚的诗学思想很有帮助。曾季狸《艇斋诗话》

---

① 蔡嵩云：《乐府指迷笺释》，北京：人民文学出版社1963年版，第79页。
② 范晞文：《对床夜语》，卷2，丁福保：《历代诗话续编》，北京：中华书局1983年版，第420~421页。
③ 王直方：《王直方诗话》，郭绍虞：《宋诗话辑佚》，北京：中华书局1980年版，第52页。

记黄庭坚诗法渊源所自，他说："山谷诗妙天下，然自谓得句法于谢师厚，得用事于韩持国，此取诸人以为善也。"[①]蔡絛《西清诗话》卷中记载黄庭坚"要须唐律中作活计，乃可言诗"[②]的观点，释惠洪《冷斋夜话》卷5记录黄庭坚"此皆谓之句中眼，学者不知此妙语，韵终不胜"[③]的诗法，卷7记载黄庭坚对苏轼《题西林壁》的评论："此老人于般若横说竖说，了无剩语。非其笔端有口，安能吐此不传之妙哉！"[④]卷10记载黄庭坚对释惠洪诗深刻见骨的批评："黄鲁直使余对句，曰：'呵镜云遮月。'对曰：'啼妆露着花。'鲁直罪余于诗深刻见骨，不务含蓄。"[⑤]

第二，江西诗派通过具体的诗例阐释诗法，这些诗法往往介于死法与活法之间。范温记黄庭坚所言诗法："山谷言文章必谨布置；〔每见后学，多告以《原道》命意曲折。后予〕以〔此〕概考古人法度，如〔杜子美〕《赠韦见素诗》云：'纨绔不饿死，儒冠多误身'，此一篇立意也，故使人静听而〔具〕陈之〔耳〕。自'甫昔少年日'至'〔再〕使风俗淳'，皆儒冠事业也。自'此意竟萧条'至'蹭蹬无纵鳞'，言误身如此也。则意举而文备，故已有是诗矣；然必言其所以见韦者，于是有厚愧真知之句。所以真知者，谓传诵其诗也。然宰相职在荐贤，不当徒爱人而已，士故不能无望，故曰：'窃效贡公喜，难甘原宪贫'；果不能荐贤则去之可也，故曰：'焉能心怏怏，只是走踆踆'；又将入海而去秦也。然其去也，必有迟迟不忍之意，故曰：'尚怜终南山，回首清渭滨'；则所知不可以不别，故曰：'常拟报一饭，况怀辞大臣'；夫如此是可以相忘于江湖之外，虽见素亦不得而见矣，故曰：'白鸥没浩荡，万里谁能驯'，终焉。此诗〔前贤录为压卷，(盖)〕布置最得正体，如官府甲第厅堂房室，各有定处，不〔可〕乱

---

① 曾季狸：《艇斋诗话》，丁福保：《历代诗话续编》，北京：中华书局1983年版，第299页。
② 蔡絛：《西清诗话》，卷中，张伯伟：《稀见本宋人诗话四种》，南京：江苏古籍出版社2002年版，第208页。
③ 释惠洪：《冷斋夜话》，卷5，张伯伟：《稀见本宋人诗话四种》，南京：江苏古籍出版社2002年版，第49页。
④ 释惠洪：《冷斋夜话》，卷7，张伯伟：《稀见本宋人诗话四种》，南京：江苏古籍出版社2002年版，第63页。
⑤ 释惠洪：《冷斋夜话》，卷10，张伯伟：《稀见本宋人诗话四种》，南京：江苏古籍出版社2002年版，第97页。

也。……然则自古有文章，便有布置，讲学之士不可不知也。”[①]黄庭坚告诉后学，诗歌谋篇布局应学习韩愈的《原道》篇。《原道》先提出观点，然后进行论证，提出解决问题的办法。范温依此类推认为杜甫《奉赠韦左丞丈二十二韵》也是如此结构。杨万里《诚斋诗话》列举诗例说明李白、杜甫、苏轼和黄庭坚的诗歌风格，说：“‘问余何意栖碧山，笑而不答心自闲。桃花流水杳然去，别有天地非人间。’又：‘相随遥遥访赤城，三十六曲水回萦。一溪初入千花明，万壑度尽松风声。’此李太白诗体也。‘麒麟图画鸿雁行，紫极出入黄金印。’又：‘折摧朽骨龙虎死，黑入太阴雷雨垂。’又：‘指挥能事回天地，训练强兵动鬼神。’又：‘路经滟滪双蓬鬓，天入沧浪一钓舟。’此杜子美诗体也。‘明月易低人易散，归来呼酒更重看。’又：‘当其下笔风雨快，笔所未到气已吞。’又：‘醉中不觉度千山，夜闻梅香失醉眠。’又《李白画像》：‘西望太白横峨岷，眼高四海空无人。大儿汾阳中令君，小儿天台坐忘身。平生不识高将军，手涴吾足乃敢嗔。’此东坡诗体也。‘风光错综天经纬，草木文章帝杼机。’又‘涧松无心古须鬣，天球不琢中粹温。’又‘儿呼不苏驴失脚，犹恐醒来有新作。’此山谷诗体也。”[②]通过典型的诗句来展现四家诗风，我们在涵泳其诗句时感受其诗法，灵活生动且不会产生歧义，这就是摘句论诗的妙处。宋人诗法是给那些懂得诗歌的人看的，只有在具体的作品中才能感受到诗风的差异。如此一来，诗法介于虚实之间、死活之间，从形式上讲不够严谨，从逻辑上讲也不严密，但它所表述的内容却不会出错，不同学养的人对此的理解也不尽相同。

江西诗派还用摘句论诗传授诗法。《小园解后录》所记的韩驹、吕本中传授诗法就是如此，云：“‘打起黄莺儿，莫教枝上啼。几回惊妾梦，不得到辽西。’此唐人诗也。人问诗法于韩公子苍，子苍令参此诗以为法。‘汴水日驰三百里，扁舟东下更开帆。旦辞杞国风微北，夜泊宁陵月正南。老树挟霜鸣窣窣，寒花承露落毵毵。茫然不悟身何处，水色天光共蔚蓝。’此韩子苍诗也。人问诗法于吕公居仁，居仁令参此诗以为法。后之学诗者，熟读此二篇，思过半矣。”[③]通过阅

① 范温：《潜溪诗眼》，郭绍虞：《宋诗话辑佚》，北京：中华书局1980年版，第323~325页。
② 杨万里：《诚斋诗话》，丁福保：《历代诗话续编》，北京：中华书局1983年版，第137页。
③ 魏庆之：《诗人玉屑》，卷6，北京：中华书局2007年版，第180页。

读前人作品，感悟其特有的诗法，这是接受前人诗法最直接的途径。吕本中论述唐宋名家句法也采用了这种方法。《童蒙诗训》云：“前人文章各自一种句法。如老杜‘今君起柂春江流，予亦江边具小舟’，‘同心不减骨肉亲，每语见许文章伯’，如此之类，老杜句法也。东坡‘秋水今几竿’之类，自是东坡句法。鲁直‘夏扇日在摇，行乐亦云聊’，此鲁直句法也。学者若能遍考前作，自然度越流辈。”①

陈师道认为学习杜诗就要学其立格命意和用字。张表臣云：“陈无已先生语余曰：‘今人爱杜甫诗，一句之内，至窃取数字以仿像之，非善学者。学诗之要，在乎立格命意用字而已。’余曰：‘如何等是？’曰：‘冬日谒玄元皇帝庙诗，叙述功德，反复致意，事核而理长，《阆中歌》，辞致峭丽，语脉新奇，句清而体好，兹非立格之妙乎？《江汉诗》，言乾坤之大，腐儒无所寄其身，《缚鸡行》，言鸡虫得失，不如两忘而寓于道，兹非命意之深乎？《赠蔡希鲁诗》云：‘身轻一鸟过’，力在一过字，《徐步诗》云：‘蕊粉上蜂须’，功在一上字，兹非用字之精乎？学者体其格，高其意，炼其字，则自然有合矣。何必规规然髣像之乎！”②这是通过具体的诗篇来传授诗法。

江西诗派还借鉴古文的章法，来丰富近体诗的表现手法和内容。范温《潜溪诗眼》云：“古人律诗亦是一片文章，语或似无伦次，而意若贯珠。”③范温指出了宋人破体为诗、以文为诗的创作方法。如前文所引的黄庭坚“每见后学，多告以《原道》命意曲折”，即学习韩愈《原道》的立意布局方法写诗。范温认为杜甫《奉赠韦左丞丈二十二韵》也采用了散文化的结构④。黄彻指出杜甫还借鉴了策论的创作手法：“观《赴奉先咏怀五百言》，乃声律中老杜心迹论一篇也。自‘杜陵有布衣，老大意转拙。许身一何愚，自比稷与契’，其心术祈向，自是稷、契等人。‘穷年忧黎元，叹息肠内热’，与饥渴由己者何异，然常为不知者所病，故曰‘取笑同学翁’。世不我知而所守不变，故曰‘浩歌弥激烈’。又云：‘非无江海志，潇洒送日月。当今廊庙具，建厦岂云缺。葵藿倾太阳，物性固莫夺。’言

① 吕本中：《童蒙诗训》，郭绍虞：《宋诗话辑佚》，北京：中华书局1980年版，第586页。
② 张表臣：《珊瑚钩诗话》卷2，何文焕：《历代诗话》，北京：中华书局1981年版，第464页。
③ 范温：《潜溪诗眼》，郭绍虞：《宋诗话辑佚》，北京：中华书局1980年版，第318页。
④ 范温：《潜溪诗眼》，郭绍虞：《宋诗话辑佚》，北京：中华书局1980年版，第323~325页。

非不知隐遁为高也，亦非以国无其人也，特废义乱伦，有所不忍。'以兹悟生理，独耻事干谒'，言志大术疏，未始阿附以借势也，为下士所笑，而浩歌自若，皇皇慕君，而雅志栖遁，既不合时，而又不少低屈，皆设疑互答，屡致意焉。非巨刃有余，孰能之乎？中间铺叙，间关酸辛，宜不胜其戚戚，而'默思失业徒，因念远戍卒'，所谓忧在天下，而不为一己失得也。禹、稷、颜子不害为同道，少陵之迹江湖而心稷、契，岂为过哉？孟子曰：'穷则独善其身，达则兼善天下。'其穷也未尝无志于国与民，其达也未尝不抗其易退之节，早谋先定，出处一致矣。是诗先后周复，正合乎此。昔人目《元和贺雨》诗为谏书，余特目此诗为心迹论也。"[①]宋人排律糅进了古文的一些特点，因而具有古文回环曲折、感人至深的独特魅力。

比较唐宋诗法，发现唐代诗法比较具体，能够变通的地方不多。宋代很少有一成不变的法度，宋人诗法都包含着一些活法的因素。要点阐释、举例示隅，可以举一反三，推一而合十。正因为在诗法中包含着活法的因素，变通较大，所以需要在具体的作品中去感悟变化不定的诗法。宋代诗学理论与创作联系至为密切。

第三，宋诗的活法。宋诗普遍具有活法意识，因而有关活法的称谓特别多。曾季狸《艇斋诗话》云："后山论诗说换骨，东湖论诗说中的，东莱论诗说活法，子苍论诗说饱参，入处虽不同，然其实皆一关捩，要知非悟入不可。"[②]宋诗"活法"内涵丰富，包容面广，不同的作家可以从不同的角度对它有不同的理解。陈师道的"换骨"，徐俯的"中的"，吕本中的"活法"，韩驹的"饱参"，名称虽不同，但其所指很相近。关键在于对诗材、诗体与诗歌情感的感悟，从众多的典故、事语中抽绎出一条线索，表现诗人内心复杂幽微的情感。

江西诗派与西昆体有密切的联系，都是以才学为诗的流派，但二者的区别也很明显。首先，二者追求的风格不同。昆体讲求圆润平和，而江西诗派讲求瘦硬奇崛。从那些反对江西诗派的诗话里更能看到这一特色。金代王若虚云："山谷之诗，有奇而无妙，有斩绝而无横放，铺张学问以为富，点化陈腐以为新，而

---

① 黄彻：《䂬溪诗话》，卷10，北京：人民文学出版社1986年版，第186~187页。

② 曾季狸：《艇斋诗话》，丁福保：《历代诗话续编》，北京：中华书局1983年版，第296页。

浑然天成，如肺肝中流出者，不足也。”[①]黄庭坚追求奇是一个不争的事实，陈师道也说黄庭坚诗歌，“然过于出奇，不如杜之遇物而奇也”[②]。杜黄都有追求奇异的趋向，二者的区别在于黄庭坚有意求奇，杜甫因所遇而出奇。二者相比，黄不如杜。经历贬谪以后，黄庭坚对早年好奇求异的诗风开始厌倦，开始向自然平淡过渡。黄庭坚《大雅堂记》云：“子美诗妙处乃在无意于文，夫无意而意已至。非广之以国风、雅、颂，深之以《离骚》、《九歌》，安能咀嚼其意味，闯然入其门耶？”[③]黄庭坚对何静翁“醇淡而有句法”的诗歌表示赞赏，认为“所论史事，不随世许可取明于己者；而论古人，语约而意深。文章之法度盖当如此”[④]。对于喜欢锤炼句法的苦吟诗人陈师道，他是这样评价的：“陈履常正字，天下士也。读书如禹之治水，知天下之络脉，而至于九州涤源、四海会同者也。其作诗渊源，得老杜句法，今之诗人不能当也。至于作文，深知古人之关键；其论事，救首救尾，如常山之蛇，时辈未见其比。”[⑤]这也是黄发挥其符合古诗纯雅、布局严谨的一面示法后人，而不往苦涩奇僻的途径上引导。对于王观复诗歌中“生硬不合律吕”、“犹恨雕琢功多”的诗风表示不满，他说：“所送新诗，皆寄兴高远；但语生硬不合律吕，或语气不逮初造意时。此病亦只是读书未精博耳。长袖善舞，多钱善贾，不虚语也。南阳刘勰尝论文章之难云：‘意翻空而易奇，文征实而难工。’此语亦是。”[⑥]还说：“所寄诗从佳句，犹恨雕琢功多耳。但熟观杜子美到夔州后古律诗，便得句法：简易而大巧出焉，平淡而山高水深，似欲不可企及。文章成就，更无斧凿痕，乃为佳作耳。”[⑦]在《题意可诗后》中他对自己早期所追求的瘦硬诗风表示批判，他说：“宁律不谐，而不使句弱；宁字不工，不使语俗——此庾开府之所长也，然有意于为诗也。至于渊明，则所谓‘不烦绳削而自合’。虽然，巧于斧斤者多疑其拙，窘于检括者辄病其放。”[⑧]由瘦硬回归纯朴，由人力

---

① 王若虚：《滹南诗话》，卷下，北京：人民文学出版社1962年版，第72页。
② 陈师道：《后山诗话》，何文焕：《历代诗话》，北京：中华书局1981年版，第307页。
③ 刘琳：《黄庭坚全集》，正集卷16，成都：四川大学出版社2001年版，第437页。
④ 刘琳：《黄庭坚全集》，正集卷18，成都：四川大学出版社2001年版，第464页。
⑤ 刘琳：《黄庭坚全集》，正集卷18，成都：四川大学出版社2001年版，第467页。
⑥ 刘琳：《黄庭坚全集》，正集卷18，成都：四川大学出版社2001年版，第470页。
⑦ 刘琳：《黄庭坚全集》，正集卷18，成都：四川大学出版社2001年版，第471页。
⑧ 刘琳：《黄庭坚全集》，正集卷25，成都：四川大学出版社2001年版，第665页。

回归自然，是黄庭坚晚年诗风的特色之一，促进了江西诗风向活法转化和过渡。

江西诗派活法的另一个源泉是苏轼的自然诗风。黄庭坚曾向苏轼请教诗法："往年尝请问东坡先生作文章之法，东坡云：'但熟读《礼记·檀弓》，当得之。'既而取《檀弓》二篇读数百过，然后知后世作文章不及古人之病，如观日月也。文章盖自建安以来好作奇语，故其气象衰苶。其病至今犹在；唯陈伯玉、韩退之、李习之，近世欧阳永叔、王介甫、苏子瞻、秦少游，乃无此病耳。"①苏轼所传的诗法到底指什么，黄庭坚也不明白。当他按照苏轼要求熟读《礼记·檀弓》上下篇数百遍，才悟透了苏轼所授诗法的真谛。《礼记·檀弓》上下篇记述孔子及其弟子有关礼的言论，如"事亲有隐而无犯，左右就养无方，服勤至死，致丧三年。事君有犯而无隐，左右就养有方，服勤至死，方丧三年。事师无犯无隐，左右就养无方，服勤至死，心丧三年"②。"子路曰：'吾闻诸夫子：丧礼，与其哀不足而礼有余也，不若礼不足而哀有余也。祭礼，与其敬不足而礼有余也，不若礼不足而敬有余。'"③"子路曰：'伤哉，贫也！生无以为养，死无以为礼也。'孔子曰：'啜菽饮水，尽其欢，斯之谓孝。敛手足形，还葬而无椁，称其财。斯之谓礼。'"④其他如曾子易箦、秦穆公吊重耳、苛政猛于虎、战于郎、二名不偏讳、君子不食嗟来之食等，也是我们耳熟能详的典故。黄庭坚通过阅读这些材料，感悟苏轼所传的诗法。这种诗法就是作品思想纯正，符合人情事理，可以优化社会风俗。诗歌语言平淡，表述准确，简易而有法度。这种平易朴实的诗风可以针砭当时诗坛因"好作奇语"而导致的"气象衰苶"之弊。苏黄之间授受的诗法属于典型的活法范畴。它不是一种具体的法度，但其中蕴含着许许多多的法度，以及超出这些具体法度的法度。黄庭坚向不同风格的诗人学习，汲取其所长来完善自己的诗歌创作。吕本中"学古人文字须得其短处"的观点，更值得玩味。因为一般学习古人的创作方法，都是学习其优点，避免其不足，而吕本中却强调要知道其缺点，这为比较鉴别、博观约取提供了依据。吕本中说："学古人文字，须得其短处。如杜子美诗，颇有近质野处，如《封主簿亲事不合诗》之类是也。东坡

① 刘琳：《黄庭坚全集》，正集卷18，成都：四川大学出版社2001年版，第470~471页。
② 郑玄：《礼记正义》，李学勤：《十三经注疏》，北京：北京大学出版社1999年版，第169页。
③ 郑玄：《礼记正义》，李学勤：《十三经注疏》，北京：北京大学出版社1999年版，第169页。
④ 郑玄：《礼记正义》，李学勤：《十三经注疏》，北京：北京大学出版社1999年版，第293页。

诗有汗漫处；鲁直诗有太尖新、太巧处；皆不可不知。”[①]吕本中还提出“苏黄诗不可偏废”的观点。苏黄就像先秦古文中的《庄子》和《左传》，一个天马行空，一个章法严谨，二者互济，才有所裨益[②]。吕本中谈到诗歌典范，也是苏黄并提的[③]。吴可《藏海诗话》传授学诗门径，往往以杜甫为典范，参取苏黄或其他人，如“学诗当以杜为体，以苏黄为用，拂拭之则自然波峻，读之铿锵。盖杜之妙处藏于内，苏黄之妙发于外”[④]。“看诗且以数家为率，以杜为正经，余为兼经也。如小杜、韦苏州、王维、太白、退之、子厚、坡、谷‘四学士’之类也。如贯穿出入诸家之诗，与诸体俱化，便自成一家，而诸体俱备。若只守一家，则无变态，虽千百首，皆只一体耳。”[⑤]“东坡豪，山谷奇，二者有余，而于渊明则为不足，所以皆慕之。”[⑥]为什么江西诗人要引苏济黄呢？苏轼作诗常行于所当行、止于不可不止，完全以写意为主，这种放纵天才的创作方法在诗歌的形式与抒发的意趣之间没有中间环节，虽然也用才学却有自然的效果，可以针砭江西诗派好奇苦涩之弊。周紫芝《竹坡诗话》云：“有明上人者，作诗甚艰，求捷法于东坡，作两颂以与之。其一云：‘字字觅奇险，节节累枝叶。咬嚼三十年，转更无交涉。’其二云：‘衡口出常言，法度法前轨。人言非妙处，妙处在于是。’乃知作诗到平淡处，要似非力所能。东坡尝有书与其侄云：‘大凡为文，当使气象峥嵘，五色绚烂，渐老渐熟，乃造平淡。’余以不但为文，作诗者尤当取法于此。”[⑦]

南宋以后，江西诗派进一步提出了“活法”说。《馀师录》卷3云：“吕居仁作《远游堂诗集序》云：‘顷岁，尝与学者论学诗当识活法。所谓活法者，规矩备具，而能出于规矩之外；变化不测，而卒亦不背规矩也。是道也，盖有定法而无定法，无定法而有定法，知是者，则可以语活法矣。世之学者知规矩固已甚难，况能遽出规矩之外而有变化不测乎？谢元晖有言：“好诗流转圆美如弹丸”，此真活法也。元晖虽未能实践此理，言亦至矣。近世黄鲁直首变前作之弊，而后

① 吕本中：《童蒙诗训》，郭绍虞：《宋诗话辑佚》，北京：中华书局1980年版，第591页。
② 吕本中：《童蒙诗训》，郭绍虞：《宋诗话辑佚》，北京：中华书局1980年版，第592页。
③ 吕本中：《童蒙诗训》，郭绍虞：《宋诗话辑佚》，北京：中华书局1980年版，第597页。
④ 吴可：《藏海诗话》，丁福保：《历代诗话续编》，北京：中华书局1983年版，第331页。
⑤ 吴可：《藏海诗话》，丁福保：《历代诗话续编》，北京：中华书局1983年版，第333页。
⑥ 吴可：《藏海诗话》，丁福保：《历代诗话续编》，北京：中华书局1983年版，第339页。
⑦ 周紫芝：《竹坡诗话》，何文焕：《历代诗话》，北京：中华书局1981年版，第348页。

学者知所趋向，毕精尽知，左规右矩，庶几至于变化不测，而远与古人比，盖皆由此道入也。’然予区区浅末之论，皆汉魏以来有意于文者之法，而非无意于文者之法也。”①所谓活法是针对“死法”而言的，“死法”具体而缺少有变通。活法是对各种具体诗法的综合运用，其主要一点是“规矩备具而不悖于规矩”。可以说唐代诗法成千上万，而宋代诗法只有一条，就是“活法”。“活法”说标明江西诗派已经改变了“瘦硬奇崛”、“锤炼字句”的苦涩风格，开始向圆转流美转变，克服了宋诗因运用才学而形成的缺陷。俞成《萤雪丛说》卷上对死法、活法做了界定：“文章一技，要自有活法。若胶古人之陈迹，而不能点化其句语，此乃谓之死法。死法专祖蹈袭，则不能生于吾言之外；活法夺胎换骨，则不能毙于吾言之内。毙吾言者，故为死法；生吾言者，故为活法。伊川先生尝说《中庸》：‘鸢飞戾天’，须知天上更有天，‘鱼跃于渊’，须知渊中更有地。会得这个道理，便活泼泼地。吴处厚尝作《剪刀赋》第五格对：‘去爪为牺，救汤王之旱岁；断须烧药，活唐帝之功臣。’当时屡窜易‘唐帝’上一字，不妥帖，因看游鳞，顿悟‘活’字，不觉手舞足蹈。吕居仁尝序江西宗派诗，若言：‘灵均自得之，忽然有入，然后惟意所在，万变不穷。是名‘活法’。杨万里又从而序之，若曰：‘学者属文，当悟活法。所谓活法者，要当优游厌饫。’是皆有得于‘活法’也如此。吁！有胸中之活法，蒙于伊川之说得之；有纸上之活法，蒙于处厚、居仁、万里之说得之。”②俞成区分了“死法”与“活法”的区别，指出在创作中实际存在两种活法，一种是“胸中之活法”，另一种是“纸上的活法”，其共同特点就是“优游厌饫”，也就是学识渊博，诗法精熟。那么，宋诗又如何实现“活法”呢？

唐宋诗歌都在化用才学。唐人通过苦思运意把才学融入诗歌创作。宋人更进一步，通过“悟”把才学融入诗歌。“悟”来自禅宗。禅宗在纷繁复杂的世事中感悟佛理，诗歌创作也是透过大量的才学感悟诗意。二者有相近之处。从唐代开始就有以禅喻诗、借禅说诗的习惯。到了宋代，才真正把禅宗的思维方式引入诗歌批评。姜夔《白石诗说》云：“文以文而工，不以文而妙，然舍文无妙，胜处

---

① 王正德：《馀师录》，卷3《吕居仁》，吴文治：《全诗话全编》，第6册第6183页。

② 俞成：《萤雪丛说》，卷上，陶宗仪：《说郛》卷十五上，四库全书本。

要自悟。”[①]他还提出了诗歌创作的四种高妙[②]，这四种高妙都是通过“悟”得来的。其中“清潭见底”就是严羽所谓的“透彻之悟”。严羽论诗唯主妙悟。他说：“大抵禅道惟在妙悟，诗道亦在妙悟。且孟襄阳学力下韩退之远甚，而其诗独出退之之上者，一味妙悟而已。惟悟乃为当行，乃为本色，然悟有浅深，有分限，有透彻之悟，有但得一知半解之悟，汉魏尚矣，不假悟也。谢灵运至盛唐诸公，透彻之悟也；他虽有悟者，皆非第一义也。”[③]严羽根据悟入的程度，划定诗歌艺术的高低。严羽反对运用才学为诗，因而他所谓的妙悟与唐代禅宗很接近。宋人所说的“悟入”，有时来自某个偶然事件的启发。因某一件事使人心思豁然开朗，一下子顿悟了过去深思不解的事情。吴可坐在竹亭中，群雀飞鸣而下，使他一下子明白了荣天和的诗意。自此一通百通，看诗再没有看不懂的地方[④]。悟入从某一点开始，随着对事物思考了解的深入，然后逐渐扩大感悟的范围。范温《潜溪诗眼》云：“识文章者，当如禅家有悟门。大法门百千差别，〔要须自一转语悟入。如古人文章〕直须先悟得一处，乃可通其他妙处。”[⑤]感悟还需要必然的渠道，只有在正确的渠道之下，才可能对某种事物有所感悟。同样一件事有人能领悟，有人却不能开悟，这里除了天资高下以外，还有一个工夫与修养的问题。悟入是工夫的体现。吕本中《童蒙诗训》云：“作文〔必〕要悟入处，悟入必自工夫中来，非侥幸可得〔也。〕如老苏之于文，鲁直之于诗，盖尽此理也。”[⑥]在《与曾吉甫论诗第一帖》中，吕本中将悟入与工夫的关系讲得更为透彻。他说：“悟入之理，正在工夫勤惰间耳。如张长史见公孙大娘舞剑，顿悟笔法。如张者，专意此事，未尝少忘胸中，故能遇事有得，遂造神妙；使它人观舞剑，有何干涉。非独作文学书而然也。”[⑦]悟入来自工夫，只有时时用心、处处留意，然后才能有所收获。赵蕃《论诗寄硕父五首》中，对吕本中的“活法”有精辟的评论：“学诗如学道，先须养其气。植苗无它术，务在除荒秽。滔滔江汉流，源从滥觞至。要作

---

① 姜夔：《白石诗说》，北京：人民文学出版社1962年版，第32页。
② 姜夔：《白石诗说》，北京：人民文学出版社1962年版，第32~33页。
③ 郭绍虞：《沧浪诗话校释》，北京：人民文学出版社1961年版，第12页。
④ 吴可：《藏海诗话》，丁福保：《历代诗话续编》，北京：中华书局1983年版，第340~341页。
⑤ 范温：《潜溪诗眼》，郭绍虞：《宋诗话辑佚》，北京：中华书局1980年版，第328页。
⑥ 吕本中：《童蒙诗训》，郭绍虞：《宋诗话辑佚》，北京：中华书局1980年版，第594页。
⑦ 胡仔：《苕溪渔隐丛话》，前集卷49，北京：人民文学出版社1962年版，第332~333页。

千里行，无为半途滞。”“东莱老先生，曾作江西派。平生论活法，到底无窒碍。微言虽可想，恨不床下拜。欲收一日功，要出文字外。”[①]学诗就像学道一样，只有经过长期不懈的修炼，才能退去凡骨、羽化登仙。这个观点出自江西诗派的黄庭坚和陈师道。黄庭坚有“陈侯学诗如学道”之语，陈师道有“学诗如学仙，时至骨自换”之句。《诗人玉屑》卷1还记录了赵蕃、吴思道、龚圣任以“学诗浑似学参禅”为首句的论诗诗，虽然带有文字游戏的性质，也说明工夫与悟入的关系已成时人的共识[②]。

姜夔《白石诗说》对“活法”也有新的阐释。他认为诗人内心的情感有偏差，喜怒哀乐爱恶欲这些情感不得中和，使诗歌抒写意趣随即产生偏差。在诗歌的创作上，或呈才学，或尽胸臆，或铺排事件，或编辑事类，都是表现手法上的偏差。两种偏差结合起来，就不可能达到“中和”的目的，抒发雅正的情感。诗人一定要学会调控内心情感，使其符合“乐而不淫，哀而不伤”的标准；诗人还要学会对表现手法的调控，措辞、叙事、议论要在规矩之下进行，这就是诗歌的活法。姜夔的活法与吕本中规矩备具而不悖于规矩相同，不过吕本中的“活法”是开放的，而姜夔则是内敛的，二者之间还有一定的区别。从姜夔对法度限制的态度来看，他已经有别于第二代江西诗人了。从以后的创作实际来看，江西诗派有法度但恪守法度的人不多；江湖词派恪守法度，把创作纳入法度之内，在法度内寻求突破。因此他们无论在理论上、创作上都比江西诗派发展得更彻底。尤其是把骚雅的人品落实在创作上，这是江西诗派诗人所缺少的。江西诗派的诗法说到底只是一种化用才学的方法，而江湖词派的词法与词人的性情、品性密切相关，于是超过了一直引导它的江西诗派，成为词坛上的一个主流词派。

二、典故与清空

江西诗派诗学理论的核心是以才学为诗，运用才学的关键是化用典故。在诗歌创作中，无法避免与前人相同的内容，即使那些与前人不同的内容也不能用直

---

① 赵蕃:《论诗寄硕父五首》，傅璇琮:《全宋诗》，卷2621，北京：北京大学出版社1998年版，第49册第30474~30475页。

② 魏庆之:《诗人玉屑》，卷1，北京：中华书局2007年版，第11~12页。

白的语言来表述。如果适当借用前人的语典事典，就会达到文采斐然、含蓄蕴藉的奇效。宋人所景仰的前代诗歌的集大成者陶渊明、杜甫，也无法做到每首诗歌都自造新语，不用与别人雷同的词汇、构思相近的立意。事实上，他们在诗歌创作中也运用了许多典故，甚至直接化用前人现成的诗句。黄庭坚总结前人创作经验，提出了一个创新的方法，即换骨夺胎法。其立足点就是以故为新。这个方法虽然有明确的规定性，但也包含着不少活法的因素，为宋诗从典故到清空做了有益的尝试。

释惠洪《冷斋夜话》卷1记录了黄庭坚的换骨夺胎法："山谷云：'诗意无穷，而人之才有限。以有限之才，追无穷之意，虽渊明、少陵不得工也。然不易其意而造其语，谓之换骨法；规模其意形容之，谓之夺胎法。'"[①] 周裕锴说："'换骨'是指借鉴前人的构思，而换用自己的语言去表达，'骨'用以喻语言。《诗宪》也认为：'换骨者，意同而语异也。'（《宋诗话辑佚》下册）'夺胎'是指透彻领会前人的构思（窥入其意）而用自己的语言去演绎发挥，追求意境的深化与思想的开拓。正如《诗宪》所说：'夺胎者，因人之意，触类而长之。'"[②] 换骨夺胎通过对前人语典的沿用或变化，寻求与前人不同的表达效果。对这两种方法，黄庭坚说得明明白白。释惠洪还列举诗例反复说明。比如同样写菊花，郑谷《十日菊》"自缘今日人心别，未必秋香一夜衰"，意甚佳而气不长；王安石"千花百卉雕零后，始见闲人把一支"，苏轼"万事到头终是梦，休，休，休，明日黄花蝶也愁"，就从"气长"上下功夫；同样是登高所见，李白诗"鸟飞不尽暮天碧"、"青天尽处没孤鸿"，立意甚佳却无气力，黄庭坚《登达观台》诗"瘦藤拄到风烟上，乞与游人眼界开。不知眼界阔多少，白鸟去尽青天回"，则从气力上超出李白，达到言尽而意不尽的境界，这就是换骨法。顾况"一别二十年，人堪几回别"，简缓而立意精确；王安石"一日君家把酒杯，六年波浪与尘埃。不知乌石江头路，到老相逢得几回"，白居易"临风杪秋树，对酒长年身。醉貌如霜叶，虽红不是春"，苏轼"儿童悮喜朱颜在，一笑那知是醉红"，通过对比渲染，

① 释惠洪：《冷斋夜话》，张伯伟：《稀见本宋人诗话四种》，南京：江苏古籍出版社2002年版，第17~18页。
② 周裕锴：《宋代诗学术语的禅学语源》，《文艺理论研究》1998年第6期。

使离别之情更加突出，这就是夺胎法。

但在实际运用时，“换骨夺胎”法经常被用作“夺胎换骨”法。严有翼《艺苑雌黄》：“〔前辈云：“诗有夺胎换骨之说”，信有之也〕。”[①]释惠洪《天厨禁脔》有“夺胎句法”和“换骨句法”[②]，《诗宪》也题做“夺胎换骨”法[③]。二者次序略有调整，但释义不变，基本上还是符合黄庭坚原意的。由于换骨夺胎法适用范围比较接近，宋人也常常不加区分，把它们看成是一种诗法。杨万里就是如此，他说：“有用古人句律，而不用其句意者。庾信月诗云‘渡河光不湿’，杜云‘入河蟾不没’；唐人云‘因过竹院逢僧话，又得浮生半日闲’，坡云：‘殷勤昨夜三更雨，又得浮生一日凉’；杜梦李白云‘落月满屋梁，犹疑照颜色’，山谷簟诗云‘落日映江波，依稀比颜色’；退之云‘如何连晓语，只是说家乡’，吕居仁云‘如何今夜雨，只是滴芭蕉’；此皆以故为新，夺胎换骨。”[④]黄庭坚的外甥徐俯也是二者不分的，他说：“荆公《画虎行》用老杜《画鹘行》，夺胎换骨。”[⑤]他们对“换骨”和“夺胎”不再做进一步的区分，而突出其“以故为新”的特点。到了佚名氏的《明抄本北山诗话》把“夺胎换骨”变成“脱胎换骨”，他说：“‘九死南荒吾不恨，兹游奇绝冠平生。’乃用少陵‘告归遗恨多，将老兹游最’之句，坡公真得脱胎换骨法。”[⑥]北宋后期的《庞元英诗话》也是如此：“本朝词人罕用此事，惟周清真乐府两用之。《扫花游》云：‘随流去，想一叶怨题，今到何处？’《六丑·咏落花》云：‘飘流处，莫趁潮汐，恐断红尚有相思字，何由见得。’脱胎换骨之妙极矣。”[⑦]这与黄庭坚的原意有较大的差异。周裕锴指出把源于佛教的“夺胎法”变成了道教的“脱胎换骨”，语源不同，所指也就不同。“如果以道教术语来解释，‘脱胎’与‘窥入其意而形容之’之间很难建立比喻关系。而以佛教术语‘夺胎’来解释，一切矛盾就迎刃而解，喻旨喻依合若符契。诗文创作借

① 严有翼：《艺苑雌黄》，郭绍虞：《宋诗话辑佚》，北京：中华书局1980年版，第540页。

② 释惠洪：《石门洪觉范天厨禁脔》，张伯伟：《稀见本宋人诗话四种》，南京：江苏古籍出版社2002年版，第136~137页。

③ 不知撰人：《诗宪》，郭绍虞：《宋诗话辑佚》，北京：中华书局1980年版，第534页。

④ 魏庆之：《诗人玉屑》，卷8，北京：中华书局2007年版，第266~267页。

⑤ 曾季狸：《艇斋诗话》，丁福保：《历代诗话续编》，北京：中华书局1983年版，第283页。

⑥ 佚名：《明抄本北山诗话》，张伯伟：《稀见本宋人诗话四种》，南京：江苏古籍出版社2002年版，第423页。

⑦ 庞元英：《谈薮》，陶宗仪：《说郛》卷31，北京：中国书店1982年版，第5册第22页。

鉴前人的构思而创新，正如高僧借他人所托之胎而转生。‘胎’不是自己的凡胎，而是他人寄托的母胎，喻前人的诗意。‘夺胎’是‘夺其一分之识’，即窥入前人的诗意；在充分利用前人诗意的基础上创作出自己的新作品，正如在夺取他人胚胎的基础上完成自己的转生。”①

换骨夺胎是在前人语典的基础上进行创新。随即就出现了一个新的问题，诗人自己的创新，往往得不到别人的承认，换骨夺胎经常被看作是因袭剽窃。在创作实践中，经常会遇到同类题材中给人印象很深的是某些名家名句，要想超过他们谈何容易！点化好了，是换骨夺胎；点化不好，就是因袭剽窃。韦居安《梅磵诗话》云：“夺胎换骨之法，诗家有之，须善融化，则不见蹈袭之迹。陆鲁望诗云：‘溪山自是清凉国，松竹合封萧洒侯。’戴式之《赠叶竹山》诗云：‘山中便是清凉国，门下合封萧洒侯。’王性之诗云：‘云气与山为态度，月华借水作精神。’式之《舟中》诗云：‘云为山态度，水借月精神。’如此下语，则成蹈袭。”②王构《修辞鉴衡》卷1“因袭转易”法，就是“夺胎换骨”的另一种说法，他说：“因袭者，因前人之语也，以陈为新，以拙为巧，非有过人之才，则未免以蹈袭为愧。魏道辅云：‘诗恶蹈袭古人，亦有蹈袭而愈工，若出于已者，盖思之精，则造语愈深也。’转易者，因袭之变也。前者既有是语矣，吾因而易之，虽语相反，皆不失为佳。”③

黄庭坚还有一个点铁成金法。黄庭坚《论作诗文》云：“古人之为文章，真能陶冶万物，虽取古人陈言入翰墨，如灵丹一粒，点铁成金也。”④根据黄庭坚的叙述，点铁成金也是在前人的旧语基础上进行构思和组织锻炼，化臭腐为神奇⑤，具有以下两个特点：

第一，化俗为雅。宋诗用典，为了避免与前人雷同，有时就会采用一些俗语

---

① 周裕锴：《宋代诗学术语的禅学语源》，《文艺理论研究》1998年第6期。在上述引文中出现了一个笔误：“换言之，如果以道教术语来解释，‘夺胎’与‘窥入其意而形容之’之间很难建立比喻关系。而以佛教术语‘夺胎’来解释，一切矛盾就迎刃而解，喻旨喻依合若符契。”前一个“夺胎”应为“脱胎”。一字之误，导致论文观点前后矛盾。笔者在引用时根据文意做了改正。

② 韦居安：《梅磵诗话》，丁福保：《历代诗话续编》，北京：中华书局1983年版，第544页。

③ 王构：《修辞鉴衡》，卷1，四库全书本。

④ 刘琳：《黄庭坚全集》，正集卷18，成都：四川大学出版社2001年版，第475页。

⑤ 周裕锴：《宋代诗学术语的禅学语源》，《文艺理论研究》1998年第6期。

入诗。《西清诗话》云："王君玉谓人曰：诗家不妨间用俗语，尤见工夫。雪止未消者，俗谓之待伴；尝有雪诗：'待伴不禁鸳瓦冷，羞明常怯玉钩斜。''待伴'、'羞明'皆俗语，而采拾入句，了无痕类，此点瓦砾为黄金手也。"[①]吴可《藏海诗话》云："'椎床破面枨触人，作无义语怒四邻。尊中欢伯见尔笑，我本和气如三春。'前两句本粗恶语，能煅炼成诗，真造化手，所谓点铁成金矣。"[②]这些诗例都是对俗语的点化，使其达到高雅不俗的目的。第二，锤炼字句。范温《潜溪诗眼》二七云："句法以一字为工，自然颖异不凡，如灵丹一粒，点铁成金也。浩然云：'微云澹河汉，疏雨滴梧桐'，工在'澹''滴'字。如陈舍人从易偶得《杜集》旧本，至《送蔡都尉》云：'身轻一鸟'，其下脱一字。陈公因与数客各以一字补之，或曰'疾'，或曰'落'，或曰'起'，或曰'下'，莫能定。其后得一善本，乃是'身轻一鸟过'。陈公叹服，一'过'字为工也。"[③]通过对诗歌中关键词（句中动词）的锤炼，使诗歌具有瘦硬传神、颖脱不俗之感。

换骨夺胎、点铁成金都是黄庭坚"以俗为雅，以故为新"诗学思想中的实用诗法。黄庭坚对这些"诗法"有明确的阐释，但在具体运用时还有较大的活动空间，后人直接把换骨夺胎称为"活法"，如俞成《萤雪丛说》卷上[④]。死法就是模仿古人的炼意造句方法写出来的诗歌；活法就是汲取古人立意造句的精神写出清新生动的诗意来。吕本中也说过，黄庭坚得杜诗的神髓，其佳处在于"禅家所谓死蛇弄得活"[⑤]。

换骨夺胎是一种使用才学的方法。这种方法简便易行，功夫浅的人活学活用，可以取得立竿见影之效；功夫深的人以故为新、以俗为雅，达到很高的艺术境界。黄庭坚的诗法中包含了一些活法的因素。吕本中的活法说在很大意义上，就是对黄庭坚诗法的完善和深化。这种简易诗法，加上黄庭坚中年时期求奇求硬的诗歌风格，已经成为宋诗显著特色之一。宋代诗学中的一些诗法句法，往往被同道之人说得很玄，千言万语点不到问题的要害。而不同道的人倒能说清问题的

---

① 魏庆之：《诗人玉屑》，卷6，北京：中华书局2007年版，第184页。
② 吴可：《藏海诗话》，丁福保：《历代诗话续编》，北京：中华书局1983年版，第332页。
③ 范温：《潜溪诗眼》，郭绍虞：《宋诗话辑佚》，北京：中华书局1980年版，第333~334页。
④ 俞成：《萤雪丛说》，卷上，陶宗仪：《说郛》卷十五上，四库全书本。
⑤ 张戒：《岁寒堂诗话》，丁福保：《历代诗话续编》，北京：中华书局1983年版，第463页。

本质。金代王若虚是反对江西诗派的，他对黄庭坚的这种诗法做了尖锐的批评。他说："鲁直论诗，有夺胎换骨、点铁成金之喻，世以为名言，以予观之，特剽窃之黠者耳。鲁直好胜，而耻其出于前人，故为此强辞，而私立名字，夫既已出于前人，纵复加工，要不足贵。虽然，物有同然之理，人有同然之见，语意之间岂容全不见犯哉？盖昔之作者，初不校此，同者不以为嫌，异者不以为夸，随其所自得而尽其所当然而已。至于妙处，不专在于是也，故皆不害为名家，而各传后世，何必如鲁直之措意邪？"[①]王若虚所说的现象也是存在的，但有些过分地夸大了。同样是运用典故，韩愈选择了一种绝不与人雷同的途径，别人用过的典故一概不用，别人说过的话一概不说。通过回避，达到创新目的，于是诗歌创新之路越走越窄。黄庭坚不回避前人的语典，并且在前人的基础上进行创新，这个思路比韩愈更为实际。宋诗创作的实践证明，这个方法也是成立的。问题在于后世江西诗人往往把手段当成了目的，把沿袭当成了创造，以致在诗歌形式上争奇斗艳，而在思想内容上空洞无物。这就是一些有识之士接受江西诗法以后又脱离江西，脱离一段之后又回归江西诗派的一个主要原因。江西诗派化用典故的方向是对的，以才学为诗的趋向也没错，但在化用才学的具体方法上各不相同。黄庭坚晚年改变了这种风气，回归到了自然圆熟的风格上，而且越到后来诗歌成就越高。

三、体系与清空

方回是宋元之际江西诗派的诗论家。他的《瀛奎律髓》以唐宋律诗为研究对象，采用作品和理论相结合的方法，是一部很切近唐宋诗学实际的理论著作。方回的诗学理论包括唐宋律诗发展史和正派体系论两部分。这些理论对宋诗的清空化趋向有清晰的刻画，对宋代词学的清空也有深远的影响。

（一）

方回以五七言律诗作为研究对象，通过对具体作品的分析来展现其诗学理论。方回自序《瀛奎律髓》云："所选诗格也，所注诗话也"[②]，可谓抓住了唐宋诗

---

① 王若虚：《滹南诗话》卷下，北京：人民文学出版社1962年版，第86页。
② 李庆甲：《瀛奎律髓汇评》，序，上海：上海古籍出版社2005年版，第1页。

学的要害，深得诗话之体。方回的诗学思想主要体现在以下几个方面：

第一，《瀛奎律髓》以题材和文体分类，从作品到作家来阐述其诗学观点。一般说来这种方法比较琐屑，也不可能有很大的建树，但是方回却突破了这个惯例，硬是用小方法阐述了大理论。这与方回的文学史观有一定的联系。方回对宋代诗学有一个总体的认识。他在《送罗寿可诗序》中阐述了宋诗渊源演变："宋刬五代旧习，诗有白体、昆体、晚唐体。白体如李文正、徐常侍昆仲、王元之、王汉谋，昆体则有杨、刘《西昆集》传世，二宋、张乖崖、钱僖公、丁崖州皆是，晚唐体则九僧最逼真，寇莱公、鲁三交、林和靖、魏仲先父子、潘逍遥、赵清献之父，凡数十家，深涵茂育，气极势盛。欧阳公出焉，一变为李太白、韩昌黎之诗；苏子美二难相为颉颃，梅圣俞则唐体之出类者也。晚唐于是退舍。苏长公踵欧阳公而起，王半山备众体，精绝句，古、五言，或三谢，独黄双井专尚少陵，秦、晁莫窥其藩。张文潜自然有唐风，别成一宗。惟吕居仁克肖陈后山，弃所学，学双井，黄致广大，陈极精微，天下诗人北面矣；立为江西派之说者，铨取或不尽然，胡致堂诋之。乃后，陈简斋、曾文清为渡江之巨擘。乾淳以来，尤、范、杨、陆、萧其尤也。道学宗师，于书无所不通，于文无所不能，诗其余事而高古清劲，尽扫余子。又有一朱文公。嘉定而降，稍厌江西。永嘉四灵复为九僧旧晚唐体，非始于此四人也。后生晚进，不知颠末，靡然宗之，涉其波而不究其源，日浅日下，然尚有余杭二赵、上饶二泉，典刑未泯。"[①]罗志仁（字寿可）曾学四灵、后村诗，但与当时流行的晚唐诗不同。方回给罗志仁讲述了宋诗发展的主要历程，着重讲了其间的几个流派。从宋初三体到庆历诗坛、元祐诗坛、江西诗派，从江湖诗派到晚唐体，其间脉络清晰。除了交代诗歌的发展线索，还指出了各个流派的主要诗人及其风格特色。方回的宋诗史观与他的学诗经历有关。戴表元《桐江诗集序》记述了方回的学诗经历："紫阳方使君，平生于诗无所不学。盖于陶谢学其纡徐，于韩白学其条达，于黄陈学其沈鸷，而居常自说欲慕陆放翁，岂其暮年安贫守约，忘怀出处，有偶相貌类者而姑引之以自托耶？抑放翁虽生长东南，承接中原文献，独其为诗亦亲经东莱、茶山诸先生指授，遂为是虚

① 方回：《送罗寿可诗序》，李修生：《全元文》，卷209，南京：凤凰出版社1999年版，第7册第51页。

心倾思，如不可几及也。此前辈风流盛德，非近时沾沾自喜之徒所可窥议。”[①]戴表元赞美方回承真德秀、魏了翁二公之学，故其思想纯正精湛。他说：“戊戌、己亥（大德二年到三年，1298—1299）间，来钱塘，始得熟从紫阳方使君游。使君生于朱子之乡，而于真魏二公书缕析铢校，无复遗憾，礼乐刑名度数之规，天人性命智识之奥，询之靡不知，知之靡不乐。一夕乃得尽其平生制作，读之荧荧乎河汉之光华，而阴明舒惨，若有鬼神物怪，先后而翕忽之也。恢恢乎，太山乔岳、长川巨渎之喷薄氛祲，而龟鼋蛟鳄豹犀虎象出没震耀之不可狎也。熙熙乎，时春美卉，平郊茂樾，舆马丰腴，而衣冠靓侈，舒眉酣气，乐闻歌谣之奏也。呜呼，是岂非精气之英，统绪之会，而诸老先生未尽之泽者哉？”[②]方回在《虚谷桐江续集序》中谈到自己读书和作诗的方法时也证实了这一点。纯正的思想来自渊博的学问，正确的观点来自宏大的思想体系，只有涵泳其中，才可能博观而约取。这就是我们常说的工夫在诗外。方回用读书来代替作诗的方法，学问越大诗就越好。方回借客人之口，谈了自己学诗的经历：“子之诗，初学张宛邱；次学苏沧浪、梅都官，而出入于杨诚斋、陆放翁，后乃悔其腴而不癯也，恶其弱而不劲也，束之以黄、陈之深严，而参之以简斋之开宏。古体诗其始慕韩昌黎而惧乎博之过，慕柳柳州而惧乎褊之过，慕元道州而惧乎短涩之过，慕韦苏州而惧乎谆谵之过。既而亦于子朱子有得，追谢尾陶、拟康乐和渊明，亦颇近矣。”方回学诗先从许浑，后学宋代庆历、元祐诸公，尤其对江西诗派有特殊的喜好。宋亡以后，他的诗风又一变。他说：“去岁适六十一矣，始悟平生六十年之非。所作诗滞碍排比，有模临法帖之病，翻然弃旧从新，信笔肆口得则书之，不得亦不苦思而力索也。”[③]方回生于宋理宗宝庆三年（1227），61岁时为元世祖至元二十五年（1288）。入元十余年后，方回对自己学诗的经历不满，于是放弃学习，直抒胸臆，这种经历与陆游、杨万里、姜夔、刘克庄很相近，都经历了一个从兴趣到爱

① 戴表元：《桐江诗集序》，李修生：《全元文》，卷417，南京：凤凰出版社1999年版，第12册第109~110页。

② 戴表元：《紫阳方使君文集序》，李修生：《全元文》，卷419，南京：凤凰出版社1999年版，第12册第161页。

③ 方回：《虚谷桐江续集序》，李修生：《全元文》，卷213，南京：凤凰出版社1999年版，第7册第122页。

好、从无法到有法、从死法到活法、达到随心所欲而不逾矩的过程。但方回在信笔肆口、直抒胸臆方面还是不够自信，76岁（元成宗大德七年，1303）以后，他又回到了中年时期的癖习上。他说："回二十学诗，今七十六矣。七言决不为许浑体，妄希黄陈老杜，力不逮则退为白乐天、张文潜体。乐天诗，山谷喜之，摘其佳者在集。文潜诗自然不雕刻，山谷不敢缺也。五言，回慕后山苦心久矣，亦多退为平易。中有阆仙之敲，而人不识也。"[①]直到晚年方回还是以学习模拟为主，没有达到自出机杼的境界。诗风虽趋向平易，但缺少出神入化的妙笔。

方回选评了唐太宗、唐玄宗的诗歌，指出帝王的特殊嗜好对于诗歌发展的作用。"唐太宗既得天下，尽修诸史，《晋书》、南、北史及八代史是也。尽注诸书，今注疏是也。其有功于后世者甚大，不止一时混合轨、文而已。作小小八句诗，压倒一时文人、书生、瀛洲十八学士，及天下能言之人，焉不心服？"[②]太宗时修书修史、注释经典对于诗歌才学化影响很大。政治清平的贞观之治不仅为诗人提供了吟咏的环境，还决定着诗歌发展的方向。帝王的好尚往往决定着一个时代诗歌的趋向。太宗的诗歌不脱陈隋体格，但气象博大。唐玄宗是重振大唐声威的皇帝，开元、天宝近五十年的太平时光是唐代诗歌高峰期，盛唐诗坛上杰出诗人大多出于此时。玄宗又好作诗，这是千载难逢的一段诗坛佳话。方回用动情的笔墨记述了这一点："然则开元、天宝盛时，当陈、宋、杜、沈律诗，王、杨、卢、骆诸文人之后，有王摩诘、孟浩然、李太白、杜子美及岑参、高适之徒，并鸣于时。韦应物、刘长卿、严维、秦系亦并世，而不见与李、杜相倡和。诗人至此，可谓盛矣。为之君如明皇者，高才能诗，亦不下其臣，岂非盛之又盛哉！"[③]

方回诗论建立在一种文学史观之上，他在谈论唐宋诗人时，往往提及这些诗人与主要诗歌流派及其代表作家的关系，通过比较来凸显其风格特色。在《瀛奎律髓》中杜甫就是唐宋诗学的中心人物。杜甫以前的诗歌趋向是朝着杜甫的方向发展的，杜甫以后则是杜诗风格的延续。中唐以后的诗人都具有杜诗的某一种特色，贤者得其大，余者得其小，加上不同时代诗人自己的创造，形成了极工极

① 方回：《春半久雨走笔五首》，傅璇琮：《全宋诗》，卷3507，北京：北京大学出版社1998年版，第66册第41863页。

② 李庆甲：《瀛奎律髓汇评》，卷12，上海：上海古籍出版社2005年版，第421页。

③ 李庆甲：《瀛奎律髓汇评》，卷14，上海：上海古籍出版社2005年版，第501页。

变、风格多样唐宋诗歌的盛况。

第二，方回对杜甫的定位是唐代诗歌集大成者，杜诗的特点在于诗歌整体之美，不可以色相声音求之。杜诗极其雕琢又极其自然，无斧凿痕。谢无逸云："老杜有自然不做底语到极至处者，有雕琢语到极至处者：如'丹青不知老将至，富贵于我如浮云'，此自然不做底语到极至处者也；如'金钟大镛在东序，冰壶玉衡悬清秋'，此雕琢语到极至处者也。"[①]杜甫在乱世为客，多抒写心中感慨。其长吟野望、心态闲适之诗多感慨世事；久客不归、漂泊无依的羁旅情怀也以世事为主。在《画鹰》篇中，方回赞美杜诗极其飞动之势："此咏画鹰，极其飞动。'耸身'、'侧目'一联，已曲尽其妙。'堪擿'、'可呼'一联，又足见为画而非真。王介甫《虎图行》，亦出于此耳。'目光夹镜当坐隅'，即第五句也。'此物安可来庭除'，即第六句也。'何当击凡鸟，毛血洒平芜'，子美胸中愤世疾邪，又以寓见深意。谓焉得烈士有如真鹰，能搏扫庸缪之流也。盖亦以讥夫貌之似而无能为者也。诗至此神矣。"[②]在《秋野》篇中，点评杜诗的章法结构："读老杜此五诗，不见所谓景联，亦不见所谓颔联，何处是四虚？何处是四实？虚中有实，实中有虚。景可为颔，颔可为景，大手笔混混乎无穷也，却有一绝不可及处。五首诗五个结句，无不吃紧着力，未尝有轻易放过也。然则真积力久，亦在乎熟之而已。或问'吾老'系单字，'荣华'是双字，亦可对否？曰：在老杜则可，若我辈且当作'衰老甘贫病'，然不如'吾老'之语健意足也。"[③]

方回认为杜诗也是不断努力、不断进步的，而且越到后来越精辟。他说："大抵老杜集，成都时诗胜似关辅时，夔州时诗胜似成都时，而湖南时诗又胜似夔州时，一节高一节，愈老愈剥落也。"[④]他在《晚出左掖》中记叙了杜甫的生平履历："老杜天宝十四年乙未年四十四矣，始得为河西尉，不赴，改帅府胄曹。十一月而禄山反，公如奉天。明年七月，肃宗即位灵武。公在鄜州奔行在，为贼所得，留长安。或谓亦囚至东都。十月房绾败于陈涛斜，即至德元年丙申也。明年丁酉夏五月，间道走凤翔，除左拾遗。闰八月诏放至鄜州省妻子。九月复长

① 吕本中：《童蒙诗训》，郭绍虞：《宋诗话辑佚》，北京：中华书局1980年版，第586页。
② 李庆甲：《瀛奎律髓汇评》，卷27，上海：上海古籍出版社2005年版，第1153页。
③ 李庆甲：《瀛奎律髓汇评》，卷12，上海：上海古籍出版社2005年版，第425页。
④ 李庆甲：《瀛奎律髓汇评》，卷10，上海：上海古籍出版社2005年版，第325页。

安，十月肃宗还京，公亦归班。此二诗皆答岑参诗，并乾元元年戊戌正、二月间诗也。六月移华州司功，去国终不复入。公平生仅为朝士一年许耳。所谓封事、谏草，人不尽知，史不详书，夜不寝而待晓，昼治事而晚出，于此二诗并见之。其年已四十七矣。山谷评公诗，犹必以夔州后诗为准。然则不变不进，愈变愈进。"[①]方回在《和裴迪发蜀州东亭送客逢早梅相忆见寄》诗后说："老杜诗，自入蜀后又别，至夔州又别，后至湖南又别。此诗脱去体贴，于不甚对偶之中，写无穷婉曲之意，惟陈后山得其法。"[②]

方回在确立杜诗的典范地位后，常常以杜诗为鉴，察见各家的得失。杜甫《野人送樱桃》先是化用有关樱桃的典故，野人尝云："惟樱桃既摘，不可易器。青柄一脱，则红苞破而无味。"老杜既得此三昧，又下一句有万颗匀圆之讶，古今绝唱[③]。把韩愈同类题材的《和张水部勅赐樱桃诗》与杜诗相比，说："诗话常评此诗，谓虽工不及老杜气魄。……张藉、韩偓、白乐天集皆有赐樱桃诗，皆不及此。"[④]他还把贾岛《病蝉》与杜甫咏物诗相比："贾浪仙诗得老杜之瘦而用意苦矣。蝉有何病？殆偶见之，托物寄情，喻寒士之不遇也。中四句极其奇涩，而'尘点误侵睛'，尤亘古诗人所未道，故曰浪仙用意苦矣。"[⑤]在《立春》后云："老杜如此赋诗，可谓自我作古也。"而"晚唐之弊既不敢望此，'江西'之弊又或有太粗疏而失邯郸之步，亦足以发文章与时高下之叹也"[⑥]。通过对具体的作品对比，使诗病清晰地呈现出来。再通过比较鉴别，了解各家风格的渊源所自及其演化。方回评《曲江陪郑八丈南史饮》说："此诗中四句不言景，皆止言乎情。后山得其法，故多瘦健者此也。"[⑦]在杜甫题画诗《房兵曹胡马》后指出："自汉《天马歌》以来，至李、杜集中诸马诗始皆超绝，苏、黄及张文潜画马诗亦然，他人集所无也。"[⑧]中晚唐以来诗人多学杜诗，能得杜诗之一体，即可成为名家。然而黄

---

① 李庆甲:《瀛奎律髓汇评》，卷2，上海：上海古籍出版社2005年版，第52页。
② 李庆甲:《瀛奎律髓汇评》，卷20，上海：上海古籍出版社2005年版，第780页。
③ 李庆甲:《瀛奎律髓汇评》，卷27，上海：上海古籍出版社2005年版，第1174页。
④ 李庆甲:《瀛奎律髓汇评》，卷27，上海：上海古籍出版社2005年版，第1175页。
⑤ 李庆甲:《瀛奎律髓汇评》，卷27，上海：上海古籍出版社2005年版，第1157页。
⑥ 李庆甲:《瀛奎律髓汇评》，卷10，上海：上海古籍出版社2005年版，第357页。
⑦ 李庆甲:《瀛奎律髓汇评》，卷10，上海：上海古籍出版社2005年版，第360页。
⑧ 李庆甲:《瀛奎律髓汇评》，卷27，上海：上海古籍出版社2005年版，第1152页。

庭坚却是“学杜而不为”，一定要在杜诗的基础上创造出另一种风格。黄庭坚抓住了杜诗的精神，诗歌结构的阖辟顿挫，平易之中有艰苦句法。然后把这两点运用在他的诗歌创作中，形成了一种瘦硬奇崛、千锤百炼的江西诗风。这种诗歌出自杜诗，但与杜诗距离甚远。黄庭坚是唐宋诗坛上最得杜诗神韵的诗人之一，黄庭坚“山谷体”又最不像杜诗。黄庭坚以后，江西诗派人各有体，体各不同，也不局限在某种风格之下。他们注重学习，更注重创新。这就是它能成为宋代诗坛主流派别的原因之一。

第三，确立杜甫在江西诗派中的重要地位。宋人律诗以杜诗为准的，学杜即是学唐。杜诗与初唐律诗有着千丝万缕的联系。方回说：“山谷教人作诗必学老杜，今所选亦以老杜为主，不知老杜亦何所自乎？盖出于其祖审言，同时诸友陈子昂、宋之问、沈佺期也。子昂以《感遇》诗名世，其实尤工律诗，与审言、之问、佺期，皆唐律诗之祖。唐史谓魏建安后迄江左，诗律屡变，至沈约、庾信以音韵相婉附，属对精密，及之问、佺期，又加靡丽，拘忌声病，约句准篇，如锦绣成文，学者宗之，号曰‘沈宋体’。语曰：‘苏李居前，沈宋比肩。’然则学古诗，必本苏武李陵，学律诗，必本子昂审言辈，不可诬也。此四人者，老杜之诗所自出也。特老杜才高气劲，又能致广大而尽精微耳。”[①]杜诗出自初唐沈宋以及杜甫的祖父杜审言，与初唐人不同之处在于他才高气劲，善于从大处着眼从细处落笔，于是成为唐宋诗坛上的一个奇观。方回还指出陈子昂在唐代近体诗史上的地位，称其为“唐人律诗之祖”，如此高的评价，在唐宋诗话中实不多觏。他说：“律诗自徐陵、庾信以来，亹亹尚工，然犹时拗平仄。唐太宗时，多见《初学记》中，渐成近体，亦未脱陈、隋间气习。至沈佺期、宋之问，而律诗整整矣。陈子昂《感遇》古诗三十八首，极为朱文公所称。天下皆知其能为古诗，一扫南北绮靡，殊不知律诗极精。此一篇置之老杜集中，亦恐难别，乃唐人律诗之祖。如沈，如宋，如老杜之大父审言，并子昂四家观之可也，盖皆未有老杜以前律诗。”[②]从杜甫的诗学渊源可见，杜诗受初唐诗人影响甚巨，而初唐诗歌又出自齐梁时的沈约庾信。方回强调这一点，说明江西诗派从源头上就是一个开放的诗

① 李庆甲：《瀛奎律髓汇评》，卷4，上海：上海古籍出版社2005年版，第150页。
② 李庆甲：《瀛奎律髓汇评》，卷2，上海：上海古籍出版社2005年版，第78~79页。

歌流派，博观约取，不拘一格，不主一家，这为它的发展壮大奠定了基础。

杜诗代表着唐代律诗的传统，而黄庭坚则是宋诗风格的体现者。黄庭坚不断学习杜诗，并且继承了杜诗的精神。方回曾指出“山谷学老杜为诗”[①]，在《戏题巫山县用杜子美韵》中通过对该诗写作背景、化用典故的分析，得出一个结论：“学老杜诗当学山谷诗，又当知山谷所以处迁谪而浩然于去来者，非但学诗而已。”[②]再从黄庭坚《十二月十九日夜中发鄂渚晓泊汉阳亲旧载酒追送聊为短句》的写作背景上说明黄庭坚与杜诗的精神一致：“建中靖国元年辛巳（1101）夏，山谷至江陵，召至吏部，即病痈不能入朝，乞知太平州。崇宁元年壬午（1102）春，还江西。六月初九日，太平州到任。九日而罢，九月至鄂渚寓居。二年癸未（1103），以荆南作《承天塔记》，运判陈举承望赵挺之风旨，摘谓幸灾，除名编隶宜州，十二月十九日启行。此诗亦无一毫不满之意，而老笔与少陵诗无以异矣。”[③]同样是学杜甫，黄庭坚和中晚唐诗坛呈现出不同的风格特色。中晚唐诗歌学习老杜，强调老杜诗歌某一个方面的特点，极工极变，但不出杜诗的划域。黄庭坚遗貌取神，在才学化上下功夫以期与杜甫旗鼓相当。前人用典往往是编排同类的故实，而黄庭坚则喜用一些与诗歌本身无关的典故。这些典故一经点化，即有化臭腐为神奇的效果，而这种超出常人的奇思妙笔完全来自学问。诗歌是诗人学问和品格的体现。杜诗所体现的是一种诗律精深、忧时感世的精神，黄庭坚体现的是一种优游于法度之中、从容不迫的才气。

江西诗人纷纷效仿黄庭坚。陈师道诗歌出自黄庭坚，方回说他《归雁》诗“三、四盖学山谷《猩猩毛笔》诗者”[④]。吕本中诗歌出自苏黄之间，用苏轼的自然流畅补救江西诗派的艰涩，还在理论上提出了弹丸说。方回说：“居仁本中，世称为大东莱先生。其诗宗‘江西’而主于自然，号‘弹丸法’。”[⑤]曾几得黄庭坚的三昧，受吕本中影响提出学诗“最忌参死句”的观点。方回指出曾吕二人诗法的渊源关系：“居仁诗专主乎活。曾茶山与之同年，生于元丰七年甲子（1084），过

① 李庆甲：《瀛奎律髓汇评》，卷27，上海：上海古籍出版社2005年版，第1165页。
② 李庆甲：《瀛奎律髓汇评》，卷43，上海：上海古籍出版社2005年版，第1546页。
③ 李庆甲：《瀛奎律髓汇评》，卷43，上海：上海古籍出版社2005年版，第1547页。
④ 李庆甲：《瀛奎律髓汇评》，卷27，上海：上海古籍出版社2005年版，第1167页。
⑤ 李庆甲：《瀛奎律髓汇评》，卷4，上海：上海古籍出版社2005年版，第180页。

江时各年未五十。居仁先有诗名，茶山倡和求印可，而居仁教以诗法，故茶山以传陆放翁，其说曰：'最忌参死句。'今人看居仁诗，多不领会盖专以工求，则不得其门而入也。以活求，则此梅诗亦可参矣。"[①]陆游诗歌出自曾几，又融汇了唐宋其他诗风，"放翁诗出于曾茶山，而不专用'江西'格，间出一二耳，有晚唐，有中唐，亦有盛唐。"[②]洪觉范也是学习黄庭坚的，其人"因读山谷诗，欲变格以从之，而力量不及，业已晚矣。'槁项顶螺忘岁年'及'论诗得雉膏'二诗，皆伪为山谷所作，而人不能察。"[③]据说吕本中把韩驹列入江西诗派他还不高兴，认为自己作诗自有出处，与"江西诗派"无关。方回列举韩诗《送宜黄宰任满赴调》，提出诘问"此诗非'江西'而何"[④]？

第四，宋诗才学体现在押险韵、用僻典上，而这在台阁诗人中比较突出。他们才学宏富，在唱和诗中喜欢押险韵、斗奇峭，且举重若轻、涉险如夷。方回说："读半山所作，又读刘贡父所作，韵险而律熟，若皆似乎不和韵者，亦可长学诗者一格也。"[⑤]王安石《读眉山集次韵雪诗五首》除了"和险韵，赋难题"，用典也很有特色，有佛书上的典故，也有小说上的典故，还有唐人诗句、宋人笔记中的故实，这些典故比较晦僻，远不及苏轼原唱的自然[⑥]。在这组诗歌之后，王安石意犹未尽又和一篇，其中一些典故"深僻难晓"。王安石诗歌常常"苦于对偶太精而不脱洒"[⑦]。相比之下，江西诗派诗人在用典方面更出色一些。陈与义《眼疾》诗："天公嗔我眼常白，故着昏花阿堵中。不怪参军骑瞎马，但妨中散送飞鸿。着篱令恶谁能对，损读方奇定有功。九恼从来是佛种，会知那律证圆通。"方回说："此诗八句而用七事，谓诗不在用事者，殆胸中无书耳。盲人骑瞎马，夜半临深池。此《世说》殷仲堪参军所作危语。仲堪眇一目，适忤之。只见门外着篱，未见眼中安障，此方干令以嘲李主簿范。宁武子患目痛，求方于张湛，湛戏谓此方用损读书一，减思虑二，专内视三，简外观四，早晚起五，夜早眠六，

① 李庆甲：《瀛奎律髓汇评》，卷20，上海：上海古籍出版社2005年版，第824页。
② 李庆甲：《瀛奎律髓汇评》，卷4，上海：上海古籍出版社2005年版，第181页。
③ 李庆甲：《瀛奎律髓汇评》，卷47，上海：上海古籍出版社2005年版，第1752页。
④ 李庆甲：《瀛奎律髓汇评》，卷24，上海：上海古籍出版社2005年版，第1064页。
⑤ 李庆甲：《瀛奎律髓汇评》，卷3，上海：上海古籍出版社2005年版，第141页。
⑥ 李庆甲：《瀛奎律髓汇评》，卷21，上海：上海古籍出版社2005年版，第881~882页。
⑦ 李庆甲：《瀛奎律髓汇评》，卷4，上海：上海古籍出版社2005年版，第174页。

凡六物熬以神灰，下以气簁。今刊本多误作‘损续’，非也。白眼、阿堵、送飞鸿，三事非僻。那律事出《楞严经》，无目可以证道。其要妙在用虚字以干实事，不可不细味也。”[①]方回把这首诗与曾几的《次韵王元勃问予齿脱》、范成大的《耳鸣》相比较，说这几首诗“格律相似，善用事亦相似，但贮胸无奇书，落笔无活法，则不能耳。谁谓‘江西’诗可轻视乎”[②]？

江西诗派还有意在近体诗的诗律、结构、抒情方式上进行了一些变化，克服因为诗律精熟而流于平滑萎靡的弊病，达到骨骼清奇、振奋精神的目的。《瀛奎律髓》本以诗歌的题材分类，但在中间特意列出拗字、变体和着题三项具体的诗法，突出宋人在唐宋律诗上求新求变的特点。

拗字通过改变诗中格律，使诗歌在音韵形式上显得奇俊峭拔[③]。虽然它不太合乎律诗的格式，但还是以律诗的格式为标准进行拗救的。方回在“拗字类”有“吴体”诗，它突破了律诗现有的音韵格式，成为一种自创的新体律诗。“吴体”得名于杜甫《愁》诗后的自注：“强戏为吴体。”杜甫并没有对此做进一步的解释。后人在仿效杜甫吴体时，就具体做法做了一些阐释。方回指出其中的三个特点：八句俱拗，律吕铿锵；文从字顺；两句各自为对，或以壮丽，或以沉郁，或以劲健，或以闲雅[④]。清代黄管说：“皮、陆集中亦有吴体诗，乃当时俚俗为此体耳。诗流不屑效之，杜公篇什既众，时出变调。凡集中拗律，皆属此体。偶发例于此。曰戏者，明其非正律也。”[⑤]黄管这一段话并不符合杜诗的实际情况，原因如下：第一，吴体并非当时的俚俗体，而是律诗的一种变体，律诗而压吴韵，出句对句相对，上下联之间无黏缀；第二，在方回所列举的吴体诗中并没有用吴地俚俗词语的现象，相反，从杜甫、黄庭坚到吕本中、胡铨的吴体诗语言典雅，而且还运用了不少典故，甚至比宋代其他七律更富有书卷气；第三，吴体与拗体共同点在于诗中有拗字，拗体中的拗字并不多，前拗而后补，或在当句或在下句中进行补救，而吴体则全拗且不补救，运用这种全新的格律以期神出鬼没，骨格愈

① 李庆甲:《瀛奎律髓汇评》，卷44，上海：上海古籍出版社2005年版，第1596页。
② 李庆甲:《瀛奎律髓汇评》，卷44，上海：上海古籍出版社2005年版，第1597页。
③ 范晞文:《对床夜语》，卷2，丁福保:《历代诗话续编》，北京：中华书局1983年版，第418页。
④ 李庆甲:《瀛奎律髓汇评》，卷25，上海：上海古籍出版社2005年版，第1114页。
⑤ 仇兆鳌:《杜诗详注》，卷18，北京：中华书局1979年版，第1600页。

加峻峭。即运用吴地音韵的特色，构建一种全新的诗歌体式，在没有规矩的句式变化中体现超出常人的才学。才气不高的人一般是作不了这种诗歌的。吴体诗，杜甫也是偶尔为之，按照方回的统计仅有19首。江西诗派把吴体诗作为杜诗的一种特有风格继承下来，体现了它刻意求新求奇的特点。这也是以才学为诗的一种尝试。

变体则是通过对诗歌的结构、对仗方式的改变，达到诗歌表现形式上的跌宕起伏和诗意的古雅峭拔。律诗在内部结构上有一定的规则，这就是周伯弜《三体唐诗选例》中的四实四虚说。四实就是律诗中四句全写景物，四虚是中四句全写情思。苏轼诗歌如行云流水，往往采用上句写景，下句抒情的结构，在不工整中寻求突破。如《送春》："梦里青春可得追，欲将诗句绊余晖。酒阑病客惟思睡，蜜熟黄蜂亦懒飞。芍药樱桃俱扫地，鬓丝禅榻两忘机。凭君借取法界观，一洗人间万事非。"中间四句是情景相对，"'酒阑病客惟思睡'，我也，情也。'蜜熟黄蜂亦懒飞'，物也，景也。'芍药樱桃俱扫地'，景也。'鬓丝禅榻两忘机'，情也。一轻一重，一来一往，所谓四实四虚，前后虚实，又当何如下手？至此，则知系风捕影，未易言矣。坡妙年诗律颇宽，至晚年乃神妙流动。"[①]《首夏官舍即事》则是情景交融，物我贯通，更像是散文化结构。这种结构完全依据情理需要展开，变而使人不觉其变。方回说："此诗变体，他人殆难继也。首唱两句自说榴花，下面如何着语，似乎甚难。却自想吾庐之好，而恨此身之未归。第五、第六却又谓不是无酒，只是心事自不乐尔。至尾句却又摆脱，而归宿于湖上之寺。盖谓虽未可遽归，一出游僧舍亦可也。变体如此难学，姑书之以见苏公大手笔之异。"[②]变体还包括改变诗歌上下句的对仗，如音韵上的对仗，杜甫《暮雨题瀼西新赁草屋》："欲陈济世策，已老尚书郎。不息豺虎斗，空惭鹓鹭行。时危人事急，风逆羽毛伤。落日悲江汉，中宵泪满床。"其中"济世策"三字皆仄，"尚书郎"三字皆平，乃更觉入律。"豺虎"、"鹓鹭"又是一样拗体。"时危"一联，亦变体也[③]。还有语言上的对仗，把同类事物相对变为异类相对，给人以突兀不俗之感。方回

---

① 李庆甲：《瀛奎律髓汇评》，卷26，上海：上海古籍出版社2005年版，第1139~1140页。
② 李庆甲：《瀛奎律髓汇评》，卷26，上海：上海古籍出版社2005年版，第1141页。
③ 李庆甲：《瀛奎律髓汇评》，卷25，上海：上海古籍出版社2005年版，第1109页。

所谓的变体主要就是指这种方式。杜甫《九日》二首为变体之祖①。黄庭坚学习杜甫，也很擅长这种变体。方回说："山谷诗变体极多，'明月清风非俗物，轻裘肥马谢儿曹。''功名富贵两蜗角，险阻艰难一酒杯。''春风春雨花经眼，江北江南水拍天。''碧嶂清江元有宅，黄鱼紫蟹不论钱。'上八字各自为对。如'洞庭归客有佳句，庾岭疏梅如小棠。''公庭休更进汤饼，语燕无人窥井栏。'则变之又变，在律诗中神动鬼飞，不可测也。"②这种变体，扩大了对偶的范围，在不规整中寻求规整，也在诗歌中融入了更多的才学化成分。只有才气出众、学识渊博的诗人，才能在这方面独领风骚。

着题则是对诗歌立意上的要求。它围绕诗题组织材料、运用典故，从而达到托物言志、深化诗歌主题的目的。着题类以咏物、节序等为主，这类诗歌在创作上也有一定的套式，咏写物象，引出新意。但是，眼中常见的物品，从古到今被历代诗人反复吟咏，要想出新着实不易。方回说："着题诗，即六义之所谓赋而有比焉，极天下之最难。"③如石曼卿咏"红梅"诗"认桃无绿叶，辨杏有青枝"，不为东坡所取。苏轼说："题诗必此诗，定知非诗人。"如果离物象较远，又落汗漫之讥。着题之所以难，在于它不但要求形似还要神似，只有神似才能引申出言外之意。杜甫擅长咏物，《萤火》就是其中佳篇。诗歌原文是："幸因腐草出，敢近太阳飞。未足临书卷，时能点客衣。随风隔幔小，带雨傍林微。十月清霜重，飘零何处归？"④这首诗歌点出了"萤火"某一方面的特性，而这种特性与社会中的某一类人非常相近。寥寥几笔稍加勾勒，顿成传神之笔。江西诗派受杜甫影响，着题类诗歌也很有特色。黄庭坚把宋诗善于用典的特色也融汇其中，庄重之中不乏诙谐之笔。《和答钱穆父咏猩猩毛笔》"所以妙者，'平生''身后''几两屐''五车书'，自是四个出处，于猩猩毛笔何干涉？乃善能融化，斡排至此。末句用'拔毛'事，后之学诗者，不知此机诀不能入三昧也。"⑤《和师厚接花》："山谷最善用事，以孔门变化雍、由譬接花，而缴以庄子挥斤语，此'江西'奇

① 李庆甲：《瀛奎律髓汇评》，卷26，上海：上海古籍出版社2005年版，第1138页。
② 李庆甲：《瀛奎律髓汇评》，卷26，上海：上海古籍出版社2005年版，第1143页。
③ 李庆甲：《瀛奎律髓汇评》，卷27，上海：上海古籍出版社2005年版，第1151页。
④ 李庆甲：《瀛奎律髓汇评》，卷27，上海：上海古籍出版社2005年版，第1154~1155页。
⑤ 李庆甲：《瀛奎律髓汇评》，卷27，上海：上海古籍出版社2005年版，第1164页。

处。”[①]《谢人寄小胡孙》化用杜甫、柳宗元诗文中的典故，使顽皮的小猴子形神兼备[②]。陈师道《归雁》借北归大雁抒写朝廷的党争，“此诗乃元符三年。徽庙登极，南迁诸公次第北还，故后山寓意于归雁。二诗今选其一。‘弧矢千夫志’，以言群小之欲害君子也。‘筝柱’、‘书邮’，以言诸贤之有所守，朋友有急难之义，傍观者以为忧怨也。末句则所以为诸贤喜者深矣。后山诗幽远微妙，其味无穷，非黏花贴叶近诗之比。三、四盖学山谷《猩猩毛笔》诗者。”[③]曾几学黄庭坚并得其神韵,《种竹》“用‘余子不足数’，以对‘此君何可无’，乃真竹诗，盖斡旋变化之妙。‘风来当一笑’，曲尽竹态。‘雪压要相扶’，亦奇句也。尾句‘鄙木奴’事，用得尤佳”[④]。《所种竹鞭盛行》，“茶山此诗盖善学山谷《猩猩毛笔》诗者，所谓脱胎换骨也。苏节、祖鞭本无关于竹事，而以题观之，妙甚。‘夜卵’事，本何关于食笋，亦妙之又妙者也。”[⑤]《乞笔》：“谓市上仅有羊毫笔，而无兔毫佳笔。‘藏三穴’、‘拔一毛’，亦得山谷‘拔毛’、‘济世’、‘谢杨朱’之遗意。间架整，骨格峭。”[⑥]唐宋着题诗以及方回的这些观点，对于宋代词学有深远的影响。张炎《词源》卷下“咏物”条：“诗难于咏物，词为尤难。体认稍真，则拘而不畅，模写差远，则晦而不明。要须收纵联密，用事合题。一段意思，全在结句，斯为绝妙。……所咏了然在目，且不留滞于物。”“用事”条：“词用事最难，要体认著题，融化不涩。……此皆用事，不为事所使”等，明显受到《瀛奎律髓》的影响，但它后出转精，观点更为精当。

第五，《瀛奎律髓》还评论了江西诗派以外其他流派的诗人，这些文字轻松自然，娓娓道来，有宋人诗话之遗风。欧阳修、黄庭坚对林逋《咏梅》诗有不同的喜好：“和靖梅花七言律凡八首，前辈以为孤山八梅。……山谷谓‘水边篱落忽横枝’，此一联胜‘疏影暗香’一联。疑欧公未然，盖山谷专论格，欧公专取

---

① 李庆甲：《瀛奎律髓汇评》，卷27，上海：上海古籍出版社2005年版，第1166页。
② 李庆甲：《瀛奎律髓汇评》，卷27，上海：上海古籍出版社2005年版，第1166页。
③ 李庆甲：《瀛奎律髓汇评》，卷27，上海：上海古籍出版社2005年版，第1167页。
④ 引文原作：“曾几学黄庭坚并得其神韵，《种竹》‘用“余子不足数”，以对“何可一日无此君”，乃真竹诗，盖斡旋变化之妙。”其中，“余子不足数”与“何可一日无此君”字数不等，显然不会是对偶句。笔者根据《种竹》诗歌原文做了修改。（见李庆甲：《瀛奎律髓汇评》，卷27，上海：上海古籍出版社2005年版，第1169页）
⑤ 李庆甲：《瀛奎律髓汇评》，卷27，上海：上海古籍出版社2005年版，第1170页。
⑥ 李庆甲：《瀛奎律髓汇评》，卷27，上海：上海古籍出版社2005年版，第1170页。

意味精神耳。”[①]方回还分析了“疏影”、“暗香”一联的特点。初欧阳文忠公极赏之，天下无异辞。王晋卿尝谓此两句杏桃李皆可用也。苏东坡云：“可则可，但恐杏桃李不敢承当耳。”方回提出自己的理由：“予谓彼杏、桃、李者，影能疏乎？香能暗乎？繁秾之花，又与‘月黄昏’、‘水清浅’有何交涉？且‘横斜’、‘浮动’四字，牢不可移。”[②]方回的说法显然比苏轼更为有据，也更准确一些。评魏野《春日述怀》时说：“真宗太平之世，有如此等高尚诗人。潘逍遥、杨东里、林孤山，皆是人也。”[③]这样，就把时代与文学创作联系起来，只有在太平盛世、文网松弛的社会环境下才会有这么多的隐逸，才会有如此洒脱的诗歌。方回评论欧阳修诗歌也很准确：“细味欧阳公诗，初与梅圣俞同官于洛，所作已超元、白之上，一扫‘昆体’。其古诗甚似韩昌黎，以读其文过熟故也。其五言律诗不浓不淡，自有一种萧散风味。其七言律诗，自然之中有壮浪处，有闲远处，又善言富贵而无辛苦之态。未尝不立议论，而斧凿之痕泯如也。如《送王平甫下第》诗三、四已似‘江西’，末句尤见好贤乐善之诚心。所与交游及门下士，为宋一代文人巨擘焉。诗乃公之一端，后之作者亦无所容其喙也。”[④]

方回还谈到北宋后期权臣王安中学苏轼诗歌一事，云：“初寮王安中字履道，附丽匪人，入翰苑，至右丞，燕山帅，其罪弥天。所作四六，一时称雄。当苏学方以为禁而阴袭东坡步骤，世人不悟也。诗之应制者多为未透彻，逮谪象州后，诗顿佳。此山茶诗亦全用东坡句翻出，不可不令学者知之。晚节有子知泉州迎奉，宇宙分裂而斯人卒令终云。”[⑤]在徽宗时期党禁严密之时，皇帝身边的侍从大臣竟然“阴袭东坡步骤”，可见一种好的诗风不是用政治手段、高压政策所能够禁止的。《瀛奎律髓》还选取了刘克庄的《老将》《老马》《老妓》等滑稽游戏诗，刘克庄初学晚唐，晚节诗欲学放翁，才终不逮，对偶工巧而气格卑弱。

方回对诗句中的响字发表了自己的观点：“（李）虚己官至工侍，初与曾致尧倡和。致尧谓：‘子之诗工矣，而其音犹哑。’虚己惘然，退而精思，得沈休文浮

---

① 李庆甲：《瀛奎律髓汇评》，卷20，上海：上海古籍出版社2005年版，第785页。
② 李庆甲：《瀛奎律髓汇评》，卷20，上海：上海古籍出版社2005年版，第786页。
③ 李庆甲：《瀛奎律髓汇评》，卷10，上海：上海古籍出版社2005年版，第341页。
④ 李庆甲：《瀛奎律髓汇评》，卷24，上海：上海古籍出版社2005年版，第1079页。
⑤ 李庆甲：《瀛奎律髓汇评》，卷27，上海：上海古籍出版社2005年版，第1198页。

声切响之说，遂再缀数篇示曾，曾乃骇然叹曰：‘得之矣。’予谓此数语诗家大机括也。工而哑，不如不必工而响。潘邠老以句中眼为响字，吕居仁又有字字响、句句响之说，朱文公又以二人晚年诗不皆响责备焉。学者当先去其哑可也。亦在乎抑扬顿挫之间，以意为脉，以格为骨，以字为眼，则尽之。”①所谓的响字就是对诗句中的关键字眼进行锻炼，克服其圆熟平滑的习气，提高诗歌的格调。蔡梦弼《杜工部草堂诗话》卷下引吕本中的话说：“诗每句中须有一两字响，响字乃妙。指如子美‘身轻一鸟过、飞燕受风斜’，‘过’字、‘受’字皆一句响字也。”②潘邠老也说：“七言诗第五字要响，如‘返照入江翻石壁，归云拥树失山村’，‘翻’字、‘失’字是响字也。五言诗第三字要响，如‘圆荷浮小叶，细麦落轻花’，‘浮’字、‘落’字是响字也。所谓响者，致力处也。”吕本中引用了上述话语，并提出自己的观点，他说：“予窃以为字字当活，活则字字自响。”③魏庆之《诗人玉屑》卷6“眼用响字”列举了10个诗眼处用响字的例句，其中五言八句、七言二句，使人明白在关键地方用响字的妙处。但仔细比较，各家所指还是有区别的。曾致尧、李虚己的响字主要是指音韵上的平仄搭配，吕本中、潘邠老是指锤炼字面，吕本中还把它扩张到对每一个字的锤炼，只要诗歌意脉活了，诗句就全活了。方回把响字融入诗歌创作，不纯粹为了锻炼字句，而是为了追求诗歌意脉的生动灵活。《瀛奎律髓》还记载了陆游诗法：“周益公尝问陆放翁以作诗之法，放翁对以宜读苏子由诗。盖诗家之病忌乎对偶太过，如此则有形而无味。三洪工于四六而短于诗，殆胸中有先入者，故难化也。放翁其以此箴益公欤？或问苏子瞻胜子由否？以予观之，子瞻浩博无涯，所谓‘诗涛汹退之’也。不若所谓‘诗骨耸东野’，则易学矣。子由诗淡静有味，不拘字面事料之俪，而锻意深，下句熟。老坡自谓不如子由，识者宜细咀之可也。”④方回晚年诗风趋于平淡，他以为苏辙超过苏轼也在情理之中。苏轼热情奔放，自由洒脱，苏辙沉思好静，严谨缄默，诗如其人。用苏辙的自然平淡针砭江西余风的用工太过，也不失为一味良药。

---

① 李庆甲：《瀛奎律髓汇评》，卷42，上海：上海古籍出版社2005年版，第1512页。
② 蔡梦弼：《杜工部草堂诗话》，丁福保：《历代诗话续编》，北京：中华书局1983年版，第208页。
③ 吕本中：《童蒙诗训》，郭绍虞：《宋诗话辑佚》，北京：中华书局1980年版，第587页。
④ 李庆甲：《瀛奎律髓汇评》，卷24，上海：上海古籍出版社2005年版，第1083页。

方回对南宋二泉评价很高，说章泉（赵蕃）全是枯骨劲铁，不入俗眼；对韩淲《风雨中诵潘邠老诗》评价很高："此诗悲壮激烈，第一句用潘邠老句，若第二句押不倒则馁矣。此第二句虽是借韵，轩豁痛快，不可言喻。三、四非后生晚进胸次，至第六句则入神矣，至第八句则感极而无遗矣。世称韩涧泉名下无虚士，乃庆元戊午（四年，1198）诗也。"①二泉作为江西诗派的后劲，方回对他们有较强的认同感。

方回评价江湖诗人宋自逊："壶山宋自逊，字谦父，本婺女人。父子兄弟皆能诗，而谦父名颇著。贾似道贿以二十万楮，结屋南昌。诗篇篇一体，无变态。此诗三、四好，五、六涉烂套也。他如'酒熟浑家醉，诗成逐字评'，亦佳，但近俗耳。"②宋自逊以诗作为干谒之具，谋取金钱利禄，虽有好诗但不多，其诗千篇一面而缺少变化。通过对宋自逊的评论，可以概见江湖诗派的基本风格。江湖诗人经济地位低下，生活无依无靠，所读书籍有限，才学普遍偏下，只能在一些小的技巧方面，比如诗歌的字句上出奇出新，却不可能在整首诗歌意境上有多大的突破。王安石《伤仲永》所讲的诗歌天才方仲永，一旦停止学习天才也会沦为众人，更何况一般的人呢？江湖诗派学问积累皆不足，后天用功又不继，这是他们才思枯竭、诗歌缺少变化的主要原因。

（二）

谈到唐宋诗学的正派论，人们往往首先就会想到方回，但正派这个概念并不是方回首先提出来的。赵蕃《秀奕以文编垂示简之》中云："黄陈有正派，舍是复何求？"③明确指出黄陈为诗歌正派，作诗除了黄陈还有什么别的途径。在《怀李商叟》中也说："作诗传正派，对客理清言。"④李商叟向曾几学诗。曾几是和吕本中并称的江西诗派中的南、北二宗⑤。李商叟所传的正派就是江西诗派了。李刘《上湖南曾运使》云："恭惟某官，得春委和，与秋争洁。接江西之正派，克肖茶

① 李庆甲：《瀛奎律髓汇评》，卷12，上海：上海古籍出版社2005年版，第451页。

② 李庆甲：《瀛奎律髓汇评》，卷13，上海：上海古籍出版社2005年版，第485页。

③ 赵蕃：《秀奕以文编垂示简之》，傅璇琮：《全宋诗》，卷2624，北京：北京大学出版社1998年版，第49册第30536页。

④ 赵蕃：《怀李商叟》，傅璇琮：《全宋诗》，卷2639，北京：北京大学出版社1998年版，第49册第30888页。

⑤ 王蓉贵：《后村先生大全集》，卷97，成都：巴蜀书社2008年版，第2516页。

山；抱河南之遗书，久窥禹穴。根柢学问，绪余功名。”[①]曾运使名槃，是曾几的孙子，作诗接江西正派，并克肖其祖。方回谈到诗歌正派有两次：一是在《瀛奎律髓》卷16中说："予平生持所见：以老杜为祖，老杜同时诸人皆可伯仲。宋以后山谷一也，后山二也，简斋为三，吕居仁为四，曾茶山为五，其它与茶山伯仲亦有之，此诗之正派也。余皆傍支别流，得斯文之一体者也。”[②]二是在《桐江集》卷一《送俞唯道序》中说：“大概律诗当专师老杜、黄、陈、简斋，稍宽则梅圣俞，又宽则张文潜：此皆诗之正派也。五言古陶渊明为根柢，三谢尚不满人意，韦、柳善学陶者也。七言古须守太白、退之、东坡规模。绝句唐人后惟一荆公，实不易之论。但不当学姚合、许浑，格卑语陋，恢拓不前。唐二孟，近世吕居仁、尤、萧、杨、陆，但可为助。饱读、勤做、苦思、屡改，则日异不同矣。”[③]这是方回80岁时所写的序言，也是方回的诗学定论。在这篇序言中方回给正派做了一个明确的界定：第一，确定正派，以及上述诗人在正派体系中的地位。第二，正派余派的关系，正与非正，皆得斯文之一体，不过有大小之分罢了。这样就把正派与余派的关系定位为一种相互依存的关系，不再是“正”与“非正”的对立关系，扩大了江西诗派的包容性，也克服了一般高雅文学适应面狭窄的弊病。第三，传授作诗的方法，在方回所总结的作诗方法中，“饱读”排在第一位。可见才学对于作诗的重要意义。“饱读”之下的“勤做、苦思、屡改”，都是人力工夫的体现。

考察江西诗派学杜尊杜的历程，很能说明一些问题。北宋中期，谢景初、黄庶等人开始学杜。黄庭坚是谢景初的女婿、黄庶的儿子，从家学渊源上对杜诗有亲近感。黄庭坚主张以才学为诗，作诗讲求法度，学杜也是一种必然的选择。北宋后期，吕本中作江西诗派的《宗派图》及《宗派图序》，提出“江西宗派”这个概念，突出黄庭坚开宗立派的重要作用，但还没有提到杜甫。稍后的江西诗人认识到了杜甫的重要性，称其为诗派的初祖，把江西诗派的实际开派者黄庭坚定位为杜甫诗法的继承者。曾几《东轩小室即事五首》（其四）云：“工部百世

---

① 李刘：《梅亭先生四六标准》，卷24，四部丛刊本。

② 李庆甲：《瀛奎律髓汇评》，卷16，上海：上海古籍出版社2005年版，第591页。

③ 方回：《送俞唯道序》，李修生：《全元文》，卷208，南京：凤凰出版社1999年版，第7册第29页。

祖，涪翁一灯传”①；《次陈少卿见赠韵》也说：“华宗有后山，句律严七五。豫章乃其师，工部以为祖。”②这种排列并不是抬高杜甫的地位，贬低黄庭坚的实际作用，而是为求新求异的江西诗派寻找一个源头，从杜甫到黄庭坚把唐宋诗学连接起来，确认宋诗出自唐诗，是杜诗精神的延续和发展。方回继承了上述观点，把江西诗派接轨在杜甫门下，并由诗学“正派”进而建构了一个“正派体系”③。在《瀛奎律髓》卷26中他又提出了江西诗派的“一祖三宗”说：“呜呼！古今诗人当以老杜、山谷、后山、简斋四家为一祖三宗，余可预配飨者有数焉。”④方回遵奉杜甫，一方面是要针砭当时学习晚唐的诗坛风气，另一方面把唐宋诗学联成一体，从唐宋诗学的背景下考察从唐音到宋调的变化，其中也不乏方回自诩为正宗嫡派传人的意思。

方回把江西诗派放置在唐宋诗学的背景下研究，他说：“殊不知宋诗有数体：有九僧体，即晚唐体也；有香山体者，学白乐天；有西昆体者，祖李义山。如苏子美、梅圣俞并出欧公之门，苏近老杜，梅过王维，而欧公直拟昌黎，东坡暗合太白。惟山谷法老杜，后山弃其旧而学焉，遂名黄、陈，号江西派，非自为一家也，老杜实初祖也。”⑤这是谈唐诗对宋诗的影响。方回还对江西诗派诗人风格做了说明：“老杜诗为唐诗之冠。黄、陈诗为宋诗之冠。黄、陈学老杜者也。嗣黄陈而恢张悲壮者，陈简斋也。流动圆活者，吕居仁也。清劲洁雅者，曾茶山也。七言律，他人皆不敢望此六公矣。若五言律诗，则唐人之工者无数。宋人当以梅圣俞为第一，平淡而丰腴。舍是，则又有陈后山耳。此余选诗之条例，所谓正法眼藏也。”⑥方回很自信，认为自己所传就是正法。所谓的正法是通过唐宋诗坛上一些重要的诗人来体现的。杜甫是唐诗的集大成者，体现了唐代律诗的成就，黄庭坚、陈师道代表了宋代律诗的成就，除此之外，其他诗人也各有特色，或完善

---

① 曾几：《东轩小室即事五首》(其四)，傅璇琮：《全宋诗》，卷1653，北京：北京大学出版社1998年版，第29册第18512页。

② 曾几：《次陈少卿见赠韵》，傅璇琮：《全宋诗》，卷1652，北京：北京大学出版社1998年版，第29册第18500页。

③ 李庆甲：《瀛奎律髓汇评》，卷16，上海：上海古籍出版社2005年版，第591页。

④ 李庆甲：《瀛奎律髓汇评》，卷26，上海：上海古籍出版社2005年版，第1149页。

⑤ 李庆甲：《瀛奎律髓汇评》，卷1，上海：上海古籍出版社2005年版，第18页。

⑥ 李庆甲：《瀛奎律髓汇评》，卷1，上海：上海古籍出版社2005年版，第42页。

江西诗派的诗法，或纠正江西诗派的不足。在诗法的取去上，方回眼界博大，尤其是对那些出入于江西诗派的诗人也予以肯定。或许他们算不上正派，但也是一种独特的风格，陆游就是其中的一个个案。陆游出自曾几门下，曾几为江西派中人，但陆游不是。这并不妨碍方回对陆游诗风的认可，他说："读茶山诗如冠冕佩玉，有司马立朝之意。用'江西格'参老杜法，而未尝粗做大卖，陆放翁出其门，而其诗自在中唐晚唐之间。不主'江西'，间或用一二格，富也、豪也、对偶也、哀感也，皆茶山之所无。而茶山要为独高，未可及也。"①曾几对陆游出入于江西诗派是认可的，方回也认同这种观点。由此可见，正派体系具有较大的包容性。

由方回对待正派、余派的态度可以看出，《瀛奎律髓》诗学思想是多元的，虽主一家，但也不废其他，对于唐宋诗坛上那些有影响的流派也尽量发掘其合理性。比如谈到西昆派，方回是这样说的："宋初诗人惟学'白体'及晚唐。杨大年一变而学李义山，谓之'昆体'，有《西昆倡酬集》行于世。其组织故事有绝佳者，有形完而味浅者。尚以流丽对偶，岂肯如此淡净委蛇，而无一语不近人情耶？"②西昆体的特点"组织华丽，盖一变晚唐诗体、香山诗体"，成为向庆历诗坛过渡的一个重要环节。西昆体诗人钱惟演、宋祁、宋庠、余靖、张咏等才高博学，与庆历诗坛上的欧阳修、梅尧臣、苏舜钦、元祐诗坛上的苏轼都有教育培养、提携指导之恩，在诗歌的创作风格上有许多必然的联系。西昆体以才学为诗的创作理念引导了宋诗的潮流，是江西诗派的前导。方回认为："元祐诗人诗既不为杨、刘'昆体'，亦不为'九僧'晚唐体，又不为白乐天体，各以才力雄于诗。山谷之奇，有'昆体'之变，而不袭其组织。"③这段文字，把北宋诗风演变说得再清楚不过。元祐诗坛是宋诗风格的初现，而元祐诗人以才学为诗，恰好是宋初三体中西昆体的流风余韵。同样是运用才学，元祐诗坛出之以奇，西昆体则出之以熟，二者呈现出不同的风格特点。

方回认为即使晚唐诗风，在宋代文化气候下也发生了变化。晚唐诗歌题材

---

① 李庆甲：《瀛奎律髓汇评》，卷16，上海：上海古籍出版社2005年版，第604页。
② 李庆甲：《瀛奎律髓汇评》，卷22，上海：上海古籍出版社2005年版，第925页。
③ 李庆甲：《瀛奎律髓汇评》，卷21，上海：上海古籍出版社2005年版，第886页。

狭窄，诗料集中在琴、棋、僧、鹤、茶、酒、竹、石等有限的几个物体上，无一篇不犯这几个字眼。晚唐诗人锤炼字句之功，对宋代诗人陈师道、赵蕃等有影响。九僧推敲锻炼之功，对梅尧臣、陈师道也有一定影响。但与晚唐诗歌的“蔬笋气”不同，梅尧臣、陈师道诗歌雍容典雅。这种诗风与其说是一种个性化的体现，还不如说是太平盛世涵养人才、涵养士人精神的体现。方回通过分析对比发现了同一种诗风，在不同的时代也有所变化。用时代变化来分析文学的变化，是方回诗论的一个特点。

方回学诗是从晚唐许浑开始的，他对晚唐诗下过一番功夫，后来逐渐脱离了晚唐体，学习江西诗派。由于有出入于晚唐体的特殊经历，他对晚唐诗体的一些弊病知之甚详。晚唐体气象狭小，气力不足。他把盛唐与晚唐进行对比：“盛唐律，诗体浑大，格高语壮。晚唐下细工夫，作小结裹，所以异也。”[①]晚唐诗缺乏大判断，只能在小的结裹中用功夫。方回说：“予谓诗家有大判断，有小结裹。姚之诗专在小结裹，故“四灵”学之，五言八句，皆得其趣。七言律及古体，则衰落不振。又所用料，不过花、竹、鹤、僧、琴、药、茶、酒，于此几物，一步不可离，而气象小矣。是故学诗者必以老杜为祖，乃无偏僻之病云。”[②]他在评许浑《姑苏怀古》时说：“学诗者若止如此赋诗，甚易而不难，得一句即撰一句对，而无活法，不可为训。”[③]方回还把许浑与陈师道进行比较。因为二人都喜欢锤炼字句，但表现出来的气力却不同。他说：“每以许诗比较后山诗，乃知后山万钧古鼎，千丈劲松，百川倒海，一月圆秋，非寻常依平仄、俪青黄者所可望也。大抵工有余而味不足，即如人之为人，形有余而韵不足，诗岂在专对偶声病而已哉？近世学晚唐者，专师许浑七言，如‘水声东去市朝变，山势北来宫殿高’之类，以为摹楷。老杜诗中有此句法，而无‘东去’‘北来’之拘，如‘湘潭云尽暮山出，巴蜀雪消春水来’下句佳，上句不牵强乎？”[④]尽管他对晚唐体有诸多的不满，但仍在《瀛奎律髓》中给晚唐诗体一定的位置：“予选诗以老杜为主，老杜同时人皆盛唐之作，亦皆取之。中唐则大历以后，元和以前，亦多取之。晚唐

① 李庆甲：《瀛奎律髓汇评》，卷15，上海：上海古籍出版社2005年版，第529页。
② 李庆甲：《瀛奎律髓汇评》，卷10，上海：上海古籍出版社2005年版，第340~341页。
③ 李庆甲：《瀛奎律髓汇评》，卷3，上海：上海古籍出版社2005年版，第111页。
④ 李庆甲：《瀛奎律髓汇评》，卷10，上海：上海古籍出版社2005年版，第338页。

诸人，贾岛开一别派。姚合继之，沿而下，亦非无作者，亦不容不取之。”①可以说这种态度是很可取的。论诗者可以有自己的嗜好，可以有自己的倾向，但选诗要保持客观公正，给各种流派一个展示自己风格特色的空间。在谈到翁卷以及永嘉四灵时，他说：“翁卷字续古，一字灵舒，诗曰《西岩集》。徐机字文渊，一字致中，号灵渊，诗曰《泉山集》。徐照字道晖，号灵晖，诗曰《山民集》。赵师秀字紫芝，号灵秀，诗曰《天乐堂集》。乾淳以来，尤杨范陆为四大诗家，自是始降而为‘江湖’之诗。叶水心适以文为一时宗，自不工诗，而‘永嘉四灵’从其说，改学晚唐，诗宗贾岛、姚合。凡岛、合同时渐染者，皆阴挦取摘用，骤名于时，而学之者不能有所加，日益下矣。名曰厌傍‘江西’篱落，而盛唐一步不能少进。天下皆知‘四灵’之为晚唐，而钜公亦或学之。赵昌父、韩仲止、赵蹈中、赵南塘兄弟，此四人不为晚唐，而诗未尝不佳。刘潜夫初亦学‘四灵’，后乃少变务为放翁体，用近人事，组织太巧，亦伤太冗。同时有赵庚仲白，亦可出入‘四灵’小器。此近人诗之源流本末如此。”②这是对晚唐诗坛的一个概括介绍，涉及四灵是如何形成的，其风格是什么，缺陷是什么；哪些人学习四灵，达到了什么样的成就；不学四灵的人又有哪些，又取得了什么成就；出入于四灵的刘克庄、赵庚夫具有什么样的特色。三百字内，把一个时代诗歌的特色交代得清清楚楚，实在是一篇奇文。

《瀛奎律髓》还记载了南宋后期江湖诗人的生存状况，“盖‘江湖’游士多以星命相卜，挟中朝尺书，奔走阃台郡县糊口耳。庆元、嘉定以来，乃有诗人为谒客者，龙洲刘过改之之徒不一人，石屏亦其一也。相率成风，至不务举子业，干求一二要路之书为介，谓之‘阔匾’，副以诗篇，动获数千缗，以至万缗。如壶山宋谦父自逊，一谒贾似道，获楮币二十万缗以造华居是也。钱塘、湖山此曹什伯为群，阮梅峰秀实、林可山洪、孙花翁季蕃、高菊磵九万，往往雌黄士大夫，口吻可畏，至于望门倒屣。石屏为人则否，每于广座中，口不谈世事，缙绅多之。然其诗苦于轻俗，高处颇亦清健，不至如高九万之纯乎俗。如刘江村澜，最晚辈。本天台道士，能诗，还俗，磨莹工密，自谓晚唐。予及识其人，

---

① 李庆甲：《瀛奎律髓汇评》，卷10，上海：上海古籍出版社2005年版，第338页。

② 李庆甲：《瀛奎律髓汇评》，卷20，上海：上海古籍出版社2005年版，第771页。

今亦归九泉，而处士诗名遂绝响矣。”[①]江湖诗人是南宋中后期特有的一个诗人群体，关于他们的生存状况、诗歌风格、社会影响，宋代笔记诗话也有记载，但都不如方回记得清晰明白。江湖诗人虽然不入诗歌主流，但也是当时的一个特色流派，了解他们的创作状况，对于我们研究南宋江湖词派也有借鉴意义。

方回还记述了一些他亲身感受到的江湖诗人逸闻轶事，这是别人没有记载过的，因而有一定的文献价值，如对江湖诗人张道洽的记载：“实斋张公道洽，字泽民，衢州开化人。端平二年乙未进士，真西山所取也。老矣，始为池州签判。平生梅花诗三百余首，此池州和同官韵五言十六首也。或喜其‘一白雪相似，独清春不知’。殊不知篇篇有味，虽不过古人已言之意，然纵说、横说、信口、信手，皆脱洒清楚，他人学诗三五十年，未易及也。前是尝为广州司理，里中新贵马天骥为帅，刘朔斋震孙为仓使。天骥怒其作《越王台诗》若讥已者，朔斋将举改官，夺以他界。泽民不屑也。予后至池阳为仓幕，白使长拉留之，为足举员，改辟襄阳府推官，赴任所，班改。一夕醉卧客舍，明早弗兴，视之，卒，年六十四，今又十六年矣。其诗格为‘江湖’，不务太高，而圆熟混沦。与人色笑和易，而远俗子如仇。今亦无复斯人。”[②]《瀛奎律髓》还记述了梅花诗案与江湖诗祸：“当宝庆初，史弥远废立之际，钱塘书肆陈起宗之能诗，凡‘江湖’诗人皆与之善。宗之刊《江湖集》以售，《南岳稿》与焉。宗之赋诗有云：‘秋雨梧桐皇子府，春风杨柳相公桥。’哀济邸而诮弥远，本改刘屏山句也。敖癯庵器之为太学生时，以诗痛赵忠定丞相之死，韩侂胄下吏逮捕，亡命，韩败，乃始登第，致仕而老矣、或嫁‘秋雨’、‘春风’之句为器之所作，言者并潜夫梅诗论列，劈《江湖集》板。二人皆坐罪。初弥远议下大理逮治，郑丞相清之在琐闼，白弥远中辍，而宗之坐流配。于是诏禁士大夫作诗，如孙花翁惟信季蕃之徒，寓在所，改业为长短句。绍定癸巳，弥远死，诗禁解，潜夫为《病后访梅》九绝句云：‘梦得因桃却左迁，长源为柳忤当权。幸然不识桃并柳，却被梅花累十年。’又云‘一言半句致魁台，前有沂公后简斋。自是君诗无警策，梅花穷杀几人来。’又云

① 李庆甲：《瀛奎律髓汇评》，卷20，上海：上海古籍出版社2005年版，第840页。
② 李庆甲：《瀛奎律髓汇评》，卷20，上海：上海古籍出版社2005年版，第778~779页。

‘春信分明到草庐，呼儿沽酒买溪鱼。从前弄月嘲风罪，即日金鸡已赦除。’时潜夫废闲恰十年矣。”①

方回在《瀛奎律髓》中还论述了一个特殊的诗人方岳：“吾宗伯秋崖先生岳，字巨山。吾乡祁门人。绍定五年壬辰别院省试第一人，殿试甲科。连忤丞相史嵩之、丁大全，及于知南康军日，挞湖南纲卒之据闸阻舟者，忤贾似道。仕至吏部尚书郎。景定三年壬戌三月十八日卒，年六十四。林竹溪希逸为墓志，其诗不江西，不晚唐，自为一家。”②方岳是一位个性倔强的诗人，连连得罪时相。作诗也是如此，既不入江西，也不入晚唐，无所依傍，自成一家。

通过上文分析，笔者发现：几乎所有的宋代诗论，都是把唐宋作为一个相对完整的诗歌阶段进行论述的。这在跨朝代的文学研究中还不多见。令人称奇的是在这个相对完整的诗歌阶段里，竟然形成了两种截然不同的诗风——唐音宋调。关于二者的不同，前人已经做了精辟的论述；但是关于二者的相同点，笔者认为还有进一步研究的必要。唐宋诗歌都有明显的才学化的趋向，但对待才学的心态却不相同。唐人在创作中大量地运用才学，但在理论上却对才学有所限制，对使事用典基本上是排斥的。论述唐诗创作特色时常用的一句话是把才学运用得就像没有才学一样。运用才学而不总结其规律，才学顶多是作诗的材料或者点缀，对诗歌本身不会有多少大的影响。相比而言，宋人比唐人更加宽容，不仅在创作中大量地使事用典，而且还从理论上承认使事用典的合理性，进而探讨使事用典的方法。所谓的清空，就是化用才学的方法。需要指出的是，在以才学为诗的问题上，宋人也走过许多弯路，过分突出才学的作用，甚至一度把才学当成了作诗的目的。目的和手段的混乱，使宋诗发展遇到了前所未有的困惑。在宋代诗论中，始终存在着赞成和否定宋诗的两种声音。经过几代江西诗人的创作实践，终于理顺了才学与意趣的关系，并且按照才学自身的发展规律探索运用才学的法度，直至建立唐宋诗学的理论体系。宋词也面临着同样的问题。于是，相对成熟的诗学理论对词学产生了深远的影响，主要体现在以下两点：第一，使宋人在创作风格的取去上更加开放，具有广阔的代表性和包容性；第二，以一祖三宗说为核心，

① 李庆甲：《瀛奎律髓汇评》，卷20，上海：上海古籍出版社2005年版，第843~844页。
② 李庆甲：《瀛奎律髓汇评》，卷27，上海：上海古籍出版社2005年版，第1210页。

形成了一个宋代词学的正派体系。作为一个诗学概念，清空在唐宋诗学中并不占主导地位，而在宋代词学中成为了一个重要概念。宋代词学的其他概念都是围绕着清空展开的。可见，清空理论更适合词学的实际，在发展过程中弥补了唐宋诗学的各种不足，延续并提升了唐宋诗学的精神。

第三章　清空与宋代词学

宋代诗学是趋向清空的，词学是诗学的一个分支，所以它也是趋向于清空的。清空是宋代词学中一个重要概念，同时兼具了风格、体派和词法等多重含义。从创作风格上来看，在宋代词学中有两种清空，一种是以苏轼为代表的运用才学而不讲法度的清空，另一种是以姜夔为代表的运用才学而恪守法度的清空。从体派上讲，两宋曲子词兴盛，作品众多体派林立。在宋词的发展过程中，不同体派之间相互交融，取长补短，形成了一个荟萃各家所长、具有广泛包容性的词学正派。该派的主要特征是本色雅正，一般也称为清空词派。从词法意义上讲，清空来源于张炎对苏轼、姜夔词创作风格的总结，同时还汲取了唐宋其他词人的一些特点；张炎弟子陆辅之著《词旨》传张炎论词之旨，突出了清空在张炎词学理论上的特殊地位，并且仿照方回江西诗派的“一祖三宗”说构建了宋代词学的正派体系。张炎的词学理论以传授清空词法为主，因而也被称为清空理论。

本章所讨论的清空，主要是一种创作风格。而这种创作风格，早在北宋中期就已经形成了。张炎《词源》卷下“意趣”条所枚举的“清空”词作5首中就有王安石1首和苏轼2首。王安石、苏轼是北宋中期人，李清照《词论》对他们的词作都有评论。她说王安石“文章似西汉，若作一小歌词，则人必绝倒，不可读也”；苏轼“学际天人，作为小歌词，直如酌蠡水于大海，然皆句读不葺之诗尔，又往往不协音律”。李清照把他们列入“不知之者”，也就是不懂词的词人范畴；但同时也承认他们化用才学方法对于宋词创作有积极意义。从张炎《词源》卷下“清空”条所枚举的词例中，也可以看出王安石、苏轼大量运用才学，擅长驱使典故的特点。张炎比李清照心态更为宽容，他把苏轼、王安石定位为清空的开创者。清空的代表人物是姜夔，他与苏轼的共同之处是在创作中大量运用才学，在情感上抒发一种空灵模糊的意趣，即张炎所谓的“野云孤飞，去留无迹”那种模糊抽象的情感。姜夔与苏轼分别代表着宋代词学史上实现清空的两种途径。姜夔的清空也出自苏轼，他把苏轼无意为词的心态转化为有意为词，并且从词体的特质入手，把词作的各种因素都纳入一定的法度之中，达到随心所欲而不逾矩、自然而然的境界。这与苏轼放纵自如、蔑弃法度的创作心态有所不同。通过比较可知，姜夔所开创的是一条更为艰难的宋词雅化之路。由于有法可循，他才能对南宋江湖词派创作风格和理论体系具有深远的影响，这奠定了姜夔在南宋江湖词派发展史上的地位。姜夔就像江西诗派中的黄庭坚一样，是一位开宗立派、示法后人的词学宗师。本章着重讨论两种不同的清空，及其对宋代词学所产生的影响。

第一节　苏轼与清空

苏轼是宋代文学史上的一个奇观。当时的诗词都把他作为创作上的典范，但他却进入不了正派体系。宋代诗词特别讲求正派体系，宋诗以江西诗派为正宗、宋词以本色典雅派（江湖词派）为正宗，而江西诗派的活法、江湖词派的“清空”竟然都来自同一个人——苏轼！由此可见他在宋代文坛上的特殊地位。词学界普遍认为宋词豪放派是在苏轼影响下形成的。但这只是一种肤浅的感性认识，而不是词史上的定谳。相比之下，南宋本色典雅派受苏轼影响更深一些。他们不仅在创作上延续了苏轼的清空风格，而且还在理论上传承苏轼的清空词法。本节从张炎《词源》对清空词法的批评“清空中有意趣，无笔力者未易到”切入，分析苏轼词清空的特点及其对南宋词坛的影响。

一、清空中有意趣

“清空”一词在唐代就已经出现了，但作为一个词学术语则出现得比较晚，而且也仅见于张炎《词源》卷下和陆辅之的《词旨》中。陆辅之《词旨》是一部强调张炎论词之旨的理论著作。张炎《词源》卷下采用“要点阐释、举例示隅”的批评方式①，只解释要点而忽略了对必要的背景材料的介绍，各个条目之间逻辑关系也不明显。上一章，我们从唐宋诗学的背景上还原了“清空”形成发展演化的过程，解决了《词源》卷下的论词体例和江湖词派的理论体系的关系问题②，认为张炎的“清空”具有风格、词法、体派等多重含义。作为一种创作风格，“清空”在北宋中期就已经形成了。张炎《词源》卷下“意趣”条枚举了堪称“清空”范例的词作5首，其中有苏轼2首、王安石1首和姜夔2首。苏轼和王安石是北宋中期人。苏轼的《中秋水调歌》作于宋神宗熙宁九年（1076），《夏夜洞仙歌》作于宋神宗元丰五年（1082）。王安石“金陵怀古桂枝香”写作年代无考，中国社科院文学研究所编《唐宋词选》认为“这首词可能作于（宋英宗）治平四年（1067）作者出知江宁府时”③，但没有列出证据，也仅仅是一种猜度之辞。既然无法证实这首词一定早于苏轼那两首，于是笔者就把王安石和苏轼并列为宋词清空的开创者。杨湜《古今词话》记录了苏轼对王安石这首词的批评：“金陵怀古，诸公寄词于桂枝香，凡三十余首，独介甫最为绝唱。东坡见之，不觉叹息曰：‘此老乃野狐精也。’”④苏轼在另一个场所又一次称王安石为“野狐精”。蔡絛《西清诗话》云：“苏子瞻奉祠西太乙宫，见荆公旧题六言诗曰：‘杨柳鸣蜩绿暗，荷花落日红酣。三十六陂春水，白头想见江南。’注目久之，曰：‘此老野狐精也。’”⑤“野狐精”是唐宋人常用的口头语，屡见于《五灯会元》《景德传灯录》等典籍，意为虽非正途但也是极高的境界。苏轼说王安石词不够本色，但仍不失上乘之作。这与李清照评王安石的观点相同。她说：“王介甫、曾子固文章似西汉，若作一小歌词，则人必绝倒，不可读也。”⑥李清照论词崇尚本色雅正，把北宋词坛诸多名家分为“知之者”和“不知之者”。王安石显然属于“不知之者”的范畴。王安石词数量不多，对于两宋词人影响也不大，可以存而不论。苏轼是对两

① 萧鹏：《群体的选择》，台北：文津出版社1992年版，第205页。
② 郭锋：《张炎〈词源〉卷下新解》，《学术论坛》2008年第9期。
③ 中国社科院文学研究所：《唐宋词选》，北京：人民文学出版社1981年版，第117页。
④ 杨湜：《古今词话》，唐圭璋：《词话丛编》，北京：中华书局1986年版，第22页。
⑤ 胡仔：《苕溪渔隐丛话》，前集卷35，北京：人民文学出版社1962年版，第236页。
⑥ 李清照：《词论》，胡仔：《苕溪渔隐丛话》，后集卷33，北京：人民文学出版社1962年版，第254页。

宋词坛有深远影响的词人，有关他的清空就不能不论。既然张炎采用了举例示隅的方式来论述清空，我们何不从他所枚举的词例入手来分析苏轼词的清空呢？苏轼《中秋水调歌》原文如下：

水调歌头　丙辰中秋，欢饮达旦，大醉。作此篇，兼怀子由

明月几时有？把酒问青天。不知天上宫阙，今夕是何年。我欲乘风归去，又恐琼楼玉宇，高处不胜寒。起舞弄清影，何似在人间？　转朱阁，低绮户，照无眠。不应有恨，何事长向别时圆！人有悲欢离合，月有阴晴圆缺，此事古难全。但愿人长久，千里共婵娟。①

词前有17字的小序，交代了词的写作时间、原因和目的，是这首词的本事。丙辰中秋是宋神宗熙宁九年（1076）八月十五日，苏轼因为不满王安石变法的某些措施，受到王安石的忌恨，请求外任以避祸患。写这首词时，他已经外放十年了。

苏轼把宋诗才学化的特色引入词的创作，黄庭坚说他胸中有万卷书，李清照说他“学际天人，作为小歌词，直如酌蠡水于大海”。苏轼词的才学化首先体现在用典上。这首词用典繁密，化用典故的方法也不拘一格。有的是汲取古人诗意，有的是化用前人故实；有些是明用典故，有些是暗中使事。无论直接搬用，还是熔铸新意，每一个字都有出处，显示出作者深厚的学问功底。苏轼对写入词中的典故，往往会做一番加工处理。以其中某个典故为主干，搭起词作的基本框架，然后把其他典故按照需要依次附丽其上。这首词的主干是李白谪仙的典故。李白《对酒忆贺监二首》序云：“太子宾客贺公，于长安紫极宫一见余，呼余为谪仙人，因解金龟换酒为乐，怅然有怀而作是诗。”②李白对贺知章初次见面即称他为谪仙这件事非常得意，后常常以谪仙自居。苏轼与李白性情相近，他认为自己也是谪落人世的仙子，于是就有了下文的把酒问月、乘风归天、玉宫清冷、再返人间、与世沉浮等一系列相关的表述。苏轼巧妙地把神话故事、历史传

① 邹同庆、王学堂：《苏轼词编年校注》，北京：中华书局2002年版，第173~174页。

② 王琦：《李太白全集》，卷23，北京：中华书局1997年版，第1085页。

说和自负甚高的士大夫心态融为一体，为词作增添了摇曳多姿的艺术魅力。这首词中的典故很多，有一句一典的，也有一句数典的，还有几句一典的，全都章法严谨条理清晰，毫无杂乱凑泊之感。所有的典故在词人思想中，形成了一个有机的整体。苏轼词的才学化其次体现在对典故的剪裁上。苏轼常常根据写景状物的需要，对词中所用典故进行裁剪，使其脱离本意的束缚，适应词中的情景，因而排除了因用典繁多而产生的各种歧义。李商隐的《无题》、吴文英词作典故密集，每个典故都有两重意义，一是出处的本意，二是作者赋予的新意。如果不把这些问题搞清楚，就会造成语意多歧的现象。多歧亡羊，同样语意多歧也会使词的主旨混乱。多重意义的干扰，遂使读者不能准确理解作者所要表述的内容和情感。张炎批评吴文英词“质实”，其中一个意思就是吴词典故处理不净，每个典故还保留原先出处的某些意义，因而无法汲取其神韵，达到去留无迹、舒卷自如的要求。吴文英善于锤炼字面，语言典雅，所用典故众多，但没有形成一个有机的整体，突出其中的一种情感或者意趣，虽然有时也能“眩人眼目”，但“碎拆下来，不成片段”，故张炎有“拆碎七宝楼台”之讥。张炎认为词中用典一定要“体认著题，融化不涩”，达到“用事，但不为事所使”的目的。他在“用事”条列举了苏轼《永遇乐》中“燕子楼空，佳人何在，空锁楼中燕”（用张建封事）的事例，说明使事用典的方法。类似的例子，在苏轼《水调歌头》中还有不少，如“明月几时有？把酒问青天”，化用李白的《把酒问月》“青天有月来几时，我今停杯一问之”。“天上宫阙”，用《杨文公谈苑》中的“天上宫阙已成”。“今夕何年”，出自韦瓘的《周秦行纪》“不知今夕是何年”。“琼楼玉宇”滥觞于《天问》[①]。苏轼词中包含众多的典故，会不会影响读者对词意的理解呢？笔者认为苏轼词典故虽多，却很容易理解。由于他把典故的本意清洗得干干净净，典故与他要抒发词意完全融为一体。一般读者即使不知道典故的出处、用法，照样也能够理解苏轼的词意。如果明了典故的出处，熟悉用典的方法，就更能理解词人遣词造句的匠心。再次，苏轼词的才学化还体现在对词体结构的创新上。他打破了词上阕写景叙事、下阕抒情言志的程式化结构，采用了一种散文化的结构。所谓散文化的结构就是把文无定法、形散而神不散的散文笔法引入词的创作，词体结构

---

① 刘体仁：《七颂堂词绎》，唐圭璋：《词话丛编》，北京：中华书局1986年版，第617页。

如同散文，篇篇不同，且各有新意。上一章，我们在谈到范温、黄彻在传授杜甫、苏轼、黄庭坚诗法时，借鉴了某些散文化的结构，或者学习《礼记·檀弓》的笔法，或者学习韩愈《原道》的命意。有些诗歌像《左传》一样章法严谨，有些诗歌像《庄子》一样随心所欲。整首诗歌，如同一篇散文形散而神不散。苏轼在词作中，也尝试着运用散文化的笔法。《念奴娇·赤壁怀古》抒发“大江东去、浪淘尽，千古风流人物”的感慨，主旨在开篇即和盘托出，然后从正反两个方面层层论证。词人围绕着这个主旨，把历史与现实、周郎与我信手拈来，随意挥洒，借怀古之名抒发了伤今之情。《水调歌头》则是前铺后垫，逐层渲染，最后达到高潮的。词中“人有悲欢离合，月有阴晴圆缺，此事古难全”的主旨，是由仕途坎坷和兄弟暌隔而引发的，但它所包含的意蕴已经远远超出了这两种情感，概括了人世间一切的痛苦。也就是说人世间有许多痛苦，仕途失意、兄弟分离仅仅是其中的两种。任何一个读者阅读至此，掩卷长思，内心深处最脆弱的那根情弦往往就会被拨动。张炎认为这些词“清空中有意趣”，作者有意淡化了一些东西，如词的本事、词的情感；也有意突出一种东西，这就是读者读词时的感受。所谓意趣，即词的意象趣味。它不是一种具体的情感，而是由许多种情感构成的一种空灵模糊的审美感受。宋人常用意趣来评价书法、绘画、音乐、舞蹈等非语言艺术带给我们的审美体验。这些体验往往是抽象模糊、没有定指的，是每人心中独有又很难告诉别人的，属于只可意会而不可言传的那种意象或者趣味。

苏轼还有一首作于元丰五年（1082）的《念奴娇·中秋》词，所用典故以及化用故实的方法与《中秋水调歌》大致相近，但两词结构不同。《念奴娇·中秋》结构规范，上阕写中秋月夜凭高远眺，下阕抒发赏月之情——举杯邀月、乘风归去、月宫吹笛，情感平和而无沉郁顿挫之致。《中秋水调歌》打破了词体上阕写景叙事、下阕抒情的程式化结构，根据情感需要安排结构，前铺后垫，层层渲染推出词的主旨，在结尾把情感归结为一种美好的祝愿，把人世间种种不如意事全部化解开来。两词相比，作于丙辰中秋（1076）的《中秋水调歌》明显超出后来的这首《念奴娇·中秋》。明代沈际飞《草堂诗余正集评正》卷4评《念奴娇·中秋》是“《水调歌头》中道过语，乃不见胜”[1]，堪称的评。

---

① 邹同庆、王学堂：《苏轼词编年校注》，北京：中华书局2002年版，第426页。

通过对苏轼词才学化的分析，我们发现苏轼与唐人创作所用的素材不同。唐人用真情实感写诗，因此写入诗歌中的时间地点、人物事件、过程结果等因素全部是真实的，因而诗中所抒发的情感也是真实的。苏轼用才学作词，多了一个化实为虚、概括提炼的过程。作者有意清空掉了一些因素，如词的本事、典故出处、词体结构、词的情感，但也剩下了一些着重要突出的内容——一种空灵模糊的意趣。这种意趣是由一组情感组成的情感趋向，它无所定指而又无所不指，可以全方位、多角度、立体化、深层次地作用于读者的内心世界，它比一种情感更能触发读者的无邪之思。读者可以结合自身生活阅历，产生丰富的联想。这就是儒家诗教中的"思无邪"，而这正是苏轼词作的用力之处。

二、无笔力者未易到

张炎称苏轼词"无笔力者未易到"。那么，苏轼的笔力又体现在什么地方呢？要想搞清这个问题，还得从"清空"自身来寻找答案。唐宋诗词都经历了一个才学化的过程，当才学累积到了一定的程度，就会出现堆砌板滞、行文不畅的现象，需要采取一定的手段来化解它。清空就是一种化解才学的方法。姜夔《白石诗说》中的"清潭见底"、严羽《沧浪诗话》中的"透彻之悟"，都是与"清空"相近的诗学概念。其中以"透彻之悟"被人们所熟知。实现"透彻之悟"的途径有二：一是感于哀乐、直抒胸臆的汉魏古诗，情景交融的盛唐诗歌，这些诗歌不需要什么人力工夫，仅仅依靠诗歌情感的自然感发就可以达到诗意的彻悟。这些诗歌就像水一样清澈透明。二是从才学到清空的途径，这些词则像酒一样外清内醇。才学包含很多因素，仅从构思方面来看就有造势、作用、苦思、运意、炼格等，这些因素虽然有碍于诗歌情感的自然感发，却有助于诗意的清空，它们在唐代先后被融入诗歌创作。唯有使事用典，既妨碍诗歌情感的自然抒发，又不利于诗意的清空。唐人对它很纠结。一方面延续六朝余风，在创作中大量地运用典故，杜甫"读书破万卷，下笔如有神"就是这种观念的集中体现；另一方在诗歌理论中反对用事，皎然《诗式》对谢灵运诗歌"用事"的百般辩解，就是这种心态的典型表现。这种状况一直延续到了北宋后期，苏黄诸公主盟元祐诗坛时，才从理论上承认使事用典的合法性。这无疑是唐宋诗学史上一个新气象。确立用典的合法性，是判别唐音宋调的关键。唐人不承认用典的合法性，用典再多也是无意识的低层次用典，从而也限制了用典按照其自身规矩继续向前发展的可能性。中晚唐诗人延续了杜诗才学化的特点，并且把作者的个性气质也带到了使事用典上。韩愈、李贺尚奇尚怪，务言人之所不能言，甚至不屑使用前人用过的典故、前人说过的话语。元白诗歌平实浅易，能令事如己出，即使读者不了解典故的出处也不妨碍对诗意的理解。李商隐矫正元白的轻俗，追求典雅含蓄的诗风，在创作中多使事、多用典，以致有“獭祭”之讥。孟郊、贾岛等苦吟诗人用典不多，他们的才学体现在锤炼字句上，讲究用寻常言语表现不同寻常的情感，追求千锤百炼、瘦硬奇崛的诗风。苏轼转益多师，融会唐代诸家风格，形成自己的特色，使事用典多而且赋予新义，锤炼字句却又归之于平淡。张炎论述宋词“极要用功却又出之以平淡”句法，就是以苏轼为范例的，“如东坡杨花词云：‘似花还似非花，也无人惜从教坠。’又云：‘春色三分，二分尘土，一分流水。’……此皆平易中有句法。”[①]以才学为诗的诗人，往往因才学过多、人工过盛而导致诗歌形式的雕琢和意境的艰涩，北宋初年的西昆体、北宋后期的江西诗派、南宋后期江湖词派的吴文英都是如此。每个典故皆有两义，一是出处本意，二是作者赋予的新意。两种含义交织一起，往往导致诗多歧义。李商隐的部分诗歌就是因为堆砌故实而诗意难以索解。苏轼词作用典很多，人力工夫也很盛，却没有沾染上述诗人（词人）的弊病。他把才学与性情融为一体，用真情实感驾驭才学，以其天才化、个性化的创作风格化解了因用典过多而导致的诸多弊病。这是一种非常特殊的现象，只有苏轼可以如此，而那些学习苏轼的人则无法望其项背。继承苏轼创作风格的词人姜夔，另辟蹊径，则把才学诸因素完全纳入法度，在法度之内实现词意的清空。化天才为法度，变个别为普遍，是文学史上学习和继承前人创作风格的基本途径。历代皆然，只不过宋代更为典型而已。宋诗从头到尾都在学习前人。既然是学习，必然有学习的方法。这种方法，有些记了下来，就是诗法词法；有些没记下来，于是我们只知道宋代某人学习唐代某人，但至于如何学习的只好付之阙如了。

苏轼的笔力是其个性化、天才化创作风格的体现，表现在四个方面：其一，苏轼性情放达，填词率性尽意，从个性气质上讲他更接近李白。宋人也常以李白

① 张炎：《词源》，卷下，唐圭璋：《词话丛编》，北京：中华书局1986年版，第258页。

来比况苏轼。宋神宗与近臣谈论古今人物，因曰：“轼方古人孰比？”近臣曰：“唐李白文才颇同。”上曰：“不然，白有轼之才，无轼之学。”[①]李白与苏轼性情相近，但学问不及苏轼。苏轼在学问上更接近读书破万卷的杜甫。苏轼对杜诗做过认真的研究。刘埙记述道：“家藏小册一本，字画甚古，题曰《东坡老杜诗史事实》，略举杜句有曰：‘贱子请具陈’，引毛遂云：‘公子试听吴越之事，容贱子一一具陈。公子可行即行，可止则止。’杜句曰：‘下笔如有神。’引仲舒答策‘下笔疑有神助。’杜句曰：‘青冥却垂翅，’引李斯曰：‘丈夫如提笔，鼓吻取富贵，易若举杯，何青冥之翮与鹨共垂翅乎？’杜句‘崆峒小麦熟，且愿休王师，’引武帝欲讨西羌，耿逊谏曰：‘今崆峒小麦方熟，陛下宜休王师。’如此者凡十卷。乃知杜句皆有根本，非自作语言也。”[②]苏轼悉心研究过杜诗典故的出处，谙熟其来龙去脉，因此他在学习杜诗时就能汲取其精华而不流于皮毛。苏轼景慕杜甫人品，对杜甫在流离颠沛之中一饭不忘君恩的品质赞扬有加，而对那些不符合杜甫一贯风格的诗歌进行辨析和批评[③]。苏轼对杜诗的理解入乎其里又出乎其外，因此在创作上敢于取舍，不会因为偏嗜个别冷僻的典故而妨碍诗意的自然，也不会因为标新立异而沦为狂怪。化艰涩为畅达，化奇险为平夷，是因为他胸襟坦荡，学识广博，这是他过人笔力的思想基础。其二，在具体化用才学的方法上，苏轼也常有超人之处。苏轼善于用意来驾驭才学，他给友人传授写作经验，说：“儋州虽数百家之聚，州人之所须取之市而足。然不可徒得也，必有一物以摄之，然后为己用。所谓一物者，钱是也。作文亦然，天下之事，散在经子史中，不可徒使，必得一物以摄之，然后为己用。所谓一物者，意是也。不得钱不可以取物，不得意不可以明事，此作文之要也。”[④]苏轼突出意在文章中的作用。意也是词作的灵魂，各种典故、甚至诗词的本事只不过是诠释意的筌蹄。学殖越富，挥洒越开。苏轼在《次韵孔毅甫集古人句见赠五首》中谈到驱使典故的方法，他说：“羡君戏集他人诗，指呼市人如使儿。天边鸿鹄不易得，便令作对随家鸡。

---

① 陈岩肖：《庚溪诗话》，丁福保：《历代诗话续编》，北京：中华书局1983年版，第170页。

② 刘埙：《隐居通议》，卷7，王云五：《丛书集成》初编，北京：商务印书馆1985年版，第69~70页。

③ 孔凡礼：《苏轼文集》，卷67，北京：中华书局1986年版，第2104页。

④ 葛立方：《韵语阳秋》，卷3，上海：上海古籍出版社1984年版，第46~47页。

退之惊笑子美泣，问君久假何时归。世间好句世人共，明月自满千家墀。”[①]这是评论友人集句诗的观点，也是苏轼自己创作心态的表露。因为只有亲身体验才能谈出感受。苏轼在《水调歌头》这样一首不足百字的小词中，抒发了仕途失意、兄弟暌离两种复杂的情感。这两种情感之间缺乏必然的联系，一般的作者即使费尽千言万语也不可能把它们归拢到一起。苏轼不愧为大手笔，他后退一步，抒发了“人有悲欢离合，月有阴晴圆缺，此事古难全”这样的通俗哲理，于是仕途失意、兄弟暌离就成了“人有悲欢离合”的具体注脚。行文至此，读者不仅不嫌两种情感突兀，反而觉得意犹未尽，并由此派生出许多相同的联想。把别人难以言说的情感信手拈出，实有举重若轻的妙笔。其三，苏轼擅长炼格炼意，用寻常的题材表现不同寻常的情感。张炎所列举的苏轼清空词法的第二首词《洞仙歌》堪称这方面的典范。《洞仙歌》词序云：“仆七岁时，见眉山老尼，姓朱，忘其名，年九十余。自言尝随其师入蜀主孟昶宫中。一日大热，蜀主与花蕊夫人夜起避暑摩诃池上，作一词，朱具能记之。今四十年，朱已死，人无知此词者。但记其首两句。暇日寻味，岂《洞仙歌令》乎？乃为足之。”[②]从题材上看这是一首宫词，又涉及末代帝王与妃子的风流韵事，很容易流入香艳一途。依照常理，这首词的品味不会太高。苏轼高明之处就在于他从言情出发，所抒发的情感远远超出了言情的范围，由深夜纳凉感悟到时光流逝人生易老。张炎《词源》一再赞美苏轼炼格炼意方面的成就，说：“东坡次章质夫杨花《水龙吟》韵，机锋相摩，起句便合让东坡出一头地，后片愈出愈奇，真是压倒今古。”[③]“东坡词如《水龙吟》咏杨花、咏闻笛，又如《过秦楼》《洞仙歌》《卜算子》等作，皆清丽舒徐，高出人表。《哨遍》一曲，隐括归去来辞，更是精妙，周、秦诸人所不能到。”[④]苏轼词立意比别人高，常有“不战而屈人之兵”的奇思妙笔。其四，苏轼的《水调歌头》《洞仙歌》，清空了词的基本要素，留下了较大的想象空间，正好给读者提供了驰骋想象力的余地。每一位读者可以根据自己的感受去填补这个空间。宋神宗

---

① 冯应榴：《苏轼诗集合注》，卷22，上海：上海古籍出版社2001年版，第1106~1109页。
② 邹同庆、王学堂：《苏轼词编年校注》，北京：中华书局2002年版，第413~414页。
③ 张炎：《词源》，卷下，唐圭璋：《词话丛编》，北京：中华书局1986年版，第265页。
④ 张炎：《词源》，卷下，唐圭璋：《词话丛编》，北京：中华书局1986年版，第267页。

听《水调歌头》，品出了爱君之意[1]。因为神宗是一代明君，他了解苏轼的牢骚和苦衷。苏辙读出了棠棣之情和仕途艰险[2]。苏辙是苏轼患难与共的兄弟，他理解乃兄隐藏不露的内心情志。苏轼着意清空了的那些内容，又在读者的阅读中得到了进一步的补充。这种意趣没有具体的指向，也没有一定的法度，但它确实达到了无所不包、感人至深的意境。魏庆之说苏轼词“皆绝去笔墨畦迳间，直造古人不到处”[3]，与张炎对苏轼笔力的评价遥相呼应，可谓是知者之言，正中肯綮。

苏轼融合了唐诗善于抒情，宋诗善于写意的两种创作方法，用真情驾驭才学，突出其中的意趣。这种意趣与议论相结合，表现为一种通俗的哲理，它可以超越具体的词作而存在，体现出超乎寻常的艺术创造力和想象力。苏轼的清空属于那种随物赋形、没有一定之规的创作方法，是作者人品性情、学问修养的综合体现，代表了宋诗才学化的方向。南宋词坛是在苏轼的影响下发展起来的。无论是辛派词人还是典雅词派，都与苏轼有着千丝万缕的联系。相比之下，辛派词人受苏轼的影响似乎更明显一些。他们往往被看成一个词派，即苏辛词派。但仔细比较，就会发现辛派词人其实并非有意学习苏轼。他们只是在创作观念、思想性格和处世态度上比较相近，都属于士大夫阶层中比较有作为的那一类人。在创作观念中，都主张以才学为词。苏轼表现为以诗为词，辛弃疾表现为以赋为词，陈亮、刘过则表现为以论为词。苏轼运用才学还有一定的选择和限制，他们没有任何的限制，因此才学比苏轼更为广博，甚至发展到为才学而才学的地步。苏辛词派都是无意为词的，他们把词作为一种陶写性情的工具，并不讲求词体内在的规律性。苏辛并称，在创作风格上没有多少必然的联系。反倒是南宋中后期的本色典雅派继承了苏轼衣钵，受苏轼影响更为深远。姜夔的清空的创作风格即脱胎于苏轼。他把苏轼天才化、个性化的创作作风变成一种中规中矩、可以普及开来的法度；张炎则把苏轼姜夔的法度提炼为一种词学理论。在张炎看来，姜夔把苏轼的清空、辛弃疾的骚雅绾合在一起，形成一种“不惟清空，又且骚雅”的新词风。张炎作《词源》目的就是为当时词坛正本溯源，指点迷津，用苏轼的创作方

① 鲖阳居士：《复雅歌词》，唐圭璋：《词话丛编》，北京：中华书局1986年版，第59页。
② 陈宏天、高秀芳：《苏辙集》，北京：中华书局1990年版，第1363页。
③ 魏庆之：《诗人玉屑》，卷15，北京：中华书局2007年版，第675页。

法、辛弃疾的骚雅品格来改造当时颓靡的词风和社会风气。陆辅之传张炎晚年的词法，仿照江西诗派“一祖三宗”说构建了一个唐宋词学的正派系列。虽然苏轼没有进入正派序列之中，但他却是正派序列刻意要学习的典范。苏轼清空的创作风格是正派词人孜孜以求的理想境界。由此可见苏轼在宋代词学史上的特殊地位及其对宋代本色典雅词派的深远影响。

第二节　姜夔与清空

苏轼词盛行于南宋初期。当时，南宋朝廷仓皇渡江，立足未稳，需要慷慨激昂之词来振奋人心。于是，在北宋后期颇受訾议的苏轼词适应了时势的需要，从而成为当时最流行的词作。一时间苏轼被奉为南宋词坛上的典范。他所倡导的“以诗为词”之风，也主导了南宋词坛的发展方向，直至后来形成一个规模空前、声势显赫的辛派词人群体。姜夔出现在辛派词人鹰扬词坛之际，他把这种以诗为词、以赋为词、不甚本色的风气转化为本色雅正。尽管他们在运用才学、提高词品的目标是一致的，但在提高词品的具体方法上还有很大的差异。苏轼尊体和破体并重，他以牺牲词体特质为代价来提高词的品位。经过苏轼雅化以后，词已不是原来的曲子词，但词的文化品位明显地提高了。凡可以用诗歌散文辞赋来表达的内容和情感，都可以用词体来表现。姜夔不仅要提高词的文化品位，还要保持词体要眇宜修的本色、全面雅化词的体式和内容。因此，他比苏轼雅化的程度更高，难度也更大。姜夔有意为词，把词的创作纳入一定的法度之中，他的创作风格与南宋词坛上吴文英“质实”的创作风格、辛弃疾“骚雅”的审美理想有着必然的联系。姜夔创作风格能通过一定的法度传递下去，南宋江湖词派就是姜夔创作风格和词学理论的继承者和实践者。有关姜夔词的“清空”，学术界已经进行了深入系统的研究。有人把“清空”阐释为“清刚”或“清旷”，还有人脱离了宋代词学发展的实际，仅从字面上阐释“清空”，把“清空”阐释为“清+空”，或“意清+境空”。由于缺乏必要的事实依据和理论依据，这些研究多是一些主观感受。由于忽略了姜夔清空理论背后深厚的学术背景，就不可能发现宋代词学理论的精华。有鉴于此，笔者运用文学思想史的研究方法，以张炎《词源》卷下对姜夔清空骚雅词风的阐述为根据，从宋代词学发展的角度来探讨姜夔词的“清空”。为了更好地说明姜夔词学思想的渊源，本节先从姜夔“清潭见底”的诗学理论说起。

一、清潭见底

姜夔是南宋中期著名的诗论家。虽然他没直接提出“清空”这个概念，但在他的诗学理论中有一些概念已经非常接近“清空”了。“清潭见底”就是其中之一。姜夔不仅提出了这个概念，还指出了实现“清潭见底”的具体方法和途径，这些对张炎的清空理论有深刻的影响。

姜夔的诗论材料由三部分组成：一是诗集自序二篇，二是白石道人诗说，三是诗歌创作中所涉及的诗学观点。在诗集自序中他发表了自己对诗歌的看法，提出了“诗本无体”、“三百篇皆天籁自鸣”的观点。《诗经》是商周诗歌的一个总集，虽然历时千余年，但总体风格还是一致的。从曹魏黄初年间到姜夔所处的南宋时期，由于作者品性不同，作品呈现出不同的特色。这种风格特色也是自然形成的，而不是有意创造出来的。时人不懂这一点，硬是要人为地创造出一种“体”（风格）来。因为“体”是作者身份地位和文学成就的体现，所以一时之间涌现出了无数的诗体。姜夔以自己学诗为例，说明诗体是如何产生的。宋宁宗庆元二年（1196），姜夔谈及自己学诗的经历是这样说的：“近过梁溪见尤延之先生。问余诗自谁氏，余对以异时泛阅众作，已而病其驳如也，三熏三沐，师黄太史氏。居数年一语噤不敢吐，始大悟学即病，顾不若无所学之为得，虽黄诗亦偃然高阁矣。”[①]宋诗显著的特征就是善于学习模仿前人的创作风格，像临摹书帖一样，通过长期的摹写、揣摩感受，从形似到神似，然后形成自己的风格。别的时代虽然也学习和继承前代诗歌，但很快就创出了自己的风格。而宋诗从前到后始终都处于学习状态。姜夔生活在南宋中期，这时江西体和晚唐体都很盛行。因此尤袤见面就问“诗自谁氏”。姜夔答曰先是泛阅众人，因其风格驳杂，于是专学黄庭坚；数年以后，发现学诗就陷入一个困境，把自己限定在某个狭小范围之内

---

① 姜夔：《白石诗词集》，自叙，北京：人民文学出版社1959年版，第1页。

从而失去了创造力，于是连黄庭坚的诗歌也束之高阁，不再学习了。尤袤给姜夔列举了江西体以外几个名家，并以反诘的语气强调说："近世人士喜宗江西，温润有如范致能者乎？痛快有如杨廷秀者乎？高古如萧东夫，俊逸如陆务观：是皆自出机轴，亶有可观者，又奚以江西为？"[①]这些名家与江西体有很深的渊源，他们出自江西又反对江西，后来又回到江西。共同点是"自出机轴，亶有可观"，说明这些人已经创出了自己的特色，形成了自己的风格，而且他们的成就，并不比江西体逊色多少。姜夔从宋孝宗淳熙十三年至十六年间（1186—1189）先后结识这些名家，并与他们一起谈论诗歌。这些诗坛前辈也与尤袤的观点大体相同。因为有前辈诗人的认可，姜夔提出了他自己的诗歌的观点："余之诗，余之诗耳。"[②]我的诗就是我的诗，它是我性情的体现，也是我内心情感的体现，我用这种诗歌陶写穷居野处的寂寞之情，但不敢把它作为干谒权贵的工具、谋取稻粱的资本，赚取能诗的名声。在《自叙二》中姜夔坚持了自然的诗学观点，说作诗不求与古人相合，或与古人相异，只要把自己的真实情感表现出来，就达到了与古人合或者不合的目的。郑文说："有意地合同于古人的模仿者，当然不及有意地区别于古人的独创者；有意地区别古人的独创，还不脱离为写诗而写诗所采取的手段，还不能按照吟咏对象的本来面貌而达于'天'。只有按照吟咏对象的本来面貌'如印印泥，如水在器'地吟咏出来，像'其来如风，其止如雨'地行乎其所不得不行、止乎其所不得不止，这才能'不求与古人合而不能不合，不求与古人异，而不能不异'而达到'天'。"[③]姜夔认为诗歌情感缘于诗人的内心，"其来如风，其止如雨，如印印泥，如水在器。其苏子所谓不能不为者乎？"[④]这些情感是真真实实地存在着，而不需要从前人的诗篇中提取采择。苏轼写诗作文全为情感所驱使，不择地而出，常行于所当行，常止于不可不止。姜夔也承认自己早年学习江西诗派的诗歌正好缺乏这种自然的感情，本想把这些诗作"秉畀炎火"，但还是保留下来了，也算是学诗历程中的雪泥鸿爪吧。

姜夔的诗学观还表现在他对诗歌本质的认识上。他认为诗歌是一种具有生

---

① 姜夔：《白石诗词集》，自叙，北京：人民文学出版社1959年版，第1页。
② 姜夔：《白石诗词集》，自叙，北京：人民文学出版社1959年版，第1页。
③ 姜夔：《白石诗说》，前言，北京：人民文学出版社1962年版，第24页。
④ 姜夔：《白石诗词集》，自叙二，北京：人民文学出版社1959年版，第2页。

命的文体，“大凡诗自有气象、体面、血脉、韵度。气象欲其浑厚，其失也俗；体面欲其宏大，其失也狂；血脉欲其贯穿，其失也露。韵度欲其飘逸，其失也轻。”[①]诗歌像人一样具备各种生命特征，作者不能随意改造它。姜夔说：“雕刻伤气，敷衍露骨。”[②]字琢句炼，就像给混沌凿眼一样，七日凿成七眼而混沌死。要想培养诗歌的生命力，必须涵养它的活力。姜夔认为在诗歌创作时，思路上常有滞碍，出现诗思枯竭、语言贫乏等情况，这不是构思上的问题，而是由于作者学问的欠缺。只有增进学问，才能改变这种情况。诗歌讲究自然天成，但也需要必要的修饰，姜夔说：“若鄙而不精巧，是不雕刻之过；拙而无委曲，是不敷演之过。”[③]诗歌文辞粗鄙，情感直白，是不雕刻、不敷衍的问题。这样的诗歌是自然的，但效果并不好。好的诗歌应该是天然和人力的完美结合。黄庭坚既善于雕刻琢句，又善于敷衍写意，像清庙之瑟，句中有余味，篇中有余意，是善之善者也。雕刻、修饰都是一种人力工夫，姜夔在诗歌创作中引进了许多人力工夫的因素，用不自然的手段达到自然的目的。这种诗学思想与唐代皎然很接近。

姜夔给诗歌下的定义是守法度。法度是无处不在的，结构有结构的法度，对偶有对偶的法度，用事有用事的法度，结句有结句的法度。诗歌的风格千差万别，表现方式也因人而异，但其中的法度却不能乱。这个始终不乱的法度就是宋诗特有的活法。姜夔对活法的解释是：“学有余而约以用之，善用事者也；意有余而约以尽之，善措辞者也；乍叙事而间以理言，得活法者也。”[④]姜夔的活法意识与吕本中不同。吕本中强调在规则之内进行创造[⑤]。姜夔则是通过对诗歌材料、情感等因素的限制，从而达到游刃有余的境界。用事是学问的体现，但要限制用事的数量，直到不可不用然后才用；诗歌中的意要含蓄蕴藉，不能太尽太露，要尽可能地留出空白。叙事时夹杂一些议论的成分，避免平铺直叙而且还能增加一定的广度和深度。吕本中在诗歌创作中引苏济黄，强调自然出于法度，他

① 姜夔：《白石诗说》，北京：人民文学出版社1962年版，第28页。
② 姜夔：《白石诗说》，北京：人民文学出版社1962年版，第28页。
③ 姜夔：《白石诗说》，北京：人民文学出版社1962年版，第28页。
④ 姜夔：《白石诗说》，北京：人民文学出版社1962年版，第29页。
⑤ 王正德：《馀师录》，卷3《吕居仁》，吴文治：《全诗话全编》，南京：江苏古籍出版社1998年版，第6册第6183页。

的活法是一种开放的思维方式。而姜夔的活法则是一种内敛的方式。姜夔的诗词用典不多，但很精彩。他努力挖掘才学与诗词所抒写的“意”之间的必然联系。姜夔强调自悟，说舍文而无妙，胜处要自悟。诗歌创作需要才学，但不是才学越多越好。关键在于如何运用才学。一首好的诗歌，一定是通过对诗歌材料的深入思考，抒发出作者内心独有的情志。也就是说把作诗的材料与作者内心的意联接起来，挖掘其间的共同性，把它变成一种能够被别人认可的情感。这就需要诗人的深思妙悟。姜夔诗歌的四种高妙都与深思妙悟有关系。他说：“诗有四种高妙：一曰理高妙，二曰意高妙，三曰想高妙，四曰自然高妙。碍而实通，曰理高妙；出自意外，曰意高妙；写出幽微，如清潭见底，曰想高妙；非奇非怪，剥落文采，知其妙而不知其所以妙，曰自然高妙。”[①]其中理高妙、意高妙和想高妙，都与对诗材、诗意的深入思考有关。通过长期的思考，一旦开悟，把那些没有必然联系的事物联系起来，把别人说不出来的意表达出来。自然高妙是前面几种高妙的综合体现。它不求立意之奇特，也不求表达方式之怪异，不需借助文采，让人觉得奇妙但不知因何而奇妙。这种自然高妙很接近苏轼所谓的平淡[②]。黄庭坚所谓的简易，即“简易而大巧出焉，平淡而山高水深”[③]。吴可的外枯中膏，即“凡文章先华丽而后平淡，如四时之序，方春则华丽，夏则茂实，秋冬则收敛，若外枯中膏者是也，盖华丽茂实已在其中矣”[④]。由气象峥嵘、五色绚烂到平淡自然、外枯中膏，是姜夔诗论的主要特征。

姜夔的自然高妙是通过天籁、自然来体现的。姜夔的天籁、自然出自《庄子》以及钟嵘《诗品》，但是与《庄子》、钟嵘有所不同。《庄子》的自然蔑弃一切法度，排除一切人为的因素，复归到混沌未开的蒙昧状态。钟嵘的自然出自诗人内心的感受。这种自然与魏晋玄学思潮有密切的联系，是玄学思想在五言诗创作中的体现。钟嵘反对玄言诗，但在钟嵘的诗学思想中蕴含着一些玄学的成分。姜夔则尊重事物本身的规矩，在法度之内寻求创造。姜夔认为人力工夫也是天籁

---

① 姜夔：《白石诗说》，北京：人民文学出版社1962年版，第32~33页。
② 赵令畤：《侯鲭录》，卷8，北京：中华书局2002年版，第203页。
③ 刘琳：《黄庭坚全集》，正集卷18，成都：四川大学出版社2001年版，第471页。
④ 吴可：《藏海诗话》，丁福保：《历代诗话续编》，北京：中华书局1983年版，第331页。

的一部分，他说："沉着痛快，天也。自然与学到，其为天一也。"[①]沉着痛快，是源自诗人内心的情感。无论是情感的沉淀累积，还是倾泻而出，都是有感而发的，因而是天然的。后天学到的各种知识技能，以及日积月累集义养气而形成的作者的思想人品、道德涵养等，虽然不是先天具有的，但也是经过刻苦学习和勤苦力行得到的。从诗人创作角度来看，这些因素都是诗人的自身具备而非外力强加的。把后天学习和修养得到的因素也看作天然的一部分，如此一来姜夔的诗论就有了更为深刻的内容。于是，许多人力工夫的因素就这样合情合理地被融入诗歌创作。

姜夔评论古代的文学作品与古人有所不同，譬如发乎性情是人的天性；而归之礼义是一种后天的修养。如果不断进行教育和训练，那么，归之于礼仪也可以成为一种天性。我们经常看到许多人做事情中规中矩，恪守规范，久而久之也就成了一种天性。如果某一天不让他遵守规范，反倒极不适应。人的各种嗜好也都是这么形成的。姜夔说："喜辞锐，怒辞戾，哀辞伤，乐辞荒，爱辞结，恶辞绝，欲辞屑。乐而不淫，哀而不伤，其惟关雎乎？"[②]人有七情六欲，如果放纵这种情感，必然导致诗歌情感上的偏执；如果限制这些情感，使其符合一定的标准，就能更好表现作者内心的情愫。姜夔自觉地认同乐而不淫、哀而不伤的诗教观，并且把它作为诗歌的审美标准。《关雎》是这种中正平和、自然而然情感的典范。杜诗也兼有风雅的特点，"诗有出于风者，出于雅者，出于颂者。屈宋之文，风出也。韩柳之诗，雅出也。杜子美独能兼之。"[③]姜夔的这个观点值得玩味。《诗经》分为风雅颂三类，但汉人论诗主美刺，只讲风雅。风主怨刺，雅主颂美。屈宋之赋作于昏君乱世，以讽谏为主；韩柳诗歌与散文不同，多以日常生活、闲情逸致为主，情感中和而不失其正。杜诗兼有风雅的特点，品高味正，最得古典诗歌之真传。除了继承杜诗的传统，姜夔还继承了宋诗一些新的特性，如苏轼、黄庭坚、范温论"韵"的一些观点，他对陶渊明的诗歌评价甚高："陶渊明天资既高，趣诣又远，故其诗散而庄、澹而腴，断不容作邯郸步也。"[④]陶渊明诗歌外枯

---

① 姜夔：《白石诗说》，北京：人民文学出版社1962年版，第32页。
② 姜夔：《白石诗说》，北京：人民文学出版社1962年版，第29页。
③ 姜夔：《白石诗说》，北京：人民文学出版社1962年版，第30页。
④ 姜夔：《白石诗说》，北京：人民文学出版社1962年版，第30页。

中膏，在诗歌的形式和情感之间有一种不协调，表现出一种欠缺之美。正是这种不协调或欠缺构成了陶渊明特有的诗韵。姜夔继承这个观点，进而提出了诗法诗病说。每个诗人的作品都有其成功的一面，可以被后人效法，谓之诗法；也有其不足的一面，谓之诗病。一家的诗风，由诗法和诗病两部分组成。姜夔说："不知诗病，何由能诗？不观诗法，何由知病？名家者各有一病，大醇小疵，差可耳。"①不了解诗病，就不会作诗；但不知道诗法，就无法了解诗病。每一个作家都有一病，评论作家时从大的方面来看总体风格可以就成了，没有必要太计较小的得失。但从学习某个作家的风格上讲，这个病才是作家真正特色的体现。通过缺点更能看出一个人的品行和能力，有时候缺点比优点更说明问题。评论诗人也是如此。陶渊明的诗歌形式散漫，情感淡薄，在散淡中蕴含着庄腴。每位诗人的人生境遇、道德涵养、个性气质、审美趣味都不相同，因而学习前人是很难诗法诗病二者兼顾、惟妙惟肖的。宋代学陶绍陶的人不少，但没有哪个人真正能达到陶渊明的境界。而且每个作家都有其独特风味，这些个性化特色是很难学到的。他说："一家之语，自有一家之风味。如乐之二十四调，各有韵声，乃是归宿处。模仿者语虽似之，韵亦无矣。鸡林其可欺哉？"②据元稹《白氏长庆集序》记载，鸡林国相很喜欢白居易的诗歌，并能够根据白诗的总体风格辨别新购白诗的真伪③。作家的风格就像其个性一样明显，是他人模仿不来的。与其如此，还不如写出自己的风格更直接。姜夔诗歌就是他漂泊江湖的无奈、报国无门的悲苦和人格修养的体现，是作者自得之物。姜夔诗论教人达到自得之地，达不到自得之地就不算能诗。

姜夔提出一个类似清空的概念叫"清潭见底"。姜夔论诗讲求自然天籁，但他的自然天籁又包含了太多的人力工夫。其中，以才学化的因素居多。姜夔通过自悟，也就是对诗材的深思，把因为使用才学而形成的诗意晦涩、形式板滞等问题清空掉，从而实现诗意的自然抒发。姜夔"写出幽微、如清潭见底"的境界是通过"想高妙"来实现的。"想高妙"又建立在学养的基础上，他说："思有窒

---

① 姜夔：《白石诗说》，北京：人民文学出版社1962年版，第29页。
② 姜夔：《白石诗说》，北京：人民文学出版社1962年版，第33页。
③ 冀勤：《元稹集》，卷51，北京：中华书局1982年版，第555页。

碍，涵养未至也。当益以学。”[①]姜夔认为学是作诗的基础，但学本身还不是诗，好的诗歌都是“自悟”出来的。“自悟”以学养为基础，对写入诗歌的材料苦思冥想，用一个空灵的“意”，把这些杂乱的事物连贯起来，凸现其背后所蕴藏的“理”。“理”就是深思妙悟的结晶。诗作的好坏，常常取决于对“理”的彻悟程度。钱锺书对此有精辟的见解：“《大学》曰：‘虑而后能得’；《荀子·劝学》篇曰：‘真积力久则入。’皆以思力洞澈阻障、破处艰难之谓；论其工夫即是学，言其境地即是修悟。”[②]学和悟是相辅相成的。多学深思就能开悟。姜夔《诗说》特别突出诗歌中的意。他对作者的要求是：“意格欲高，句法欲响，只求工于句字亦末矣。故始于意格，成于句字。句意欲深，欲远，句调欲清，欲古，欲和，是为作者。”[③]作者是有一定成就的诗人，要想达到“作者”的层次，必须在句意、句调两方面下功夫。在作品构思方面，指出写作中存在的问题：“意出于格，先得格也；格出于意，先得意也。吟咏情性，如印印泥，止乎礼义，贵涵养也。”[④]写作时不要先划定一个框框，如果作品情感超出事先划定的框框，这是因为先有框框再进行创作的缘故；如果诗歌的结构由“意”来决定，这是先有“意”再有结构。而诗歌的情感是实实在在的，就像用印泥印图案一样；发乎性情止乎礼义，也是由作者内在的涵养决定的。在遣词造句中要做到“意中有景，景中有意”[⑤]。姜夔还把诗歌结尾总结为四种形式：一是辞意俱尽，二是意尽辞不尽，三是辞尽意不尽，四是辞意俱不尽。这四种情况各有其独特的地方。姜夔也很赞赏这样的结尾方式“篇终出人意表，或反终篇之意”，通过强劲有力结尾，给人留下无穷的余味。姜夔还说：“后之学诗者，可不务乎？若句中无余字，篇中无长语，非善之善者也；句中有余味，篇中有余意，善之善者也。”[⑥]余味、余意，就是含蓄不尽之意，耐人回味之意，也就是宋诗特别讲究的“韵”。宋人认为好的诗歌未必有韵，有韵的作品肯定都是好的。如果从“诗无邪”的角度去思考，好的诗歌能够引发人丰富的联想，而这些联想就是诗歌的余音、余韵。

---

① 姜夔：《白石诗说》，北京：人民文学出版社1962年版，第31页。
② 钱锺书：《谈艺录》，北京：中华书局1984年版，第101页。
③ 姜夔：《白石诗说》，北京：人民文学出版社1962年版，第32页。
④ 姜夔：《白石诗说》，北京：人民文学出版社1962年版，第32页。
⑤ 姜夔：《白石诗说》，北京：人民文学出版社1962年版，第31页。
⑥ 姜夔：《白石诗说》，北京：人民文学出版社1962年版，第31页。

姜夔“清潭见底”的诗学思想蕴含着一个明确的线索：从法度到自然，从才学到清空。但这条线索在姜夔的诗歌中表现并不明显，因为姜夔接近陶渊明的平淡自然，虽然也是“清潭见底”的，甚至还有余韵、余味，但这种“清潭见底”像唐诗一样，是一种自然的清空，而非由人力工夫出发达到的清空。能够展现姜夔“清潭见底”的特色的作品主要在他的词中。姜夔的词比诗歌成就更高，更具备宋诗才学化的特色。张炎总结“清空”理论时，即以苏轼、姜夔词作为蓝本，所枚举词例也以姜夔最多。由此可见姜夔词作对江湖词派清空理论的深远影响。

另外，在姜夔的诗歌创作中，还涉及对当时一些诗坛名家及其作品的评论，其中有项安世（字平甫）和杨冠卿（字孟锡）。姜夔与项平父的交游见于《姜尧章自叙》[①]。《送项平甫倅池阳》诗云两人是同乡，在临安相识并成为至友。项安世于绍熙五年（1194）迁校书郎，庆元元年（1195）添差通判池州。这首诗歌是送项安世离开临安前往池州赴任时所作。诗中说他们曾在一起论诗，“西湖一曲古墙阴，清坐论诗夜向深”。由于长时间切磋交流，他们的诗学观点趋于一致，创作风格也很相近。姜夔说：“论文要得文中天，邯郸学步终不然。如君笔墨与性合，妙处特过苏李前。我如切切秋虫语，自诡平生用心苦。神凝或与元气接，屡举似君君亦许。”[②]他们都主张为文要天然，反对模拟抄袭别人。项安世的诗歌笔墨与性情相合，绝妙之处超过汉代李陵苏武。在古人心目中，前代流传下来的作品都是经典，更何况苏武李陵还是梁代诗论家钟嵘《诗品》钦点的上品诗人。姜夔以前代诗人苏李来比拟项安世，就是对项安世其人其诗的最高评价。姜夔与项安世诗歌题材不同。姜夔自谦其诗如秋虫切语，经历了一个化实为虚、概括提炼的过程，抒发的不是心中情感而是一种意趣，这种意趣或与天地间“元气”相合。尽管两人在诗歌题材、情感上有天然和人力之别，但在总的趋向上还是相近的。他们都反对不顾诗歌情感，只强调所谓的诗法和技巧的创作方法，姜夔说：“君不见古人拙处今人巧，我徂山林口挂壁。如君合救狂澜倒。”[③]由于在野的社会地位和漂泊江湖的艰难处境，姜夔对这种不良的诗风有所感悟但无能为力，他希

① 周密：《齐东野语》，卷12，北京：中华书局1983年版，第211页。
② 姜夔：《白石诗词集》，北京：人民文学出版社1998年版，第24页。
③ 姜夔：《白石诗说》，北京：人民文学出版社1962年版，第23页。

望项安世挺身而出挽救衰颓的诗风。

在《题杨冠卿〈客亭吟稿〉》中姜夔还评论了杨冠卿的诗歌风格。姜夔突出了杨冠卿的隐遁之情。一般说来隐遁是一种美德，不事奔竞，随遇而安，在纷繁复杂的外界诱惑下保持内心的平静。但是姜夔对此有他自己独到的理解。姜夔认为杨冠卿是一位有理想有抱负，也有才能的诗人。他自号雾隐，就像虎豹一样隐藏在云雾之中。他以隐为手段，达到兼济天下的目的。归隐对他来说，是一种无奈的选择。当时一般的士大夫也讲隐遁，一旦遇到功名利禄，就像披着虎皮的羊一样，见草而喜，忘记了披在身上的虎皮。隐遁只是他们谋取功名利禄的一种手段而已。世风日下，正人不用，正论不作，通都大邑到处都是奸佞之辈，像杨冠卿这样的正直君子没有施展才能的机会，只得隐遁江湖。即使他能像汉代张楷那样能兴起五里云雾也无济于事[①]。在这首诗歌中，姜夔评论杨冠卿诗歌的话并不多，着重评论了杨冠卿隐遁时的心态。杨冠卿生于绍兴八年（1138），比姜夔年长20岁。杨冠卿的诗学思想对姜夔有一定的影响。杨冠卿诗词兼善，还是一位词选家。他选编了一部《群公乐府》。该书选编体例模仿曾慥的《乐府雅词》，编选思想是尚雅黜俗。杨冠卿对宋词，尤其宋代雅词做了积极的评价："天朝文物，上轹汉周，而其大者固已勒之金石，与五三六经并传于无终穷。若夫骚人墨客以篇什之余，寓声于长短句，因以被管弦而谐宫征，形容乎太平盛观，则又莫知其几。名章俊语，前无古人，盛丽如游金张之堂，妖冶如揽嫱施之袪，幽洁如屈宋，悲壮如苏李，盖不但一方回而已也。"[②]杨冠卿引用张耒评价贺铸词具有多种风格，以"盛丽如游金张之堂，妖冶如揽嫱施之袪，幽洁如屈宋，悲壮如苏李"[③]来形容当时词坛的盛况，表明在南宋高宗、孝宗时期词坛上确实存在着多种多样的词风。《群公乐府》选编北宋以来的雅词，主要是曾慥漏选的词作，以及绍兴十六年（1146）《乐府雅词》编成以后到宋孝宗丁未年（1187）这四十年间的雅词。《群公乐府》可以看作《乐府雅词》的补编或续编。杨冠卿所谓的"雅词"与南宋初期词坛上"雅词"概念相同，是指内容雅正而形式上不够本色的词

① 姜夔：《白石诗说》，北京：人民文学出版社1962年版，第61页。

② 杨冠卿：《群公乐府序》，吴文治：《宋诗话全编》，南京：江苏古籍出版社1998年版，第7册第6614页。

③ 张耒：《张耒集》，卷48，北京：中华书局1990年版，第755页。

作。这些词以苏轼的为代表。杨冠卿说："余漂流困踬，久客诸侯间，气象萎薾，时有所撄拂，则取酒独酌，浩歌数阕，怡然自适，似不觉天壤之大，穷通之为殊涂也。羁旅新丰，既获其助，遂掇拾端伯雅词未登载者，厘为三秩，名曰《群公词选》，锓木寓室，以广其传，得则书之，颇无铨次，惟以寇忠愍公、范文正公冠篇首，庶几浮靡之议无所容声。"[①]《群公乐府》现已失传，即以他列为篇首的寇准、范仲淹词而言，这些词与本色雅正还有一定的差异，属于那种可以"浩歌"的范畴。杨冠卿编选词集的目的是"怡然自适"，以解羁旅之愁。这与北宋时期那种娱人娱已、为歌妓歌唱而编选的词集不同，具有深刻的思想内容。杨冠卿还为谢懋的《静寄乐府》作序，他说谢懋残存的乐府七十五篇："摹写物华，舒发情思，俱与声度合，虽诙谐戏谑，间见迭出，往往金辉玉映，敷腴润泽，无一点寒陋气。"[②]他还提出了一个很有意义的问题：绮靡之词同样可以寄寓至理，表现深厚的思想情感，他说："或者乃谓绮靡之词，发人幽感，君子病之，不传焉可也。曾不知至理所寓，何往而不存？昔柳耆卿赋咏绮靡尤甚，而有浮屠氏者歌所谓'晓风残月'句，乃于祖道契悟豁然，则词之绮靡亦奚病？静寄之作从昔以耆卿自许，晚年且嗜禅学，安知无警悟于世者？余故叙而首之，以见不忘之意云。"[③]这与此前的词学观念多有不同。所谓"绮靡"是指词作内容软媚，多写男女之情、花草之意；词作语言华美，多用故实，具有诗化之美，甚至比诗歌还要精美。此前，宋词雅化是避开男女之情、语言之美，往往以诗为词，借鉴诗歌的主题、诗歌的方法来提高词的思想品位。杨冠卿在词学实践中对此提出质疑，并自觉回归北宋后期李清照本色歌唱、周邦彦典雅法度的思路上来。这为姜夔词的清空骚雅提供了一个新的途径。

二、骚雅句法

笔者分析苏轼词的清空是从张炎《词源》卷下对"清空"的界定——"清

---

① 杨冠卿：《群公乐府序》，吴文治：《宋诗话全编》，南京：江苏古籍出版社1998年版，第7册第6614页。
② 杨冠卿：《静寄乐府序》，吴文治：《宋诗话全编》，南京：江苏古籍出版社1998年版，第7册第6615页。
③ 杨冠卿：《静寄乐府序》，吴文治：《宋诗话全编》，南京：江苏古籍出版社1998年版，第7册第6615页。

空中有意趣，无笔力者未易到”着眼的，但这并不是苏轼词独有的特点而是“清空”这种创作风格所有的共性。张炎所枚举的清空词人王安石、苏轼和姜夔都具有这一特点，我们同样也可以用来论述王安石或者姜夔词的清空。这样也能说明问题，但又难免重复。仿佛除此之外再无别的途径来展现姜夔词的清空，这反倒影响了对清空作为宋词雅化的必然性的认识。为此，笔者在分析姜夔词的清空时拟换个角度，从张炎《词源》卷下勾画的通向清空的快捷通道用“白石骚雅句法”点化周邦彦清真词，来分析姜夔清空的创作风格。

（一）

张炎评论姜夔词的骚雅有三次：一次《词源》卷下“清空”条：“白石词如疏影、暗香、扬州慢、一萼红、琵琶仙、探春、八归、淡黄柳等曲，不惟清空，又且骚雅，读之使人神观飞越。”①这是对姜夔白石词风比较完整的一个评价，其词风由两方面构成，创作风格是清空，审美理想是骚雅。接下来两次直接用骚雅来概括姜夔词的创作风格，一是《词源》卷下杂论第十条：“美成词只当看他浑成处，于软媚中有气魄。采唐诗融化如自己者，乃其所长。惜乎意趣却不高远。所以出奇之语，以白石骚雅句法润色之，真天机云锦也。”②所谓的骚雅句法，就是姜夔词的创作风格。二是给陆辅之传授清空词法：“周清真之典丽，姜白石之骚雅，史梅溪之句法，吴梦窗之字面，取四家之所长，去四家之所短。”③张炎把清空词法作为宋词正派体系的主要内容。这个体系由四位词人组成，其中之一是“姜白石之骚雅”。张炎两次用“骚雅”来概括姜夔词的创作风格或词风，这与《词源》卷下“清空”条的表述不同。显然这不是一时的笔误，其中包含着我们所不知道的某种含义。那么，这个含义是什么呢？要想了解这一点，还得从张炎一贯的词学思想并结合宋代词学的实际去解读。姜夔的骚雅句法与周邦彦有密切的关系，因为两次谈论姜夔词的骚雅都说到了周邦彦。姜夔的骚雅句法是建立在周邦彦清真词的基础之上的，或者说姜夔的骚雅句法出自周邦彦清真词的典丽。了解周邦彦清真词的基本特征，对理解姜夔的骚雅句法有特殊意义。那么，周邦

① 张炎：《词源》，卷下，唐圭璋：《词话丛编》，北京：中华书局1986年版，第259页。
② 张炎：《词源》，卷下，唐圭璋：《词话丛编》，北京：中华书局1986年版，第266页。
③ 陆辅之：《词旨》，上，唐圭璋：《词话丛编》，北京：中华书局1986年版，第301~302页。

彦清真词的基本特征有哪些呢？

周邦彦以辞赋名家，史称其疏隽少检，不为州里推重，因而不能领乡荐参加科举考试，年近三十还在太学外舍肄业。科场不顺，并不代表周邦彦无真才实学。周邦彦博涉百家之书，通过进献《汴都赋》一举扬名。李焘《续资治通鉴长编》卷344载：神宗元丰七年三月壬戌，“诏太学外舍生周邦彦为试太学正，寄理县主簿尉。邦彦献《汴都赋》，上以太学生献赋颂者以百数，独邦彦文采可取，故擢之。”[①]关于周邦彦献赋的细节，后人也津津乐道。楼钥《清真先生文集序》云：“钱塘周公少负庠校隽声，未及三十，作《汴都赋》赋凡七千言，富哉壮哉！铺张扬厉之工，期月而成，无十稔之劳，指陈事实，无夸诩之过。赋奏，天子嗟异之，命近臣读于迩英阁。……及详味其辞，经史百家之言，盘屈于笔下，若自己出，一何用功之深，而致力之精耶？”[②]宋代皇帝视察太学，诸生献诗献赋献政论已成惯例。其中辞赋以敛集故实、颂扬时政为特色。为了一展腹中才学，一般都要经过多年宿构。但周邦彦《汴都赋》用时很短，可见其出众的才气。《汴都赋》的才学表现在各个方面，以多用奇字偏字和冷僻典故而令人生畏，以至于“淇水李左丞，读赋上前，多以偏旁言之”[③]。朱熹也谈到这件事，不过他说诵读该赋的是尚书右丞王和甫，“神宗修汴城成，甚喜。曰：‘前代有所作时，皆有赋。’周美成闻之，遂撰汴都赋进。上大喜，因朝降出，宰相每有文字降出时，即合诵一遍。宰相不知是谁，知古赋中必有难字，遂传与第二人，以次传至尚书右丞王和甫，下无人矣。和甫即展开琅然诵一遍。上喜，既退，同列问如何识许多字？和甫曰：‘某也只是读傍文。’”[④]诵读者是谁并不重要，重要的是这篇大赋展现了周邦彦的才学。一个不到30岁的年轻人在很短的时间内命题献赋，其中运用了大量的才学。作为赋家，周邦彦对材料细大不捐，有选择有意识地运用一些生字偏字难字异体字，化用一些不常见甚至没人知道的冷僻典故。但作为一个本色词人，周邦彦能准确把握使事用典的分寸，有选择地采用一些文辞优美、语意浅显的字眼和词句，尤其善于化用诗中成句，而不用经史中冷僻生硬的字面。刘

① 李焘：《续资治通鉴长编》，卷344，北京：中华书局1992年版，第23册第8266页。
② 罗忼烈：《清真集笺注》，下编，上海：上海古籍出版社2008年版，第598页。
③ 罗忼烈：《清真集笺注》，下编，上海：上海古籍出版社2008年版，第599页。
④ 朱熹：《朱子语类》，卷139，北京：中华书局1994年版，第3300页。

肃《片玉集序》云："周美成以旁搜远绍之才，寄情长短句，缜密典丽，流风可仰，其征辞引类，推古夸今，或借字用意，言言皆有来历，真足冠冕词林。"[①]由于用典繁夥，周邦彦词并不好读。到了南宋时期，一般阅读者需要借助流行注本才能阅读清真词。当时比较流行的注本是陈元龙的《详注周美成词片玉集》。该注本是融合多个注本而成的集注本，由于注者在知识面上的偏差，于是出现了一些错误，使读者接受周邦彦词有一定的偏差。南宋人据此认为周邦彦词主要化用唐诗中的典故，陈振孙云："美成词多用唐人诗句隐括入律，浑然天成，长调尤善铺叙，富艳精工。"[②]刘克庄《题刘叔安感秋八词》云："美成颇偷古句，温、李诸人困于挦扯。"[③]周密《浩然斋词话》也说"周美成长短句纯用唐人诗句，如'低鬟蝉影动，私语口脂香'，此乃元、白全句"[④]等。孙虹发现了这个偏差。她用详尽的事例说明清真词化用典故不仅有唐诗，而且也有各个时代的诗歌和唐宋词，其中隐括唐诗达五十余处，先秦汉魏六朝诗二十多处。由于周词注者知识积累不够，对于周词所用的六朝典故经常出现漏注误注错注的现象[⑤]。一般读者或批评家没有注意到这一点，于是形成了三人成虎、以讹传讹的现象。这从一个侧面说明周邦彦学识渊博，远非一般人所能及。姜夔坚守宋词才学化，词中也用了一些典故。但作为一个本色词人，他对写入词中的典故还是有选择的。姜夔对于儒佛道三教都做过一些研究，赵晓岚在《姜夔与南宋文化》下编做过精辟的论述[⑥]。笔者仅补二例，证实姜夔与禅宗有很深的渊源。《秘殿珠林》卷11《唐人画十六应真图》收录了姜夔的一首题偈："释之教也，方便随顺，断障除魔，舍恶乐善。诸佛菩萨至阿罗汉、十六尊者，慈悲应现，住世云何？为众生故。有比邱僧摩挐罗闻诸尊者听佛所说悟本成佛正法而返，虔恳作礼而求正果。时诺矩罗传授闻说：作者为因，报者为果；识心为悟，见性为了。须知因果识见等幻而无从起，亦无从灭。尔时十六大阿罗汉，各各会念，重为敷演百十二颂。一时信闻，悉得

① 罗忼烈：《清真集笺注》，下编，上海：上海古籍出版社2008年版，第603页。
② 陈振孙：《直斋书录解题》，卷21，上海：上海古籍出版社1987年版，第618页。
③ 王蓉贵：《后村先生大全集》，卷99，成都：巴蜀书社2008年版，第2571页。
④ 周密：《浩然斋词话》，唐圭璋：《词话丛编》，北京：中华书局1986年版，第234页。
⑤ 孙虹：《清真集校注》，前言，北京：中华书局2002年版，第22~24页。
⑥ 赵晓岚：《姜夔与南宋文化》，下编，北京：学苑出版社2001年版，第448~459页。

证果，遍于十方，成等正觉。由是尊者拈一茎草于一刹那究诸寂灭，况于尔时放大神通，游诸国土，渡诸苦海，令诸众生咸登彼岸。白石道人随喜信缘，而说偈曰：‘十六大士现通灵，揽衣渡海如沤轻。黑风巨浪不敢兴，百怪呫嗫俱收声。水神拱佑山祇迎，飞仙引导诸天擎。众生见闻毋得惊，同登彼岸称普明。’后挂角上有半印，不可识，下有文安郡侯印一。绢高一尺六寸，广四尺八寸二分。”[①] 周文璞《姜尧章金涂佛塔歌》云：“白石招我入书斋，使我速礼金涂塔。我疑此塔非世有，白石云是钱王禁中物。上作如来舍身相，饥鹰饿虎纷相向。拈起灵山受记时，龙天帝释应惆怅。形模远自流沙至，铸出今回更精致。钱王纳土归京师，流落多在西湖寺。钱王本是英雄人，白莲花现国主身。蛇乡虎落狗脚朕，何如红袍玉带称功臣。天封坼开即退听，两浙不闻笳鼓竞。归来佛子作护持，太师尚父尚书令，一枚传到白石生。生今但有能诗声，同袍秦外铦师兄。哦诗礼塔作佛事，同吃地垆山芋羹。何曾薰陆绮床供，但见相轮铜绿明。哦诗礼塔犹未毕，芦叶低飞山雨湿。”[②] 从姜夔题写的偈言以及收藏的佛教文物、交游的朋友来看，姜夔对佛教有过一定的研究，甚至非常虔诚。姜夔清空的创作风格、活法理论都与精思深悟的禅宗思想有直接的关系。姜夔在诗歌创作中用佛道典故的现象比比皆是，但在词中很少用佛教典故。因为这些典故字面生冷不适合歌唱，而且也不易理解。词是本色歌唱的，用典也要朗朗上口，浅显易懂，否则就达不到预期的效果。

唐宋时期，诗词兼善的作者往往泯灭了诗词界限。花间词人温庭筠、韦庄词被称为“诗客曲子词”，词写得像诗歌，而诗歌又很缠绵细腻，具有词的某些特点。宋代苏轼在同一时段所作的诗词文赋立意往往相同，如《江城子·密州出猎》与《祭常山回小猎》《念奴娇·赤壁怀古》与《前赤壁赋》等，文体虽然不同，但抒发的情感或发表的议论往往是相同的，甚至从中还可以看到作者思想不断演进的轨迹。在《念奴娇·赤壁怀古》中，苏轼抒发了大浪淘沙，淘尽千古英雄的绝望之情。作为一个仕途的失意者面对滔滔江水，发出英雄尚且被江水无情

---

① 《秘殿珠林》，卷11，《唐人画十六应真图》，四库全书本。

② 周文璞：《姜尧章金涂佛塔歌》，姜夔：《白石诗词集》，附录《诸贤酬赠诗》，北京：人民文学出版社1959年版，第174~175页。

淘汰，更何况吾辈凡夫俗子呢？而作于同年同月中旬（壬戌之秋，七月既望）的《前赤壁赋》，已经把这种情绪化解开了。苏轼通过水月变化，谈到了他对社会人生的看法："客亦知夫水与月乎？逝者如斯，而未尝往也。盈虚者如彼，而卒莫消长也。盖将自其变者而观之，则天地曾不能以一瞬；自其不变者而观之，则物与我皆无尽也，而又何羡乎？且夫天地之间，物各有主，苟非吾之所有，虽一毫而莫取。惟江上之清风，与山间之明月，耳得之而为声，目遇之而成色，取之无禁，用之不竭，是造物者之无尽藏也，而吾与子之所共适。"[①]这段话才是苏学的真谛所在。从不悲观从不绝望，随遇而安珍惜当下，利用一切机会造福苍生是苏轼一生不变的政治理想。苏轼所处政治环境十分险恶，他在新旧党人交相倾轧中度过一生，在流放遣返中死去。尽管如此，但他每到一地、每任一职，一定要有所作为。苏轼是宋代为数不多的被老百姓立生祠享受生祭的名人之一，《宋史》称他因法以利民是很有分量的。周邦彦也是诗词兼善的作家。作为一位诗人，他的风格也是很突出的。陈郁《藏一话腴外编》卷上是如此评述他的诗歌的，"至于诗歌自经史中流出，当时以诗名家如晁、张皆自叹以为不及。……若此，凡数百篇，岂区区学晚唐者可及耶？"[②]周邦彦的"数百篇"诗歌已经散佚，存诗仅45首[③]。就这些残存的诗歌来看，既有有为之作，也有游戏笔墨。周邦彦严守诗词界限，诗以言志，词以写情。周邦彦词立意平实，结构规范，深得本色词的三昧。周邦彦《清真集》存词185首[④]，几乎每篇都涉及男女之情。即使那些抒写节令、咏物酬酢之作与男女之情没有直接关联，但词人也是曲径通幽，绕道男女来抒发情感。题材并不脱俗，但情感却很高雅。与柳永的闺门淫亵、羁旅狎妓之情相比，周邦彦情感真挚而不猥亵，往往还透出今昔兴亡之感，引人浮想联翩。周邦彦词多用长调，这些长调是从其他词乐改造过来的。周邦彦改造过的词曲往往把上下两阕变成上中下三阕，在写景抒情中间，加上叙事，使情感过渡更加自然流畅。周邦彦词情感淡雅但不乏味，用典虽多但不诘屈。因为他抓住了本色词的特征。词是一种音乐文学，其目的是娱人娱已遣宾助兴，词介于雅俗之间。用通

---

① 苏轼：《苏轼文集》，卷1，北京：中华书局1986年版，第6页。

② 陈郁：《藏一话腴外编》，卷上，四库全书本。

③ 罗忼烈：《清真集笺注》，北京：中华书局2008年版。

④ 孙虹：《清真集校注》，北京：中华书局2002年版。

俗的题材抒发高雅的情感，借男女之情来抒发今昔之感。词的语言是诗化的书面语，不能用太直白的市井村俗的俚语，也不能用深奥生僻难以理解的经传语。词是要配乐歌唱的，语言太拗口，读且不通，还如何歌唱？宋人喜欢化用古诗中的名句，因为诗歌本身就是可以配乐歌唱的。无论是用音乐调节的自然音节，或是用平仄调节的人工音节，都是适合歌唱的。周邦彦有选择地采用古诗成句，化用古诗中的典故，其词典雅而不晦涩，属于那种能够被士大夫接受的范畴。周邦彦精通词乐，其自度曲以难度极高而著称。据说一般的乐师演唱不了，只有教坊老乐师才能以拍演奏。南宋词人每每谈到歌唱清真词的盛况，吴文英《惜黄花慢》序云："次吴江小泊，夜饮僧窗，惜别邦人。赵簿携小妓侑尊，连歌数阙，皆清真词，酒尽，已四鼓。"①张炎《国香》词序："沈梅娇，杭妓也，忽于京都见之。把酒相劳苦，犹能歌周清真《意难忘》《台城路》二曲，因嘱余记其事。"②晁公武《鹧鸪天》词："兰烬短，麝煤轻。画楼钟鼓已三更。倚栏谁唱清真曲，人与梅花一样清。"③王沂孙《醉落魄》词："小窗银烛，轻鬟半拥钗横玉。数声春调清真曲。"④清真词以女声歌唱为主。据称周邦彦与江南某氏有瓜葛，其词还保持着曲子词在民间的原生状态。姜夔也坚守宋词本色歌唱的这一特点。他的词往往请家妓小红歌唱，有自娱自乐的性质。他说："自作新词韵最娇，小红低唱我吹箫。曲终过尽松陵路，回首烟波十四桥。"⑤但通读姜夔词集不难发现姜夔词的情感已与周邦彦不同。现存的《白石道人歌曲》是姜夔在世时云间钱希武整理刊印的，时间是宋宁宗嘉泰壬戌年（1202）至日。在这部歌曲集中那些"韵最姣"的小词不见了，男女艳情也没有了。代之而起的是清新刚劲的作品，抒发的是士大夫化的情感。这种情感深沉博大、哀伤幽怨，与柳永的偎红倚翠、周邦彦的离情伤别、秦观的身世之感不同。姜夔漂泊江湖出入歌楼妓院，因而熟识隋唐燕乐。此外，他还与宫廷乐师田正德、士大夫之喜好歌唱者俞灏等人交往深厚。洪咨夔《提举俞太中行状》记载了俞灏的文风及其与姜夔的交游情况，他说："文流出胸

---

① 吴文英：《惜黄花慢》，吴蓓：《梦窗词汇校笺释集评》，杭州：浙江古籍出版社2007年版，第539页。
② 张炎：《山中白云词》，卷1《国香》，北京：中华书局1983年版，第6页。
③ 晁公武：《鹧鸪天》，唐圭璋：《全宋词》，北京：中华书局1999年版，第1959~1960页。
④ 王沂孙：《花外集》，补遗《醉落魄》，上海：上海古籍出版社1988年版，第109页。
⑤ 姜夔：《白石诗词集》，诗集卷下，北京：人民文学出版社1959年版，第46页。

臆，摆落陈言；诗有晚唐风致，词妙处追秦晏。客或扣其旧作，辄太息言：‘未第时，姜潘诸故人相与泛苕霅，登垂虹，放浪烟波风露间，更倡递酬，以得句相夸尚。夜深，被酒胆壮，拍手啸歌，鱼龙起舞，今无复此乐矣。尚何言哉？’”[①]俞灏登宋光宗绍熙四年（1193）进士乙科，在此前后与姜夔交游频繁。在姜夔诗词序言中也详细记述了这一段交游，其中《角招》序谈到他们合作填词唱词的状况：“商卿（俞灏字商卿）善歌声，稍以儒雅缘饰。予每自度曲，吟洞箫，商卿辄歌而和之。极有山林缥缈之思。”[②]俞灏士大夫身份以及男声歌唱，使姜夔词少了一些歌妓的脂粉气，多了一些士大夫的清雅气。应该说姜夔对宋词歌唱方式的改变，使宋词的全面雅化成为一件可能的事情。

姜夔也像周邦彦一样坚守宋词的法度，但也会根据需要对宋词的形式进行改造。他在宋词天然结构的基础上创造出一种人工结构，这种结构不是天然却胜似天然。被张炎称之为“前无古人，后无来者，自立新意，真为绝唱”的《暗香》《疏影》，集中体现了姜夔词在这方面的特点。这组词作于辛亥年（宋光宗绍熙二年，1191）岁末，姜夔到苏州范村拜访致仕闲居的前辈诗人范成大。在范村流连近一月，应范成大之邀，自度曲并填此二词。词牌得名于林逋的诗歌“疏影横斜水清浅，暗香浮动月黄昏”，姜夔把次序略作调整分别咏梅的冷香、梅的倩影。这组词严格遵循一般“赋梅”词的法度，从眼前景物起笔，所抒发的情感也不过是士大夫化的逸情雅兴。这一点非常契合范成大的雅士情怀。范成大因此而“把玩不已”。姜夔再进一步，把这种雅士情怀升华成流光如水、转瞬即逝的伤感之情。因为繁花满树、随风飘逝是自然界中常见的景象，也是人生中常常出现的景象，相信每一个读者都曾经有过类似的生命体验。姜夔给这种生命体验，融进时代的悲凉气氛、个人的牢骚幽怨，使它成为一种只可意会而难以言说的情趣。从情感处理上说，它采用了一个化实为虚的过程，把自然界的花开花落推演到今昔盛衰。这种情趣的意向更模糊，包容面更广。陈廷焯说这组词的感慨全在虚处[③]。既然全在虚处，那么作者有意留下来的这片空白可以让每一个欣赏者从自己立身

① 洪咨夔：《平斋文集》，卷32《提举俞太中行状》，上海：上海书店1984年版，《四部丛刊续编》第68册。

② 夏承焘：《姜白石词编年笺注》，词笺卷4，上海：上海古籍出版社1981年版，第54页。

③ 陈廷焯：《白雨斋词话》，卷2，唐圭璋：《词话丛编》，北京：中华书局1986年版，第3797页。

的层次选取某些感触较深的片段来填充它。每个人的经历不同，体验也不一样；前后阅历不同，体验也有变化。因而这组词就有了历久弥新、越读越有滋味的永恒魅力。仅从结构上看，它改变了以往上阕写景，下阕写意的固定模式，而是根据时间的流逝，上阕写花开，下阕写花落，花开花落构成一个完整的意境。这种结构很简单，非常契合词中的情感——繁华满树，转瞬即逝。两首词构成一组，这种意境重复出现，给读者留下深刻的印象，也留下充分的想象空间。虽然不是词体的自然结构，但它比自然结构还要简单，还要适用，还要自然。不是天然胜似天然，才是姜夔所追求的理想词风。它与苏轼行云流水、舒卷自如的散文化结构一样，也是一种神来之笔。正是基于此，张炎认为它和苏轼、王安石的名作一样，也属于那种“清空中有意趣，无笔力而未易到”的作品。

周邦彦留下的词学理论资料不多，残存下来的这些资料吉光片羽弥足珍贵。黄昇《花庵词选》卷七万俟雅言条下注云：“精于音律，自号词隐。崇宁中充大晟府制撰，依月用律制词，故多应制。所作有《大声集》五卷，周美成为序，山谷亦称之为一代词人。”①周邦彦为万俟咏《大声集》作序。关于这一点，别的文献也有记载但比较含糊。王灼《碧鸡漫志》卷二：“雅言初自集分两体，曰雅词，曰侧艳，目之曰胜萱丽藻。后召试入官，以侧艳体无赖太甚，削去之。再编成集，分五体，曰应制、曰风月脂粉、曰雪月风花、曰脂粉才情、曰杂类，周美成目之曰大声。”②周邦彦之所以给万俟咏词集作序，因为他们曾经是同僚。王灼《碧鸡漫志》卷二云：“崇宁间，建大晟乐府，周美成作提举官，而制撰官又有七。万俟咏雅言，元祐诗赋科老手也。三舍法行，不复进取，放意歌酒，自称大梁词隐。每出一章，信宿喧传都下。政和初，召试补官，置大晟乐府制撰之职。新广八十四调，患谱弗传，雅言请以盛德大业及祥瑞事迹制词实谱。有旨依月用律，月进一曲，自此新谱稍传。”③除周序之外，黄庭坚也称万俟咏为一代词人。黄昇把两人观点列在一起，表明他们的词学观点是相同或相近的。在万俟雅言词最后黄昇还说：“雅言之词，词之圣者也。发妙旨于律吕之中，运巧思于斧凿之

① 黄昇：《花庵词选》，《唐宋诸贤绝妙词选》，卷7，上海：上海世纪出版集团2007年版，第102页。
② 王灼：《碧鸡漫志》，卷二，唐圭璋：《词话丛编》，北京：中华书局1986年版，第83页。
③ 王灼：《碧鸡漫志》，卷二，唐圭璋：《词话丛编》，北京：中华书局1986年版，第87页。

外，平而工，和而雅，比诸刻琢句意而求精丽者远矣。”[①]万俟咏与周邦彦的词风相近，他们都属于本色词人。黄昇《花庵词选》卷7还对周邦彦《花犯·梅花》进行了评价，云：“此只咏梅花而纡余反复，道尽三年间事。昔人谓好诗圆美流转如弹丸，余于此词亦云。”[②]好诗圆美流转如弹丸，这是宋代江西诗派活法理论的核心问题之一，说明周词在创作上与江西诗派是一致的。在周邦彦清真词的法度背后，还隐含着江西诗派的理论背景。这在宋词创作中是很普遍的，而这条材料为我们提供了文献根据。姜夔也有一些讲论词法的观点与周邦彦很相近。黄昇《花庵词选续集》卷7记载，姜夔十分叹赏史达祖《绮罗香·咏春雨》“临断岸”以下数语，极称史达祖《双双燕·咏燕》“柳昏花暝”句，还特意拈出其《东风第一枝·咏春雪》的结句。姜夔给史达祖《梅溪词》作序，称赞史达祖词“奇秀清逸，有李长吉之风韵。盖能融情景于一家，会句意于两得。”[③]姜夔论牛松卿《望江南》组词：“一咏燕，一咏鸳鸯，是咏物而不滞于物者也。词家当法此。”[④]在姜夔的词法理论中也有明显的“活法”意识，如“咏物而不滞于物”、“融情景于一家，会句意于两得”等，都是灵活变通的而不是呆板不变的。

厉鹗《宋诗纪事》卷42还记录一条周邦彦对许彦国诗歌的评价：“宽平优游中极物情，惜乎流落不偶，故世人知之者或寡也。”[⑤]这是一种知人论世的批评方法。诗如其人，创作风格其实就是作者人品的展现。宽平优游的人，性情宽厚，不汲汲于功利，待人接物宽厚而不尖刻，其诗也是从容不迫、留有余地的。这与同时期范温论韵的某些观点有相通之处。姜夔也有相近的论述，如：“吟咏情性，如印印泥，止乎礼义，贵涵养也”，“学有余而约以用之，善用事者也；意有余而约以尽之，善措辞者也。乍叙事而间以理言，得活法者也”，“陶渊明天资既高，趣诣又远，故其诗散而庄，澹而腴，断不容作邯郸步也”，“语贵含蓄。东坡云：言有尽而意无穷者，天下之至言也。山谷尤谨于此。清庙之瑟，一唱三叹，远矣哉！后之学诗者可不务乎？若句中无余字，篇中无长语，非善之善者也。句中有

① 黄昇：《花庵词选》，《唐宋诸贤绝妙词选》，卷7，上海：上海世纪出版集团2007年版，第105页。
② 黄昇：《花庵词选》，《唐宋诸贤绝妙词选》，卷7，上海：上海世纪出版集团2007年版，第98页。
③ 黄昇：《花庵词选》，《中兴以来绝妙词选》，卷7，上海：上海世纪出版集团2007年版，第262页。
④ 沈辰垣：《御选历代诗余》，卷113，北京：商务印书馆1983年版，第500页。
⑤ 厉鹗：《宋诗纪事》，卷42，上海：上海古籍出版社2008年版，第1073页。

余味，篇中有余意，善之善者也。”[①]

仅从残留下来的只言片语还不足以深入了解周邦彦的文学思想，但这些理论和资料与周邦彦的文学创作相互映照，为我们全面了解周邦彦的文学思想提供了一个新的途径。通过对比分析，笔者认为周邦彦与姜夔在文学观念上是相通的，因而在宋词创作上才有了很多相同之处。他们都坚守宋词本色歌唱的特点，善于度曲但也不废唐宋旧谱，在语言上力求典雅，化用前人诗词中的典故但有所限制，在具体的创作中采用活法，抒写情感或意趣时讲求余音余韵等。他们的创作风格是在相同的理论制约下产生的，因而相同或相近才是必然的，而不是某种机缘上的巧合。南宋后期的词学理论往往把周邦彦、姜夔归为一类，多是从创作风格的相似点着眼的，而没有从理论上证实他们是相通的。了解了这一点，为加深我们对古代词学理论的理解，从理论上提供了一个有说服力的证据，证明古代理论也是很扎实，也是很能解决问题的。

（二）

姜夔与周邦彦在文学理论上是相通的，因而在创作风格上也是相近的。从南宋到现在，几乎所有的词学家都把他们看成同一流派的词人。但仔细比较，笔者发现周姜之间还存在着较大的差异。比如周邦彦的词好读而易懂，而姜夔词好读却不易懂。王国维《人间词话》说周邦彦词不隔，而姜夔的词隔，如雾里看花不得要领[②]。周邦彦词立意不高典雅平实，姜夔词处处都有家国之思，但具体说了些什么恐怕谁也不知道。仅从创作风格上看，周邦彦清真词所具有的法度姜夔都有，而姜夔所有的特色周邦彦未必就有。从周邦彦到姜夔，有青出于蓝而胜于蓝的感觉。姜夔比周邦彦更守规矩，目标却更高远。姜夔事事处处都讲规矩，从按谱填词到抒写化实为虚的意趣，把词的创作环节全部纳入法度。这种做法是周邦彦以及宋代其他本色词人所缺乏的。宋人按谱填词，所谓的谱就是唐宋时流传下来的乐工旧谱。宋代柳永、周邦彦等人创作了许多新谱，但在内心深处还是把唐宋乐工旧谱作为填词标准的。而姜夔也是用乐工旧谱以及宋人所创的新曲填词的，但他偏偏不迷信这个权威。他首先从乐理上推演一番，看这些旧谱是否符合

---

① 姜夔：《白石道人诗说》，北京：人民文学出版社1962年版，第29~32页。

② 详见王国维：《人间词话》，白石咏梅无一语道着、白石写景隔一层、隔与不隔、白石格调高；《删稿》，白石二语、白石可鄙；唐圭璋：《词话丛编》，北京：中华书局1986年版，第4239~4273页。

古雅的乐理；然后再用歌唱来检验它是否美听。不美听的原因是多方面的，可能是词人填词不规范，也可能歌伎演唱不到位，或者是乐谱本身有问题。对那些不合乐理、也不美听的旧谱，无论是什么时代流传下来的也照改不误。姜夔在宋词创作上也坚守法度，从才学到法度，从死法到活法，活法即清空；在审美理想上也坚守法度，从古诗的雅正到宋词的骚雅。而这些特点恰好是周邦彦清真词所缺乏的。根据张炎《词源》卷下的表述，姜夔的清空来自苏轼，骚雅来自辛弃疾，同时还汲取了其他词人的所长。仅这一点，姜夔的气魄就比周邦彦大，在很多方面姜夔也是超出了周邦彦的，甚至比周邦彦做得更好。清空是一个完整的理论体系。达到这个体系的路径有好多条，其中有常规途径，也有非常规途径，甚至还有捷径。这个捷径就是用姜夔的骚雅句法来点化周邦彦词的规范，改变其词意的软媚，从而达到天机云锦的境界。笔者从三个方面来分析这个捷径的可行性：

第一，在对待唐宋词乐的态度上，姜夔不仅坚守了法度而且有所超越。首先，姜夔在音乐观念上要比唐宋本色词人要宽容一些，他不再坚持雅俗对立，而是认为雅俗各有所长，是可以相互转化的。在唐宋本色词人中留下音乐思想的人不多，周邦彦仕至九卿，官至待制，甚至还提举过大晟府。大晟府职责有改进词乐、颁布雅乐一项。张炎《词源》卷下谈到周邦彦任职大晟府时讨论古音、审定古调，却不用大晟府颁示的雅乐填词。这除了大晟雅乐以粉饰太平、歌功颂德为目的，并不适合花前月下、歌舞娱乐的曲子词本意等外因外，也与周邦彦的音乐思想有一定的关系。周邦彦认为俗乐与雅乐分属两个系统，各自运行轨迹不同。周邦彦与他的前后任一样，任职期间按照朝廷的部署改造俗乐颁示新乐，但填词还是沿用唐宋以来的乐工旧谱，或者仿效唐宋旧谱自创新谱。周邦彦自度曲清新高雅，但仍属于俗乐系统。姜夔虽然终身未仕，但在他的思想里具有浓厚的士大夫色彩，属于那种典型的人在江湖心存魏阙的布衣寒士。他多次向朝廷进献乐议和自制的雅乐，《宋史·乐志》记述了姜夔的部分音乐思想。姜夔把俗乐雅乐融会贯通，认为二者只是演奏场所不同，在与民同乐的宗旨上并无差别。既然二者各有所长，何必还要强求一律？姜夔从乐理上认为雅乐和俗乐是一体的。所谓词的雅化，就是因俗为雅，或者化俗为雅，雅俗之间是可以转化的。如此一来，他改变了以往词的雅化必先抛弃音乐的模式，把词乐和词情一并雅化，扭转了北宋以来词体脱离音乐、朝着非本色化方向发展的趋势，把宋词重新挽回本色雅正的道路上来。其次，在具体的创作层面上，姜夔也要比柳永、周邦彦等人彻底一些。柳永、周邦彦长期混迹于歌楼妓院，甚至还一度与歌妓合作制词。进入仕途以后，受的约束多了，以至于狎兴生疏，前后词风有明显的改变。阅读周邦彦清真词，无论如何都无法把这个循规蹈矩的典雅词人与无行文人联系起来。周邦彦其人其词很不统一，但有一点是贯穿始终的。这就是在周邦彦的内心里有一个填词标准。这个标准就是唐宋乐工旧谱。只要按这个乐谱填词，就不会有什么问题。姜夔也是按谱填词的，但他并不认为凡是古谱就好。判断乐谱好坏的标准有二：一是从乐理上看它的思路通与不通，乐理上通的一般没什么问题，乐理不通的肯定有问题。轻则词不协音，重则词情乐理完全脱节。用哀乐唱喜事，用喜乐唱哀情。此种滑稽场面是伴随着唐宋词始终的顽疾。二是音谱的好坏，歌词是否协音，不是一眼能看出来的，必须要用歌唱来检验。姜夔少年丧父，依姐而生，出身孤寒，少年时期即周游在江湖之上，因而无法取得乡荐资格进不了科场。在长期漂泊中，他出入歌楼妓院与乐工歌伎关系密切。这种经历，使他对待俗乐的态度比一般士大夫更加宽容。姜夔把自己的声诗和词曲编为一集，命名为《白石道人歌曲》。卷1是朝廷郊庙乐曲《圣宋铙歌鼓吹曲十四首》、地方祭神曲《越九歌》和圣贤的《琴曲》，这些都是传统雅乐。卷2以下是曲子词，包括令、慢和自制曲，是当时流行的俗乐。姜夔认为俗乐与雅乐都是趋向雅正的，只不过施乐的场所不同罢了。郊庙祭祀施于庙堂之上，感格天人，招致祥和之气，需要中和平淡的情感；曲子词施于私人宴会上，属于文人雅集，抒写个人的牢骚幽怨也未尝不可。这种词必须要发乎性情止乎礼义，因而需要骚雅的情感。姜夔提高词品是从改造俗乐入手的。姜夔的大部分词并没有标明工尺谱，表明它还是沿用当时词乐的。但他对这些俗乐并不满意，在填词时随即做了一些修改，如仄韵《满江红》不适合歌唱，姜夔把它改为平韵。《征招》《角招》是北宋徽宗政和年间大晟府制作的词曲，音节驳杂，不适合在燕乐场所演奏。姜夔推寻唐谱以及琴弦法，把它改编成琴瑟曲。琴曲《凄凉犯》与唐人乐书记载不同，姜夔把它改造完毕以后，请御前乐工田正德用哑觱栗演奏，直到确认其音韵极美才把它收入歌曲集。姜夔度曲时常吟以洞箫，好友俞灏用歌声应和。这种用“儒雅缘饰”过的词曲，“极有山林缥缈之思”，“甚流美也”。对那些自制曲或者改动较大的词曲，如《隔梅溪令》《杏花天影》《醉吟商小品》《玉梅令》等一一标明乐谱，加上说明的文字，指示后人门径，使他们按谱填词、配乐歌唱时有法可依。唐宋词乐前后不同，南渡前以燕乐为主，南渡后以江南清乐为主。姜夔删繁就简、化郑卫为清雅的改造词乐方式，使词曲不但适合于歌唱，而且又不同于坊间的嘌唱，成为一种新兴的雅乐。词乐的雅化，使词义的雅化成为一种必然。

第二，姜夔词的本色，在很大程度上继承了周邦彦清真词的法度；而姜夔词的创新，往往继承了苏轼词的一些特点。南宋词坛是在苏轼的影响下发展起来的。南宋词人皆出自苏轼，只不过贤者得其大体，愚者得其小体而已。姜夔所得即为大体。这个大体就是清空的创作风格。姜夔与苏轼在很多地方都是相同的，但他们之间的差异也是一目了然的。从创作心态上看，苏轼是无意为词的，而姜夔是有意为词的。不同的心态决定了不同的发展思路。正因为无意为词，苏轼在词的创作中选择了简单省事的方式，舍弃音律而直接提高词的品位。其方法就是把诗歌散文辞赋的创作方法引入词的创作，把词当作一种长短句式的新体诗。苏轼雅化词体的方法是破体与尊体并重，在某些方面确实提高了词的品味，使词快速地达到了诗歌的审美标准。但同时也取消了词体朱唇皓齿、要眇宜修的美感特质，失去了含蓄蕴藉的独特魅力，词最终被诗歌同化或替代。姜夔严守词体的本色，并适当借鉴诗歌的某些手法来充实词的形式和内容，不仅提高了宋词的品味，而且还保持了词体的特质。姜夔本色雅化的途径，包括了多个方面，再加上受词体特质的限制，难度是很大的。苏轼的“清空”是一种天才笔法，这种笔法的形成与苏轼本人的个性气质、兴趣爱好、处事方式和创作风度等有密切的关系。苏轼蔑弃一切法度，直抒胸臆，因而他认为无法之法才是最好的法度。为此，苏轼提出了一个“空且静”的概念，他说：“欲令诗语妙，无厌空且静。静故了群动，空故纳万境。阅世走人间，观身卧云岭。咸酸杂众好，中有至味永。诗法不相妨，此语更当请。”[①]他把达到“诗语妙”的方法归结为“空且静”，实现“空且静”的途径是“诗法不相妨”。苏轼所谓的“空且静”，其实就是“清空”，从思想根源上看与《荀子》的“虚一而静”、“大清明”一致。与苏轼蔑弃法度、片面追求词意的诗化不同，姜夔是很讲法度的，他的“清空”也是通过一系列法

① 苏轼：《苏轼诗集合注》，卷17，上海：上海古籍出版社2001年版，第864页。

度来实现的。姜夔做任何事情都恪守法度。与唐宋其他本色词人不同的一点是姜夔是一位书法家，书法又是各种艺术形式中最讲法度的。或许是受这种艺术形式潜移默化的影响，姜夔总给人一个太守绳墨的印象[①]。其实，姜夔也是很重视创新的。只不过他的创新与法度相连，是在一定的法度之内的创新。唯其如此，才能够被人接受。姜夔填词也是如此，把宋词创作中的各个环节全部纳入法度。这些环节包括音乐、文学、情感等多个方面，每个方面下还有更多更细的门类。仅就情感处理方面的抒写意趣而言，姜夔词由具体的言情咏物、登高望远、节令变迁等引发而出，触景而生情，这种情感是真实可感的，也是读者能够接受的。姜夔把这种真实而具体的情感，通过词序的说明，前后阕的对比、典故本意的提示和引申意义的指向，升华成一种具有普遍意义的情感。这种情感再经过虚化处理，变成一种伤时感世的骚雅意趣。这种抒情方法与苏轼相同。苏轼把宋诗好发议论的特点引入词中，他所抒发的情感往往能升华成一种哲理。这种哲理由具体的叙述描写产生，但又超出了描写叙述的范畴，广泛而深刻。随着读者认识水平、生活阅历和思想境界的不断提高，每次阅读都会对它有新的感受。姜夔也注意到了这一点。他的意趣，也是一种普遍的情感。这种情感深刻而无定指，但它也会随着读者身世阅历、阅读心境、社会环境的变化而不断充实。这种虚化的情感不是传统诗词单线式的叙事抒情，而是平面式，甚至是立体式地作用于读者的心灵，所以它更容易触发读者的心弦，引发一系列丰富的联想。这种意趣与苏轼哲理很相近，一个是无所不包的道理，一个是空灵而模糊的意趣，二者都是由一定的情感触发而生，尽管抽象但并不难索解。从创作风格上看，姜夔的清空出自苏轼，但与苏轼又不尽一致。苏轼的清空是一种个性化、天才化的创作风格，是可望而不可即的。在我国古代文学史上这种现象很普遍，那些具有天才化气质的作家总是令人神往而又无法接近的。庄周、屈原、陶渊明、李白、苏轼等崇拜者无数，但后继者却寥寥可数。姜夔的个性气质、学识修养比较接近苏轼，只有他才能把苏轼个性化的创作方法还原成一些具体法度。这种法度经过杨缵词社的反复实践，变成了一种能够被后人接受和采用的创作方法。南宋后期本色典雅词人都出自姜夔门下，与苏轼相去甚远。这也是后世词论家不把苏轼看作清空词人的一

① 卞永誉：《书画汇考》，卷2《书史会要》，四库全书本。

个原因。更多的词论家宁可相信苏轼影响南宋词坛局限在辛派词人之内，也不愿相信苏轼对南宋典雅词派的影响其实是超过辛派词人的。由于在内心持排斥的态度，所以在实际研究工作中往往回避问题的实质。个中原因，值得深思。

从审美理想上来说，姜夔的“骚雅”来自辛弃疾。曲子词是给从西域六州传来的乐曲配上文字，流传在隋唐都市的娱乐场所，娱乐化和世俗化是其与生俱来的两个特性。经过唐五代诗人不断雅化，曲子词终于融入了上流社会。这时曲子词发生了分化，文人士大夫阶层流行的是所谓的本色典雅词，而市井河桥、茶坊酒肆依然是原生态的曲子词。本色典雅词讲求情感的雅正。所谓的雅正就是古诗（汉人所谓的古诗，一般是指《诗经》）曾经有过的那种情感。关于这一点，张炎在《词源》卷下序言中说得很清楚，他说：“古之乐章、乐府、乐歌、乐曲，皆出于雅正。粤自隋、唐以来，声诗间为长短句。至唐人则有尊前、花间集。迄于崇宁，立大晟府，命周美成诸人讨论古音，审定古调，沦落之后，少得存者。由此八十四调之声稍传。而美成诸人又复增演慢曲、引、近，或移宫换羽，为三犯、四犯之曲，按月律为之，其曲遂繁。美成负一代词名，所作之词，浑厚和雅，善于融化词句，而于音谱，且间有未谐，可见其难矣。作词者多效其体制，失之软媚，而无所取。此惟美成为然，不能学也。所可仿效之词，岂一美成而已。旧有刊本六十家词，可歌可诵者，指不多屈。中间如秦少游、高竹屋、姜白石、史邦卿、吴梦窗，此数家格调不侔，句法挺异，俱能特立清新之意，删削靡曼之词，自成一家，各名于世。作词者能取诸人之所长，去诸人之所短，精加玩味，象而为之，岂不能与美成辈争雄长哉？”[①]张炎认为音乐文学的情感全部出自雅正，曲子词也是如此。到了周邦彦时期，用古乐的标准来衡量新乐，并且新创了许多词乐。周邦彦本人创作浑厚和雅，唯一的缺陷是词乐偶有不谐。到了周派后续词人，逐渐失去了古诗的雅正，而出之以软媚。张炎在《词源》卷下杂论第十条直接说周邦彦词软媚之中有气魄，可见周邦彦词本身就有软媚的特点。如何克服周派后续词人或周邦彦本人词作的软媚呢？张炎提出了一个稳妥的办法，集合宋代众多本色词人的优长，医治周邦彦及其后续词人的软媚。事实上，这不失为一个好办法。张炎后来在给陆辅之传授清空词法时，就包括了周清真之典

① 张炎：《词源》，卷下，唐圭璋：《词话丛编》，北京：中华书局1986年版，第255页。

丽，姜白石之骚雅、史梅溪之句法和吴梦窗之字面。大体上也是这个意思。问题是姜白石的骚雅，不是来自本色典雅词派。根据张炎《词源》卷下“赋情”条的表述，姜夔的骚雅其实来自辛弃疾。辛弃疾的豪气词题材广泛立意较高，作为一种强势词风可以一举改变周邦彦词的软媚。但这种强势词风不是本色词派自身所能产生的，它凭借着古代文学优秀传统的积淀和作者的人格魅力，才会有如此的强势。豪气词人辛弃疾的词器大声宏，志高意远，大声鞺鞳，小声铿鍧，有横绝六合、扫空万古的气势。无论是在词的题材，还是抒发的情感上都超出了宋代雅词狭小的格局。这种“豪气词”记录了他报国豪情和英雄末路的历程，完全是一种诗化的情感。除特色鲜明的“豪气词”之外，辛弃疾还有为数众多的婉约山水词。其实，这些词也不够本色，同样具有诗化的特点。张炎称它“是亦汉魏乐府之遗意”①。这些词清丽妩媚、秾纤绵密，艺术成就不在本色词人晏几道、秦观之下。但他所抒发的情感往往又超出了言情范畴，转化为一种忧国忧时之意绪。无论是《摸鱼儿》的“斜阳正在、烟柳断肠处”，还是《祝英台近》的“是他春带愁来，春归何处。却不解带将愁去”，都是对国运中兴的关注。这和“豪气词”中“醉里挑灯看剑”完全相同，都是基于具体史实而发的议论，目的在于托物喻志、主文而谲谏。张炎称其为“汉魏乐府之遗意”也是十分恰当的。汉魏乐府的特征是缘事而发，而且没有什么法度可循。姜夔和辛弃疾是同时代的人物，他们面临的问题相同，人品也相近，所以词中的情感也很相近，这就是张炎所说的“骚雅”。但在表现“骚雅”的方式上，两人还有很大的差别。与辛弃疾无意为词，借助诗歌的手法所达到的骚雅不同，姜夔的“骚雅”是通过词体自身的法度取得的。我们知道宋代本色词的题材狭窄，只有男女之情、花草之意、时序迁化、登高望远、羁旅行役等屈指可数的几种形式。虽然不以主题的丰富多彩取胜，却以通俗的题材能表现雅正的情感擅场。姜夔并没有扩大词的题材范畴，只是通过对现有题材深思妙悟，采用托物言志、发挥风月等方法途径，使词脱离了低级趣味，由普通的男女之情上升为一种骚雅的意趣。由于受“清空”的制约，这种“骚雅”之情还有结体为虚的特点，往往表现为咏物而不滞于物，言情而无淫亵之意，目的在于触发读者丰富的无邪之思。

① 张炎：《词源》，卷下，唐圭璋：《词话丛编》，北京：中华书局1986年版，第259页。

第三，周邦彦与姜夔代表了宋代本色典雅词中两种不同的审美追求。周邦彦尚规矩有法度，就像唐诗中的杜甫，易学且不变样，所以宋代本色典雅词人都是学习周邦彦的。姜夔也出自周邦彦，只不过他视野开阔，词品更高一些。周邦彦汇集了宋代本色词的特点，而姜夔则是一个集大成者。他不仅融会了唐宋本色词人温庭筠、韦庄、柳永、周邦彦等人的特点，而且还包括了非本色词人苏轼的清空和辛弃疾的骚雅。这些创作风格和审美理想算不上本色，但也是宋词所达到的最高意境。宋人常称那些不够本色的词人为"野狐精"或"野狐禅"，尽管不入正途，但不失为最高意境。姜夔包容了宋代正派和非正派词人的最高境界，是最能体现宋词特色的词人。张炎就用"骚雅"来概括姜夔词的创作风格，因为这种风格是清空词法的主要组成部分。姜夔的骚雅句法，就是姜夔体现骚雅的审美理想的方法途径。这条途径与辛弃疾目标相同，但路径相反。它讲求法度，是在宋词的本色雅化中，通过对题材的深思妙悟达到骚雅的目标，正可医治周邦彦及其后续词人立意不高、失之软媚的弊病。用姜夔的骚雅句法点化周邦彦词的法度，这是实现宋词清空骚雅的一条捷径。关于这条捷径所要实现的目标，张炎用了一个很美的典故：天机云锦。天机云锦就是用天机织出来的五颜六色的锦缎。虽然不像天上云霞那样出自自然，但也是五彩斑斓，把人间装饰得更加漂亮。作为一个典故，天机云锦出自牛郎织女传说，但不是这个传说一开始就有的，而是以后附加的。牛郎织女传说始见于《诗经·小雅·大东》的"跂彼织女"、"睆彼牵牛"，这时的牛是用来拉车服箱而不是耕田犁地的。牛郎织女故事应该是《诗经·卫风·氓》中贸丝小贩与织布女子之间的爱情故事。《古诗十九首·迢迢牵牛星》延续了这种关系，但两人已被天河隔开，相望而不可相即。织女与云锦的传说见于《小说》："天河之东有织女，天帝之子也。年年机杼劳役，织成云锦天衣，容貌不暇整理。天帝怜其独处，许嫁河西牵牛郎。嫁后遂废织纴，天帝怒焉，责令归河东。但使其一年一度相会。"[①]韩愈《奉酬卢给事云夫四兄曲江荷花行见寄并呈上钱七兄阁老张十八助教》："我今官闲得婆娑，问言何处芙蓉多？撑舟昆明度云锦，脚敲两舷叫吴歌。"[②]用云锦来形容昆明湖中荷花盛开的景象。文

---

① 陈耀文：《天中记》，卷2，四库全书本。
② 韩愈：《韩昌黎诗系年集释》，卷9，上海：上海古籍出版社1984年版，第994页。

与可与苏轼唱和也化用了这个典故[①]，云锦由天上的云彩变成了人间的美景。张炎继承了上述典故的含义，又给云锦赋予新的内涵：不是天然胜似天然。张炎传授的清空词法，正是朝着这个目标而努力的。

子曰："齐一变，至于鲁；鲁一变，至于道。"[②]在宋代雅词的发展史上，周邦彦、姜夔和宋代清空词法之间正好构成上述逻辑关系。周邦彦清真词本色雅正，音律上稍有不协，就事论事，失于软媚，在两宋词人中代表着正确的方向和极高的艺术成就，用姜夔的骚雅句法来点化它，就可以事半功倍，一举达到天机云锦的境界。姜夔的骚雅句法出自周邦彦，但比周邦彦更守规范，立意也更高一些。然姜夔的骚雅句法也不是完美无缺的，它也有自身的一些缺陷。一是姜夔词也有天才化、个性化的特性，也不完全符合宋代雅词的法度；二是作为江西诗派的后续诗人，姜夔也酷嗜瘦硬句法，其词常给人"生硬"的印象。如何普及这种理想的词风呢？张炎经过一段时间的思考，找到了实施的途径。那就是融合周清真之典雅，姜白石之骚雅，史梅溪之句法和吴梦窗之字面，取其所长，去其所短，从而达到天机云锦的境界。在清空词法中，这四人的作用各自不同，即以周邦彦的本色典雅为基础，以姜夔的骚雅句法为主体，再辅以史达祖的天然句法和吴文英的人力工夫。重点还在词的抒情写意方面，用有限的题材抒发身世飘零和国家兴亡之情。这种情感由具体的事情引发而出，却是一种能够笼罩天地、作用于人心的意趣。这种意趣的形式是清空的，它经过了去粗取精、汲取神韵、直抒本意的过程；情感是骚雅的，把源自内心的真情实感与高尚的家国情怀联系起来，从而达到感人至深、浮想联翩的艺术效果。

---

① 苏轼：《东坡诗集合注》，卷14，上海：上海古籍出版社2001年版，第994页。
② 何晏：《论语注疏》，卷6，李学勤：《十三经注疏》，北京：北京大学出版社1999年版，第80页。

第四章　清空与江湖词法

张炎的“清空”出自南宋江湖词派的词学理论，而这个理论肇源于姜夔的《白石诗说》。《白石诗说》虽然是一部诗话，但同样适用于宋代词学。宋词在化用才学方面与诗歌没有多少区别。宋代诗学是从才学到法度，从死法到活法，宋代词学也是如此，从以才学入词开始直到形成自己的理论体系。吴文英、沈义父的《乐府指迷》是该体系中的第一部词话。它以周邦彦清真词为典范，探讨宋词本色雅正、下字运意的法度。张炎《词源》受吴文英、沈义父《乐府指迷》的影响很明显，蔡桢（嵩云）用《词源》卷下为《乐府指迷》作笺注。笔者也做过一番比较，认为张炎《词源》的词学理论大多来自《乐府指迷》，在具体的词法上它们是相同或相近的。张炎在吴文英、沈义父质实词法的基础上，提出了更高的标准，这就是所谓的清空理论。张炎《词源》与杨缵的“作词五要”有很深的渊源。根据古人开宗明其意，卷末明其源的著述惯例，杨缵“作词五要”被收入张炎《词源》的最末一条，表明它是张炎词学理论的源泉。张炎以保存故国文献的心态，传授从前辈那里得来的词法。而这个词法主要来自杨缵和张枢。张炎少年时，侍父张枢参与杨缵的临安词社。“作词五要”是临安词社应社唱和的规则。这个规则分为两个层级，一个是以《圈法周美成词》为代表的面向不通音律的词人的简易词谱，二是对按谱填词者提出的更高的标准。张炎所传授的就是较高层级的词法。杨缵曾花费十余年时间整理古今琴谱，把浙派古琴平淡清越的音乐思想引入宋词创作，使宋代雅词也具有浙派古琴的清雅风格。《词旨》是一部很特殊的词话，作者陆辅之并不精通词学，但他的理论影响却很大。陆辅之《词旨》强调张炎论词之旨，凸现了《词源》卷下的理论体系，补充并完善了张炎的词学观点，可以看作张炎晚年的词学定论。笔者认为南宋江湖词派的词学理论是前后相承、相互补充的，从质实到清空词法，再从清空词法到正派体系，体现了一个词学流派在词学理论上的一致性和连续性，可以梳理出其间明显的发展线索和演变轨迹。姜夔的《白石诗说》在本书第三章已经做过论述，本章仅就南宋江湖词派的三部词话和杨缵的"作词五要"进行全面深入的分析，指出其每一段理论的显著特色，勾勒出清空词法的发展历程。

第一节 《乐 府 指 迷》

吴文英、沈义父的《乐府指迷》把周邦彦词的创作风格分解为本色雅正、下字运意的一系列法度，这对于研究宋词创作具有开辟意义。不过，沈义父记述的是吴文英中年时的词法，其目的是给子侄辈学词做一些启蒙辅导。因而它所传授的不是吴文英词学理论中最精微的内容，与吴文英实际的词学思想还有一定的距离。尽管如此，它在词法的创立以及风格的分化方面，对张炎的清空理论有直接影响。

一、吴文英与沈义父

吴文英人微才秀，流传下来的史料甚少，其中可信的仅三四条①。通过这些材料，我们只能对吴文英有个模糊的认识，还无法探索出他的生平交游和文学思想。还有一些材料没有引起研究者足够的重视，这就是散见于吴文英词集中的有关他生平事迹的记载，由此可以考见他的情事、仕履和词学创作。南宋江湖词派词人新创了一种评词词，用词来评论词人词作。尽管这些资料支离破碎，但也是出自当事人之手的第一手资料，其真实性还是很高的。笔者将借助这些资料对吴

① 马志嘉、章心绰：《吴文英资料汇编》，北京：中华书局2006年版。其中比较可信的材料是那些与吴文英有过交往的人所记述的材料，如周密《浩然斋词话》"翁时可词"、黄昇《花庵词选续集》卷10"尹焕叙梦窗词"、沈义父《乐府指迷》"论作词之法"和陈世崇《随隐漫录》卷2吴文英为陈藏一作《玉京谣》等。

文英的“西湖十载”（1222—1232）、“吴苑十年”（1232—1242）作一梳理，以期增进对吴文英生平交游及其词学思想的了解。

（一）

“十载西湖”是指吴文英在临安时的一段情事。

吴文英早年曾在临安生活过。他与毛荷塘、姜石帚等隐士交游的地点就在临安的总宜堂。吴文英早年情事也发生在这个时段这个地点上。《赵氏铁网珊瑚》卷7载吴文英《新词稿》16首。这些“文英慌惧百拜”的“新词稿”是为庆贺方万里癸卯（1243）年秋季诞辰而抄写的，抄入其中的词作不会晚于这年秋季[①]。在这些词稿中，已经出现了慨叹西湖“十载旧事”的内容，如《过西湖先贤堂，伤今感昔，泫然出涕赋西平乐文英》词：“岸压邮亭，路欹华表，堤树旧色依依。红索新晴，翠阴寒食，天涯又客重归。叹废绿平烟带苑，幽渚尘香荡晚，当时燕子，无言对立斜晖。追念吟风赏月，十载事，梦惹绿杨丝。画船为市，夭妆艳水，日落云沈，人换春移。谁更与、苔根洗石，菊井招魂，漫省随车载酒，立马临花，犹认蔫红傍路枝。歌断燕阑，荣华露草，冷落山丘，过此西湖，恨拟羊昙，泪落沾衣。”词中有“天涯又客重归”（《全宋词》作：天涯倦客重归）一句，所谓的“重归”是针对“吟风赏月，十载事，梦惹绿杨丝”而言的。就是说吴文英此前曾在临安生活过十年，而这次回来是重归。这首词是吴文英刚刚结束“吴苑十年”之后作的。说明“西湖十载”是在“吴苑十年”之前，其中还牵连着一段伤心的爱情故事。

吴文英《永遇乐·乙巳（1245）中秋风雨》云：“风拂尘徽，雨侵凉榻，才动秋思。缓酒消更，移灯傍影，净洗芭蕉耳。铜华沧海，愁霾重嶂，燕北雁南天外。算阴晴，浑似几番，渭城故人离会。青楼旧日，高歌取醉，换出玉人梳洗。红叶流光，苹花两鬓，心事成秋水。白凝虚晓，香吹轻烬，倚窗小瓶疏桂。问深宫，嫦娥正在，妒云第几。”[②]渭城是秦都咸阳，代指宋行都临安。词的下阕“青楼旧日，……倚窗小瓶疏桂”，是对当初情事的追忆。这个女子身居青楼，能歌舞，又漂亮，与吴文英交情很深。这种交情不是一般才子佳人萍水相逢、寻欢作

① 赵琦美：《赵氏铁网珊瑚》，卷7，《新词稿》，四库全书本。
② 吴文英：《永遇乐》，吴蓓：《梦窗词汇校笺释集评》，杭州：浙江古籍出版社2007年版，第504页。

乐式的世俗关系。他们心心相印，情感极其深厚。“问深宫，嫦娥正在，妒云第几”，表面是切题写中秋夜因风雨而没有明月，而内在的情感线索是故地重游、物是人非，抒发了对这个早逝女子的无限思念之情。《宴清都》是吴文英在苏州所写的一首词，词云：“万里关河眼。愁凝处，渺渺残照红敛。天低远树，潮分断港，路回淮甸。吟鞭又指孤店。对玉露金风送晚。恨自古、才子佳人，此景此情多感。吴王故苑。别来良朋鸦集，空叹蓬转。挥毫记烛，飞觞赶月，梦销香断。区区去程何限。倩片纸、丁宁过雁。寄相思，寒雨灯窗，芙蓉旧院。”[①]吴文英词确切可考作于这个“妓”生前的仅此一首。吴文英一生的爱情也仅此一回。这段爱情持续了十年。吴文英常用“十年”来指代这段爱情，他的好友万俟绍之的《江神子·赠妓寄梦窗》也是如此，词云：“十年心事上眉端。梦惊残。琐窗寒。云絮随风，千里度关山。琴里知音无觅处，妆粉淡，钏金宽。瑶箱吟卷懒重看。忆前欢。泪偷弹。我已相将，飞棹过长安。为说崔徽憔悴损，须觅取，锦笺还。”[②]词中用了“崔徽”的典故，根据宋人用典同类相比的惯例，表明这个“妓”与“崔徽”有很多相同处。“崔徽”典出元稹《崔徽歌》：“崔徽本不是娼家，教歌按舞娼家长。使君知有不自由，坐在头时立在掌。有客有客名丘夏，善写仪容得恣把。为徽持此谢敬中，以死报郎为始终。”[③]在该诗序言里，元稹又给我们提供了更丰富的材料，交代了崔徽与裴敬中的情感纠葛的本末：“崔徽，河中府娼也。裴敬中以兴元幕使蒲州，与徽相从累月，敬中便还，崔以不得从为恨，因而成疾。有丘夏善写人形，徽托写真寄敬中曰：‘崔徽一旦不及画中人，且为郎死。’发狂卒。”在吴文英的《永遇乐·过李氏晚妆阁，见壁间旧所题词，遂再赋》中，作者自己也用到了崔徽和裴敬中的典故，词云：“春酌沉沉，晚妆的的，仙梦游惯。锦溆维舟，青门倚盖，还被笼莺唤。裴郎归后，崔娘沉恨，漫客请传芳卷。联题在，频经翠袖，胜隔绀纱尘幔。桃根杏叶，胶粘缃缥，几回凭阑人换。峨髻愁云，兰香腻粉，都为多情褪。离巾拭泪，征袍染醉，强作酒朋花伴。留连怕，风姨浪妒，又吹雨断。”[④]其中“裴郎归后，崔娘沉恨，漫客请传芳卷”

---

① 吴文英：《宴清都》，吴蓓：《梦窗词汇校笺释集评》，杭州：浙江古籍出版社2007年版，第154页。
② 万俟绍之：《江神子》，唐圭璋：《全宋词》，北京：中华书局1999年版，第3735页。
③ 元稹：《元稹集》，外集卷7续补一，北京：中华书局1982年版，第696页。
④ 孙虹：《梦窗词集校笺》，北京：中华书局2014年版，第1045页。

不正是万俟绍之在苏州、临安之间为两人沟通的真实记录吗？吴文英在临安的恋人就是这个李氏。吴文英与李氏相爱十年。这场情事注定不会有圆满结局，就像崔徽与裴敬中故事一样以生离死别而收场。在吴文英离开“长安”后，两人再就没有往来。唐宋官妓制度决定了官妓没有人身自由，不能嫁给自己的意中人，更不可能随着意中人往来各地。这对有情人就这样被生生地分开了。在现实生活中他们走不到一起，但在梦中，她“云絮随风，千里度关山”来到情郎身边。

吴文英言及“十载西湖”的词作，如《莺啼序》《西平乐慢》《昼锦堂》等都是十年后重回临安之作，是对这一段情感纠葛的追念。在吴文英进入苏州仓幕后不久，这个“妓”就去世了。吴文英《绛都春》序云：“燕亡久矣，京口适见似人，怅怨有感。”[①]燕就是妾，典出《左传》郑文公有贱妾曰燕姞。吴文英太思念这个“燕”了，以致在“京口”遇到一个长得像的也要“怅怨”一番！品味吴文英二十多首言情词，很少正面描写男欢女爱两情相悦的热烈场景，大多是通过悼亡伤感、低回悲哀的情调，抒发心中恋情的。即使作于这个“妓”生前的作品，也是离别之后的思念。这些词不是当时所作，而是事后的追忆。这种处理方式与词人的创作心态有一定的关系。吴文英言情词具有以下三个特点：

首先，江湖词派言情词特别注重意趣的高雅，而言情又容易流于淫亵，如何做到言情而不低俗呢？江湖词派的词人普遍采用了间接描写、事后追忆的方式。姜夔、史达祖、高观国、吴文英、张炎都是如此。他们对悼亡这种方式情有独钟，以期发挥风月而不被风月所驱使。

其次，把早年爱情的悲剧与中年的失意绾结一起，决定了梦窗情词的凄苦情调。吴文英往往把悼亡伤逝与自然界的时节相连，有时还把身世飘零、江湖为客的辛酸也融进词里，这几种意蕴结合起来就构成了侘傺失意的人生境界。

再次，吴文英言情词往往以爱情悲剧与末宦生涯发端，但其中意旨远远超出了对于情殇以及人生苦难的叙说，抒发感时伤世之情。进入苏州仓幕以后，他对社会现实有了更为真切的认识，词风因之一变。《莺啼序》《瑞鹤仙·秋感》《西子妆慢·湖上清明薄游》等感慨深沉有力，有杜诗沉郁顿挫之感。

吴文英有十年放荡的生涯，出入歌楼妓院为他精通词乐提供了条件。唐宋本

① 吴文英：《绛都春》，吴蓓：《梦窗词汇校笺释集评》，杭州：浙江古籍出版社2007年版，第522页。

色词人温庭筠、柳永、周邦彦、姜夔等都有这么一段经历，而这一段经历使他失去了科举仕进的机会，只能改名换姓恩荫入仕，在苏州仓台衙门做个幕僚。吴文英任职苏州仓幕期间，这个歌妓死了。十年后他随魏峻重回临安，触景生情，写了二十几首爱情词。这些词情真意切，融入了中年时期的人生失意和忧时感世之情，因而具有一种特殊感染力。

（二）

“吴苑十年”是吴文英在苏州仓幕任职时期。

吴文英作过苏州仓台的幕僚，事见《木兰华慢·虎丘陪仓幕游》《八声甘州·陪庾幕诸公游灵岩》等词的词序。序中仓幕、庾幕混用，表明这是同一个机构，是指浙西道提举常平广惠仓兼管勾农田水利差役事。吴文英苏州词大多与仓幕有关。幕主依次是施枢、曹豳、马述、陈振孙、魏峻，幕僚有陈少逸、陈芬窟、李方庵、孙无怀四人。

施枢在端平二年（1235）摄理苏州仓台。施枢《芸隐倦游稿自序》云：“及乙未（端平二年）秋，入吴，摄庾台幕。”[①]此时吴文英已在苏州仓幕任职，两人应当是同僚。丙申年（1236）二月末施枢跟随幕主曹豳转入浙漕。施枢在苏州庾幕只待了半年。当时，他初学为诗，稍有悟解。与吴文英唱和，往往是施氏先唱，吴文英依韵再和。

曹豳，瑞安人，曾向宋理宗面陈和籴折纳之弊，出为浙西提举常平。任职时间是端平二年到三年（1235—1236）。曹豳在仓幕时建造虎丘书院、祭祀大儒尹焞[②]。吴文英游虎丘词涉及了这方面的内容，《木兰花慢·游虎丘》云：“开尊。重吊吴魂。岚翠冷、洗微醺。问几曾夜宿，月明起看，剑水星纹。”[③]《木兰花慢·重游虎丘》云：“叹宝奁瘗久，青萍共化，裂石空盘。尘缘。酒沾粉污，问何人、从此濯清泉。一笑掀髯付与，寒松瘦倚苍峦。”[④]词中的“吴魂”及“濯清泉”的隐者皆是尹焞。

魏峻，四明人，与吴文英同乡。魏峻是理宗皇帝的姐夫，度宗生母黄夫人

① 施枢：《芸隐横舟稿》，祝尚书：《宋集序跋汇编》，北京：中华书局2010年版，第2073页。
② 刘宰：《漫塘集》，卷23《平江府虎丘山书院记》，四库全书本。
③ 吴文英：《木兰花慢》，吴蓓：《梦窗词汇校笺释集评》，杭州：浙江古籍出版社2007年版，第567页。
④ 吴文英：《木兰花慢》，吴蓓：《梦窗词汇校笺释集评》，杭州：浙江古籍出版社2007年版，第571页。

曾在其家为婢。因度宗孱弱不慧，理宗有立魏峻之子为皇子的意向，当时流传有“魏太子”之说[①]。魏氏先以贵戚出任苏州仓台，后知平江府。范成大《吴郡志》记载其知平江府时的仕历：“魏峻，朝散大夫、集英殿修撰、知平江府、兼两淮浙西发运副使、节制许浦都统司水军。淳祐四年四月二十六日到任，八月以经筵撤章转朝请大夫。五年四月御笔除保章阁待制，赐带；八月招籴及数，转朝议大夫；十二月磨勘转中奉大夫。六年又以招籴，转中大夫。三月十三日，御笔除刑部侍郎。”[②]在魏氏任职苏州仓台期间，吴文英在幕下为僚；魏峻出任平江知府，吴文英又在府中为客。

魏氏何时到任苏州仓台，史无确载，应在曹豳、马述、陈振孙之后。陈振孙嘉熙四年（1240）离任，魏峻任职在陈振孙之后，应为嘉熙四年到淳祐元年间（1240—1241）。他离开苏州任职浙西转运使府的时间是明确的：“魏峻，淳祐元年，运判；二年，升副；三年，除右司兵部侍郎。”[③]魏氏淳祐元年（1241）冬季“被亲擢”到行在任浙漕运判[④]，吴文英《沁园春》词序云：“冰漕凿方泉，宾客请以名斋，邀赋”[⑤]，作于魏峻为浙西转运副使期间。冰漕，即转运使厅，以其闲散无所职掌，故名冰漕。魏氏走后，陈芬窟、李方庵任期也届满。次年，吴文英与李方庵联舟入杭，也离开了仓幕。

吴文英苏州词以《声声慢·陪幕中饯孙无怀于郭希道池亭，闰重九前一日》为较早[⑥]。闰重九出现在宋理宗绍定五年（1232）[⑦]，郭希道池亭在苏州。说明其时吴文英已经在仓幕任职。在苏州与魏峻交游较晚的词是这首《声声慢·寿魏方泉》：“莺团橙径，鲈跃莼波，重来两过中秋。西风胜似春柔。宿春去年村墅，看黄云、还委西畴。凤池去，信吴人有分，借与迟留。应是香山续梦，又凝香追

① 周密：《癸辛杂识》，后集，北京：中华书局1988年版，第58页。
② 范成大：《吴郡志》，卷11，南京：江苏古籍出版社1999年版，第157页。
③ 潜说友：《咸淳临安志》，卷50，四库全书本。
④ 吴文英：《木兰花慢》，吴蓓：《梦窗词汇校笺释集评》，杭州：浙江古籍出版社2007年版，第567页。
⑤ 吴文英：《沁园春》，吴蓓：《梦窗词汇校笺释集评》，杭州：浙江古籍出版社2007年版，第444页。
⑥ 吴文英：《声声慢》，吴蓓：《梦窗词汇校笺释集评》，杭州：浙江古籍出版社2007年版，第608~609页。
⑦ 夏承焘教授定此词为宋理宗绍定五年（1232）的依据是：“按《二十四式朔润表》：嘉定六年、本年及景定三年，皆闰九月。嘉定六年（1213），梦窗尚幼；此词载于《花庵词选》，词选集结于淳祐九年（1249），在景定之前。知此词本年壬辰（1232）作。”见夏承焘：《唐宋词人年谱·吴梦窗系年》，上海：古典文学出版社1955年版，第460~461页。

咏，重到苏州。青鬓江山，足成千岁风流。围腰御仙花底，衬月中、金粟香浮。夜宴久，揽秋云、平倚画楼。”[①]词中充溢着对魏氏重回苏州的颂扬之情。魏峻任平江知府是在淳祐四年四月二十六日，词中有“重来两过中秋”之语，这首词作于淳祐五年（1245）中秋稍后，“围腰御仙花底”一句，与“五年四月，御笔除保章阁待制，赐带”相合。“宿春去年村墅，看黄云、还委西畴”，是指前一年春季魏氏出任平江知府前两人共计归隐田园事。魏峻重回苏州，“应是香山续梦”；吴文英也“凝香追咏，重到苏州”。魏峻这次回来，吴文英一直跟随左右。但两人交往仅限于私人关系，吴文英已经不再是幕僚而是门客。这种身份一直持续到魏氏离开苏州再回临安。《水调歌头·赋魏方泉望湖楼》[②]，望湖楼在杭州，这首词作于魏氏回朝任职到去世期间。魏氏由平江知府升任刑部侍郎，时间是淳祐六年（1246）三月十三日；再升任兵部尚书，转两官致仕，卒赠端明金紫[③]。魏峻卒年亦不可考，应在淳祐六年冬十月六日至十二月二十四日刘克庄掌制诰时期[④]，因为魏氏的这些生前死后的告敕都出自刘克庄之手笔。魏氏与吴文英除了仓台幕府的主宾关系外，还有过其他方面的一些往来。吴文英卸任幕僚后，在魏氏门下为客。

下面就吴文英仓台幕僚词所反映出来的一些相关问题，略做分析：

第一个，梦窗词中苏州十年的确指问题。吴文英至迟从绍定五年（1232）起在仓幕任职，到与李方庵“联舟入杭”离开苏州，淳祐二年（1242）冬日腊朝到临安[⑤]，前后计十年。但吴文英在苏州滞留的时间却不止十年。沈义父结识吴文英兄弟在1242年秋到1243年，地点在苏州震泽之滨。魏峻重回苏州出知平江府，吴文英也一直追随左右，时间在淳祐四年至六年（1244—1246）。吴文英一再提到苏州十年，如“十年一梦凄凉”，“十载寄吴苑”，“翠被落红妆，流水腻香，犹共吴越。十载江枫，冷霜波成缬”等，是指在仓台幕府任职的十年。因为这段经历对他影响甚大，从青年时期来到苏州，历经十年渐入老境。十年之中官职未见

① 吴文英：《声声慢》，吴蓓：《梦窗词汇校笺释集评》，杭州：浙江古籍出版社2007年版，第621页。
② 吴文英：《水调歌头》，吴蓓：《梦窗词汇校笺释集评》，杭州：浙江古籍出版社2007年版，第426页。
③ 这些诰文包括《魏峻兵部尚书》《魏峻转两官守兵书致仕》《魏峻上遗表赠端明金紫》等，见王蓉贵：《后村先生大全集》，卷60，成都：巴蜀书社2008年版，第1600~1605页。
④ 程章灿：《刘克庄年谱》，贵阳：贵州人民出版社1993年版，第215~216、221页。
⑤ 吴文英：《柳梢清》，吴蓓：《梦窗词汇校笺释集评》，杭州：浙江古籍出版社2007年版，第705页。

升迁，甚至也没有改变生计上的困顿。吴文英交游广泛，与前后几任平江知府、苏州仓台，前后幕友相处融洽，为何会在仕途上如此狼狈呢？这得从吴文英仕宦的性质上去分析。

第二个问题是仓台幕僚到底是什么性质的官职。马端临比较了唐宋幕府辟举制度，慨叹道："宋时虽有辟法，然白衣不可辟；有出身而未历仕者不可辟。"[①]在北宋覆亡南宋政权建立之际，各地将帅有权召辟布衣之士入幕。一旦局势稳定，宋高宗对于那些在非常时期不循资格、凭借军功进入仕途的人员进行清理，使其归部，依格注拟，实际上取消各地方镇辟举幕僚的权利。《宋史》云："建炎初，诏河北招抚、河东经制及安抚等使，皆得辟置将佐官属；行在五军并御营司将领，亦辟大小使臣。诸道郡县残破之余，官吏解散，诸司诱人填阙，皆先领职而后奏给付身。于是州郡守将，皆假军兴之名，换易官属，有罪籍未叙复、守选未参部者。朝论患之，乃令厘正，使归部依格注拟。惟陕西五路、两河、两淮、京东等路经略安抚司属官听举辟，余路并罢。"[②]吴文英活动在南宋中后期的江浙地区，做过十年幕僚，说明他不是"白衣"之士。尽管幕僚之职微不足道，但宋朝历代皇帝对它控制很严。一般幕主不能私辟幕属，幕僚也不能自择幕主，幕府人员的组成完全由朝廷调配。李曾伯《沁园春·饯税巽甫》序云："唐人以处士辟幕府如石温辈甚多。税君巽甫以命士来淮幕三年矣，略不能挽之以寸。巽甫虽安之，如某歉何？"[③]李曾伯是南宋后期的封疆大吏，尚不能对幕中游士"挽之以寸"，足见其艰难。另外，幕主与幕僚任期是各自独立的，陈芬窟、李方庵与幕主魏峻的任期就是分开的。吴文英与吴潜、徐鹿卿、史宅之、贾似道、嗣荣王父子等达官显贵来往，一般只是清客而不是幕僚。与魏峻交游，在苏州仓幕为僚属；在平江府则是门客。门客与幕僚是有区别的。门客是私人聘请的事务助理，幕僚则是政府衙门的僚属。一个普通人要想成为幕僚，必须有朝廷官员的身份和吏部差遣，而做客属于私人交往的范畴，不需要任何身份凭证。幕僚去职以后可以成为门客，而门客无论如何怎么努力都成不了幕僚。除非是宰执一级大员可以

---

① 马端临：《论辟署》，唐顺之：《稗编》，卷113，四库全书本。
② 脱脱：《宋史》，卷160，北京：中华书局1985年版，第3755页。
③ 李曾伯：《沁园春》，唐圭璋：《全宋词》，北京：中华书局1999年版，第3551页。

荫庇异姓门客入仕，然后通过吏部差遣才能成为幕僚。二者之间有天壤之别，不能随意混淆。

第三个问题是这一段幕僚生活对吴文英词风的影响。吴文英的词法与张炎《词源》接近，张炎在创作上标举清空，反对质实。清空有许多优点，但与现实隔膜总是一病。吴文英词质实，但有充实的现实内容，如《沁园春·送翁宾旸游鄂渚》《水龙吟·送万信州》《金缕歌·陪履斋先生沧浪看梅》，其忧患意识与苏辛同调[①]。因为吴文英与姜夔有着不同的人生经历。姜夔游离于社会现实之外，作为"晋宋间人物"，他很少关注现实中的俗务，结交的是一些诗酒名流、退休高官，以不谈俗务为清高。姜夔其实并不了解现实，词中也很少描写现实，偶有爱国情怀也局限在"黍离"之悲的层面上。吴文英为吏十年，常常要处理俗务。他与现实并不隔膜，一些感慨就深沉有力，清人说其词"沉郁"之至。正是这点身份上小小的不同，为南宋江湖词派增添了新的特色。仓台幕府是一个清闲冷淡的衙门，公务不多，幕僚也多空闲。这给吴文英等人结社分题提供了机会。《探芳信》序云："丙申岁，吴灯市盛常年。余借宅幽坊，一时名胜遇合，置杯酒，接殷勤之欢，甚盛事也。分镜字韵。"[②]就是当年名胜遇合、分韵赋词的盛事。这些文学活动为吴文英成为专业词人提供了条件。

仓台幕僚属于下等小吏，比恩科特奏名还要低下。恩科特奏名还可以出任文学、助教之类起码能让人尊敬的学官。而恩荫奏补只能担任小吏杂佐，不仅升迁很慢，有时连一个差使也保不住。有差事的时候，是个微不足道的斗筲俗吏；没差遣的时候，完全等同江湖游士。吴文英后来游于吴潜、贾似道门下，曳裾嗣荣王府，与姜夔依傍张镃没有任何区别。但这一段为期十年的"仕途经济"，在吴文英与姜夔之间画上一条界线，为吴文英补救姜夔词的空疏之弊，提供了一个机会。这也反映了江湖词派中质实词风的一个新特点。

（三）

关于吴文英的生卒年月，夏承焘《梦窗词系年》依据吴文英与翁元龙、翁逢龙是亲伯仲，吴文英兄弟与吴潜交游唱和等情况，推断吴文英大约生于宋宁宗庆

---

① 况周颐：《蕙风词话》，卷2，唐圭璋：《词话丛编》，北京：中华书局1986年版，第4447~4448页。
② 吴文英：《探芳信》，吴蓓：《梦窗词汇校笺释集评》，杭州：浙江古籍出版社2007年版，第596页。

元六年（1200）。其实判断吴文英生年还有一个更直接的依据。吴文英既然是恩荫入仕，笔者根据宋代恩荫入仕者需年满25岁的硬杠杠，判定吴文英出生于宋宁宗开禧三年（1207）。关于吴文英卒年，夏先生依据吴文英晚年客嗣荣王府，作《晏清都·寿荣王夫人》《齐天乐·寿荣王夫人》《水龙吟·寿嗣荣王》《烛影摇红·寿嗣荣王》《宴清都·饯嗣荣王仲亨还京》诸词，谈到孕育仙胎、诞生皇子等情况，所用皆系皇太子故实，说明理宗立嗣荣王之子孟启为皇太子时，吴文英曾躬逢其盛。而两年后吴潜被害，度宗即位，嗣荣王加封武康、宁江军节度使等事均不见吴文英吟诵，这说明他已经去世了。因而定吴文英卒年为宋理宗景定元年（1260）以后，大致是宋度宗被立为皇太子到吴潜被害前这段区间。夏承焘这个判断并没有什么依据，而是出自臆测。吴熊和《梦窗词补笺》把吴文英卒年下线往后推了5年，他说“吴文英之卒，更当在咸淳元年之后”①。然笔者发现在南宋灭亡十年后，吴文英还存活于世，并且有词作问世。

吴文英与周密关系密切，周密酬赠吴文英词有3首。《玲珑四犯·戏调梦窗》云：“波暖尘香，正嫩日轻阴，摇荡清昼。几日新晴，初展绮枰纹绣。年少忍负韶华，尽占断、艳歌芳酒。看翠帘、蝶舞蜂喧，催趁禁烟时候。腮红透梅钿皱。燕将归、海棠厮句。寻芳较晚，东风约、还在刘郎后。凭问柳陌旧莺，人比拟、垂杨谁瘦。倚画阑无语，春恨远，频回首。”②戏调就是开玩笑。上阕写惜春之情。春天来了，到处弥漫着春天的气息。水波潋滟，泥土芳香，薄雾春日，交替出现。连着几日晴天，大地像棋枰一下子堆满了各种色彩。少年不愿辜负美好时光，听歌看舞，贪饮好色，每日和歌妓厮混一起。翠帘飘舞，蝴蝶追逐蜂儿喧闹，这是一年寒食禁烟天。梅花上浮现着淡淡的红晕，就像姑娘的害羞脸庞。燕子回来了，口里衔着沾满海棠的泥土。想请您一块去欣赏这美好的春天，结果相约迟了。满目兔葵燕麦，动摇于春风！有谁会问一声穿梭柳陌间的黄莺儿，人和垂杨哪个更瘦？靠着阑干默默无语，只有春天越去越远，在恋恋不舍中消失了。这首词所谓的“戏调”就是开玩笑，两人相约赏春，结果没去，春天就过去了。

周密生于宋理宗绍定五年（1232），比吴文英小25岁。周密在《玉漏迟·题

① 吴熊和：《梦窗词补笺》，《文学遗产》2007年第1期。
② 史可振：《草窗词校注》，卷1《玲珑四犯》，济南：齐鲁书社1993年版，第4~5页。

吴梦窗霜花腴词集》中对吴文英做盖棺定论。词云："老来欢意少。锦鲸仙去，紫霞声杳。怕展金奁，依旧故人怀抱。犹想乌丝醉墨，惊俊语、香红围绕。闲自笑。与君共是，承平年少。雨窗短梦难凭，是几番宫商，几番吟啸。泪眼东风，回首四桥烟草。载酒倦游甚处，已换却、花间啼鸟。春恨悄。天涯暮云残照。"①这首词起句突兀，"老来欢意少"，一下子抓住了读者的心思。读者不禁要问，为什么老来欢意少呢？因为熟识的朋友们一个个去世了。接着用李白骑鲸仙去代指吴文英之死，用"紫霞声杳"是指杨缵开创的词林正声越来越小了。吴熊和指出："周密《玉漏迟》'题吴梦窗（霜花腴）词卷'：'老来欢意少，锦鲸仙去，紫霞声杳'，把吴文英看是杨缵（紫霞）死后老成凋零之余传灵山一脉的大词家。"②按杨缵去世于宋度宗咸淳三年（1267）六月初三，吴文英之死还在其后。具体什么时候呢？在这首词中还只是一个大概的范围。下文，过渡到吴文英的《霜花腴词集》。我害怕打开这本词集，因为里面的东西太熟悉了，仿佛与故人促膝谈心。还记得当年同社赋词，在精美的彩笺上写下飘逸洒脱的文字，一群美丽的歌妓围绕着他。写到此处，不禁会心一笑。我们都在太平时节度过了欢乐的时光。下阕抒发对亡友的思念。物是人非，事事皆休。昨晚在潇潇雨声中又梦到了你。你还在推敲宫商，还在吟咏新词。郊外踏青，四桥烟草，春光如旧，花间啼鸟，唱着婉转动人的歌儿。天边的暮云残照，迟迟不愿归去。这首词情调凄苦，引起后人的注意。《御选历代诗余》卷118引宋名家词评云："又有《玉漏迟·题梦窗霜花腴词集》，全阕更觉缠绵深至，可泣可歌。"③这首词提到结社赋词，与吴文英"西湖同结杏花盟"正相吻合。他们确实有过结社赋词之类的词学活动。周密与吴文英私交甚好，属于忘年之交。上文是一首题词词，是宋人发明的一种以词论词的文学批评形式，在江湖词派中也经常运用。张炎的《声声慢·题吴梦窗遗笔》（别本做"题梦窗自度曲霜花腴卷后"），词云："烟堤小舫，雨屋深灯，春衫惯染京尘。舞柳歌桃，心事暗恼东邻。浑疑夜窗梦蝶，到如今、犹宿花阴。待唤起，甚江篱摇落，化作秋声。回首曲终人远，黯销魂、忍看朵朵芳云。润墨空

① 史可振：《草窗词校注》，卷3《玉漏迟》，济南：齐鲁书社1993年版，第203页。
② 吴熊和：《唐宋词通论》，杭州：浙江大学出版社2003年版，第302页。
③ 王奕清：《御选历代诗余》，卷118，杭州：浙江古籍出版社1998年版，第521页。

题，惆怅醉魄难醒。独怜水楼赋笔，有斜阳、还怕登临。愁未了，听残莺、啼过柳阴。”①《醉落魄·题赵霞谷所藏吴梦窗亲书词卷》：“镂花镌叶。满枝风露和香撷。引将芳思归吟箧。梦与魂同，闲了弄香蝶。小楼帘卷歌声歇。幽篁独处泉鸣咽。短笺空在愁难说。霜角寒梅，吹碎半江月。”②都涉及对吴文英其人其词的评论，可以肯定这些词都写于吴文英去世之后。

上述材料，证明吴文英去世在周密、张炎之前。这样，他们才有可能对吴文英其人其词做总结性的评价。周密去世于1298年，张炎去世则更晚，大约在1320年前后。在周密去世之前吴文英已经去世了。这个结论未免太宽泛一些。目前，笔者见到南宋灭亡以后吴文英还活着的证据是吴文英对周密《绝妙好词》的评论了，这则评论也是一首题词词。吴文英《踏莎行·敬赋草窗绝妙词》云：“杨柳风流，蕙花清润。蘋□未数张三影。沉香倚醉调清平，新辞□□□□□。鲛室裁绡，□□□□，□□白雪争歌郢。西湖同结杏花盟，东风休赋丁香恨。”③在这首残缺不全的词作里，上阕赞美周密文采风流不亚于张先，才思不减李白；下阕说绝妙词有《花间集》的流风余韵。这从他采用的《花间集叙》中的典故“鲛室裁绡”、“白雪歌郢”就能看出来。根据宋人同类相比的用典原则，就知道吴文英所评论是一部词选而非个人的词集。张炎也有一首《西江月》，也是评论周密《绝妙好词》的，词序云：“《绝妙好词》乃周草窗所集也”，明白无误地指出词中所赋就是《绝妙好词》。词云：“花气烘人尚暖，珠光出海犹寒。如今贺老见应难。解道江南肠断。谩击铜壶浩叹，空存锦瑟谁弹。庄生蝴蝶梦春还。帘外一声莺唤。”④也用《花间集叙》的典故“花气烘人，珠光出海”来比况《绝妙好词》。与吴文英用张先、李白比拟周密的才气不同，张炎用贺铸来比拟周密的才气。贺铸是本色词人的典范，黄庭坚很喜欢贺铸《青玉案》，曾经手写一遍，置之几砚间时自玩味，还作诗赞美贺铸的才华：“少游醉卧古藤下，无复愁眉唱一杯。解道江南断肠句，而今惟有贺方回。”⑤用本色雅正词人贺铸来赞美周密是很恰切的。

---

① 张炎：《山中白云词》，卷3《声声慢》，北京：中华书局1983年版，第53页。
② 张炎：《山中白云词》，卷5《醉落魄》，北京：中华书局1983年版，第92页。
③ 吴文英：《踏莎行》，吴蓓：《梦窗词汇校笺释集评》，杭州：浙江古籍出版社2007年版，第739页。
④ 张炎：《山中白云词》，卷5《西江月》，北京：中华书局1983年版，第97页。
⑤ 魏庆之：《诗人玉屑》，卷21，北京：中华书局2007年版，第679页。

两人性情相近，仕宦相同，词作风格也相近。周密也多次谈到《绝妙好词》，称之为“绝妙词”或“绝妙选”。在上述词例中，无论是词作者或是词选编纂者都把《绝妙好词》与周密的《苹州渔笛谱》分得很清楚。今人认为《绝妙词》就是《苹州渔笛谱》，纯属臆测。

既然吴文英“敬赋”的就是周密《绝妙好词》，而《绝妙好词》编成的时间也就是吴文英还存活在世的一个证据。《绝妙好词》又编成于何时呢？

《绝妙好词》编于周密的晚年，具体的时间也没有记载。我们从《绝妙好词》选录词人词作的下限，如周密的后辈词人张炎、王沂孙、仇远以及周密自己的词作中，能找到《绝妙好词》编纂的一些线索。《绝妙好词》选录了不少入元以后的作品，张炎《渡江云·次赵元父韵》言及十年前的旧事，这个“旧事”就是德祐二年正月元军攻入临安，磔杀其祖父张濡，籍没其妻妾家产一事；《甘州·饯草窗西归》慨叹周密十年飘零，词云：“甚相如情倦，少陵愁老，叹飘零。短梦恍然今昔，故国十年心。回首三三径，松竹成阴。”[①]因此，可以认定《绝妙好词》完成于南宋亡十年（1286）之后。

南宋灭亡十年后是《绝妙好词》编纂完成的上限，其下限还有待于进一步考证。夏承焘《草窗著述考》认为周密60岁（1292）前“所著有《经传载异》《浩然斋可笔》《齐东野语》《台阁旧闻》《澄怀录》《武林旧事》、诗词丛谈及诗文乐章等。”[②]这是周密在《弁阳老人自铭》中对自己60岁前著述的总结。《绝妙好词》不在其中，说明它是周密60岁以后所编选的。但《绝妙好词》还不是周密最后一部著作。《浩然斋雅谈》卷下词话部分实际上是《绝妙好词》的补编。《绝妙好词》编成时间为1292年到1298年之间，表明在周密60岁以后，吴文英还存活在世，还评论过周密的《绝妙好词》。

前辈学者也有推测吴文英活到南宋灭亡以后的。杨铁夫说吴文英“盖卒于德祐二年之后，年已七十余岁矣”[③]。夏承焘也发现《绝妙好词》收录了周密两首词，《高阳台·送陈君衡被召》和《乐府补题》唱和词中的《水龙吟·白荷》。说明

① 周密：《绝妙好词》，卷6，郑州：中州古籍出版社1990年版，第100~101页。
② 朱存理：《珊瑚木难》，卷5《弁阳老人自铭》，四库全书本。
③ 杨铁夫：《吴梦窗词笺释》，广州：广东人民出版社1992年版，第33页。

《绝妙好词》收录宋亡以后的作品是很普遍的。那么，看到《绝妙好词》并发表评论的人，肯定也活到了南宋灭亡以后。周密赠吴文英的《玉漏迟》词有“与君共是，承平年少”[①]一语，所谓的“承平”，是针对着战乱而言的。表明两人都曾经历了不“承平”的中老年时期。以宋亡为界，他们的人生被分为两段，前一段为无忧无虑的“年少”时光，而后一段是充满忧患的不承平时代。当然，这个残年对各人来说并不相同。在吴文英大约是70岁以后，而周密是在45岁以后。吴文英的生卒年代为1207年到1298年之间，这样一来有关吴文英生平中的一些主要事件，尤其是晚年的交游和作品才有了一个合理的解释。

有关沈义父的事迹也不多见，流传至今有四件：

其一，以赋领乡荐。翁大年《翁校本旧跋》云：“沈时斋先生，我邑震泽人。嘉熙元年，以赋领乡荐。”[②]朱鹤龄《愚庵小集》卷14云：“考义甫宋末人，嘉定中领乡荐。”[③]关于沈义父领乡荐的时间，说法各不相同。沈义父自称在壬寅年（淳祐二年，1242）秋，结识翁元龙，并称元龙为静翁（元龙字处静），说明他比翁元龙要小。如果是在嘉定中（嘉定共十七年，1208—1224，嘉定中姑且算作九年，1216）领乡荐。其时翁元龙尚在童稚之年，沈义父也许还没有出生呢。如果是嘉熙元年（1237）领乡荐，应在其青少年时期。这是很有可能的，因为宋人领乡荐多在少年时期。领乡荐就是通过科举资格的考察。唐宋科举制，在很大程度上继承了魏晋荐举制的遗风，参加科举考试的人还需要地方政府的推荐。往往报名人数太多而分配名额有限，于是地方政府的推荐考察就很重要。考察的步骤是：一是品行考察，如果一个人或者其家族名声不好，忤逆不孝，有各种犯罪前科，甚至性情散漫都得不到地方官吏的举荐。周邦彦因疏隽少检，不为州里推重，因而就无法获得乡荐，没有科举报名的资格。二是专业考察，一般用考试的方式，通过命题限韵的诗赋创作，考察被荐者的综合实力。沈义父通过作赋获得了乡荐的资格。

其二，任白鹿洞书院山长。沈义父曾任南康军白鹿洞书院山长，举行朱子学

---

① 史可振：《草窗词校注》，卷3《玉漏迟》，济南：齐鲁书社1993年版，第203页。
② 翁大年：《翁校本旧跋》，唐圭璋：《词话丛编》，北京：中华书局1986年版，第285页。
③ 朱鹤龄：《愚庵小集》，卷14，四库全书本。

规。致仕后建义塾，立明教堂讲学，学者称为时斋先生[①]。《江南通志》记载沈义父在理宗宝祐初（宝祐元年到二年，1253—1254）建三贤祠，祭祀王蘋、陈长方、杨邦乂等三贤[②]。陈去病指出沈义父名列《邑志》儒林，宋亡后隐居不仕，为赵宋王朝的遗民[③]。沈义父的言行带有明显的理学色彩，他是一位纯正的儒者。

其三，沈义甫撰《曹昭灵侯庙神应记》，题署日期为“至元十七年（1280）五月既望”[④]，证明他确实活到了宋亡以后。

其四，与吴文英兄弟结交。沈义父是震泽人，在淳祐二年（1242）先结识吴文英的弟弟翁元龙。次年（1243）又结识吴文英。其时，吴文英卸任苏州仓台幕僚，往来于临安苏州之间。淳祐四年四月二十六日魏峻重回苏州知平江府，吴文英作为其门客同来苏州。沈义父与吴文英兄弟唱和，并与吴文英讲论词法，得到吴文英所传授的词法。《乐府指迷》是应子侄辈求取词法，追记吴文英当年所授词法。吴文英词集中有三首与沈义父唱和之作，从初春到深秋，可见当日唱酬时间还较长。

沈义父少年领乡荐，中年做山长，宋亡后隐居不仕，足见他思想纯正，有儒者的浩然正气。无论讲学还是为人，都能体现出这一特征。谈论词法也是这样，讲求本色雅正，但又对于典范词人周邦彦某些作品的立意结尾提出批评，希望在言情、咏物词中有寄托意义。沈义父传给子侄的是一些浅显的词法，并无多少高深之处。这些词法得到了张炎及其后学的认可，在词学史上发挥着重要的作用。尤其对研究吴文英质实一系创作风格，具有重要的意义。

二、本色雅正论

《乐府指迷》是吴文英传给沈义父的词法，其中涉及吴文英、沈义父两人的词学观点。这些观点经常被张冠李戴，笔者认为分辨清楚哪些是吴文英的观点，哪些是沈义父的主张，对于研究南宋词学理论有积极的意义。《乐府指迷》把周邦彦清真词的创作风格分解成若干的法度，并通过词法授受和创作实践把它传递

① 翁大年：《翁校本旧跋》，唐圭璋：《词话丛编》，北京：中华书局1986年版，第285页。
②《江南通志》，卷163，四库全书本。
③ 陈去病：《百尺楼丛书后序》，唐圭璋：《词话丛编》，北京：中华书局1986年版，第286页。
④ 钱谷：《吴都文粹续集》，卷16，四库全书本。

下去，首开宋代词社创立词法的风气。

（一）

在《乐府指迷》29条中，哪些是吴文英的词法，哪些是沈义父的观点？这是一个不易说清的问题。本书从写作缘起入手，来分析这个问题。沈义父在《乐府指迷》第一条谈到该书写作缘起："余自幼好吟诗。壬寅（1242）秋，始识静翁于泽滨。癸卯（1243），识梦窗。暇日相与倡酬，率多填词，因讲论作词之法。然后知词之作难于诗。盖音律欲其协，不协则成长短之诗。下字欲其雅，不雅则近乎缠令之体。用字不可太露，露则直突而无深长之味。发意不可太高，高则狂怪而失柔婉之意。思此，则知所以为难。子侄辈往往求其法于余，姑以得之所闻，条列下方。观于此，则思过半矣。"①在这一段话中，沈义父谈了三个问题：

第一，词法的渊源。沈义父自小喜欢吟诗。在宋理宗淳祐二年（1242）秋，结识了词人翁元龙。次年，又结识了翁元龙之兄、著名的词人吴文英，他们在闲暇时唱和填词，顺便谈到作词的词法。

第二，对吴文英词法的概括总结。通过与吴文英兄弟的唱和、讲论词法，沈义父明白了"词之作难于诗"的道理。这个道理体现在"音律、下字、用字（表意）、发意"这四点上。关于上述四点，唐圭璋《词话丛编》称之为"论作词之法"②，蔡嵩云《乐府指迷笺释》称之为"论词四标准"③。吴熊和称之为"吴文英同沈义父讲的词法"，笔者称之为"论词四不"。《乐府指迷》29条本来没有题目，研究者为了方便说明问题而增加了题目。这些题目虽非吴文英、沈义父的本意，但就其方便说明问题这一点来说也是必要的。

第三，写作缘起。因子侄辈学词，求取词法，沈义父把早年所闻的吴氏兄弟的词法条列出来。为什么是早年呢？因为沈义父与吴文英兄弟交游时，他还很年轻。他称翁元龙（处静）为静翁。翁元龙当时三十多岁，比沈义父年长，故称之为"翁"。沈义父听到吴文英的词法并未立即把它记录下来，后来为了教子侄辈学词，才把它们追忆出来。这中间隔了十几年、甚至几十年的时间。在《乐府指

---

① 蔡嵩云：《乐府指迷笺释》，北京：人民文学出版社1963年版，第43页。

② 沈义父：《乐府指迷》，唐圭璋：《词话丛编》，北京：中华书局1986年版，第277页。

③ 蔡嵩云：《乐府指迷笺释》，北京：人民文学出版社1963年版，第43页。

迷》第29条“咏物最忌说出题字”谈到“周草窗”。“草窗”是周密中年以后所用的号。较早出现是在《武林旧事》卷5：“施梅川墓：名岳，字仲山，吴人，能词。精于律吕。杨守斋为寺，后树梅，作亭以葬。薛梯飙为志，李篔房书，周草窗题盖。”[①]案杨缵卒于宋度宗咸淳三年（1267），其时周密35岁。安葬施岳正是周密跟杨缵学词之时。周密的年龄在31~35岁之间。从这时起一直到南宋灭亡后十余年，周密一直自号为草窗。《草窗韵语》出版于宋度宗咸淳十年至宋恭帝德祐元年（1274—1275）之间。文汲翁题跋也是围绕着“草窗”做文章的，说周密“夫惟胸中洒落，然后见窗前草不肯除去，抑公谨乃廉溪派邪？不然奚取乎窗前之草？”[②]陈存敬题跋作于咸淳甲戌年（1274），也说：“君自命草窗，果于此有得机动籁名，必有不求工而自工者，其进未可量也。”[③]李莱老乙亥年（1275）题诗云：“绿遍窗前草色春，看云弄月寄闲身。北山招隐西湖赋，学得元和句法真。”[④]吴文英、张炎、王沂孙、李彭老、李莱老等人称周密为“草窗”，时间可考的词也多在南宋灭亡以后。沈义父追记《乐府指迷》并称周密为“周草窗”，应当是在南宋后期或者入元之后。这时距吴文英传授词法已经过去了20~30年。

对上述三点，一般没有什么歧义。但在谈到具体的词法时，就出现了一些不同的观点。蔡嵩云说：“梦窗论词之语，集中罕见，于伯时所揭四标准，可以窥见梦窗词法矣。”[⑤]蔡嵩云认为“论词四标准”是沈义父揭示的吴文英词法。吴熊和《宋季三家词法》沿袭了这个观点，他说：“同时吴文英于唱酬之余，亦讲论词法，所举四条，传之沈义父，著于《乐府指迷》。”[⑥]吴熊和与蔡嵩云观点相同，他认为“论词四标准”就是吴文英传给沈义父的词法。在《宋季三家词法》一文第二部分，吴熊和把“论词四标准”直接作为吴文英论词的原话。他说：“吴文英没有专门论词之作。他曾向沈义父讲论词法。沈义父后著《乐府指迷》，卷首即录吴文英语，以明师承所自。”还有：“吴文英同沈义父讲的词法，凡四条：

---

① 周密：《武林旧事》，卷5，北京：中华书局2007年版，第145页。
② 周密：《草窗韵语六稿》，题跋，乌程蒋氏密韵楼本。
③ 周密：《草窗韵语六稿》，题跋，乌程蒋氏密韵楼本。
④ 周密：《草窗韵语六稿》，题跋，乌程蒋氏密韵楼本。
⑤ 蔡嵩云：《乐府指迷笺释》，北京：人民文学出版社1963年版，第44页。
⑥ 吴熊和：《宋季三家词法》，《文艺理论研究》1982年第1期。

‘音律欲其协，不协则成长短之诗；下字欲其雅，不雅则近乎缠令之体；用字不可太露，露则直突而无深长之味；发意不可太高，高则狂怪而无柔婉之意。’《乐府指迷》是沈义父教其子侄作词之书。全书二十八则，实际上就是本此四条所作的阐释和发挥”。[①]郭锋在论述吴文英词法时，也是如此表述的。在《论江湖词派的词学理论》中云：“沈义父的《乐府指迷》就是‘得之所闻’的梦窗词法，所以开卷头一条即是祖述梦窗的‘论词四不。’”[②]在《论南宋江湖词派的词社》中也说：“《乐府指迷》开篇即祖述吴文英的‘论词四不’，确立了远学清真近取梦窗的南宋雅词模式。”[③]由于研究者误读文本，与事实真相越来越远。

当我们对照沈义父《乐府指迷》原文，审视已有学术成果时，发现我们确实犯了张冠李戴的错误，把吴文英、沈义父词法中的一些基本问题搞颠倒了。所谓的“论词四标准”是沈义父对吴文英词法的总结或感悟，而“姑以得之所闻，条列下方”的28条，才是吴文英当年所讲论的词法。当然，28条中某些条目不一定是吴文英所传授的词法，如“吴词得失”条牵涉对吴文英本人的评价，显然不会是吴文英的自评，它可能出自沈义父之手。一旦澄清了这个事实。我们的眼界一下子开阔了，一个屏蔽了多年的事实浮出水面。原来吴文英竟然有词法传世，而且还是自成体系的！这个新发现对于我们研究南宋后期词学理论，有着十分重要的意义。

（二）

吴文英的词学观点集中体现在对周邦彦《清真词》的评价上，他说：“凡作词，当以清真为主。盖清真最为知音，且无一点市井气。下字运意，皆有法度，往往自唐宋诸贤诗句中来，而不用经史中生硬字面，此所以为冠绝也。”[④]周邦彦词的特点是本色雅正，填词所用的词牌是唐宋时期流传下来的比较定型的词牌，或者是他自己改造过的词曲，以及新创的自度曲。一般不用市井流行的新声，也不用大晟府颁示的雅乐。

《乐府指迷》所选取的词人有康与之、柳永、姜夔、吴文英、施岳、孙惟信

① 吴熊和：《宋季三家词法》，《文艺理论研究》1982年第1期。
② 郭锋：《论江湖词派的词学理论》，《新疆大学学报》2004年第1期。
③ 郭锋：《论南宋江湖词派的词社》，《云南社会科学》2006年第1期。
④ 蔡嵩云：《乐府指迷笺释》，北京：人民文学出版社1963年版，第44~45页。

六家。柳永是北宋初期人，其词在南宋初期流行甚广。吴文英就把他与市井词人康与之归为一类，重在突出康与之。《鹤林玉露》云：“建炎中，大驾驻维扬，伯可上《中兴十策》，名声甚著。后秦桧当国，乃附会求进，擢为台郎。值慈宁归养，两宫燕乐，伯可专应制为歌词，谀艳粉饰，于是声名扫地，世但以比柳耆卿辈矣。”[①]黄昇《花庵词选》云：“伯可以文词待诏金马门，凡中兴粉饰治具，及慈宁归养，两宫欢集，必假伯可之歌咏，故应制之词为多。”[②]这两人共同之处是善于写应制词，而且多鄙俗之意。张炎《词源》谈到世俗词人也是康、柳并称的，如“词欲雅而正，志之所之，一为情所役，则失其雅正之音。耆卿、伯可不必论，虽美成亦有所不免。”[③]又云：“康、柳词，亦自批风抹月中来；风月二字，在我发挥，二公则为风月所使耳。”[④]吴文英所选论的词人，共同点是精通词乐：康、柳音律甚协，白石清劲知音，施梅川音律有源流，故其声无舛误。孙花翁虽未没有明言他知音或音律之妙，但他确实也精通词乐。刘克庄《孙花翁墓志》云：“其倚声度曲，公瑾之妙；散发横笛，野王之逸；奋袖起舞，越石之壮也。”[⑤]沈义父把吴文英也列进去，因为“梦窗深得清真之妙”。精通音律就可以按谱填词，甚至可以按照词意自度新曲，这是本色论的前提条件。词乐也是有雅俗之分的。吴文英还谈到当时词坛的一种怪相：“前辈好词甚多，往往不协律腔，所以无人唱。如秦楼楚馆所歌之词，多是教坊乐工及闹井做赚人所作，只缘音律不差，故多唱之。求其下语用字，全不可读。甚至咏月却说雨，咏春却说秋，如《花心动》一词，人目之为一年景。又一词之中，颠倒重复。如《曲游春》云‘脸薄难藏泪’，过云‘哭得浑无气力’，结又云‘满袖啼红’，如此甚多，乃大病也。”[⑥]蔡嵩云对此解释得很精辟：“按此则，言前辈好词虽多，而无人唱。人所唱者，多秦楼楚馆之俚词。可见今日流传之宋名家作品，甚多不协律者。在当时本不可歌，而当时协律可歌之词，今日所见，寥寥数专家外，其民间作品，绝少流

---

① 罗大经：《鹤林玉露》，乙编卷4，北京：中华书局1983年版，第182~183页。

② 黄昇：《花庵词选》，中兴以来绝妙词选卷1，上海：世纪出版集团、上海古籍出版社2007年版，第141页。

③ 张炎：《词源》，卷下，唐圭璋：《词话丛编》，北京：中华书局1986年版，第266页。

④ 张炎：《词源》，卷下，唐圭璋：《词话丛编》，北京：中华书局1986年版，第267页。

⑤ 王蓉贵：《后村先生大全集》，卷150，成都：巴蜀书社2008年版，第3855页。

⑥ 蔡嵩云：《乐府指迷笺释》，北京：人民文学出版社1963年版，第69页。

传者。以其下语用字，全不可读也。……文士之词，可传而失律，乐工所歌，其文不足传，此词之音律所以亡也。”[①]唐宋歌词和音乐分属不同的作者群体，这些群体又分属不同的社会阶层。高下不同的阶层之间隔膜很大。宋词作者属于文人士大夫阶层，这个阶层的人文化水平高，但基本上不通音乐，一部分人甚至连乐器都不认识，又岂能按谱填词或度曲填词？而以音乐谋生的教坊乐工和市井做赚人没受过正规的教育，文化素养欠缺。文人士大夫与市井乐工之间，缺乏必要的合作交流，甚至老死不相往来。宋词就是在这样一个尴尬的环境下苟延残喘。文人士大夫所作的雅词，往往不考虑配乐歌唱的事情，因而文辞雅驯却不能歌唱，而被歌唱的又多是教坊乐工、市井做赚人所作的粗鄙之词。这些所谓的词逻辑混乱，语言不通，叙述颠三倒四，词意枯燥乏味，甚至前后重复，文不对题。到了南宋中后期，词乐已呈明显的分离之状。词乐分离原因是多方面的。既有苏轼辛弃疾等人以诗为词，撇开音律直接提高词的品位方面的原因；更主要的还是低俗的音乐与典雅的曲子词之间不相匹配。词乐的分化成为一种必然的趋势。南宋中后期江湖词派就是把这种分化的趋势转化为词乐一体，他们是把词乐一并雅化的。从表面上看，宋词创作仿佛又回到晚唐五代《花间集》的全盛时代；事实上这次雅化比《花间集》要求更严，格调更高。南宋江湖词派的典雅词离开了都市娱乐场所，改变了原生态而日趋高雅，势必会越走越高，也越走越窄。雅化以后词作受众甚少，主要流行在士大夫主流意识之外的那些外戚高官、隐逸之士、江湖词人组成的词人圈里。他们在自己家的东园西园结社赋词，在很小的环境里度曲填词，给宋词带来了新的生机和魅力。南宋政权灭亡后，宋词也迅速走向消亡。宋词消亡不是因为词的雅化，而是因为它失去了赖以生存的社会环境。

吴文英、沈义父对那些自诩为东坡、稼轩门徒，不屑于俯就音律之词人，进行了尖锐的批评，指出了他们借诸贤以掩其不能的真实意图。吴文英说：“近世作词者，不晓音律，乃故为豪放不羁之语，遂借东坡、稼轩诸贤自诿。诸贤之词，固豪放矣，不豪放处，未尝不叶律也。如东坡之哨遍、杨花水龙吟，稼轩之摸鱼儿之类，则知诸贤非不能也。”[②]由此可见他对音律的重视程度。词分为叶律

① 蔡嵩云：《乐府指迷笺释》，北京：人民文学出版社1963年版，第69页。
② 蔡嵩云：《乐府指迷笺释》，北京：人民文学出版社1963年版，第75~76页。

和不叶律两种，不叶律的词固然不是雅词，而那些叶律可以歌唱的词，也未必是雅词。词的雅俗是由词的命意决定的。康柳词天下传唱，以至于成为朝廷御用词人，其词本色自不待说，但是立意不高着实影响其词的品位。吴文英说：“康伯可、柳耆卿音律甚协，句法亦多有好处。然未免有鄙俗语。”[①]蔡嵩云对“鄙俗语”的解释是：“按此所谓鄙俗语，可分二类：一市井流行语，所谓浅近卑俗者是；一教坊习用语，所谓批风抹月者是。南宋人论词，以雅正为归，宜乎在屏弃之列。宋词羼入此类语句者，不止康、柳二人，即六一、淮海、山谷诸家，亦在所不免。特康、柳大为当世訾謷耳。”[②]从维护词体雅正出发，吴文英对那些染教坊之习的词人进行了批评，施岳“间有些俗气，盖亦渐染教坊之习故也”[③]，孙花翁“雅正中忽有一两句市井句，可惜”[④]。施岳、孙惟信与姜夔一样都属于江湖诗人。施岳精通律吕，与杨缵、周密等人交往密切。孙花翁是一个老于花酒的太平闲人，身上沾染了太多的江湖习气。宋理宗宝庆初年，史弥远废立之际，诏禁士大夫作诗，孙花翁之徒改业为长短句，把江湖诗人的油滑和低俗习气带进了词的创作。刘克庄曾规劝孙惟信填词不能太俗，但没有起到多少作用。

吴文英认为词的雅正，在很大程度上取决于词乐的高雅。周邦彦、姜夔填词多用唐宋以来古雅的曲谱，或者自度曲，而不用当时流行的俗曲。吴文英说：“古曲谱多有异同，至一腔有两三字多少者。或句法长短不等者，盖被教师改换。亦有嘌唱一家，多添了字。吾辈只当以古雅为主，如有嘌唱之腔不必作。且必以清真及诸家目前好腔为先可也。”[⑤]市井嘌唱多出自世俗乐师之手，一曲之中常常添加一些字，逐渐失去音乐的原意。即使音律或有可取之处，词作毫无文采可言。吴文英、沈义父尚雅黜俗，对那些不雅的词乐，以及世俗的语言、韵脚等都很鄙弃。本色词的标志就是入乐歌唱，而唐宋时期精通词乐的词人很少。在南宋中后期出现了一种以前辈雅词词体为范本，按照其四声平仄押韵格式填词的词体，杨泽民、方千里、陈允平等人即以周邦彦清真词为蓝本进行填词，填词就像临摹

---

① 蔡嵩云：《乐府指迷笺释》，北京：人民文学出版社1963年版，第46页。
② 蔡嵩云：《乐府指迷笺释》，北京：人民文学出版社1963年版，第47~48页。
③ 蔡嵩云：《乐府指迷笺释》，北京：人民文学出版社1963年版，第52页。
④ 蔡嵩云：《乐府指迷笺释》，北京：人民文学出版社1963年版，第53页。
⑤ 蔡嵩云：《乐府指迷笺释》，北京：人民文学出版社1963年版，第80页。

书帖一样，不敢稍失尺寸。吴文英说过“学者看词，当以《周词集解》为冠”。杨缵词社还有《圈法周美成词》，是为了应社的需要而制作的一种实用词谱。

吴文英论词是本色、雅正并举的。如果要在二者之间做一个选择，雅正比本色更为重要。如何才能保持词作的雅正呢？吴文英指出了两个途径：一是把词的创作纳入一定的法度之中，二是对词意进行一些限制，使它不能越出规矩。这就是所谓的下字运意的法度。吴文英通过法度来保障词体的雅正。

（三）

吴文英、沈义父在《乐府指迷》中，谈到各种填词的法度有二十多条，从词的结构上说有《起句》《过处》《结句》《造句》《押韵》等，从题材上说有《咏物用事》《咏花卉及赋情》《寿曲》等，从音律押韵上说有《腔以古雅为主》《句中韵》《句上虚字》《去声字》等，从锤炼字面上说有《字面》《语句须用代字》《咏物忌犯题字》《用事使人姓名》，从创作方法上说有《大词小词作法》《赋词初填熟腔》等。这些法度包括了选曲配词、构思布局、押韵对仗、化用典故、修改定篇的全过程，使词作千变万化而不离雅正。下面通过一些具体事例，来说明这个问题。

词体能否歌唱，除了选用古雅的词乐之外，词的字面也很重要。吴文英一再强调作词要善于化用唐宋诸贤诗句，周邦彦词“多用唐人诗语，隐括入律，浑然天成”①，施梅川“读唐诗多，故语雅淡”②；他还“要求字面，当看温飞卿、李长吉、李商隐及唐人诸家诗句中字面好而不俗者，摘用之。即如《花间集》小词，亦多好句”③。唐诗与宋词一样，是一种音乐文体。它的一些优秀诗篇诗句，天下传唱家喻户晓，运用这样的典故可以达到事半功倍的效果。而经史中的文辞固然典雅，但它不是为歌唱所写的蓝本，一般比较生僻，很难融化到音乐中去，达到婉转动听的效果。吴文英批评姜夔词说：“姜白石清劲知音，亦未免有生硬处。”④所谓的“生硬”，一是江西诗派的瘦硬句法，这在姜夔词中所在多有；二是有些典故比较生僻。蔡嵩云解释道：“宋词喜用生硬字面者，莫如辛派词家。稼轩词

① 陈振孙：《直斋书录解题》，卷21，上海：上海古籍出版社1987年版，第618页。
② 蔡嵩云：《乐府指迷笺释》，北京：人民文学出版社1963年版，第68页。
③ 蔡嵩云：《乐府指迷笺释》，北京：人民文学出版社1963年版，第59页。
④ 蔡嵩云：《乐府指迷笺释》，北京：人民文学出版社1963年版，第48页。

雄视一代，尤喜引用《论》《孟》《庄》《骚》《左》《史》及《文选》、唐诗中成语，其佳者固无有斧凿痕，弥见笔力之峭，而流于生硬一路者，亦在所不免。集中如‘我无可无不可，意先生出处有如丘’(《木兰花慢》后段)、‘对郑子真岩石卧，赴陶元亮菊花期’(《浣溪沙》后段)、‘甚矣吾衰矣，知我者二三子’(《贺新郎》起结)、‘雄深雅健，如对文章太史公’(《沁园春》后段)之类，几乎数见不鲜。《哨遍》《兰陵王》诸阕，全章更多此类句法。誉之者或谓其硬语盘空，未尝不可自成一格；讥之者则谓其喜调书袋，未能镕铸脱化，终非词中正轨。白石亦偶受稼轩影响，集中如《永遇乐·次韵辛克清先生》、《永遇乐·北固楼次稼轩韵》，又《汉宫春·次韵稼轩》诸阕，其气味吐属，皆若与稼轩秘响相通。此外如‘诸公衮衮’(《永遇乐》)、‘然则非欤’(《汉宫春》) 等类句法，集中究不多见，盖有意拟稼轩而偶一为之耳！”[①]从适合歌唱的特点出发，对于词中的每一个字眼都要推敲，使其与音律相契合，与上下词语相连贯，尤其是押韵一定要响，这样每个韵脚连贯起来，达到累累如贯珠的效果。

宋词在创作上具有才学化特点，在才学化诸因素中以使事用典较为突出。《乐府指迷》中谈到许多使用才学的办法，在咏物词中如何使用典故，吴文英说：“如咏物，须时时提调。觉不分晓，须用一两件事印证方可，如清真咏梨花《水龙吟》，第三第四句，须用‘樊川’‘灵关’事，又‘深闭门’及‘一枝带雨’事。觉后段太宽，又用‘玉容’事，方表得梨花。若全篇只说花之白，则是凡白花皆可用，如何见得是梨花？”[②]吴文英所枚举的周邦彦《水龙吟·梨花》用了许多典故，既限定了所咏之物，又时时提调，不至于偏题。咏物忌犯诗题，需要用大量同类典故来比拟形容，吴文英说：“咏物词，最忌说出题字。如清真梨花及柳，何曾说出一个梨、柳字。梅川不免犯此戒，如月上海棠咏月出，两个月字，便觉浅露。他如周草窗诸人，多有此病，宜戒之。”[③]咏物不能说出所咏之物的名称，需要使用大量的代字。吴文英说：“炼句下语，最是紧要。如说桃，不可直说破桃，须用‘红雨’、‘刘郎’等字；说柳，不可直说破柳，须用‘章台’、‘灞

① 蔡嵩云：《乐府指迷笺释》，北京：人民文学出版社1963年版，第49~50页。
② 蔡嵩云：《乐府指迷笺释》，北京：人民文学出版社1963年版，第58页。
③ 蔡嵩云：《乐府指迷笺释》，北京：人民文学出版社1963年版，第88页。

岸’等字。又用事，如曰‘银钩空满’，便是书字了，不必更说书字；‘玉箸双垂’，便是泪了，不必更说泪。如‘绿云缭绕’，隐然髻发；‘困便湘竹’，分明是簟；正不必分晓，如教初学小儿，说破这是甚物事，方见妙处。往往浅学俗流，多不晓此妙用，指为不分晓，乃欲直捷说破，却是赚人与耍曲矣。如说情，不可太露。”①巧妙使用代字，使词作既含蓄又有文采。运用典故，需要有深厚的学术背景和渊博的知识，同时还需要对语言文字的驾驭能力。吴文英对于使用故实的态度是通达的，用典也不求都有来历，但不能生涩；押韵不必尽有出处，但不可杜撰；词意不能表述得太直露，要留有余地。蔡嵩云云：“按前云‘用字不可太露，露则直突而无深长之味’，此则即是此意。盖梦窗词说如此，练句下语，以婉曲蕴藉为贵。作慢词更须留意及此。说某物，有时直说破，便了无余味，倘用一二典故印证，反觉别增境界。但斟酌题情，揣摩辞气，亦有时以直说破为显豁者。谓词必须用替代字，固失之拘，谓词必不可用替代字，亦未免失之迂矣。美成《解语花》‘桂华流瓦’句，单看似欠分晓，然合下句‘纤云散，耿耿素娥欲下’观之，则写元夜明月，而兼用双关之笔，何等精妙！虽用替代字，不害其为佳。”②

吴文英对运用典故是支持的，但对于词的运意又提出了一些限制。《乐府指迷》所说的运意是从具体的材料中提炼出所要表达的主旨。吴文英说“作小词只要些新意，不可太高远”③，“大抵起句便见所咏之意，不可泛入闲事，方入主意。咏物尤不可泛”④，“过处多是自叙，若才高者方能发起别意。然不可太野，走了原意”⑤等，都是就事论事，不发高论；围绕中心，组织材料；开门见山，直奔主题的创作方法，这是对初学者提出的基本要求。一首好词并不限于此，还要写出更为深婉的情感来，这就是不尽之意、难言之情。所谓的“结句须要放开，含有余不尽之意，以景结尾声最好”⑥；言情尤其不能说得太露无咀嚼回味的余地；以花卉为题的咏物词，若直咏花卉而不牵涉及男女之情，似不大符合词家惯例；如果

① 蔡嵩云:《乐府指迷笺释》，北京：人民文学出版社1963年版，第61页。
② 蔡嵩云:《乐府指迷笺释》，北京：人民文学出版社1963年版，第62~63页。
③ 蔡嵩云:《乐府指迷笺释》，北京：人民文学出版社1963年版，第84页。
④ 蔡嵩云:《乐府指迷笺释》，北京：人民文学出版社1963年版，第54页。
⑤ 蔡嵩云:《乐府指迷笺释》，北京：人民文学出版社1963年版，第55页。
⑥ 蔡嵩云:《乐府指迷笺释》，北京：人民文学出版社1963年版，第56页。

以男女之情写花卉，又很容易滑向淫艳、流于世俗。因此他认为清真某些言情词“便无意思”，甚至是词家之病。如何运用这些近俗的题材表现高雅的情思，把具体的物象、情事、时序迁化转化成骚雅的意趣，这是吴文英、沈义父已经意识到了但还没有提出对策的问题。

吴文英把周邦彦的创作风格转化成一种词法，这种方法是从江西诗派学过来的。江西诗人把杜诗转化成一系列的法度，并通过创作实践来传承这种诗歌风格。方回《瀛奎律髓》就是一本诗法加诗话的诗学著作。从创作上看它是一种诗法，从理论上说又是一部诗话。它往往从宏观上立论，从微观上着眼，普及江西诗派一祖三宗的诗歌创作风格。与宋代诗话相比，《乐府指迷》的理论性更加突出。前面是创作典范和本色雅正词人群体，后面是二十几条具体的法度，几乎覆盖了词学创作的方方面面。吴文英把周邦彦的创作风格转化成一种词法，为什么能够被时人信服呢？这是因为吴文英词风接近周邦彦，词学实绩也不亚于周邦彦。吴文英传周邦彦一系本色雅正的词法，很快就得到词学界的重视。张炎《词源》卷下的部分条目与吴文英、沈义父的《乐府指迷》基本相同。沈义父是应“子侄辈”求取词法而追忆成书的，是针对着初学者的入门教程，与吴文英当初在词社聚会中传授词法的环境不同、对象不同，沈义父做了一些变通，他所传授的不一定是吴文英词学精微之处。沈义父在转述吴文英的词法时，中间又间隔了十几年或者几十年，时过境迁，创作环境和时代要求已经发生很大的变化，词法也会随之发生变化。沈义父是一位理学家，他的一些观点未必就是吴文英的原意，甚至对吴文英的创作风格也没有完全接受。他说吴文英词“其失在用事下语太晦处，人不可晓”[①]，吴文英词确实有晦涩之处，但更多还是意脉流畅，感慨深沉有力之作。这表明沈义父所传词法与吴文英词学思想之间有一些差距。沈义父所总结的“论词四标准”，与《乐府指迷》中具体词法是相同的。蔡嵩云还用吴文英《梦窗四集》证以沈义父揭示的“论词四标准”，他说：“余证以梦窗词集，颇于伯时所揭四标准相和。梦窗喜练字面，善用代字，故其词雅而不露。至音律之协，发意之高，尤其所长。梦窗论词之语，集中罕见，于伯时所揭四标准，可

① 蔡嵩云：《乐府指迷笺释》，北京：人民文学出版社1963年版，第50页。

以窥见梦窗词法矣。”[①]虽然他没有发现《乐府指迷》28条就是吴文英论词之语，但他发现了且证实了二者之间的相同之处，也是很有价值的。

第二节 “作 词 五 要”

“作词五要”是杨缵的论词要点，也是杨缵词社创作和理论的核心。为了搞清这个问题，本节先从杨缵本人谈起。杨缵出身于南宋中后期的一个外戚世家，一生远离权势，曾花费十余年时间与门下琴客整理古代琴曲，并把浙派古琴平淡清越的风格引入宋词创作，使宋词在雍容华贵之中别具清雅之气。杨缵所倡导的清雅之气，与张炎的清空骚雅仅剩一层窗户纸。杨缵还把词社聚会的地点由娱乐色情场所移到自己家的东园，或者张枢的花园别墅。在一个狭小的空间里，一群游离于士大夫主流之外的“闲人”和年轻漂亮的歌妓合作填词。他们听歌观舞，商榷音律，在一个类似实验室的小环境里培育出了本色雅正的宋词标本。这种风格尽管纤细脆弱，但它改变了音乐文学雅化的模式。词体在保持自身特质不变的前提下，同样也可以转化为一种雅文学。杨缵的清雅词风为宋词的本色雅化提供了一线生机。杨缵以老师前辈的身份传授词法，培养后劲，把不同性情、不同风格的词人词作纳入法度之中，形成大体一致的创作风格。共同风格是形成词学流派的关键。从杨缵主盟临安词社时起，临安词社由词人临时聚会游乐的场所转化为一个比较典型的词学流派。这一流派的理论和创作，体现了宋词雅化的基本特色和代表风格。

一、杨缵及其家世

杨缵字继翁，号守斋，又号紫霞，是宋宁宗杨太后的侄孙。周密《浩然斋词话》说杨缵“本鄱阳洪氏。恭圣太后侄杨石之子麟孙早夭，遂祝为嗣”[②]。杨缵以

---

① 蔡嵩云：《乐府指迷笺释》，北京：人民文学出版社1963年版，第44页。
② 周密：《浩然斋词话》，唐圭璋：《词话丛编》，北京：中华书局1986年版，第227页。

外姓入继杨家。他的名、字、号都体现了这个特点，“缵”、“继”、“嗣”、“守”，都和养子入继、嗣守家业有关。

杨氏家族发迹是从宋宁宗的杨太后开始的。太后身世卑微，其养母张夫人善声伎，是慈福宫的乐部头。杨太后幼年时是宫廷的则剧孩儿，“既贵，耻其家微，阴有所遗，而绝不与通。密遣内珰求同宗，遂得右庠生严陵杨次山以为侄。既而宣召入见，次山言与泪俱，且指他事为验，或谓皆后所授也。后初姓某，至是始归姓杨氏焉。”[①]杨次山就这样阴差阳错凭空得到一个国舅的名分，并随即补官。杨次山父子热衷投机政治，依靠两次血腥的宫廷政变起家，诛杀韩侂胄和更换皇太子，彻底葬送了南宋王朝的中兴希望，成就了史弥远专权26年的阴暗局面。杨氏父子属于那种善于发难但不贪恋权势的政客，因而把白捡来的富贵维持几十年。

金启华、萧鹏依据周密《浩然斋词话》所记杨缵幼年时期与史弥远的对句，认为杨缵生于宋宁宗嘉泰元年[②]。这个观点虽然缺乏事实依据，但从杨缵的生平事迹来看还是可信的。笔者依据杨缵仕宦的履历，以及宋代对恩荫入仕的基本条件，考定杨缵生年为宋宁宗嘉泰三年（1203）。而杨缵去世时间，文献是有明确的记载的。赵顺孙《论杨美人父丧不宜册封》提到杨缵上遗表的日期。所谓“上遗表”就是大臣去世后由家人呈给皇帝的奏疏，这是南宋时期形成的一种恩荫制度。《朝野类要》卷5云：“大中大夫以上不禄者，既奏致仕，复上遗表，则又有遗表恩例。”[③]《曲洧旧闻》卷10所谓的中散大夫“十样锦”，第九条便是“身后许上遗表”[④]。咸淳三年六月初三日上遗表，就是杨缵去世的准确日期。

杨缵缺乏乃祖乃翁投机政治的热情，但他真正做到了远避权势、洁身自好。周密说：“公廉介自将，一时贵戚无不敬惮，气习为之一变。”[⑤]赵宋王朝禁止外戚干政，杨缵倾其毕生精力，从事琴谱的雅化工作。杨缵喜好音乐，与杨太后有直接的关系。杨缵幼年跟随其祖父杨次山进宫陪太后欣赏《霓裳曲》，直到晚年还

---

① 周密：《齐东野语》，卷10，北京：中华书局1983年版，第175页。
② 金启华、萧鹏：《周密及其词研究》，济南：齐鲁书社1993年版，第70页。
③ 赵升：《朝野类要》，卷5《遗表》，北京：中华书局2007年版，第102页。
④ 朱弁：《曲洧旧闻》，北京：中华书局2002年版，第226页。
⑤ 周密：《浩然斋词话》，唐圭璋：《词话丛编》，北京：中华书局1986年版，第227页。

能亲自演奏这些曲目。杨缵擅长箫笛、古琴，精通乐理，据称“当广乐合奏，一字之误，公必顾之。故国工乐师，无不叹服，以为近世知音无出其右者”[①]。由于家世、兴趣、才艺诸方面的原因，杨缵走上了修订琴谱、探索词法的道路。

宋元易代之际，杨氏家族以满门忠烈的方式退出历史舞台。首先是度宗杨太后以身殉国。杨太后是杨缵之女。两人的父女关系见赵顺孙《论杨美人父丧不宜册封》疏：“臣忽睹邸报，御笔奉皇太后旨，美人杨氏可进封淑妃，令学士院择日降制。臣窃谓圣治以端宫闱为本，第美人乃宝章阁待制缵之女，缵以六月初三日上遗表，内批特赠四品。曾未半月而进封之命下。稽诸古典，四妃秩视三公，其未被受，则有辞免之礼；既被受，则有正谢之礼。服以褕翟，饰以佩绶，此皆礼之所不可阙者。不用此非所以成礼，用此非所以教孝。《礼》君子不夺人之丧，独不念《葛覃》之情，有《蓼莪》之感乎？臣非谓国家册妃之礼可缓也，但父子至情，自天子达于庶人，孝无差等，其于孝治昭明之朝而乃有此哉？欲望圣慈谨风化之攸关，体人情之不忍，稍缓降制之日，俾妃德无惭，亦毋使天下后世得以议圣朝之亏礼。宗社幸甚。”[②]赵顺孙认为杨美人进封淑妃，与其父“宝章阁待制”杨缵“上遗表”的时间相距不到半月，册妃的喜庆仪式和丧父的悲凄心情交织在一起不合适。《宋史·度宗纪》杨美人进封淑妃时间为咸淳三年六月癸酉，而杨幼节等134人推恩进秩为咸淳四年七月己未，前后相差一年多时间。这说明赵顺孙的奏疏朝廷只落实了一半，即宫廷按照宫廷的规矩办，宫廷以外则按照“请以期年为期”办理。德祐二年临安陷落，杨淑妃之子赵昰被推为皇帝，尊淑妃为皇太后。景炎三年四月赵昰病逝。杨太后命赵昺继位。祥兴二年二月崖山之战，宋军大败，赵昺投海而死。杨太后闻讯大恸，曰：“我间关忍死者，正为赵氏祭祀尚有可望尔。今天命至此，夫复何言？”遂赴海而死，被宋将张世杰葬于海滨[③]。其次是驸马杨镇舍生救主。杨镇是杨缵的堂侄，曾娶理宗女周国汉公主。蒙古军队进攻临安，南宋官员纷纷逃难而去。太皇太后谢道清决定依靠宗室外戚力量组织抵抗，由驸马左丞杨镇、国舅杨亮节等保护二王南下闽广以图兴复。元丞相伯

---

① 周密：《浩然斋词话》，唐圭璋：《词话丛编》，北京：中华书局1986年版，第227页。

② 徐乾学：《读礼通考》，四库全书本。

③ 脱脱：《宋史》，卷242，北京：中华书局1985年版，第8662页。

颜占领临安后，立即派遣范文虎率兵追赶。并且以太皇太后之命，立召杨镇率领二王返回临安。杨镇说："我将就死于彼，以缓追兵。"于是只身返回临安，为二王逃难争取了时间。杨缵的儿子杨亮节等人背负二王隐匿山中七日，后与宋将张全、陆秀夫、苏刘义会合，坚持抗元三年多。杨镇被俘北上，被迫仕元，出任江西行省左丞①。他在危难之际舍生取义的壮举，在世风日趋无耻的南宋末年弥足珍贵。

杨缵的家世、地位、才能和人品，使他成为南宋后期临安词社主盟者。杨缵的词学活动对宋季词坛影响很大。本书从杨缵早年雅化词乐和暮年主盟词坛入手研究杨缵的词学思想，说明杨缵对宋季词风所产生的实际影响。

二、早年整理曲谱

关于杨缵整理琴谱的时间有两种说法：一是早年说。袁桷《述琴赠黄依然》云："往六十年，钱塘杨司农以雅琴名于时。有客三衢毛敏仲、严陵徐天民在门下，朝夕损益琴理，删润别为一谱，以其所居曰'紫霞'名焉。"②杨缵整理琴谱是在写这篇文章的60年前，而这篇文章并没有标注写作日期。在"延祐六年（1319）五月二十三日"所写的《题徐天民草书》中说《琴述》(《述琴赠黄依然》）作于36年前。由延祐六年（1319）上推36年，即《琴述》的写作年代（1284）。再上推60年，便是杨缵开始整理琴谱的1225年。按金启华、萧鹏推测的杨缵生于宋宁宗嘉泰元年（1201）计③，其时也不过二十四五岁。二是晚年说。胡长孺的《霞外谱琴序》云："少师晚定调意操四百六十有八，为《紫霞洞谱》十三卷，世最所贵重。"④两种说法看似矛盾，其实是一回事。笔者想先说的是杨缵的实际年龄，要比金启华、萧鹏推测的稍晚一些。支撑这个观点的，是宋代官制中的新材料。

杨缵出身外戚世家，是凭借杨太后恩荫入仕的。《宋史·理宗纪一》云："（宝庆三年三月，1227）辛亥，以皇太后尊号册宝礼成，侄孙杨凤孙以下推恩有

---

① 魏初：《青崖集》，卷1《奉答杨左丞诗》，四库全书本。

② 袁桷：《述琴赠黄依然》，李修生：《全元文》，南京：江苏古籍出版社2002年版，第23册第411页。

③ 金启华、萧鹏：《周密及其词研究》，济南：齐鲁书社1993年版，第70页。

④ 蒋克谦：《琴书大全》，卷18，中国艺术研究院音乐研究所、北京古琴研究会：《琴曲集成》第5册，北京：中华书局2010年版，第413页。

差。”[①]虽然这里并没出现杨缵的名字，但杨缵确实包含在“杨凤孙以下”的。因为宋代补荫制度比较规范，它对入仕者的年龄、资格、待遇、考核、升迁等有一套严格的规定。“补荫之制”规定，皇太后一次可录亲属四人。杨太后正好有侄孙四人，即杨凤孙、杨蕃孙、杨衍孙和杨缵。由于四人年龄不一、资历也不相同，实际所享受的恩荫不同。已经出仕的升一秩，没有出仕的按规定补荫入仕，这就是《宋史》所谓的“推恩有差”。其中，杨衍孙和杨缵是初仕。笔者的依据是：其一，金启华、萧鹏推测杨缵生于宋宁宗嘉泰元年（1201），虽然缺乏直接的依据，但根据杨缵一生事迹验证下来还是基本可信的；其二，杨缵出身外戚世家，其祖其父都有恩荫子孙入仕的资格。只要年龄够了，随时都能取得入仕的资格。“任子诏”规定恩荫入仕者须满25岁[②]，由此可知杨缵生于宁宗嘉泰三年（1203）。杨缵是杨太后的侄孙，在五服期亲中属于“小功”。初仕官职是初等幕职官（初等职官）[③]。五年以后，杨太后去世（绍定五年十二月壬午，公元1233年1月18日）。宋理宗感念杨太后“保佑朕躬，有大功于天下”，对杨氏家族成员再次推恩。由于杨太后四个侄孙已全部出仕，这次是“并升一秩”，其中杨凤孙授中大夫，杨蕃孙授朝奉大夫，杨衍孙和杨缵并授朝请郎[④]。朝请郎是正七品寄禄官，不在选人七等阶官之列，属于京官以上的员外郎级。表明杨缵此前已经升改京官，“并升一秩”后才达到这个层级的。19年后，宋理宗又特除杨缵为太社令。诰文是刘克庄第二次知制诰时（淳祐十一年四月至闰十月十九日，1251）写的，原文如下：“朕念恭圣罔极之恩，见羹墙而顾其家尤厚。尔少有华问，入幕者再；丞郡者三，材益老矣。社令华选，列于奉常。往哉，靖共以对甄擢。”[⑤]其中谈到杨缵50岁前的主要仕履：两入幕府，三任通判。由于牵涉到宋代官制中一些特殊的现象，需要做一些解释：

第一，两入幕府是杨缵初入仕途的官职，诰文说他任此职时“少有华问”。杨缵所任的初等幕职官，在选人七等阶官中属于第四等。《宋史·选举四》规定

---

① 脱脱：《宋史》，卷41，北京：中华书局1985年版，第789页。
② 李大异：《宋大诏令集》，卷161，北京：中华书局1983年版，第612~613页。
③ 脱脱：《宋史》，卷112，北京：中华书局1977年版，第3725页。
④ 吴泳：《鹤林集》，卷8，四库全书本。
⑤ 王蓉贵：《后村先生大全集》，卷61，成都：巴蜀书社2008年版，第1617页。

“七阶选人须三任六考，用奏荐及功赏，乃得升改”[①]，明确规定选人任职年限和升改京官的条件。然而杨缵任职不到6年即已升改京官，用“选人选京官之制”来衡量，他属于那种既无出身，任职又不及六考的初等幕职官，升改后应出任大理评事，即元丰改制后的承事郎[②]。随后，在杨太后祔庙时“并升一秩”，被授予朝请郎。一般说来，宋代官员在选人层级晋升很慢，诗词中常有浮沉选海、困于选调之叹。杨缵在不到6年的时间里升改京官、晋升朝请郎，按照正常的叙迁制度，这是不可想象的。此后，杨缵升迁滞缓。三任通判（即诰文中所说的“丞郡”）期满，已经49岁了。根据叙迁之制，两任通判期满即可升知州；两任知州期满即可升转运使副或提点刑狱。一般官员只用六七年时间，即可由通判升任知州，但杨缵却用了十七八年。即以诰文中的三任九考（年）计，他至少有一半任期都未成考。未成考的原因很多，其中之一是连续守丧。淳祐元年（1241）杨缵的养父杨石去世，按规定需守丧3年（1241—1244），由此导致4年未成考。杨缵的伯父杨谷也是这一时段去世的。侄子与伯父在五服之亲中属于大功，也需守丧一年，又耽误两年未成考。如果再有家族中其他成员去世，守丧的时间就会更长。杨缵以洪氏之子过继到杨家，他除了杨氏家族的养父母，他还有洪氏家族的生身父母。守丧的机会比别人多一倍。杨缵在选人阶段飞速升迁与京官阶段的仕途偃蹇，都与他特殊的出身有关。

第二，按照宋代文官的叙迁路线，太社令不在正常晋升路线之上，一般恩荫入仕者是不能得到这个差遣的。杨缵能出任此职是皇帝特授的结果，这张制诰本身就是特授的证据！诰文称太社令为“华选”，因为它能亲近皇帝，安享荣华，表明杨缵已步入仕宦快车道。

宋代官员叙迁有一定的路线和严格的程序，这就是文彦博所说的“常调”，周必大所谓的“一定之格”。笔者发现杨缵与绝大多数恩荫入仕者不同，甚至与乃兄杨凤孙、杨蕃孙也有所区别，体现在：

其一，宋代外戚荫补一般都归入武阶，在任职、考核、叙迁上有诸多限制，正如宋理宗在《杨凤孙换授福州观察使知阁门事制》中所说的“朕尝观国朝佐戚

① 脱脱：《宋史》，卷158，北京：中华书局1977年版，第3694页。
② 脱脱：《宋史》，卷169，北京：中华书局1977年版，第4039页。

之制，无任文臣侍从之官”[①]。杨凤孙所任的福州观察使知阁门事，杨蕃孙所任的保康军节度使都是武阶，而杨缵、杨衍孙却是沿着文阶路线叙迁的。杨缵在选人层级的两任幕职，京官层级的三任通判，还有皇帝特授的“社令华选”，以及后来出任的湖州知州、司农卿、浙东帅、宝章阁待制等，都是文职的差遣或贴职。宋代对杂途官员的诸多限制，在杨缵仕历中基本看不到。这不能不说是一个特例。

其二，前面说杨氏家族也有补荫子弟入仕的资格，为什么杨缵还要选择较为疏远的皇太后小功之亲取得补荫入仕的资格呢？除了年龄之外是否还有其他原因呢？笔者认为确实是有其他的原因的。因为后妃补荫人数不多，且多出特旨，不像一般官员子弟补荫那样严苛，譬如杨缵和杨衍孙是按照文职路线叙迁的，不到六年升到了朝请郎。这在正常补荫入仕，甚至科举入仕的官员中也是不可想象的。

其三，杨缵既无进士出身，也不热衷仕途经济，按说这种类型的官员前程黯淡，但他却能任职通显[②]，这岂非咄咄怪事？因为杨缵的养父杨石在宋理宗即位、亲政等重要关头发挥过特殊作用，所以他得到的关照比别人多一些。宋人有“以资格用人者有司之法，以不次用人者人主之权”[③]之说，可见无论多么完善的制度，也不如皇帝的旨意管用。

了解杨缵仕履以后，再回来分析整理琴谱一事也就容易了。袁桷说杨缵早年整理曲谱。整理琴谱是一个极费工夫的慢活，仅搜寻嵇康“四弄”就历时十余年。整理完468曲，至少得几十年。胡长孺《霞外谱琴序》说杨缵晚年定琴谱。上述两个观点，一个说从早年开始，另一个说到晚年结束，其间并无矛盾。问题是到底能晚到什么时候？胡氏说在“淳祐、宝祐时（1241—1258）”。这段时期的前十年（1241—1251）是杨缵仕途偃蹇期，接连守丧，闲居临安，他有充裕的时间与门下琴客毛逊、徐宇等一同整理琴谱。如果是在外任职就没有这么方便了，像毛逊、徐宇这些宫廷琴师，是不可能离开朝廷，跟随杨缵到各地“朝夕损益琴理”的。杨缵晚年在临安任职，也有大段空闲时间。但周密、张炎记录杨缵晚年词学活动，并没有记载整理琴曲。这说明杨缵在主盟临安词社时，该项工作已

---

① 吴泳：《鹤林集》，卷8，四库全书本。
② 脱脱：《宋史》，卷243，北京：中华书局1985年版，第8658页。
③ 吕中：《宋大事记讲义》，卷2，四库全书本。

经完成了。杨缵整理过的曲谱命名为《紫霞洞琴谱》，“紫霞”是他居住的地方，“洞琴谱”是洞箫和古琴的合谱。但从曲谱的渊源，以及后人搜集整理的《霞外谱》体例来看，《紫霞洞琴谱》就是单一的琴谱。古琴是传统的雅乐乐器，适合表现士大夫高雅的情怀，古今圣贤多用它来抒写内心的牢骚幽怨。但在长期历史进程中，古琴也沾染上了世俗的成分，如先秦时的郑卫之音和隋唐燕乐中的琵琶技法，以至于南宋流行的《江西谱》，“其声繁以杀，其按抑也，皆别为义例。《秋风》《巫峡》之悲壮，《兰皋》《洛浦》之靓好，将和而愈怨，欲正而愈反”[①]。杨缵整理古琴曲主要是定调、定意和定操。定调即规范曲谱的音高，杨缵以仲吕为宫，比古律以黄钟为宫普遍要高一些[②]。定意即规范曲谱主题和内容，定操即规范曲谱的演奏技法。仅以演奏技法而言，杨缵把繁弦疾奏、重起重煞的琵琶技法“黜削无余”[③]；他还汲取了古琴象声、写意等技法来充实琴曲的演奏技巧。后世所传的杨缵琴法即以模拟自然界的各种声音为能事，仿佛庄子的天籁[④]。天籁即纯任自然。我国古代文学艺术都把自然作为追求的目标，但各时期对自然的理解有很大的差异。嵇康的自然是作者内心情感的真实流露。杨缵则是情感与乐理的完美结合，其中包含了许多人为因素。如果从纯自然的角度来看，杨缵琴曲中有许多不自然的因素；如果用雅乐的标准来衡量，它又包含了许多俗乐的成分。宋濂认为杨缵的《紫霞琴谱》还算不上“正音”[⑤]，危素认为它“愈变而愈新，愈出而愈繁”[⑥]。持平而论，《紫霞琴谱》不乏世俗之意，但也保留了不少古雅琴韵。王祎评价唐宋诗风的演变即是以《紫霞琴谱》为例的，说：“又如《紫霞琴谱》，虽时变新调而古意终在，有得乎汉魏之音为多，是可谓情辞俱至，足以自名其家者也。”[⑦]杨缵用新调保存了古意，用不自然的手段达到了自然的目的。在这一点上，与唐宋诗学完全一致。

---

① 袁桷：《述琴赠黄依然》，李修生：《全元文》，南京：江苏古籍出版社2002年版，第23册第411页。
② 吴安宇：《南宋〈紫霞洞谱〉寻踪》，《中国音乐学》（季刊）2010年第4期，第28页。
③ 周密：《齐东野语》，卷18，北京：中华书局1983年版，第339页。
④ 戴表元：《题赵子昂琴原律略后》，李修生：《全元文》，南京：江苏古籍出版社2002年版，第12册第219页。
⑤ 宋濂：《宋濂全集》，卷44，北京：人民文学出版社2014年版，第982页。
⑥ 危素：《送琴师张宏道序》，李修生：《全元文》，南京：江苏古籍出版社2002年版，第48册第153页。
⑦ 王祎：《盛修龄诗集》，李修生：《全元文》，南京：江苏古籍出版社2002年版，第55册第311页。

作为琴谱的主要整理者和浙派古琴的著名琴师，杨缵把浙派古琴清越平淡的风格带入宋词创作，使宋词在富贵风流、情色暧昧之外别具清雅之气。这种清雅之气在宋词创作中是通过本色雅正来展现的。无论是雅词协音，或者抒情写意，都是循规蹈矩法度谨严的。杨缵现存的几首词词牌即是题目，词情即是乐理，与隋唐曲子词初起时的情况十分相似。所不同的是隋唐曲子词一个词牌可以配无数的词作，而杨缵自度曲一首曲子只配一首词，强调词情乐理的完美契合。宋亡以后，杨缵的弟子周密、张炎继承了杨缵本色雅正的词学思想，把清雅之气升华为骚雅的审美理想，遂使清空骚雅成为一代之词学风尚。

三、晚年主盟词坛

关于杨缵主盟南宋临安词社一事，张炎《词源》卷下是这样记载的："近代杨守斋精于琴，故深知音律，有《圈法周美成词》。与之游者周草窗、施梅川、徐雪江、奚秋崖、李商隐（李莱老字商隐），每一聚首，必分题赋曲。"[①]张炎生于宋理宗淳祐八年（1248），是跟随其父张枢参与词社聚会的。他所记录的是杨缵晚年的词学活动。周密既是杨缵的入室弟子，又是著名的笔记小说家，他用第一手材料记录了临安词社活动的情况。杨缵词社活动始于宋理宗景定元年（1260）。这年四月，贾似道革新朝政，禁止外戚出任知州监司。杨缵从山阴回到临安，从此主盟词社七年（1260—1267）。周密也于该年从建康回到临安，先后在畿漕、京阃、幕府衙门供职[②]。景定四年（1263）暮春，因母亲患病而离职归养，次年丁忧守丧。他有大段时间参与杨缵词社活动。从景定四年到咸淳三年（1263—1267），是杨缵词社活动的高峰期。

词社聚会是一种履舄交错、不拘形迹的文人雅集。临安词社除了具有宋代词社的共性之外，还具有以下的特性：第一，词社成员大多精通音律，能够度曲填词，创作风格趋向典雅，于是形成一种接近周邦彦清真词的本色雅正词风。第二，词社成员多是一些从士大夫主流团体分化出来的有闲阶层，他们在政治上没有太高的追求，向往一种高雅脱俗、自在优雅的生活方式。还有一些曳裾权门的

① 张炎：《词源》，卷下，唐圭璋：《词话丛编》，北京：中华书局1986年版，第267页。
② 朱存理：《珊瑚木难》，卷5《弁阳老人自铭》，四库全书本。

江湖词人也出现在词社之中，如奚㴲曾获贾似道寿词大赛的“善颂首选”，王槦曾为贾似道作过《贾氏家庙记》等。因生计所迫，他们难免趋炎附势，人品有疵，但他们也善于填词，奚㴲精于词律，王槦与闻杨缵词法。在临安词社中，他们并不占主流，只是一个不可或缺的点缀。在南宋中后期出现了一大批江湖诗人词人，他们以诗词为羔雁之具奔走于达官贵人门下，轻则帮闲解闷，重则索取钱物，乃至左右舆论干预朝政。他们既可以谄媚贾似道这样的权贵，也可以投杨缵之类赋闲高官外戚之所好，博取能诗善词之名声。事实上，他们在诗词创作上也是很有功力的，有些观点与杨缵不谋而合。作为“专业词人”群体，杨缵及其词社成员始终把词作为关注的焦点。他们通过东园聚会、商榷音律、分题赋曲、编纂词选、讲论词法，形成了一种本色典雅词风。临安词社的应社词也有两个特色：其一，强调词情乐理的契合。杨缵既是词社活动的组织者，又是词学创作上的导师。他以老师前辈的身份，悉心指导词社成员的创作。周密记述了杨缵指导他填词的往事，有根据词意修改乐曲，使乐曲更切合词意；还有修改字面，使其适合音律。周密填写《西湖十景》“冥搜六日”而成，杨缵为其改词却“阅数月而后定”。周密由此明白一个道理，“是知词不难作，而难于改；语不难工，而难于协。”①词比诗难作，因为诗歌是案头文学，只涉及平仄、押韵、对仗等不多的几个问题；而词是音乐文学，牵涉到五音、五声、六律、平仄、押韵、对仗、过渡、衔接等一系列问题，大到词作意境的构思，细到每个字音的轻重、清浊，前后音节搭配所发生的音变等，都是必须要考虑的问题。只有把这些问题都处理好了，才能达到“上如抗，下如坠，曲如折，止如槁木，倨中矩，句中钩，累累乎端如贯珠”②的歌唱效果。其二，用歌唱来检验词乐配合的效果。按谱填词既有一定之规，又有许多灵活变通。一般说来规矩易循而变通最难，这就是杨缵、张枢等人不断地要“商榷音律”的原因。变通的好坏，只能在演唱中检验，这就是词社聚会离不开家妓歌唱的原因。雅词协音是一项非常细致的工作，需要一字一词、一个音节一个音节的细细品味，因此应社唱词很讲究。一般歌唱的都是名家名篇，再就是应社词中的翘楚之作，周密多次谈到词社聚会演唱他新作，其洋洋

---

① 周密：《木兰花慢》，唐圭璋：《全宋词》，北京：中华书局1999年版，第4129页。
② 张炎：《词源》，卷下，唐圭璋：《词话丛编》，北京：中华书局1986年版，第256页。

自得之意如在目前。在演唱中发现什么问题，当即予以修订，从而达到音韵谐美的效果。

杨缵主盟临安词社，解决了宋词创作中的两大难题：其一，如何让那些不懂词乐的人也能作出合乎规范的作品。南宋时期词乐分化严重，不仅豪气词人不懂音律，就连一些本色词人也不懂音律，他们只能模仿前辈词人某一词牌的平仄押韵格式来填词。虞集说："近世士大夫号称能乐府者，皆依约旧谱，仿其平仄，缀缉成章。"[①]把唐宋名家名篇及当代精通词乐的词人词作拿来当作词谱。这是南宋词人常用的一种填词方法，方千里、杨泽民、陈允平遍和周邦彦清真词，吴文英、沈义父的《乐府指迷》、张炎《词源》都谈到南宋后期模拟周邦彦词的风气。张炎特意拈出周词的诸多不足，表明"所可仿效之词，岂一美成而已"[②]？由于周邦彦最为知音，其词下字运意皆有法度，就像杜诗一样易学而不走样，赢得了南宋中后期词人的普遍认可。杨缵《圈法周美成词》就是在这种环境下总结的一种新的词谱。制订该谱的理论依据是无论多么美妙动听的词作，落实到字面上都是平仄、对仗、押韵、入声和去声的用法。只要掌握了这些用法，不出明显的舛误，就能做出大体符合规范的词作。杨缵以清真词为范例，标示句中平仄押韵以及去声入声用法，使那些不懂音乐的人也能做出符合标准的词作。对于这些人而言，无疑是"开一方便法门"[③]。其二，如何让精通词乐的词人突破才学的束缚写出新意。《杨守斋作词五要》对精通词乐的词人提出了一系列要求，其中第一至第四条是谈论词乐和词律的，如择腔择律、按谱填词、随律押韵是应社填词的基本规范。

对于精通词乐的人来说，填词协律虽然烦琐但也并非难事，长年累月的耳濡目染，自然是熟能生巧巧能通神。如果是自度曲就更容易一些，能够自度曲的多是精通音乐的行家，他们可以按照自己的喜好安排平仄押韵对仗等格式，一般不会出现词情乐理扞格不通的现象。有时先写歌词，再配音乐，姜夔自度曲就是如此，他说："予颇喜自制曲，初率意为长短句，然后协以律，故前后阕多不同。"[④]

---

① 虞集：《叶宋英自度曲谱序》，李修生：《全元文》，南京：凤凰出版社1999年版，第26册第145页。
② 张炎：《词源》，卷下，唐圭璋：《词话丛编》，北京：中华书局1986年版，第255页。
③ 蔡嵩云：《乐府指迷笺释》，北京：人民文学出版社1963年版，第68页。
④ 姜夔：《长亭怨慢》，唐圭璋：《全宋词》，北京：中华书局1999年版，第2807页。

只要不是难度太大的曲子，一般都可以按谱填词。实在填不了，还可以换一个熟悉的词牌。杨缵及其词社成员遇到的真正的难题，是如何在运用才学的情况下还能写出新意。这是江西诗派探讨过的一个理论问题，但直到杨缵主盟词社时还没有完全解决。《作词五要》第五条记录了杨缵对这个问题的基本观点。他认为新意来自两个方面：一是“须自作不经人道语”，说出别人没有说过的话，写出别人没有写过的意境。杨缵指导词社成员写梅，说一般人写梅，无非是描摹梅的香梅的白，而梅的最佳景致在于蓓蕾初绽、轻红未消之际。由此起笔，既能突出梅的特性，又可避免俗笔。创新是从立意开始的。只有立意不俗，才能真正写出新意。二是故实翻新。宋人以才学为词，喜用前人语典事典，造瘦硬奇崛之句。如果仅仅是锤炼字句，或者翻旧为新，看似警拔不俗，但多读几遍就会觉得只有小巧而没有大慧，整个作品仍缺乏精神。杨缵要求剔除三重四同。蔡嵩云怀疑“三重”应为“三同”[①]。笔者认为“三重四同”应为“三同四重”。三同即皎然《诗式》所谓的偷语、偷意和偷势。皎然云：“三同之中，偷语最为钝贼。”[②]四重是诗歌的文外之旨，皎然《诗式》所举四重诗例有“行行重行行，与君生别离”，李壮鹰解释为：“似指上句为二重意，张庚《古诗十九首解》：首言行行，远也；复言重行行，久也。下句亦有二重意：与君别离，为一重，而别有生离与死别之分，老杜云：死别已吞声，生别常恻恻，是生别之悲更甚于死别也。故别离之前冠以生字，又使意进一重。”宋玉《九辩》“憭慄兮若在远行，登山临水兮送将归”也有四重诗意。李壮鹰解释说：“所谓四重意，指登山、临水、远行、送归。”[③]杨缵之所以反对“三同四重”，就是因为它没有摆脱前人窠臼，写出自己的新意。说到底，三同就是从前人诗歌中往出偷东西，无论偷什么最后都失去了自我。四重牵强附会成分很大，不是绝大多数读者能感受到的。杨缵说“翻前人意，便觉出奇”[④]，出自江西诗派的诗歌理论。黄庭坚说“自作语最难”，如不能自作新语可退而求其次，化用前人典故，但要翻出新意。夺胎换骨、点铁成金就是黄庭坚翻旧为新、化腐朽为神奇的实用诗法。杨缵理论与江西诗派有很深的渊

---

① 蔡桢：《词源疏证》，北京：中国书店1985年版，第74页。
② 李壮鹰：《诗式校注》，北京：人民文学出版社2003年版，第59页。
③ 李壮鹰：《诗式校注》，北京：人民文学出版社2003年版，第47~48页。
④ 杨缵：《作词五要》，唐圭璋：《词话丛编》，北京：中华书局1986年版，第268页。

源，正像江西诗派在创作上以杜甫为楷模那样，杨缵作词也是学习周邦彦的。但与周邦彦词立意平实不同，他强调“要立新意”，创作观念上更接近姜夔。杨缵立新意、贬练字的主张，与姜夔的“意格欲高，句法欲响，只求工于句字亦末矣”完全契合[①]。杨缵是一位出入于周邦彦、姜夔之间的词人，为南宋江湖词派确立周姜史吴为“一祖三宗”的格局导夫先路。

杨缵主盟临安词社7年，正是词社向词派过度的关键时期。此前，词人结社往往出于兴趣相投或性情相近。由于缺乏一个具有权威性的词坛领袖和必要的应社准则，词社虽多却似一盘散沙，应社虽繁却没有形成对话的基础，所以很难达成共识。杨缵身份高贵、地位显赫、人品高雅，又精通音律，擅长浙派古琴和箫笛，是一个天然的词坛领袖。他不仅为词社活动提供了一个活动的场所，而且还规范了聚会的方式。在杨缵的指导下，临安词社形成一种本色清雅的词风。共同风格是开宗立派的关键。从杨缵主盟词社时起，临安词社逐步具备了词人、词作、词选、词论、词社和词风六大要素，成为我国文学史上一个典型的词学流派。像这种六要素齐全的典型的文学流派，在我国古代文学史上是非常罕见的。杨缵生活在南宋历史上相对繁华富庶的时期，词社成员来自清闲而高雅的有闲阶层。他们在一个封闭的环境下，研练声律、推敲词句，追求艺术上的完美，甚至不惜改变词情以迁就音律，在一定的程度上限制了文学创作的勃勃生机。他们在小范围内培育出来的清雅词风，在南宋灭亡后发生了很大的变化。年轻一代词人，如周密、张炎、王沂孙等归隐江湖成为遗民词人。他们以自己的创作实绩和理论建树把江湖词派推向高峰，形成了宋季词坛清空骚雅的词风，体现了宋代雅词的基本特色和代表风格。然而追根溯源，不能不提到杨缵。正是他引领了南宋后期本色雅正的潮流，把词学典范由周邦彦转为姜夔。因为姜夔比周邦彦更知音，人品也更骚雅。正是这次转变，为宋词的最后辉煌奠定了基础。

---

① 姜夔：《白石诗说》，北京：人民文学出版社1962年版，第31页。

第三节 《词源》卷下

张炎《词源》分上下两卷，卷上谈论词的音律。他用古典音乐理论来解释唐宋词乐现象，说明词乐与古代雅乐属于同一系统。卷下是词论部分。第一条是《词源》小序，谈《词源》的写作缘起。小序以下，音谱、拍眼、制曲是讨论词乐的；从句法、字面往下是讨论词法的。张炎对一些重要的词学概念采用了要点阐释、举例示隅的方法进行阐释。这种方法的优缺点都是很明显的，优点在于把烦琐抽象的理论化解为直观、简单的词例，有助于读者理解张炎的词学理论。只要掌握了其中的一点，就可以举一反三，对同一类理论有比较深刻的理解。张炎所谈论的是一些具体的词法，如字面、句法、押韵，人们可以透过这些现象，对同一类型的词学理论有更深的理解。只要掌握了词学精神，就可以灵活变通。在死法之中，往往蕴含着一些活法的因素。张炎的“清空”、“意趣”、“用事”、“赋情”、“离情”、“令曲”、“咏物”，以及“杂论”中的“极玄之域”、“自然而然”、“融化字面、语意新奇”、“发挥风月”等都属于活法范畴。活法是建立在具体法度之上的法度，是对具体法度变通和提升。该方法的缺点在于理论体系性比较差，使读者往往只见树木不见森林，很难据此全面深入了解张炎的词学理论的体系。读者根据自己的需要割裂取舍，尽管也引用张炎的原话，但所表达的内容与张炎的理论背道而驰。历代词学家所阐释的清空与张炎的词学思想存在着较大的差距，有些完全曲解了张炎的词学思想，更多的则是误解了张炎的理论，用张炎的概念构建他自己的词学体系。知人而论世，溯流而寻源，本节从张炎的遗民心态入手，通过对张炎生平事迹、词学创作、词学理论和理论体系的分析，研究宋代词学的清空。

一、张炎北游及其遗民心态

北游是张炎生平中一个重要的事件，关系到对张炎其人其词和骚雅理论的评价。我们谈论张炎词先从张炎其人入手，谈论骚雅先从北游入手。张炎北游是在元世祖至元二十七、二十八年（1290—1291）之间，前后共计半年。词学界认为张炎是被迫北上书写金字藏经的。然而这个结论多出于主观臆断，缺乏可靠的事实根据。笔者分析了张炎北游的相关资料，发现他并不讳言北游，只是不愿提及与写经相关的事情。北游前后他多次谈到家世、谈到被籍没的妻子、谈到红叶题诗，滞留大都期间对冶游表现出异乎寻常的兴趣。写经结束，恰遇“轰荐福之雷”，他离开大都匆匆南归，从此“泛舟浙水东西，汗漫南北数千里”，直到十年后（1299）他才回到杭州。纵观张炎北游的全过程，发现还有许多问题没有解决，笔者尝试对这些问题做一探讨。

（一）

关于张炎北上大都到底去干什么、属于什么性质的问题，史料没有明确的记载，张炎自己也隐讳不言。我们不妨先从张炎北游伴侣入手来考察这些问题。从《山中白云词》卷1的北游词序中，我们知道张炎北游的伴侣有曾遇、沈钦等人。曾遇字心传，华亭人，他在《曾遇自叙》中谈到这次北游的一些关键信息。他说：“至元庚寅（1290），以写经之役自杭起驿入京。濒行之际，先一日过灵隐，别虎岩长老，出至廊庑。一老僧素昧平生，闻余华亭乡音，迎揖而笑，握手归房，叱其使，令于方丈索酒果款洽。执缣素者填咽于其门，皆拒而不纳。问之，甫知其为温日观也。以遇将有行役，引墨作蒲萄二纸，一寄子昂学士，一以见赠，且以荣名相期，此意厚甚。别后留燕，书经讫，事将得官而轰荐福之雷。此纸偶留集贤翰林诸老处，多蒙著语，大为归装之光。今遂裒集成巨轴，南还未及数载，不独温师化去，卷中名胜半归鬼伯之阡。抚卷感叹，系之以诗。”[①]张炎也见过这幅墨葡萄画卷，还为它题词一首，即《甘州·题曾心传藏温日观墨葡萄画卷》。当时留寓燕京的文人沈钦、刘沆都依张炎原韵填词。这些词和《曾遇自叙》，以及集贤翰林诸老的“著语”，一并收录在《石渠宝笈》卷32《宋僧温日观画葡萄》里。曾遇明确地说自己是被召书写金字藏经的。再查沈钦的词序：“心传索词屡矣，久以缮金字之冗，未暇填缀。”[②]证明他也是北上书写金字藏经的。《曾遇自叙》的一些说法值得注意：其一，写经系出朝廷的征召，“至元庚寅，以

①《石渠宝笈》，卷32《宋僧温日观画葡萄一卷》，四库全书本。
②《石渠宝笈》，卷32《宋僧温日观画葡萄一卷》，四库全书本。

写经之役自杭起驿入京”，僧正印说得更明白，“心传学士畴昔赴书经之召”①。其二，写经完毕，可以注授官职，“书经讫，事将得官”；曾遇等人这种特殊身份类似朝廷征辟的隐逸，当时有人称曾遇为“征君”，僧晞远题墨葡萄画卷诗前题署云：“奉题心传征君……”②其三，这次没能授官纯属意外，可谓“轰荐福之雷”。这些说法，在别的地方都能得到验证。

大德七年之前，元朝政权组织的写经活动有三次，分别在至元庚寅辛卯（1290—1291）、元贞（1295—1297）和大德（1298—1305）年间。共同之处是：其一，写经人员由朝廷征召，并支付其日常伙食、笔墨纸张等费用。至元庚寅写经之役的过程是：六月庚辰从各省召辟有才艺的人员，张炎等人九月北上，冬季到达大都，次年寒食前后完成写经工作。这些时间在《元史·世祖本纪十三》、张炎词序、赵孟頫题跋中都有记载。另外，《秘书监志》卷4有一份审批抄写《大一统志》人员每日伙食标准的公文，依据的就是抄写金字藏经的惯例。只是伙食标准有所降低，由写经人员每人每日“支中统钞一两五钱”下调到“每名日支食钱中统钞一两”③。即便如此，这样的条件还是很优越的。其二，写经人员除了“日支食钱，公给笔札”外，还有一个更大的诱惑，这就是著作郎赵炸所谓的“旧例”：“已历任升职一资，白身人即入流品。”④优厚的待遇，招来了众多的应聘者。有关大德年间写经活动的文献保存的比较多，由此可以概见当时的情状。这次写经之役始于大德二年（1298），完工于大德九年（1305）。先从各地选拔有书艺的人员，邓文原是大德二年春三月朔日应聘北上的。由于应聘人员太多，大德六年（1302）又搞了一次筛选。郑介夫《治道》云：“又如去岁，上命写金字经，从礼部与翰林院官选择字样。一时奔竞，喧哄京师。各投门下，百计经营。侍郎高显卿、学士张师道，至下如应奉邓善之、奏差张士开数家之门，贿赂公行。各出抹子，分占名数，不以字样定去取，有计置即中程序。论价买名，如同商贾。有不由礼部发者则就经局，投门下动至数千百人。”⑤写经人数有限，机会又很难

①《石渠宝笈》，卷32《宋僧温日观画葡萄一卷》，四库全书本。

②《石渠宝笈》，卷32《宋僧温日观画葡萄一卷》，四库全书本。

③ 王士点：《秘书监志》，卷4，杭州：浙江古籍出版社1992年版，第86页。

④ 郑介夫：《太平策》，李修生：《全元文》，卷1218，南京：凤凰出版社1999年版，第39册第57页。

⑤ 郑介夫：《太平策》，李修生：《全元文》，卷1218，南京：凤凰出版社1999年版，第39册第57~58页。

得，以致礼部经局互相诋毁，翰林集贤上下其手。就连罢职在家的方回也不甘寂寞，连写好几首诗歌送人北上走门路拉关系。负责筛选工作的礼部侍郎高显卿，是一个不学无术的“役夫贱隶”：“如前礼部高显卿，乃侯司卿根前提胡床小厮，既无学识，又乏德行；不知稼穑，不习刑名，仅十五、六年已致身于四品。”[①]提调写经事宜的邓文原（善之）倒是一个谦谦君子，据称：“徽仁裕圣皇后命以泥金书大藏经，公应聘，率门人前集贤侍制班惟志等二十人北上。竣事，二十人皆赏官而公不预。”[②]写经事讫，邓文原主动放弃了“升职一资”的机会。赵孟頫也参与了写经的组织工作，邓文原师徒就是他举荐的，“先是公被召金书藏经，许举能书者自随。书毕，所举廿余人皆受赐得官。”[③]赵氏也因此晋升一资。僧人余泽的任务是校勘金字藏经：“大德中住永定，迁北禅，召住杭之下竺。会朝命勘金书藏经。泽居于京师，与翰林集贤诸老倡和。”[④]其三，写经工作比较轻松而报酬丰厚，体现了朝廷对前朝遗民的笼络政策。结果使一些趋炎附势、唯利是图的市井小人充数其间，从而引起了下层官吏的强烈不满。郑介夫把抄志、写经看作一大弊病，要求撤销对有关人员的优待政策，他说：“如抄录志书，描写金字，非有追章琢句之巧，考古证今之难，虽以愚夫下流，但能缮书者皆可与选。给食赏钞，足酬其劳，又与之升职减资，是朝廷开天下以奔竞之路也。当今中外穷达之士，有皓首穷经、赤心报国而未获一阶半级之升者，何可胜计？仅能点缀字画，便可以拾取朝廷之官爵，岂不贻笑于天下后世耶？市井之间，莫不忻慕得写者之迁擢有期，又怨咎不得写者之求干不早；而得写者皆志高意满，不得写者亦深自悔恨。民习淳漓之判正在此日。失今不救，则流祸未知所终也。若遽欲反其浇风，易其心术，夫岂一朝一夕之故？且先自志书、金经二事始。宜将前次之已升已注者，追理前资，尽行改正。今次之求升未升者，截日停革，杜其妄想，使天下之人明知上意之所向，自然各识进退去就之宜，出处行藏之正。”[⑤]这些建议

① 郑介夫：《太平策》，李修生：《全元文》，卷1218，南京：凤凰出版社1999年版，第39册第26页。
② 黄溍：《岭北湖南道肃政廉防使南阳郡公谥文肃邓公神道碑》，李修生：《全元文》，卷969，南京：凤凰出版社1999年版，第30册第186~187页。
③ 郁逢庆：《书画题跋记》，卷9，四库全书本。
④ 王鏊：《姑苏志》，卷58，四库全书本。
⑤ 郑介夫：《太平策》，李修生：《全元文》，卷1218，南京：凤凰出版社1999年版，第39册第58~59页。

并未落到实处，大德九年写经结束，该升官的升，该注官的注。上述资料证明《曾遇自叙》所说的情况是可信的。

张炎与曾遇、沈钦等结伴北上，又一同南归，寓居大都期间还经常在一起，这表明他们身份相当。查阅有关对张炎北游的记述，无不与《曾遇自叙》契合，如舒岳祥《赠玉田序》云："宋南渡勋王之裔子玉田张君，自社稷变置，凌烟废堕，落魄纵饮，北游燕蓟，上公车，登承明有日矣。一日思江南菰米莼丝，慨然幞被而归。"①戴表元《送张叔夏西游序》云："垂及强仕，丧其行资，则既牢落偃蹇，尝以艺北游，不遇失意，亟亟南归。"②袁桷《赠张玉田诗》云："百年文物意未尽，玉田公子尤超群。紫箫吹残江水立，野雉惊尘暗原隰。夜攀雪柳蹈河冰，竟上燕台论得失。丈夫未遇空远游，秋风淅沥销征裘。翩然骑鹤归海上，一笑相问夸绸缪。"③

张炎"以艺北游"与曾遇同行，因而在时间、地点上与"至元庚寅写经之役"完全一致；"上公车，登承明有日矣"与温日观对曾遇"以荣名相期"、曾遇自叙的"书经讫，事将得官"相同；这些说法在上文有关抄志、写经的资料中也得到了验证；张炎的"不遇失意，亟亟南归"就是曾遇"轰荐福之雷"的另一种说法。这些都可以证明张炎是应召北上书写金字藏经，并准备出仕新朝的。只是由于偶然的变故，搅扰了这场黄粱美梦。

（二）

张炎《山中白云词》的系年是从北游开始的。这一时段的词作保存比较完备，加之词中有序，详细地交代了写作缘起、时间地点以及交游对象的背景材料，我们可以清晰勾勒出张炎的文学活动和创作心态。张炎并不讳言北游，词序中"北游"、"大都"、"都下"、"京都"、"长春宫"等词语比比可见，而且与北游同伴曾遇、沈钦、吴菊泉关系深厚，在大都时多次酬唱，南归以后还相互走动。只是对书写金字藏经讳之甚深，他不仅不承认自己北上写经的事实，甚至还回避了别人这方面的情况。北游词序中涉及曾遇、沈钦、吴菊泉等人的行迹，都没有

① 舒岳祥：《山中白云序》，李修生：《全元文》，卷90，南京：凤凰出版社1999年版，第3册第242页。
② 戴表元：《送张叔夏西游序》，李修生：《全元文》，卷414，南京：凤凰出版社1999年版，第12册第51页。
③ 杨亮：《袁桷集校注》，卷7《赠张玉田诗》，北京：中华书局2012年版，第345页。

提到写经。这些人非但不讳言写经，甚至还以此为荣，如曾遇积极结交翰林集贤诸老，对失意南归倒颇有怨言。张炎为什么要讳言写经呢？这可能与朝廷征辟的方式有关，郑介夫曾说："写金字经前后三见，其初也，各省取人，莫不力辞求免，官府以势迫其来。次则人虽乐从，犹耻于求也。今则趋者如市，竞进争先，惟恐居后。"[①]张炎参加了三次写经之役的头一次，属于"官府以势迫其来"的情形。既然是被迫而来，按照常理张炎不仅要嫉恨写经，甚至更应该嫉恨北游才是。然而事实上张炎是很怀念北游的，《阮郎归·有怀北游》词云："钿车骄马锦相连。香尘逐管弦。瞥然飞过水秋千。清明寒食天。花贴贴，柳悬悬。莺房几醉眠。醉中不信有啼鹃。江南二十年。"[②]这是张炎20年后追忆北游的词作，他对北游的印象相当好。写经结束后，郊游踏青宿花眠柳好不尽兴，被迫北游是不应该有这种情感的。那么，这种奇怪的情感又是如何产生的？我们不妨从张炎北游的目的和结果两方面来分析其原委。

按照《曾遇自叙》的说法，朝廷征召张炎等人北上是通过书写藏经的手段，达到笼络士人出仕的目的。张炎对此应该是明白的，可是他对统治者的良苦用心并不领情，《凄凉犯·北游道中寄怀》表明他当时的心态："萧疏野柳嘶寒马，芦花深、还见游猎。山势北来，甚时曾到，醉魂飞越。酸风自咽。拥吟鼻、征衣暗裂。正凄迷，天涯羁旅，不似灞桥雪。谁念而今老，懒赋长杨，倦怀休说。空怜断梗梦依依，岁华轻别。待击歌壶，怕如意、和冰冻折。且行行，平沙万里尽是月。"[③]这首词的点睛之笔是"谁念而今老，懒赋长杨，倦怀休说。"扬雄作《长杨赋》的本意是要讽谏汉成帝穷奢极欲、滋事扰民，结果却成了有美无刺的歌功颂德。懒赋《长杨》，反其意而用之，就是说对统治者无论是赞美还是批判他都没有兴趣。张炎不愿把自己与新朝联系起来，而写经又是给朝廷当差，事讫授官更是违背了他的意愿。张炎对书写金字藏经及出仕新朝都很反感，但对于北游，他的心态又是复杂的。北游虽然出自朝廷的强迫，也是他自己的一个必然选择。

北游前后，张炎多次谈到自己的家世、妻子和红叶题诗。家世就是"十年

---

① 郑介夫：《太平策》，李修生：《全元文》，卷1218，南京：凤凰出版社1999年版，第39册第58页。
② 张炎：《山中白云词》，卷7《阮郎归》，北京：中华书局1983年版，第124页。
③ 张炎：《山中白云词》，卷1《凄凉犯》，北京：中华书局1983年版，第3页。

前事”。德祐元年三月，张炎的祖父张濡把守临安的西北门户独松关，袭杀了蒙古使者廉希贤。次年三月，元军攻入临安进行疯狂的报复，磔杀了张濡，并籍没其家资。张炎的妻妾就在这次灾难中被籍没了。《长亭怨·旧居有感》描写的是当年与妻子（或者妾）离别时的惨痛景象：“凄咽。晓窗分袂处，同把带鸳亲结。江空岁晚，便忘了、尊前曾说。恨西风不庇寒蝉，便扫尽、一林残叶。”[①]过旧居四首每一首都离不开对妻（妾）的思念，与周密、赵与仁等挚友的唱和也常常谈到这个沉重的话题。而这首《渡江云·次赵元父韵》引起了我们的特别关注：“锦香缭绕地，深灯挂壁。帘影浪花斜。酒船归去后，转首河桥，那处认纹纱。重盟镜约，还记得、前度秦嘉。惟只有、叶题堪寄，流不到天涯。惊嗟。十年心事，几曲阑干，想萧娘声价。闲过了黄昏时候，疏柳啼鸦。浦潮夜涌平沙白，问断鸿、知落谁家。书又远，空江片月芦花。”[②]从词中所用“重盟镜约”、“秦嘉寄内”、“红叶题诗”等具有特定含义的典故来看，这是一首怀念妻子的词。他的妻子落入朝廷或权贵之家，地点应当在大都。张炎北游词多次谈到“红叶题诗”，如《绮罗香·席间代人赋情》。代人赋情就是倾诉自己的情殇，词中的“犹忆旧家时节。随款步、花密藏春，听私语、柳疏嫌月。今休问，燕约莺期，梦游空趁蝶”[③]，完全是自己当年的情事。《甘州·辛卯岁，沈尧道同余北归，各处杭越。踰岁，尧道来问寂寞，语笑数日，又复别去。赋此曲，并寄赵学舟》作于1292年，是对北游的总结。其中泪洒西州，一字未题，便是寻妻没有结果[④]。

有关“红叶题诗”的传说，枝节本末不尽相同，但都和京城、皇帝、宫女有关。元朝统治者经常把“罪犯”的家产、妻妾籍没，赏赐给功臣或罚做官妓；有时就是为了霸占别人的妻女而籍没其家产。宋亡以后从江南征发了大批乐户、乐妓入京，大都官妓人数达到了两万五千，马可波罗详细记述了1275~1292年“汗八里”官妓的兴盛情况，这正是张炎“红叶题诗”的时间。由于没有妻子被籍没后的确切消息，他只能漫无目的地寻找。除了关注“红叶题诗”以外，他还经常出入青楼妓院，杭州名妓沈梅娇就是无意中遇到的。可见张炎“逐管弦”、“醉莺

① 张炎：《山中白云词》，卷3《长亭怨》，北京：中华书局1983年版，第47页。
② 张炎：《山中白云词》，卷3《渡江云》，北京：中华书局1983年版，第51~52页。
③ 张炎：《山中白云词》，卷1《绮罗香》，北京：中华书局1983年版，第5页。
④ 张炎：《山中白云词》，卷1《甘州》，北京：中华书局1983年版，第9页。

房”，目的是探听妻子的下落。

籍家之祸发生在德祐二年（1276），而张炎北上寻妻则在至元庚寅年（1290）秋，其间相隔十四五年，为什么张炎在这个时候突然想起寻找妻子呢？这就和书写金字藏经有关了。籍家之后，张炎离群索居，息影空山，几乎不与外界往来。被召书写藏经，尤其“官府以势迫其来”，为他北上寻妻提供了一个机会。但这个机会又必须以出仕新朝为代价。于是他就怀着矛盾复杂的心情，踏上了“红叶题诗”的征途。与书写藏经相比，寻妻才是他北游的真正动机。而“轰荐福之雷”恰好又改变了出仕新朝的结局，这就使北游目的和结果相脱离，造成张炎怀念北游而又讳言写经的事实。而这种情形是由他的特殊遭际以及北上的意外结局形成的。

（三）

写经事讫，张炎就离开大都南归了。至于南归的原因，舒岳祥说：“一日思江南菰米莼丝，慨然幞被而归。”[①]张炎寓居大都的词作，如《声声慢·都下与沈尧道同赋》《渡江云·怀归》《忆旧游·新朋故侣，诗酒迟留，吴山苍苍，渺渺兮余怀也。寄沈尧道诸公》等，都有强烈的思乡情绪，说明他确实是因为思乡而匆匆南归的。随之又出现了一个令人费解的问题，离开大都后张炎并没有直接回家，而是在外漂流十年之久才回到西湖的，这里面有什么隐秘呢？

蒙古统治者多次下诏强迫遗民就仕，尤其是至元二十八年（1291）正月，也就是张炎离开大都的前一个月，再次下诏敦促江南诸路选拔老成之士充当学官。前朝遗老面临的形势是不可以仕而不可以不仕，拒绝出仕则将招致不测之祸。“轰荐福之雷”具体指什么，目前尚无确切的说法。但这个突发事件，打破了“书经讫，事将得官”[②]的惯例，使曾遇之流仕途稍受挫折，但并没有改变朝廷迫使遗老出仕的大政方针。以张炎那样的年龄身世，要想采薇首丘、不仕新朝还是非常困难的。北游前，他在西湖边一个幽静的地方过着与世隔绝的生活，仍然没能逃脱朝廷的征辟。南归以后，他没有直接回家，而是泛舟浙水，居无定所，行无定踪。之所以改变以往安逸闲散的生活方式，就是为了逃避地方政权的监控，

① 舒岳祥：《山中白云序》，李修生：《全元文》，卷90，南京：凤凰出版社1999年版，第3册第242页。
②《石渠宝笈》，卷32《宋僧温日观画葡萄一卷》，四库全书本。

躲避再次被征召的命运。张炎的挚友仇远、赵与仁、王沂孙、陈旅、陆垕等人，出身于山阴大族或杭州著姓，因为具有一定的社会地位和经济实力，因而成为地方政权监控的重点，先后被迫出仕。而对那些四处飘荡的江湖游士，地方政权就无法进行有效的控制。如周密家在湖州，却长期依靠姻戚杨承之客居杭州，因此能够以著述终其余生。张炎由隐遁变为漂泊，用意和周密相似。北游和南下共计半年，张炎却把它看成十年，直到己亥年（1299）春从台州回到西湖，北游才告结束。

过去词学界一直认为籍家之后，为了逃避被追杀的命运，张炎穷困无依，漂泊江湖之上。这个说法是值得商榷的。首先，籍家不等于满门抄斩。《元史》记载的籍家之祸很多，还没有发现籍家并灭门的先例。俞德邻《京口遣怀呈张彦明、刘伯宣郎中并诸友一百韵》谈到张濡："独松守张濡，儿戏斗蛮触。信使鬼成禽，贾祸几覆族。"[①]"几覆族"说明当时确实没有"覆族"。不但张炎逃脱了杀身之祸，张炎的一个弟弟伯时也逃过了这次劫难，《踏莎行·跋伯时弟〈抚松寄傲诗集〉》《新雁过妆楼·乙巳（1305）菊日寓溧阳，闻雁声，因动脊令之感》就是写给这个弟弟的。其次，籍家是在兵荒马乱的环境下进行的，不可能把张濡所有的家产抄没干净。史载张炎的六世祖张俊喜殖产，罢兵而归，岁收租米60万斛。张炎的祖父张濡联姻皇室、结交权贵，把这个家族的势力推向鼎盛。戴表元谈到初遇张炎时的情景："玉田张叔夏与余初相逢钱塘西湖上，翩翩然飘阿锡之衣，乘纤离之马。于是风神散朗，自以为承平故家贵游少年不翅也。"[②]张炎北游词中也常常有豪华奢侈的生活场景，即使沦落江湖，生活状况一度还是很优裕的。南归以后张炎还给大觉寺施舍钱财造无尽灯一座，并割膏腴之田若干亩充作灯油。割田舍灯事记录在中峰和尚的《大觉寺无尽灯记》中[③]。大觉寺兴建于1291年，是两浙转运使瞿霆发为天目山高峰禅师修建的[④]。元贞年间高峰迁化

---

① 俞德邻：《京口遣怀呈张彦明、刘伯宣郎中并诸友一百韵》，傅璇琮：《全宋诗》，卷3545，北京：北京大学出版社1998年版，第67册第42402页。

② 戴表元：《送张叔夏西游序》，李修生：《全元文》，卷414，南京：凤凰出版社1999年版，第12册第51页。

③ 张炎：《山中白云词》，北京：中华书局1983年版，第159页。

④ 赵孟頫：《松雪斋集》，外集，杭州：西泠印社2010年版，第289~292页。

前，把它托付给弟子中峰。中峰力辞不居，踰浙绝江渡淮溯汴，云游各地。“居士张公叔夏”[①]造无尽灯并请中峰作记应该在1291年以后，其中以1299年春天重回西湖的可能性较大。因为1291年以前大觉寺尚未修建，不存在舍灯割田之事；而1290~1299年张炎北上南下，漂泊数千里，中峰和尚也云游各地，活动场所不在杭州，不太可能在羁旅途中办妥割田舍灯之类烦琐事项。从记载张炎这段行踪的资料来看，1299年重回西湖前后，他的生活发生了明显的变化。舒岳祥《赠玉田序》作于1297年3月既望，其时张炎慨然幞被而归，“扁舟浙水东西为漫浪游，散囊中千金装。吴江楚岸，枫丹苇白，一奚童负锦囊自随。”[②]虽然是人在江湖，却无穷愁潦倒之意。戴表元《送张叔夏西游序》作于1299年6月初吉，张炎准备再次离开杭州，“将改游吴公子季札、春申君之乡”，寻求能够为他提供温饱的“大人长者”[③]。前后两年，张炎的江湖生涯发生了翻天覆地的变化。张炎从40岁左右涉足江湖，此后无论是北上大都，还是南游江浙，都是在牢落偃蹇中度过的；无论“东游山阴、四明、天台间”，还是“弃之西归”[④]，都是以杭州为中心的。但在己亥（1299）年六月初吉离开杭州后，他就没有了土地资产，完全成了江湖游士。因此，割田舍灯很可能是在这年的春夏之间完成的。

南渡以来词坛巨擘胥疏江湖。姜夔因科举不第而沦落江湖，吴文英做过仓台幕僚之类小吏，因生计艰难而曳裾权门。张炎则是主动皈依江湖的，虽然惨遭籍家之祸，但他当时还有一定的资产，足以维持温饱。北上南下，使他荡尽家资；割田舍灯，直接导致他沦落江湖。这里面除了他拙于处世的王孙故态之外，更主要的还与他的遗民心态有关。作为一个亡国遗民，起码的一点就是不仕新朝。为了逃避再次被征发的命运，他抛舍了田园家产，以至于困死江湖。当然，为了适应险恶的生存环境，张炎在行为方式上表现出了一定的灵活性。他并不拒绝与各类官员的交往，尤其对那些被迫出仕的官员，能充分理解其苦衷。《水调歌

---

① 张炎：《山中白云词》，北京：中华书局1983年版，第159页。

② 舒岳祥：《山中白石序》，李修生：《全元文》，卷90，南京：凤凰出版社1999年版，第3册第242页。

③ 戴表元：《送张叔夏西游序》，李修生：《全元文》，卷414，南京：凤凰出版社1999年版，第12册第51页。

④ 戴表元：《送张叔夏西游序》，李修生：《全元文》，卷414，南京：凤凰出版社1999年版，第12册第51页。

头·寄王信父》就表明了他的处世态度，词云：“白发已如此，岁序更骎骎。化几消息，庄生天籁雍门琴。颇笑论文说剑、休问高车驷马。衮衮□黄金。蚁在元无梦，水竟不流心。绝交书，招隐操，恶圆箴。世尘空扰，脱巾挂壁且松阴。谁对紫微阁下，我对白苹洲畔，朝市与山林。不用一钱买，风月短长吟。”虽然他并不欣赏庄子论文说剑、谋求高车驷马的举措，但也承认隐于朝市和隐于山林，都是一种无奈的选择，其间差别并不大。对于那些官瘾颇浓的朋友，如曾遇，他一再规劝其“也合归休”[①]。还有一位书写金字藏经同伴吴菊泉又打算北上谋官，张炎也予以明确的否定。虽然在张炎性格中还有不少软弱的因素，如应召北上准备出仕新朝，甚至还有某些庸俗的成分，如对干文传参加元延祐二年（1315）科举吹嘘太过，但瑕不掩瑜，并不影响他的出处大节。

张炎北游是应召书写金字藏经的，但在这背后还有他自己的真正动机。以他那样软弱的个性，如果没有一个冠冕堂皇的理由，是否能够成行还是一个问题。如果没有大都时的偶然变故，或许他已经违心出仕，踏上了身心俱辱的仕宦之途，成为一位身在仕途、心系故国的遗民词人。意外的变故，改变了他出仕新朝的结局。于是他迅速离开大都，主动选择了江湖，从而摆脱了元朝政权的纠缠，终其一生也没有出仕，用自己的清白人品践履了辛弃疾、姜夔的骚雅理想。考察张炎北游的整个过程，可以看出他心系故国、人品骚雅，宁可困厄江湖也不屈膝新朝，体现出了遗民文人的气节。

二、张炎《词源》理论的来源

张炎《词源》广泛汲取了前人论词的菁华，同时还融会了宋代诗学的方法理论，构建了唐宋词学理论体系。张炎《词源》在唐宋词学理论中具有集大成的意义。

张炎《词源》与杨缵有很深的渊源关系：早年与闻杨缵与其父张枢讨论词法，是晚年撰写《词源》的缘起；《词源》卷下最后一条记述了“杨守斋作词五要”[②]，这是张炎词论的理论来源和论词纲领。杨缵所提到的本色入乐、写出新意

① 张炎：《山中白云词》，北京：中华书局1983年版，第144页。
② 张炎：《词源》，卷下，唐圭璋：《词话丛编》，北京：中华书局1986年版，第267~268页。

是张炎词论的核心内容。杨缵词法介于周邦彦与姜夔之间，这对张炎的词学理论影响很大。张炎还受到杨缵门人周密的影响。周密曾与张枢、张炎父子唱和，周密自序“间作《长短句》，或谓似陈去非、姜尧章”[①]，周密的词风介于陈与义的“自然而然”和姜夔的“清空骚雅”之间。王沂孙《踏莎行·题草窗词卷》云：“白石飞仙，紫霞凄调。”[②]认为周密是姜夔、杨缵词风的嫡系正传。周密编选的《绝妙好词》对张炎词学思想影响很大，刘少雄认为张炎《词源》卷下就是周密词选的理论体现[③]。

对张炎《词源》影响较大的还有吴文英、沈义父的《乐府指迷》。蔡嵩云用《词源》来为《指迷》作注，《乐府指迷》的大多数条目都能在《词源》中找到相对应的论述。这说明二者在很多地方是相通的。《乐府指迷》与《词源》的相同点有二：第一，审美观点大体相近，二者都追求本色雅正，讲求法度；第二，在具体词法上是相同或相近的，张炎与吴文英、沈义父在字法、句法方面是一致的。相近的创作观念，产生了大体相近的词学观点，比如他们对清真词的评价就很接近：《乐府指迷》以清真词为典范，又批评其言情词立意不高；《词源》一方面要合众人之力，与周邦彦一争高下；另一方面又说清真词失之软媚，意趣不甚高远，尤其是言情词的结尾部分浮艳浅露，所谓淳厚日变成浇风也。

唐宋诗话中也有一些观点与张炎的词学理论很相近。姚合《极玄集序》云：“此皆诗家射雕手也。合于众集中更选其极玄者，庶免后来之非。”[④]与张炎《词源》卷下中“词家射雕手”、“极玄之域”说法很相近。杨万里《诚斋诗话》云：“五七字绝句最少，而最难工，虽作者亦难得四句全好者，晚唐人与介甫最工于此。”[⑤]然后他一一枚举了两句好诗歌、四句全好的诗歌，说明绝句是比较难做的一种诗体。这与张炎《词源》卷下“令曲”的观点相近。张炎说：“词之难于令曲，如诗之难于绝句，不过十数句，一句一字闲不得。末句最当留意，有有余不尽之意始佳。当以唐花间集中韦庄、温飞卿为则。又如冯延巳、贺方回、吴梦窗

① 周密：《弁阳老人自铭》，《珊瑚木难》，卷5，四库全书本。
② 王沂孙：《花外集》，上海：上海古籍出版社1988年版，第113~114页。
③ 刘少雄：《南宋姜吴典雅词派相关词学论题之讨论》，台北：台湾大学出版委员会1995年版，第20页。
④ 姚合：《极玄集序》，傅璇琮：《唐人选唐诗新编》，西安：陕西人民出版社1996年版，第532页。
⑤ 杨万里：《诚斋诗话》，丁福保：《历代诗话续编》，北京：中华书局1983年版，第141页。

亦有妙处。至若陈简斋‘杏花疏影里、吹笛到天明’之句，真是自然而然。大抵前辈不留意于此，有一两曲脍炙人口，余多邻乎率易。近代词人，却有用力于此者。倘以为专门之学，亦词家射雕手。”①五七言绝句与小令之所以难写，在于它篇幅短小，不需要太多的人力工夫，而需要天才。一般说来后天的学问是可以无限增加的，今天所缺乏的通过明天的努力就可以弥补上来，而天才是天生的，后天的努力几乎无法改变，因而是很有限的。这就是天才比学问难得，小令、绝句比篇幅较大的律诗、中调以上词体难写的原因。其实，律诗也是很不好作的。范晞文《对床夜语》卷2："七言律诗极不易，唐人以诗名家者，集中十仅一二，且未见其可传。盖语长气短者易流于卑，而事实意虚者又几乎塞。用物而不为物所赘，写情而不为情所牵。"②这与张炎《词源》卷下对于言情词的某些要求相似："词欲雅而正，志之所之，一为情所役，则失其雅正之音。耆卿、伯可不必论，虽美成亦有所不免。如‘为伊泪落’，如‘最苦梦魂，今宵不到伊行’，如‘天便教人，霎时得见何妨’，如‘又恐伊，寻消问息，瘦损容光’，如‘许多烦恼，只为当时，一晌留情’，所谓淳厚日变成浇风也。"③《词源》卷下"发挥风月"条与此相近，张炎说："康、柳词亦自批风抹月中来，风月二字，在我发挥，二公则为风月所使耳。"④张炎认为使事用典、言情咏物都是词的一种表现手法，作词目的是抒写意趣。与目的相比，手段就不太重要了。一种手段不成可换另一种，但目的只有一个。这对我们阅读作品、为人处世有一定的启示意义。江西诗派的诗人韩驹"平日虽有次韵诗，然性不喜为。常云：古人不和，况次韵乎！"⑤张炎《词源》卷下也有类似看法："词不宜强和人韵，若倡者之曲韵宽平，庶可赓歌。倘韵险又为人所先，则必牵强赓和，句意安能融贯，徒费苦思，未见有全章妥溜者。东坡次章质夫杨花《水龙吟韵》，机锋相摩，起句便合让东坡出一头地，后片愈出愈奇，真是压倒今古。我辈倘遇险韵，不若祖其元韵，随意换易，或易

① 张炎：《词源》，卷下，唐圭璋：《词话丛编》，北京：中华书局1986年版，第265页。
② 范晞文：《对床夜语》，卷2，丁福保：《历代诗话续编》，北京：中华书局1983年版，第422页。
③ 张炎：《词源》，卷下，唐圭璋：《词话丛编》，北京：中华书局1986年版，第266页。
④ 张炎：《词源》，卷下，唐圭璋：《词话丛编》，北京：中华书局1986年版，第267页。
⑤ 魏庆之：《诗人玉屑》，卷5，北京：中华书局2007年版，第163页。

韵答之，是亦古人三不和之说。”[①]“古人三不和”到底是什么？张炎没有明言。顺详张炎论词的本意，应该是险韵、窄韵和次韵。由于韵脚的限制，束缚了词人的自由创作。如果在韵脚上过于计较，“徒费苦思”而效果也未必佳，所以最好是避而不用。宋人诗话还记载了赵章泉诗法：“或问诗法于晏叟，因以五十六字答之云：‘问诗端合如何作？待欲学耶毋用学。今一秃翁曾总角，学竟无方作无略。欲从鄙律恐坐缚，力若不加还病弱。眼前草树聊渠若，子结成阴花自落。’[②]这与陆辅之《词旨》所记张炎词法“莲子结成花自落”相同[③]，表明江西诗派、江湖词派都追求一种自然而然的创作方法。黄庭坚《与赵伯充书》云：“学老杜诗，所谓刻鹄不成尚类鹜也。学晚唐诸人诗，所谓作法于凉，其弊犹贪；作法于贪，弊将若何！”[④]也被陆辅之拿过来改造成为张炎劝人学习周邦彦词的理由：“学者所谓刻鹄不成尚类鹜者也，不可与俗人言，可与知者道。”[⑤]由周邦彦清真词入门，以姜夔的骚雅为主体，借鉴史达祖梅溪词的句法和吴文英梦窗词的字面锤炼功夫，才是宋代清空词法所要实现的雅化目标。

《诗人玉屑》中的“屋下架屋”、“使事不为事使”等词语也被张炎吸收过来，成为词法的一部分。陆辅之《词旨》记载张炎词说七则有：“词源云：清空二字，亦一生受用不尽，指迷之妙，尽在是矣。学者必在心传耳传，以心会意，当有悟入处。然须跳出窠臼外，时出新意，自成一家。若屋下架屋，则为人之贱仆矣。”[⑥]张炎《词源》卷下“用事”条：“词用事最难，要体认著题，融化不涩。如东坡永遇乐云：‘燕子楼空，佳人何在，空锁楼中燕。’用张建封事。白石疏影云：‘犹记深宫旧事，那人正睡里，飞近蛾绿。’用寿阳事。又云：‘昭君不惯胡沙远，但暗忆江南江北。想珮环月下归来，化作此花幽独。’用少陵诗。此皆用事，不为事所使。”[⑦]姜夔《白石诗说》中的“雕刻伤气，敷衍露骨”，“自然高妙”等[⑧]，也

① 张炎：《词源》，卷下，唐圭璋：《词话丛编》，北京：中华书局1986年版，第265~266页。
② 魏庆之：《诗人玉屑》，卷1，北京：中华书局2007年版，第9页。
③ 陆辅之：《词旨》，上，唐圭璋：《词话丛编》，北京：中华书局1986年版，第303页。
④ 魏庆之：《诗人玉屑》，卷5，北京：中华书局2007年版，第154页。
⑤ 陆辅之：《词旨》，上，唐圭璋：《词话丛编》，北京：中华书局1986年版，第302页。
⑥ 陆辅之：《词旨》，上，唐圭璋：《词话丛编》，北京：中华书局1986年版，第303页。
⑦ 张炎：《词源》，卷下，唐圭璋：《词话丛编》，北京：中华书局1986年版，第261页。
⑧ 姜夔：《白石诗说》，北京：人民文学出版社1962年版，第28页。

成为张炎词说七则中的内容："词不用雕刻，刻则伤气，务在自然。"[①]《西清诗话》所记杜甫诗法"水中着盐，饮水乃知盐味"[②]，也成了张炎用事的准则，他说："词用事最难，要体认著题，融化不涩。"[③]"要须收纵联密，用事合题。"[④]蔡絛所谓的"人莫不用事，能令事如己出，天然浑厚，乃可言诗"[⑤]。林景熙《胡汲古乐府序》所枚举的王安石《金陵怀古》和苏轼《水调歌头》[⑥]，也成为张炎"清空中有意趣，无笔力者未易到"五首词例中的二例。韦居安《梅磵诗话》记录了金代元好问《摸鱼儿·雁丘词》的本事[⑦]，该词脱离了所咏写的具体物象，抒发人生的感慨，情真意切，哀婉感人。张炎对它评价尤高，元好问与辛弃疾词风相近，但与辛词的豪迈不同，他"深于用事，精于炼句，有风流蕴藉处，不减周、秦"。《雁邱》词即其一例，"妙在模写情态，立意高远"[⑧]，是豪迈之外的另一种风格。

江西诗派的诗学理论是张炎《词源》论词的学术背景，它从词学术语、理论表述到思想体系，都对张炎《词源》以深刻的影响。《词源》中的名词概念是一个一个的点，而江西诗派的诗歌理论则是连接这些点的线。于是张炎的词学理论由点到线，由线到面，由平面到立体，形成一个完整的体系。如果离开了江西诗论，就无法阐释宋代词学中的概念和现象。从宋代词学资料的外观形式上，我们也能感到唐宋诗学对词学理论的影响在逐步加深。早期词话散见于诗话或笔记小说中，后来集结成卷附录在诗话的后面，再后来出现了诗词通用的一些诗话，最后出现了独立成册的宋代词学专著。这些独立的词话，不仅在篇幅上扩大了许多，而且每一部词话都有其相对独立的词学思想。把这些思想汇聚起来，就是一个完整的理论体系。窥豹一斑，见微知著，宋代诗学对词学的影响是全方位的，也是深远的。由尽兴率意到话题集中，由借鉴方法到理论渗透，作为主流文学体式的唐宋诗学对词学产生了深远的影响。也正因为借鉴了主流文学的优秀成果，

---

① 陆辅之：《词旨》，上，唐圭璋：《词话丛编》，北京：中华书局1986年版，第301页。
② 蔡絛：《西清诗话》，张伯伟：《稀见本宋人诗话四种》，南京：江苏古籍出版社2002年版，第187页。
③ 张炎：《词源》，卷下，唐圭璋：《词话丛编》，北京：中华书局1986年版，第261页。
④ 张炎：《词源》，卷下，唐圭璋：《词话丛编》，北京：中华书局1986年版，第261页。
⑤ 魏庆之：《诗人玉屑》，卷7，北京：中华书局2007年版，第205页。
⑥ 林景熙：《霁山文集》，卷5，杭州：浙江古籍出版社1995年版，第332~333页。
⑦ 韦居安：《梅磵诗话》，卷下，丁福保：《历代诗话续编》，北京：中华书局1983年版，第576页。
⑧ 张炎：《词源》，卷下，唐圭璋：《词话丛编》，北京：中华书局1986年版，第267页。

词学才迅速发展起来，完成了由通俗文学向主流文学形式的转变。

《词源》中存在着大量的因袭成分，不等于说张炎的词学思想只有继承而没有创新。作为一位杰出的词论家，张炎的创新是第一位的。张炎比前人气魄更大，理论体系更完善。他从简易法度入手，掌握了宋词创作中的活法。正因为具有活法意识，所以他的词论总是洋溢着空灵飞动的气象和游刃有余的自得之意。

三、要点阐释与举例示隅

张炎《词源》卷下采用了要点阐释、举例示隅的论词方法[①]，这是宋人诗话常用的一种表述方式。释惠洪《冷斋夜话》就是用这种方式来论述黄庭坚"换骨夺胎"法的。张炎选取这种方式，也是由《词源》的性质决定的。《词源》论词并不局限于对个别现象的解释，而是侧重于对某一类普遍现象的分析说明。它常常通过具体的词例，论述这一类现象的共同特点，使读者能够举一反三、触类旁通，透过现象理解本质。宋代诗话的实践表明，这种方式是很适合表现活法的。它能把深奥的理论转化为直观的诗例，使理论问题得到准确的阐释，不至于抽象悬空难以索解。但这种方法还存在着一些缺点，甚至成为我们全面深入理解张炎词学理论的障碍，具体表现为：第一，词话所讨论的词法一般比较细微琐碎，缺乏内在的逻辑体系，加上作者独有的活法意识，读者在理解这类词法时随意性很大，往往各取所需，出现割裂取舍的现象。前人在研究《词源》时很少把王安石、苏轼的创作风格与清空联系起来，也没有人把辛弃疾、陆淞和骚雅联系起来，更谈不上认真探索这一类清空、骚雅与姜夔词"不惟清空，又且骚雅"的关系了。而这些问题，正是张炎《词源》要强调的中心论题之一。第二，词话所讨论的词法，属于那种"可与知者道，不可与俗人言"的情形。由于张炎《词源》中某些理论问题，阐述得并不清楚，因此研究者很难透过《词源》所枚举的词例，掌握其词学思想。如张炎在阐述姜夔词的"清空"时，拈出吴文英词的"质实"与之对比。词学界据此认为张炎是推扬姜夔而贬斥吴文英的，以至于喜欢姜张者必不喜周吴，喜好周吴者一定要驳斥姜张。他们只看到了姜吴在词法上的对立，而没有注意到他们之间还有一些必然联系。更有甚者，全然不顾张炎对吴文

① 萧鹏：《群体的选择》，台北：文津出版社1992年版，第205页。

英锤炼字面功夫一再称赞的事实，认为张炎是全盘否定吴文英的。第三，张炎论词强调雅正，并对周邦彦一些言情词结尾提出批评，有人据此认为周邦彦词整体立意不高，如果把欧阳修、秦观与周邦彦词相比，便有淑女与倡伎之别。事实上，周邦彦词立意雅正，深得本色词之三昧。南宋本色词人都是学习周邦彦，创作风格也是出自周邦彦的。导致这些错误的原因主要是张炎表述理论的方法不够准确，他所枚举的正面事例没有引起研究者的注意，而一些反面事例却又被无限制的夸大了。

由于《词源》卷下的理论体系性不够突出，研究者往往抓不住张炎词论的中心，也搞不清楚各个条目之间的逻辑关系，只能根据自己一鳞半爪的印象随意取舍，把活法变成了死法。张炎的词学思想就这样被曲解了。陆辅之曾与张炎交游，他的《词旨》也是奉张炎之命撰写的，强调张炎论词的主旨，彰显了“清空”在《词源》中的特殊意义。他指出张炎的“清空”是从“悟入”得来的，这很接近禅宗顿悟的思维方式。南宋江湖词派与禅宗有着许多不解之缘。姜夔、吴文英、张炎等人多信奉禅宗，词法讲求悟入，传播词法的途径也是分席传灯。禅宗不立文字，但也不离文字，认为道不在文字之中，当从文字以外求取。陆辅之所传授的清空词法也是如此：清空出自具体的法度，但它又绝不止于这些法度。必须通过心耳相传，以心会意，跳出法度的窠臼，达到词意的彻悟。陆辅之深得张炎论词的奥旨制度，他说张炎著《词源》的目的就是为了传授清空词法。

既然《词源》以传授清空为目的，那么，它的各个条目和清空又是什么关系呢？根据《词源》卷下序言，可以看出张炎是以整理故国文献的心态，传述从前辈那里得来的词法的。《词源》不像一般的宋人诗话、词话那样积章成篇，而是有着它内在的逻辑关系的。这就是张炎所说的“僭述管见，类列于后”①。这个“类”，就是归纳分类。按照“类”去看《词源》卷下各条，就会发现《词源》卷下以《清空》为界，前后各条属于不同的“类”。《清空》以前各条，如《拍眼》《制曲》《句法》《字面》和《虚字》等，是一些具体的法度，与沈义父《乐府指迷》、杨缵《作词五要》中的词法相近。《清空》是张炎论词的中心。张炎认为清空既是一种词法，又是一种创作风格。姜夔词“野云孤飞，去留无迹”的创作特

① 张炎：《词源》，卷下，唐圭璋：《词话丛编》，北京：中华书局1986年版，第255页。

色最符合这个特征。“骚雅”是词所抒发的情感，又是宋代词学的审美理想。“清空”和“骚雅”相联结，即用最好的形式表现最美的情感，这是词体雅化的一个必然结果。张炎论词强调法度，他的清空、骚雅都是从法度中得来的。质实与清空在创作风格层面上对立，其特征就是典故堆砌。由于写入词中的众多典故缺乏有机的联系，没有融成一体，“如七宝楼台，眩人眼目，碎拆下来，不成片段”，给人以凝涩晦昧的感觉。《清空》以下各条是实现清空的具体途径。《意趣》是词作情感的表达方式。由于淡化了典故的本来意义，从无数个典故中汲取其共同意义，遗貌取神、化实为虚，词作的情感比较模糊，就像音乐、绘画等非语言艺术带给我们的审美感受一样，只可意会而不能用语言来准确表述，张炎把这种空灵模糊的情感称为意趣。苏轼、王安石等学际天人，他们的词是从学问中得来的，“皆清空中有意趣，无笔力者未易到”。由于他们善于运用才学而不讲法度，他们词的清空是通过诗歌的手法达到的。这与姜夔词的清空名同而实异，代表着达到清空的另一途径。《用事》要求“体认著题，融化不涩”，而“用事不为事所使”就超越了用事的基本规则达到了词意的清空。《咏物》要求“收纵联密，用事合题”，而“所咏了然在目，且不留滞于物”，则是从咏物的法度出发，超越所咏之物，达到清空境界。《节序》本来是应时纳祜之声，而周邦彦、史达祖的节序词往往把自己的身世之感融入词作，打破了节序题材的惯例达到了词意的清空。《赋情》是词常见题材，张炎主张由一般的男女之情升华到雅正的层次。辛弃疾的言情词，也是借助诗歌的手法实现了词意的骚雅，这是无意为词而达到的骚雅。辛弃疾的骚雅对姜夔有很大的影响，后人有白石脱胎稼轩之说，但是他们实现骚雅的途径不同。《离情》要求“调感怆于融会中”，而“情景交炼，得言外意”则是离情的境界，就像唐诗中的名句“劝君更尽一杯酒，西出阳关无故人”那样，达到了空前绝后的效果。《令曲》是很难作的词体，难就难在它篇幅短小，若纯用才学则显得板滞，不用才学又失于肤浅。令曲强调炼格炼意，体现出一种化用才学的真功夫，擅于此道者称之为诗家射雕手。由于小令难作，宋人擅长小令者也不多见，而陈与义那句“杏花疏影里、吹笛到天明”，即是从法度森严趋向自然天成，堪称词中佼佼者。《杂论》是对上述各条的补充论述。张炎指出了周邦彦词的优缺点，并提出用姜夔的骚雅句法来润色周邦彦词的意趣不高，把二者结合起来，就能达到天机云锦的效果。张炎还提出改造康、柳词的方法，把批风抹月变为发挥风月，由周情柳思达到周情孔思。综上所述，《词源》卷下各条都是围绕着清空展开的，前铺后垫，凸显出清空在《词源》卷下中的特殊地位。清空是《词源》卷下的主旨，而其他各条则是通向清空的具体途径。

第四节 《词　　旨》

《词旨》的作者陆辅之是张炎的弟子，他在这部词话中记录了张炎晚年的词学观点，可以看作《词源》之后的词学定论。它强调张炎的论词之旨，完善了《词源》卷下因“要点阐释、举例示隅”而形成的理论体系不够突出的弊病，修改了《词源》卷下中一些偏颇的观点。张炎对于周邦彦词学贡献的定位，张炎对周邦彦清真词的评价以及吴文英“质实”词法的批评等。这些在《词源》卷下中阐释不清或者容易形成误解的部分，都在《词旨》中得到了补充和纠正。《词旨》进一步突出了“清空”在《词源》卷下中的特殊地位，凸显了《词源》的理论体系。尽管陆辅之的词学造诣并不深厚，甚至此前没有作过几首有影响的词作，但他凭借这部词话同样能号令词坛，并且在唐宋词学史上占有一席之地。

一、陆辅之与张炎交游

陆辅之的名字号特别多，也特别乱。胡元仪对此做过专门的研究，《词旨畅言旧序》云：“盖本名韶，故字德恭。改名友仁，故字辅之。后名行直，故字子敬。其名屡更，字因名立，诸书记载，随举不备，不足怪也。”[①]陆辅之出生于分湖第一世家，其父大猷字雅叔，号翠岩。覃精经史，明春秋大义，能文章。仕宋为江浙儒学提举，值贾似道当政，遂拂衣去，居吴中。咸淳间，始营别墅分湖滨，构桃园，植棠梨，自号武陵主人。陆辅之兄弟四人名行中、行坦、行简、行直。根据辈行，四人名相连，故行直应为其正式名称。在这部书稿中，笔者仍沿用唐圭璋《词话丛编·词旨》作者署名陆辅之。辅之生于德祐元年（1275），所

① 陆辅之：《词旨》，下，唐圭璋：《词话丛编》，北京：中华书局1986年版，第343页。

交皆遗民节士，若郑思肖、张炎、钱德钧、赵孟坚兄弟等。大德中任湖北十学士，迁翰林典籍。皇庆间（1312—1313）致仕而归，还不到40岁[①]。他和张炎的交游，见诸文献记载的仅有一条。卞永誉《书画汇考》卷48收录陆季道（陆辅之的字）《碧梧苍石图》并题词，云："候虫凄断，人语西风岸。月落沙平，流水漫，惊见芦花来雁。可怜瘦损兰成，多情因为卿卿。只有一枝梧叶，不知多少秋声。此友人张叔夏赠余之作也，余不能记忆。于至治元年仲夏廿四日，戏作《碧梧苍石》与冶仙西窗夜坐，因语及此，转瞬二十一载。今卿卿叔夏皆成故人，恍然如隔世事。遂书于卷首，以记一时之感慨云。"[②]由陆辅之题画时的1321年（至治元年）向前推21年，即是张炎游江阴并题写《清平乐》之时，其时为大德四年（1300）。张炎去世应在至治元年之前。

张炎自1299年沦落江湖之后，曾多次客游江阴，与江阴陆氏家族的陆垕、陆起潜、陆处梅、陆文圭、陆性斋、陆浩斋等交往密切。与陆辅之酬唱除了《清平乐》外，还有《祝英台近·题陆壶天水墨兰石》《台城路·为湖天赋》等词。陆辅之在《词旨》序中谈到与张炎的交游，他说："予从乐笑翁游，深得奥旨制度之法，因从其言，命韶暂作《词旨》，语近而明，法简而要，俾初学易于入室云。"[③]陆辅之用了他的本名韶，说明《词旨》为其早年之作。陆辅之称张炎为"乐笑翁"，并在《词旨》中多次用这个名称，如"蕲王孙韩铸，字亦颜，雅有才思，尝学词于乐笑翁""乐笑翁奇对""乐笑翁警句"等。查张炎的平辈人，包括为张炎《山中白云词》《词源》题跋的陆文圭、钱良祐都没有称张炎为"乐笑翁"。这个号出现得比较迟。且自称为翁，也当在其晚年。"乐笑"典出《论语》："子问公叔文子于公明贾曰：'信乎夫子不言、不笑、不取乎？'公明贾对曰：'以告者过也。夫子时然后言，人不厌其言；乐然后笑，人不厌其笑；义然后取，人不厌其取。'子曰：'其然，岂其然乎？'"[④]张炎自号"乐笑"，取其发乎本心，顺应自然，绝不强颜欢笑之意。这符合他晚年漂泊江湖、依人而居的生活方式，

---

① 陆辅之：《词旨》，上，唐圭璋：《词话丛编》，北京：中华书局1986年版，第297页。

② 卞永誉：《书画汇考》，卷48，四库全书本。

③ 陆辅之：《词旨》，上，唐圭璋：《词话丛编》，北京：中华书局1986年版，第301页。

④ 何晏：《论语注疏》，卷14，李学勤：《十三经注疏》，北京：北京大学出版社1999年版，第213~214页。

也是他谋食江湖的真实心态。

陈去病说："《词旨》之作，盖少年时事。"①但没有拿出什么证据。吴熊和赞成这种观点，并对它进行补充，说："陆行直《词旨》一书传张炎词法，乃陆行直少时所作。陆行直在大德中出仕湖北学士迁翰林典籍，皇庆二年（1313）致仕归。《词旨》列举'乐笑翁奇对凡二十三则'，最晚为张炎作于己亥岁（大德三年，1299）自台返杭之《声声慢》，是《词旨》乃作于大德三年后，陆行直出仕前。"②既然《词旨》祖述《词源》的观点，那么《词源》之作，当在《词旨》之前。吴熊和说："《词源》之作，盖大德中事。这时上距南宋灭亡，也已经二十余年了。"③证据是张炎自序所云的"余疏陋谫才，昔在先人侍侧，闻杨守斋、毛敏仲、徐南溪诸公商榷音律，尝知绪余。故生平好为词章，用功四十年，未见其进"④。张炎随侍其父张枢参加杨缵词社，与闻杨缵、徐理诸人词法的时间，但没有确凿的记载。我们以杨缵主盟临安词社的宝祐五年（1257）算起，《词源》成书应在40年以后的元成宗大德元年（1297），张炎50岁左右。之所以从宝祐五年（1257）算起，因为周密所记述的杨缵主盟临安词社十年，是从这时开始的。其时张炎9~19岁，从童稚到成人，随侍在其父之侧，与闻杨缵词社活动，并得到杨缵、毛逊、徐理等人所授的词法。

关于《词源》的写作时间有两种说法。一是陆文圭的《玉田词题词》，其中谈到了张炎的《词源》，云："西秦玉田张君，著《词源》上下卷，推五音之数，演六律之谱，按月纪节，赋情咏物，自称得声律之学于守斋杨公、南溪徐公。淳祐、景定间，王邸侯馆，歌舞升平，居生处乐，不知老之将至。梨园白发，濞宫蛾眉，余情哀思，听者泪落。君亦因是弃家，客游无方，三十年矣。"⑤按德祐二年春正月甲申（1276年2月4日），元军攻入临安，张炎遭籍家之祸，从此弃家客游。30年后，当为元成宗大德十年（1306）左右。陆文圭的《玉田词题词》当

① 陆辅之：《词旨》，上，唐圭璋：《词话丛编》，北京：中华书局1986年版，第298页。
② 吴熊和：《唐宋词通论》，杭州：浙江古籍出版社1989年版，第316页。
③ 吴熊和：《唐宋词通论》，杭州：浙江古籍出版社1989年版，第316页。
④ 张炎：《词源》，卷下，唐圭璋：《词话丛编》，北京：中华书局1986年版，第255页。
⑤ 陆文圭：《玉田词源稿序》，李修生：《全元文》，卷536，南京：凤凰出版社1999年版，第17册第425页。

作于此时。二是钱良祐《词源跋》题署的时间为“丁巳（1317）正月”。这些都是张炎同时代人的题跋，其权威性不是一般间接材料所能比的。但仔细比较这两个日期，发现题跋时间其实是当事人所见到《词源》的日期。这与作者完成《词源》的日期不是一回事。二者之间有一定的时间差，而且这个时差是由版本流传过程决定的。一本书在流传的过程中，有人见到的早一些，有人见到的迟一些，这是事理之必然。一本书有很多版本，几乎每个版本都有题跋。直到清代光绪年间还有人为张炎《词源》作跋，总不能因此断定《词源》成书于晚清吧。比较各种观点，我们认为还是以作者自己的说法较为可信。

张炎《词源》成书于元成宗大德元年（1297）左右。陆辅之《词旨》强调张炎《词源》论词之旨，其成书应该在此之后。吴熊和列出一个大致的范围：大德三年（1299）至陆辅之出仕之前。但陆辅之究竟何时出仕，文献又无确切记载。这就给我们判断《词旨》成书时间带来一定的困难。不过，我们可以从张炎与陆辅之的交游来判断《词旨》的写作时间。张炎游江阴，为陆辅之题写《清平乐》的时间在大德四年（1300）。张炎与陆辅之的交游也仅此一段。此前，张炎北上南下漂泊江湖，行无定踪，未见游吴江（江阴）的记录。此后，陆辅之在外任职，当他在皇庆二年（1313）致仕归来后，再未与张炎交游。这见于他的《碧梧苍石》题词。可见，《词旨》之作，当在元成宗大德四年（1300），张炎客游江阴时。

二、指迷之妙，尽在清空

《词旨》分为上下两部分，用简洁明快、近乎口诀的语言传授词法，还补充了一些实用的词学范例，给初学者指示门径和提供参考。笔者考证《词旨》作于大德四年（1300），陆辅之二十六七岁时。判断的依据是皇庆间（1312—1313）他致仕而归时还不到40岁，那么在张炎客游江阴时（1300）他的年龄在二十六七岁之间。陆辅之比张炎年轻一半（张炎当时52岁），故称张炎为“翁”。随即又出现一个令人费解的问题：一个年轻人并不精通词学，仅凭一部小小的词话，如何号令词坛呢？

宋代诗话、词话多出自诗词名家之手，如陈师道的《后山诗话》、杨万里的《诚斋诗话》、姜夔的《白石诗说》、李清照的《词论》、吴文英的《乐府指迷》、张炎的《词源》等。只有创作成就很高，其理论才能被人信服。陆辅之作《词旨》时才二十六七岁，自称深得张炎的“奥旨制度之法”，但此前他不以词作而闻名，此后也不以词论成家。那么，《词旨》的学术价值究竟体现在哪里呢？陆辅之《词旨》的价值不在于理论创新，而在于它传承了张炎的词法。利用张炎这块金字招牌，创出了自己的特色和风格。从《词旨》论词的体例看，具有以下特点：

其一，强调张炎《词源》的词学观点。《词说七则》是《词旨》的核心部分，其中“命意贵远。用字贵便。造语贵新。炼字贵响”，“对句好可得，起句好难得。收拾全藉出场。凡观词须先识古今体制雅俗。脱出宿生尘腐气，然后知此语，咀嚼有味”等，与张炎《词源》中的有关条目相对应，可以看作是对张炎词学观点的重申和强调。有些内容在《词源》中找不到直接对应的条目，但在唐宋诗话中却是很常见的，如“制词须布置停匀，血脉贯穿。过片不可断曲意，如常山之蛇，救首救尾”，前面对应张炎《词源》中的“制曲”“用事”条；“血脉贯穿”在《词源》中找不到对应的内容，但在姜夔的《诗说》中开卷头一条即是；“如常山之蛇，救首救尾”，出自黄庭坚的《答王子飞书》[①]。魏庆之《诗人玉屑》卷21也说：“凡作诗词，要当如常山之蛇，救首救尾，不可偏也。如晁无咎作中秋洞仙歌词，其首云：‘青烟幂处，碧海飞金镜，永夜闲阶卧桂影。’固已佳矣，其后云：‘待〔都〕将许多明，付与金樽，投晓共、流霞倾尽。更携取、胡床上南楼，看玉做人间，素秋千顷。’若此可谓善救首尾者也。”[②]这些是对张炎词学思想的补充。这些话不一定出自张炎之口，但在思想上与张炎一致。

“词说七则”中其他四条是对张炎《词源》中词学理论的概括。陆辅之对《乐府指迷》的评价反映了张炎及其后学对吴文英、沈义父词法的态度。张炎及其后学对吴文英词法是认同的，只是觉得其中某些地方不是行家语。吴文英、沈义父《乐府指迷》中有些话说得还不到位，如对章法的限制，就没有超越具体的法度达到活法的层次。韩铸问词法条，张炎答以“莲子结成花自落”，强调学词要师法自然，功到自然成。自然，是唐宋诗学的最高境界。张炎《词源》中强调词出自才学，但要自然，他说：“古人诗有翻案法，词亦然。词不用雕刻，刻则

---

① 刘琳：《黄庭坚全集》，正集卷18，成都：四川大学出版社2001年版，第467页。
② 魏庆之：《诗人玉屑》，卷21，北京：中华书局2007年版，第682页。

伤气，务在自然。”并强调诗歌的结尾要沉稳有力，这与姜夔的诗法一致。姜夔说：“篇终出人意表，或反终篇之意，皆妙。”[①]姜夔的自然高妙是从法度到自然，从才学到清空。在张炎《词源》中，自然就是活法、就是清空。

其二，对张炎词学观点的升华和修订。“清空”在张炎《词源》中只是一般性的条目，并没有得到充分的展示，其重要意义也常常被人忽视。陆辅之云：“《词源》云‘清空’二字，亦一生受用不尽，指迷之妙，尽在是矣。”[②]凸显出了“清空”在张炎词学中的重要意义，说明“清空”就是张炎论词的核心，是《词源》传授词法的关键。清空是对已有词法的超越。填词没有法度不成，但被法度束缚住了也填不好词。必须要突破法度，写出个性。这很接近江西诗派的活法说。张炎的清空是通过悟入实现的。通过对诗材的悟入，达到词意的彻悟。

张炎《词源》本身还存在着一些问题，比如对周邦彦、吴文英一系词人褒贬不一，常常使人无法判断这一系词人与姜夔清空的关系。在《词源》卷下，张炎把周邦彦基本上定位为江湖词派的对立面。张炎说古之乐章，皆出于雅正，只是到了周邦彦才失之软媚。张炎主张合南北宋词坛名家秦观、高观国、姜夔、史达祖、吴文英诸人的所长，“精加玩味，象而为之，岂不能与美成辈争雄长哉？”[③]张炎对吴文英“质实”词法的批评，也使人对吴文英及其词产生一些看法，很难把吴文英也归到姜夔一派中去。“清空”条将吴文英的“质实”作为“清空”的对立面加以挞伐，但在其他各条又对吴文英的字法、句法大加赞扬，如批评周邦彦时，将吴文英与秦观等并列作为两宋词坛“特立清新之意”的一家，“句法”条又把吴文英与苏轼、周邦彦、史达祖并列，认为是“平易中有句法”；“字面”条称赞吴文英、贺铸善于练字面，字字敲打得响，是本色语；“令曲”条认为吴文英的小令“亦有妙处”。追根溯源，张炎对周吴的批评都来自《乐府指迷》，只不过有些矫枉过正罢了。而周吴词也确实存在着立意不高、研练太过、雕琢滞涩的弊病，与“清空又且骚雅”的白石词风有一定的距离。陆辅之传张炎词法，在这一方面做了较大的改进，综合张炎对周吴的批评，把二人纳入江湖词派。取周

---

① 姜夔：《白石诗说》，北京：人民文学出版社1962年版，第30页。
② 陆辅之：《词旨》，上，唐圭璋：《词话丛编》，北京：中华书局1986年版，第301页。
③ 张炎：《词源》，卷下，唐圭璋：《词话丛编》，北京：中华书局1986年版，第255页。

词的典丽、吴词的字面，形成了类似江西诗派“一祖三宗”的格局。在很大的程度上融通了江湖词派内部实际存在的姜吴两系词法，修正了张炎《词源》的偏颇之处。陆辅之《词旨》“语近而明，法简而要”，一些沈义父、张炎没有说明白的意思，也表述得很清楚。在某些方面，确实有超出前人的地方。沈义父与吴文英讲论作词之法，“然后知词之作难于诗”；张炎从周邦彦词的音谱间有未谐，得出“可见其难矣”的结论。但对一个专业的词人来说，外在形式并不是真正的难题。真正的难题在于词的题材与审美理想之间存在的差距上。陆辅之从词的特质上说明词难在“正取近雅，而又不远俗”[①]上，用通俗的题材表现骚雅的情感。这是对沈义父、张炎词学理论的点睛之笔。此前，黄庭坚为晏几道《乐府补亡》作序，说小晏词有种种好处，诸如词人思想纯正，手法高妙，以及“狭邪之大雅，豪士之鼓吹”[②]，潜移默化、感人至深的艺术魅力等等，费尽三五百字，远不如陆辅之这九个字对词体特质概括得精确。《词源》多次谈到“雅正”，但“雅正”毕竟是诗歌的审美范畴，并不适合词中的情感。词托意男女，寄情花草，与重大的社会题材相去较远，用通俗的题材表现“雅正”的情思。在这一点上，词更近于《离骚》。张炎在《词源》卷下中提出“骚雅”的审美理想，并且以此标准评词论词，认为陆淞《瑞鹤仙》、辛弃疾《祝英台近》，以及其他词情感骚雅，姜夔的《暗香》《疏影》《扬州慢》等曲，“不惟清空，又且骚雅，读之使人神观飞越”。而在《词旨》中，陆辅之直接以“骚雅”来概括姜夔的词风，真可谓是要言不烦，使读者对骚雅有了一个清晰的认识和精确的把握。

其三，补充大量的词例，是词法的具体体现。张炎《词源》采用了“要点阐释、举例示隅”的论述方式，由于词学理论本身所具有的抽象性，所以对于一些具体的词法讲解得不够。词学理论就像唐宋时代其他理论形式那样，属于那种可为知者道而不可为不知者言的类型。这对于初学填词的人，即使把《词源》所有条目背得滚瓜烂熟，也照样领悟不了张炎词法精微之处，更进入不了词学的极玄之域。怎样才能克服这种理论表述上的缺陷，给初学者提供一些实实在在的帮助呢？陆辅之借鉴宋代诗话的长处，把一些需要特别注意的词法，通过大量的例句

① 陆辅之：《词旨》，上，唐圭璋：《词话丛编》，北京：中华书局1986年版，第301页。
② 刘琳：《黄庭坚全集》，正集卷15，成都：四川大学出版社2001年版，第413页。

体现出来。这就是《词旨》上中的“属对凡三十八则”、“乐笑翁奇对凡二十三则”,《词旨》下中的“警句凡九十二则”、“词眼凡二十六则”、“乐笑翁警句凡十三则”、“单字集虚凡三十三字”等内容。把词法中的下字、运意、用典、字面，以及上下句之间的连贯等很难用语言表述的内容，通过大量的词例表述出来。在这些词例中，大部分是张炎的词例，如“乐笑翁奇对”、“乐笑翁警句”。宋代诗话、词话的主要作用就是传授词法、指导写作，举例说明，无疑是比较实用的方法之一。方回的《瀛奎律髓》就是诗话加诗法的形式来展示杜甫以及江西诗派律诗的创作风格的。张炎《词源》也采用了这种形式，不过词法的内容稍显单薄。陆辅之提供了大量的例句，弥补了《词源》在这方面的缺憾。

陆辅之的《词旨》之所以能够取得成功，是因为它站在巨人的肩膀上。它强调了张炎论词之旨，突出了张炎的理论体系，而这在宋代词话史上是非常缺少的。陆辅之的《词旨》是奉张炎之命而作的，是张炎对自己词学观点的补充和修订，也可以看作张炎晚年的词学定论。张炎《词源》在宋代词学理论上具有集大成的意义，研究南宋词学绕不过张炎的《词源》，而要想对张炎《词源》做全面深入的研究，就离不开《词旨》。陆辅之及其《词旨》的价值恰在于此。至于“一祖三宗”说和宋代词学的正派体系，正是陆辅之《词旨》点睛之笔。下面将集中论述这个问题。

三、一祖三宗的正派意识

张炎标举“清空”，反对“质实”，虽然对周邦彦、吴文英词提出过批评，但这并不能证明他是全盘否定周吴词的。推敲《词源》卷下对周吴的评论，发现张炎的这些话并非空穴来风而是有所继承的。吴文英、沈义父《乐府指迷》推尊周邦彦为典范，但他们对周词立意不高也颇为不满，说周邦彦言情词的结句，“往往轻而露，如清真之‘天便教人，霎时厮见何妨’，又云：‘梦魂凝想鸳侣’之类，便无意思，亦是词家病，却不可学也。”[①]沈义父传吴文英的词法，对吴文英词堆砌典故、用事下语太晦涩也颇多微词。张炎继承了沈义父的这些说法，只不

① 蔡嵩云:《乐府指迷笺释》，北京：人民文学出版社1963年版，第56页。

过更为突出而已。尽管张炎对周吴词提出过尖锐的批评，但对周吴的总体评价还是很高的。张炎认为周邦彦是词坛一代宗师，只有集合南北宋词坛名家，取长去短，才能与之争锋。张炎还对吴文英词的字面、句法大加赞扬，“字面”条称赞吴文英、贺铸善于锤炼字面，字字敲打得响。“句法”条称赞吴文英词“平易中有句法”。张炎虽然不满意吴文英词的雕琢过度，却又很赞赏他深加锻炼、极要用工的人力工夫。如果上述观点还不足以证明张炎对周吴词的颂扬，那么，陆辅之转述张炎论词要诀，把周、吴抬到了无以复加的高度。这个要诀就是仿照方回江西诗派的“一祖三宗”而来的，其中蕴含着一些还不为人所知的词学观念。笔者探幽发微，对此略作说明：

我国古代祭祀天地时，常常用祖宗神位来配享。能够取得配享天地资格的祖宗，都是建有大功德的已故君王。殷商以成汤为始祖，太甲为太宗，太戊为中宗，武丁为高宗。再往后，汉唐宋各代也都有自己的一祖三宗，并且是越到后来，一祖三宗的地位越突出。一方面体现了后世帝王对祖宗功德的颂扬，另一方面也表现了主祭者的正宗嫡派意识。帝王的正宗意识体现在血缘关系上，而文学流派的正派意识则体现在理论和创作风格的传承上。

吕本中首先提出江西宗派的概念，并突出了黄庭坚的特殊作用。曾几、赵蕃等人认识到了杜甫的重要性，称其为江西诗派的初祖，并把黄庭坚定位为杜甫诗法的继承者。方回继承了前人的观点，建构了一个唐宋律诗的正派体系。张炎一生交游不及方回，但他却接受了方回的正派观点，并依照它提出了江湖词派的一祖三宗说。

张炎论词要诀“周清真之典丽，姜白石之骚雅，史梅溪之句法，吴梦窗之字面，取四家之所长，去四家之所短”①，他把《词源》中独尊姜夔，变成了远尊周邦彦，近取姜夔，同时参取吴文英和史达祖的模式。这是张炎对《词源》论词观点的补充和修订，因而引起我们的特别注意。要诀在词法的取去上和方回的江西诗派一祖三宗说相同，尤其是把清空的词法接轨于周邦彦门下，也是符合江湖词派实际的。江湖词派的另一系词人的词法《乐府指迷》就是以周邦彦为典范的。南宋后期词人也是把周吴并列为词坛典范的，尹焕序吴文英词时说：“求词于吾

① 陆辅之：《词旨》，上，唐圭璋：《词话丛编》，北京：中华书局1986年版，第301~302页。

宋，前有清真，后有梦窗。此非焕之言，四海之公言也。”[①]周邦彦为江湖词派提供了创作上的典范。张炎“论词要诀”后面还有一句话：“学者所谓刻鹄不成尚类鹜者也，不可与俗人言，可与知者道。”[②]补充说明学习周邦彦词的原因。这句话出自黄庭坚。黄庭坚的原话是：“学老杜诗，所谓刻鹄不成尚类鹜也。学晚唐诸人诗，所谓‘作法于凉，其敝犹贪；作法于贪，敝将若之何？’要须读得通贯，因人讲之。百许年来，诗非无好处，但不用学。亦如书字，须要以钟王为法耳。”[③]他认为杜甫诗蕴含着法度，容易学习且不易变样。张炎引用这句话，显然是把周邦彦比作杜甫的。张炎强调周邦彦的典范作用，并没有忽视姜夔的实际贡献。姜夔是江湖词派创作上的典范和实际上的开宗立派者，他的地位等同于江西诗派中的黄庭坚。姜夔词中的一些缺点，如字面生硬、任性率意等，又在史达祖的句法、吴文英的字面中得到了纠正。至于史达祖句法上的成就，来自张镃、姜夔为史达祖《梅溪词》所作的序言。吴文英字面上的成就，在张炎《词源》卷下有许多褒扬之辞。史达祖、吴文英对江湖词派词风的形成也起了积极的推动作用，在某些方面甚至超出了姜夔。张炎论词也是转益多师、取法唐宋金元词家名流，如苏轼的清空、辛弃疾的骚雅、秦观的体制淡雅、元好问的风流蕴藉等。其中以苏、辛的影响较大，他们的清空、骚雅是姜夔词学的先导，代表着从才学到自然、不讲法度这一途径的词学成就。与这些前辈词人相比，江湖词派具有词坛“正派”的地位。如果用江西诗派的“一祖三宗”说来类推，张炎自称为周邦彦词法的嫡派传人，同时还兼祧了吴文英的质实词法。

陆辅之《词旨》强调张炎论词之旨，突出了清空在《词源》中的特殊地位，有助于我们正确理解《词源》卷下各个条目之间的逻辑关系和编排体例。张炎论词要诀从词法的取去上，融通了江湖词派内部存在的周吴和姜张两种不同的创作风格，尤其是他对周吴词作的准确定位，可以纠正词学界长期以来形成的错误观点，为我们正确阐释宋代词学理论提供新的证据。

---

① 唐圭璋：《唐宋人选唐宋词》，上海：上海古籍出版社2004年版，第835页。
② 陆辅之：《词旨》，上，唐圭璋：《词话丛编》，北京：中华书局1986年版，第302页。
③ 刘琳：《黄庭坚全集》，外集卷第21，成都：四川大学出版社2001年版，第1371页。

第五章　清空与质实骚雅

在张炎《词源》卷下与清空连用的概念有质实、骚雅、意趣、雅正等。这些概念分属不同的范畴，而且每个概念背后都蕴含着深厚的学术背景。

清空与质实是两种不同的创作风格。清空来自姜夔词的创作风格，姜夔的创作风格又来自北宋中后期王安石、苏轼。质实来自吴文英词的创作风格，而吴文英的质实又脱胎于周邦彦《清真词》。尽管清空、质实在创作风格上是对立的，但在词法上是一脉相承的。姜夔提出了从才学到“清潭见底”、“自然高妙”的设想，吴文英总结出了化用才学的一系列具体法度。从词法层面上看，吴文英、沈义父的《乐府指迷》比姜夔的《白石诗说》更为平实；张炎是在吴文英、沈义父的基础上提出了“清空”的理论，并由具体的法度上升为宋词的活法。陆辅之《词旨》突出了“清空”在唐宋词学中的重要意义，建构了一个词学的正派体系。在这个正派体系中，清空和质实是同一流派内部两种不同的创作风格。他们在词法、流派等层面上前后相承，相互影响，有着广泛的、必然的联系。

清空与骚雅分属两个范畴。清空是一种创作风格，也是一种词法，或是一个体系。骚雅则是一种思想品格。这种品格并不局限在唐宋词学之内，它在先秦时期就已经出现了。骚雅源于古诗中的“雅正”，但它与唐宋诗学中“沉郁顿挫”、“裨补时阙”、“不平之鸣”不同，它是一种适合词体特征的雅正，即《离骚》式的雅正。宋代词学的骚雅，源于鲖阳居士的《复雅歌词序》。鲖阳居士认为北宋词坛上蕴含骚雅之趣的词人词作是很少的。张炎的“骚雅”承此而来，他认为南宋词坛可以被称为“骚雅”的词人，前有辛弃疾、陆淞，后有姜夔。姜夔的骚雅来自辛弃疾，把一种道德审美标准演变成为宋代词学的审美理想。它与时代的变迁、理学思潮的普及、词学品位的提升等因素密切相关，也与辛弃疾、姜夔的人格魅力有必然的联系。辛弃疾放纵性情无意为词，以其人品的骚雅探索出了宋词骚雅的途径。姜夔脱胎于辛弃疾，所不同的是他把词学创作的各个因素全部纳入法度，在追求本色雅正的目标下，使创作风格的清空与审美理想的骚雅，这两个终极目标结为一体，形成了“不惟清空，亦且骚雅”的词风。张炎《词源》卷下所谓的“白石骚雅句法”、陆辅之《词旨》中的“姜白石之骚雅”，是用姜夔词中显著的特征代指其全部，不是说在清空之外，另有一种骚雅词法。

尽管清空与质实之间存着一定的对立，但在承载审美理想上二者是一致的。清空的词可以骚雅，质实的词同样也可以骚雅。唐宋词学历史表明，质实比清空更接近骚雅。在张炎《词源》卷下所枚举的词人词作中，王安石、苏轼词清空但未必骚雅，辛弃疾的词质实厚重却是骚雅的。在我国古代文学中，几乎每一个文学流派内部都存在着类似清空质实这样看似对立的创作风格。它们在某个层面是对立的，但又在别的层面上有更大的包容性和互补性。两种不同的创作风格，在同一个词学流派内部和谐共处是很常见的。在二者之间，必定还有一个共同的审美趋向。如果没有这一点，就不可能形成一个流派。作为一种词法，清空无论多么艰深，但都是可以传授的。作为一种人品，骚雅无论多么简易，都是无法传承的。因为骚雅是一种践行功夫，需要一步一个脚印、踏踏实实持之以恒去努力，不可能通过什么捷径一蹴而得。宋代词学之所以能够在宋元之际超出一直引导它的诗学，就在于它讲求骚雅，并且把骚雅的品格看作词学第一要务。南宋中后期词坛巨擘胥疏江湖，他们人在江湖、身能由己，用道德信念的力量来控制自己的言行。这是我国古代文学的优良传统，也是江西诗派的传人方回所缺少的。

清空还是唐宋词学的理论体系，包容了唐宋诗学、词学一系列的菁华，如《花间集》的本色雅正、《花庵词选》的尚雅黜俗、《绝妙好词》的正派意识、《乐府指迷》的平易句法、杨缵“作词五要”的创新精神，以及苏轼的清空、秦观的体制淡雅、周邦彦的典丽、辛弃疾的骚雅，甚至北方元好问的风流蕴藉。只有广泛接受前人的优秀成果，才能使自己的理论与前代的优秀传统相接轨，在传统文化的基础上有所创新；也只有包容各种不同风格，才不至于偏离主流。这就是清空词派为什么能够成为南宋后期词坛主流派别的原因，也是它雅化而不失其活力的真谛所在。本章从清空与质实、骚雅的关系切入，通过张炎清空理论对同一流派内部不同的创作风格，和不同流派审美理想的学习与继承，分析南宋江湖词派成为南宋后期词坛正派的原因。

第一节　质　实

清空与质实是南宋江湖词派内部的两种不同的创作风格。一个流派内部存在两种或两种以上的创作风格，这在我国古代文学史上是很普遍的。空与实、文与质两种不同的创作趋向，已经渗透到文学创作的各个层面。在一个作家的创作中，有早年尚实与晚年尚空、早年尚文与晚年重质之不同；在一个文学流派内部也有清空灵动和质实厚重两种不同的趋向，如花间词中温庭筠与韦庄、南唐词坛上的冯延巳与李后主、豪放词中苏轼与辛弃疾。清空与质实之间，既有传统意义上的一些共同性，又有宋代词学中的一些新特点。辨析这些新的特点，对于研究宋代词学的创作风格具有十分重要的意义。仅就质实词法的代表词人吴文英而言，其词由于雕琢太过，具有凝涩晦昧、词意不畅的弊病，但他能够针砭清空词言无准的、意趣空泛之弊，更适合承载骚雅的审美理想。一个不争的事实是，南宋后期学习姜夔清空的词人，无一例外都接受了吴文英的质实词法。山阴遗民词人群体的《乐府补题》更接近吴文英词的质实，其词情感沉郁顿挫，而不是空灵飞动。笔者把清空与质实，界定为同一个流派内部两种不同的创作风格，然后从风格、词法、体派三个层面探究张炎清空理论对同一个流派内部不同的创作风格的借鉴和融通。

一、吴文英词的质实

南宋后期江湖词派内部存在着清空与质实两种创作风格。这两种创作风格在创作层面上是相互对立的。张炎在论述姜夔词的“清空”时，就特意拈出吴文英的“质实”与之相对，通过相对事物的对比来突出说明清空的某些特性。张炎说：“词要清空，不要质实。清空则古雅峭拔，质实则凝涩晦昧。姜白石词如野云孤飞，去留无迹。吴梦窗词如七宝楼台，眩人眼目，碎拆下来，不成片段。此清空质实之说。梦窗《声声慢》云：‘檀栾金碧，婀娜蓬莱，游云不蘸芳洲。’前八字恐亦太涩。如《唐多令》云：‘何处合成愁。离人心上秋。纵芭蕉不雨也飕飕。都道晚凉天气好，有明月、怕登楼。前事梦中休。花空烟水流。燕辞归、客尚淹留。垂柳不萦裙带住，谩长是，系行舟。’此词疏快，却不质实。如是者集中尚有，惜不多耳。白石词如《疏影》《暗香》《扬州慢》《一萼红》《琵琶仙》《探春》《八归》《淡黄柳》等曲，不惟清空，又且骚雅，读之使人神观飞越。”①在这段话中，姜夔词的特点是清空，而吴文英是质实。此外，张炎还指出了一个非常有趣但又常常被研究者所忽略的问题。这就是在一个词人的词集中，同时存在着“清空”和“质实”两种不同的创作风格。在质实词人吴文英的词集中，确实有部分疏快而不质实的词作。两种看似对立的创作风格，竟然和谐共存在同一个词人的词集中。二者之间，除了对立，肯定还有某种必然的联系。而这种必然联系才是我们最关心的。

“清空”的特点是“古雅峭拔”。古雅是指词在情感上符合古诗雅正的标准。雅正源于孔子的“思无邪”和《毛诗序》的“发乎情止乎礼义”。峭拔是指山势突兀、壁立千仞之状。宋人常用炼格炼意、锤炼字句、破弃声律、变体拗字等方式，打破唐宋律诗已有的规则，改变因诗律精熟而形成的圆熟平滑、缺乏个性的甜媚之风，进而追求瘦硬奇崛、新警峭拔的艺术风格②。宋人这种好奇尚变之风也影响到了词的创作。姜夔一系词人都有造语峭拔的特点。姜夔好出硬语，喜欢锤炼字句，即吴文英、沈义父《乐府指迷》所谓的“有生硬处”。王沂孙“能文工词，琢语峭拔，有白石意度”③。“古雅峭拔”与杜诗的“沉郁顿挫”相近。清人吴瞻泰《杜诗提要》云：“沉郁者，意也，顿挫者，法也。”沉郁顿挫由情感的沉郁和句法的顿挫构成，要求诗歌情感深厚，音韵铿锵。以此类推，“古雅”是词意，“峭拔”是词法。“清空”就是词作情感的古朴雅正、形式的跌宕起伏，而且还表现为一种空灵模糊的意趣。质实与清空相对，其特点是“凝涩晦昧”。“凝涩”是指人血脉不畅。巢元方《巢氏诸病源候总论》卷2“风冷候”云：“风冷者，由脏腑虚，血气不足，受风冷之气。血气得温则宣流，冷则凝涩。然风之伤人，有冷

① 张炎：《词源》，卷下，唐圭璋：《词话丛编》，北京：中华书局1986年版，第259页。
② 胡仔：《苕溪渔隐丛话》，前集卷47，北京：人民文学出版社1962年版，第319~320页。
③ 张炎：《山中白云词》，卷1《琐窗寒》，北京：中华书局1983年版，第10页。

有热。若挟冷者，冷折于气血，使人面青心闷，呕逆吐沫，四肢痛冷，故谓之风冷。”[①]“晦昧”是天气阴暗不明，韩愈《谒衡岳庙遂宿岳寺题门楼》云：“我来正逢秋雨节，阴气晦昧无清风。”“凝涩晦昧”是指诗歌气脉不通、表意含糊。吴文英梦窗词确实存在上述弊病，只不过张炎所枚举的词例有所夸张或者比较典型而已。吴文英词的质实，表现为以下四点：

其一，用典繁密。吴文英深得清真之妙，而《清真词》的特点就是用典繁多。吴文英、沈义父让后学多看《周词集解》，认为这是当时最好的周词注本。从这个书名可以看出“宋末人读周词已需依赖注本”[②]。尽管周邦彦学殖深厚，但作为一位本色词人，他还是能掌握使事用典分寸的。周邦彦有选择地采用一些文辞优美、语意明显的字眼和词句，喜欢化用唐宋诗词中的句子，一般不用经史中的生硬字面。陈振孙云：“美成词多用唐人诗句隐括入律，浑然天成，长调尤善铺叙，富艳精工。”[③]刘克庄《题刘叔安感秋八词》云：“美成颇偷古句，温、李诸人困于挦撦。”[④]吴文英用典比周邦彦更为渊博深僻，有些典故本义并不艰涩，经他化用之后变得很艰涩；有些地方可以不用典故，但他还是采用了典故，主要以代字的形式出现。有些典故没有出处，可能是他自己杜撰的词语。吴文英词用典繁密，而且改头换面变化多端，笺注其词极其不易。这里仅以张炎《词源》卷下“清空”条所列举《声声慢·陪幕中饯孙无怀于郭希道池亭，闰重九前一日》为例，来分析吴文英词用典特色。该词原文如下：

檀栾金碧，婀娜蓬莱，游云不蘸芳洲。露柳霜莲，十分点缀成秋。新弯画眉未稳，似含羞、低护墙头。愁送远，驻西台车马，共惜临流。　知道池亭多宴，掩庭花、长是惊落秦讴。腻粉阑干，犹闻凭袖香留。输他翠涟拍甃，瞰新妆、时浸明眸。帘半卷，带黄花、人在小楼。[⑤]

---

① 巢元方：《巢氏诸病源候总论》，卷2，四库全书本。
② 周明秀：《论质实》，《词学》，第17辑，上海：华东师范大学出版社2006年版，第155页。
③ 陈振孙：《直斋书录解题》，卷21，上海：上海古籍出版社1987年版，第618页。
④ 王蓉贵：《后村先生大全集》，卷99，成都：巴蜀书社2008年版，第2571页。
⑤ 吴文英：《声声慢》，吴蓓：《梦窗词汇校笺释集评》，杭州：浙江古籍出版社2007年版，第608页。

檀栾，本指修竹的形状，用以代指修竹。枚乘《梁王菟园赋》：“修竹檀栾，夹池水，旋菟园，并驰道，临广衍，长冗坂。”金碧，楼台的髹漆，代指楼台。《西清诗话》云：“张亶熙宁中梦行入空中，闻天风海涛，声振林木。徐见海中楼阙金碧，琼裾琅佩者数百人。”周密《癸辛杂识》续集卷下“西湖好处”云：“金碧楼台相间，全似著色山水。”婀娜，柳条随风飘摆的形状，用来代指杨柳。曹丕《柳赋》并序：“修干偃蹇以虹指兮，柔条婀娜而蛇伸；上扶疎而施散兮，下交错而龙鳞。”李商隐《赠柳》：“章台从掩映，郢路更参差。见说风流极，来当婀娜时。”蓬莱，原指海上的仙山，后来指园中的池沼假山。扬雄《羽猎赋序》云：“武帝广开上林，东南至宜春鼎湖，御宿昆吾，傍南山，西至长杨五柞，北绕黄山，滨渭而东，周袤数百里，穿昆明池，象滇河，营建章凤阙，神明駁娑，渐台太液，象海水，周流方丈、瀛洲、蓬莱，游观侈靡，穷妙极丽。”游云，浮云。张先《熙州慢》：“潇湘故人未归，但目送游云孤鸟。”不蘸，没有沾湿。欧阳修《八月十四夜，建中二三友过我清话，因共把盏赏月，从容谈笑，不觉云容朦胧，桂影淡泊，端知是夕聚首骚池，再谐佳会，遂成四韵》：“云汉无端藏兔影，金波恨不蘸蟾枝。”芳洲，水中湿地。屈原《云中君》：“采芳洲兮杜若，将以遗兮下女。”贺铸《人南渡感皇恩》：“兰芷满芳洲，游丝横路。”这句是说修竹楼台，杨柳池塘，天晴而无风雨①。

露柳，秋柳。张耒《荒园》：“日暖风檐翻乳燕，晓寒露柳啭流莺。荒园日日东风里，吹尽闲花香草生。”霜莲，秋莲。宋祁《寄药山长老省贤》：“社约惭成负，霜莲落几秋。”十分，恰到好处。晁补之《杨花词三首》：“苦恨红梅结子，生憎榆荚悠悠。解送十分春色，能添万斛新愁。”点缀，装点。李之仪《丑奴儿·谢人寄蜡梅》：“春风似有灯前约，先报佳期。点缀相宜。天气犹寒蝶未知。”成秋，变为秋天。李白《宿白鹭洲寄杨江宁》：“徒令魂作梦，翻觉夜成秋。”这句是说池边垂柳，池中秋莲，把秋天装点得分外妖娆。

新弯，初上新月。无名氏《眼儿媚》：“后庭一树瑶华缀，零乱暗香残。今番桂影，也应寒重，不放新弯。”画眉，《汉书·张敞传》：“又为妇画眉。长安中传张京兆眉怃。有司以奏敞。上问之，对曰：‘臣闻闺房之内，夫妇之私，有过

① 刘永济：《微睇室说词》，上海：上海古籍出版社1987年版，第38页。

于画眉者。’上爱其能，弗备责也。”未稳，还不妥当。晏殊《渔家傲》：“叶下䴔䴖眠未稳。风翻露飐香成阵。”似含羞，毛文锡《赞成功》：“海棠未坼，万点深红。香包缄结一重重。似含羞态，邀勒春风。”低护，紧紧围绕着。楼钥《杨花》：“为我轻攀绿柳枝，带花低护笑携归。日长深院微风动，要看松绵当面飞。”墙头，池亭中的花墙。张先《木兰花林钟商》：“墙头簌簌暗飞花，山外阴阴初落月。”新弯、画眉、含羞、低护墙头等典故，都是形容月亮的形状和光辉，点明时节为闰重九之前一日（九月初八）。这句是说新月初上，半遮半掩，照着花墙。

愁送远，感伤离别，因送人远去而生离愁。宋玉《九辩》：“悲哉，秋之为气也。萧瑟兮，草木摇落而变衰；憭栗兮，若在远行；登山临水兮，送将归。”白居易《北楼送客归上都》：“凭高送远一凄凄，却下朱栏手共携。京路人归天直北，江楼客散日平西。”西台，御史台，吴文英当时供职的苏州仓台幕府，仓台衙门兼管地方宪政，相当于汉代的绣衣使者，吴文英称苏州仓台魏峻为绣使，如《声声慢·饯魏绣使泊吴江，为友人赋》。共惜，共同叹息。王娥《携手曲》：“携手共惜芳菲节，莺啼锦花满城阙。”临流，满对着河水，产生惜别之意。李商隐《流莺》：“流莺漂荡复参差，渡陌临流不自持。”这句是说饯送孙无怀时，仓幕的车马停在水边，看着脚下的河水流向远方，不禁生出依依惜别之情。

知道，明白。温庭筠《兰塘词》：“知道无郎却有情，长教月照相思柳。”池亭，郭清华家的池塘，吴文英在苏州仓幕期间，与郭清华来往密切，经常在郭家池馆宴客。《绛都春》词序云：“余往来清华池馆六年，赋咏屡矣，感昔伤今，益不堪怀，乃复作此解。”多宴，频繁举办各种公私宴会。杜甫《崔驸马山亭宴集》：“清秋多宴会，终日困香醪。”掩庭花，掩，遮蔽。这里指因为借池塘给人做宴饮场所，把家里面的闲杂人员掩藏起来。长是，经常如此。顾敻《甘州子》：“曾如刘阮访仙踪，深洞客，此时逢。绮筵散后绣衾同，款曲见韶容。山枕上，长是怯晨钟。”姜夔《鬲山溪·咏柳》：“烟渡口，水亭边，长是心先乱。”惊落，因吃惊而停顿下来。姜夔、赵雍《东堂联句》：“金风凉夜深，吹我萧萧发。起折丹桂枝，惊落花上月。”秦讴，秦青的歌声。洪咨夔《浣溪沙·用吴叔永韵》：“燕子楼寒迷楚梦，凤皇池暖惬秦讴。”郭园今日借给别人宴客，郭家侍女虽不能出席却常常搞些小动作，使宴会上响遏行云的歌声从云端落到地面。

腻粉，脂粉，女子化妆的一种香粉。董说《七国考》云：“腻粉，秦穆公女弄玉善吹箫，萧史降于宫掖，炼飞灵丹第一转与弄玉涂之，名曰粉，今之水银，腻粉也。”孙光宪《浣溪沙》：“腻粉半粘金靥子，残香犹暖绣熏笼，蕙心无处与人同。”阑干，郭家池亭中的护栏，吴文英词中多次写到郭家池亭的栏杆，如《喜迁莺·同丁基仲过希道家看牡丹》：“困无力，倚阑干，还倩东风扶起。”所倚的“阑干”，就是郭希道（清华）家的栏杆。宋词中的栏杆，往往与登高望远、羁旅思归等情感有关。如辛弃疾《水龙吟》：“阑干拍遍，无人会、登临意。”犹闻，还能够嗅到。元结《说洄溪招退者》：“麋色如珈玉液酒，酒熟犹闻松节香。”凭袖香留，凭，依。李煜《浪淘沙》：“独自莫凭阑。”袖香，长时间在花园徘徊，使花香塞满衣袖。晏几道《清平乐》：“折得疏梅香满袖。”这句是说徘徊在郭家楼头，依栏远望，还能嗅到郭家歌妓留下的香粉味。

输他，输与他。叶梦得《石林诗话》：“寇莱公南迁，道过襄州，尝留一绝句于驿亭，曰：‘沙堤筑处迎丞相，驿吏催时送逐臣。到了输他林下客，无荣无辱自由身。’”翠涟，碧绿泛动涟漪的池水。徐铉《柳枝词十首座中应制》：“凝碧池头蘸翠涟，凤凰楼畔簇晴烟。”拍甃，这个词语只出现在吴文英词中。拍是音乐的节拍，甃是用砖砌的一种建筑物，大如池塘，小如花盆；深如枯井，浅如干塘。词中的“拍甃”是蓄水养花的小池塘。吴文英《夜行船·赠赵梅壑》有“碧甃”，词云：“碧甃清漪方镜小，绮疏净、半尘不到。”孙惟信把这种池塘称为“吟甃”，《夜合花》：“风叶敲窗，露蛩吟甃。谢娘庭院秋宵，凤屏半掩。”郭家池塘因为经常选歌试舞、调试节拍，可能因此称之为“拍甃”。瞰，俯视。元稹《松鹤》：“俯瞰九江水，旁瞻万里壑。”吴文英是写指站在高处，倚栏杆俯视池中鲜花。新妆，女子刚刚梳妆打扮好的样了。李白《清平调词三首》：“借问汉宫谁得似？可怜飞燕倚新妆。”时浸明眸，常常引人瞩目。时，时时。毛文锡《纱窗恨》：“新春燕子还来至，一双飞。垒巢泥湿时时坠，涴人衣。”浸，浸泡。李之仪《鹧鸪天》：“金盆盛水绕牙床。时时浸手心头熨，受尽无人知处凉。”明眸，眼睛。韦庄《闺怨》：“戚戚彼何人，明眸利于月。啼妆晓不干，素面凝香雪。”这句是说这些美貌的歌妓不如池中的鲜花，它们争奇斗妍，还能引得主宾尽情观赏。

帘半卷，带黄花，化用李清照词中典故。李清照《醉花阴》：“东篱把酒黄昏后。有暗香盈袖。莫道不消魂，帘卷西风，人似黄花瘦。”黄花，菊花，切题中瑞重九前一日。人在小楼，刘子翚《次韵卢赞元喜雪》：“六花初逐晓风繁，五袴那忧岁晚寒。杖屦客迷村径远，笙歌人在小楼看。”姜夔《满江红》：“又怎知、人在小红楼，帘影间。”这句是说西风吹过，郭家歌妓感觉到她自己与黄花共消瘦。

吴文英词每句都有典故，一句之中往往包含两三个典故。如此众多的典故集中在一起，难免有堆积之弊。这些典故，有的出自唐诗宋词，有的出自经史子集，有的甚至于出自偏僻的地方文献。只有熟悉地方的人文掌故，才能读懂吴文英词。词中有些典故并不深奥，经过他改造以后反倒不易理解了。“拍甃”是郭家池园的花池。他把这个花池与音乐的节拍联在一起，试图说明在这个地方经常按试节拍、选歌征舞，但这个用法太隐晦了，不符合古诗的表达习惯。“时浸明眸”是指引人瞩目，但把这几个词搭配在一起比较拗口，“时浸”“明眸”，仿佛是把眼睛常常浸泡在水中，导致词义不畅，表意不清。如果适当减少一些故实，或者用些一般读者都能看得懂听得明白的典故，效果就会更好一些。

其二，雕琢太过。这首词所要表达的情感，吴文英在词序中已经交代明白：“闰重九前一日，陪幕中饯孙无怀于郭希道池亭”。“闰重九”在南宋时有三次，吴文英在苏州仓幕能遇上的只有宋理宗绍定五年（1232）这一次。这首词的几个要素：时间——闰重九的前一天；地点——借用郭希道的园池；人物——仓幕同僚；事件——为孙无怀饯行；经过——从早到晚，几乎一天。孙无怀，其人无考。幕中同僚为其饯别，说明他与苏州仓幕有很深的渊源关系，应该也是吴文英在苏州仓幕中的同僚。郭希道即郭清华，其人与吴文英交往密切，吴文英酬赠郭清华词有七首。这次饯别还借用了郭家池园。词的上阕写送别的时间地点场所及过程。行文至此，作者要说的话、要抒发的情感其实都已经说完了。下文存在着一个难以为继的问题。

吴文英毕竟是词坛巨匠。下阕他别出心裁，写未出场的郭府家妓对孙无怀的思念之情。杨铁夫云：“此笺乃幕僚借座，非主人宴客，故主人家妓未出应酬。”① 点明了这首词的关键。因为是借座宴客而非主人请客，所以郭府的家妓没有出场。家妓人没有出场，但处处都有她的影子。她在大家看不到的地方搞点小动作，使响遏行云的歌声戛然而止。当我们酒酣耳热登高望远之时，仿佛还能嗅到

① 杨铁夫：《吴梦窗词笺释》，广州：广东人民出版社1992年版，第250页。

她留下的馨香。这个好占上风的家妓，今天完全输给了池中的鲜花。鲜花争彩斗艳还能引起主宾的瞩目，她装扮得漂漂亮亮却没有人看。一阵秋风刮过，帘幕半卷，屋里的人和屋外的菊同时映入眼帘，漂亮家妓与秋菊花共同消瘦！花瘦了幽俏通神，人瘦了憔悴伤怀。这首词内容并不复杂，在送别宴会上开个玩笑，随意捏合一段艳遇，博得同仁一笑。但吴文英的表现方式太曲折、太深僻了，以致绝大多数读者不知其所云。

同样是运用典故，姜夔比吴文英深刻。《暗香》《疏影》是一组咏物词，其中用了很多典故，但词意并不晦涩，甚至比一般咏物词还要简单，体现了姜夔“清空”的风格：第一，这组词用典虽多，但作者对每一个典故都进行了精心剪裁，使那些进入词作的典故上下连贯、意脉顺畅，典故与词意融合一体，达到了溶化无痕地步；第二，所有典故围绕着一个中心展开，这个中心就是姜夔要抒写的意趣。姜夔在词的结构上下了很大的气力，像前辈“清空”词人苏轼把散文化的结构引入词中一样，打破词上阕写景叙事，下阕言志抒怀的惯例。姜夔又不同苏轼那样刻意创新，根据词意给每首词另造一个结构。姜夔这组词的结构特别简单，上阕写花开，下阕写花落。通过花开花落，凸显人生的短暂。繁花美景，随风飘逝，好景不长，遗恨难圆，这是我们每个人都有过的人生体验。姜夔这种体验融入时代的悲凉气氛、个人的牢骚幽怨和伥傺失意，直接拨动我们内心深处脆弱易动的那根情弦，因而千百年来感人至深，成为咏物之绝唱。与姜夔立意深远不同，吴文英词显然只涉及人内心情感上的一种遗恨，并没有把它提升到很高的意境上来。这也符合吴文英、沈义父在《乐府指迷》中“发意不可太高”的说法。但在描写艳情时，刻意创造一个隐晦曲折故事，不仅没有加深情感，反而使人很难读懂。因为雕琢太过，使词意凝滞，意脉不畅。比较姜夔和吴文英词，他们都很注重人力工夫，善于雕琢。姜夔的雕琢是朝着简约化的方向努力，而吴文英则是朝着烦琐化的方向迈进。《蔡宽夫诗话》云：“诗语大忌用工太过，盖炼句胜则意必不足。〔语工而意不足，则格力必弱，此自然之理也。〕”[①]吴文英词用典众多，务求深僻，雕琢太过，伤了词的真气，遂使语句晦涩词意不畅。

其三，缺乏整体观念。吴文英喜用代字，这就使得词中用典量大大增加了。

---

① 蔡启：《蔡宽夫诗话》，郭绍虞：《宋诗话辑佚》，北京：中华书局1980年版，第385~386页。

《声声慢》首句连用七典，其中“檀栾”、“金碧”、“婀娜”、“蓬莱”四典全为代字。通过笺释典故，我们知道代字入词存在许多问题。“檀栾”一词比较生僻，大部分读者并不知晓其义。用生僻词代替易见词，人为地增加阅读理解的障碍。“檀栾”是一个修饰词，但它并不专门修饰“修竹”，还可以修饰别的树木，谢灵运《山居赋》云“木则松栢檀栾”，张贞居《桂花下约黄秘监饮》云“檀栾秋桂枝”等，可见松柏、秋桂等树木也是可以“檀栾”的。此外，“檀栾”还是个多义词。周密《武林旧事》云：“岁时檀栾，酒酣耳热时，为小儿女戏道一二，未必不反以为夸言，欺我也。”[①]“檀栾”即“团圆”之意。用形容词“檀栾”来指代它所修饰名词，确实有诸多的不便。用在此处，就有牵强附会之嫌。其他借代词语，如“金碧”、“婀娜”、“蓬莱”也都是无所定指的修饰词，把这些词语堆砌到一起，很难构成一幅清晰的图画，词意晦暗自在情理之中。绝大多数读者阅读这首词，都不知道这首词第一句在说什么。张炎“前八字恐亦太涩”之评，确为读者的真实感受。

吴文英用典时务为深僻、力戒庸俗而缺乏整体意识，并不像苏轼、姜夔对整个词意有整体的布局，然后根据词意的需要把各个典故填充其间，用典虽多，词意酣畅淋漓并不板滞。由于缺少了必要的加工提炼环节，吴文英词中用典经不住推敲。《声声慢》上阕描写景象时还出现重复，第一句写景既以“婀娜”代柳，下句写景又出现“露柳霜莲”，“柳”在写景中重复二次，这是构图景象上的重复。有时前后还照应不到，下阕描写重点是“翠涟拍甃”中的花朵，即水中之花，似应为芙蓉、睡莲之类的花草。结句突然来了一个“帘半卷，带黄花”，意在点明节令，“时时提调”、“用一两件事印证”聚会的时间是闰重九的前一日。但由于缺少必要的铺垫，给人以突兀之感。使人搞不明白这个“黄花”是从哪里冒出来的？四库馆臣比较了吴文英和周邦彦这两人的先天和后天条件，说吴文英“盖其天分不及周邦彦，而研炼之功则过之”[②]。吴文英天分、学力皆不及周邦彦，因而在词作中表现出不同的风貌。周邦彦学有余而约以用之，给人以雍容典雅、

① 周密：《武林旧事》，北京：中华书局2007年版，第1页。

②《梦窗稿四卷补遗一卷》提要，吴蓓：《梦窗词汇校笺释集评》，杭州：浙江古籍出版社2007年版，第805页。

平和大度之感；吴文英才力毕现，时时有才力俱尽之忧。吕本中曾谈到宋诗创作中运用才学的情况："诗词高深要从学问中来。后来学诗者虽时有妙句，譬如合眼摸象，随所触体，得一处，非不即似，要且不足。若开眼，全体也，之合古人处，不待取证也。"[①]这与张炎批评吴文英词"如七宝楼台，眩人眼目，碎拆下来，不成片段"非常相近。

其四，多用实词。吴文英词用虚字不多，使词脱离了口语俗语，更加典雅，同时也增加了用典的数量。张炎《词源》卷下"虚字"条云："词与诗不同，词之句语，有二字、三字、四字，至六字、七八字者，若堆叠实字，读且不通，况付之雪儿乎。合用虚字呼唤，单字如正、但、任、甚之类，两字如莫是、还又、那堪之类，三字如更能消、最无端、又却是之类，此等虚字，却要用之得其所。若使尽用虚字，句语又俗，虽不质实，恐不无掩卷之诮。"[②]张炎比较了诗歌与词的语言特点。诗歌（主要是近体诗）语言严整规范，一般不用虚词。词是一种音乐文学，行文介于骈散之间，必须保持浅易明白、意脉流畅的特点，必须要用虚词。在词的创作过程中出现了两种情况，一是不用虚字，堆叠实字，这样的词读且不通，又怎能付诸歌唱呢？二是大量的用虚字，满篇都是顺承转折，虽然说不上质实，但拐来拐去，也使人不知所云。柳永词中虚字用得较好，《雨霖铃》："寒蝉凄切。对长亭晚，骤雨初歇。都门帐饮无绪，留恋处、兰舟催发。执手相看泪眼，竟无语凝噎。念去去、千里烟波，暮霭沈沈楚天阔。多情自古伤离别。更那堪、冷落清秋节。今宵酒醒何处，杨柳岸、晓风残月。此去经年，应是良辰、好景虚设。便纵有、千种风情，更与何人说。"有"对"、"竟"、"更那堪"、"此去"、"应是"、"便纵有"、"更与"7组虚词；《八声甘州》用了"对"、"渐"、"是处"、"惟有"、"不忍"、"争知"、"正恁"7组虚词。虚词连接上下句，或顺联，或逆接，或者总结，或者概括，或者并列，或者递进，词意连成一体。如果不用虚字，上下句之间，上下阕之间很难连贯起来。吴文英《声声慢》一词用虚字四处"十分"、"似"、"长是"、"犹闻"，而在一些关键之处，如过片、结尾都没用虚词，词中意脉只能依靠内在的逻辑关系来连接了，而这种连接方法比用虚字隐

① 吕本中：《童蒙诗训》，郭绍虞：《宋诗话辑佚》，北京：中华书局1980年版，第595~596页。
② 张炎：《词源》，卷下，唐圭璋：《词话丛编》，北京：中华书局1986年版，第259页。

晦一些。吴文英有些词中虚字运用得不错。张炎赞美吴文英《唐多令·惜别》词“疏快，却不质实”①，该词原文如下：

何处合成愁。离人心上秋。纵芭蕉、不雨也飕飕。都道晚凉天气好，有明月、怕登楼。　　前事梦中休。花空烟水流。燕辞归、客尚淹留。垂柳不萦裙带住，谩长是，系行舟。②

这首词“疏快”原因有二：一是善用虚词，在这一首小词中，共用了9个虚词：“何处”、“纵”、“不”、“也”、“都道”、“有”、“尚”、“谩长是”、“不”，前后意脉连贯；比上文我们列举柳永的词还多用两个虚字，如果算上这首词篇幅短小的因素，那么，它虚字的比例是绝对高出柳永的。二是用了合字法和形象思维的方法，把愁分合成“心”和“秋”，即词人所谓的“离人心上秋”。再把愁具体化为雨打芭蕉，把丝丝垂柳化为不萦裙带却系行舟绳子。像这样构思巧妙、纯出自然的小令在吴文英词中不占主流。正如张炎所说的：“如是者集中尚有，惜不多耳。”③

词介于雅俗之间，曲子词初创时期的一些口语俗语、简单明了的叙述方式、配乐歌唱的习惯等还要继续保持。即使在唐宋词雅化过程中，也应该为这些通俗表达方式留下一席之地。如果把这些都革除掉了，就达不到因俗为雅的目的。张炎说：“词之语句，太宽则容易，太工则苦涩。如起头八字相对，中间八字相对，却须用功著一字眼，如诗眼亦同。若八字既工，下句便合稍宽，庶不窒塞。约莫宽易，又著一句工致者，例觉精粹。此词中之关键也。”④“制曲”条说：“最是过片，不要断了曲意，须要承上接下。如姜白石词云：‘曲曲屏山，夜凉独自甚情绪。’于过片则云：‘西窗又吹暗雨。’此则曲之意脉不断矣。”⑤“句法”条说：“词中句法，要平妥精粹。一曲之中，安能句句高妙，只要拍搭衬副得去，于好发挥

① 张炎：《词源》，卷下，唐圭璋：《词话丛编》，北京：中华书局1986年版，第259页。
② 吴文英：《唐多令》，吴蓓：《梦窗词汇校笺释集评》，杭州：浙江古籍出版社2007年版，第788页。
③ 张炎：《词源》，卷下，唐圭璋：《词话丛编》，北京：中华书局1986年版，第259页。
④ 张炎：《词源》，卷下，唐圭璋：《词话丛编》，北京：中华书局1986年版，第265页。
⑤ 张炎：《词源》，卷下，唐圭璋：《词话丛编》，北京：中华书局1986年版，第258页。

笔力处，极要用功，不可轻易放过，读之使人击节可也。如东坡杨花词云：‘似花还似非花，也无人惜从教坠。’又云：‘春色三分，二分尘土，一分流水。’如美成风流子云：‘凤阁绣帏深几许，听得理丝簧。’如史邦卿春雨云：‘临断岸、新绿生时，是落红、带愁云平。’灯夜云：‘自怜诗酒瘦，难应接许多春色。’如吴梦窗登灵岩云：‘连呼酒，上琴台去，秋与云平。’闰重九云：‘帘半卷，带黄花、人在小楼。’姜白石扬州慢云：‘二十四桥仍在，波心荡，冷月无声。’此皆平易中有句法。”[①]细细品味张炎的这些话，说明词还是要适当保留一些俗语口语和虚词的。在该用功的地方用功，在不必用功的地方就不要耽误工夫。用功的地方体现在词的属对、词眼上。张炎《词源》卷下关于字面、句法的内容并不多，在张炎传给陆辅之的词法中，这就成了词法授受的重点。陆辅之用大量的篇幅枚举所谓的“属对”、“奇对”、“警句”、“词眼”，尤其把“乐笑翁”的“奇对”、“警句”作为词法中的亮点。陆辅之还从虚字中挑选出一些高雅的以供后人作词时选用。这就是“单字集虚凡三十三字”、“两字集虚”、“三字集虚”等名目。陈去病说：“陆辅之本《词源》之说，列虚字近雅者，以示人也。……词用虚字贵得所，雅则得所耳。”[②]用这些高雅的虚字代替柳永词中世俗、浅白的虚字，有助于词语的雅化。胡元仪《词旨畅言旧序》云：“《词旨》为书，皆述叔夏论词之旨，与叔夏《词源》同条共贯。……单字集虚三十三字，教人用虚字，须择近雅者，不可太俗也。词肇于唐，盛于五代，时皆小令。北宋之时，慢曲乃作，字句较多，行气通脉，全仗虚字。时人又杂以俳体，虚字流入鄙俗。玉田言之于前，辅之所由力为防闲也。”[③]这些说法都是很中肯的。

质实，作为宋词的一种创作风格，它的形成和发展与宋词的才学化、雅正化有一定的关系。吴文英在周邦彦本色入乐、下字运意的基本法度上创造的一种新的创作风格，这种风格在当时取得了极大的成功，从尹焕评周邦彦吴文英词、周密《绝妙好词》选录吴文英词的数量，以及沈义父《乐府指迷》、张炎《词源》、陆辅之《词旨》对吴文英的评价等方面，就可以看出它当时所享的盛誉。吴文

① 张炎：《词源》，卷下，唐圭璋：《词话丛编》，北京：中华书局1986年版，第258页。
② 陆辅之：《词旨》，下，唐圭璋：《词话丛编》，北京：中华书局1986年版，第342页。
③ 陆辅之：《词旨》，下，唐圭璋：《词话丛编》，北京：中华书局1986年版，第343页。

英词就事抒情，不发高论，对词中字面的锤炼、句法的推敲达到了很高的艺术水准，成为对于南宋江湖词派清空理论中不可或缺的一个组成部分。

二、清空与质实

清空与质实具有风格、词法等多层含义。在创作风格上它们是对立的，但在词法上又是一脉相承、前后相继的。清空一系的词人姜夔、杨缵、周密、张炎都是学习周邦彦清真词的，而继承周邦彦质实词法的吴文英，同时又被看作是姜夔、杨缵词法的传人。《乐府指迷》和《词源》分别体现了质实、清空一系的词法，它们在具体词法上也是相同或相近的。无论是从当时人的评论，还是词人交游等方面来看，他们都被看作一个流派。从南宋后期典雅词派形成的共同风格上看，他们确实也具备了成为一个词学流派的条件。

清空和质实在创作风格上是对立的，张炎“清空质实之说”对这一点说得很明白。从创作风格来看，清空则古雅峭拔，质实则凝涩晦昧；从表现形式来看，清空如野云孤飞，去留无迹，质实如七宝楼台，眩人眼目，碎拆下来，不成片段；从运用才学的方法来分析，姜夔词用典虽多，却能汲取其神韵，因此空灵飞动；吴文英词语言华美，所用典故缺少必然联系，如果把一个个典故单独提出来，看不出其间有什么内在关系。清空与质实在创作风格上的对立，并不代表他们在总体词学观念上的对立。张炎和吴文英在词学思想上的联系，体现在以下三个方面：

首先，在创作的层面上，张炎认为吴文英词在句法、字面上多有可取之处，属于两宋词坛上“格调不侔，句法挺异，清新雅洁，自成一家的词人”，吴文英《唐多令》词结尾“平易中有句法”，其锤炼字面的功夫也值得肯定：“句法中有字面，盖词中一个生硬字用不得。须是深加煅炼，字字敲打得响，歌诵妥溜，方为本色语。如贺方回、吴梦窗，皆善于炼字面，多于温庭筠、李长吉诗中来。字面亦词中之起眼处，不可不留意也。”[①]吴文英擅长于小令这种需要极高才气的词体，张炎称其亦有妙处[②]。张炎列举长于令曲、末句处理得好的词人，在南宋仅有

---

① 张炎：《词源》，卷下，唐圭璋：《词话丛编》，北京：中华书局1986年版，第259页。
② 张炎：《词源》，卷下，唐圭璋：《词话丛编》，北京：中华书局1986年版，第265页。

吴文英一人。张炎对吴文英词的评价总体还是很高的。张炎对吴文英“质实”的批评，来自传吴文英词法的沈义父。这也是尊崇周吴词派词学家的共识。常州词派的周济推崇周邦彦、吴文英，但也承认“梦窗立意高，取径远，皆非余子所及。惟过嗜饾饤，以此被议”[①]。晚晴郑文焯指出吴文英词有举典冷僻和隶事深刻的特点[②]。夏敬观也指出吴文英词有雕琢太过者：“梦窗学清真者，清真乃真能不琢，梦窗固有琢之太过者。”[③]与周邦彦相比，周邦彦清真词尚有自然之意，而吴文英梦窗词全是人力工夫。张炎虽然不满意吴文英词的凝涩晦昧，但对其锤炼字面的功夫还是很赞赏的。

其次，在理论层面上，张炎对吴文英词法是认同的。陆辅之说《乐府指迷》多有好处[④]。这是张炎及其后学对吴文英一系词法的直接评论，证明张炎对吴文英、沈义父一系的词法是认可的。《词源》和《乐府指迷》在具体词法方面，如词的字面、句法和部分章法上是相同或相近的。区别在于《乐府指迷》是面对初学者的基本规范，而《词源》以传授宋代词学的“清空词法”为宗旨，是进入宋代词学的“极玄之域”的航梯。即使在“极玄之域”中，张炎也为吴文英及其词法保留了一席之地。

再次，在张炎同时人的心目中，也把姜夔、吴文英看成是同一流派的词人。郑思肖《玉田词题词》云：“吾识张循王孙玉田先辈，喜其三十年汗漫南北数千里，一片空狂怀抱，日日化雨为醉，自仰扳姜尧章、史邦卿、卢蒲江、吴梦窗诸名胜，互相鼓吹春声于繁华世界，飘飘征情，节节弄拍，嘲明月以谑乐，卖落花而陪笑，能令后三十年西湖锦绣山水，犹生清响，不容半点新愁飞到游人眉睫之上。”[⑤]郑思肖性情癫狂，一些表述不符合正常的逻辑，如“嘲明月，卖落花”一句就很令人费解，但他关于张炎学习姜夔、史达祖、吴文英词的说法还是有根据的。邓牧也明确地说张炎词兼有周、姜二家之长：“古所谓歌者，诗三百止尔。唐宋间始为长短句，法非古，意古。然数百年来，工者几人？美成、白石逮今脍

---

① 周济：《宋四家词选目录序论》，唐圭璋：《词话丛编》，北京：中华书局1986年版，第1643~1644页。
② 郑文焯：《大鹤山人词话》，唐圭璋：《词话丛编》，北京：中华书局1986年版，第4335~4336页。
③ 夏敬观：《蕙风词话诠评》，唐圭璋：《词话丛编》，北京：中华书局1986年版，第4587页。
④ 陆辅之：《词旨》，上，唐圭璋：《词话丛编》，北京：中华书局1986年版，第303页。
⑤ 郑思肖：《郑思肖集》，上海：上海古籍出版社1991年版，第295页。

炙人口，知者谓丽莫若周，赋情或近俚；骚莫若姜，放意或近率。今玉田张君，无二家所短而兼所长。”[①]周密《绝妙好词》具有明显的选派意识，焦循《雕菰楼词话》云：“周密《绝妙好词》所选，皆同于己者，一味轻柔润腻而已。”[②]在《绝妙好词》中吴文英入选数量仅次于周密，排列第二。说明周密把吴文英看作是同一词派成就很高的词人。周密悼念吴文英的《玉漏迟·题吴梦窗霜花腴词集》词把吴文英看作杨缵的传人[③]。张炎有题吴文英词两首，分别是：《声声慢·题吴梦窗遗笔》(别本作：题梦窗自度曲霜花腴卷后)[④]和《醉落魄·题赵霞谷所藏吴梦窗亲书词卷》[⑤]，证实他们有过一些交游，于是才有了物是人非、今昔盛衰之感。吴文英《踏莎行·敬赋草窗绝妙词》也谈到与周密结社赋词的事实：“西湖同结杏花盟，东风休赋丁香恨。”[⑥]这些资料说明，他们词学观念相近不是偶然的，而是有过交游、结过词社，经常在一起分题填词交流切磋词学观点，是同一流派中人。陆辅之《词旨》中记录了张炎晚年的词学观点，从文献上证实了“吴梦窗之字面”在清空词法中的突出地位。

清代的词论家，未必注意到上述材料。他们只是从创作实绩上把姜夔、吴文英和张炎归为一派。郭麐把宋词分为四派，其中有姜张一派，在姜张一派中就有吴文英：“姜、张诸子，一洗华靡，独标清绮，如瘦石孤花，清笙幽磬，入其境者，疑有仙灵，闻其声者，人人自远。梦窗、竹屋，或扬或沿，皆有新隽，词之能事备矣。”[⑦]宋翔凤《乐府余论》说“吴梦窗、张叔夏，俱奉姜为圭臬”[⑧]。谢章铤在《姜夔传》附录姜夔一系的词人，云：“其后宋人学词者，如张辑、卢祖皋、史达祖、吴文英、蒋捷、王沂孙、张炎、周密、陈允平之徒，皆以夔为宗。”[⑨]张祥龄说：“词至白石，疏宕极矣。梦窗辈起，以密丽争之。至梦窗而密丽又尽矣，

① 邓牧：《张叔夏词集序》，李修生：《全元文》，卷454，南京：凤凰出版社1999年版，第13册第188页。
② 焦循：《雕菰楼词话》，唐圭璋：《词话丛编》，北京：中华书局1986年版，第1494页
③ 史可振：《草窗词校注》，卷3《玉漏迟》，济南：齐鲁书社1993年版，第203页。
④ 张炎：《山中白云词》，卷3《声声慢》，北京：中华书局1983年版，第53页。
⑤ 张炎：《山中白云词》，卷5《醉落魄》，北京：中华书局1983年版，第92页。
⑥ 吴文英：《踏莎行》，吴蓓：《梦窗词汇校笺释集评》，杭州：浙江古籍出版社2007年版，第739页。
⑦ 郭麐：《灵芬馆词话》，卷1，唐圭璋：《词话丛编》，北京：中华书局1986年版，第1503页。
⑧ 宋翔凤：《乐府余论》，唐圭璋：《词话丛编》，北京：中华书局1986年版，第2500页。
⑨ 谢章铤：《赌棋山庄词话》，卷3，唐圭璋：《词话丛编》，北京：中华书局1986年版，第3355~3359页。

白云以疏宕争之。三王之道若循环，皆图自树之方，非有优劣。”[①]张祥龄谈到姜夔、吴文英、张炎都是以才学为词的，词中充斥着人力工夫，因而具有堆积雕琢的特点。所不同的是，他们在创作风格上呈现出疏宕和密丽之别。姜夔往往滤去词的本事和典故的本意，对于词中景象也不做具体的描摹，直接抒发感慨。这些感慨多在虚处，因而显得空灵蕴藉。从优点上说是空诸所有，包诸所有，空灵飞扬，不著色相；从缺点上说写景叙事、抒发感慨如同雾中看花，没有一句道着问题的实质。吴文英词有堆积近缛、雕琢近涩的特点[②]，但他平实质朴，不发空论，往往能够道着问题的实质。张炎则纠正了吴文英词的人力过剩、意脉不畅的弊病，重新回归自然疏宕。这两种风格各有特色，自然疏宕之作意境明了，适合于表现“骚雅”的“意趣”；而质实丽密之作，绵密典重，情感深厚沉着。所以词贵清空，尤贵质实[③]。时移运去、宋社既屋以后，张炎词风也发生了很大的转变。他告别了清河郡王府，回归江湖，由早年的“张春水”变成晚年的“张孤雁”。《山中白云词》在创作手法上接近姜夔的清空，而在意趣上接近吴文英的质实。这种意趣，不是抽象模糊、难以言说的空泛情感，而是国破家亡、采薇首丘的亡国之痛。张祥龄揭示南宋江湖词派创作风格上“疏宕—密丽—疏宕”的发展规律。在一个流派内部前后出现的两种创作风格，在形式上往往呈对立之状，但实际上又是相互补充相互依存的。无论缺少了哪个，文学发展的历程都不完满。如果没有了吴文英一系的质实，南宋江湖词派的清空理论就失去了脊柱，不再是一个完整的词学理论体系。

第二节　骚　　雅

骚雅也有多个层面的含义。首先是指两种文体，即我国古代文学的源头《诗

① 张祥龄：《词论》，唐圭璋：《词话丛编》，北京：中华书局1986年版，第4211页。
② 吴衡照：《莲子居词话》，卷1，唐圭璋：《词话丛编》，北京：中华书局1986年版，第2403页。
③ 陈锐：《裒碧斋词话》，唐圭璋：《词话丛编》，北京：中华书局1986年版，第4206页。

经》和《离骚》；其次是由这种文体而形成的文学批评标准，汉代以后诗骚并称；再次是由这种批评标准引申而出的一种人品，或者体现这种骚雅品格的词人词作。我们所说的宋代词学的审美理想骚雅，主要是指后一个层面的含义。

骚雅人品与审美理想是一种体用关系。只有人品骚雅的人，才能写出骚雅的词作。我们常说的词如其人就是这个意思。清空、质实是承载骚雅的两种创作风格，或者两种具体的词法。词法无论多么复杂，都可以通过一定的途径或渠道普及开来。骚雅则是一种道德涵养的功夫，只能一步步去实践因而无法普及。尽管如此，骚雅的品格还是要通过一定的文学形式来体现的，于是就有了张炎《词源》所谓的“白石骚雅句法”、陆辅之《词旨》中的“姜白石之骚雅”。这里讨论的问题是：如果一个人的人品达到了骚雅的标准，那么，他如何用词来表现这种情感呢？根据张炎《词源》卷下的表述，宋代词学中表现骚雅的途径有二：一是质实且骚雅的途径，它以辛弃疾为代表，这是用诗歌手法所达到的骚雅。这种骚雅与唐诗中的“沉郁顿挫”相似，具有深刻的社会现实内容；周邦彦、吴文英的部分词作也属于这种类型。二是清空又且骚雅的途径，它以姜夔为代表，是词在雅化过程中形成的骚雅，以“古雅峭拔”为特征，包含了“沉郁顿挫”一部分内容，但它更具有宋词的特色。它是宋词发展的必然结果，也是张炎《词源》指迷的关键所在。我们从江湖词派对苏辛词派的继承和发展，揭示江湖词派雅化而不失其特色的原因。

一、骚雅理想的形成

（一）

骚雅是我国古代文学的源头。钟嵘《诗品》溯流追源，把五言诗分为《国风》《小雅》和《离骚》三个流派。其中小雅仅有阮籍一人，影响不大；比较大的文学流派是风骚。姜夔也把诗歌源头定为风雅颂，他说：“诗有出于风者，出于雅者，出于颂者。屈宋之文，风出也。韩柳之诗，雅出也。杜子美独能兼之。”[①]杜甫兼备风雅，成为一代诗圣。吕本中认为苏轼、黄庭坚也兼备风雅，他说：“自古以来语文章之妙，广备众体，出奇无穷者，唯东坡一人；极风雅之变，

① 姜夔：《白石诗说》，北京：人民文学出版社1962年版，第30页。

尽比兴之体，包括众作，本以新意者，唯豫章一人，此二者当永以为法。”[①]宋代已有用“骚雅”来评论诗歌的，吴可《藏海诗话》云：“明不亏《题画山水扇》诗云：‘淋漓戏墨堕毫端，雨湿溪山作小寒。家在严陵滩上住，风烟不是梦中看。’后二句骚雅。”[②]不过，这里的“骚雅”是雅正的意思。因为这首诗歌抒发的是一种隐退江湖、返归自然的情感。这种情感就是《诗经》中的雅正。它与宋词通过言情、咏物等途径，用花草、美人的方式，间接抒发情感为特征的骚雅不同。

骚雅与清空、质实之类创作风格也不同，它的适应面非常广泛。史铸《百菊集谱补遗》云：“愚味其诗，立意清新，造语骚雅，体题明白，世所未有也。”[③]此处的“造语骚雅”指语言高雅。《古今诗话》记载隐士魏野“议论骚雅”[④]。“议论骚雅”是指言谈不俗。唐诗人郑谷为都官郎中，作诗自贺，且为序云：“故许昌薛尚书能，尝为都官郎中，后数岁，故建州李员外频自宪府内弹拜都官员外。八座、外郎，皆一时骚雅宗师。则都官之曹，振盛于此。”[⑤]“骚雅宗师”就是文坛领袖。唐代薛能、李频任职都官，是当时文坛领袖。郑谷早年向薛李二位前辈请教，蒙前辈不弃，参与唱和，受益匪浅。今天他也做了都官郎中，能够在前贤任职的衙门办公，他觉得很有荣光，同时又感到压力很大，希望自己也能像前辈诗人一样，外放节使（或者刺史），成为一代文坛领袖。《庚溪诗话》云：“杜牧之《华清宫》三十韵无一字不可人意，其叙开元一事意直而词隐，烨然有骚雅之风。”[⑥]“骚雅之风”是指古诗的优良传统。钱易《南部新书》卷10云：“有米都知者，伶人也。善骚雅，有道之士。”[⑦]韩淲《涧泉日记》卷中：“庞谦孺字佑甫，先公友也。自号白苹老人。善骚雅高甚，陆沈选调，穷困至死。”[⑧]“善骚雅”是擅长诗歌创作。舒岳祥《刘士元诗序》云：“夫自六朝魏汉，上至于骚雅，学无穷而才有限，君自知必审矣。”[⑨]骚雅是指古代诗歌的源头《诗经》和《离骚》。蔡正孙

① 吕本中：《童蒙诗训》，郭绍虞：《宋诗话辑佚》，北京：中华书局1980年版，第604页。
② 吴可：《藏海诗话》，丁福保：《历代诗话续编》，中华书局1983年版，第318页。
③ 史铸：《百菊集谱补遗》，四库全书本。
④ 阮阅：《诗话总龟》，前集卷1《讽喻门》，北京：人民文学出版社1982年版，第6页。
⑤ 严寿澂：《郑谷诗集笺注》，上海：上海古籍出版社2009年版，第380~381页。
⑥ 何汶：《竹庄诗话》，卷11，北京：中华书局1984年版，第214页。
⑦ 钱易：《南部新书》，卷10，北京：中华书局2002年版，第176页。
⑧ 韩淲：《涧泉日记》，卷中，上海：上海古籍出版社1993年版，第18页。
⑨ 舒岳祥：《刘士元诗序》，李修生：《全元文》，卷90，南京：凤凰出版社1999年版，第3册第232页。

《诗林广记后集》卷6云："或言后山之诗非一过可了，近于枯淡，彼其用意直追骚雅，不求合于世俗，亦惟恃有东坡、山谷之知也。"①"用意直追骚雅"是用诗骚的精神进行诗歌创作。这里的"骚雅"，已经近乎诗歌批评的标准了。

在唐宋人的诗文中，常常把骚雅与道相联系，其时有"文以载道""文道并重""文道合一"等观点。李群玉《自沣浦东游江表途出巴邱投员外从公虞》云："骚雅道未消，何忧名不彰？"②释齐已《访自牧上人不遇》云："道本同骚雅，书曾到薜萝。"③曾巩《祭王逵龙图文》称王逵的作品"至于称物引类，兴言寓怀，远参骚雅，近杂嘲谐，丽兼组藻，美轶琼瑰，皆足以声驾多士，望隆九陔"④。远参骚雅，就是用骚雅的标准来衡量自己的创作。在赵蕃《呈梁从善》诗里还提到"骚雅社"："飘流老矣谓知津，邂逅欣然愿卜邻。不但梁邢丈人行，更吾骚雅社中人。"⑤赵与虤《娱书堂诗话》引用了杨万里序《千岩摘稿》和姜夔诗稿《自序》，云："观二公推许，想见当时骚雅之盛。建安、大历风，斯在下矣。"⑥把南宋中期诗坛名家辈出、风格众多的盛况称之为"骚雅之盛"。这种盛况超过了历史上诗人辈出的建安、大历诗坛。在宋代还出现了以"骚雅"命名的著作，郑樵《通志》卷70收录《骚雅式》一卷⑦；《苏州府志》记录了陈造的《骚雅杂著》："锡山尤袤读其《骚雅杂著》曰：'吾自是得师矣。'"⑧在唐宋时期，骚雅的观念已经深入人心，用骚雅作为文学批评的标准，评论指导文学创作，是水到渠成的事情。

唐宋人认为骚雅是古代文学的传统，但这个传统是时断时续的。释道潜《次韵闻复庐山见怀》有"力穷骚雅陋齐梁"⑨句，表明骚雅的传统在齐梁曾经一度失传。刘弇《冬日呈郭明远二首》也有"骚雅亡来几百年，不图今日见君篇。遒豪

① 蔡正孙：《诗林广记》，后集卷6，北京：中华书局1982年版，第309页。
② 李群玉：《自沣浦东游江表途出巴邱投员外从公虞》，曹寅：《全唐诗》，上海：上海古籍出版社1986年版，第1450页。
③ 释齐已：《访自牧上人不遇》，曹寅：《全唐诗》，上海：上海古籍出版社1986年版，第1450页。
④ 陈杏珍、晁继周：《曾巩集》卷38，北京：中华书局1984年版，第527页。
⑤ 赵蕃：《呈梁从善》，傅璇琮：《全宋诗》，卷2631，北京：北京大学出版社1998年版，第49册第30723页。
⑥ 赵与虤：《娱书堂诗话》，卷上，丁福保：《历代诗话续编》，北京：中华书局1983年版，第493页。
⑦ 郑樵：《通志》，卷70，北京：中华书局1995年版，第1799页。
⑧ 赵宏恩：《江南通志》，卷113，四库全书本。
⑨ 释道潜：《次韵闻复庐山见怀》，傅璇琮：《全宋诗》，卷919，北京：北京大学出版社1998年版，第16册第10784页。

压倒元才子，清丽追回李谪仙”[①]句，赞美郭明远传承了唐代李白、元稹的精神，表明从中唐元稹以后到北宋中叶，骚雅传统一度失传。唐宋人称述别人诗歌，也喜用“骚雅”一词。杜甫《陈拾遗故宅》云：“有才继骚雅，哲匠不比肩。公生扬马后，名与日月悬。”[②]赞美陈子昂诗歌超出汉代的扬雄、司马相如，与古代的诗骚并传。杜甫众体兼善，得古诗之正，唐宋人往往以杜诗作为骚雅的标准。赵抃《题杜子美书室》云：“直将骚雅镇浇淫，琼贝千章照古今。天地不能笼大句，鬼神无处避幽吟。几逃兵火羁危极，欲厚民生意思深。”[③]陆九渊《与程帅》：“诗亦尚矣！原于赓歌，委于风雅。风雅之变，壅而溢焉者也。湘累之骚，又其流也。子虚、长杨之赋作而骚几亡矣。黄初而降，日以渐薄，惟彭泽一源来自天稷，与众殊趣，而淡泊平夷，玩嗜者少。隋唐之间，否亦极矣。杜陵之出，爱君悼时，追蹑骚雅，而才力宏厚，伟然足以镇浮靡！诗家为之中兴，自此以来，作者相望，至豫章而益大肆其力，包含欲无外，搜抉欲无秘，体制通古今，致思极幽渺，贯穿驰骋，工力精到，一时如陈、徐、韩、吕、王、洪、二谢之流，翕然宗之，由是江西遂以诗社名。天下虽未极古之源委而其植立不凡，斯亦宇宙之奇诡也。”[④]陆九渊在这篇文章中叙述了古代诗歌的简史以及江西诗派兴盛的状况。其中谈到杜甫的作用，杜诗继承了骚雅的传统，改变了一个时代浮靡之风，因此宋诗出自杜诗。黄庭坚把杜诗的精神发扬光大。陆游《曾文清公墓志铭》指出曾几在江西诗派中的地位和贡献，他说：“公治经学道之余，发于文章，雅正纯粹，而诗尤工。以杜甫、黄庭坚为宗，推而上之，由黄初建安以极于离骚、雅颂、虞夏之际。初与端明殿学士徐俯、中书舍人韩驹、吕本中游。诸公继没，公岿然独存。道学既为儒者宗，而诗益高，遂擅天下。”[⑤]这段文字有多层含义：其一，曾几的诗歌不是文字游戏，它是作者思想和学问的体现；其二，曾几的诗歌出自杜甫、黄庭坚，继承了古代文学优秀的传统，属于古代文学中的正派；其三，曾几

---

① 刘弇：《冬日呈郭明远二首》，傅璇琮：《全宋诗》，卷1049，北京：北京大学出版社1998年版，第18册第12030页。

② 仇兆鳌：《杜诗详注》，卷11，北京：中华书局1979年版，第948页。

③ 仇兆鳌：《杜诗详注》，附编，北京：中华书局1979年版，第2266页。

④ 陆九渊：《陆九渊集》，卷7，北京：中华书局1980年版，第103~104页。

⑤ 陆游：《陆放翁全集》，卷32，北京：中国书店1986年版，第203页。

是第二代江西诗派的中坚人物，他与吕本中并称为江西诗派的左右护法，为江西诗派的发展起了重要的作用。曾几诗歌与其思想学术的关系特别值得注意。因为江西诗派重视创作上的法度，而轻视作者的学术思想，遂使诗歌成为一种技艺之学。陆游的这一段话说明江西诗派中的一些佼佼者如吕本中、曾几，也是很重视诗人内在道德涵养的。唐宋人的“骚雅”意识并不局限在杜甫一家。在他们看来，古代优秀的文化中都蕴含着“骚雅”的因素。如李白的诗歌、韩愈的文章都是“骚雅”的体现。苏颂《次韵晁美叔游山见寄》云：“骚雅深情追李杜，林泉高兴拉巢由。”①赞美晁美叔诗歌的情致骚雅，可追唐代诗人李杜。曾丰《寿陈龙图》：“杜诗韩笔继骚雅，凤髓鸾胶家世传。”②直接说杜诗韩笔继承了骚雅的精神。张镃《南湖集》卷1云：“唐家盛词华，培本自武德。投戈辟文馆，英士来翼翼。访政讨典坟，分夜亡倦极。当时瀛洲目，意气宁偪仄。言诗到李杜，骚雅并区域。为文至韩柳，秦汉等风力。后世不推原，第赏纸上墨。焉知昔人心，求效非顷刻。”③张镃这首诗歌分析了唐诗盛行的原因，并指出宋诗所存在的问题。唐诗兴盛的根源在高祖武德年间，开设修文馆，延聘天下英才。编书修史、宫廷台阁唱和，促进了诗歌雅化。到了盛唐，李白、杜甫兼容并蓄、转益多师，诗歌创作包容了传统的骚雅精神。而中唐的韩柳古文，又是杜诗精神的延续，可与秦汉古文并驾齐驱。宋人不知其中嬗变的原委，只是从文字上、纸面上推敲古人的诗歌法度，幻想着一蹴而就成为当代杜甫，这是不现实的。宋人所学的是唐诗技法，而非唐诗精神。周紫芝《见王提刑》是骚雅精神与技法并重的，他说：“某尝观汉李少卿一变风雅，五字更魏以来诗人班班不绝，然去当代益远。惟唐为最近。唐之诗人自宋之问、沈佺期、杜甫、李白唱之于前，至元和长庆间诸子并作，韩柳元白刘梦得之辈，其风流骚雅，清艳俊发，自有体制。读之可喜，味之无穷。往时欧阳文忠公一出，扶五季之颓风，接唐人之遗绪，炳然如日星之在天，谁不仰睇而拭目？至元祐间，内相苏公之兄弟与其门人四君子者，更相酬唱，自为表

① 苏颂：《苏魏公文集》，卷10，北京：中华书局1979年版，第120页。

② 曾丰：《寿陈龙图》，傅璇琮：《全宋诗》，卷2610，北京：北京大学出版社1998年版，第48册第30332页。

③ 张镃：《南湖集》，卷1《杂兴》，鲍廷博：《知不足斋丛书》，北京：中华书局1999年版，第3册第8集第383~384页。

里，于是诗人蹑踵相望，大抵不减唐之晚世。议者犹或以为过焉。后生晚辈，闻其风而悦之，在方册间，愿见古人而不得者。某受性愚陋，才不逮人，固尝妄意于此，以为生乎同世，则见而师之；生乎异世，则闻而师之。要在自鞭其后而已。与之既久，不能望其涯涘，则又自悔以为前人不可得而见，当有传道受业得法于诸公者。求之甚力，晚得姑溪李先生。先生内相苏公客也。尝逡巡避席而请，愿受一言之教。姑溪笑谓：'仆尝闻苏先生之言矣。先生谓吾诗学李太白。某应之曰：以今日观之，自是两家。'姑溪曰：'此谓善学古人者，盖东坡之疾快，似太白之豪放，要之才侔气类，同一来处，故易到耳。'又十五年而得具茨元不伐。具茨，太史黄公客也。具茨一日问：作诗法度向上一路如何？山谷曰：'如狮子吼，百兽吞声。'它日又问，则曰'识取关捩'。具［茨］谓鲁直接引后进，门庭颇峻，当令参者自相领解。"①在这一篇信札中周紫芝论述了他的"骚雅"观。其一，李陵提高了五言诗的品格，变俗调为雅体。汉魏以后，五言诗歌作者络绎不绝，大都是沿着这个思路发展的。李陵诗风与宋人相去甚远，但和唐人却很相近。唐代诗歌创作大盛。初盛唐的沈宋、李杜，中唐的韩柳、元白、刘禹锡，自成一家，且各有特色，体现了唐诗的骚雅。宋代欧阳修提倡古文，改变晚唐五代的颓靡之风，使宋代文学与唐代传统相接轨。到了元祐年间，苏黄及其门下诗人更相酬唱，形成了典型的宋诗风格。其时诗人辈出，不减晚唐之盛。或者超过晚唐，达到中盛唐的水平。唐音宋调不尽相同，但都是风雅精神的体现。其二，学习前人，最直接的方法就是学习前人的诗法。周紫芝虽然未能亲承苏黄诗法，但他从苏黄门人处得到了苏黄的诗法。苏轼说学习前人要有选择。选择与自己"才侔气类，同一来处"之人。这样性情相近，"故易到耳"。黄庭坚"向上一路的诗法"是"如狮子吼，百兽吞声"，"识取关捩"。这些属于宋诗活法的范畴。各人悟性不同，理解也不相同。大体是说诗歌立意要高，一开口就不同凡响；诗歌创作要把握关键，炼格炼意，一出手就与他人不同。强调先声夺人，与黄庭坚好奇好异的诗风相同。周紫芝从文学史上对每个时段作家作品进行宏观的把握，明白其作用地位和贡献；然后在具体的诗法上，学习前辈大家。这种"骚雅"，翔实具体，简便易行，比那些泛泛而论无疑高出许多。

---

① 周紫芝：《太仓稊米集》，卷59，四库全书本。

宋人关于骚雅的一些观点，也很有新意。牟巘《黄提干行状》云："其于文，根据渊源，力宏以肆，大抵取诸胸中而书之。凡钩章棘句，巧鞶帨而窘边幅者，先生所不为。诗则薄晚唐，尚王苏，精深华健，得骚雅意。"①指出黄某（字济叔）诗歌鄙薄晚唐，学习北宋中叶王安石、苏轼诗歌，立意深远词语遒劲，有骚雅之意。这里显然把王安石、苏轼以才学为诗、议论为诗的风格看成骚雅之一体。《扪虱新话》云："晏元献公尝言：韩退之扶导圣教，刬除异端，是其所长，若其祖述坟典、宪章骚雅，上传三古，下笼百氏，横行阔视于缀述之场，子厚一人而已。"②晏殊指出柳宗元继承儒家经典的精神，用骚雅的标准从事诗歌创作。其诗上含三代的传统，下笼络诸子百家的学问，眼界开阔、风格独特，是唐宋诗坛上很有特色的一位诗人。

在宋代诗学中也有与宋词骚雅观念相近的。范温《潜溪诗眼》云："世俗喜绮丽，知文者能轻之。后生好风花，老大即厌之。然文章论当理与不当理耳，苟当于理，则绮丽风花同入于妙；苟不当理，则一切皆为长语。上自齐梁诸公，下至刘梦得〔、温飞卿〕辈，往往以绮丽风花累其正气，其过在于理不胜而词有余也。老杜云：'绿垂风折笋，红绽雨肥梅'，'岸花飞送客，樯燕语留人'，亦极绮丽，其模写景物，意自亲切，所以妙绝古今。〔其〕言春容闲适，则有'穿花蛱蝶深深见，点水蜻蜓款款飞'，'落花游丝白日静，鸣鸠乳燕青春深'。言秋景悲壮，则有'蓝水远从千涧落，玉山高并两峰寒'，'无边落木萧萧下，不尽长江滚滚来'。其富贵之词，则有'香飘合殿春风转，花覆千官淑景移'，'麒麟不动炉烟转，孔雀徐开扇影还'。其吊古则有'映阶碧草自春色，隔叶黄鹂空好音'，〔'竹送清溪月，苔移玉座春'。〕皆出于风花，然穷尽性理，移夺造化。"③范温认为诗歌的好坏，在于当理与不当理，苟当于理则绮丽风花同入于妙；苟不当理则一切皆为长语。杜诗语言绮丽，但它同样妙绝古今；出于风花，也能穷尽性理、移夺造化。这与宋词的骚雅很接近。骚雅就是用言情、咏物等题材，绮丽的语言表现雅正的情感。金元之际刘秉忠在《为大觉中言诗四首》中以诗论诗，有两点值得注意："七情六义一心中，言语还因感处通。李杜苏黄无二律，后生徒苦立

① 牟巘：《黄提干行状》，李修生：《全元文》，卷243，南京：凤凰出版社1999年版，第7册第731页。
② 王琦：《李太白全集》，卷34，北京：中华书局1977年版，第1542页。
③ 范温：《潜溪诗眼》，郭绍虞：《宋诗话辑佚》，北京：中华书局1980年版，第326~327页。

家风。”他认为唐宋诗歌的基本精神是一致的，都是用语言来抒发内心的情感，把唐宋诗歌分为两种风格是后人的偏见。他还提出了一个“清雄骚雅”的创作观念：“清雄骚雅因题赋，古律篇章逐变生。一字莫教无下落，有情还似不能情。”①唐宋人论诗谈到“清雄”的很多，但很少把“清雄”与“骚雅”相连。刘秉忠把二者连接起来，而且说根据诗题的需要进行创作，根据情感需要来安排诗歌的结构。把诗歌的内容落到实处，不能一字无下落。抒发情感要含蓄蕴藉，不能说破，这非常接近宋词中的“清空骚雅”的创作方法了。

诗词体例不同，对于骚雅的要求也就不同。在宋诗中，骚雅是一个与风雅、风骚等同的概念，是指古代文学的源头，以及由这个源头引申出来的古代文学的批评标准。在不同的作家作品以及诗学理论中，这个标准并不相同。这说明骚雅还是一个不成熟的概念，具有较大的随意性。宋代诗学中的骚雅，有时与词学的骚雅很相近，但缺乏宋代词学中的一些核心内容。因而在唐宋诗学中，骚雅只能是个一般概念，而不能成为一个重要概念。

（二）

南北宋之际的鲖阳居士，首开以“骚雅”论词风气。他在《复雅歌词序略》中提出了“骚雅”的标准。不过，当时能达到这个标准的作品很少。“其韫骚雅之趣者，百一二而已。”②鲖阳居士论词的观点大部分已经散佚，只有几条保存下来。赵万里把它们辑为《复雅歌词》1卷，收录在唐圭璋《词话丛编》中③。吴熊和教授新发现的《复雅歌词序略》，竟然保留在《古今合璧事类备要》外集卷十一之中。这是一部有一定理论体系的词学序言④。鲖阳居士所谓的“骚雅”，其实就是唐宋诗学中的雅正，与南渡初期的词学观点一致。南宋初年，出于推尊词体的需要，各种词集序跋在谈到词的起源时，有意回避词为燕乐曲子词的事实。强调诗词同源，从诗学历史、现状、方法、理论上给词学寻找一些闪光点，用诗学的雅正来提高词的品位。南渡初年词体雅化的途径是舍弃词乐，仅从文学创作

---

① 刘秉忠：《藏春集》，卷4，四库全书本。

② 鲖阳居士：《复雅歌词序略》，吴熊和：《吴熊和词学论集》，杭州：杭州大学出版社1999年版，第92页。

③ 鲖阳居士：《复雅歌词》，唐圭璋：《词话丛编》，北京：中华书局1986年版，第59~63页。

④ 吴熊和：《关于鲖阳居士〈复雅歌词序〉》，吴熊和：《吴熊和词学论集》，杭州：杭州大学出版社1999年版，第90~97页。

层面对词体进行雅化，于是形成了以诗为词、以赋为词、以论为词的苏辛词派。到了南宋中后期，脱胎于辛派的姜夔又把词体引回本色雅化道路，从音乐和文学两方面雅化词体。姜夔以后，一些词乐大家花费毕生的精力雅化古今琴曲，并且把浙派古琴的风格引入宋词创作，实现了词乐一体雅化的目标。词乐雅化为词体的雅化扫平了障碍。词体也根据自身的特征，选择了“骚雅”作为自己的审美理想。宋词的“骚雅”比唐宋诗学中的“骚雅”具有丰富的内涵，体现在以下两个方面：其一，把词作的骚雅与作者的人品联系起来，尤其是在朱熹注诗注骚，发挥屈骚的意蕴，使人们普遍的认识到文如其人，只有骚雅的人才能写出骚雅的作品。这样骚雅的审美理想上与古代文学的优秀传统连接起来，“骚雅”包含了古诗的雅正、唐诗的沉郁顿挫和宋诗的意趣。其二，骚雅虽然是一种品格，是一种道德的践行功夫，无法普及，但是在南宋词坛上一些情感或意趣骚雅的作品，其抒发骚雅情感或抒写骚雅意趣的方法途径还是可以借鉴的。这些作品勾勒出了两种途径的骚雅，而把清空与骚雅相连的白石词才是南宋江湖词派学习的典范。下面，我们展开论述这些问题。

宋高宗绍兴十二年，鲖阳居士在《复雅歌词序》中提出“骚雅”观点[①]。鲖阳居士的观点，概括起来说有三点：

其一，古乐今乐，虽有雅俗之别，但在与民同乐的精神上都是一致的。这为俗乐留下了一定的生存空间，与一般的尚雅黜俗论者不同。

其二，任何文学形式，有生就有死，有兴就有亡，这一点在音乐文学中表现尤为明显。上古的《韶》《夏》《濩》《武》，周代的《诗经》，周衰以后的郑卫之声，汉代的乐府诗，隋唐曲子词，都是流行一时的音乐文学。新兴的音乐文学代替旧有的音乐文学，这是一个客观规律。以古推今，再过千数百岁，当下流行的曲子词也会消亡。

---

① 谢维新《古今合璧事类备要》外集卷11《复雅歌词序略》中有三处文字不通：“因衰”，应为“周衰”；“意趣格劣”，应为“意趣格力”；“明宗”应为“明皇”；吴熊和《关于鲖阳居士〈复雅歌词序〉》已做了更正。但吴熊和教授在更正过程中，有些地方还不够准确，如“商、周之歌乱也”，吴教授根据祝穆《古今事文类聚》续集卷24《歌曲源流》改为“商、周之歌词也”；“以古推今”，改为“以古推之”。其实，这些完全可以不改，而不改的效果更好。“遂为化国”，改为“遂为化围”，可能是排版的错误。（吴熊和：《吴熊和词学论集》，杭州：杭州大学出版社1999年版，第91~92页）

其三，鲷阳居士对音乐文学的评价是一代不如一代，而且越来越低俗，并指出因为西域胡乐流行，导致了唐宋两代的中衰。唐代的安史之乱、宋代的靖康之乱都是胡人入主中原，给天下苍生带来灾难。由于对胡人的憎恶，使他对胡乐也持否定的态度。他认为给胡乐所配的歌词，是无法达到上古音乐文学的雅正标准的。唐宋以来曲子词数量很多，但能达到"骚雅"的却很少。鲷阳居士主张用我们民族的古乐替代胡乐。而这一点后来被南宋词人所接受，并把它落实到了词乐雅化上。南宋后期的词乐逐渐摆脱了胡乐系统，以南方的清乐琴箫笛声为主。

鲷阳居士所谓的"骚雅"，其实还是古诗的雅正。这由《复雅歌词》一书的编纂意图就能看出来。《复雅歌词》是南宋初年编纂的一部唐宋歌词总集。黄昇《中兴以来绝妙好词序》说："长短句始于唐，盛于宋。唐词具载《花间集》，宋词多见于曾端伯所编。而《复雅》一集，又兼采唐宋，迄于宣和之季，凡四千三百余首。吁，亦备矣！"[①]《直斋书录解题》说："《复雅歌词》五十卷。题鲷阳居士序，不著姓名。末卷言宫调音律颇详，然多有调而无曲。"[②]从编纂意图上看，它与《花间集》《乐府雅词》一样，都有追求"雅"的趋向，而这种"雅"就是古乐《韶》《夏》《濩》《武》以及《诗经》的雅正。鲷阳居士受儒家思想影响较深，采用的汉儒解经的方法来阐释苏轼的《卜算子》，说："缺月，刺明微也。露断，暗时也。幽人，不得志也。独往来，无助也。惊鸿，贤人不安也。回头，爱君不忘也。无人醒，君不察也。拣尽寒枝不肯栖，不偷安于高位也。寂寞吴江冷，非所安也。此与《考槃》诗相似。"[③]郑玄笺曰："《考槃》，刺庄公也。不能继先公之业，使贤者退而穷处。"[④]按照鲷阳居士的观点，这首词是讽刺时政的。鲷阳居士还对苏轼《水调歌头》进行评论，说："是词乃东坡居士以'丙辰中秋欢饮达旦大醉，作水调歌头兼怀子由，时丙辰熙宁九年也。元丰七年，都下传唱此词。神宗问内侍外面新行小词，内侍录此进呈。读至'又恐琼楼玉宇，高处不胜寒'，上曰：'苏轼终是

① 黄昇：《花庵词选》，《中兴以来绝妙词选》序，上海：世纪出版集团、上海古籍出版社2007年版，第137页。

② 陈振孙：《直斋书录解题》，卷21，上海：上海古籍出版社1987年版，第632页。

③ 黄昇：《花庵词选》，卷2，上海：世纪出版集团、上海古籍出版社2007年版，第35页。

④ 郑玄：《毛诗正义》，卷3，李学勤：《十三经注疏》，北京：北京大学出版社1999年版，第220页。

爱君，乃命量移汝州。'" [1]这首词是苏轼外放十年后的作品，抒发了一种模糊的意趣。这种意趣无所定指但又无所不包，仕途的坎坷仅是其中的一种。鲖阳居士引用宋神宗这段话，赞美苏轼处逆境而不忘忠君的精神。《岁时广记》卷26引《复雅歌词》"论七夕故事"一则，云："七夕故事，大抵祖述张华《博物志》、吴均《齐谐记》。夫二星之在天，为二十八舍，自占星者观之，此为经。星有常次而不动，诗人谓'睆彼牵牛，不以服箱；跂彼织女，终日七襄，虽则七襄，不成报章'者，以此为臣而不职也。夫为臣不职，用人者之责也。此诗所以为刺也。凡小说好怪，诞妄不经，往往类此。天虽去人远矣，而垂象灿然，可验而知，不可诬也。词章家者流，务以文力相高，徒欲飞英妙之声于尊俎间，诗人之细也夫！" [2]吴熊和教授认为这段话"也表现了经师说词的特点"[3]。鲖阳居士所采用的笺释方法，与苏轼词行云流水的风格圆枘凿方、格格不入的。他无非要说苏轼词温柔敦厚，美刺而不失其度，是符合传统的诗教精神和上古音乐雅正的乐德的。

谢维新《古今合璧事类备要》外集卷11还收录了《胡明仲酒边集序略》，其中也谈到了"骚雅"："风雅亡而骚雅作，六义之道，寖寖以衰。迨汉武帝采天下歌谣于乐府，文士各自名家。其律既殊，去古益远。气丧于南朝，俗习熏蒸，卒为靡曼轻便之态，纷纭泛滥，余风屡变。黜根干猎英华，镌镂脂粉，以相夸尚，安在好色而不淫也？自唐以来，其或登山临水，啸月吟风，外感时景，自伤羁旅，吊古兴亡，遣使劳归，托物联事，燕乐之盛，别离之愁，魂往神交，目成心授；金屋椒房之怨，桑间濮上之音，写纤艳难道之情，为参差不齐之句，惟其举首高歌，而逸怀浩气超然乎尘垢之外，于是《花间》为皂隶，而柳氏为舆台矣。" [4]胡寅说自《诗经》消亡以后，历代文体皆黜本逐末，背离了好色而不淫精神。唯有向子諲的《酒边词》与前代苏轼词一样，"逸怀浩气超然乎尘垢之外"。

---

① 鲖阳居士：《复雅歌词》，唐圭璋：《词话丛编》，北京：中华书局1986年版，第59页。
② 鲖阳居士：《复雅歌词》，唐圭璋：《词话丛编》，北京：中华书局1986年版，第63页。
③ 吴熊和：《唐宋词通论》，北京：商务印书馆2003年版，第380页。
④《胡明仲酒边集序略》与《向芗林酒边集后序》观点相同，文辞差异较大，都是胡寅为向子諲《酒边词》所作的序言，向子諲《酒边词》采用了后序。因为两序是同一篇文章，胡寅《斐然集》也只保留了向子諲所采用的那篇序言。这篇废弃的序言，被谢维新《古今合璧事类备要》外集卷11所收录。两篇序言前后改动较大，但都保留了下来。胡寅《向芗林酒边集后序》，见胡寅：《崇正辨·斐然集》，北京：中华书局1993年版，第402~403页；《胡明仲酒边集序略》，见谢维新：《古今合璧事类备要》，外集卷11，四库全书本。

这里的“骚雅”是单指《离骚》，还不具备审美理想的因素。在《向芗林酒边集后序》里，胡寅把这一点说得很清楚。认为《离骚》是变风变雅中的一种，而且与《诗经》中的“变风变雅”发乎情止乎礼义不同。越变越下，情感不入礼义，因而谈不上雅正。

宋孝宗乾道二年（1166）孙兢序《竹坡词》，再一次提到“骚雅”。但与词没有什么关系。他说：“竹坡先生少慕张右史而师之。稍长从李姑溪游，与之上下。其议论，由是尽得前辈作文关纽。其大者固已掀揭汉唐，凌厉骚雅，烨然名一世矣。至其嬉笑之余，溢为乐章，则清丽宛曲，当阙是岂苦心刻意而为之者哉？昔阙先生蔡伯评近世之词，谓苏东坡辞胜乎情，柳耆卿情胜乎辞，辞情兼称者，惟秦少游而已。世以为善评。虽然，耆卿不足道也。使伯世见此词，当必有以处之矣。”[①]周紫芝与苏轼门下张耒、李之仪交游，并从李之仪处得苏轼诗法，从元勋处得黄庭坚诗法，这些诗法固已掀揭汉唐，凌厉骚雅，烨然名一世；其词与秦观相近，属于词情兼称的类型。上文所说的“骚雅”是指屈骚以及模仿屈骚的作品，与南宋后期“骚雅”的审美理想不同。陈岩肖《庚溪诗话》卷上云：“光尧寿圣太上皇帝，当内修外攘之际，尤以文德服远，至于宸章睿藻，日星昭垂者非一。至绍兴二十八年，将郊祀，有司以太常乐章篇序失次，文义弗协，请遵真宗、仁宗朝故事，亲制祭享乐章，诏从之。自《郊丘》《宗庙》《原庙》等，共十有四章，肆笔而成，睿思雅正，宸文典赡，所谓‘大哉王言’也。至于一时闲适遇景而作，则有《渔父辞》十五章，又清新简远，备骚雅之体。”[②]这里的骚雅，实即淡雅、闲雅，与前面的祭享乐章的睿思雅正不同，是一种游戏之作。其中“春入渭阳花气多，春归时节又清和。冲晓雾，弄沧波，载与俱归又若何”一词，化用了文王遇姜太公的典故，符合宋高宗的帝王身份。在这组词中，具有“骚雅”意味的也仅此一首而已。

南渡初年许多作品还够不上骚雅，即是谈到骚雅也还停留在文字层面上。这时，词的雅化是通过诗歌的“雅正”来完成的。这就是陈师道所谓的“以诗为词”的创作方法[③]。陈师道谈到苏轼“以诗为词”，带有批评的意味。词的雅化是

① 孙兢：《竹坡词原序》，周紫芝：《竹坡词》，四库全书本。
② 陈岩肖：《庚溪诗话》，卷上，丁福保：《历代诗话续编》，北京：中华书局1983年版，第163~164页。
③ 陈师道：《后山诗话》，何文焕：《历代诗话》，北京：中华书局1981年版，第309页。

在诗歌影响下进行的，这是一个不争的事实。《花间集》号称“诗客曲子词”，李清照词论历诋诸家，说晏殊、欧阳修、苏轼的词，乃“句读不葺之诗耳”；贺铸、秦观、周邦彦等本色词人也汲取了宋诗才学化的创作方法，讲求字字有来历，善于化用唐诗中的诗句，笔端驱使李商隐、温庭筠奔走不暇。南宋初期词的雅化，除了坚守以诗为词的特点，还濡染了时代的因素。这就是对苏轼词风的肯定和褒扬。王灼在《碧鸡漫志》卷2中说：“东坡先生非心醉于音律者，偶尔作歌，指出向上一路，新天下耳目，弄笔者始知自振。”[①]胡寅通过柳永与苏轼词的对比，体现苏轼词的意义[②]。柳永在词的表现方式上达到了一个很高的层次，苏轼则在柳永的基础上提高了词的品位，把士大夫修身养性、超脱尘世之情，表现在词的字里行间。汪莘《方壶诗余自序》谈到宋词由俗到雅所经历的三次变化：“唐宋以来，词人多矣。其词主乎淫，谓不淫非词也。余谓词何必淫？顾所寓如何耳！余于词，所爱者三人焉。盖至东坡而一变，其豪妙之气，隐隐然流出言外，天然绝世，不加振作。二变为朱希真，多尘外之想，虽杂以微尘，而其清气自不可没。三变而为辛稼轩，乃写其胸中事，尤好称渊明。此词之三变也。”[③]宋词的第一次转变就是苏轼倡导的“豪妙之气”，此后又增加了朱敦儒的“尘外之想”、辛弃疾的“写其胸中事”。词完全摆脱了唐宋以来的淫靡之气，成为一种士大夫文学。在这三次转变过程中，苏轼的地位最突出，他首先扭转了“词主乎淫”的风气，提高了宋词的文化品味，拓展了宋词的意境。其他两次转化都是在他的基础上累加的。

苏轼词在北宋后期评价并不高。就连苏门词人也不把他列入本色词人。李清照把北宋词人分为“知之者”和“不知之者”两类，苏轼则被列入“不知之者”，其词被称为“句读不葺之诗”。到南宋时期，苏文解禁、苏词也正好适应时代的需要，于是一跃而成为词坛的主流。于是，南宋词坛以苏轼词为标准，来衡量北宋后期的本色词人，并对众所公认的本色词人秦观提出批评。由此可见当时词坛的审美趋向的转变。

---

① 王灼：《碧鸡漫志》，卷2，唐圭璋：《词话丛编》，北京：中华书局1986年版，第85页。
② 胡寅：《斐然集》，卷19，北京：中华书局1993年版，第403页。
③ 朱孝臧：《彊村丛书》，上海：上海古籍出版社1989年版，第3721页。

南渡以后，词的本色被淡化了，而词的品味受到异常的关注。黄裳《演山居士新词序》通篇都在介绍儒家的文学思想，谈到自己词作特点仅一句话，“故予之词清淡而正，悦人之听者鲜”[①]。黄裳以此表明他的新词虽然不够本色，却是本着《诗经》的六义制作的。“清淡而正”，是符合孔子的诗学标准的。当时人谈到词的源流，往往泯没了诗词界线，强调诗词同源，诗词一体，总想在圣贤的经典里、或在传统诗学思想里、在诗歌的创作方法上，找出一些共同点或发光点来抬高词的品位，甚至不惜改换门第抬高曲子词的地位。

南宋中后期，宋金形成对峙之势。南渡初期壮怀激烈、慷慨豪迈之情渐趋于平静，词又回到本色入乐的道路上。词人结社赋词，探讨词的本色、法度等问题。他们把北宋末年周邦彦树立为新的典范，作词讲法度。法度不仅表现在音律、平仄、字法、句法、章法等词法层面，还表现在词的审美理想上。张镃序史达祖《梅溪词》是从本色化和审美思想两个方面阐述的，他说：“盖生之作，辞情俱到，织绡泉底，去尘眼中。妥帖轻圆，特其余事。至于夺苕艳于春景，起悲音于商素，有环奇警迈，清新闲婉之长，而无訑荡污淫之失，端可以分镳清真，平睨方回，而纷纷三变行辈，几不足比数。……生满襟风月，鸾吟凤啸，锵洋乎口吻之际者，皆自漱涤书传中来，况欲大肆其力于五七言！回鞭温韦之途，掉鞅李杜之域，跻攀风雅，一归于正，不于是而止。”[②]张镃认为史达祖《梅溪词》与《花间集》一样，有一种清新绮丽之美。至于词作的情感全部从学问中来，通过温韦之途、李杜之域，达到了风雅的标准。这个标准，与诗歌的雅正不完全相同。此后，理学思潮流行和普及，使词人更加注重作者的人品修养；朱熹注诗注骚，发明屈骚意蕴，使宋词选择“骚雅”作为自己的审美理想。

理学家研究心性之学，讲求不偏不倚，中正平和。然而，在宋代理学家中却不乏性情偏执之人，在对文学的态度上有失中和的心态。二程认为杜诗是闲文字，对于等而下之宋词，更是持鄙视的态度。这种鄙薄之情，一直持续到南宋后期。刘克庄《黄孝迈长短句》云：“为洛学者皆崇性理而抑艺文，词尤艺文之下者，昉于唐而盛于本朝。秦郎‘和天也瘦’之句，脱换李贺语耳，而伊川有亵渎

---

① 黄裳：《演山集》，卷20，四库全书本。
② 雷履平、罗焕章：《梅溪词》，上海：上海古籍出版社1988年版，第168页。

上穹之诮，岂惟伊川哉。秀上人罪鲁直劝淫，冯当世愿小晏损才补德，故雅人修士，相诫不为。或曰：‘鲁庵亦为之，何也？’余曰：‘议论至圣人而止，文字至经而止。‘杨柳依依，雨雪霏霏’，非感时伤物乎？‘鸡栖日夕’，‘黍离麦秀’，非行役吊古乎？‘熠曜宵行’，‘首如飞蓬’，非闺情别思乎？亦鲁庵之为之也。鲁庵已矣，子孝迈英年，妙才超轶，词采溢出，天设神授，朋侪推独步，耆宿避三舍，酒酣耳热，倚声而作者，殆欲摩刘改之、孙季蕃之垒。今士非黄策子不暇观，不敢习，未有能极古今文章变态节奏，而得其遗意如君者。昔孔子欲其子为周南、召南，而不欲其面墙，他日与人歌而善，必使反之而后和之。盖君所作，源于二南，其善者虽夫子复出，必和之矣。乌得以小词而废之乎？”[①]后村居士煞费心机地给小词寻找不少合乎经典的依据，但这也无法改变词在理学家心目中的印象。岂不知在宋代理学家看来，就连《诗经》也不纯正，其中还有不少的“淫诗”。

南渡以后，以诗为词蔚为风气，词的品味不断攀升。这时理学内部也发生了一些变化，像程颐那样排斥文学的理学家并不多。南宋理学家大都擅长诗文，而且乐于与文学家交游。张孝祥“尝有志于理学，盖受交游张栻、朱熹等影响”[②]。朱熹和陆游、辛弃疾、陈亮、姜夔等人往来密切。南宋词人对理学作过一些研究，喜欢运用理学典故入词，如“格物致知”、“正心诚意”、“修身养性”、“养气养勇”、“六经五经”、“大学中庸”、“不动心章”、“太极无极”、“存心持志”、“性善”、“孔颜之乐”，等等。正因为理学影响广泛，就连那些不是真心笃信理学的人，也趋附风雅以理学词语入词。而真正的理学家很少言理说教，再如：“晦庵先生回文词，几于家弦户诵矣。其隐括杜牧之九日齐山登高诗《水调歌头》一阕，气骨豪迈，则俯视辛苏，音韵谐和，则仆命秦柳，洗尽千古头巾俗态。”[③]理学家的词作成就并不高，远远不及其理论对宋词影响的深远。

词学崇尚骚雅，与朱熹诗骚并重的文学思想有关。朱熹发挥诗骚的义理，在《诗集传》中他撤序解诗，突破汉儒的微言大旨的禁锢，发现在圣人所删定的经典里还有大量的“淫诗”存在，说明圣人的思想就蕴含在世俗之情中。真德秀

---

① 王蓉贵：《后村先生大全集》，卷106，成都：巴蜀书社2008年版，第2744~2745页。
② 宛敏灏：《张孝祥年谱》，《词学》第2辑，上海：华东师范大学出版社1998年版。
③ 王奕清：《历代词话》，卷7，唐圭璋：《词话丛编》，北京：中华书局1986年版，第1229页。

说："《三百五篇》之诗，其正言义理者盖无几，而讽咏之间，悠然得其性情之正，即所谓义理也。后世之作，虽未可同日而语，然其兴寄高远，读之使人忘宠辱、去系吝，翛然有自得之趣，而于君亲臣子大义，亦时有发焉。其为性情心术之助，反有过于他文章者，盖不必专言性命而后为关于义理也。"[①]在世俗曲子词中，有许多情感与《诗经》是相通的。这就是词人往往用世俗之情比附《诗经》原因所在。朱熹序《楚辞》，重在说明屈原及其《离骚》的特点，云："原之为人，其志行虽或过于中庸而不可以为法，然皆出于忠君爱国之诚心；原之为书，其辞旨虽或流于跌宕怪神怨怼激发而不可以为训，然皆生于缱绻恻怛不能自已之至意。虽其不知学与北方，以求周公仲尼之道，而独驰骋于变风变雅之末流，以故醇儒庄士或羞称之，然使世之放臣屏子，怨妻去妇抆泪讴吟于下，而所天者幸而听之，则于彼此之间天性民彝之善，岂不足以交有所发，而增夫三纲五典之重？此余之所以每有味于其言，而不敢以词人之赋视之也。"[②]在这段序言里，朱熹一改往日凌厉无比的论辩风格，而是放下身段，苦口婆心为屈原及其《离骚》辩解。他说屈原的志行有失中庸，文辞流于跌宕怪神、怨怼激发，思想与正统儒者有一定的差距，但全部出于忠君爱国之情，出于缱绻恻怛不能自已之至意。这些作品，对于儒家经典也是一个重要的补充，可以增加三纲五典之重。然而，有关屈原及其《离骚》历史上评价并不高，占据主流地位的是汉代扬雄、班固的观点。《扬雄自序》云："又怪屈原文过相如，至不容，自投江而死。悲其文，读之未尝不流涕也。以为君子得时则大行，不得时则龙蛇，遇不遇，命也，何必湛身哉！"[③]班固序云："今若屈原，露才扬已，竞乎危国群小之间，以离谗贼。然责数怀王，怨恶椒兰，愁神苦思，强非其人，忿怼不容，沈江而死，亦贬絜狂狷景行之士。"[④]扬雄、班固说出了一个共同的问题，那就是屈原作品的情感有失中正平和。情感一旦失于偏颇，就不能得性情之正，言行就会有偏差，作品就不能流传下去。事实也是如此，尽管诗骚并称，但诗骚地位悬殊。历朝历代研究《诗经》的著作汗牛充栋，而研究《离骚》的著作屈指可数，并且还局限在训释名

① 真德秀：《文章正宗纲目》，四库全书本。
② 朱熹：《楚辞集注》，目录，上海：上海古籍出版社、合肥：安徽教育出版社2001年版，第2~3页。
③ 张震泽：《扬雄集校注》，卷1，北京：中华书局1959年版，第407~408页。
④ 洪兴祖：《楚辞补注》，北京：中华书局1983年版，第49~50页。

物、解释典故的层面上。北宋骚学不振，一代文宗欧阳修竟然读不懂《离骚》。他说："屈原《离骚》读之使人头闷，然摘三句反复味之，与《风》《雅》无异。宋玉比屈原，时有出蓝之色。"①直至南宋初年，对屈原《离骚》评价也不高。胡寅《酒边集序》说："诗出于《离骚》、《楚辞》。而骚词者，变风变雅之怨而迫、哀而伤者也。其发乎情则同，而止乎礼仪则异。"②陆游题《长短句》也把屈骚列在其变愈薄的行列中③。自朱熹阐明《楚辞》之义理，《离骚》之精神才可以与风雅并称。其对宋词的影响是：用香草美人比兴寄怀，婉约小词也能够"增夫三纲五典之重"；在表达"天性民彝之善"方面，本色小词并不逊色于豪气词。

朱熹注骚着重发挥屈骚精神，他说："然自原著此词，至汉未久，而说者已失其趣。如太史公盖未能免，而刘安、班固、贾逵之书，世复不传。及隋唐间为训解者尚五六家。又有僧道骞者，能为楚声之读，今亦漫不复存，无以考其说之得失，而独东京王逸章句与近世洪兴祖补注并行于世，其于训诂名物之间则已详矣。顾王书之所取舍与其题号离合之间，多可议者，而洪皆不能有所是正，至其大义，则又皆未尝沈潜反复，嗟叹咏歌，以寻其文词，指意之所出，而遽欲取喻立说，旁引曲证，以强附于其事之已然，是以或以迂滞而远于性情，或以迫切而害于义理。使原之所为，抑郁而不得申于当年者，又晦昧而不见白于后世。"④经过朱熹等宋代理学家的努力，屈骚逐渐被文人士大夫所接受，屈骚义理深入人心，词论家往往用楚骚来比况词作，具有骚情诗意的作品大量涌现。而这一时期词坛巨擘又多沦落江湖，他们从理论上、创作上来阐释并践行骚雅的精神。辛弃疾一生抱负未曾施展，把忠君爱国、治军行政之才和内心幽怨之情，全部通过词作发泄出来。姜夔把故国黍离之情、伤时感世之意化成骚雅的意趣。吴文英取径清真，用苏辛沉郁词笔抒写了触目凄凉的社会现实，给清空骚雅的意趣增添了沉郁顿挫的力度。刘克庄长期沦落江湖，自称"自和山歌，《国风》之变，《离骚》之遗"⑤。刘克庄《贺新郎·席上闻歌有感》词云："妾出于微贱。小年时、朱弦弹

① 陈辅：《陈辅之诗话》，郭绍虞：《宋诗话辑佚》，北京：中华书局1980年版，第291页。
② 胡寅：《斐然集》，卷19，北京：中华书局1993年版，第402页。
③ 陆游：《陆放翁全集》，卷14，北京：中国书店1986年版，第80页。
④ 朱熹：《楚辞集注》，目录，上海：上海古籍出版社、合肥：安徽教育出版社2001年版，第2~3页。
⑤ 刘克庄：《水龙吟》，唐圭璋：《全宋词》，北京：中华书局1999年版，第3341页。

绝，玉笙吹遍。粗识国风关雎乱，羞学流莺百啭。总不涉、闺情春怨。谁向西邻公子说，要珠鞍、迎入梨花院。身未动，意先懒。主家十二楼连苑。那人人、靓妆按曲，绣帘初卷。道是华堂箫管唱，笑杀鸡坊拍衮。回首望、侯门天远。我有平生离鸾操，颇哀而不愠微而婉。聊一奏，更三叹。”先著《词洁辑评》卷6评这首词：“后村此调埋没于断楮敝墨之中，从前无有人拈出，真风骚之遗，不当仅作词观也。若情深而句婉，犹其余事。”[①]在《跋刘叔安感秋词八首》序中，刘克庄给“骚雅”下了一个定义：“丽不至亵，新不犯陈，借花卉以发骚人墨客之豪，托闺怨以寓放臣逐子之感。周柳、辛陆之能事，庶乎其兼之矣。”[②]周柳是指词的本色法度，辛陆是指词的思想情感。刘克庄所谓的骚雅就是用本色法度抒发深沉的思想情感。张侃的界定与此稍有不同，他说：“靡丽不失为国风之正，闲雅不失为骚雅之赋，摹拟玉台，不失为齐梁之工，则情为性用，未闻为道之累。”[③]辛、陆词所抒写的是一种豪情，这种豪情在诗歌中比比皆是。词所表现的是一种闲情，一般通过男女之情，花草之意来体现这种闲情逸致，题材狭窄，手法单一，由于歌唱的需要，文辞华美，语言简洁，情感骚雅，即使写男女艳情也有一定的规范，至少要达到《玉台新咏》、齐梁诗歌的标准，不能因劝淫助欲而成为情感上的累赘。这与后代词论家所说的“骚雅”，已经没有什么差别了。

骚雅成为宋词的审美理想，与宋政权的兴亡有密切的关系。北宋、南宋政权都是在极其繁华之时突然灭亡的。虽然也有政治、军事上的失误，但与历史上那些因天灾人祸、经过十几年的战乱完全失去人心而灭亡的王朝不一样。南北宋政权两次亡于异族，属于顾炎武所说的“亡天下”，足以引起词坛上的警戒。北宋王朝的覆亡，使南渡词人开始正视现实，词坛风气为之一变。鲖阳居士为哀集前代词学文献的《复雅歌词》作序时提出了“骚雅”的批评标准。南宋王朝的覆没，词坛风气再次为之一变，从流连光景、吟赏烟霞，到悲壮激昂、故国黍离之悲，词作少了帮闲无聊之气，多了一些沉郁之思。张炎在宋亡十余年后，以整理故国文献的心态总结前朝的词学思想，传授得之于前辈的词法，完成了他对“骚

① 先著：《词洁辑评》，卷6，唐圭璋：《词话丛编》，北京：中华书局1986年版，第1373页。
② 王蓉贵：《后村先生大全集》，卷99，成都：巴蜀书社2008年版，第2571页。
③ 周密：《浩然斋词话》，唐圭璋：《词话丛编》，北京：中华书局1986年版，第226页。

雅”理想的构建。

“骚雅”，从提出概念到完成理论构建，经历了南宋王朝的始终。这与当时的政治格局、思想文化、社会风气、诗学思想等因素密不可分。经过前后几代词人从各个方面不断地探索发展，骚雅的理想逐渐清晰而充实。它由一般的词学概念成为词学批评标准，从批评标准变成审美理想。这种审美理想与词人的道德涵养密切相关，也与清空的创作风格紧密相联。清空骚雅词风的形成，把宋代词学中两个止境融成一体。用通俗的话说就是用最好的形式表现最好的情感。其中也包含着一些偶然的因素，但大多是宋代词学发展的必然结果。南宋江湖词派在词社聚会中传授词法、编纂词选、分题赋曲，使这种词风得以迅速传播，终于在宋元之际，成为当时词坛上的主流风格。

二、两种途径的骚雅

在张炎《词源》卷下中有两种骚雅。一种是辛弃疾、陆淞词所体现出来的骚雅，另一种是姜夔词的骚雅。姜夔的骚雅脱胎于辛弃疾。他们的共同之处在于继承古代文学的优良传统，注重词人的人品；不同之处在于实现骚雅的途径不同。辛弃疾以无意的心态从事词学创作，用词来抒写牢骚幽怨和志向抱负，扩大了词的题材，提高了词的品味，使词成了一种“无意不可入，无事不可言”的新体诗，词在提高文化品位时也失去了自身的特点。辛派词人对词体特征重视不够，无论是配乐歌唱效果，还是词所抒发的情感，都与诗歌相似，因此这是用诗歌途径来实现的骚雅。姜夔一系的骚雅脱胎于辛弃疾，但它更注重词体的特质。无论从配乐歌唱的效果、情感的表达方式，还是词体的篇章结构、运用才学的法度都是有法可循的。姜夔对词体的雅化是在才学化背景下完成的，因而他的骚雅与辛弃疾一系有所不同。它抒发的不是一种具体的情感，而是一种意趣。由于受清空的制约，词中情感具有结体为虚的特点。这种意趣可以多方面、多层次地作用于读者的情感世界，在读者的阅读中把作者有意清空掉的内容补充上来，因而每一次的感受都不同，每一次都有新的体验。这就是宋代诗学的余味余韵。姜夔词的骚雅，不是情感变淡了、变模糊了，而是词的意境更突出了，品味更高了。下面，笔者将分别论述辛弃疾和姜夔两种不同途径的骚雅，分析姜夔对辛弃疾骚雅的继承和发展。

（一）

辛弃疾词的骚雅是以诗为词的产物，是用诗歌的手法来提高词的品味，尝试着用词来言志抒怀，往往把词变成了陶写性情的工具。由于不注重词体自身的特质，也不注重词乐的配合效果。词在提高思想品味的同时，自身的特质也丧失殆尽。辛弃疾与前辈词人苏轼都是尊体和破体并重的，通过破体来达到尊体的目的。他们在词的创作中引入大量的诗歌、散文、辞赋、政论等文体的表现手法，丰富词体的表现能力。由于省去了必要的法度，剩下的只是直接写意。于是，作者人品的好坏，就成为词作的关键。词品的高低，常常由作者的人品来决定。

辛弃疾是一位传奇式的英雄。他文武兼备，智勇双全，宋人从不同的侧面记述了辛弃疾的杰出才干。洪迈《稼轩记》记叙了辛弃疾的赫赫战功：“予谓侯本以中州隽人，抱忠仗义，章显闻于南邦。齐虏巧负国，赤手领五十骑，缚取于五万众中，如挟毚兔，束马衔枚，由关西奏淮，至通昼夜不粒食。壮声英慨，懦士为之兴起。圣天子一见三叹息，用是简深知。入登九卿，出节使二道，四立连率幕府。顷赖氏寇作，自潭薄于江西，两地惊震，谈笑埽空之。使遭事会之来，挈中原还职方氏，彼周公瑾、谢安石事业，侯盖饶为之。此志未偿，顾自诡迹放浪林泉，从老农学稼，无亦大不可欤？”[①]洪迈讲了辛弃疾早年参加耿京起义、决策南归、擒杀叛徒张安国、镇压茶商赖文政等壮举，每一件都是彪炳史册的功绩。洪迈还把辛弃疾与南朝历史名人周瑜、谢安进行对比，认为辛弃疾的功业大大超出了这些在历史上曾经起到中流砥柱作用的英雄人物。尽管如此，辛弃疾壮志未酬，早早地解甲归田了。刘克庄面对日已残破的半壁河山，经过几十年历史变故，宋朝衰亡已成定局，他睹物思人，由衷佩服辛弃疾杰出的政治才能，说：“自昔南北分裂之际，中原豪杰率陷没殊域，与草木俱腐。虽以王景略之才，不免有失身符氏之愧。建炎省方，画淮而守者百三十余年矣，其间北方骁勇自拔而归，如李侯显忠、魏侯胜，士大夫如王公仲衡、辛公幼安，皆著节本朝，为名卿将。辛公文墨议论尤英伟磊落。乾道、绍熙奏篇及所进《美芹十论》、上虞雍公《九议》，笔势浩荡，智略辐凑，有权书衡论之风。其策完颜氏之祸，论请绝岁币，皆验于数十年之后。符离之役，举一世以咎任事将相，公独谓张公虽未捷亦

① 祝穆：《古今事文类聚》，前集卷36，四库全书本。

非大败，不宜罪去，又欲使李显忠将精锐三万出山东，使王任、开赵、贾瑞辈领西北忠义为前锋。其论与尹少稷、王瞻叔诸人绝异。乌虖，以孝皇之神武，及公盛壮之时，行其说而尽其才，纵未封狼居胥，岂遂置中原于度外哉。机会一差，至于开禧，则向之文武名臣欲尽，而公亦老矣。余读其书而深悲焉。”①刘克庄认为辛弃疾就像诸葛亮一样，未出茅庐已定天下大计，其上孝宗《美芹十论》、上宰相《九议》，谈到金国灭亡之势，都得到验证。辛弃疾还提出分道出兵，使金人疲于应付，然后乘势占领山东河北，依次收复中原。这些战略决策没有被孝宗采纳，以致置中原于度外，形成今日的危亡局面。谢枋得经历了金国灭亡、蒙古入侵、南宋灭亡等历史事件，他在景定年间江东转运司贡举引试北方士人做主考官时，发策以中原为问，其中谈到辛弃疾对宋金元历史格局的预测，道：“犹记乾道壬辰（1172），辛幼安告君相，敌六十年必亡，敌亡而中国之忧方大。绍定验矣！惜乎斯人之不用斯世也！诸君亦有义气如幼安者，百尺楼上岂可不分半席乎？”②由于爱之甚切，谢枋得还记述了经过辛弃疾墓地的怪异事件，他说：“有疾声大呼于祠堂者，如人鸣其不平。自昏莫至三更不绝声，近吾寝室愈悲。一寺数十人，惊以为神。”③在祭文中，谢枋得还对辛弃疾南归后50年间的宰相进行了尖锐的批评，他说：“公精忠大义不在张忠献、岳武穆下，一少年书生不忘本朝，痛二圣之不归，闵八陵之不祀，哀中原子民之不行王化，结豪杰，志斩俘馘，挈中原还君父。公之志亦大矣，耿京、孔公家比者，无位犹能擒张安国归之京师，有人心天理者，闻此事莫不流涕，使公生于艺祖、太宗时，必旬日取宰相。入仕五十年在朝，不过老从官，在外不过江南一连帅。公没西北忠义始绝望。大仇必不复，大耻必不雪，国势远在东晋下。五十年为宰相者，皆不明君臣之大义，无实焉耳。”④把历史的兴亡，寄于辛弃疾一人的遭遇。虽然有些夸张，但也符合实际。这是经历了前朝遗民痛定思痛的血泪控诉，确实发人深省。

朱熹与辛弃疾交好，多次赞美辛弃疾的才干。朱熹《答杜叔高》云：“今日如此人物，岂易可得？向使早向里来有用心处，则其事业俊伟光明，岂但如今

① 王蓉贵：《后村先生大全集》，卷98，成都：巴蜀书社2008年版，第2522~2523页。

② 刘埙：《隐居通议》，卷20，王云五：《丛书集成初编》，上海：商务印书馆1937年版，第202~203页。

③ 谢枋得：《叠山集》，卷7《宋辛稼轩先生墓记》，四部丛刊本。

④ 谢枋得：《叠山集》，卷7《宋辛稼轩先生墓记》，四部丛刊本。

所就而已耶？”[①]他还谈到了辛弃疾的战略思想，说：“辛弃疾颇谙晓兵事。云：‘……某向见张魏公，说以分兵杀敌之势。只缘敌人调发极难，完颜要犯江南，整整两年，方调发得聚。彼中虽是号令简，无此间许多周遮，但彼中人才逼迫得太急，亦易变，所以要调发甚难。只有沿淮有许多捍御之兵。为吾之计，莫若分几军趋关陕，他必拥兵于关陕；又分几军向西京，他必拥兵于西京；又分几军望淮北，他必拥兵于淮北，其它去处必空弱。又使海道兵捣海上，他又着拥兵捍海上。吾密拣精兵几万在此，度其势力既分，于是乘其稍弱处，一直收山东。虏人首尾相应不及，再调发来添助，彼卒未聚，而吾已据山东。才据山东，中原及燕京自不消得大段用力。盖精锐萃于山东，而敌势已截成两段去。又先下明诏，使中原豪杰自为响应。是时，魏公答以：某只受一方之命，此事恐不能主之。”[②]由于宋代对地方将帅限制很严，使辛弃疾收复中原的计策落空，这是一个时代的遗憾。朱熹一再强调辛弃疾是个人才、帅才，只要朝廷法度修明、任用辛弃疾、陈亮这样的贤才，国运肯定会有转机[③]。

辛弃疾处逆境时忧国忧民，想尽办法有所作为。周孚《滁州奠枕楼记》乾道八年（1172）春，辛弃疾从司农寺簿来守滁州。当时滁州饱经战乱，商旅不行，市物翔贵，百姓方苦于饥。辛弃疾到任后减免百姓债务，鼓励农商；陶瓦伐木，贷民以钱，使百姓翻盖新屋，杜绝火灾；其年夏麦大熟，商旅坌集，榷酤之课倍增，流亡复还，经济复苏。辛弃疾又以公余之钱创客邸于市，以待四方之以事至滁州之人。又在客邸之上作奠枕楼，使民以岁时登临。而其时，正是辛弃疾仕途不顺。“人意侯不乐于此也，而侯勿惰勿偷，以登于治，亦可谓贤矣。”[④]辛弃疾不计较个人得失，尽职尽责抚养百姓。取得成绩之后，又推功给天子。由此可见辛弃疾的人品和才能。在辛弃疾的性格中，还有敢于负责的一面。宋孝宗淳熙七年（1180）辛弃疾在湖南创立飞虎军时，“时枢府有不乐之者，数沮挠之，弃疾行愈力，卒不能夺。经度费钜万计，弃疾善斡旋，事皆立办。议者以聚敛闻，降御前金字牌，俾日下住

---

① 朱熹：《晦庵先生朱文公文集》，卷60《答杜叔高》，朱熹：《朱子全书》，合肥：安徽教育出版社、上海：上海古籍出版社2010年版，第23册第2879页。

② 朱熹：《朱子语类》，卷110，北京：中华书局1994年版，第2705~2706页。

③ 朱熹：《朱子语类》，卷132，北京：中华书局1994年版，第3179页。

④ 周孚：《蠹斋铅刀编》，卷23，四库全书本。

罢。弃疾受而藏之，出责监办者，期一月飞虎营栅成，违坐军制。如期落成，开陈本末，绘图缴进，上遂释然，……军成，雄镇一方，为江上诸军之冠。”[①]辛弃疾顶住压力，终于把飞虎军建成了。这支地方军队果然不负众望，战斗力为江上诸军之冠。

辛弃疾自许为塞上长城，希望能在生前“了却君王天下事”。陆游《送辛幼安殿撰造朝》云：“忽然起冠东诸侯，黄旗皂纛从天下。圣朝仄席意未快，尺一东来烦促驾。大材小用古所叹，管仲萧何实流亚。天山挂旆或少须，先挽银河洗嵩华。中原麟凤争自奋，残虏犬羊何足吓？但令小试出绪余，青史英豪可雄跨。”[②]陆游对这位比自己年轻十几岁的词人推崇备至，说如果朝廷重用辛弃疾，定会扫平戎虏，建立超过历史上任何英豪的功业。杨炎正《满江红·寿稼轩》：“君不是，长庚白。又不是，严陵客。只应是，明主梦中良弼。好把袖间经济手，如今去补天西北。等瑶池、侍宴夜归时，骑箕翼。”[③]认为辛弃疾是不世之才。既然当时人都相信辛弃疾的才干，为什么他一直得不到重用呢？杨万里揭示了个中的谜底：“辛弃疾有功，而人多言其难驾御。公（王淮）言：‘此等缓急有用。’上即畀祠官。”[④]杨万里意在赞美王淮能珍惜人才，但在无意中揭示了辛弃疾不受重用的原因——难于驾驭。宰辅集团中某些人物怕承担责任，喜欢用一些庸才蠢材。张端义《贵耳集》卷下也云：“王丞相欲进拟辛幼安除一帅，周益公坚不肯。王问益公云：‘幼安帅材，何不用之？’益公答云：‘不然，凡幼安所杀人命，在吾辈执笔者当之。’王遂不复言。”[⑤]辛弃疾性情严峻，凡事肯负责任，因而经常受到言官的弹劾。绍熙年间，在福建修备安库，又欲造万铠，招强壮补军额。结果事未行，台臣王蔺弹劾其用钱如泥沙，杀人如草芥，旦夕望端坐闽王殿。他只能丐祠而归[⑥]。一个想建功立业的人，处在无所事事、坐销岁月的小朝廷里，不被重用且动辄得咎，也在情理之中。

辛弃疾一生事业不顺，全部情感寄托在词的创作上。辛弃疾的弟子范开《稼

---

① 脱脱：《宋史》，卷401，北京：中华书局1977年版，第12163~12164页。
② 陆游：《剑南诗稿校注》，卷57，北京：中华书局2005年版，第3314~3315页。
③ 杨炎正：《满江红·寿稼轩》，唐圭璋：《全宋词》，北京：中华书局1999年版，第2723页。
④ 辛更儒：《杨万里集笺校》，卷120，北京：中华书局2007年版，第4645页。
⑤ 张端义《贵耳集》，卷下，《宋元笔记小说大观》，上海：上海古籍出版社1993年版，第4308页。
⑥ 脱脱：《宋史》，卷401，北京：中华书局1977年版，第12164页。

轩词序》云："虽然，公一世之豪，以气节自负，以功业自许，方将敛藏其用以事清旷，果何意于歌词哉？直陶写之具耳。故其词之为体，如张乐洞庭之野，无首无尾，不主故常；又如春云浮空，卷舒起灭，随所变态，无非可观。无他，意不在于作词，而词气之所充，畜之所发，词自不能不尔也。"①刘辰翁《长沙李氏诗序》云："尝笑辛稼轩北来，志气如虹，独钟情数曲止。"②两篇序言都说辛弃疾把词作为陶写性情之具，很少注意词的具体做法，因而在很多方面都很接近苏轼的词风。关于辛弃疾词的创作风格，张炎有"豪气"、"豪迈"之说，他说："辛稼轩、刘改之作豪气词，非雅词也。于文章余暇，戏弄笔墨，为长短句之诗耳。"③又说："元遗山极称稼轩词，及观遗山词，深于用事，精于炼句，有风流蕴藉处，不减周、秦。如双莲、雁邱等作，妙在模写情态，立意高远，初无稼轩豪迈之气。"④同样的说法还有詹傅《笑笑词序》："如辛稼轩，非不可喜，然其失也粗豪。"⑤宋人还注意到在辛弃疾词作中有两种不同的风格，范开说辛弃疾除了风格接近苏轼的豪放词外，还有另一种风格，"其间固有清而丽、婉而妩媚，此又坡词之所无，而公词之所独也。"⑥刘克庄《辛稼轩集》也说："其秾纤绵密者亦不在小晏秦郎之下。"⑦南宋后期一些词选，黄昇《花庵词选》选辛弃疾词42首、周密《绝妙好词》选辛弃疾词3首，风格偏向婉约的"雅词"。张炎《词源》卷下枚举辛弃疾词例、陆辅之《词旨》卷下列举辛弃疾词警句2句，出自辛弃疾的《祝英台近》。张炎《词源》卷下"赋情"条称辛词"骚雅"，云："簸弄风月，陶写性情，词婉于诗。盖声出莺吭燕舌间，稍近乎情可也。若邻乎郑卫，与缠令何异也。如陆雪溪《瑞鹤仙》云：……辛稼轩《祝英台近》云：……皆景中带情，而存骚雅。故其燕酣之乐，别离之愁，回文题叶之思，岘首西州之泪，一寓于词。若能屏去浮艳，乐而不淫，是亦汉魏乐府之遗意。"⑧

---

① 邓广铭：《稼轩词编年笺注》，上海：上海古籍出版社1993年版，第596~597页。
② 刘辰翁：《须溪集》，卷6，四库全书本。
③ 张炎：《词源》，卷下，唐圭璋：《词话丛编》，北京：中华书局1986年版，第267页。
④ 张炎：《词源》，卷下，唐圭璋：《词话丛编》，北京：中华书局1986年版，第267页。
⑤ 詹傅：《笑笑词序》，朱祖谋：《彊村丛书》，上海：上海古籍书店1989年版，第3612页。
⑥ 邓广铭：《稼轩词编年笺注》，上海：上海古籍出版社1993年版，第596~597页。
⑦ 王蓉贵：《后村先生大全集》，卷98，巴蜀书社2008年版，第2522~2523页。
⑧ 张炎：《词源》，卷下，唐圭璋：《词话丛编》，北京：中华书局1986年版，第264页。

张炎认为词比诗歌情感婉约，在言及风月之情，或者陶写性情怀抱时，往往会牵涉到男女之情，关键是通过男女之情要表现什么样的意趣。如果只表现男欢女爱，娱宾助兴，这与坊间的缠令没有什么区别了。陆淞、辛弃疾两首艳情词，内容通俗而情感高雅，其中包含着许多对人生、对社会问题的深沉之思，因而能够引发读者的共鸣，产生丰富的联想。张炎认为词的各类题材，如燕饮、离别、回文、题叶、忆旧等，如果能屏去浮艳之意，发乎情而止乎礼义，这样词就有了汉魏乐府之遗意。汉魏乐府的遗意就是指古代诗歌中的风雅或者骚雅。张炎之所以以陆淞、辛弃疾为例，是因为他们在当时词名甚盛。陆淞比乃弟陆游词名气还大。陈鹄说："二陆兄弟俱有时名，子逸词胜，而诗不及其弟。"[①]辛弃疾是一代骚雅宗师。张炎重心也是在讲辛弃疾。辛词风格"豪气"、"豪迈"，情感雅正，与诗歌相同；辛弃疾的"雅词"，与这些"豪气"词一样，其情感也是骚雅的。张炎认为言情而不浮艳，寓有深沉之思，可以启发人的一些联想，这就是宋词的"骚雅"。张炎把这类词归入汉魏乐府的范畴。汉魏乐府的特征是感于哀乐、缘事而发，即实有其事而又没有法度可循。这与江湖词派注重法度、感慨全在虚处的骚雅意趣不同。

南宋中后期词坛，往往以周姜为正派，以辛词为别调。陈模说："近日作词者只说周美成、姜尧章等，而以稼轩词为豪迈，非词家本色。潘紫岩牥云：'东坡为词诗，稼轩为词论。'此说固当，盖曲者曲也，固当以委曲为体，然徒狃于风情婉娈，则亦不足以启人意。回视稼轩所作，岂非万古一清风也哉。或曰：'美成、尧章，以其晓音律，自能撰词调，故人犹服之。'"[②]陈模以为本色词人晓音律，能自度曲，辛弃疾不是本色词人，其词也不符合歌唱的标准；在表达方式上，辛弃疾比苏轼走得更远。苏轼以诗为词，辛弃疾则以论为词。尽管不够本色，但辛词还是有可取之处的。他确实比一般本色词人要深刻有力，能给读者以很深的印象。这就是陈模所说的"万古一清风"。王博文《天籁集原序》云："乐府始于汉，著于唐，盛于宋。大概以情致为主，秦晁贺晏虽得其体，然哇淫靡曼之声胜，东坡、稼轩矫之以雄辞英气，天下之趣向始明。"[③]宋人认为辛弃疾

---

① 陈鹄：《西塘集耆旧续闻》，卷10，北京：中华书局2002年版，第389页。
② 邓广铭：《稼轩词编年笺注》，上海：上海古籍出版社1993年版，第599页。
③ 白朴：《天籁集》，合肥：安徽大学出版社2005年版，第205~206页。

词表情达意，有其鲜明的特色，这就是慷慨豪迈的英雄之情。魏庆之《诗人玉屑》说："'宝钗分，桃叶渡。烟柳暗南浦。怕上层楼，十日九风雨。断肠片片飞红，都无人管，凭谁唤流莺且住。鬓边觑。试把花卜心期，才簪又重数。罗帐灯昏，哽咽梦中语。是他春带愁来。春归何处？却不解带将愁去。'此辛稼轩词也。风流妩媚，富于才情，若不类其为人矣。至于贺王宣子平寇则云：'白羽风生貔虎噪，青溪路断猩鼯泣。'送郑舜举赴召则云：'此老自当兵十万，长安正在天西北。'与夫'吴楚地，东南坼。英雄事，曹刘敌。被西风吹尽，了无陈迹'等语，则铁心石肠，发于词气间，凛凛也。盖其天才既高，如李白之圣于诗，无适而不宜，故能如此。"[①]宋人评价辛词，已形成比较固定的看法。在他们看来辛弃疾是一位大英雄。大英雄就应该上马擒贼下马草檄，上万言书谋太平基业，即使抒发情感也是古今兴亡、忠君爱国之类慷慨豪迈之情，岂能诉说春闺秋怨儿女私情？《祝英台近》中缠绵哀怨之情与辛弃疾平素为人不合。这种看法，自有一定的道理。在辛弃疾词中确实有两种风格，其主流风格就是慷慨豪迈、英雄豪情，非主流的一面就是宋词中常见的那种言情词。正如引文所分析的，因为辛弃疾"天才既高"，即使素不擅长的言情词，他也能作得很出色。

辛弃疾把诗歌、散文、辞赋的一些手法吸收到词的创作中来，丰富了词表情达意的内容，提高了词作的品味。罗大经《鹤林玉露》甲编卷1说辛弃疾《摸鱼儿·晚春》"词意殊怨。'斜阳'、'烟柳'之句，其与'未须愁日暮，天际乍轻阴'者异矣。使在汉唐时，宁不贾种豆种桃之祸哉！愚闻寿皇见此词，颇不悦。然终不加罪，可谓至德也已"。这首词运用了托物起兴的手法，"惜春"、"斜阳"、"烟柳"指国运衰亡，非人力所能挽回。《菩萨蛮·书江西造口壁》："盖南渡之初，虏人追隆祐太后御舟至造口，不及而还。幼安因此起兴。'闻鹧鸪'之句，谓恢复之事，行不得也。"[②]陈模说："稼轩归本朝，晚年词笔尤好。"其《贺新郎》"尽集许多怨事，全与李太白《拟恨赋》相似"。止酒赋《沁园春》，"此又如《宾戏》《解嘲》等作，乃是把做古文手段寓之于词"。赋筑偃湖词"说松而及谢家子弟，相如车骑，太史公文章，自非脱落故常者未易闯其堂奥"。[③]

① 魏庆之：《诗人玉屑》，卷21，北京：中华书局2007年版，第690~691页。
② 罗大经：《鹤林玉露》，甲编卷1，北京：中华书局1983年版，第12~13页。
③ 邓广铭：《稼轩词编年笺注》，上海：上海古籍出版社1993年版，第598~599页。

岳珂《桯史》卷3记录辛弃疾征求别人对他词的意见。岳珂说："前篇（《贺新郎·甚矣吾衰矣》）豪视一世，独首尾两腔，警语差相似；新作（《永遇乐·京口北固亭怀古》）微觉用事多耳。"[①]辛弃疾认为岳珂说的正中他词的痼病，于是把这两首词修改了好几个月，十几遍。但我们今天所见到的情况，与岳珂所讲的没什么差别。《贺新郎·甚矣吾衰矣》前后阕中警句"我见青山多妩媚，料青山、见我应如是"，"不恨古人吾不见，恨古人、不见吾狂耳"，造语确有雷同之处。《永遇乐·京口北固亭怀古》用典很多，涉及的历史典故有孙权、刘裕、元嘉北伐、卫霍出塞、金人南侵、廉颇老矣等，江南地方掌故有舞榭歌台、寻常巷陌，还有江北佛狸祠下的神鸦社鼓，作者所要抒发的情感全部通过典故来体现，而自己要说的话则一句没有。刘克庄《跋刘叔安感秋词八首》："近岁放翁、稼轩一扫纤艳，不事斧凿，高则高矣，但时时掉书袋，要是一癖。"[②]辛弃疾词用典繁多，举凡经史、小说、佛道典籍中的材料，一概收入词中。刘辰翁《辛稼轩词序》云："词至东坡，倾荡磊落，如诗如文，如天地奇观，岂与群儿雌声学语较工拙；然犹未至用经用史，牵雅颂入郑卫也。自辛稼轩前，用一语如此者必且掩口。及稼轩横竖烂漫，乃如禅宗棒喝，头头皆是；又如悲笳万鼓，平生不平事并卮酒，但觉宾主酣畅，误不暇顾。词至此亦足矣。……顾稼轩胸中今古，止用资为词。"[③]辛词多是酒后真言，把胸中臆气全部抒写出来。情感倾泻而出，无暇推敲词的法度。辛词用典比苏轼更多，苏轼用典还有斟酌，而辛弃疾没有选择，直接把腹中才学化作词章。他的词是作者才学性情的体现。因为作者人品骚雅，词作的情感也是骚雅的。

辛弃疾继承了苏轼破体尊体的特点，但他比苏轼走得更远，在抒写情感上达到了很高水平，这就是张炎《词源》卷下所谓的"骚雅"。这种"骚雅"不是通过词体自身的特质、法度来实现的，而是运用诗歌、辞赋、议论的手法来完成的。辛弃疾功夫不在词体之内，而在词作之外。词是作者学识涵养、人格精神的体现，词的品位因作者人格力量而大大提高。姜夔汲取辛词所长，并把情感也纳

① 岳珂：《桯史》，卷3，北京：中华书局1981年版，第38页。
② 王蓉贵：《后村先生大全集》，卷99，成都：巴蜀书社2008年版，第2571页。
③ 邓广铭：《稼轩词编年笺注》，上海：上海古籍出版社1993年版，第599~600页。

入法度，使辛词骚雅成为一种可以学习的方法和途径。

（二）

姜夔是一介江湖寒士，没有辛弃疾那样的传奇经历，也没有显赫的社会地位和众所公认的政治军事才干，但他也像辛弃疾那样追求骚雅。这一点很难被人理解。王国维说：“白石如王衍口不言阿堵物，而暗中为营三窟之计，此其所以可鄙也。”①在姜夔的诗词中，的确有几首干谒求贷的诗词。王国维据此认定姜夔的人品有问题，至少不是那么表里如一。其实，这是由姜夔特殊的生活方式决定的。一般说来人穷志短，时时告贷于人必然要看人眉眼，仰人鼻息，缺乏独立的人格和思想。南宋江湖诗人就因为生计的艰难，导致诗歌水平的整体下降。但这些对姜夔并不完全适用。姜夔人在江湖，身能由己。他的生活方式与辛弃疾不同，但在追求理想人格上却是相同的。他热衷时事，关心朝政，希望有机会为朝廷效力。他一介布衣，困于生计，在坚守理想方面比辛弃疾更为坚韧执着。在表达骚雅的方式上，姜夔含蓄蕴藉、注重法度，具有化实为虚、变具体为抽象的特点，这使他的骚雅比辛弃疾词的骚雅更难理解。

姜夔是南宋江湖游士的代表人物。宋代文化教育很普及，到了南宋中期，全国应举和准备应举的读书人总数接近一百万，受科举影响而读书的人数更多。然而整个社会用人机制没有发生相应的变化。对于读书人来说，只有科举做官一条路。而与恩荫任子等杂途相比，科举又是宋人入仕途径中最狭窄的一途。参加科举的人数最多，但入仕的人数又最少。退一步讲，即使把所有的官员全部换成有进士出身的士人，也满足不了数以百万计的读书人。绝大多数读书人被抛弃在江湖上也是事理之必然，于是，在南宋中后期形成了一个特殊的江湖寒士群体。他们进不能兼济天下，退又无法独善其身，姜夔就是其中之一。他在谈到自己生活上困境时说：“某早孤不振，幸不坠先人之绪业，少日奔走，凡遇世之所谓名公钜儒，皆尝受其知矣。内翰梁公于某为乡曲，爱其诗似唐人，谓长短句妙天下。枢使郑公爱其文，使坐上为之，因击节称赏。参政范公以为翰墨人品，皆似晋、宋之雅士。待制杨公以为于文无所不工，甚似陆天随，于是为忘年友。复州萧公，世所谓千岩先生者也，以为四十年作诗，适得此友。待制朱公既爱其

① 王国维：《人间词话》，北京：人民文学出版社1960年版，第242页。

文，又爱其深于礼乐。丞相京公不特称其礼乐之书，又爱其骈俪之文。丞相谢公爱其乐书，使次子来谒焉。稼轩辛公，深服其长短句。如二卿孙公从之、胡氏应期，江陵杨公，南州张公，金陵吴公，及吴德夫、项平父、徐子渊、曾幼度、商翚仲、王晦叔、易彦章之徒，皆当世俊士，不可悉数。或爱其人，或爱其诗，或爱其文，或爱其字，或折节交之。若东州楼公大防、叶公正则，则尤所赏激者。嗟乎！四海之内，知己者不为少矣，而未有能振之于窭困无聊之地者。旧所依倚，惟有张兄平甫，其人甚贤。十年相处，情甚骨肉。而某亦竭诚尽力，忧乐关念。平甫念其困踬场屋，至欲输资以拜爵，某辞谢不愿，又欲割锡山之膏腴以养其山林无用之身。”①在这段自叙中，姜夔一一枚举了他所结交的“名公钜儒”二十四人。这些人“或爱其人，或爱其诗，或爱其文，或爱其字，或折节交之”，足见姜夔交游广泛且多才多艺。为什么他交游如此广泛呢？简单地说就是为了生存。生存就得有生存之资，而姜夔的生存之资就是他的文学艺术才能。姜夔擅长诗歌、长短句、诗论、书法、收藏、鉴赏、礼乐等艺术形式，并且得到当时贤士大夫的赞赏。一般说来，一个人很难在两个不同艺术领域内达到很高的水平。姜夔却在七个领域内都有很高的造诣，一方面是兴趣使然，另一方面也是生存的需要，“念君聚百指，一饱仰台馈”②，全家十口人指望着他糊口，多一门技艺就多一条谋食的渠道。姜夔多才艺，结识贤士大夫也不少。在姜夔一生中，有两个人物很关键。前期是萧德藻。他最先发现了姜夔的才能，把姜夔带在身边传授诗法，又把姜夔推荐给诗坛领袖杨万里，再经杨万里推介结识了范成大。这些诗坛巨匠的提携扶持和指导，使姜夔诗歌水平迅速提高。中期是张鉴，他给了姜夔十年安静的生活。在这一段时期里，姜夔不愁衣食，悉心从事艺术创作，而且图书翰墨之藏充栋汗牛。姜夔一生艰难的时候是宋宁宗嘉泰四年（1204）。他在临安的宅舍被毁，一家老小顿时陷入困境。姜夔三首告贷诗词就是这时作的。《寄上张参政》云：“姑苏台下梅花树，应为调羹故早开。燕寝休夸香雾重，鸳行却望衮衣来。前时甲第仍垂柳，今度沙堤已种槐。应念无枝夜飞鹊，月寒风劲羽毛

① 周密：《齐东野语》，卷12，北京：中华书局1983年版，第211~212页。
② 陈造：《次姜尧章赠诗卷中韵》，傅璇琮：《全宋诗》，卷2426，北京：北京大学出版社1998年版，第45册第28026页。

摧。”①《贺张肖翁参政》：“太乙图书客屡谈，已知上相出淮南。银台日月非虚过，金鼎功名得细参。从此与人为雨露，应怜有客卧云岚。明朝起为苍生贺，旋著藤冠紫竹簪。”②《念奴娇·毁舍后作》：“昔游未远，记湘皋闻瑟，沣浦捐褋。因觅孤山林处士，来踏梅根残雪。獠女供花，伧儿行酒，卧看青门辙。一丘吾老，可怜情事空切。曾见海作桑田，仙人云表，笑汝真痴绝。说与依依王谢燕，应有凉风时节。越只青山，吴惟芳草，万古皆沈灭。绕枝三匝，白头歌尽明月。”③其时，姜夔故人张岩从淮南召回出任参知政事。姜夔写了两首诗歌向张岩求助。后一首《念奴娇》抒写毁舍之后无所归依的感受。笔者认为不能因为写了几首告贷诗词，就断定姜夔的人品有问题。庄子曾往贷于监河侯，李杜诗歌中也有不少求贷、甚至请求达官贵人推荐自己做官的文章，韩愈也欲人辍一饮之费以活己，颜真卿还有《乞米帖》④！这些并不影响庄子的高洁、颜真卿和李杜韩的品格。宋人特别欣赏陶渊明率性任真的人生态度，想做官就出来做官，不想做官就归隐，不需要太多的借口。后人丝毫不因为陶渊明曾经谋求做官而认为其人品有疵。同样的道理，为什么到了姜夔这里就讲不通了呢？

姜夔同时代的人，一再称赞姜夔人品骚雅。范成大认为姜夔“翰墨人品，皆似晋、宋之雅士”，陈郁也说：“白石道人姜尧章，气貌若不胜衣，而笔力足以扛百斛之鼎。家无立锥，而一饭未尝无食客。图史翰墨之藏，充栋汗牛，襟期洒落，如晋宋间人。意到语工，不期于高远而自高远。”⑤他们把姜夔比作晋宋间雅士。所谓的晋宋之雅士，其实就是陶渊明。姜夔与陶渊明之间有许多相似之处，人品上尚雅黜俗，人生态度上恬静乐遁。除此之外，二人还有一些不同。一般说来，陶渊明心态是舒展的，而姜夔心态是内敛的。姜夔不乐仕进，在诗歌中经常谈到隐居松江浦上三高。他说：“越国霸来头已白，洛京归后梦犹惊。沈思只羡天随子，蓑笠寒江过一生。”⑥还有“不贪名爵伐功劳，勇退深虞后患遭。甫里

① 姜夔：《白石诗词集》，北京：人民文学出版社1959年版，第33页。
② 姜夔：《白石诗词集》，北京：人民文学出版社1959年版，第34页。
③ 姜夔：《念奴娇·毁舍后作》，唐圭璋：《全宋词》，北京：中华书局1999年版，第2812页。
④ 姜夔：《白石诗词集》，北京：人民文学出版社1959年版，第24页。
⑤ 陈郁：《藏一话腴》，内编卷下，程毅中：《宋人诗话外编》，北京：国际文化出版公司1996年版，第1364页。
⑥ 姜夔：《白石诗词集》，北京：人民文学出版社1959年版，第45页。

闲居畊钓乐，范张高处陆犹高”①。三高是隐居甫里的三位高士范蠡、张翰和陆龟蒙，其中陆龟蒙的生活方式与姜夔最相近。姜夔曾自称“三生定是陆天随，又向吴松作客归。已拚新年舟上过，倩人和雪洗征衣”②。从思想性格上说，姜夔是畏惧做官的。姜夔中年时作的《以“长歌意无极、好为老夫听”为韵，奉别沔鄂亲友》③第9首云：“伐木响虚牝，吾愿友褐夫。九关呀虎豹，何时内高祛？黄鹄眇云树，鹦鹉澹烟芜。以杖得清赏，洗心观本初。”④“九关呀虎豹”，九关，出自《楚辞·招魂》：“魂兮归来，君无上天些。虎豹九关，啄害下人些。”王逸注：“言天门凡有九重，使神虎豹执其关闭，主啄啮天下欲上之人，而杀之也。”⑤李白《蜀道难》也说：“一夫当关，万夫莫开。所守或匪亲，化为狼与豺。朝避猛虎，夕避长蛇，磨牙吮血，杀人如麻。”⑥姜夔依人而居，曳裾权贵，即使缺衣少食也不愿出仕为官。姜夔对奔走势利之途也很厌恶，说：“传语城中客，功名半是愁。”⑦尽管如此，不等于姜夔不关心时政。姜夔多次上书朝廷乞正雅乐。他根据乐与政通的观点，从音乐混乱中感到了朝政的缺失，如果不进行整顿，就不能感格鬼神、招致天地之间中和之气。姜夔认为朝廷所用的雅乐中存在着诸多问题，有乐器不合法度、音调不协调、度曲不够自然、歌词与乐曲不合、乐工素质低下等。南宋初期俭省百官，实行乐禁，朝廷没有自己的音乐机构，也缺少专业的乐工。一旦有重大活动，所需乐工由临安府临时招募优伶倡伎来充数。于是，常常有素

---

① 姜夔：《白石诗词集》，北京：人民文学出版社1959年版，第62页。

② 姜夔：《白石诗词集》，北京：人民文学出版社1959年版，第41页。

③ 夏承焘《姜白石系年》认为这组诗歌作于宋孝宗淳熙十三年（1186），是姜夔应萧德藻之约前往湖州，离开汉阳时的作品，依据是《探春慢》词序所云的“丙午（纯熙十三年，1186）冬，千岩老人约予过苕霅，岁晚乘涛载雪而下。顾念依依，殆不能去。作此曲别郑次皋、辛克清、姚刚中诸君”。（《唐宋词人年谱》，上海：古典文学出版社1955年版，第431页）笔者认为《探春慢》词序只能证明《探春慢》作于此时，而不能证明《以“长歌意无极、好为老夫听”为韵，奉别沔鄂亲友》组诗也作于这时。因为组诗中有些诗歌是姜夔上书正乐以后的作品。姜夔正乐是有确切记载的。姜夔进《大乐议》《琴瑟考古图》在庆元三年（1197）四月，见《庆元会要》；进献《铙歌十四首》，在庆元五年（1199），见《圣宋铙歌鼓吹曲十四首序》。姜夔上书乞正雅乐时自称为老，如《和转庵丹桂韵》中云：“来裨奉常议，识笳鼓羽葆。谁怜老垂垂，却入闹浩浩！”笔者认定这组诗歌中一些诗歌为姜夔老年之作，内容多涉及对早年沔鄂时期生活的回忆。至于在什么情境之下，因什么原因而“奉别沔鄂亲友”，待详考。

④ 姜夔：《白石诗词集》，北京：人民文学出版社1959年版，第6页。

⑤ 洪兴祖：《楚辞补注》，卷9，北京：中华书局1983年版，第201页。

⑥ 王琦：《李太白全集》，卷3，北京：中华书局1977年版，第165页。

⑦ 姜夔：《白石诗词集》，北京：人民文学出版社1959年版，第31页。

质低下者滥厕其中。演奏时手忙脚乱，顾此失彼，使音拍不能到位。姜夔根据五行相生相克的原理，提出正乐的原则。其中不乏牵强附会之辞，但其用意还是明白无误的，“休祥不召而自至，灾害不祓而自消”[①]。这样既可以摆脱朝廷的内部危机，又可以对抗北方的威胁。具体措施是制定并颁布乐器的标准，诏求知音之士，讲明乐理，使五音谐和。对于乐工伶人，详加品择，可以培养的分类培养，不可以培养的淘汰。这对于因循守旧、无所作为的南宋王朝来说是一个不小的举措，因而招致乐工伶伦的抵制，也不了了之。尽管这个设想还局限在音乐领域，对时政影响并不大；但他关心时事改革弊政的志向，与辛弃疾、陈亮、刘过等人上书论政的性质是完全相同的。

上书失败，对姜夔打击很大，他在诗歌中多次谈到这件事情。《以“长歌意无极、好为老夫听”为韵，奉别沔鄂亲友》第八首云：“上书云雨回，还舍笋蕨老。江皋钼带经，决计恨不早。士无五羖皮，没世抱枯槁。”[②]《戊午（1198）春帖子》云：“晴窗日日拟雕虫，惆怅明时不易逢。二十五弦人不识，淡黄杨柳舞春风。”[③]在《和转庵丹桂韵》中云：“野人复何知，自谓山泽好。来禅奉常议，识笳鼓羽葆。谁怜老垂垂，却入闹浩浩！”[④]在《湖上寓居杂咏》中云：“囊封万字总空言，露滴桐枝欲断弦。时事悠悠吾亦懒，卧看秋水浸山烟。”[⑤]姜夔还是百折不挠，在庆元五年（1199），又一次向朝廷进献铙歌14首，歌颂宋朝历代皇帝的仁厚之德，招致中和之气。姜夔之作有别于历代铙歌，在于他“特倡盛德，其辞舒和”，突出了赵宋王朝“仁厚”之德。只有仁德，才能给赵宋王朝带来无穷无尽的福祉和源源不断的天心民意。这次进乐，他仅仅得到一个“免解”的资格，结果“不第而卒”[⑥]。姜夔是一个清高洒脱、不受羁绊的江湖雅士，但他又热心时事，多次向朝廷进献雅乐，希望能够对朝政有所裨益。加之姜夔多才多艺、穷困而不鄙吝，都是令人肃然起敬的美德。姜夔词脱胎于辛弃疾，在于二人性情相近。周

---

① 脱脱：《宋史》，卷131，北京：中华书局1977年版，第3051页。
② 姜夔：《白石诗词集》，北京：人民文学出版社1959年版，第6页。
③ 姜夔：《白石诗词集》，北京：人民文学出版社1959年版，第50页。
④ 姜夔：《白石诗词集》，北京：人民文学出版社1959年版，第12页。
⑤ 姜夔：《白石诗词集》，北京：人民文学出版社1959年版，第43页。
⑥ 陈振孙：《直斋书录解题》，卷20，上海：上海古籍出版社1987年版，第606页。

济《宋四家词选目录序论》说：“白石脱胎稼轩，变雄健为清刚，变驰骤为疏宕。盖二公皆极热中，故气味吻合。”[①]刘熙载《词概》云：“不知稼轩之体，白石尝效之矣，集中如《永遇乐》《汉宫春》诸阕，均次稼轩韵。其吐属气味，皆若秘响相通。”[②]沈祥龙《论词随笔》云：“古诗云：‘识曲听其真。’真者，性情也，性情不可强。观稼轩词知为豪杰，观白石词知为才人，其真处有自然流出者。”[③]前人的这些观点，多是一些感性的认识。我们从唐宋词学理论上，发现姜夔与辛弃疾的精神是一致的。首先，姜夔服膺辛弃疾的人品词品，在唱和词作中称辛弃疾为“诸葛”“词仙”；辛弃疾也欣赏姜夔的长短句，《白石自叙》有“稼轩辛公，深服其长短句”。其次，张炎《词源》卷下把辛弃疾列为“骚雅”的词人，继承辛弃疾骚雅精神的词人就是姜夔。再次，姜夔诗词的骚雅，也是当时人的共识。与姜夔有过交往的周文璞、王炎等人都称姜夔“骚雅”，王炎《和尧章九日送菊二首》云：“花品若将人品较，此花风味似吾儒。秋英餐罢含清思，曾有离骚续笔无？”[④]姜夔自己也称：“著书穷愁滨，可续《离骚经》。”[⑤]与辛弃疾以词为陶写之具、意到笔随、直抒胸臆的抒情方式不同，姜夔的骚雅全部出之于法度，且委婉含蓄。

同样是表现骚雅之情，姜夔与辛弃疾词的题材不同。辛弃疾词题材广泛，但凡可以用诗歌表现的内容，全部用词来表述。辛弃疾的豪气词，一般不考虑词体特质，也不注意配乐效果，因而在词乐配合上“误不暇顾”。辛弃疾的“雅词”与南宋后期江湖词派的雅词也有一定的距离。李佳《左庵词话》卷上分析了辛弃疾这两类词，他说：“辛稼轩词，慷慨豪放，一时无两，为词家别调。集中多寓意作，如《摸鱼儿》云（词略），又如：‘怕上层楼，十日九风雨。断肠点点飞红，都无人管，更谁劝、流莺声住。’又如：‘一番风雨，一番狼藉。尺素如今何处也，绿云依旧无综迹。谩教人、羞去上层楼，平芜碧。’又如：‘把吴钩看

① 周济：《宋四家词选目录序论》，唐圭璋：《词话丛编》，北京：中华书局1986年版，第1643~1644页。
② 刘熙载：《词概》，唐圭璋：《词话丛编》，北京：中华书局1986年版，第3693页。
③ 沈祥龙：《论词随笔》，唐圭璋：《词话丛编》，北京：中华书局1986年版，第4052页。
④ 王炎：《和尧章九日送菊二首》，傅璇琮：《全宋诗》，卷2565，北京：北京大学出版社1998年版，第29785页。
⑤ 姜夔：《白石诗词集》，北京：人民文学出版社1959年版，第6页。

了，阑干拍遍，无人会、登临意。’又如：‘剩水残山无态度，被疏梅、料理成风月。两三雁、也萧瑟。’此类甚多，皆为北狩南渡而言。以是见词不徒作，岂仅批风咏月。”[①]李佳指出了这些词与国事有关。从《花间集》《绝妙好词》《花庵词选》等具有规范词体意义的唐宋雅词选本来看，雅词的题材是非常狭窄的。动辄言及国事，本是诗歌所擅场的范畴，并不符合宋代雅词的特征。王炎《双溪类稿》卷10谈到词体特质[②]，主要有三：其一，词宜歌不宜诵，非朱唇皓齿，无以发其要妙之声。其二，南宋中后期长短句，字字言闺阁事，故语陋而意卑；有人为豪壮语以矫之，须知古律诗尚且不以豪壮为贵，更何况托体甚微的长短句呢？长短句命名曰曲，取其曲尽人情，惟婉转妩媚为善，所以长短句尚婉媚而不尚豪壮。其三，不溺于情欲，不荡而无法，如此才可以言词。胡寅也有类似的观点，说：“词曲者，古乐府之末造也。……名之曰曲，以其曲尽人情耳。”[③]刘克庄谈到词体特征，也说：“长短句当使雪儿、啭春莺辈可歌，方是本色”[④]，“词当叶律，使雪儿、春莺辈可歌，不可以气为色。”[⑤]清人彭孙遹《金粟词话》云：“词以艳丽为本色，要是体制使然。如韩魏公、寇莱公、赵忠简，非不冰心铁骨，勲德才望，照映千古。而所作小词，有‘人远波空翠’，‘柔情不断如春水’，‘梦回鸳帐余香嫩’等语，皆极有情致，尽态穷妍。”[⑥]先著、程洪《词洁序》云：“诗之道广，而词之体轻。道广则穷天际地，体物状变，历古今作者而犹未穷。体轻则转喉庆拍，倾耳赏心而足矣。”[⑦]王国维说：“词之为体，要眇宜修。能言诗之所不能言，而不能尽言诗之所能言。诗之境阔，词之言长。”[⑧]以上各人立足点不尽相同，都说明词体的一些特色。根据这些特色来衡量，辛弃疾词大多数是不够本色的。而姜夔在本色方面特别突出。姜夔词以言情为主，即使在咏物、节令等其他题材上，往往都出之以情，通过男女之情来达到“骚雅”的境界。这就是张炎所谓的

① 李佳：《左庵词话》，卷上，唐圭璋：《词话丛编》，北京：中华书局1986年版，第3107~3108页。
② 王炎：《双溪类稿》，卷10，四库全书本。
③ 胡寅：《斐然集》，卷19，北京：中华书局1993年版，第402页。
④ 王蓉贵：《后村先生大全集》，卷97，成都：巴蜀书社2008年版，第2499页。
⑤ 王蓉贵：《后村先生大全集》，卷109，成都：巴蜀书社2008年版，第2832页。
⑥ 彭孙遹：《金粟词话》，唐圭璋：《词话丛编》，北京：中华书局1986年版，第723页。
⑦ 先著、程洪：《词洁辑评》，北京：中华书局1986年版，第1327页。
⑧ 王国维：《人间词话》，北京：人民文学出版社1960年版，第226页。

发挥风月。吴文英、沈义父在《乐府指迷》中谈到雅词抒情的方法时说："作词与诗不同，纵是花卉之类，亦须略用情意，或要入闺房之意。然多流淫艳之语，当自斟酌。如只直咏花卉，而不着些艳语，又不似词家体例，所以为难。又有直为情赋曲者，尤宜宛转回互可也。"[①]这就是陆辅之所说的"夫词亦难言矣，正取近雅，而又不远俗"[②]。本色词难就难在它用通俗的题材表现雅正的内容，在雅俗之间有一个度。如何把握这个度，这不仅是一个创作方法问题，也是作者的品格问题。姜夔除了极个别游戏、应酬之作以外，其词几乎都与言情有关，或在其间夹杂一些言情的内容，所抒发雅正的情感。这些情感与国计民生没有直接的关系，却能引起人的一些联想，当然也包括国计民生，如姜夔的代表作《扬州慢》《暗香》《疏影》等。

同样是抒写骚雅之情，姜夔与辛弃疾词的抒情方式不同。邓廷桢《双砚斋词话》把辛弃疾词分为两类，一类是豪迈，一类是婉约，他分析这两类词不同的抒情特点，认为："世称词之豪迈者，动曰苏辛。不知稼轩词，自有两派，当分别观之。如《金缕曲》之'听我三章约''甚矣吾衰矣'二首，及《沁园春》《水调歌头》诸作，诚不免一意迅驰，专用骄兵。若《祝英台近》之'是他春带愁来，春归何处。却不解带将愁去'，《摸鱼儿》发端之'更能消几番风雨，匆匆春又归去'，结语之'休去倚危阑，斜阳正在，烟柳断肠处'，《百字令》之'旧恨春江流不尽，新恨雪山千叠'，《水龙吟》之'楚天千里清秋，水随天去，秋无际。遥岑远目，献愁供恨，玉簪螺髻'，《满江红》之'怕流莺乳燕，得知消息'，《汉宫春》之'年时燕子，料今宵梦到西园'，皆独茧初抽，柔毛欲腐，平欺秦、柳，下轹张、王。宗之者固仅袭皮毛，诋之者亦未分肌理也。"[③]邓廷桢所举词例非常准确，对于豪迈、婉约抒情特点的解释也符合唐宋词的实际情况。辛弃疾把词作为陶写之具，不注重形式只强调情感，因而词人的人品即词品。这与姜夔的诗学思想有相通之处。姜夔非常注重作者的学识涵养，他认为诗歌创作中思路不通不是构思上的问题，而是作者的道德涵养不够。谢章铤从作者修身养气、道德品质

---

① 蔡嵩云：《乐府指迷笺释》，北京：人民文学出版社1963年版，第71页。
② 陆辅之：《词旨》，上，唐圭璋：《词话丛编》，北京：中华书局1986年版，第301页。
③ 邓廷桢：《双砚斋词话》，唐圭璋：《词话丛编》，北京：中华书局1986年版，第2528页。

自我完善方面来谈论辛弃疾和姜夔词的创作，他说："词家讲琢句而不讲养气，养气至南宋善矣。白石和永，稼轩豪雅。然稼轩易见，而白石难知。"[①]谢章铤还指出姜夔与辛弃疾性情不同，因而辛弃疾词中的情感容易见，而姜夔词中的情感难知。这句话才说到问题的实质又戛然而止，未做进一步的分析。下面，笔者试做分析。

元好问《新轩乐府引》曾引人言："乐府本不难作，从东坡放笔后便难作。"[②]元氏是从苏轼无意为词，不屑与人较量作词的技巧这一点来解释这句话的。这个观点有一定的道理，但又忽略了一个问题：苏辛皆以无意的心态为词，都以豪迈为特色，为什么辛词易懂，而苏词难懂且歧义百出呢？要说清这个问题，就不能不从两人的创作风格上找原因。张炎《词源》卷下"意趣"条称苏轼词"清空中有意趣"。因为宋词具有才学化的特点，用典很多、化用前人诗词也很普遍。张炎指出词以抒写意趣为主，用前人典故但不能蹈袭前人语意，要给典故、成句赋予新的内涵。苏轼词用典很多，又对词中典故进行了一次清空。清空了词的本事，清空了典故的本义，清空了词的结构，清空了词的情感，把词中的情感化成一种抽象模糊的意趣。这种意趣不是词人抒发的，而是读者感悟到的。意、意趣与志、情感的区别在于发出这个动作的主体不同。情感，无论是间接抒情，还是直接抒情，都是作者自己在抒情；而意趣，则是读者欣赏作品时审美感受。宋人重写意，已经把创作重心由作者变成了读者。其实，在孟子"以意逆志"、钟嵘"寓言写物"中，就已经注意到读者在诗歌传播中的重要作用。宋人只不过延续了前人的观点，有所突出而已。如此一来，苏轼词所抒发的不是一种具体情感，而是抽象模糊的意趣。所以苏轼词就不易读懂。由于各人感受不同，就会出现很多歧义。不同的读者往往有不同的感受，同一个读者前后感受也不相同。这在宋代典雅词派中是很普遍的，也很正常的现象。姜夔继承了苏轼的创作风格、辛弃疾的审美理想，其词"不惟清空，又且骚雅"。与苏辛不同之处在于，他是以有意的心态从事创作的。苏辛词具有"满心而发，肆口而成"的特点，即元好问所说的"情性之外不知有文字，真有'一洗万古凡马空'气象"[③]。姜夔词偏偏去掉了这个特点，抒情写意更为含蓄委婉，以才学为词与亲身感受隔了一层；化实为

---

① 谢章铤：《赌棋山庄词话》，卷12，唐圭璋：《词话丛编》，北京：中华书局1986年版，第3470页。
② 狄宝心：《元好问文编年校注》，卷6《新轩乐府引》，北京：中华书局2012年版，第1384页。
③ 狄宝心：《元好问文编年校注》，卷6《新轩乐府引》，北京：中华书局2012年版，第1383~1384页。

虚、变具体为抽象与“满心而发，肆口而成”又隔了一层；全部出自法度与情感自然抒发又隔了一层。如此一来，词中意趣与题材隔了好几层。每一层都是一个阅读障碍。所以相比于苏轼，姜夔的词更难读懂。王国维曾经对南宋的辛弃疾、姜夔词做过一些研究，认为姜夔词“虽格韵高绝，然如雾里看花，终隔一层”①，因为读不懂词进而怀疑姜夔的人品。类似的情况在姜夔研究中比比皆是。誉之者不知姜夔好在什么地方，毁之者也不知姜夔为什么如此表述，只能根据自己的好恶来判断，停留在肤浅的感知层面上。姜夔词的骚雅与辛弃疾不同，在于他要受清空的制约，抒发的也不是一种具体的情感而是模糊的意趣。这种意趣完全从清空中来。后人在理解姜夔词的意趣时，往往从其中个别典故出发，片面理解姜夔的词意。这种以偏概全的阐释方法，与姜夔词浑然一体的意境完全相反。

张炎《词源》卷下谈到两种骚雅，共同之处在于它们都强调作者的人品修养，不同之处首先在于骚雅的内涵不同，辛弃疾的骚雅是一种具体的情感，而姜夔的骚雅则是一种抽象的意趣。其次表达骚雅的途径不同，辛弃疾无意为词，运用诗歌的手法来抒发骚雅之情；姜夔有意为词，通过对词体的雅化来抒写骚雅的意趣。南宋江湖词派以姜夔为典范，指出了实现清空骚雅的一些具体途径，这是宋词发展的一个必然途径，也反映了宋词在雅化过程中对不同风格流派的包容和借鉴。宋词在雅化的过程中，不仅吸收了同一个流派内部的词学思想和创作方法，也大量汲取了不同流派的优点和长处，充分体现了江湖词派雅化词体的气度和力度，这也是宋词雅化以后具有强大生命力的原因之一。

（三）

下面，笔者总结一下清空、质实、骚雅、雅正、意趣等概念之间的相互关系。

清空与质实是一组对立的概念，是两种不同的创作风格。除了在创作风格层面上的对立以外，它们在别的层面上还有许多必然联系。在词法层面上，质实和清空都是化用才学的法度，质实是一种浅易平实的词法，清空则是建立在质实词法之上的一种活法；质实是基础，清空是目的，只有在质实的基础上，才能实现清空的目的。在词学流派层面上，清空和质实是同一流派内部两种不同的词学理论，分别代表着两种不同创作风格的词人词作。二者之间前后相承，相互补充，

① 王国维：《人间词话》，北京：人民文学出版社1960年版，第210页。

相互砥砺，缺一而不可。以清空为词风的南宋江湖词派，以及在这个词派基础上形成的词学正派体系，包容了质实词法、质实创作风格和质实一系的词人。正因为有这一系词人的参与，南宋江湖词派才能在宋元之际成为词坛上的主流派别。

骚雅与清空、质实分属不同的理论范畴。骚雅是一个文学批评的标准，或者由此引申而来的作者的道德涵养和人格魅力。清空、质实作为词法或者创作风格，仅仅局限在唐宋词学领域，而骚雅却适用于整个古代文学，甚至更为广阔的社会思想文化等范畴。把骚雅作为宋代词学的审美理想源于南宋初期的鲖阳居士。词作中体现出骚雅意识的是南宋词坛上的词人辛弃疾。姜夔的骚雅源于辛弃疾，但与辛弃疾的表现骚雅的方法不同。辛弃疾的骚雅是传统诗歌的骚雅，或者就是诗学上的雅正；姜夔的骚雅则是通过词体雅化来完成的，是唐宋词雅化的必然结果。姜夔把源于苏轼的清空与源于辛弃疾的骚雅绾合在一起，形成一种新的词风。清空骚雅并不是姜夔的首创，但在宋代词坛上姜夔在这方面最具特色，因此清空骚雅就成了姜夔词风的专用名词。南宋灭亡以后，张炎总结一代词坛风气，传述前辈词法，把南宋江湖词派的词法总结为清空理论。质实作为清空的对立面出现在《词源》卷下的“清空”条，它继承古代文质论中“质”的一些基本特点，重视作品的思想情感，同时又融入了宋代诗学一些新特点，如才学化、议论化、文字化的特色，大量运用典故、化用前人诗词成句等。虽然会出现故实堆砌、词意不畅、凝涩晦昧的现象，但它更适合承载骚雅的审美理想。辛弃疾词就是质实而骚雅的典范。吴文英则是质实的代表者，他的部分词作具有深沉之思，在一定程度上弥补或纠正姜夔清空词的空疏之失，以及因尽兴率意而造成的词句生硬。南宋江湖词派中的遗民词人，如吴文英、周密、张炎、王沂孙及《乐府补题》词人群体，则把姜夔的清空和吴文英的质实结合起来，其作品空灵飞动，深沉有力，且韵味无穷。

与“骚雅”属于同一范畴的概念还有“雅正”“意趣”。“雅正”就是孔子所说的“思无邪”。孔子认为《诗三百》可用《诗经》中的一句话来概括就是“思无邪”。“思无邪”是指诗歌能引起读者丰富的联想。这些联想出自人的本性，归之于礼义。历代诗论都把“思无邪”作为诗歌的审美理想或批评标准。张炎认为古乐府也出自雅正。宋人选词、论词也都以雅正为依归。《乐府指迷》中有“雅淡”、“古雅”、“雅正”，张炎《词源》还有“和雅”、“淡雅”、“骚雅”，《词旨》

中还有“近雅”、“雅有才思”等概念。在唐宋词学创作中，有一部分词人词作达到了雅正的标准。苏辛词派以诗为词，以论为词，其审美理想就是雅正。但雅正并不适应唐宋词学的实际，尤其不适合宋代雅词的实际。宋代雅词托体甚微，题材单一，由于受词乐的限制，传播场所的制约，内容浅显易懂，情感直接自然，很难抒发出唐诗那种“沉郁顿挫”、“泄导人情”、“裨补时阙”的雅正情感。于是词在发展的过程中，本色词派选择“骚雅”作为自己的审美理想。“骚雅”是“雅正”的一种，它通过言情、咏物等方式来表现作者的内心情感，触发读者丰富的联想。

“意趣”本来是指作者内心的情感或兴趣，《冷斋夜话》云：“意趣所至，多见于嗜好。”①《西清诗话》云：“渊明意趣真古清淡之宗。诗家视渊明，犹孔门视伯夷也。”②《东皋杂录》云：“李方叔气韵豪迈，东坡谓其诗赋词卓越，意趣不凡者是也。”③但到了宋词中，“意趣”悄然发生了一些变化。张炎评苏轼、王安石、姜夔的词，说“清空中有意趣，无笔力者未易到”。所谓的“意趣”，就是读者阅读词作时产生的审美感受。在张炎看来，作者写什么并不重要，重要的是读者如何感受。能够准确把握读者的感受，并把它引导到你想要达到的目标上，这才是作者用心之处。《孟子》最早提出“以意逆志”。“志”是作者内心的情志，而“意”是读者阅读作品时的感受。《孟子》要求从读者的审美感受出发，来逆推作者写作时的内心情感。张炎的“意趣说”无疑具有《孟子》“意志说”的基本特性，把词作所要抒发的情感，转化为读者的审美感受。创作重心由作者变成了读者。读者的感受，通常表现为两种情况：一是有一定趋向性的感受，如登高望远思念家乡，登临怀古伤今叹昔，羁旅驿馆思念亲人，江湖苦旅身世飘零，睹物思人怀念故友，这些已经形成思维定式，透过具体题材就能够把握读者的情感走向。二是一种抽象模糊、无所定指的感受，就像我们欣赏书法、绘画、音乐时产生的那种审美体验。这种体验具有较强的主观性，只可意会而不可言传，而且每

① 释惠洪：《冷斋夜话》，卷2，张伯伟：《稀见本宋人诗话四种》，南京：江苏古籍出版社2002年版，第21页。

② 蔡絛：《西清诗话》，卷上，张伯伟：《稀见本宋人诗话四种》，南京：江苏古籍出版社2002年版，第179页。

③ 何汶：《竹庄诗话》，卷18，北京：中华书局1984年版，第347页。

个人的感受都不一样。在通常情况下，作者要预设一些必然的感悟渠道，对读者进行必要的引导，还要留下足够的空白，让读者用自己的感悟去填充这些空白。只有这样才能引导读者逐步感悟作者内心的情感。“意趣”的关键在于沟通作者和读者内心情感，并把二者合而为一。“意趣”具有一定的抽象模糊性，很难用好坏来辨别，通常用高下来区分。高者，如“清空中有意趣”的姜夔《暗香》《疏影》，即是“骚雅”；低者，如周邦彦以言情结尾的词流入低俗。意趣是浑然一体不容割裂的，阅读宋词时要注意其完整性，不能根据其中一两个典故来断章取义，随意发挥。意趣讲求含蓄不露，与宋诗中的“韵”相同。范温说“有余谓之韵”“不尽谓之韵”，张炎《词源》，吴文英、沈义父《乐府指迷》也强调词的结尾要有有余不尽之意。有韵才有品味。

我们从南宋江湖词派理论中抽出几个与清空关系密切的概念，通过他们与清空的区别与联系，来凸显清空理论的一些基本特点。这些概念，有些来自同一个词派内部，有些来自不同的词派，甚至是词学以外的概念。把这些概念组合在一起，足以说明宋词雅化的气度和力度。词从唐到宋，已经成为典型的士大夫文化。士大夫文化又是朝着雅的方向发展的。雅化是一个不断僵化、一个不断排他的过程。雅化以后的文体，往往活力顿减，濒临死亡。不过，铁定规律也有例外。宋词就是其中的一个例外。雅化以后的词体题材狭窄，形式典重，语言华美，但它并没有濒于死亡，反而更有生命力！词也是雅化以后，以歌唱的形式存活于世的仅有的一种音乐文体。南宋江湖词派在雅化的过程中，融入了很多别的文学形式和文学流派的特色，有宋代理学思想，有江西诗派诗法，还有豪气词人的骚雅、天才词人的清空，以及与清空相对立的质实。宋词雅化是一个开放的过程，以海纳百川的气概汲取古代文学的优秀传统，把一切优秀的成果融会贯通，形成自己的风格特色。江湖词派的发展品味越高，生命力也越强，在宋元之际成为一种主流的文学形式。

结　语

“清空”是唐宋词学的一种创作风格，对我国古代文学也有普遍意义。《庄子》的“心斋”、“坐忘”，《荀子》的“虚壹而静”、“大清明”等，其实就是一种清空的思维方式。在古代文学中也一直存在着清空化的趋向，而且随着越来越多的人力工夫被融入文学创作，这种趋向越来越明显，甚至成为某个时代文学理论关注的焦点，于是就出现了一种专门处理才学问题的创作方法。这种方法与古代清空的思维方式有关，但更多地融入了每个时代新的特点。唐宋诗学的共同点就是以才学为诗。宋代词学作为唐宋诗学的一个分支，也是以才学为词的。它既讲求法度，又追求自然，于是清空就成为了一个必然的创作风格。笔者就是围绕这些问题展开本课题的研究工作的，各章的基本观点如下：

第一章指出清空是古代文学的发展的一个趋势。我国古代文学具有才学化的趋向，在文学创作中重视对前人事典、语典的运用，但在文学理论上又认为大量的运用才学必然导致作品的情感的晦涩凝昧，于是就出现了在创作中大量运用才学，在理论上又反对才学的奇怪现象。在这种矛盾的心态下，使运用才学的方法长期停留在一个较低的层次上。运用才学的标准就是把才学运用得就像没有才学一样，反之，堆砌典故，编排故实，罗列一大堆材料却没有说明任何问题，还把自己的思路搞乱了。才学只是作诗的材料，用多用少，用好用坏，并没有引起诗歌抒情方式和创作风格上的变化。从南北朝到唐代，诗学理论发生了很大的变化，其中的一个共同趋向就是对于才学的包容度越来越大，一些人力工夫的要素先后被引入诗歌创作，并成为各个时段诗学理论上的亮点。唐代以前虽然没有提出“清空”这个概念，但类似的方法却不少。这些都是宋词清空理论的源头和基础。

第二章研究唐宋诗学对清空的影响。诗歌是唐宋时期的主流文学形式，在创作和理论上都领先于词学。唐宋诗学对词学产生了深远的影响。这种影响体现在：一是抒情方式的转变，由缘情转向写意，南宋江湖词派的词作抒发不再是一种具体情感，而是一种空灵的意趣；二是创作风格的转变，由才学走向清空。唐宋诗学在雅化的过程中，与我国古代传统文化相连，从俗体、流调成为一种新兴的主流文学形式。唐宋诗学的雅化模式对宋代词学产生了直接的影响，宋词汲取了宋代江西诗派的理论和方法，形成了自己的理论体系。雅化以后的词体仍然具备较强的生命力。宋词走向消亡，不是因为雅化，而是随着赵宋王朝的灭亡，失去了赖以生存的社会环境，正像张炎词中所说的“恨西风不庇寒蝉，便扫尽、一林残叶”[①]。这些失去生存所资的“寒蝉”，在凄厉的西风中发出最后的哀鸣，就黯然消失了。

第三章对两种清空的分析，并指出姜夔在唐宋词学史上的特殊地位。在宋词上有两种名同而实异的创作风格：一是以苏轼为代表的无意为词、不讲法度的清空；二是以姜夔为代表的按照词学自身规律形成的清空。二者都具有古雅峭拔、舒卷自如的特点，但所代表的词学途径各不相同。苏轼的清空是以诗为词，具有个性化的创作风格。这种创作风格由传统文化积淀而成，不假人力，是一种自然而然的清空，也是较早出现的清空的创作风格。这种清空的创作风格并不局限在一两个天才词人的创作中，而是一个时代文风的集中体现。北宋中叶王安石、苏轼以及其他词人都有这种风格。姜夔的清空则是把这种源于自然的清空，变成一种规范的创作风格。姜夔的贡献在于他把宋词创作中的各种因素全部纳入法度，总结出了由法度到清空的创作理论。文学史上的每一种创作风格，首先是由某位天才作家创造的，与其性情密切相关的一种创作风格。这种风格就是作者性情的体现，具有较强的个性化色彩。然后，有人学习并改进这种创作方法，把它变成一种通过一系列法度可以普及开来的创作方法。学习者本身也具有极高的天分，只有这样他才能化天才为法度，变个性为共性，总结其特点，汲取其神韵，使这种创作风格易学易懂，变化而不失其真。儒学中的孔子、禅宗中的

① 张炎：《山中白云词》，卷3《长亭怨》，北京：中华书局1983年版，第47页。

慧能、唐诗中的杜甫、宋诗中的黄庭坚和宋词中的姜夔，都是这样的继承者和开拓者。姜夔是宋代词学的集大成者，他继承了柳永的本色、苏轼的清空、周邦彦的典丽和辛弃疾的骚雅，又是清空骚雅词风的开创者，南宋江湖词派即以姜夔为创作上的典范。姜夔处于继往开来、转变风气的关键地位，因此被称为“词中之圣”。

第四章以张炎《词源》为中心，从南宋江湖词派词学理论传承上考察清空词法的发展演变过程。张炎的“清空”首先来自是苏轼和姜夔词的创作风格，其次来自江湖词派内部的词学理论。从姜夔的《白石诗说》到杨缵的“作词五要”，从吴文英、沈义父的《乐府指迷》到周密的《绝妙好词》，这些都是张炎“清空”的理论基础。陆辅之《词旨》凸显张炎《词源》的理论体系，完善和补充了张炎《词源》中的一些偏颇之处，是张炎晚年的词学定论。南宋江湖词派的理论是前后相承、相互补充的，体现了一个词学流派内部词学观念的一致性和连续性。

第五章通过对清空与质实、骚雅等词学术语的关系研究，从文学体派层面说明清空对唐宋诗学、词学的广泛继承和改进。南宋江湖词派的清空、骚雅，来自不同的词学流派，是宋代词学中的创作风格和审美理想；而质实来自同一流派内部对立一系的创作风格，其中包含着一些诗病。按照文学史上的惯例，越是文学观念相近的体派，在具体的创作方法上对立情绪越大，相互包容的可能性就越小。江西诗派的后代诗人，就是在否定前代诗人诗法的基础上发展起来的。宋词中的清空与质实也不例外。难能可贵的是，张炎改变了对质实一系词人的看法，汲取了他们在词法、创作风格上的优点。在一个完整的理论体系之下，融通了质实、清空两种不同的创作风格。像这样博观约取、转益多师的文学理论，在我国古代文学中还不多见。

通过以上研究，笔者得出三点结论：

第一，作为一个词学术语，清空具有多个层面的含义，但最基本的还是一种创作风格。这种创作风格是宋词发展到一定阶段的产物。蔡嵩云《柯亭词论》说：“无论何种文艺，其在初期，莫不出乎自然，本无所谓法。渐进则法立，更进则法密。文学技术日进，人工遂多于自然矣。词之进展，亦不外此轨辙。唐五代小令，为词之初期，故花间、后主、正中之词均自然多于人工。宋初小令，如欧秦二晏之流，所作以精到胜，与唐五代稍异，盖人工甚于自然矣。宋初慢词，犹接近自然时代，往往有佳句而乏佳章。自屯田出而词法立，清真出而词法密，词风为之丕变。如东坡之纯任自然者，殆不多见矣。南宋以降，慢词作法，穷极工巧。稼轩虽接武东坡，而词之组织结构，有极精者，则非纯任自然矣。梅溪、梦窗，远绍清真，碧山、玉田，近宗白石，词法之密，均臻绝顶。宋词自此，殆纯乎人工矣。总之尚自然，为初期之词。讲人工，为进步之词。"[①]蔡嵩云对唐宋词学理论做过系统研究，他的观点是合乎事实的。词本无法，但在创作过程中需要总结前人经验，指导后人创作，于是就产生了词法。词法从简单到复杂，从死法到活法，从具体到抽象，从散乱到有体系。具体到宋代本色典雅词派的理论，呈现出两种趋向：一种在声律方面是趋向复杂的。张炎的好友仇远对于填词之道"幼有此癖，老颇知难"，他说："世谓词者诗之余，然词尤难于诗。词失腔犹诗落韵。诗不过四五七言而止，词乃有四声五音，均拍重轻清浊之别。若言顺律舛、律协言谬，俱非本色。或一字未合，一句皆废，一句未妥，一阕皆不光采，信戛戛乎其难！"[②]宋代声律繁复到了一个匪夷所思的地步。杨缵、张枢等人每一聚首，必讨论词法、商榷音律，仍然搞不明白在某个地方到底该下什么字。张炎说："先人（张枢）晓畅音律，有《寄闲集》，旁缀音谱，刊行于世。每作一词，必使歌者按之，稍有不协，随即改正。曾赋《瑞鹤仙》一词云：'卷帘人睡起。放燕子归来，商量春事。芳菲又无几。减风光都在，卖花声里。吟边眼底。被嫩绿、移红换紫。甚等闲、半委东风，半委小桥流水。还是苔痕湔寸，竹影留云，做晴犹未。繁华迤逦。西湖上、多少歌吹。粉蝶儿、扑定花心不去，闲了寻香两翅。那知人一点新愁，寸心万里。'此词按之歌谱，声字皆协，惟'扑'字稍不协，遂改为'守'字，乃协。始知雅词协音，虽一字亦不放过，信乎协音之不易也。又作《惜花春》起早云'锁窗深'，'深'字音不协，改为'幽'字，又不协，改为'明'字，歌之始协。此三字皆平声，胡为如是。盖五音有唇齿喉舌鼻，所以有轻清重浊之分，故平声字可为上入者此也。听者不知宛转迁就之声，以为合律，不详一定不易之谱，则曰失律。矧歌者岂特忘其律，抑且忘其声

① 蔡嵩云：《柯亭词论》，唐圭璋：《词话丛编》，北京：中华书局1986年版，第4902页。
② 仇远：《玉田词题词》，张炎：《山中白云词》，北京：中华书局1983年版，第164页。

字矣。”[1]张枢这几个词改得并不好。“扑”是一个动态动词，“守”是一个静态动词；一动一静，差别很大，岂能随意更换？至于第二首词中“深”、“幽”，表示光线幽暗；而“明”表示光线明亮。为了协律而不惜改变词意，完全是舍本逐末之举。这说明词法细密到了什么样的程度，以致连提举大晟府、号称知音的周邦彦词于音谱“且间有未谐”。张炎认为：“词之作必须合律，然律非易学，得之指授方可。若词人方始作词，必欲合律，恐无是理，所谓千里之程，起于足下，当渐而进可也。正如方得离俗为僧，便要坐禅守律，未曾见道，而病已至，岂能进于道哉。音律所当参究，词章先宜精思，俟语句妥溜，然后正之音谱，二者得兼，则可造极玄之域。今词人才说音律，便以为难，正合前说，所以望望然而去之。苟以此论制曲，音亦易谐，将于于然而来矣。”[2]按谱填词有一个过程，多作多练，熟能生巧，慢慢就会掌握词乐的规律。张炎认为与其在音律上纠缠，还不如先搞懂“词章”上的问题，然后再慢慢推敲音律。于是就引出了词法中的另一个趋向，趋向简单化的一路。杨缵在传授词法时对精通词乐的人要求按谱填词；而对于不精通词乐的人来说，按照《圈法周美成词》填词就可以了。有经有权，避难而趋易。清空词法除了音律以外，基本上都是趋向简单的。姜夔的《暗香》《疏影》比传统的上阕叙事、下阕抒情的词简单多了。张炎、王沂孙词都有化繁为简的特点。直到这时，清空词法中真正的难题才显露出来了。张炎是宋元之际的词人和词论家，经常有人向他请教词法。仇远向他请教“铅汞交炼而丹成，情景交炼而词成”的问题，即词的材料与立意、写景与抒情方面的问题。韩铸向张炎请教法度与自然的问题。陆辅之记载：“蕲王孙韩铸，字亦颜，雅有才思，尝学词于乐笑翁。一日，与周公谨父买舟西湖，泊荷花而饮酒杯半。公谨父举似亦颜学词之意，翁指花云：‘莲子结成花自落。’”[3]这些都涉及对清空词法的阐释问题。词法之难，难在本色雅正上，如何用言情、咏物、节序、祝寿等很少几种题材表现雅正的情感。这才是张炎《词源》指迷的关键。

第二，诗词虽是两种文体，但二者联系非常密切。除了在配乐歌唱、抒发情

---

① 张炎：《词源》，卷下，唐圭璋：《词话丛编》，北京：中华书局1986年版，第256页。
② 张炎：《词源》，卷下，唐圭璋：《词话丛编》，北京：中华书局1986年版，第265页。
③ 陆辅之：《词旨》，上，唐圭璋：《词话丛编》，北京：中华书局1986年版，第303页。

感方式上不同之外，在其他方面有许多相似之处。宋人林景熙提出了诗词一理的观点，他说："乐府诗之变也。诗发乎情，止乎礼义，美化厚俗，胥此焉寄？岂一变为乐府，乃遽与诗异哉？宋秦晁周柳辈各据其垒，风流酝藉，固亦一洗唐陋而犹未也。荆公《金陵怀古》末语'后庭遗曲'，有诗人之讽。裕陵览东坡月词，至'琼台玉宇，高处不胜寒'，谓苏轼终是爱君。由此观之：二公乐府根情性而作者，初不异诗也。"①宋人也是用作诗的方法、心态来填词的，诗情词意完全一致。金人王若虚说得更为透彻，"盖诗词只是一理，不容异观"②。我们从唐宋诗学上说明诗学对词学的影响作用，首先是创作层面上以诗为词手法的广泛运用；其次是理论上的渗透，词学理论往往来自诗学，而连接词学概念的逻辑关系也出自诗学，占据宋诗主流派别江西诗派对于宋代词学影响较大；再次宋代词学的理论体系也来自唐宋诗学，来自江西诗派。清人蒋兆兰认为："窃以为诗词实同源异派，皆风雅之流别。词家欲进而上之，则兰成及齐梁人诸赋皆绝妙词境。又进而上之，则董娇娆、羽林郎等乐府及高唐、洛神、长门、美人诸赋，亦一家眷属。更进而上之，则屈宋诸作，莫非词家大道金丹。虽体制各别，而神理韵味，犹兰茝之与荃荪也。顾才高者或以词为小道，鄙不屑为。为之者或根抵不深，或味厥本原，此词学之所以不振也。世有韪吾言者乎，盍试上探骚辨，下究徐庾，精思熟读，一以贯之，美成、白石容可几乎？"③诗词同源而异派，词向诗歌学习，不仅仅学习南朝宫体诗，还要学习汉赋，一直追溯到屈骚，只有如此才能达到周邦彦、姜夔词的高度。这个观点与张炎的"骚雅"相吻合。我们阅读南宋雅词流派作者的词集，发现他们确实是以作诗的心态来填词的。姜夔编撰《白石道人歌曲》时把诗词汇为一编，意在说明曲子词与朝廷郊庙诗、地方祭神诗精神是一致的。周密的《苹州渔笛谱》、张炎的《山中白云词》、王沂孙的《花外集》以及遗民词人群体的《乐府补亡》唱和集、周密编纂的《绝妙好词》等都有蕴含着深刻的含义，体现出作者骚雅的审美理想。以言情为例，古诗中的男女之情，基本上是纪实的，所谓的寄托意义是后人杜撰出来的。但到了宋词中正好反过来，因为

① 林景熙：《霁山文集》，卷5，杭州：浙江古籍出版社1995年版，第332~333页。
② 王若虚：《滹南诗话》，北京：人民文学出版社1962年版，第71页。
③ 蒋兆兰：《词说》，唐圭璋：《词话丛编》，北京：中华书局1986年版，第4634页。

有寄托意义，所以才选用言情的方式来表述。沈祥龙《论词随笔》说：“词有托于闺情者，本诸古乐府，须实有寄托，言外自含高妙，始合古意。否则，绮罗香泽之态，适以掩风骨，汩心性耳。”[①]又说：“屈、宋之作亦曰词，香草美人，惊采绝艳，后世倚声家所由祖也。故词不得楚骚之意，非淫靡即粗浅。”[②]用言情来体现雅正之意，这就是宋词的骚雅。词中的情感还经过了一个虚化的过程，用清空的意趣来表现这种情感则更为恰当。

第三，清空的核心问题还是才学化，面对纷繁复杂、铺天盖地的典章故实，唐宋诗学也出现过混乱。很多诗人、诗论家把化用典故当作衡量诗艺高低的标准，认为杜诗、韩文字字皆有出处，每一个词语都有来历，过分地强调才学，必然走向歧途。在唐宋诗歌中出现了一些意境晦涩、语句不通的诗歌。还有许多诗歌，用艰涩的形式表现肤浅的情感，甚至苦不入情。经过几代诗人的艰辛探索，他们很快理清了头绪，认为才学、议论、文字只是作诗的手段，抒情写意才是诗歌创作的目的。于是，在作诗的方法上发生了一些变化。具有典型宋诗特征的词作，其情感都不是自然抒发的，而是经历了一个情感的酝酿阶段。这对作者的人品修养要求很高。况周颐说：“填词第一要襟抱。唯此事不可强，并非学力所能到。向伯恭《虞美人》过拍云：‘人怜贫病不堪忧。谁识此心如月正涵秋。’宋人词中，此等语未易多觏。”[③]这个事例说明不是有了才学就能作出好诗的。宋人对“读书破万卷，下笔如有神”也提出了质疑。陈辅说：“世人常言老杜读尽天下书，过矣。老杜能用所读之书耳！彼徒见其语有‘读书破万卷，下笔如有神’。万卷人谁不读，下笔未必有神。”[④]杜甫之所以下笔有神，才学只是一个方面，主要的还是杜甫人品高超，他能够驾驭才学为表情达意服务。宋词的创作也证明了，清空的词未必就好，但骚雅的词肯定是精华。清空只是一种创作风格，而骚雅才是词学的审美理想。作品的好坏、意趣的高低是由骚雅决定的。

任何一种成熟文体都是形式与内容完美结合的产物，而且在二者之间还有一种必然的契合关系。唐宋词在创作风格上是追求“清空”的，在审美理想上又是

---

① 沈祥龙：《论词随笔》，唐圭璋：《词话丛编》，北京：中华书局1986年版，第4047页。
② 沈祥龙：《论词随笔》，唐圭璋：《词话丛编》，北京：中华书局1986年版，第4058页。
③ 况周颐：《蕙风词话》，卷2，唐圭璋《词话丛编》，北京：中华书局1986年版，第4431页。
④ 陈辅：《陈辅之诗话》，郭绍虞：《宋诗话辑佚》，北京：中华书局1980年版，第297页。

追求“骚雅”的。这两种趋势在不讲法度的苏辛词派是各自独立的，而到了姜夔的笔下，才把它们绾合在一起。因为姜夔恪守法度又讲求自然，如此一来，“清空骚雅”的结合就成了一种必然。此后，南宋江湖词派通过雅化词乐、词社聚会、传授词法、编纂词选和培养词坛后劲等方法途径来进一步普及和完善这种词法。他们汲取唐宋词坛，甚至包括北方金元词人元好问的优长，来改进这种创作风格，把天才和人力发挥到极致，遂使清空成为唐宋词学中的一个关键问题。古代文论往往是体用兼备的。清空以“古雅峭拔”为特色，“古雅”近乎杜诗情感的“沉郁”，“峭拔”则近乎杜诗音韵的“顿挫”。也就是说，即使不与骚雅相连，清空也与作者人品有密切的关系。有其人未必有其词，但有其词肯定有其人！即使一个纯粹的方法技巧问题，也与词人的思想境界有必然联系。掌握这一点，才是理解清空的不二法门。

参考文献

古　　籍

B

卞孝萱.刘禹锡集［M］.北京：中华书局，1990.

C

蔡嵩云.乐府指迷校释［M］.北京：人民文学出版社，1998.

蔡桢.词源疏证［M］.北京：中国书店，1995.

曹旭.诗品笺注［M］.北京：人民文学出版社，2009.

陈宏天.苏辙集［M］.北京：中华书局，1990.

陈应行.吟窗杂录［M］.北京：中华书局，1997.

陈与义.陈与义集［M］.北京：中华书局，1982.

D

邓广铭.稼轩词编年笺注［M］.上海：上海古籍出版社，1993.

邓广铭.辛稼轩诗文笺注［M］.上海：上海古籍出版社，1995.

邓子勉.樵歌［M］.上海：上海古籍出版社，1998.

丁福保.历代诗话续编［M］.北京：中华书局，1983.

F

范成大.吴郡志［M］.南京：江苏古籍出版社，1999.

方回.瀛奎律髓汇评［M］.上海：上海古籍出版社，2005.

冯应榴.苏轼诗集合注［M］.北京：中华书局，2001.

傅璇琮.全宋诗［M］.北京：北京大学出版社，1998.

G

郭庆藩.庄子集释［M］.北京：中华书局，1961.

郭绍虞.沧浪诗话校释［M］.北京：人民文学出版社，1961.

郭绍虞.宋诗话辑佚［M］.北京：中华书局，1980.

H

何文焕.历代诗话［M］.北京：中华书局，1981.

黄畬.欧阳修词笺注［M］.北京：中华书局，1986.

黄昇.花庵词选［M］.上海：世纪出版集团、上海古籍出版社，2007.

胡仔.苕溪渔隐丛话［M］.北京：人民文学出版社，1962.

J

冀勤.元稹集［M］.北京：中华书局，1982.

姜夔.白石诗词集［M］.北京：人民文学出版社，1959.

姜夔.白石诗说［M］.北京：人民文学出版社，1962.

K

孔凡礼.增订湖山类稿［M］.北京：中华书局，1984.

L

雷履平.梅溪词［M］.上海：上海古籍出版社，1988.

李冰若.花间集评注［M］.石家庄：河北教育出版社，1999.

李修生.全元文［M］.南京：凤凰出版社，1999.

李学勤.十三经注疏［M］.北京：北京大学出版社，1999.

李壮鹰.诗式校注［M］.北京：人民文学出版社，2003.

林希逸.庄子鬳斋口义校注［M］.北京：中华书局，1997.
刘辰翁.须溪词［M］.上海：上海古籍出版社，1998.
刘琳.黄庭坚全集［M］.成都：四川大学出版社，2001.
刘学锴.李商隐诗歌集解［M］.北京：中华书局，2004.
刘学锴.温庭筠全集校注［M］.北京：中华书局，2007.
刘昫.旧唐书［M］.北京：中华书局，1975.
刘永济.微睇室说词［M］.上海：上海古籍出版社，1987.
陆机.文赋集解［M］.北京：人民文学出版社，2002.
卢盛江.文镜秘府论汇校汇考［M］.北京：中华书局，2006.
罗忼烈.清真集笺注［M］.上海：上海古籍出版社，2008.

M

马兴荣.龙州词校笺［M］.南昌：江西人民出版社，1999.
马兴荣.山谷词［M］.上海：上海古籍出版社，2001.

N

聂安福.韦庄集笺注［M］.上海：上海古籍出版社，2002.

O

欧阳修.新唐书［M］.北京：中华书局，1975.
欧阳修.新五代史［M］.北京：中华书局，1974.

Q

钱仲联.韩昌黎诗系年集释［M］.上海：上海古籍出版社，1984.
仇兆鳌.杜诗详注［M］.北京：中华书局，1979.
屈兴国.白雨斋词话足本校注［M］.济南：齐鲁书社，1983.
屈兴国.蕙风词话辑注［M］.南昌：江西人民出版社，2000.

R

任渊.陈后山诗注补笺［M］.北京：人民文学出版社，2001.
任渊.黄庭坚诗集注［M］.北京：中华书局，2003.
阮阅.诗话总龟［M］.北京：人民文学出版社，1982.

S

史克振.草窗词校注［M］.济南：齐鲁书社，1993.

宋濂.元史［M］.北京：中华书局，1976.

孙虹.清真集校注［M］.北京：中华书局，2002.

T

唐圭璋.词话丛编［M］.北京：中华书局，1986.

唐圭璋.全宋词［M］.北京：中华书局，1999.

唐圭璋.唐宋人选唐宋词［M］.上海古籍出版社，2004.

脱脱.宋史［M］.北京：中华书局，1977.

W

宛敏灏.张孝祥词笺校［M］.合肥：黄山书社，1993.

王克让.河岳英灵集注［M］.成都：巴蜀书社，2006.

王利器.颜氏家训集解［M］.北京：中华书局，1993.

王琦.李太白全集［M］.北京：中华书局，1977.

王蓉贵.后村先生大全集［M］.成都：巴蜀书社，2008.

王叔岷.钟嵘诗品笺证稿［M］.北京：中华书局，2007.

王沂孙.花外集［M］.上海：上海古籍出版社，1988.

王仲闻.李清照集校注［M］.北京：人民文学出版社，1979.

魏庆之.诗人玉屑［M］.北京：中华书局，2007.

吴蓓.梦窗词汇校笺释集评［M］.杭州：浙江古籍出版社，2007.

吴文治.宋诗话全编［M］.南京：江苏古籍出版社，1998.

吴熊和.放翁词编年校注［M］.上海：上海古籍出版社，1981.

吴熊和，沈松勤.张先集编年校注［M］.杭州：浙江古籍出版社，1996.

X

夏承焘.姜白石词编年笺校［M］.上海：上海古籍出版社，1981.

辛更儒.杨万里集笺校［M］.北京：中华书局，2007.

谢思炜.白居易诗集校注［M］.北京：中华书局，2006.

徐培君.淮海集编年［M］.上海：上海古籍出版社，1994.

徐培君.淮海居士长短句［M］.上海：上海古籍出版社，1985.
徐培君.李清照集笺注［M］.上海：上海古籍出版社，2002.
薛居正.旧五代史［M］.北京：中华书局，1976.
薛瑞生.东坡词编年笺证［M］.西安：三秦出版社，1998.
薛瑞生.乐章集校注［M］.北京：中华书局，1994.

Y

杨铁夫.吴梦窗词笺释［M］.广州：广东人民出版社，1992.

Z

詹锳.文心雕龙义证［M］.北京：中华书局，1989.
张伯伟.全唐五代诗格汇考［M］.南京：江苏古籍出版社，2002.
张伯伟.稀见本宋人诗话四种［M］.南京：江苏古籍出版社，2002.
张少康.文赋集释［M］.北京：人民文学出版社，2002.
张炎.山中白云词［M］.北京：中华书局，1983.
郑孟津.词源解笺［M］.杭州：浙江古籍出版社，1990.
钟振振.东山词［M］.上海：上海古籍出版社，1989.
周密.草窗韵语六稿［M］.乌程蒋氏密韵楼本.
周密.绝妙好词［M］.郑州：中州古籍出版社，1990.
周义敢.秦观集编年校注［M］.北京：中华书局，1995.
朱东润.梅尧臣集编年校注［M］.上海：上海古籍出版社，2006.
朱熹.楚辞集注［M］.上海：上海古籍出版社，合肥：安徽教育出版社，2001.
邹同庆.苏轼词编年笺证［M］.北京：中华书局，2002.

著　作

C

曹济平.张元干词研究［M］.济南：齐鲁书社，1993.

曹旭.诗品研究［M］.上海：上海古籍出版社，1998.
程章灿.刘克庄年谱［M］.贵阳：贵州人民出版社，1993.

G

葛晓音.汉唐文学的嬗变［M］.北京：北京大学出版社，1990.
葛晓音.诗国高潮与盛唐文化［M］.北京：北京大学出版社，1998.
郭晋稀.诗辨新探［M］.成都：巴蜀书社，2004.

H

韩经太.诗学美论与诗词美境［G］.北京：北京语言文化大学出版社，2000.
黄宝华.黄庭坚评传［M］.南京：南京大学出版社，1998.

J

J.Z.爱门森.清空的浑厚——姜夔文艺思想纵横［M］.上海：上海文艺出版社，1997.
金启华.周密及其词研究［M］.济南：齐鲁书社，1993.

L

李剑亮.唐宋词与唐宋歌伎制度［M］.杭州：杭州大学出版社，1999.
刘少雄.南宋姜吴典雅词派相关词学论题之讨论［M］.台北：台湾大学出版委员会，1995.
龙榆生.龙榆生词学论文集［G］.上海：上海古籍出版社，1997.
罗积勇.用典研究［M］.武汉：武汉大学出版社，2005.
罗宗强.魏晋南北朝文学思想史［M］.北京：中华书局，1996.
罗宗强.隋唐五代文学思想史［M］.北京：中华书局，1999.

M

莫砺锋.朱熹文学研究［M］.南京：南京大学出版社，2000.

N

牛海蓉.元初宋金遗民词人研究［M］.北京：中国社会科学出版社，2007.

P

彭国忠.元祐词坛研究［M］.上海：华东师范大学出版社，2002.

Q

钱鸿瑛.梦窗词研究［M］.上海：上海古籍出版社，2005.

钱鸿瑛.周邦彦词研究［M］.广州：广东人民出版社，1990.

钱锺书.宋诗选注［M］.北京：人民文学出版社，1989.

钱锺书.谈艺录[M].北京：中华书局，1984.

钱志熙.黄庭坚诗学体系研究［M］.北京：北京大学出版社，2003.

邱世友.词论史论稿［M］北京：人民文学出版社，2002.

S

沈松勤.唐宋词社会文化学研究［M］.杭州：浙江大学出版社，2000.

沈祖棻.宋词赏析［M］.上海：北京出版社，2003.

石明庆.理学文化与南宋诗学［M］.北京：中国社会科学出版社，2006.

T

唐圭璋.词学论丛［G］.上海：上海古籍出版社，1986.

唐圭璋.唐宋词学论集［G］.上海：上海古籍出版社，1985.

W

王筱芸.碧山词研究［M］.南京：南京出版社，1991.

王兆鹏.南渡词人群体研究［M］.台北：文津出版社，1992.

王兆鹏.唐宋词史论［M］.北京：人民文学出版社，2000.

吴调公.神韵论［M］.北京：人民文学出版社，1991.

吴熊和.唐宋词通论［M］.杭州：浙江古籍出版社，1986.

吴熊和.吴熊和词学论集［G］.杭州：杭州大学出版社，1999.

X

夏承焘.唐宋词人年谱［M］.上海：上海古籍出版社，1979.

萧鹏.群体的选择——唐宋人选词与词选通论［M］.台北：文津出版社，1992.

谢桃坊.词学辨［G］.上海：上海古籍出版社，2007.

谢桃坊.宋词辨［G］.上海：上海古籍出版社，1999.

Y

颜翔林.宋代词话的美学研究［M］长沙：湖南师范大学出版社，2003.
杨海明.张炎词研究［M］.济南：齐鲁书社，1989.
杨晓霭.宋代声诗研究［M］.北京：中华书局，2008.
叶维廉.中国诗学［M］.北京：人民文学出版社，2006.

Z

詹杭伦.方回的唐宋诗学［M］.北京：中华书局，2002.
张伯伟.钟嵘诗品研究［M］.南京：南京大学出版社，1999.
张惠民.宋代词学审美理想［M］.北京：人民文学出版社，1995.
张毅.苏轼与朱熹［M］.天津：天津教育出版社，2007.
张毅.宋代文学思想史［M］.北京：中华书局，1995.
赵晓岚.姜夔与南宋文化［M］.北京：学苑出版社，2001.
钟振振.北宋词人贺铸研究［M］.台北：文津出版社，1994.
周裕锴.文字禅与宋代诗学［M］.北京：高等教育出版社，1998.
诸葛忆兵.徽宗词坛研究［M］.北京：北京出版社，2001.
诸葛忆兵.宋代文史考论［G］.北京：中华书局，2002.

论　　文

C

陈晓芬.张炎清空说的美学意义［J］.古代文学理论研究丛刊，1988（13）.
陈志斌.野云孤飞，去留无迹——论姜夔词的清空特征［J］.南华大学学报，2002（6）.

D

邓承奇.张炎词源新论［J］.齐鲁学刊，1989（3）.
邓乔彬.论姜夔词的清空［J］.文学遗产，1982（1）.

邓乔彬.论姜夔词的骚雅［J］.文学评论丛刊，1984（22）.
邓乔彬，李康化.清雅：白石词之美学风度［J］.学术月刊，1996（2）.

H

韩经太."清空"词学观与宋人诗文化心理［J］.江海学刊，1995（5）.
何土林.诗学清空与佛学空宗［J］.广西教育学院学报，1995（2）.
胡明.关于唐诗［J］.文学评论，1999（2）.
胡明.关于宋诗［J］.文学评论，1997（1）.

L

李康化.从清旷到清空——苏轼、姜夔词学审美理想的历史考察［J］.文学评论,1997(3).
刘庆云，谢国荣.试论张炎词源对后世词论的影响［J］.湘潭大学学报，1990（3）.

M

缪钺.论姜夔词［J］.四川大学学报，1984（4）.

Q

齐效斌."直寻"新解［N］.光明日报，2005-10-14（6）.
邱丽梅.论姜夔词的"骚雅"与"清空"［J］.大连民族学院学报，2001（2）.
邱世友.张炎论词的清空［J］.文学评论，1990（1）.

S

孙立.张炎词学理论的美学意义［J］.南京师大学报，1992（2）.
孙维诚."晋宋人物"与姜夔其人其词——兼论封建后期士大夫的文化人格［J］.文学遗产，1999（2）.

T

唐圭璋，潘君昭.论姜白石及其词［J］.南京师院学报，1962（3）.

W

宛敏灏.张孝祥年谱［J］.词学，2.
王达津.张炎词主清空说及其创作实践［J］.中国古典文学论丛，1985（3）.

王修华.论姜白石“清空”词风的成因［J］.燕山大学学报，2000（5）.
吴调公.说“清空”［J］.文史知识，1984（1）.
吴熊和.梦窗词补笺［J］.文学遗产，2007（1）.
吴熊和.宋季三家词法［J］.文艺理论研究，1982（1）.

X

夏承焘.读张炎《词源》［N］.光明日报，1960-2-7.
许兴宝.张炎以禅论词简论［J］.词学，2003（14）.

Y

颜翔林.论《词源》的词学思想［J］.学海，2000（2）.
颜翔林.张炎《词源》词学思想三论［J］.西南师范大学学报，2002（1）.
杨佐义.张炎词源论词标准初探［J］.东北师大学报，1989（6）.
元钟礼.试论中国诗论中的清空类美意识［J］.中国韵文学刊，1994（1）.

Z

张海明.范温《潜溪诗眼》论韵［J］.北京师范大学学报（社会科学版），1994（3）.
张惠民.魏晋风度与姜白石的审美理想［J］.汕头大学学报，1987（4）.
张思齐.词的文质及理论探微——从《词论》到《词源》［J］.海南大学学报，1995（1）.
赵晓岚.白石道人诗说与白石诗歌艺术［J］.中国文学研究，2002（2）.
赵晓岚.白石道人诗说与江西诗派之关系［J］.文艺理论研究，2002（1）.
赵晓岚.论姜夔的“中和之美”及其《歌曲》［J］.文学评论，2000（3）.
赵晓岚.论姜夔续书谱的书法美学批评思想［J］.唐都学刊，2003（3）.
赵晓岚.也谈“晋宋人物”“文化人格”与姜夔［J］.文学遗产，2000（3）.
周明秀.论质实［J］.词学，2006（17）.
周裕锴.宋代诗学术语的禅学语源［J］.文艺理论研究，1998（6）.

索　引

人名索引

F

G

H

J

K

L

M

O

P

Q

S

T

W

X

Y

Z

作品名索引

D

E

F

G

H

J

K

O

P

Q

R

S

T

Y

术 语 索 引

A

B

C

D

E

F

G

H

K

L

M

N

P

Q

R

S

T

Y

Z

后　记

写下这段文字的时候，我的学生生涯刚刚结束！

这时候，我的心情很复杂。一方面是掩饰不住地兴奋，从上学第一天起就期盼着这一天。答辩完毕，走出文学院的中大楼，穿过随园校区那条著名的隧道。天是那么的蓝，一点云彩都没有，就像我出站报告的题目一样清空。这时，我突然有了作诗的冲动。可惜，平常忙于赶制论文，在这方面的用功不多。既然不能即兴造篇，不妨诵古一首，聊借古人诗歌来抒发我此时的心情："塞外忽传收蓟北，初闻涕泪满衣裳。却看妻子愁何在，漫卷诗书喜欲狂。白日放歌须纵酒，青春作伴好还乡。即从巴峡穿巫峡，便下襄阳向洛阳。"杨伦说这是老杜平生第一首快诗。想想杜甫他老人家，当年槁项黄馘饿走九州，脱离体制流落巴蜀。在百无聊赖之中，忽然听说唐军收复了叛军老巢。一高兴，就写了这么一首快诗。杜诗所吟咏的事件与我的学业风马牛不相及，但有一点是相同的，那就是一件事情经过长时间努力，终于有了结果，使一颗悬着的心落到了实处，高兴愉悦、张狂得意之情是相通的。

另一方面，还有些依恋。求学是苦差事，从备战考研到博士后出站，我经历了19年漫长的岁月。其间成功的喜悦是很少的，大部分时光都是在失败痛苦、忧愁烦闷中度过的。最绝望时，我感到三伏天白花花的太阳光都透着寒气！进站期间，由于肩负着两所高校双份科研任务，思想负担很重，常有精神崩溃之虞。每天枯坐桌前，工作却没有任何进展。心烦意乱时就出去走走。在江南贡院，幻想来一回周进头撞号板、索鼻涕弹眼泪满地打滚式的激情发泄；在秦淮河畔，目送王谢堂前燕掠过六朝烟水，真切感受历史的沧桑和无奈；在石头城下，体察李后主肉袒出降的难堪和忸怩。莫愁湖、朝天宫、总统府、梅花山、望江楼，留下了我匆忙而杂乱的脚步。对南京的印象，就是这么一步一步累积起来的。有时，约几个朋友，或在茅檐听雨，或在书斋论古，等心绪平静了再伏案工作。每天工作近20小时，而且是长年累月的持久战！过程虽说苦点，所幸结果还不错。19年来，我已经习惯了这种简朴的生活方式，默默地接受着命运的安排。既然命运把我安排在这片蓝天白云之下，我也趁此机会挂云帆济沧海，只索去那太平洋走一遭也么哥！

已过不惑之年，我真切感受到读书论文已经成为我生命的一部分。它不仅是谋生的工具，也是实现理想的阶梯。在这里，我衷心感谢南京师范大学文学院博士后流动站古代文学指导小组的何永康、朱晓进、陈书录、龚鹏程先生，他们认真审查我的开题报告，给我指明了修改报告的方法和途径。陆林、程杰教授，给我很多帮助和关怀。博管站的王媛娟老师、文学院的周先林老师，给我提供了很多的方便。在站期间，我有幸得到了一笔丰厚的博士后科研资助基金，获得江苏省博士后学术会议优秀论文奖，甘肃省高校社科学成果奖二等奖等。这些鞭策和鼓励，坚定了我坚守学术的信心。

钟振振先生是我学术上的领路人。他高屋建瓴，旁征博引，开启我的思路；严肃认真，一丝不苟，指出我文章中存在的问题。在先生言谈举止之中，我看到了淡泊宁静和雍容大度。先生教育弟子从创作入手，培养古诗词写作能力。他认为只有学会写诗填词，才能读懂古人的作品，明白古人下字运意的真正意图，进而了解古人的文学思想。他以自己的诗词创作为例，给我们分析古体诗词创作的思路和构思的妙境，使那些庄重典雅、缺乏生机的古典诗词一下子活了起来。听先生讲课是难得的精神大餐。先生喜欢吟诵鲁迅的名言“有病不求医，无聊才读书”，甜美的吴侬软语透出了江南名士的洒脱和放达。我虽不能至，然心向往之。

过去的老师朋友们，也一如既往地关心和帮助我。我本科时的导师西北师范大学胡大浚先生、硕士导师尹占华先生、博士导师南开大学张毅先生，以及敦煌研究院的王志鹏研究员，西北师大文学院的杨筱霭、王贵生、李润强、雷恩海教授，他们的关怀和友爱如同阳光雨露，时时刻刻滋润着我的心田。在撰写论文的攻坚时期，我的同乡好友孙兰荃不幸去世了。兰荃为人木讷寡言，有些清高脱俗，因此常常不被人了解。寂寞无聊，开始阅读佛经，而且有所感悟。我们互相扶持发表了各自第一篇高规格的学术论文，从绝望中看到了一丝希望。得到兰荃去世的消息已经是一个月后了，我给兰荃夫人打电话表达我的哀思。电话接通后没说一句话，哭得一塌糊涂，直到手机没电。我坐在清凉山上，晚风徐来，星斗闪烁。许多想不明白的问题，一下子都想明白了；过去没有头绪工作，一下子都有了条理。兰荃活着的时候，常给我讲佛教的经义；兰荃去世了还帮我搞明白许多深刻的道理。我感悟到人生短暂，命运无常，有些事情稍一耽误，就变成终生的遗憾，譬如兰荃与我相约喝酒，这一辈子没有机会了。如果来生还能相遇，我们一定先喝而后约。

在南京这座美丽的城市，在江南这所著名的学府里，我结识了一群好朋友，尽情地领略了人性中的真善美和知识的卓越与精彩。同门的李扬、朱德慈、高峰、刘培、刘蔚、曹辛华、牛海蓉、邹志勇、赵永源、姜革文、周子翼、张立荣、李建华、张经建、牛晓风、马丽梅经常和我切磋学问，他们覃思敏锐，学识渊博，时时开启我的智慧。从大西北汇聚到南京、汇聚到随园的安天庆、刘进宝、肖锦龙、王锷、安忠义、杜正乾教授学有根柢，作为良师益友，惠我良多。西北师范大学的硕士研究生蒲宏凌、崔玉华帮我办理各种具体事务。南京师范大学生命科学学院的施永红同学，帮我解决了许多棘手的问题。

回首19年的治学之路，有太多的迷茫和无奈，也有不少的偶然和侥幸。细细想来，每次失败都与自己的性格有关；每次侥幸成功，都是领导老师提携关照的结果。我学殖不富，悟性有限，一介凡夫俗子又生在急功近利的环境，做事总有一种挥之不去的浮躁心态。处顺境时容易把复杂的事情简单化，盲目乐观；处逆境时又习惯把简单的事情复杂化，自寻烦恼。几十年的遭遇如坐过山车大起大落，很少有平稳的时候。好在紧张的求学阶段已成过去，从现在起回归一种正常的生活状态。在没有外压的情况下，依然保持积极进取的态势，这需要坚强的毅志和智慧。我相信自己能够应对所遇到一切事情，走好每一步。明天肯定更美好！

临别感怆，言不尽意。是为志！

2006年6月16日于南京师范大学研究生公寓1708室

又　记

从博士后出站报告到出版成书，这部书稿差不多花了十年时间。在这十年中，沧海桑田，世界发生了很大的变化，唯有这本书的写作缓慢而有序向前发展。首先，本书稿2006年12月入选教育部哲学社会科学研究后期资助项目，2012年结项。教育部组织专家对书稿进行严格的审查，提出了很多中肯的意见。这些意见非常尖锐，曾经令笔者忸怩汗颜，但全是金玉良言，对于笔者下一步的修改工作帮助很大。本书的责任编辑孙璐老师认真校阅书稿，提出了很多修改意见，对于深化本书的主题，完善体例起到了积极的作用。其次，本书在申报论证、申请结项以及在研过程中，得到了南开大学乔以钢教授、西北师范大学王晓丽处长、河南理工大学社科处和河南理工大学文法学院领导的亲切关怀，并在各自的职责范围内提供了很多方便。我的同窗好友、词学专家迟宝东编审，始终关注此书的进展。在此一并表示感谢。

古人形容心志专一，有“十年磨一剑”的典故。本书从时间跨度上也将近十年，其间三易其稿，多次推倒重来，但能否算是词学利器呢？笔者尚不敢自许。不过，笔者愿意再接再厉，把更多更好的精品贡献给学术界。而这本书，就算一个开端吧。

2015年6月2日于河南理工大学文法学院

郑重声明